No zênite

ALFAGUARA

Duong Thu Huong

No zênite

Tradução
Bernardo Ajzenberg

ALFAGUARA

Rua Cosme Velho, 103
Rio de Janeiro — RJ — Cep: 22241-090
Tel.: (21) 2199-7824 — Fax: (21) 2199-7825
www.objetiva.com.br

Título em francês: *Au Zénith*
A presente tradução foi feita a partir da edição francesa, traduzida do vietnamita por Phuong Dang Tran

Capa
Rodrigo Rodrigues

Imagem de capa
© Sami Sarkis/ Getty Images

Revisão
Ana Kronemberger
Rita Godoy
Joana Milli

Editoração eletrônica
Abreu's System Ltda.

CIP-BRASIL. CATALOGAÇÃO-NA-FONTE
SINDICATO NACIONAL DOS EDITORES DE LIVROS, RJ

D941n

Huong, Duong Thu
No zênite / Duong Thu Huong; tradução Bernardo Ajzenberg. - Rio de Janeiro: Objetiva, 2011.

Tradução de: *Au zénith*
550p. ISBN 978-85-7962-061-4

1. Romance vietnamita. I. Ajzenberg, Bernardo, II. Título.

10-6492. CDD: 895.9223
CDU: 811.612.91

Sumário

Para Luu Quang Vu
e todos os inocentes que morreram em meio ao mais sombrio silêncio

Nota da autora

Não tenho aptidão para escrever obras de ficção extraídas inteiramente da imaginação. Cada livro que escrevo se baseia em alguma história real. Mesmo assim, cabe lembrar que um romance é sempre um romance. Não se trata de autobiografia ou de uma colagem de biografias diversas.

Como todos os outros romances que publiquei, *No zênite* segue esse princípio. No entanto, para evitar qualquer mal-entendido, eu destacaria um caso em particular: o personagem Trân Vu e seus próximos. Para construir Trân Vu, adotei como modelo o senhor Vu Ki, ex-diretor do Museu Ho Chi Minh. Já o personagem Tô Vân não tem nada a ver com a esposa de Vu Ki ou com sua família. Nesse caso, simplesmente inventei o encontro entre um homem e uma mulher no ambiente circundante das altas esferas do poder vietnamita da época. Os escritores sempre recorreram a esse método. Não sou exceção.

Na verdade, não tive a honra de conhecer o senhor Vu Ki, pois eu não queria frequentar o ambiente próximo ao poder comunista. Alérgica às bajulações e tramoias que ali fervilhavam, abri mão de conhecê-lo pessoalmente, apesar de minha ardente curiosidade e grande admiração. Somente quando tomei conhecimento de que estava muito doente é que me misturei à enorme quantidade de gente que ia visitá-lo. Foi o nosso primeiro e último encontro. Ele faleceu um ano depois.

Para mim, Vu Ki faz parte daquela ínfima minoria de homens com espírito cavalheiresco que ainda sabem o que significam a retidão e a fidelidade entre mestre, discípulos e amigos. Belas e valiosas virtudes do povo vietnamita que, durante meio século, foram permanentemente vilipendiadas e, ao final, destruídas pelo poder comunista.

A esposa de Vu Ki e sua família podem se sentir orgulhosas por terem-no tido como marido, pai e ascendente.

Duong Thu Huong

Duo

1

Papai! Papai!

O grito do menino acorda bruscamente o presidente. Um aturdimento o assola, como se tivesse levado um golpe na cabeça.

— Papai! Papai!

O grito vem do fundo do vale, repercutindo nas paredes rochosas, sacudindo árvores e desencadeando incontáveis ondas invisíveis no espaço silencioso.

Perdido por alguns segundos, ele então se recompõe:

Não, não é a voz dele, é a voz de outra criança...

A dor na nuca, assim como a sua confusão, dissipa-se lentamente. O presidente se levanta e deixa o quarto.

Dirige-se ao soldado de plantão:

— O que está acontecendo?

— Talvez um acidente no vale, presidente... Alguém deve ter caído do alto do penhasco.

A sirene do alarme da guarnição, localizada no vale, dispara. Não há vento algum. Soldados se agitam para sair em socorro.

— Papai! Papai!

— Papai! Socorro! Preciso de ajuda! Meu pai caiu.

Um apelo desesperado de menino. Apelo de adolescente, que expressa ao mesmo tempo a inocência e os primeiros passos da idade adulta. Nessa voz, ele sente vibrar intensamente o laço de amor existente entre filho e pai. Tudo se concentra nesse grito desesperado: os anos passados no casulo familiar, os vínculos invisíveis, a dor da separação brutal e o assombro diante do futuro desconhecido.

Vários pensamentos se cruzam na cabeça do presidente.

Deve ter a mesma idade. A mesma idade, porém menos sorte.

Seu filho. O filho que ele tentou, em vão, esquecer. O filho de quem se afastou, mas que voltou para habitar em seu coração — local seguro para a criança, porém perigoso para ele. Ali onde ele se refugiou, sua imagem o persegue de forma obsessiva, tendo-se tornado objeto de um remorso que alimenta o fogo de seu inferno, consumindo-o a cada dia que passa.

Com quem se parecerá agora? Comigo ou com ela? Deve ser um belo rapaz.

Silêncio.

Em sua lembrança, o menino, com apenas seis meses de idade, já se parecia com a irmã mais velha. O nariz, a boca, o ar sereno ao sorrir, cabelos fartos nas têmporas e na testa. Depois, dos sete meses até completar um ano, o bebê se transformara, tornando-se estranhamente parecido com a mãe. Essa mudança os surpreendera enormemente. Até mesmo Dông, a irmã mais velha de sua esposa, ficara pasma. Dông, mulher admirável, que cuidara de seu pequeno sobrinho depois de ter criado a irmã.

Já é um adolescente. Como o tempo passa rápido.

Esquecendo-se da presença do guarda-costas, em pé atrás de si, ele suspira.

— Presidente? Alguma ordem?

— Ordem? — pergunta ele, um tanto surpreso. — Você não viu? Os soldados já saíram para socorrê-lo. E nós? Nós estamos plantados aqui, como uns inúteis...

— Presidente...

O soldado, prestes a dizer alguma coisa, resolve se calar, corando subitamente. Recua, com um ar embaraçado e desconcertado. O presidente se dá conta da sua própria falta de tato.

— Oh, quando digo que somos inúteis é porque não podemos descer para participar do resgate. Mas, claro, de um modo geral, somos pessoas úteis para a sociedade, cada um com suas responsabilidades.

— Sim, presidente.

O guarda se sente aliviado. Seu rosto gorducho reluz por causa da transpiração. O presidente o acalma com um tapinha nas costas:

— Estou brincando. Não leve a sério.

Ele sorri e aponta para o pagode, de onde vem o som das orações e o tilintar dos sinos.

— Está dispensado. Vá passear um pouco ali pelos lados do pagode para relaxar.

Volta para o quarto e deita na cama. Depois de fechar a porta, o soldado gorducho se retira. Seus passos, pesados, ressoam na escadaria e depois se misturam ao compasso dos sinos de madeira. A batida regular dos sinos evoca, no presidente, o som de gotas caindo no interior de uma gruta repleta de estalactites. Os minutos passam...

Bem cedo, naquela manhã, ele ouvira a monja dirigir-se aos dois guardas de plantão.

— Hoje teremos de rezar desde cedo e durante o dia inteiro. Isso incomoda o presidente?

— Sim! Devemos deixá-lo dormir.

— Por favor! É só uma vez por ano. Só o incomodaremos nesta manhã, excepcionalmente...

Cobrindo os ombros com seu roupão almofadado, o presidente saíra do quarto:

— Camaradas, podem autorizar que orem! Já estou acordado.

— Glória ao Buda! Obrigado, presidente.

Inclinando-se, a monja lhe agradeceu com as mãos juntas. Pegou depois a lamparina a óleo colocada ao pé da parede e se retirou em direção ao pagode. Ainda estava escuro, via-se a bruma como que suspensa, como uma fumaça. A visão da túnica marrom da monja flutuando na neblina espessa produziu nele uma estranha sensação. Aquela lâmpada oscilante na escuridão evocava uma imagem do passado.

Sem conseguir dormir, ele acende a luz e tenta ler. Não consegue. Do pagode proveem as orações embaladas pelos sinos. Permanece assim por um bom tempo, a cabeça vazia, folheando o livro mecanicamente, ouvindo a melodia daquelas orações, melodia monótona como um rio pacato, como um fiozinho d'água no meio da mata.

Finalmente encontra a imagem que procurava. Sua mãe... Faz tanto tempo... Numa noite de inverno gelada e nublada, ela atravessava o pátio levando uma lamparina, daquele mesmo modo. As abas de sua túnica flutuavam ao vento, como as da monja. Ela descia em direção ao cercado onde ficavam os búfalos, para colocar um pouco de arroz com casca no braseiro. Nas noites frias, se não se mantém acesa alguma fonte de calor próxima a eles, os búfalos podem morrer ou ficar com as patas congeladas, inaptos para o trabalho no campo. Naquela época, ele tinha quatro ou cinco anos e adormecia aninhado nos braços da mãe. Quando ela se levantou, ele pôs a cabeça para fora dos cobertores para segui-la com os olhos. Uma camponesa frágil e jovem, o tecido leve esvoaçando com o vento, o calor de seus braços e o aroma suave do leite materno. Os sabores desse tempo tão distante, subitamente ressurgidos, fazem subir pela sua garganta uma emoção irrefreável. Ao mesmo tempo, toma conta dele uma tristeza inexplicável.

Impossível...

Fecha o livro e pega os jornais. As informações do dia a dia se sucedem, todas parecidas. Qual é o sentido de comer todos os dias o mesmo prato, preparado pelo mesmo cozinheiro? A exaustão o invade, enrijecendo-lhe os membros. A imagem da mulher retorna e mais uma vez o conduz à infância. O menino de cinco anos sentado na cama a olhar para a mãe o remete a outro garoto... Seu coração está em chamas.

Por volta das nove horas, sente-se sufocado. Depois de o soldado servir o chá matinal, ele lhe diz:

— Gostaria de passear um pouco na floresta. Apronte-se, que em dez minutos sairemos.

— Presidente, por favor, não! — responde o soldado, em pânico. Diante da expressão de descontentamento do presidente, ele logo baixa a voz:

— Não se pode ir até a floresta hoje, presidente. Sinto muito.

— Faz frio, mas não está chovendo. Porei meu casaco acolchoado — retruca ele, irritado.

— Hoje é um péssimo dia, presidente. A monja me disse isso ontem. O pior dia do ano. É por essa razão que começaram a orar tão cedo esta manhã.

— Ah, é? E você, tão jovem, acredita nessas superstições?

Como um galo que engoliu um elástico, o soldado gagueja:

— Acredito... Não temo tanto por mim, mas sou responsável pela sua segurança, presidente. Não podemos ir.

Nunca vira naquele jovem gentil tamanha determinação. Sorri e silencia em respeito a ele, admitindo, ao mesmo tempo, que seus temores podem ter fundamento: em dezoito meses, desde que mora ali, ao lado do pagode Lan Vu, é a primeira vez que ocorre um acidente.

O acidente com o homem e o grito do filho o levam a mergulhar em seu próprio inferno. Sente muita falta de seu filho. Essa ausência dolorida o devora impiedosamente, como um câncer. Seu coração é como um pequeno pássaro sem penas caído num arbusto cheio de espinhos.

Ele se deita, os olhos fechados.

Será que meu filho chorará no dia de minha morte? Gritará como esse menino no vale?

Uma resposta cheia de desprezo o atinge como um soco:

O que você quer? Ele nem sequer conhece o pai... E como poderia encontrar esse pai, que o abandonou sem deixar rastros?

Lastimoso, ele tenta retrucar para esse juiz invisível:

Mas, com o tempo... Espero que com o tempo...

O juiz lhe dá as costas num silêncio desdenhoso. Gemendo, o presidente enfia no travesseiro o rosto deformado pela vergonha. Os espasmos tomam conta dele, seu peito arde de dor, como se o coração fosse esmagado por mãos de ferro. Sente muita vontade de chorar. Uma vontade que não experimentava desde a juventude. Uma sensação estranha, opressiva, descontrolada, dolorida. Quer chorar livremente, com lágrimas quentes, abertamente. Chorar à saciedade, chorar de tristeza, chorar feito uma criança em pé diante do céu imenso, sobre esse chão espesso. Quer gritar no meio das florestas, das montanhas, como o filho daquele infeliz que caiu no precipício. Em vez de gritar "Pai", ele gritaria "Meu filho!".

Meu filho!

Meu filho! Meu sangue, minha descendência, meu coração... O fruto proibido do nosso amor, para ela e para mim...

Alguém bate à porta. Lê, o chefe da guarda, entra:

— Presidente! Como vai o senhor?

— Estou com uma dor de cabeça insuportável.

Continua deitado. A voz monocórdia de Lê cai como as gotas de uma torneira malfechada. Suas palavras são como marteladas em sua nuca:

— O chá está pronto, presidente. Beba-o enquanto está quente.

— Deixe-o aí.

— Devo chamar o médico?

— Não há necessidade. Todo mundo tem dor de cabeça... Pode ficar tranquilo. Não é uma crise de hipertensão.

— Presidente, não é muito prudente! O senhor está no meio de um tratamento.

— O tratamento terminou há duas semanas.

— Mas...

Ele se levanta. O chefe da guarda continua em pé no meio do quarto, imóvel, segurando a bandeja com o chá. Uma vez ao dia, de manhã ou de noite, o chefe da guarda serve pessoalmente o presidente, a fim de verificar o seu estado de saúde e o trabalho de seus soldados. Uma dedicação estranha. Uma atenção fria. Seu rosto bexiguento, banal e moreno evoca um indiano ou um árabe.

— Esta infusão com gelatina de Linh Chi é um bom remédio para o coração. O doutor recomendou que seja bebida quente. Guardo-a em uma chaleira especial.

— Está bem. Deixe-a sobre a mesa.

Que vida a minha! Não consigo ter um único minuto só para mim.

Colocando a bandeja sobre a mesa, Lê insiste:

— Beba, por favor! Ainda está quente.

— Obrigado. Ouvi uma criança gritando no vale. São comuns os acidentes aqui?

— Não, presidente. Mas as pessoas do lugar dizem que todo ano acontece um. Já enviei meu adjunto com alguns homens.

— As autoridades não fazem nada para diminuir a frequência desses acidentes?

— Sim, mas...

O chefe da guarda está surpreso. Em seguida, seus olhos, trazendo o brilho de uma malícia impertinente, levam o presidente a considerar que fez uma pergunta idiota.

— Sei que a vontade dos homens nada pode contra as catástrofes naturais ou contra o destino. Mas, enfim, o governo tem que fazer alguma coisa. Pelo menos...

O chefe da guarda o interrompe.

— Com certeza, presidente. Os paramédicos se encarregarão de transportar o ferido para o hospital da região. É muito longe daqui, e a família do pobre infeliz não tem recursos. Caso ele não resista, os órgãos oficiais auxiliarão no enterro. Inicialmente a Juventude Comunista, depois o comitê local do Partido... E outros.

— Gostaria de fazer uma visita à família.

Sente-se surpreso com a sua própria ideia. Lê permanece calado por um longo momento antes de esboçar um sorriso mecânico:

— Presidente, o senhor mal acabou de sair de seu tratamento. Ainda está sob observação. Comparecer a uma cerimônia fúnebre não me parece uma boa ideia. Além disso, o desnível até o vale é de cerca de mil metros. Até mesmo os soldados mais jovens se cansam...

— Vocês me trouxeram até aqui, então podem também me levar até lá embaixo!

Disse isso com frieza.

Diante da reação imprevista do presidente, Lê pigarreia e diz:

— O senhor veio de helicóptero. Neste momento, toda a esquadrilha está ocupada na frente de batalha, recolhendo os feridos. Sofremos perdas importantes.

— O quê? — espanta-se ele, com um tom irado na voz. — Recebo toda semana um relatório do secretariado do comitê central. Todos só registram vitórias. O que você está dizendo agora?

Lê baixa a cabeça. É difícil adivinhar o que se passa por trás dessa testa estreita, quadrada e reta, como um penhasco, uma testa conhecida por ser igual à de Stalin, o que deixa Lê orgulhoso. Já viu a minha testa? É igual à do grande Stalin! Seria melhor me respeitar!

Neste momento, seus olhos se fixam no chão. Ele reflete. E acaba cedendo:

— Se o senhor quer assim, presidente, informarei Hanói.

O presidente se levanta e sai para o jardim. O soldado de pele baça desapareceu. A raiva lhe aperta a garganta, bloqueia a respiração ardente.

O sopro de uma locomotiva?

A locomotiva que o levara para longe de seu país. A locomotiva que o trouxera de volta. Aquele mesmo calor agora incendeia a sua alma.

O galho de um damasqueiro, tocando-lhe na têmpora, o faz piscar os olhos. Ele ouve mais uma vez o menino. Este não está mais gritando. Trata-se, agora, de um gemido que se mistura ao ruído do vento.

Os paramédicos talvez já tenham chegado.

Deixando o jardim, ele se dirige à entrada de três pórticos. O vento, que se atenuou por um momento, levanta-se e avança entre as paredes montanhosas, afastando as nuvens para o horizonte para abrir um céu de um azul suave e translúcido. Graças à claridade, o presidente consegue distinguir as florestas, embaixo, no vale, e as clareiras entre os pinheirais. Os alojamentos da guarda presidencial lembram pequenas caixas de fósforos colocadas lado a lado sob as paredes rochosas. Enxerga também a velha estação meteorológica do período colonial francês. Mais abaixo, trilhas sinuosas mergulham nas profundezas do vale. Os soldados e os aldeões carregam o homem acidentado numa padiola. Andam como formigas num talo de junco, em fila indiana.

— Pai, pai!

O vento muda de direção, soprando do fundo do vale para o alto. Os apelos do menino são transportados para o céu.

Ele não para de chorar. Seu pai talvez esteja morto. Infeliz! Pobre menino, a partir de agora órfão...

Fecha os olhos. O vento, entre os pinheirais, entoa uma sinfonia que se eleva à imensidão do céu. O presidente sente o frescor da primavera e da velha floresta a lhe roçar o rosto...

— Pai! Pai!

Assalta-o uma pergunta.

Quando eu morrer, será que ele chorará por mim? Será que me ama tanto quanto esse filho de lenhador ama seu pai?

Ao passar pelo pórtico, detém-se, o olhar esgazeado, como diante de um muro. O jovem guarda seguiu suas instruções, permanecendo próximo ao pagode, mas não deixa de ficar de olho nele. Percebendo a palidez do presidente, aproxima-se:

— Eu lhe peço, volte para o quarto. Ainda está muito escorregadio aqui. Além disso, o senhor vai pegar um resfriado.

Envolve-o pelos ombros para conduzi-lo. O presidente quer se livrar, mas o calor de seus braços e de seu corpo gorducho o amolece.

Um bom rapaz.

Deixa-se conduzir. O chá agora está frio. Senta-se para bebê-lo, a boca amarga:

Ele não irá chorar por mim. Porque não conhece o pai... Nunca o conhecerá...

Em seguida, pensa um pouco no pobre lenhador.

Quem será mais infeliz?

E finalmente entende por que quer visitar a família. Além da curiosidade, uma forte vontade o comprime: quer assistir ao enterro de um pai. De um pai de verdade.

O chá especial de Linh Chi não logra mitigar o ardor em seu peito. Apesar das grandes dimensões do quarto, não consegue respirar direito. Abre então as janelas para permitir a entrada do ar da floresta e das montanhas. Ao pé da cama, há um aquecedor elétrico acionado.

Que luxo... Pensa nas fogueiras que as monjas têm de acender com lenha para se aquecer.

Sobre o aparelho, Branca de Neve e os Sete Anões dançam em volta de uma fogueira artificial. Observa por um longo instante esses personagens de contos de fadas e se aproxima da janela. O vento sopra sobre a encosta da montanha, cantando nas florestas que lhe são tão familiares.

As árvores tropicais, misturadas aos pinheiros, encobrem as laterais mais elevadas da montanha bem embaixo do pagode Lan Vu e avançam até o horizonte, ao norte. Mais abaixo estendem-se as florestas de bambus. Todas as espécies de bambus, amarelos, verdes, espinhosos, se mesclam num concerto de música estival. As florestas de bambus ocupam as laterais inferiores das colinas, chegando perto do povoado dos lenhadores, das plantações de chá e das fileiras de mandioca. Descendo-se ainda mais, encontram-se os arrozais em terraços e depois os campos, diferentes dos campos da planície, um mosaico de verdes suaves pontuado por pequenas aldeias, espalhando-se na direção do horizonte, ao sul. Antigamente, os peregrinos tinham o costume de escalar os três terraços da montanha para chegar ao pagode Lan Vu, pelo menos uma vez ao ano, em janeiro, quando os damasqueiros em flor cobriam o pagode com um manto branco e as ameixeiras selvagens ornavam as trilhas com o rendado formado por seus botões. Aqueles que davam duro o ano inteiro na lama dos arrozais esperavam por essa peregrinação como um momento sagrado em que seu sonho secreto se realizava, mitigando os sofrimentos do ano que se encerrava e conferindo esperança para o caminho que ainda lhes faltava percorrer. O branco virginal da flor do damasqueiro, o branco diáfano da flor da ameixeira, a bruma da manhã da primavera, as nuvens imaculadas e o vapor dos riachos oferecem uma sensação única, um concerto de transparência e de pureza. Um quadro que insufla, no espectador, força, pureza e vida nova...

Onde foram parar as orações e o gongo do pagode, bálsamos mágicos destinados a suavizar uma vida miserável?

Sente-se culpado. Desde que passou a viver ali, o governo proibiu as peregrinações. Em nome da segurança do presidente, o Estado retirou dos moradores pobres a sua única alegria, seu único momento de sonho naquele canto perdido do mundo. O pagode é mantido por doze monjas. Por ordem superior, todas tiveram no começo de se agrupar nos dois anexos de baixo, nas florestas de bambus. Ele teve de protestar vigorosamente para que autorizassem a velha venerável e uma jovem monja a permanecerem no local. As duas mulheres passam os dias cuidando do jardim, limpando o pagode e orando. Nunca descansam, a não ser à noite e durante as breves refeições. O pudor sempre o impediu de cruzar o pátio de pedras quadriculado. Esse pátio representa a fronteira simbólica entre o seu espaço e o delas. De vez em quando, não consegue deixar de dar uma espiada e as observa sentadas uma em frente à outra, numa mesa baixa de bambu. Harmonicamente dispostos entre elas, os pratos de uma refeição simples, frugal.

Nunca entristecem? Nunca sentem medo? Serão assim tão imunes aos sentimentos humanos? Nunca anseiam por nada, nunca se chateiam. Não sentem nenhuma paixão, amor, ódio, alegria, tristeza? Não esperam por nada? Sua vida passa como as águas de um canal, sem cascatas ou vaus, sem ondas, sem redemoinhos... Uma vida como essa não é triste e pesada de se levar?

Toda vez que olha para seus rostos, tranquilos como a superfície de um lago na montanha, essas perguntas voltam à sua mente, como um refrão. Um enigma.

— Presidente! Não fique tanto tempo assim na janela. Está ventando muito.

O jovem guarda acabou de varrer o quarto e está de pé atrás dele.

— Não se preocupe. Vou ficar só mais um pouquinho. Preciso de ar.

Em seguida, vendo a cesta de lixo do soldado cheia de insetos, pergunta:

— Há muitas mariposas aqui?

— Sim, presidente. Há muita umidade...

O vento se acalma subitamente. Como que por coincidência, o gongo e as orações também se interrompem. Os damasqueiros, sem vento, se imobilizam. Alguns segundos depois, surgem as duas monjas.

— Boa noite, venerável! Estão orando até mais tarde hoje.

Ele sempre cumprimenta a venerável primeiro. Desde a sua mais remota infância, sua mãe o ensinou a respeitar os mais idosos. A venerável é provavelmente octogenária, deve ter dez anos a mais que ele. É pequenina, porém forte e muito sagaz. Aproxima-se.

— Boa noite, presidente. Esta manhã, ao colocar os incensos, soubemos que uma desgraça atingia a pobre gente do povoado. Por isso oramos, a fim de mitigar seu sofrimento.

— E então, será que o infeliz se salvou?

— Não temos a pretensão de poder responder a essa pergunta. Se ele morrerá ou não, é seu destino que decide. Apenas rogamos ao Buda para que a sorte desse infeliz transcorra em paz. Se seu destino for o de permanecer vivo, oramos para que possa voltar rapidamente ao seio de sua família e continuar a viver com ela. Se o seu destino já chegou ao ponto final, oramos para que sua alma possa se libertar, deixar sem sofrimentos esta vida terrestre, a fim de que sua família se livre do peso que representa e de que ele possa reencarnar em paz em sua próxima vida.

Ele silenciou.

Se é assim, as orações não servem para nada...

Como se adivinhasse o seu pensamento, a venerável acrescenta:

— Presidente, o senhor é um herói, conhecido no mundo inteiro. É o pai da pátria. Como cidadãs vietnamitas, temos um respeito imenso pelo senhor. Mas somos monjas, vivemos em mundos que o senhor não alcança. Acreditamos em coisas das quais o senhor não faz nenhuma ideia. Permita-nos silenciar diante de perguntas para as quais não temos respostas.

— Venerável, não se sinta ofendida! Não tenho nenhuma pergunta importante. Quero apenas entender as suas orações.

— Presidente, o senhor as compreenderá se assim quiser o seu destino.

Uma pergunta lhe arde na língua:

— E se o meu destino não o permitir?

A venerável, sem se intimidar, sorri.

— Nesse caso, presidente, o senhor nunca entenderá. Pode ler mil livros, ouvir mil vezes todas as explicações dos grandes teólogos, e nem assim entenderá.

Ela aponta então para uma cadeia de montanhas que se estende a oeste, na direção do vale, diante deles.

— Veja só. As pessoas da região chamam aquela montanha de espada, por causa do seu formato. Veja aquelas pequenas trilhas que se abrem ao pé da montanha. As trilhas de duas encostas opostas jamais se encontram. Elas simbolizam os diferentes caminhos da vida na Terra. Se o destino assim quiser, caminhamos apenas por um dos caminhos.

E se despede:

— Glória ao Buda! Não nos atrevemos a incomodá-lo ainda mais.

A jovem monja também o saúda. E ambas atravessam o pátio de volta, em direção ao pagode.

Ele as acompanha com os olhos. Vestem túnicas marrons. Nenhum charme, nenhuma beleza. No fundo, poderiam ser duas jovens atraentes, mas não é o caso. No plano intelectual, também não superam a média. Mas ele sente haver nelas uma força interior extraordinária que as ajuda a resistir à força brutal deste mundo.

Sabe que existem pessoas superdotadas, formadas nos países ocidentais e consideradas verdadeiros poços de sabedoria, mas que são capazes, no entanto, de cometer, sem nenhuma hesitação, as maiores bobagens. A potência pode esfacelar a consciência humana e o respeito por si mesmo. Sob a direção do Partido, exércitos inteiros de sábios afirmam, sem pestanejar, que para alimentar os porcos é melhor esterco de búfalo do que arroz com casca, que a campânula aquática faz mais bem à saúde do que a carne, ou, ainda, que uma criança não deve consumir mais do que duzentos gramas de carne por mês, sob o risco de adoecer. Suas publicações o deixavam vermelho de vergonha, mas ele nunca consegue impedi-los. A máquina, que ele próprio ajudara a fabricar, estava em marcha.

Suspira. Um tique nervoso do qual tenta se livrar há alguns anos, inutilmente.

O jovem soldado se aproxima.

— Presidente, peço-lhe autorização para partir.

— Já está na hora da troca?

— Faltam três minutos e dez segundos, mas a equipe seguinte já está aí.

Ele deu a resposta consultando com orgulho o seu relógio. Trata-se, provavelmente, do mais valioso de seus bens, um acessório profissional fornecido pelo Estado.

— São cinco horas — diz ele, erguendo o olhar em direção ao pórtico.

Dois soldados chegam para render o soldado gorducho. Ele ouve seus passos no piso de pedra da entrada. Com o vento mais fraco, os sons ecoam no silêncio. Avançam em sua direção e se colocam em posição de sentido. Com um gesto, ele os libera para a posição de descansar. O soldado gorducho já deixou o pátio do pagode, em direção à trilha. Devido às dimensões do corpo, é mais barulhento que seus dois colegas juntos. O presidente distingue com nitidez o som de um pedregulho que se choca com a parede rochosa rolando para baixo.

Volta para o quarto. A equipe do serviço de copa põe a mesa para o jantar. Como não convém utilizar a cozinha do pagode, suas refeições são preparadas na guarnição e trazidas imediatamente. O médico também janta ali, a fim de fiscalizar a qualidade da alimentação, e depois passa a noite em um anexo do pagode.

O chefe de cozinha vem ao seu encontro, simpático:

— Bom apetite, presidente!

— O senhor já trabalhou o dia inteiro. Não precisava subir até aqui! Deveria ter mandado alguém...

— Queria ter certeza de que os pratos estão do seu agrado... Se não estiverem, eu mudaria o cardápio.

— O senhor sabe que não sou uma pessoa difícil!

— Claro, sei que o senhor não gosta de incomodar ninguém. Mas sua saúde é um bem que pertence à nação. É uma honra, para mim, servi-lo e protegê-lo.

O presidente se senta em silêncio. O ajudante põe a bandeja de arroz sobre a mesa e se retira após o chefe. O presidente sabe que ambos o observam do lado de fora. Pessoas leais e sinceras, pensa ele fingindo comer com prazer, apesar da falta de apetite. Depois que se retiram para a guarnição, ao pé da montanha, ele apaga a luz e contempla através da janela o céu escuro. Na penumbra, as árvores adquirem formas inquietantes. A iluminação elétrica refletida pelas folhas revela milhares de olhos maliciosos ou ameaçadores piscando ao ritmo do vento.

Sua angústia diminuiu. A respiração ardente no peito se dissipou, sendo substituída por um grande vazio. Seu coração é uma casa vazia, aberta para todo tipo de vento, onde ele vive perseguindo fantasmas. Sua alma é uma ilha deserta abandonada pelos pássaros, onde só restam algumas penas sobre a vegetação, como testemunho de sua passagem.

Assim permanece por um bom tempo. Subitamente, é tomado por violentos calafrios. Alguém o chama. Ele se vira. Os gemidos continuam. Ele olha à esquerda, mas o som vem do lado direito. Ele olha à direita, mas o som vem da esquerda. Como numa brincadeira de esconde-esconde. Levanta-se e olha ao redor. Nada além dos quatro quadros representando, em estilo arcaico, a primavera, o verão, o outono e o inverno.

O som agora vem do alto.

Será o meu próprio grito? Meu grito mudo, vindo de trás do horizonte? Ou será o grito de minha amada?

Que importa? Faz muito tempo que ele não emite opiniões. Seus pensamentos são como navios naufragados recolhidos ao fundo do oceano, sob o lodo, sob as algas. Como aqueles pobres marinheiros decapitados pelos piratas, cujos corpos foram tragados há muito tempo e sobre os quais vão e vêm as ondas barulhentas, encerrando-os para sempre nas profundezas do mar, onde reina o silêncio.

Agora ele sente o perigo iminente.

Algo como um tremor de terra, ou os sinais de um maremoto, ou o despertar de vulcões longamente adormecidos. Sente o afluxo de recordações longínquas e sufocadas, como trapos que retomassem a sua forma anterior de roupa. Os anos do passado abrem caminho. Milagre divino ou sortilégio do demônio?

Ele não sabe. Não pode saber. O oceano está em fúria. Ele pressente o retorno dos mortos.

Alguém bate à porta. Inicialmente golpes delicados, que aos poucos se intensificam e se aceleram. É o médico, chegando para a visita noturna, prévia à sua retirada para o quarto no pagode.

— Estou com sono — diz ele, antes mesmo que o doutor adentre o quarto. — Vá dormir! Eu o chamarei se houver necessidade. Seu telefone está funcionando?

— Sim, presidente! Eles o consertaram. Permita-me fazer alguns controles.

— Não há necessidade! O senhor já me examinou ontem à noite. Minha saúde não pode piorar em vinte e quatro horas. Vá dormir. E eu o aviso: vou fumar um ou dois cigarros.

— Mas...

— Faz três semanas que não toco num cigarro. Esta noite eu vou fumar. De tempos em tempos é preciso fazer algumas concessões.

O dever do médico é lembrá-lo que o cigarro lhe é proibido e que seria melhor se parasse de fumar definitivamente, mas ele parece ponderar a inutilidade de suas palavras. Assim, após alguns segundos de hesitação, simplesmente se despede:

— Boa noite, presidente!

— Boa noite para o senhor também!

O médico desaparece na noite. Alguns instantes depois, acende-se a luz do quarto no outro lado do pátio. E, em seguida, ouve-se uma voz masculina:

Meu amor,
Quando nos veremos novamente?

O presidente aguça as orelhas. Faz muito tempo que não o escuta cantar assim. Sabe que o médico adora canções de amor, mas, em sua presença, ele só cantava hinos militares ou cantos populares. Será que, nessa noite, ao dizer que ia fumar, acabou por liberá-lo de sua própria inibição?

Meu amor
Onde está você agora?

As palavras, leves, sobem ao céu como uma pipa, ao encontro da brisa de verão. Um verão muito distante... Naquele verão, o vento do Laos, atravessando as montanhas pelo leste, uivava sobre os campos áridos, marcados por rachaduras, como as rugas monstruosas de alguma divindade da montanha. Os pássaros, sedentos, pousavam em silêncio, mas no céu voavam multidões inteiras de borboletas amarelas e verdes. Dançavam, como sonhos emaranhados, centelhas a saudar o último suspiro de um homem morto num campo de batalha.

Meu amor...

A voz acalorada evoca-lhe um outro verão, um verão fresco, à sombra das árvores, ao som das águas cristalinas de um riacho. E aqueles crepúsculos iluminando o campo de batalha.

Onde está você agora,
Está tão longe, mas meu coração não consegue esquecê-la...

A noite está calma. O vento parou. Não há luar. Nenhuma estrela. Uma noite misteriosa. Montanhas, riachos, florestas, pomares, a vila dos lenhadores lá embaixo, campos e arrozais ao longe, tudo está mergulhado nas profundezas da noite. Um imenso espaço negro. Nesse mundo em suspensão, cada palavra daquela canção ressoa como o badalo de um sino.

O presidente acende um cigarro.

Meu amor...
Quando poderemos nos ver novamente?

De repente, soluços. Atrás dele. Soluços de choro tão familiares que o deixam paralisado, tamanho o assombro. Não ousa virar o corpo. Tragando o cigarro, procura escapar do pesadelo. Mas os soluços continuam ali, ele escuta até mesmo a respiração. Um rosto banhado de lágrimas pousa sobre suas faces. As lágrimas são muito frias. Ele acende mais um cigarro, depois outro, e fuma como uma chaminé. Suas faces estão banhadas de lágrimas.

Meu amor...

O canto prossegue, mas já não é mais um canto, e sim o chamado de sua consciência. Ele não ousa formulá-lo, e esse chamado mantém-se em silêncio.

Perdoe-me, meu amor... Perdoe-me...

Seus olhos ardem, uma onda de calor lhe atravessa o corpo. A fumaça sobe em espiral. Dá voltas como as nuvens dos crepúsculos tempestuosos, como a neblina que sobe dos lagos na primavera... Sua vida, não seria ela semelhante a essa ilusão nebulosa, ao sabor do menor sopro de vento? Seu poder, não seria ele como o lampejo efêmero de um refletor numa sala de teatro?

Perdoe-me, meu amor...

Não notou a presença do médico, surgido sob a moldura de sua porta:

— Presidente.

Ele ergue a cabeça.

— O senhor parou de cantar? Gosto de ouvi-lo, sabia? Tem uma bela voz de barítono. Poderia ser um cantor profissional.

— Presidente, o senhor me deixa envergonhado!

— Apenas digo o que penso, sem bajulações!

— Obrigado, presidente.

— Por que o senhor voltou?

— Os guardas vieram me avisar que o senhor estava fumando demais. Não é bom para a sua saúde.

O presidente observa o maço de cigarros. Consumiu a metade dele. O cheiro do fumo toma conta do quarto. O médico o encara com firmeza, talvez procure sondar aquilo que vai pela sua alma para entender a razão daqueles olhos marejados. O presidente pega o seu lenço.

— É verdade. Exagerei um pouco. A fumaça quase me faz chorar.

— Presidente...

— Não se preocupe. Vou apagar este cigarro.

Ele esmaga o cigarro no cinzeiro, levanta-se e estica o corpo. Finge bocejar:

— Preciso fazer alguns movimentos de qi gong. Vão me ajudar a pegar no sono.

2

Vu volta para casa ao meio-dia.

Não quer outra coisa a não ser enfiar a cabeça numa bacia d'água fria antes de dormir. Apesar do frio, por dentro está ardendo de raiva. Depois do café da manhã, esvaziou duas chaleiras e não está com fome. Olha para a cama no canto do quarto, atrás do véu azul-celeste. Dali a alguns minutos, ele estará deitado ali, os olhos fechados para não ver mais ninguém, para não ouvir mais ninguém. Os fios tensos dentro de sua cabeça poderão se soltar. Ele se dá conta, nessa hora, do quanto gosta desse quarto, dessa cama de estilo antigo e desse véu azul-celeste florido. Várias vezes sua mulher quisera trocá-lo por uma cortina de renda mais sofisticada, mas ele sempre rejeitara a ideia. Sem dúvida, cada um tem lá as suas manias, esquisitas aos olhos dos outros. Em sua ampla morada, tudo mudou. A pintura das paredes, os móveis, os enfeites, os quadros, até mesmo a caixa em que guarda suas medalhas. Somente esse véu permaneceu, um tanto isolado em meio a tantas novidades. Ele é feito de um tecido barato, todo puído, as flores estampadas já não passam de pontos imprecisos na cor azul. Mas ele gosta dele. Sua existência, ali, é reconfortante. O azul gasto o acalma. Nunca soube explicá-lo à esposa.

— Essa cortina é muito feia. Mas está conosco desde o terceiro aniversário do nosso casamento. Não se lembra do oficial de ligação que nos deu de presente quando estávamos na Resistência? Ele foi morto no inverno seguinte, na volta a Hanói.

— Sim, eu me lembro. Mas todas as coisas têm um tempo determinado de vida. A vida de um homem equivale à vida de mil objetos.

— Se o objeto traz reconforto para o homem, ele deve continuar a existir. Não temos a obrigação de fazer igual a todo mundo. Não dê tanta importância aos objetos. Você é uma mulher instruída, não é como a mãe Tu.

— Você está me comparando a Tu, aquela vendedora de peixe?

A mulher protestara com veemência. E era o que ele já esperava:

— Claro que não. Mas não esqueça que mulheres como ela dão muita importância aos objetos. Eles têm um grande significado...

A mulher ficara corada de tanta raiva. Depois disso, porém, deixou-o em paz. Talvez mais por amor-próprio do que por ter tomado consciência da alma dos objetos. De todo modo, ele havia ganhado: a velha cortina continuava ali, e era não apenas uma recordação, mas também uma espécie de amuleto. Transmitia-lhe calma em meio ao perigo, e lucidez em meio ao nevoeiro. Apaziguava o seu coração. A cada desgraça, a cada sofrimento, Vu se trancava no quarto e se jogava na cama depois de abrir a cortina. Então, diante dele só existia aquele azul agradável. A cor estava gasta, mas era a cor da sua juventude. Tinha o poder de restituir um pouco de alegria à sua mente cansada, evocando as milhares de trilhas por ele percorridas na antiga floresta. Graças a ela, ele recordava a sua energia, a sua coragem, as suas vitórias e também os riscos a que se submetera, bem como os momentos felizes que conheceu...

Alguns anos antes ele estabelecera uma relação entre esse véu e a sua canção preferida na infância, quando frequentava os bancos escolares.

Era uma canção italiana que passara dos liceus franceses para as escolas populares. Sua letra dizia que o homem deve fincar âncora em algum lugar, ali onde possa cuidar de suas feridas, onde possa se recuperar dos golpes sofridos. Ali ele reencontra a vontade de viver, de renascer. Esse lugar era a antiga moradia...

Para ele, a velha casa se resumia a um bom tecido azul esmaecido. Não tinha nada mais além disso.

Em alguns instantes eu me lançarei sobre essa cama, que conheço centímetro por centímetro. Esse véu azul me protegerá e eu encontrarei a solução...

Uma freada. O Volga estaciona subitamente.

— Senhor, chegamos — diz o motorista.

— Obrigado.

— A que horas devo passar amanhã para apanhá-lo?

— Amanhã devemos sair mais cedo. Passe às seis e quinze.

— O senhor terá tempo de comer alguma coisa antes?

— Sim. Será mais prático.

Ele desce do carro, avança em direção à casa, vai para o andar superior, troca rapidamente a roupa de trabalho por um pijama e se joga na cama, como se tivesse sido acometido de uma doença repentina. As sensações já conhecidas, a suavidade do azul do véu da cama permitem-lhe retomar aos poucos o ritmo normal da respiração. Vu fecha os olhos, à espera da serenidade, como um camponês aguarda a chegada da chuva em período de seca. Os fios, dentro de seu cérebro, desenlaçam-se lentamente.

Esse estado de graça não dura muito tempo. De repente ele ouve gritos, barulho de louça se quebrando, cadeiras caindo e, em seguida, a voz amarga da esposa:

— O que está acontecendo?

— ...

— Fiz uma pergunta: quem jogou o prato de carne?

— Foi Trung.

— Está jogando fora a comida? Pois bem, vai passar à base de sal durante três dias... Quem lhe deu o direito de dar uma de orgulhoso?

— ...

— Estou fazendo uma pergunta: com que direito você dá uma de orgulhoso em minha casa?

A voz de Vân assobia como uma lâmina raspando num bambu. Nunca ouviu uma voz tão terrível; por que a sua voz está hoje assim tão horrível?

— Responda, Trung!

O menino chora. Um choro rapidamente sufocado. Ele se levanta. Embaixo, a mulher continua a gritar:

— Você está me ouvindo? Responda, Trung!

O menino desanda a chorar. O choro de um menino cuja voz desaparece. Vu desce as escadas. Na sala de jantar, observa a mulher com as mãos na cintura, a mais execrável posição das mulheres, tanto no plano estético quanto no plano moral. Nessa posição, nem mesmo uma rainha da beleza conseguiria comover um homem. Faz muito tempo que a esposa não aparece desse jeito, uma atitude que ele sempre comparara aos modos vulgares da peixeira Tu. A esposa conhece o seu temperamento discreto e modesto, mas sabe também que, caso a raiva ou o ódio tomem conta dele, a ruptura se torna inevitável. Ela conhece há muito tempo os limites além dos quais começaria a caminhar em campo minado.

Estaria dominada pela loucura ou pelo esquecimento?

Ele se aproxima:

— O que está acontecendo?

Vân leva um susto e depois se vira apontando para o chão:

— Veja só! Trung não queria mais carne e jogou tudo no chão. Enquanto isso, o pobre Vinh não pode comer nem um pedacinho... Vou deixar os dois com arroz salgado até o fim da semana.

Como uma criança a soletrar calmamente palavra por palavra, com um sorriso forçado, ele diz:

— Durante três anos, não vou nem sequer tocar em nenhum pedaço de carne. Assim, não faltará para ninguém... Assim está bom para você?

Vân está pasma. Seu rosto fica vermelho, depois carmesim e, por fim, totalmente lívido. Ao longo de vinte anos de vida em comum, ela aprendera a conhecê-lo: aquele era o sorriso que ele guardava para os inimigos. Ela recua e abre a boca sem conseguir falar. Depois, subitamente, dá-lhe as costas, sai da sala de jantar de mau humor e vai para o jardim.

Vu pergunta ao garoto:

— O que aconteceu entre vocês dois?

— Nada... Nada, pai — balbucia Vinh, seu filho, antes de seguir os passos da mãe.

Ela é a barreira por trás da qual ele pode esconder impunemente as besteiras que comete. Vu se inclina na direção de Trung:

— O que ele fez para você?

O filho adotivo desanda a chorar. Vinha se segurando até então, mas, uma vez rompido o dique, solta lágrimas quentes como um menino de três anos com voz de adolescente. Vu aguarda que ele termine, para então abraçá-lo:

— Você tem dez meses a mais que Vinh. Tem de se comportar como irmão mais velho.

— Sim, pai. Sempre obedeci às orientações que você me dá. Mas ele me insultou.

— O que foi que ele disse?

— Me chamou de bastardo, de parasita.

— Sem motivo algum?

— Estávamos comendo, pois a mãe disse que você chegaria tarde. Quando fui me servir da carne, ele me disse: você é um bastardo, um parasita. Devia comer só legumes, você não tem direito de comer carne. Devia ficar feliz só de ter autorização para comer comigo...

Um frio gelado desliza pelas costas de Vu. Ele tem a sensação de que seu coração parou de bater. Um pensamento o atravessa como uma lâmina aquecida em brasa:

Ele não poderia ter pensando isso tudo sozinho. É um menino, e ainda por cima meio tonto. Só pode ter sido a mãe... Minha mulher? Será tão odiosa assim?

Ele se acalma.

— Não ligue para o que Vinh diz. É um comilão e mentiroso. Você é meu filho de verdade. Vân não é sua verdadeira mãe, mas saiba que vem do meu sangue. A sua pele, a sua carne, elas vêm da minha pele e da minha carne. Se Vân e Vinh não o aceitarem, nós dois vamos embora. Entendeu?

O menino está boquiaberto. Seus olhos o fitam enormes de tamanha estupefação. Vu acredita enxergar nessa surpresa um pouco de dúvida e muito medo diante de uma grande felicidade. Aquilo que ele acaba de dizer vai muito além do que o menino podia imaginar.

— Você é meu filho de sangue, entendeu? — repete.

Trung está paralisado. Totalmente lívido. Vu consegue enxergar todas as emoções que se movem em seus belos olhos. O amargor o submerge.

Ele sonha com um pai! Ter um pai de carne e osso, como milhões de crianças, é para ele um sonho inatingível, uma miragem... pobre principezinho órfão...

Seus olhos castanhos são como os de uma pomba. São belos, porém femininos. Seria essa beleza a causa de seu destino infeliz?, pergunta-se fugazmente. Ele pega a mão do menino, aperta-a...

— Você é meu filho de sangue. Nunca revelei essa verdade porque tinha um pouco de medo. Mas hoje eu devo fazê-lo... Você já é grande.

— Pai!

O menino se joga nos seus braços. A felicidade, subitamente, explode sob a forma de choro. Lágrimas escorrem num fluxo contínuo. Ele afunda a cabeça no peito de Vu, que o abraça afetuosamente. Doçura e amargor, misturados, invadem o seu coração.

3

Soam as doze badaladas da meia-noite. Vu continua mergulhado na leitura, como se nada tivesse acontecido. A esposa, chegando por trás, fecha-lhe o livro.

— Venha dormir. Já é tarde.

Vu reabre o livro, na página em que estava.

— Vá dormir, vou ler mais um pouco.

— Eu lhe peço desculpas.

— Você não fez nada de errado. Ou melhor, o erro foi morarmos juntos. Sinto muito.

— Você quer dizer...

Vân levantou a voz. O tom calmo mas incisivo do marido a irritou. Ela quer conversar, argumentar, transmitir-lhe sinais de sua boa vontade. Mas Vu rechaça a ideia apontando para as paredes. Não podem conversar naquele lugar recheado de microfones ocultos. Ela pega uma folha de papel e escreve:

"Amanhã conversaremos sobre isso."

Ele responde por escrito:

"Amanhã eu saio às seis."

"Então quando?"

"Quando eu voltar."

"Boa noite."

"Boa noite para você também."

Vân risca um fósforo para queimar o papel, um velho costume, e sai em direção ao quarto.

Ele permanece ali, mas não consegue retomar a leitura. As lágrimas do filho adotivo ainda estão presentes, cálidas, em seu peito. Ainda ressoam em seus ouvidos os soluços do menino. Ele procura imaginar as tormentas que devastaram a sua mente juvenil.

Pobrezinho... Há anos que procura o pai. Mesmo que eu o tenha cercado com todo o meu amor, mesmo que tenha tentado ser um pai de ver-

dade, essa ausência não pode ser preenchida. O sangue é um laço invisível entre os seres humanos.

Você é meu filho de sangue. O sangue que corre nas suas veias é o mesmo que o meu. Sua carne é a minha carne!

Por que eu disse isso? Terá sido sob a inspiração de um gênio do Bem ou de um demônio?

Seja como for, está dito. Palavras voam mais velozes do que flechas. A partir de hoje, seu destino e o meu estão ligados por esse laço invisível. Um mistério deu origem a outro mistério da vida... Será que agi corretamente?

Não sabe se acertou ao dizer a Trung que ele era seu filho natural, nascido fora do casamento. Falou sob o impacto da emoção — ele que, de hábito, é sempre tão racional. Mas o que fazer quando sua própria mulher e seu próprio filho colocam o seu filho adotivo contra a parede?

Serei eu o responsável por essa lamentável situação?

Sua mente mergulha nas trevas. Ele se mostrou incapaz de conduzir o barco familiar. Terá sido por falta de lucidez ou de coragem que ele não enxergou o que se passava no fundo da alma de sua esposa e de seu filho?

Lucidez e coragem. Faltaram-me essas duas qualidades, indispensáveis para ser homem, pai e marido. Isso já me foi dito uma vez.

As dúvidas o fazem voltar irremediavelmente ao passado. Ele vê a si mesmo folheando as páginas amareladas de um diário pessoal. Ele sabe que nele reside um homem tradicional, atrelado aos costumes e aos valores antigos. Seu sonho mais caro após o casamento era ter um filho homem, para dar continuidade à linhagem. Após dezessete anos de fracassos e gravidezes abortadas, o nascimento de Vinh representara, para ele, uma alegria extraordinária. Lembra-se nitidamente de ter ficado três noites seguidas sem dormir junto com Vân antes de seu parto difícil. Ele estava ali, presente, apoiando-a quando ela tinha necessidade de esticar o corpo, oferecendo o braço para ela morder quando sofria muito. Durante um mês, depois do parto, seu braço ainda trazia cicatrizes. As outras mulheres, que dividiam o quarto com Vân, ficavam lívidas de inveja. Olhavam-no com uma avidez explícita. A esposa certamente não se esquecera disso. Tampouco se esquecera de que ele próprio lavava as roupas e cozinhava para servi-la, mesmo não faltando braços, nas duas famílias, para essas tarefas. Seu comportamento fora ditado pela convicção de que sua mulher, agora mãe, merecia a maior felicidade possível, pois, ao misturar seu sangue com o dele, dera à luz um ser que teria a tarefa de perpetuar o modelo, o nome e a qualidade das duas famílias...

Quando bebê, Vinh era gracioso, dir-se-ia uma verdadeira menininha. Parecia-se mais com a mãe do que com o pai. Na época, comentavam entre eles que o pequeno podia até, um dia, tornar-se uma estrela de cinema, um ator famoso. Mas, aos sete anos, seus traços se modificaram enormemente, e sua postura fazia lembrar mais um palhaço do que uma estrela de cinema. De artísticos, os sonhos dos pais passaram a esportivos, quando Vinh foi vice-campeão de atletismo na escola. Junto com o físico, mudava também a personalidade do menino, numa direção que nenhuma mãe, ou nenhum pai, desejaria. Primeiro, transformou-se num glutão. Não conseguia se segurar diante de uma mesa posta. Sem dar ouvidos a quem quer que fosse, empanturrava-se. Em certas ocasiões, Vân contratava os serviços de cozinheiros profissionais para prepararem pratos especiais. Nesses dias, Vinh encontrava algum pretexto para não ir à escola e ficava em casa comendo, antes mesmo dos pais e dos convidados. Muitas vezes Vân se vangloriava dizendo que eles tinham sorte que as coisas fossem daquele modo, pois, assim, com todo aquele apetite, o garoto cresceria mais forte. Apesar disso, sempre que via o filho devorando coisas, Vu morria de vergonha. Aos doze anos, Vinh começou a apresentar um bigode e a mudar de voz, e Vân então decidiu que ele passaria a comer na cozinha, junto com Trung.

Talvez a esposa, intimamente, também sentisse vergonha. Mas nunca o admitira diante dele. Sempre defendia o filho, sua única criação, a qualquer preço. Muitas vezes Vu tinha vontade de acreditar nela, de acreditar no futuro brilhante do filho.

Procurava se convencer de que havia homens nos quais os talentos se revelavam mais tarde. Como no caso de La Vong, o ministro da China medieval que fora pescador até os oitenta anos de idade para depois dirigir os destinos de seu país. Seu filho poderia se tornar um grande cientista, um engenheiro que construiria aviões, navios, que criaria novos materiais, ou um médico que curaria as mais perigosas das doenças. Poderia se tornar útil à sociedade e, dessa forma, angariar notoriedade à sua família e aos seus antepassados. Poderia... Com a condição, é claro, de mudar, de virar estudioso.

Que remédio? O sonho impossível dos pais!

Apesar da intensidade de seus sonhos, Vu tinha de admitir o óbvio: sua realização estava cada vez mais distante. A amarga realidade era que o filho parecia uma cópia perfeita de seu tio Cuong, irmão de Vân. As mudanças físicas que sofrera eram surpreendentes sob todos os pontos de vista. O nariz se destacava como um dente de alho brilhante no meio do rosto. As narinas se ampliavam. Os olhos diminuíam enquanto as sobrancelhas cresciam mais que o normal, como duas taturanas peludas. Por causa da gulodice, engordava a olhos vistos, as faces inchavam, apagando qualquer traço de inocência infantil. Vu não acreditava muito em fisiognomonia, mas a aparência do filho o exasperava, pois ele sabia, por experiência própria, que a mente caminha de par com o corpo. Seus temores acabariam por se confirmar. Vinh sempre estivera entre os primeiros da classe na escola. Ao final do ginásio, porém, não passava de mediano. Depois disso tornou-se um "aluno em dificuldade" e mais adiante um estorvo. A mãe fazia visitas regulares aos professores... Vu a via saindo de casa com presentes, objetos de outros países que ele trazia das viagens que fazia a trabalho, ou produtos locais: patê especial de frango, camarões frescos marinados em folhas de bananeira, frutas raras e doces caseiros... Um dia, não aguentando mais, ele lhe disse:

— Se continuar a fazer isso, vai fazer o nosso filho ficar mais preguiçoso ainda. Ele não se esforça para nada. Já observei várias vezes: ele vê você embrulhando os presentes para os seus professores como um espectador de circo, como se isso não lhe dissesse respeito. Ele deve raciocinar que, faça o que fizer, seus pais sempre atenderão aos seus desejos. Pare com isso, pois assim nosso filho acabará virando um inútil como o tio, que é um mau exemplo sempre presente na cara dele.

A mulher ficara corada.

— Sei que minha família não vale nada perto da sua. Meu irmão é um incapaz... Por que você não escolheu uma mulher mais inteligente, mais letrada?

— Não é o caso de se sentir ofendida. Temos de conversar seriamente sobre o futuro do nosso filho. Para isso, é preciso encarar a realidade. E a realidade é que Vinh está cada vez mais preguiçoso. Seu tio Cuong fica atrás dele o tempo todo. E você fica defendendo os dois. Se ele continuar assim, mais cedo ou mais tarde acabará se colocando à margem da sociedade.

— Ninguém na minha família jamais foi excluída da sociedade. Não seja tão rigoroso com nosso filho. É uma criança teimosa. Precisa ser repreendida com tato. Você sabe muito bem que um monte de gente se deu bem na vida mesmo depois de uma infância tumultuosa.

Até mesmo os cegos se dão bem. Como diz o ditado, os bons cavalos mijam torto.

Vu silenciara, desesperado. O que dizer? Sentia-se impotente.

Toda criança é uma criação conjunta. Mas a parte da mulher tinha sido mais importante. Ela vomitara sem parar, adoecida durante a gravidez, mil vezes mais sofrida que o normal. Talvez não fosse talhada para carregar no ventre uma criança. Aquele menino constituía a única oportunidade de sua vida. Não haveria segunda chance. Para toda a sua família e seus colegas, Vân era aquela que, desde os dezessete anos, comparecia regularmente à maternidade para abortar. Fruto de uma sorte inaudita, Vinh nasceu quando ela já contava quarenta e um anos de idade, no limite da possibilidade de ser mãe. Eis o motivo pelo qual o menino era, para ela, um rei. Tivera até mesmo o dom de modificá-la totalmente. No começo do casamento, Vân não gostava muito do irmão, que chamava às vezes de Cuong, o Porco... Agora, com o filho ficando cada vez mais parecido com Cuong, passara a se ligar mais a ele, com mais indulgência e afeição. Em sentido oposto, Vu não conseguia deixar de se alarmar ao ver o filho conversar, brincar e se divertir com o tio... Um quarentão totalmente imberbe na companhia de um adolescente bigodudo. Ambos traziam o rosto cheio de gordura, sobrancelhas espessas e peludas a esconder olhos minúsculos, que expressavam um olhar libidinoso diante de meninas ou moças. Até mesmo suas risadas se pareciam, como relinchos de cavalo. Não conseguia ficar a observá-los por muito tempo, de tanta repugnância que sentia. Aos doze anos, seu filho já exibia uma barriga tão grande quanto a do tio na mesma idade. Ele se recorda do dia em que entrou no estabelecimento da senhora Tuyêt Bông, dona do armazém de *nuoc-mam** da região.

Como poderia saber o que a vida reservava para mim? Como poderia adivinhar que meu filho herdaria todos os defeitos do lado da mãe? Quando me apaixonei por Vân, ela tinha a aparência nobre do pai, o professor Vuong. Estava longe de imaginar que aquele corpo carregava em si a hereditariedade da mãe, a dona do armazém de nuoc-mam, *conhecida por sua feiura legendária. Seria esse casamento o fracasso de minha vida? Um fracasso irremediável?*

Eles faziam parte da juventude dourada da cidade de Phu Luu. Ambas as famílias haviam pago seus estudos em Hanói. Belas roupas, acessórios da moda, tinham tudo para se nivelar aos colegas da capital.

* Molho à base de peixe tipicamente vietnamita. (N. do T.)

Apaixonaram-se numa cabine de trem, quando ela lia um romance e ele folheava um jornal. Seu amor cresceu nas excursões de escotismo, onde, juntos, entoavam canções estrangeiras. Vân era bonita. Chamavam-na de a princesa de Phu Luu. Apaixonaram-se fortemente. Não haviam sido, ainda, defrontados com as preocupações profissionais ou com a tormenta revolucionária.

Muitos pontos de interrogação continuam em aberto no balanço desses vinte anos de casamento. Vu se lembra bem da primeira vez em que levou Vân à sua casa, para surpreender seus pais. Eles ficaram calados por um bom tempo diante da bela jovem. Na mesma noite, seu pai o procurou para conversar:

— Os tempos mudam. Hoje em dia, ninguém pode fazer o filho casar contra a sua vontade. Acho isso sensato. Mas devo lhe dizer que a vida a dois é difícil. Não se esqueça disso. Quando decidir viver com uma mulher, você será responsável por metade da vida dela. Por isso, pense bem.

— Você está falando da família de Vân? — perguntou ele, indo direto ao ponto. — Eu e ela temos o mesmo pensamento. Vân admite que sua mãe não tem todas as qualidades de uma mulher honesta. E já que tem consciência disso, saberá se adaptar.

— Como você quiser.

Seu pai hesitou um pouco antes de prosseguir:

— Os mais antigos dizem que, se você quer um homem, escolha-o por sua notoriedade, e, se quer uma mulher, escolha-a por sua família. Pense nisso...

— Tudo bem, meu pai, vou pensar — respondeu, secamente.

Mas a reflexão, num jovem, dura no máximo vinte e quatro horas. Num homem apaixonado, menos ainda. Uma única palavra da amada pode derrubar muralhas inteiras de dúvidas e preconceitos.

Na noite seguinte, Vu perguntou a Vân:

— Você acha que o casamento do seu pai com a sua mãe é um sucesso?

— Não, de modo algum!

A resposta era sincera, sem ambiguidades. O esdrúxulo casamento do professor Vuong com Tuyêt Bông, a dona do armazém de *nuoc-mam*, foi durante anos motivo de mexericos na região. Certamente Vân ouvira os gracejos que corriam a esse respeito desde os cinco anos de idade. O casal formado por seus pais era realmente caricatural: um homem culto, professor educado, elegante e calmo, ao lado de uma gorda bisbilhoteira, avarenta e rabugenta. Pelas costas, chamavam-na de gorda da boca enorme, uma boca da qual ela se servia principalmente para três coisas: regatear, xingar e comer de modo desenfreado. Sua gula fizera a filha corar de vergonha várias vezes diante dos amigos, para não falar de seus outros defeitos. Vân tinha então explicado a Vu:

— Meu avô, em seu leito de morte, suplicou ao meu pai, Vuong, na presença de minha avó, que se casasse com minha mãe, Bông. É por isso que minha avó se apressou em organizar o casamento logo após a morte do marido.

— Por que ele pediu isso?

— Não sei. Nem minha avó, nem meu pai sabem.

— E o seu pai nunca amou sua mãe?

— Todo mundo sabe disso, dentro e fora da família.

— Por que seu pai aceitou?

— Em nossa família, meu avô era como o sol. Tudo o que dizia era uma ordem.

— E se, agora, o seu pai a obrigasse a se casar com alguém que você não ama, como fez o seu avô, você obedeceria?

— Oh, não! — respondeu Vân, sem hesitar. — Jamais!

— Por quê?

— Os tempos mudaram! Hoje em dia, as mulheres modernas usam shorts! Talvez eu não seja moderna, mas também não sou uma mulher da Idade Média.

Riram bastante, sentindo-se felizes por viver numa época em que o amor era livre e em que as pessoas só se casavam se quisessem. Ele voltou para casa e contou aos pais aquela conversa. Estava convencido de que os temores tinham sido superados. Seus pais, no entanto, continuavam retardando o casamento. O casal constituído pelo professor Vuong e a dona do depósito de *nuoc-mam* continuava a inquietá-los. Seu pai tentou investigar. Para ele, somente uma dívida especialmente grande poderia convencer um homem a forçar seu filho a pagá-la daquela maneira tão terrível: para alguém como o professor Vuong, aceitar viver com uma mulher como a senhora Tuyêt Bông significava penetrar voluntariamente na caverna do diabo. Além disso, e principalmente, casamentos como esses, contrários à natureza, sempre deixam sequelas nas gerações seguintes...

As pessoas traçavam diversas hipóteses. Uns diziam que o avô Ky, pai do senhor Vuong, havia trabalhado em minas de ouro no Laos com o avô Cu, pai da senhora Bông. Durante um desmoronamento, o senhor Cu salvou a vida de Ky, ao arrancá-lo dos escombros. Para saldar a sua dívida, Ky então prometeu que seu único neto casaria com a única neta de seu salvador.

Outros retrucavam que os avôs Ky e Cu eram uns vadios preguiçosos que não sabiam nem sequer usar uma faca. Nunca poderiam ter trabalhado em busca de ouro. Nessa profissão, era preciso ter dinheiro e estratégias muito espertas para controlar uma mina. Na realidade, os avôs Ky e Cu deviam ser jogadores. Jogavam o ano inteiro, ganhando e perdendo bastante dinheiro. Num inverno horrível, Ky começou a perder sem parar. Quanto mais perdia, mais louco ficava e apostava, mas ainda para tentar se recompor. Desfizera-se de sua casa, de suas terras. Tudo fora posto sobre a mesa de jogo. Mas seu anjo da guarda o abandonara, e ele perdeu tudo. À véspera do Têt,* sua mulher e os filhos tiveram de deixar a casa e pôr os pés na estrada. Torturado pelo remorso, ele tentou cometer suicídio. Foi nesse momento que o avô Cu saldou todas as dívidas do amigo, pedindo em troca apenas a fusão das duas famílias quando seus netos se tornassem adultos.

Fofocas são fofocas. As hipóteses continuaram sendo apenas hipóteses, pois os contemporâneos dos avôs não estavam mais presentes para testemunhar. De qualquer maneira, a história é um livro que alinhava hipóteses, e por trás de cada uma delas permanecem muitos mistérios. Os pais de Vu não gostavam de enigmas, mas, após um ano de pesquisa infrutífera, resolveram celebrar a união dos jovens. Apesar de todas as relutâncias, a festa se realizou sem problemas. Os pais de Vu eram pessoas educadas. Sabiam camuflar o incômodo e a aflição.

Os anos iniciais de vida em comum transcorreram como um sonho. Os jovens recém-casados viviam separados de suas famílias devido ao trabalho. Os pais de Vu moravam sob o teto de seu irmão mais velho e tinham comprado uma casa para ele antes do casamento. Entretanto, mesmo durante essa lua de mel, a família de Vu continuava a ser, para ele, o ninho confortável do qual não conseguia se esquecer. Sua mulher era obrigada a admiti-lo. Bem que gostaria de ser a única dona de seu coração, mas sabia que isso não era algo negociável. Assim, todos os finais de semana, eles visitavam os pais de Vu. Sentavam-se todos em torno de uma refeição caseira que os empanturrava mais do que qual-

* Ano-novo vietnamita. (N. do T.)

quer banquete em algum restaurante de renome. A mãe de Vu, apesar da idade avançada, continuava uma cozinheira de primeira. Preparava-lhes um ensopado de caracol com inhame selvagem, coxas de rã refogadas com broto de bambu e pimenta, peixe com cabeça de serpente marinada com caules de lírios-do-vale perfumados, camarões cozidos com aguardente de arroz ou enguia cozida lentamente com cúrcuma. Era tudo delicioso, superando, de longe, qualquer prato que pudessem experimentar em um restaurante. E assim, comendo em abundância, desfrutavam o calor que reinava naquela casa... Quanto à família de Vân, visitavam-na apenas uma vez por ano, por ocasião do Têt. Era o costume, e Vu tinha de se curvar a isso. Não era tão difícil para ele, apesar dos modos rudes e vulgares de sua sogra, que gritava e xingava seus empregados, ria doidamente à mesa, comia porcamente, com a boca aberta... A dona do armazém de *nuoc-mam* tinha consciência do mal-estar que provocava nele. Certa vez, foi bastante direta:

— Sei que vocês não me aguentam. Eu também não suporto vocês. É melhor cada um ficar e comer na sua própria casa. Uma oferenda aos antepassados no altar uma vez por ano será o bastante.

— Mas que história é essa? — o professor franziu as sobrancelhas, irritado.

A senhora Tuyêt Bông calou-se imediatamente. Se podia brigar com qualquer pessoa por causa de um centavo ou xingar qualquer um que ousasse mexer com ela ou com seu filho, tinha, por outro lado, verdadeiro pavor do marido. Diante dele, parecia um cãozinho dócil. Seus lábios grossos se fechavam quando ele levantava a voz. Seus olhos de tigresa baixavam como os olhos dos coelhos quando ele a fustigava com o olhar. Quando ele dava uma ordem, executava-a imediatamente, sendo que um minuto antes estava prestes a brigar com alguém como uma louca... Diziam que ela nascera no ano do rato e ele, no ano da serpente. O rato pode atazanar a vida dos gatos, mas, diante de uma serpente, fica hipnotizado, sem alternativas, a não ser aguardar pelo golpe fatal. Outros diziam que mulheres de sua espécie, a não ser por alguma sorte inaudita, só podiam almejar como marido a um mendigo andrajoso ou, na melhor das hipóteses, aos homens que passavam pelos povoados com seus porcos para engravidar as leitoas.

Assim, viviam conforme a tradição: a nora se torna uma menina da casa, o genro, um convidado. Vân nunca reclamava quando Vu criticava os modos de seu irmão Cuong. Mas, depois, tudo mudou. A partir do momento em que seu filho cresceu e passou a ficar cada vez mais parecido com o tio Cuong, o perigo passou a ser mais grave do que o imaginado. Pois a posição de Vu não era a de um pequeno e simples professor de aldeia. E a podridão, quando atinge a árvore da autoridade, é mil vezes mais infecta do que no nível do chão.

Filhos, que remédio!, são como correntes de ouro...

Um lamento lhe vem à mente. No mesmo instante, duas flechas atravessam o seu coração, representando duas figuras: seu próprio filho e o filho de um outro homem.

Vou morrer. Vou morrer desse dilaceramento. Pois meu sofrimento não posso revelar... É um túnel sem saída...

Ele geme. Mas, lembrando-se que a esposa está na cama e que certamente ainda não adormeceu, comprime os dentes. Surge-lhe um rosto diferente, e uma ideia lhe assoma, afiada como o gume de uma espada:

Não! Não tenho o direito de morrer... Não por enquanto. Se partisse agora, os miseráveis se sentiriam livres. Minha morte significaria um desastre para muita gente... Não se sabe o que poderia acontecer... Não, preciso viver... Não tenho o direito de perder...

A cabeça entre as mãos, cambaleando como um homem ferido, ele se dirige ao quarto.

4

O nevoeiro é denso. A decolagem foi adiada.

A neblina encobre o aeroporto com seus lençóis brancos e o orvalho colore o gramado com um verde intenso. Uma aeromoça se apresenta a Vu:

— Senhor, gostaria de tomar um chá? Ainda não podemos decolar.

— Obrigado, senhorita. Houve muitos voos que tiveram de ser suspensos este mês?

— Três, senhor. Hoje talvez tenhamos o quarto.

— Quanto tempo costuma-se esperar?

— Depende da previsão do tempo. Em média, deve-se esperar pelo menos até a hora do Cavalo.

— Conhece, então, essa expressão popular?

— Sim. Os antigos diziam: "Se a chuva parar antes da hora do Cavalo, então não haverá vento na hora da Cabra." Foi minha avó quem me ensinou.

Ela lhe serve uma xícara de chá. O aroma de jasmim se espalha pela sala de espera, deixando-a menos impessoal.

— Dentro de uma hora a cantina oferecerá *pho** e bolinhos. Mas, se estiver com fome, posso trazê-los agora mesmo.

— Obrigado, já comi em casa.

Mas logo muda de opinião.

— Pode-me trazer os bolinhos? Que tipo de bolinho se faz aqui?

— Temos três tipos: salgados, com recheio de massa de feijão açucarado e bolinho de mel.

— Traga-me, então, bolinhos com recheio de massa de feijão.

— É para já, senhor.

A jovem se afasta, a passos firmes. Ele a segue com os olhos:

* *Pho:* sopa tradicional vietnamita geralmente acompanhada de macarrão, entre outros ingredientes. (N. do T.)

De onde será que ela vem?

Todas as jovens vindas recentemente do campo e selecionadas para trabalhar no setor de serviços da cidade ou na administração são assim, vivazes e cheias de entusiasmo. O corpo cheio de vida, o rosto rosa e radiante, possuem o entusiasmo transbordante daquelas que, depois de experimentarem a dureza de seu ofício no campo, veem-se mergulhadas numa vida bem mais confortável:

Mas depois de algum tempo tudo muda... Do corpo à personalidade... Tudo, com o tempo, se estraga...

Ele se entristece saboreando o chá.

A jovem retorna trazendo o prato de bolinhos, o que o faz rejuvenescer ao menos trinta e cinco anos. Os clientes da cantina são certamente pilotos ou jovens mecânicos, capazes de engolir sem nem mesmo sentir um prato tão belo como aquele.

Depois de colocar o prato diante dele, ela o saúda respeitosamente e se retira.

— Obrigado, senhorita.

Ele sorri e pega um bolinho. Com o chá, o apetite se renova. Come dois. Naquela manhã, a mulher lhe preparara a sopa de macarrão de sempre. Estava boa, como em todos os dias, mas ele se vira incapaz de engoli-la. Talvez por causa da noite em claro que haviam passado. Uma noite fria de congelar o coração. Quando um homem e uma mulher não conseguem nem querem fazer amor, quando não têm mais nada a se dizer, quando seus corações e suas mentes se afastaram e eles são obrigados a compartilhar o mesmo espaço, sem conseguir fechar os olhos... Que noite horrível.

De manhã, assim que o despertador tocou, ele saiu imediatamente para o jardim, apesar do frio. Depois de passear por bastante tempo sob as árvores, voltou para se vestir e em seguida sentou-se à mesa, diante da tigela de sopa preparada pela esposa. Subitamente, ao observar o rosto da esposa, inchado pela noite em claro, teve a sensação de olhar para o rosto da senhora Tuyêt Bông.

Estou ficando velho... Não enxergo muito bem. Ninguém jamais encontrou qualquer semelhança entre Vân e a mãe. Sempre a comparara com o professor Vuong, ao passo que seu irmão Cuong sempre foi considerado uma cópia perfeita da dona do armazém de nuoc-mam.

Media a esposa de alto a baixo, a mesma mulher com quem passara longos anos, cuja maneira de escovar os dentes, de se pentear, comer e seduzir ele conhecia de cor. Começou a questionar sua própria percepção das coisas. Pois acabava de detectar traços comuns entre ela e a mãe. Não o rosto, nem o nariz ou o sorriso, mas um não sei quê, talvez uma atitude.

Não é imaginação minha. Tinha esquecido, mas já havia visto Vân com as mãos na cintura, exatamente como sua mãe, batendo boca com os agentes da administração. Fora dezesseis ou dezessete anos atrás. Daquela vez, Vân sentiu vergonha. Hoje, flagrei-a na mesma posição sem que ela nem sequer se desse conta disso. Com o tempo, tudo apodrece.

— Senhor, quer que eu coloque um pouco mais de água quente?

A jovem voltava, uma chaleira na mão. Quando ia despejar a água, conteve-se e perguntou:

— Quer que eu traga mais chá?

— Não, obrigado. O chá ainda está forte, pode colocar só um pouco de água quente.

Ele ergue a xícara fumegante, deixando o vapor acariciar seu rosto. Uma voz sussurra em seus ouvidos:

Com o tempo, tudo apodrece... Com o tempo...

Não sabe por que essa frase o persegue tanto, como uma sanguessuga agarrando-se à virilha do pobre búfalo. A família de Vu não tinha terras, mas ele conhecera a vida rural durante as férias de verão. Mais tarde, engajando-se na Revolução, aprendera a conhecer os arrozais e os campos. De todo aquele período, a lembrança mais terrível que ele guardou, sem jamais admiti-la para si mesmo, era a das sanguessugas nos arrozais da planície. Toda vez que se recorda dos cachos de sanguessugas emergindo à superfície da água em busca de alguma presa, sente um arrepio. Não é porque elas sugam o sangue humano. Outros animais, como os mosquitos ou outros insetos, o fazem também. O que ele acha horrível é a sua forma ondulada, gelatinosa, irregular, como uma tragédia proteiforme, uma ameaça permanente, cujo começo e cujo fim não podemos nunca conhecer.

Há dores crônicas que se colam ao coração como uma sanguessuga aninhando-se na parte mais profunda, sem nunca se soltar... Mas as verdadeiras sanguessugas não são tão perigosas assim, pois caem por conta própria depois que as deixamos sugar o sangue dos bois ou búfalos. Basta, então, recolhê-las e jogá-las numa fossa de cal forte, que é o método de eliminação mais eficaz. Em compensação, o homem é impotente para extirpar uma dor crônica de seu coração que sangra.

Vu já não sabe onde foi que leu essa ideia, mas ela lhe vem à memória subitamente, como uma fumaça perambulando sobre os campos das lembranças.

Uma risada cristalina lhe chama a atenção: um grupo de mulheres aparece na porta da cozinha. Rechonchudas, as faces cor-de-rosa e os olhos úmidos, as quatro moças irradiam felicidade. As duas primeiras carregam um grande cesto com bolinhos. As outras duas, mais fortes, uma grande panela militar, certamente com sopa de *pho*. Um homem de ombros quadrados, negro como carvão, vem atrás delas, carregando com dificuldade um grande cesto com massa de arroz. Vu dá uma olhadela no seu relógio de pulso. O sino repica. É hora do almoço dos soldados do aeroporto.

Vu os observa curioso.

Quem dentre esses homens enfiará amanhã uma faca nas costas de seu vizinho? Quem colocará veneno na sua tigela? E quem o conduzirá a um campo minado?

Os jovens soldados também o viram. Pararam de rir, saudaram-no com a mão antes de se sentar às mesas da direita, reservadas para a segunda classe.

Mesma sala, mesmos bolinhos, a mesma sopa de *pho*. Mesmo assim, a cantina é dividida em duas. Ele tem o seu lugar reservado na primeira classe. O piso, ali, é mais alto, vinte centímetros: um tablado de madeira envernizada. As cadeiras são de melhor qualidade, as mesas são cobertas por toalhas brancas. A louça é de porcelana chinesa. O outro lado é mais baixo, de ladrilho, com móveis de madeira rústica, sem toalhas, e a louça é de fabricação local, rudimentar. Entre as duas áreas, como que para delimitá-las claramente, postes de madeira ligados por uma guirlanda de flores de papel multicor.

Vu pensa na guirlanda de flores com ironia:

Qual é a diferença entre um pho *de segunda classe e um de primeira classe? Na segunda classe, servem-se apenas seis ou oito tiras de carne, ante doze na primeira. Nesta última, há, ainda, um complemento de cebola e também condimentos. Infelizmente, essa realidade está muito distante do sonho do guerrilheiro revolucionário. Depois de tanto sangue vertido, tantos mortos, tantos sacrifícios consentidos, a vida volta a se preocupar com quantas tiras de carne existem numa tigela de* pho *ou de arroz?*

Ele baixa a cabeça, bebe um gole de chá e se dá conta de que, mais uma vez, ele se desviou pelo velho caminho das lamentações. A guirlanda de flores de papel multicor continua a fasciná-lo. A diferença de classes, a força do poder e a fragilidade da vida são pensamentos que se apegam ao seu coração como um grupo de sanguessugas esfomeadas.

* * *

Na manhã anterior, mal acomodara sua pasta ao chegar ao escritório, seu secretário apareceu correndo e informou que estava sendo requisitada a sua presença na reunião extraordinária da célula de organização do comitê central do Partido. Magro feito uma vara e ainda por cima angustiado, o homem parecia em estado lastimável:

— Vá imediatamente, o senhor Sau está à sua espera.

Vu acomodara a pasta calmamente:

— Quem deu a ordem?

De olhos assustados, o secretário cochichara:

— O próprio senhor Sau. Ele telefonou dez minutos atrás. Ligou duas vezes.

— Ele gosta de aquecer a voz de manhã cedo! — respondera Vu. Porém, diante do semblante aturdido e assustado do secretário, acrescentou:

— Prepare os documentos.

— O senhor Sau disse que se trata de assunto pessoal. Não há necessidade de levar documentos.

Vu guardou a pasta no armário e pegou os jornais com a intenção de lê-los no caminho. No carro, porém, assaltado pela angústia, deixou-os de lado.

Que assunto pessoal? Faz tempo que ele não me convoca assim de supetão. Desde que se soube de tudo...

Desceu do carro e atravessou o posto policial. Homens de carne e osso, mas imóveis como estátuas, o olhar parado regulamentar, o peito inflado, fuzis a postos, como em plena função. Toda a sua profissão se concentrava nisso, naquela atitude destinada a exibir força e ameaça. Via-os com frequência, mas por que, nesse dia, a sua imagem lhe causou essa sensação de hostilidade? Desde sempre considerara essa demonstração de força como uma tediosa encenação. Mas, ali, parecia ter sentido que ela se dirigia a ele, pessoalmente. Os rostos impassíveis escondiam algum perigo que ele não conseguira identificar. O ar lhe parecia saturado de gases mortais ou de veneno... Sem nenhum motivo, ele se virou para olhar novamente os guardas. Depois disso, tentou decifrar a sua angústia, sem êxito. E foi nesse estado de espírito, tateando às escuras pelo túnel escuro de suas dúvidas, que ele cruzou o jardim resplandecente de flores primaveris. Antes de subir os degraus de entrada, ergueu a cabeça involuntariamente. Sau estava ali, no alto da escadaria, acenando-lhe. Vu corou ao pensar que ele o teria flagrado olhando para os guardas, captando certamente os seus pensamentos mais profundos. Era a sua guarda pessoal, com integrantes selecionados, pagos e alimentados por ele e aos quais conferira poderes específicos. Obedeciam-no à risca. Todo mundo sabia disso.

Sau, que o aguardava no corredor, conduziu-o à sua sala. Esta era imensa, fazendo lembrar mais um salão de bilhar ou uma sala de ginástica do que um escritório ou uma sala de trabalho. Nela distribuíam-se inúmeros sofás e poltronas; no canto esquerdo, uma mesa de trabalho gigantesca, encimada por um número enorme de xícaras e copos para chá ou café.

Quando entraram, um homem preparava as bebidas.

— Deixe-nos a sós — ordenou Sau.

O homem então desapareceu feito uma sombra. Sau indicou a Vu uma poltrona baixa:

— Sente-se. Estou sendo aguardado no Ministério de Relações Exteriores. Não posso recebê-lo do mesmo jeito de sempre. Passemos logo ao trabalho.

Vu se levantou imediatamente:

— Se está ocupado, então vou embora. Trabalharemos numa outra oportunidade.

— Não. Eu preciso de você. É urgente. Por isso o chamei.

— Mesmo que seja urgente, tenho os meus princípios, não tenho vontade de fazê-lo perder seu tempo. Não gosto de trabalhar apressado.

Sau olhou-o com estupor. Provavelmente, ninguém jamais ousava falar com ele daquela maneira, e isso era difícil de engolir. Após alguns segundos de silêncio, ele sorriu:

— Por que está tão irritado? Você tem fama de ser um homem frio como mármore.

— Cada um é do seu jeito.

Sau balançou a cabeça, sorrindo com ar provocador:

— Nada disso. É falso! A personalidade muda com o passar do tempo. Eu mesmo mudei. Não no sentido de ficar mais irritadiço e sim no sentido de ter mais alegria de viver. Mas também tenho uma revelação a lhe fazer. Escute...

Inclinou-se a fim de articular as palavras lentamente, com ar de satisfação, com ar travesso:

— Quanto mais velho fico, mais tenho vontade de comer moças bonitas. É como o cigarro ou o tabaco. Você se acha curado depois de dezenas de anos, mas acaba recaindo. Se não tivesse tanto trabalho, passaria as tardes à beira do lago do Oeste. Ali, no final do dia, as mocinhas aparecem para fazer ginástica ou passear de barco. Só jovens, com dezesseis ou dezessete anos. Todas lindas, como num sonho.

Sau avançou até a sua mesa para servir duas xícaras de café. Vu observou as rugas no canto de seus olhos e admitiu que ele tinha realmente envelhecido, mesmo mantendo-se alto e forte. Um corpo atlético que ele sempre tivera orgulho de exibir e do qual costuma se vangloriar, de forma ambígua:

— Meu corpo pode ter até doze vidas diferentes e é capaz de servir satisfatoriamente a trinta e seis mulheres, sejam adolescentes ou mais maduras...

De cada brincadeira que fazia, sempre haviam resultado alguns cadáveres enterrados no meio da mata, no desvio de alguma estradinha deserta ou em um calabouço sombrio. Observando sua nuca rosada que se excedia para fora da gola da camisa, Vu pensava:

O que ele está querendo, esta manhã, com todas essas gracinhas?

Mas Sau já estava perto dele, com as xícaras. O aroma do café tomara conta do recinto. Sau lhe deu uma piscadela:

— Não é delicioso, este café?

— Por enquanto só senti o aroma. Preciso checar.

— Não seja bobo. Só pelo aroma já se reconhece um bom café. Você, então, ainda não é um especialista.

— Nunca pretendi ser especialista em nada. Pela minha experiência, existem pratos que cheiram muito bem, mas que convém evitar. Peixe frito envenenado, por exemplo... Quando ainda morava na cidade, vi um sujeito que matou o cachorro do vizinho com isso.

— Ha, ha, é engraçado!

Sua risada ressoou por todo o gabinete, até o corredor. Vu viu uma jovem enfiar a cabeça pelo vão da porta e retirá-la imediatamente. Sau pôs a xícara de café diante dele.

— Aí está, beba seu café! Você é brilhante na retórica. Devia tê-lo nomeado ministro das Relações Exteriores...

— É mesmo? — emendou Vu, sorrindo. — Então corrija agora o seu erro...

Depois disso, experimentou o café. Sau também erguera a sua própria xícara. Em seu dedo anular, um anel grosso como uma cavilha sobre o fundo preto brilhante da xícara.

Café preto servido em xícara de porcelana preta. O máximo do refinamento. Você poderia trabalhar como decorador de interiores ou cenó-

grafo. Isso nos teria pelo menos poupado várias vítimas inocentes... pensou Vu, observando o reflexo cintilante sobre a porcelana. Nesse intervalo de tempo, Sau havia colocado sua xícara sobre a mesa e se estirava na poltrona. A camisa preta aberta expunha a pele clara cheia de pequenas manchas, mas ainda candente de apetite sexual. Gostava do preto. Tinha centenas de camisas pretas. Nas recepções a diplomatas estrangeiros ou nas aparições públicas que fazia, era obrigado a usar camisa branca e terno, mas, em todas as outras ocasiões, aproveitava para usar o preto. Um gosto singular. Talvez fosse um coquetismo de sua parte, para realçar a sua bela pele bem-cuidada. Mas talvez fosse também uma forma de impressionar os outros, como fazem os mafiosos ou os campeões de artes marciais. Ninguém ousava se dirigir àquele sujeito, a não ser Vu. Uma vez, ele atacara:

— Você fica realmente irresistível nessa camisa preta. Moderno, jovem. Ela o rejuvenesce pelo menos dez anos. Engana bem.

Foi durante um congresso, na hora do almoço. Sau pareceu surpreso, sem acreditar no que ouvia. E Vu continuou:

— Aqui, porém, você está tentando se valorizar, na minha opinião. É um velho truque. Mas o que você já fez é muito mais impressionante. Está com todo o poder na mão. Tem direito sobre a vida e sobre a morte. Para que acrescentar esse preto?

Sau ficou lívido de raiva. As pessoas, ao redor, ficaram verdes de medo. Um anjo passou. Ele finalmente esboçara um sorriso venenoso. Vu sorriu de volta, mas seu sorriso era a expressão facial de um condenado subindo para o cadafalso. Depois de alguns segundos de raiva intensa, Sau retrucou em tom amistoso:

— O que deu em você? O que tem a ver com a economia do país o fato de eu usar uma camisa preta ou uma camisa branca?

Vu respondeu:

— Tudo. A camisa preta representa economia de sabão. É um belo exemplo que você dá aos jovens. Além disso, o preço de dez quilos de sabão não chega aos pés do preço de um único dos frascos de perfume francês que você traz de fora para todas as mulheres do seu entourage.

— Desisto — respondeu Sau, educadamente. — Mas você precisa compreender os outros. Nem todo mundo consegue levar uma vida de monge como você. Os homens são como galos, precisam exibir a sua crista e sua bela cauda...

Esboçando um sorriso, Vu partiu. E todos começaram a comer, em silêncio.

Três semanas depois, seu irmão mais velho chegou do interior. Imediatamente, dirigiram-se ao lago do Oeste, sentaram-se à parte, sobre os seixos tomados de musgo e cheios de insetos mortos. O irmão foi direto ao ponto:

— Contaram-me tudo. Você está querendo mesmo morrer?

— Se ainda estou vivo, é porque não tenho medo. Não fosse assim, meu túmulo já estaria coberto de mato.

— É um homem muito cruel. Não há muitos como ele na história. Você esqueceu a lição de Dinh?

— Não, não esqueci. Mas eu não estou no lugar dele.

— Temo pela sua segurança. Se acontecer alguma coisa...

Vu segurou a mão do irmão mais velho, fitando-o diretamente nos olhos:

— Irmão, em meio ao perigo confio apenas em minha família. Faremos tudo que estiver ao nosso alcance. Depois, o que tiver de ser será.

O irmão, com a voz embargada, respondeu:

— Tenho muito medo por você. Quanto a mim, não há o que temer. Da nossa família, só você é conhecido. Eu não passo de um camponês. Eles nem sabem que eu existo.

— Mas eu sou como você. De qualquer maneira, não temos outra escolha.

Apertaram-se as mãos em silêncio. Para o lado do pagode, surgiu um casal de amantes, que avançou em direção a eles.

— Então? Já deu para checar?

A voz tonitruante de Sau arrancou-o de seus pensamentos. Vu depositou a xícara de café sobre a mesa.

— Bravo! Excelente!

Sau ainda estava estirado, numa atitude ao mesmo tempo preguiçosa e poderosa, as mãos majestosamente acomodadas nos braços da poltrona.

— Você é mais café ou mais chá?

— Gosto dos dois, mas posso ficar sem eles. Bem, diga-me, então, por que me chamou aqui.

— Claro!

Ele se conteve, aguardando alguma pergunta. Vu, já habituado com as técnicas de Sau, fingiu olhar distraidamente para o lado de fora, como se o assunto não lhe despertasse nenhum interesse. Sau terminou de esvaziar a xícara e disse:

— O birô me informou que o Velho quer descer da montanha para fazer uma visita a um cidadão do vilarejo.

— Qual cidadão?

— Um lenhador que caiu no despenhadeiro. Ele morreu. Trouxeram seu corpo para o vilarejo. Quero que você convença o Velho a não fazer essa visita. Já estamos cheios de problemas. Não é hora de acrescentar mais um.

— O Velho é o presidente do nosso país. E é o fundador do Partido. Como você quer que eu o convença de alguma coisa? Quem sugeriu essa ideia estapafúrdia?

— Não é uma ideia estapafúrdia, mas o resultado de uma análise lúcida. Foi o nosso irmão maior, Ba, que a formulou. Você é o único capaz de chamá-lo à razão.

— Chamá-lo à razão?

Vu se levantou. A raiva explodiu em seu ventre. Espalhou-se por suas artérias, crispou-lhe os músculos e apertou-lhe o coração. Vacilando, ele emendou, com uma voz trêmula de tanta raiva:

— O que você está dizendo? Chamá-lo à razão?

— Não... Não... Me desculpe...

Sau também se levantou, embaraçado:

— Não é o que eu queria dizer. Me desculpe, por favor. Mas nosso irmão Ba diz que atualmente você é o que está mais próximo do Velho. Ele poderia ouvi-lo.

— Não sou só eu que estou próximo do Velho. Todo o nosso povo está próximo dele. Isso é a pura verdade. Se você esqueceu disso, estou disposto a fazê-lo lembrar.

— Eu sei! Eu sei!

Os lábios de Sau ficaram lívidos, realçando as marcas do café.

— Desculpe-me! Não empreguei a expressão correta! Acontece com todo mundo. Não somos literatos nem ideólogos teóricos.

O que os ideólogos e os escritores têm a ver com isso? Eles não passam de marionetes nas suas mãos...

Queria jogar-lhe na cara tudo isso, mas a necessidade de se conter foi mais forte. Fingindo não dar maior importância ao episódio, Vu esvaziou a sua xícara. Sau já recuperara o sangue-frio:

— De vez em quando eu me engano, pois tenho coisas demais na cabeça. O Velho está em período de convalescença. Seria melhor não sair. E todas as esquadrilhas de helicópteros foram mobilizadas para o front. Ele precisa entender isso. Estamos numa guerra!

Vu fitou-o nos olhos:

— Acredita realmente que eu posso dizer a ele tudo isso que você acaba de dizer? Acha isso oportuno?

— Oh, não! Não tudo isso. Pelo menos não nesses termos!

— Com palavras mais adocicadas, mais floreadas, talvez? É isso que você quer dizer? Mas, meu caro, assim como você e os outros, eu também não sou escritor!

— Merda! É realmente difícil conversar com você. Você faz sempre questão de não entender nada. Mesmo sem ser escritor, você goza da confiança do Velho. Mais do que nós. Quando se tem confiança, a gente ouve a pessoa, a gente a compreende. A guerra vive uma fase difícil, precisamos mobilizar o exército inteiro, o povo inteiro. O Velho deveria descansar, cuidar de sua saúde a fim de acolher os nossos heróis que voltarão do front. Ninguém mais pode fazer esse trabalho.

— Não sei se tenho a honra de ter a confiança dele, como você diz, mas que ele é o único me parece evidente. Todo mundo sabe.

Vu disse isso lendo nos olhos de Sau os pensamentos secretos deste: se não fosse evidente assim, você já estaria morto há muito tempo. E não apenas você.

Sorriu interiormente.

No final das contas, você não é um bom político. Não passa de um ator de segunda classe.

Ergueu a sua xícara de café vazia, contemplou-a por um momento e disse, lentamente:

— Você é o chefe da organização do Partido. Conhece de cor o currículo de todos. Deve saber, portanto, que antes de me engajar na Revolução eu fui criado sob a tradição. Nossos antepassados nos ensinaram que, se alguém nos ama, devemos respeitar a sua confiança e ser leais a ele. Se o Velho gosta de mim, eu jamais poderia agir em relação a ele com intenções de manipulação ou traição.

Sau deu um sorriso nervoso:

— Como você fala bonito!

Ergueu-se subitamente, como que picado por um escorpião, e começou a circular pela sala a passos largos. Sua elevada estatura projetava uma sombra imensa no piso ladrilhado. Os sapatos, bem engraxados, reluziam. Vu teve a sensação de que, andando daquele modo, Sau contava os passos que dava e ouvia as suas batidas sobre os ladrilhos.

Um colega contara a Vu que, certa vez, durante um encontro face a face que tivera com Sau, teve de ficar meia hora imóvel em sua cadeira enquanto Sau andava de um lado para outro como um vendedor de sapatos exibindo sua mercadoria.

Você não é lúcido o bastante para perceber que os seus velhos estratagemas não funcionam mais. Seria bom que você renovasse as suas ameaças ou as suas referências à arte, à literatura...

Acrescentou:

— Você ainda é bastante leve. Pode usufruir aquelas senhoras por um bom tempo ainda...

Sau compreendera que tinha dado um lance errado. Por um instante, os traços de seu rosto se enrijeceram, mas rapidamente ele estampou um sorriso. Sentou-se de novo, fez alguns movimentos de ginástica com os braços, como se aquecesse a musculatura para o trabalho matinal:

— Obrigado. Felizmente ainda estou em forma. Não preciso de ginseng ou outros tonificantes.

Em seguida, fazendo um semblante de quem esqueceu alguma coisa:

— Tenho estado tão ocupado nos últimos tempos que nem telefonei mais para o Velho. E você?

— Faz muito tempo que ele não me telefona — respondeu Vu.

— Bom, vou preparar as coisas para que você vá visitá-lo. Uma excursãozinha na montanha vai lhe fazer bem.

— Como quiser — disse Vu, secamente, antes de se levantar.

Sau levantou-se com a agilidade de um gato e segurou sua mão:

— Vou passar as instruções agora. Você pode ir amanhã.

Esta é a razão pela qual ele se encontra ali, às sete horas da manhã, no aeroporto da aeronáutica.

Bebe o chá e contempla o nevoeiro espesso no outro lado do lago Dinh Công.

E aguarda.

5

Desde a hora em que acordou, o presidente olha para o leste, à espera do nascer do sol. Mas o nevoeiro se espalha por todo lado. As nuvens se aproximam em ondas, submergindo as montanhas num mar leitoso. A neblina sobe infiltrando-se pelas frestas das rochas na encosta da montanha. Uma fumaça fria, úmida, carregada de odores fortes da floresta e do aroma das flores selvagens. Os fluxos imensos de vapor se movem como gigantescos dragões cegos tateando em seu périplo oscilante. Estendem o seu corpo comprido e fantástico por toda a cadeia montanhosa, formando espirais nos vales para depois dissolvê-las, misturando-se uns com outros em um combate titânico de monstros marinhos. Já não há horizonte nem coberturas florestais nos cimos. O jardim do pagode está mergulhado em um nevoeiro que flutua até muito próximo da janela do quarto do presidente.

Contemplando essa maré branca, ele toma o seu pulso. Noventa e cinco, noventa e seis, noventa e sete. Continua a subir. Nessa idade, é difícil controlar o próprio corpo. O presidente aguarda uma visita, e sua excitação aumenta sem parar.

Por que estou assim, nesse estado? Antes era bem diferente...

Ele faz a pergunta, mas sabe que não há resposta.

Cinco ou seis anos antes, achava que já estava tudo definido. O jogo de xadrez tinha terminado. Todas as suas roupas destruídas, todas as suas fotos queimadas... E agora seu coração balança novamente.

Não posso mais voltar ao passado. O caminho está fechado por barreiras de plantas espinhosas e já não existem espelhos d'água para visualizar o reflexo dos antigos.

Ergue-se, porém, uma voz em contraposição:

É uma partida de xadrez ruim. A derrota mais humilhante na vida de um homem.

Dá um suspiro.

Não tenho alternativas.

Resposta:

Não é verdade. O problema é que você não teve coragem de fazer outra escolha.

Ele repete:

Todas as portas se fecharam. O passado é passado.

Seu interlocutor emite uma risada de desprezo:

Nem tudo acabou, como você imagina. Toda derrota acarreta consequências cuja amplitude o derrotado não pode calcular... É um aviso que lhe dou.

As nuvens continuam ali.

Por que tanta bruma esta manhã?

Sem aguentar mais esse estado de letargia e ao mesmo tempo febril, o presidente se levanta. Assim que põe os pés no alto da escadaria, o soldado gordo aparece:

— O nevoeiro faz muito mal, presidente. Não saia do quarto.

— Estou no quarto desde cedo!

— Por favor, espere a neblina ir embora.

— Não viu a venerável e a monja? A primeira é bem mais velha do que eu, a segunda é uma mulher frágil. As duas, no entanto, estão do lado de fora desde a alvorada. Elas não ficam esperando que o sol se levante.

— Sim, mas...

— Deixe-me sair um pouco. No quarto eu me sinto deprimido, enferrujado.

Apesar dos protestos do soldado, ele sai para o jardim. Detém-se por um momento, imóvel, em meio aos damasqueiros. A bruma gelada envolve o seu rosto com o aroma cheio de frescor da montanha. Para o lado do pagode, é possível ver as chamas trêmulas das velas. As orações, acompanhadas pelo som contínuo dos sinos de madeira, tornaram-se uma música familiar. Entre dois encantamentos, ele ouve o som da queda das gotas de orvalho que caem do telhado quase preto, tomado pelo musgo. As janelas de madeira adquiriram a pátina do tempo. Nesse ambiente tenebroso porém sereno, as velas emitem uma luminosidade radiante.

Essa luz... Essa luz...

Ele sente um sobressalto. A luz das velas evoca, em sua memória, uma outra luz, na floresta escura do Viêt Bac de antigamente. Uma luz do passado, a luz dançante das labaredas no matagal... As centelhas das brasas brotavam como flores de abóbora. Uma casa grande, guirlandas de flores confeccionadas cuidadosamente por crianças com papéis de cores variadas, estendidas entre os postes. Havia algumas folhas de alumínio cintilantes misturadas aqui e ali. Ele sabia que para reunir aqueles pedaços de papel prateados o responsável devia ter guardado seus maços de cigarros ao longo de um ano inteiro, único luxo a que se entregava.

Recorda todos aqueles rostos juvenis iluminados pelo fogo naquela noite. Rostos radiantes. Sim, ele se lembra.

Em que ano estávamos? Não era o ano do Cão, pois a Resistência já estava bem organizada, com a infraestrutura erguida, inclusive a gráfica encarregada de produzir os bilhetes com a imagem do búfalo verde. Devia ser o ano do Porco... Sim, é isso mesmo, o ano do Porco.

Era de tarde, por volta das três ou quatro horas, a julgar pelos raios de sol que atravessam a folhagem. Ele estava mergulhado na leitura de um dossiê quando ouviu a tosse de alguém. Erguendo a cabeça, viu o sorriso de seu chefe de gabinete.

— Presidente, aguardam-no na festa das crianças.

— Festa do quê?

— O senhor esqueceu que ainda estamos nas festividades do Têt para as crianças?

— Já não fiz a distribuição de doces para elas?

— Sim, mas foi para os menores, de dois a dez anos. Hoje é o dia dos mais velhos, de dez a quinze, e principalmente dos jovens de quinze a dezessete anos em formação antes de serem enviados para cursos no exterior, com nossos aliados.

Pensou brevemente nos dois enormes pacotes com dossiês que estavam na prateleira:

— Tenho ainda muito trabalho...

— Presidente, com todo o respeito, as crianças estão à sua espera. Ensaiaram durante um mês inteiro a sua apresentação artística. Se o senhor não for...

— Por que você não reuniu todas as crianças de uma vez, num único evento?

— São muitas, não cabe todo mundo na sala. E, da última vez, não tivemos doces para todos — disse ele, exibindo um sorriso largo com duas fileiras de dentes irregulares e amarelados pela nicotina.

O presidente o encarou e, depois, deu uma gargalhada.

— Tudo bem. Vou continuar só mais um pouquinho. Venha me buscar mais tarde.

Voltou a mergulhar no dossiê sem saber que o destino estava à sua espera ao pé das colunas de seu abrigo.

Minha amada, quando poderei revê-la?

O refrão entoado pelo médico ressoa dentro de sua mente. E sempre detona uma descarga elétrica em seu coração. Sente-se mal. Sente-se mal como se todas as células do corpo estivessem sofrendo. Vem-lhe à mente a imagem de um Cupido de olhos vendados, causando-lhe um calafrio. Quem pode saber, neste mundo, em que momento o machado do destino golpeará e destruirá a sua alma?

Naquela noite, quando o chefe de gabinete foi buscá-lo, ele tinha feito de tudo para concluir o texto. Arrumou os dossiês e partiu. Antes de sair, cobriu a máquina de escrever com um guardanapo para protegê-la do pó e dos insetos. Fez todos esses gestos com a serenidade e os cuidados apropriados ao seu papel, o de um comandante de guerra.

O chefe de gabinete o aguardava ao pé da escada para acompanhá-lo à área reservada para as organizações. Organizações das mulheres, dos jovens, das crianças patriotas, do Partido Democrata, do Partido Socialista, associação de camponeses. Todas estavam agrupadas. Ao lado dela, havia outra área, reservada para as famílias. Ali estavam alocadas as esposas e os filhos dos quadros, que também colaboravam com a Resistência. Seu alojamento ficava perto de um pequeno vale no qual corria um riacho. Quando o presidente e seu guia desceram por ali, já escurecera. O chefe de gabinete iluminou o caminho com uma lanterna de bolso oculta por um lenço que deixava filtrar um pequenino facho de luz, das dimensões de um vaga-lume. A trilha do vale não era protegida por grandes árvores. Havia somente pinheiros anões e arbustos, que não escondiam nada dos olhos atentos dos aviões de reconhecimento. Em contrapartida, os vaga-lumes eram muitos e o fósforo da madeira apodrecida brilhava como tanques de fogo iluminando o caminho do gênio da montanha, ou como as tochas cerimoniais dos senhores da floresta.

Avançavam com a ajuda desses lampejos. Em meia hora, chegaram ao riacho. O campo não ficava muito longe, do outro lado. Ele perguntou ao chefe de gabinete:

— Lembra do que eu lhe disse na última vez que atravessamos este riacho?

— Não me lembro mais...

Ele deu uma grande gargalhada.

— Eu lhe disse que antes de atravessar um riacho é preciso urinar sobre os próprios pés. É o método tradicional para prevenir reumatismo. Vocês, jovens, não cuidam da saúde. Ela é, no entanto, o mais valioso de todos os bens.

— Não sou muito inteligente. Tinha esquecido completamente.

— Oh, isso não é falta de inteligência, mas sim de precaução.

O chefe de gabinete sorriu e virou de costas para aplicar o conselho. Ouvindo-o urinar ruidosamente, o presidente teve um pensamento passageiro:

Que energia! A juventude é um verdadeiro paraíso...

Tiveram certa dificuldade para atravessar o riacho. A corrente não estava forte, mas as pedras estavam cobertas de musgo. Escorregava-se facilmente. Uma internação num hospital seria algo catastrófico, sobretudo naquela montanha, onde falta de tudo. Era essa a sua principal preocupação, que ele repetia a seus soldados o tempo todo:

— A guerra entrou na fase crítica. Precisamos preservar as nossas forças a qualquer custo. Em outras palavras, ninguém pode ficar doente. Os hospitais e os medicamentos são reservados prioritariamente aos feridos. Guardar boa saúde é questão de disciplina, é a responsabilidade que devemos à pátria e a nós mesmos.

No meio da travessia, o companheiro segurou-o pela mão.

— Está muito escorregadio aqui. Deixe-me carregá-lo.

— Obrigado, mas já passei pelas partes mais perigosas.

— Está com frio?

— Com frio ou sem frio, já estamos chegando.

Ele riu:

— Da próxima vez, se quiser me carregar, é bom avisar antes de entrarmos na água.

O pobre homem já não sabia o que dizer.

Algumas sombras surgiram na escuridão.

— O presidente... O presidente chegou...

— É o senhor, presidente?

— Sim, sou eu...

Ouviu-se uma aclamação, e a multidão invadiu o riacho, molhando suas roupas. Os fachos das lanternas reluziam na água, mãos tocavam os seus ombros, as suas costas. Um queria tocar sua camisa, outro o seu braço. O presidente imediatamente reconheceu os amigos por seu hálito, pelo odor de sua transpiração.

— O senhor está cansado, presidente?

— Sim, mas não o bastante para pedir que me levem no colo até o acampamento — respondeu, enfrentando a subida com galhardia.

A partir dali a floresta se tornava densa. Todos tinham destampado suas lanternas. Os raios de luz costuravam à sua frente uma trilha intermitente. Sentiu-se feliz. Os encontros com os jovens sempre tinham sido momentos de relaxamento para ele, como o recreio para um estudante.

Diante dele, as janelas do salão de recepção, iluminado por uma grande fogueira, brilhavam com uma suntuosa cor de laranja em plena escuridão. As vozes das crianças se elevavam, acompanhadas de aplausos. À sua chegada, todos se levantaram cantando:

A pátria lhe é eternamente grata
Atendemos ao seu chamado poderoso na montanha e na floresta,
Vamos, em frente, rumo à Libertação,
Vamos, em frente, a alma sagrada de nossa Pátria nos chama...

Ele se lembra nitidamente de todos aqueles rostos jovens, daqueles olhos brilhantes e daquela magnífica fogueira. E se ele se lembra, terá sido porque tudo isso penetrou em sua memória ao mesmo tempo que aquele rosto, aqueles olhos, aqueles lábios vermelhos e aquela cabeleira de azeviche? Ao mesmo tempo que ela?

Não! O tempo transforma tudo em ilusão. Depois daquela noite, na verdade, ele não nutriu segundas intenções. Antes de dormir, o coração feliz, ele reconstituiu para si mesmo a festa: o coro, a fogueira, as danças com suas saias cintilantes. Um menino de doze anos entoara a canção da jovem montanhesa, com uma bela voz. E, por fim, um par de olhos negros que ele fitara do outro lado das labaredas. Olhos de pomba. Seu coração vibrava de admiração:

Como é possível haver olhos tão belos? Nunca vi olhos como esses. São um prodígio da natureza, que maravilha...

E foi assim que aconteceu. Nos momentos seguintes, foi engolfado pelo trabalho. Campanhas atrás de campanhas. As frentes de batalha se encerravam a leste para se abrirem a oeste. O abastecimento das tropas andava crítico. A contraespionagem encontrava enormes dificuldades. Toda uma rede de agentes tinha sido desmantelada, a maior parte deles fora capturada e os demais estavam desaparecidos. Problemas internos no comando exigiam uma reorganização. O Estado carecia de quadros bem formados para a logística e a diplomacia.

Ele não tinha mais ninguém em mente.

O tempo passou.

E assim se dão os solavancos na vida. A vida de um homem é um rio imprevisível, cujas curvas, inundações, zonas calmas e correntezas são impossíveis de prever. Estamos todos entregues às mãos do destino? E nossas ações, não seriam elas apenas gestos de palhaços num palco teatral?

Se pudesse prever o futuro, sua vida seria outra... Ele teria conseguido se livrar da rede do céu.

Mas os "se" são suspiros de impotência. Semelhantes ao estrondo das pedras que ouvimos pouco antes de elas rolarem abismo abaixo. Quem alguma vez foi capaz de detê-las em sua queda? Quem?

Essa pergunta parece uma confissão de fragilidade, e ele não quer admitir a sua fragilidade. O ímpeto inabalável do revolucionário e o orgulho da doutrina materialista o impedem de acreditar em fatalidades. No entanto, sua angústia permanente cobra uma resposta. Mas esta última ainda se esconde nas brumas do horizonte. Assim, querendo ou não, ele se vê levado a recordar aquele instante em que seu coração foi tocado.

Era um dia de verão.

Ao meio-dia, o general Long o chamou para checar a programação da campanha seguinte, do outono-inverno de 1951. Ele estava satisfeito com a situação. Desde o início da Resistência, era a primeira vez que se sentia relaxado:

— A roda começou a girar. Passamos da fase de reconhecimento, tão delicada numa guerra. Este verão marca o início de uma nova era.

Era o ano do Gato. Seu signo.

Um final de verão tardio, sem calor excessivo. Preparou o traje preto de campanha, mas logo mudou de ideia e vestiu o terno militar. O terno o rejuvenescia, o uniforme e o paletó caíam bem em seu corpo magro. Com essa roupa, ficava irresistível, sedutor, seus traços se tornavam mais suaves, mais nítidos. Vinham-lhe à mente canções da juventude, proporcionando-lhe, secretamente, uma leve alegria. Depois de se vestir, avisou seus guardas que se dirigiria sozinho à casamata do general Long. Não fica muito longe dali, ele conhecia bem o caminho e queria usufruir alguns momentos de uma liberdade que lhe fora confiscada havia muito tempo.

Uma trilha na floresta. Cantos de pássaros, gritos de macacos, o roçar das folhas e, principalmente, a solidão. Caminhar sozinho, refletir sozinho, estar sozinho na paisagem. Era um momento de felicidade para qualquer um que tivesse a sua vida tão intimamente ligada à da coletividade.

Nesse estado de alegria, avançava relaxadamente, sem prestar atenção à sua volta. De repente, no meio do caminho, um grito angustiado, bem acima dele. Deteve-ser imediatamente.

— Pare. Presidente, pare.

— Pare. Por favor, pare, presidente!

Ergueu a cabeça e viu duas garotas sentadas de pernas abertas num galho grosso de árvore que cruzava a trilha. Rapidamente desceram pelo tronco, os rostos corados de vergonha, as bocas ainda manchadas de suco de figo. Envolvidas em sua degustação, não tinham reparado na chegada do caminhante que invadira o seu território. Assim que reconheceram o presidente, e como já era tarde demais para descer, decidiram interpelá-lo. Agora, procuravam alguma forma de se sair da incômoda situação.

— Cuidado, vocês vão cair! — gritou ele vendo-as saltar da árvore como macacas.

Não conseguiu conter uma risada.

— Devagar! Desçam devagar! Vão quebrar o pescoço e rasgar as roupas...

Nessa hora, ambas perceberam que seus trajes estavam em absoluta desordem.

— Perdão, presidente... — disse uma delas, olhando para ele.

Teve um choque: aqueles olhos! Olhos de pomba. A última imagem que lhe restara daquela noite de quatro anos atrás. Reconheceu imediatamente a menina que o fitara através da grande fogueira. Por um segundo, as imagens da visita ao acampamento de jovens ao lado do chefe de gabinete desfilaram diante de seus olhos. Pareciam-lhe tão recentes e tão vivas, que todas as cinzas dos quatro anos transcorridos desde então foram varridas num único golpe:

Foi um Têt para os jovens um pouco atrasado. A festa aconteceu num dia 4 de junho...

A data passou em sua mente como um relâmpago. No instante seguinte, o trovão soava em sua cabeça, prestes a explodir:

Ela tinha quinze anos... Hoje, tem dezenove...

Sim, era ela!

Ele se lembra de ter ficado em silêncio por um bom tempo. As garotas se sentiam muito embaraçadas, trocando olhares ente si, olhando para o chão, depois para as árvores:

— Queremos lhe pedir desculpas, presidente...

— Não tínhamos visto o senhor...

— Nós...

Ele não conseguia entender aqueles pedidos de desculpas sem jeito. Apenas via os olhos de pomba límpidos como dois lagos profundos e cristalinos, como duas gotas de orvalho repousando sobre uma folha, aqueles cílios afilados como asas de andorinha que não paravam de bater. Não via nada além daqueles lábios espessos em que se adivinhavam alguns pequeninos restos de suco de figo, um estojo adorável a se abrir revelando duas fileiras de dentes regulares e brilhantes como pérolas. Um rosto a transpirar ao mesmo tempo uma ingenuidade juvenil e uma sensualidade de mulher.

Não lembra mais como fez para acalmar as duas garotas, nem como elas lhe agradeceram antes de desaparecer. Não lembra mais o que disse a ela antes de partir. Seu coração ficara transtornado. Batia como o coração de um jovem. Em meio à tormenta, um canto elevou-se à sua volta como um coro gigantesco de cantores invisíveis. Seria o coro dos gênios da montanha ou dos fantasmas errantes? Aclamações dos senhores da floresta ou maldição de velhos feiticeiros? Uma dúvida o assaltou, deixando-o paralisado. E assim ficou enquanto as jovens se afastavam. Ouviu com atenção aquele concerto misterioso, presenciou o tremor no ar, viu ondas imensas desfilarem. O espaço misterioso era um oceano, e ele, uma embarcação ali lançada subitamente, sem chance de prever ou adivinhar qualquer coisa que fosse...

As aclamações se espalhavam por toda a floresta virgem, perseguindo-o como ondas impetuosas a se chocarem com o navio, agitando-o como numa aventura, brincando com o amargor do destino.

Naquela noite, ele registrou em sua caderneta: "Ano do Gato. Mês do Gato. Hora do Cavalo. Eu..."

Nem mesmo as mentes mais perspicazes conseguiriam adivinhar a continuação de sua frase...

— Presidente, a refeição está na mesa.

Desde que momento o soldado gorducho estava atrás dele? Ele responde:

— E você? Já comeu?

— Não, presidente, o cozinheiro da seção está preparando a nossa comida...

Nos últimos tempos, ele tem comido de forma inconstante. Não faz as três refeições do dia. Esqueceu-se até mesmo de sempre comer bem para tranquilizá-los quanto à sua saúde. O esquecimento faz par com a velhice, pode-se tentar evitá-la, mas é impossível.

Retorna ao quarto para se instalar diante do seu prato. Um domo cobre uma tigela de porcelana. Ele o ergue. Ainda está quente.

— Hoje o chefe fez uma sopa.

O aroma agradável da cebolinha e das ervas espalha-se no ar; é o perfume da cozinha tradicional. A sopa à base de cebolinha e ervas é leve e cura resfriados. É o cheiro de sua infância.

— Coma antes que esfrie...

Os talos de cebolinha distribuídos cuidadosamente com as folhas cortadas bem pequenas como aletrias o fazem lembrar aquele dia em que, quando ele estava doente, ela tentara cozinhar para curá-lo. Sua sopa era feita de modo rudimentar com grãos de arroz misturados com ervas e cebolinha não cortada...

Você é uma princesa montanhesa!

Sim, você é o meu sonho, um sonho só meu...

— Presidente!

O soldado gritou e em seguida voltou os ouvidos para o som de um zunido distante.

— O helicóptero está chegando! O senhor ouviu?

— Não ouvi nada. Bem, o ouvido de um idoso é diferente, claro, do ouvido de um jovem — sorriu, olhando para o leste.

O sol apareceu faz alguns instantes. Não parece, porém, o mesmo sol de todos os dias. Dir-se-ia uma laranja muito madura suspensa no ar, um sol suave, ainda hesitante, meio com sono. Um sol preguiçoso como esse não tem nada de uma carruagem de fogo a caminho de incendiar os lugares malditos da terra. As nuvens brancas ainda acariciam o cume das montanhas, mas ao redor deles é um azul intenso que se vê. Um azul resplandecente e estranho.

É o azul do verão eterno. Por que aparece aqui agora?

A campainha do telefone o desperta bruscamente de suas divagações. O soldado gorducho avisa:

— Presidente, o helicóptero chegou. O senhor está sendo chamado a descer para o heliporto.

— Vu não vem?

— Sim, o senhor Vu o acompanhará junto com os seguranças no funeral da aldeia dos lenhadores. Depois disso, ele irá com o senhor até o pagode. O programa completo foi aprovado.

— Vou me trocar.

— Presidente, o senhor precisa terminar sua sopa. Faz frio lá fora, o senhor precisa de energia. Ainda tem um pouco de tempo. O primeiro grupo de guardas subirá para pegá-lo aqui e ir até o heliporto.

— Preciso preparar minhas coisas.

— Está tudo pronto, presidente.

6

O caminho para a aldeia é tortuoso e difícil. Se fosse pelo som da música, parecia já terem chegado, mas ainda estavam longe. Bambus invadiam às vezes a trilha, pelos dois lados, atrapalhando o seu avanço. A melodia fúnebre chega até eles, lamentosa de doer a alma. Ouvem-se o bandolim, depois a flauta e por fim a viola de duas cordas. Depois da introdução, uma voz grave, de um baixo, se levanta:

Alma, não volte para trás,
Alma, não lamente a vida na terra,

Veja a planta que floresce na primavera
Tornando-se folhas verdes sob o sol
Que amarelecem no outono e caem no inverno...
A vida está nas mãos da Natureza,
E ninguém pode escapar de seu destino...

Somos tirados do nada por nossos pais,
Choramos para saudar a vida,
Rimos em nossa infância
Caminhamos a passos firmes na juventude
Depois nos sentamos quando nossas forças nos abandonam...

A água escorre e os cabelos embranquecem,
A rede do Criador se estende pelos quatro cantos do mundo,
A vida é efêmera como a das borboletas...

É a primeira vez que ele ouve essas frases. E, no entanto, sempre viveu em seu país.

Por que só hoje conheci esses cantos? Eles passaram pela minha vida como vento, sem que eu tivesse prestado atenção? Ou teriam sido proibidos há anos pelo Estado por achá-los desmobilizadores? Mas o nascimento e a morte não fazem parte da vida? E a fragilidade não é irmã gêmea da alegria?

— Presidente, permita-me levar o seu sobretudo.

Ele tira o sobretudo e o entrega ao guarda-costas. Sente uma dor aguda descendo ao longo das costas. Transpirando muito, ele pega um lenço para se enxugar sem diminuir os passos. A cerimônia irá começar, ele vai visitar a família do defunto e não quer fazê-la esperar. E não está sozinho. À sua frente, a prefeita do vilarejo juntou-se ao primeiro grupo de guarda-costas, uma mulher de corpo atlético, de ombros quadrados capazes de impressionar qualquer homem. Ela usa o traje tradicional, blusa azul, calça preta de cetim, mas com a sandália de borracha dos esportistas. Seu rosto é largo, com sobrancelhas finas e maxilar avantajado. Seu pescoço robusto e vermelho parece desafiar dez homens ao mesmo tempo. Atrás vem o segundo grupo de guardas com o vice-prefeito e o chefe de polícia do vilarejo. Os dois homens, pequenos, mais ou menos da mesma idade, pouco acima dos quarenta anos ao que parece, estão vestidos de modo parecido, casaco de gola reta, calça cáqui. O policial veste um cinturão grosso com um revólver. Os dois grupos formam um pequeno exército marchando em quatro filas. O caminho é estreito, mas, à esquerda do presidente, estão Vu e seu médico, à direita o chefe dos guardas, Lê. Atrás deles, a cerca de trinta metros de distância, os homens da seção anticomando fecham a parada.

— Presidente, tome seus comprimidos antes da cerimônia — sugere o médico, passando-lhe um cantil com infusão de gengibre.

Ele ingere rapidamente os medicamentos antes de encarar uma passagem mais complicada. Dos dois lados do caminho, os bambus estão mais densos, como verdadeiras muralhas, juntando-se para formar uma cobertura de um verde intenso. É a hora do Cavalo. O canto dos galos e a música fúnebre não chegam a perturbar a calmaria do lugar. A concentração silenciosa que daí resulta é límpida como água da fonte, rígida como metal. Uma grande serenidade parece proteger a floresta do outro lado do horizonte:

Alma, olhe agora para a frente
E deixe o pó da terra se depositar atrás de você.

A voz agora parece muito próxima, mas eles ainda terão de fazer um desvio pelo vale antes de chegar. A multidão se amontoa na entrada do vilarejo para recebê-los. Os adolescentes, elegantes, trajando capas produzidas com paraquedas de camuflagem, formam duas alas, agitando pequenas bandeiras. Atrás deles, todo o vilarejo dos lenhadores está presente, homens e mulheres. Todos já em idade avançada, pois os jovens estão mobilizados ou se engajaram como voluntários para servir no front.

Estamos mesmo em guerra. Os jovens estão ausentes e as mulheres assumem a colheita e as tarefas domésticas...

Os moradores o reconheceram de imediato:

— Viva o presidente!

— Mil anos para nosso presidente!

— Viva a República Democrática do Vietnã...

A música fúnebre foi interrompida. Todos os músicos se levantaram para vê-lo. Acorrem também as pessoas em luto, com os olhos inchados de tanto chorar.

Deixaram a morte de lado para vir me saudar... Acho que minha visita não está sendo oportuna.

As saudações, de início contidas, ampliam-se rapidamente. É como se o funeral tivesse sido esquecido. A situação o deixa terrivelmente incomodado.

Ao final das ovações, ele ergue a mão e pede silêncio. Todos se calam. Um calafrio lhe atravessa o corpo quando ele confirma a força de seu carisma e de sua autoridade. Estes não desapareceram com o tempo:

— Meus amigos...

Todos os olhares se voltam para ele, brilhantes, expressando a admiração e o respeito incondicionais que ele conhece tão bem. Mas isso não o alegra.

Por que não conseguem gostar de mim de outra maneira, de igual para igual?, pergunta-se, prosseguindo:

— Meus amigos, sinto-me emocionado com sua acolhida tão calorosa. Mas não nos esqueçamos que hoje é um dia de luto. Não se trata de um encontro político. Sou apenas um visitante que aqui comparece para compartilhar a dor da família, como todos vocês. Sugiro que seja retomada a cerimônia.

Suas palavras são como ordens, ordens tão poderosas que ele próprio tem dificuldade de percebê-lo. O silêncio que se segue é tão absoluto que ele consegue ouvir a sua própria respiração. Em seguida a música se expande, lamurienta:

O pó retorna ao pó
Assim se dá o ciclo, tudo permanece imutável

Com os guardas do lado de fora, a prefeita e Lê acompanham o presidente à residência do falecido. Atravessam um quintal enorme com piso de pedras grandes que fazem lembrar, mais do que a casa de um camponês, o pátio de um rico pagode. A propriedade contém três blocos de construções. O do meio, com uma grande cobertura de telhas antigas, é composto por cinco cômodos. Os dois anexos são tão impressionantes quanto ele, com seus cinco cômodos dotados de varandas. *Mesmo com toda essa riqueza, é de mãos vazias que partimos para o além*, suspira.

Lê se aproxima e lhe estende um envelope.

— Presidente, eis a sua contribuição para o luto.

Ele pega o envelope mecanicamente, sem se questionar a respeito de quanto haveria ali dentro. Todas as lembranças de festas e de oferendas camponesas, de funerais ou casamentos tradicionais parecem ter desaparecido de sua memória. Na atualidade, nunca pega em dinheiro, nem mesmo em objetos de valor. Na verdade, nunca teve nada, apesar de seu rosto estar estampado em todas as notas e nas moedas do país. Notou, porém, nos olhos dos habitantes do vilarejo, forte curiosidade com relação àquele envelope e, pela primeira vez, questionou-se em relação ao valor real daquelas notas. Assaltou-o uma angústia: *Quanto colocaram aqui dentro? Será que não decepcionarei toda essa gente?*

A vida nos cobra coisas muito concretas cujo valor só muito depois conseguimos mesurar: *Toujours après coup...*,* pensa consigo mesmo, em francês, suspirando discretamente.

— Vamos primeiro ao altar.

A prefeita o conduz, seguindo à frente com seu corpo imponente e atlético.

O Ministério do Interior bem poderia recrutá-la como guarda-costas...

Ele se aproxima do altar, uma espécie de bufê sobre o qual se depositam objetos de culto. A parte de baixo deve guardar as louças. É um móvel suntuoso, confeccionado em madeira talhada com dragões e fênix e incrustada com madrepérolas, reinando no meio da parede

* Sempre tarde demais. (N. do T.)

diante da entrada da casa. Como se fosse um objeto pertencente ao patrimônio da família, mais do que mero móvel para uso cotidiano. Sobre o altar, uma cúpula de bronze com incensos fumega abundantemente, enquadrada por dois castiçais, também de bronze, com velas acesas. Buquês compostos por amarantos, peônias e flores silvestres distribuem-se em dois grandes vasos.

O presidente coloca o envelope sobre um magnífico prato de porcelana antiga no qual já havia outros envelopes mais artesanais, fabricados com papel-jornal.

— Muito agradecida, presidente.

Uma mulher jovem, de mão dada com um menino, aproxima-se para se ajoelhar diante dele. Sua atitude o deixa embaraçado, pois somente diante do altar é que se ajoelha assim.

— Por favor, levante-se!

Atentando para o menino, observa que tem doze ou treze anos, como ele imaginara. Parece minúsculo dentro de seu traje de luto, largo demais. Sua touca branca desliza quase até o nariz, mas, quando ele levanta a cabeça, revela-se ao presidente um rosto doce, com sobrancelhas finas e olhos viris.

Que menino adorável. Será muito bonito quando crescer. Espero que tenha muita sorte na vida.

No dia anterior, ao ouvi-lo gritar e chorar, não conseguira imaginar um rosto para aquela voz. Tratava-se apenas de um menino desconhecido, como outro qualquer. Agora, seu rosto luminoso o toca profundamente. Evoca-lhe outro rosto, que tanta falta lhe faz. Sente um aperto na garganta... Acaricia a cabeça do menino, sem condições de dizer nada. Talvez tenha até mesmo chorado, pois Vu se aproxima e lhe estende um lenço.

— Muito, muito obrigado, presidente.

Ele tem um sobressalto. A jovem, com o rosto banhado de lágrimas, tem a cabeça coberta por um véu de um tecido grosseiro. Belo rosto de mulher, repleto de doçura. Não deve ter mais de trinta anos. O sofrimento brutal não conseguiu abalar sua beleza e sua plenitude, ela, que está na primavera de sua vida. Parece ter conhecido uma vida feliz. Seus traços estão desabrochados, coisa rara num país em guerra. A pele é clara, sem nenhuma cicatriz, ao contrário de todas as camponesas que desde sempre se espalham pelos campos ou montanhas. Transmitiu ao filho os olhos negros rebeldes e as sobrancelhas finas e compridas. Até mesmo o seu olhar é algo excepcional no campo. Não contém as marcas da resignação encontradas na maioria das mulheres vietnamitas. Ela o fita diretamente nos olhos, corajosa, sem temores.

Com esses olhos, deve conseguir tudo o que quer!

— Gostaria de lhe expressar minhas condolências. Espero que você e seu filho consigam superar rapidamente este momento doloroso. Você deve fazer o possível para que ele vá à escola e se dê bem nos estudos. É importante.

— Sim, eu lhe prometo — respondeu ela, de imediato, como se já soubesse o que ele iria dizer.

Sem conhecer o protocolo, segue mecanicamente a prefeita em direção ao caixão, para meditar diante dele. É a primeira vez na vida que assiste a um funeral popular.

Depois de um breve silêncio, começam subitamente a se ouvir lamentos às suas costas:

— Pai... Pai... Por que você nos deixou?

Observa que há outras pessoas com trajes de luto. À parte dois ou três adultos, há apenas adolescentes e crianças. Formam um grupo de dez pessoas, como um pequeno clã, quase disputando espaço com a jovem mulher e seu filho. O grupo emite lamentos e chora em coro, acompanhando os músicos. Colocam-se à esquerda do caixão, enquanto a mulher e o filho estão à direita.

Dois ramos inimigos da família, certamente...

Busca pela fotografia do morto e a encontra, colocada sobre uma cadeira de estilo barroco, em um grande porta-retratos coberto com um véu preto.

Ah, aí está ele! Não é, então, um homem de seus trinta ou quarenta anos como eu supunha.

O chefe daqueles dois grupos era, então, um homem com mais de cinquenta anos de idade. Seu rosto, porém, não expressa cansaço nem serenidade, tampouco paciência, como costuma acontecer com homens de sua idade. É um rosto quadrado, orgulhoso, com traços de uma vida cheia de aventuras, ainda cheio de vitalidade. Os olhos miram adiante, seu aspecto é arrogante e desafiador, com sinais de malícia. Deve ter sido um belo homem, com os lábios finos emoldurados por uma barba negra arredondada e espessa como de um europeu.

Este rosto explica tudo o que ocorre naquela sala, em torno do caixão.

O presidente está surpreso. Suas dúvidas, seus pensamentos e seus sentimentos reprimidos o atingem como uma cascata caindo sobre pequeninas embarcações. Um cheiro ácido lhe chega até as narinas. Uma fumaça se espalha à sua frente, cinzenta como a tempestade, violeta como a flor.

— Grande irmão, precisamos partir...

Alguém lhe toca as costas. É Vu. O presidente retorna à realidade. Dirige-se ao grupo enlutado que está de pé à esquerda do caixão:

— Queiram aceitar as minhas condolências. Que tenham força para enfrentar esse momento doloroso e retomar logo suas atividades.

O grupo lhe agradece com reverência. Ele tem a impressão, no entanto, de que suas condolências forneceram àquelas pessoas um pretexto para expressarem um ressentimento há muito tempo contido. Os choros e os gemidos aumentam abertamente.

— Pai, pai, por que nos abandonou numa situação tão difícil? Você nos deixa sem que tantas injustiças e tantas coisas tenham sido ditas.

— Pai, volte e veja. Seus filhos e netos estão todos aqui!

Nesse momento, a prefeita do vilarejo intervém para poupá-lo das queixas, que parecem incessantes.

— Bem, já chega! Toda dor tem limites. Nosso presidente precisa cuidar das questões de nosso país.

Com seus vigorosos braços, ela afasta decididamente os dois grupos chorosos, como um tanque de guerra. O presidente mal teve tempo de se virar e já estava no pátio pavimentado, acompanhado de seus guarda-costas. Os quatro músicos se levantam para tocar o hino nacional.

Uma música muito familiar.

O presidente e sua escolta se detêm. De esguelha, ele nota a prefeita lançando um olhar para os músicos. Não sabe se é uma ameaça ou um sinal de agradecimento, mas, de toda forma, todos terão de permanecer ali até o fim da música.

O hino nacional!

Tem a sensação de estar ouvindo pela primeira vez aquela melodia, gravada em seu inconsciente há tantos anos! Seria por causa do clima do funeral, ou ele é que mudou? Talvez os instrumentos tradicionais confiram uma coloração singular àquela peça musical que ele conhece tão bem. Não saberia explicar o motivo, mas sente-se absorvido por essa interpretação com viola de duas cordas, flauta e bandolim. Parece tão melancólica... O hino nacional de seu povo usa, neste dia, suas vestes de tristeza. Consegue até mesmo distinguir, nessa marcha heroica, o som do sino noturno e o grito da coruja saudando a chegada da noite. O canto arrebatador se transforma, fazendo surgir um horizonte oculto pela bruma, rios congelados com margens desertas e sujas, imensos cemitérios sobrevoados por corvos negros.

Será que minha idade alterou minha percepção, ou são esses instrumentos que conferem ao nosso hino uma coloração tão desalentadora? Será que uma orquestra fúnebre só sabe tocar tristemente?

Não encontra respostas. Sente no peito um aperto de dor. Desesperadamente, busca com os olhos o céu azul por cima das copas das árvores a fim de eliminar esses pensamentos sombrios.

Diga-me com quem anda e lhe direi quem você é. Mostre-me o canto de seu povo e lhe direi qual será o seu destino! O destino de um povo está inscrito em seus cantos populares, em suas melodias tradicionais, companheiros de rota inseparáveis como a forma e sua sombra ou como os dois lados, macho e fêmea, do peixe hermafrodita dos arrozais? Pode o homem mudar o seu destino? Na vida de um indivíduo, quanto pesam os seus esforços próprios em relação a tudo que ele herda da espécie?

— Vamos andando, presidente — sussurra-lhe o soldado gorducho.

Ele dá uma volta e faz um gesto saudando os músicos. Os dois grupos de guardas o esperam à saída e recompõem a sua formação para escoltá-lo até o helicóptero.

7

— Obrigado, venerável, não estamos atrapalhando?

— Presidente, é uma honra poder servi-lo.

— Nossa conversa pode demorar a tarde inteira. Acabaremos impedindo-a de orar.

— Não se preocupe, presidente. Oramos o tempo todo. Quando temos de parar, paramos. O Buda vive no silêncio.

— Mas sua hierarquia não a repreenderá? — pergunta ele com um sorriso ambíguo.

A venerável lhe devolve o sorriso:

— Se Buda repreendesse, presidente, não seria Buda...

As religiosas se retiram. A vagem de faveira, usada para lavar as suas vestes, deixa um rastro de perfume no recinto. O jardim do pagode tem três velhas faveiras, muito frondosas, dando frutos o ano inteiro. O presidente costuma ver a jovem religiosa colhendo as vagens e dispondo-as sobre uma grade para secar. Nas tardes de chuva, quando o vapor da água sobe do vale para se misturar com as nuvens, as duas mulheres, sentadas, secam as vagens de faveira ao vento, em silêncio absoluto, até a refeição da noite, quando a jovem monja se retira para acender as velas dos altares.

Em que pensam elas nesse silêncio eterno? Será que não pensam em nada? Não creio que sejam mulheres simples que não refletem sobre nada. Uma pessoa que não reflete não pode agir com tanta coragem!

Nunca encontrou resposta satisfatória. No dia de sua chegada, ao ver todas as janelas do pagode lacradas pelo serviço de segurança, telefonou para Lê. Depois de este lhe explicar o motivo daquilo, mandou que trouxessem a venerável de volta imediatamente, assim como algumas monjas, e que fossem autorizadas a praticar livremente os seus rituais. Era a condição que ele impunha para passar ali o seu período de convalescença. Dois dias depois, seus guardas permitiram a entrada, no pagode, de um grupo de religiosos. Ele sabia que tinham cumprido suas ordens, mas não entendia por que havia tanta gente: a autorização era para o retorno de doze religiosos?

Com efeito, eram em doze. Mas eles estavam ali apenas para acompanhar a venerável, numa expressão de respeito pelos superiores, conforme reza a tradição. Eram homens grandes, fortes, pois somente pessoas com uma constituição sólida conseguiam praticar a meditação, isoladas naquelas montanhas altas e distantes. Os dez rapagões cercavam uma senhora pequenina com o semblante sereno de uma vietnamita comum. Ela levava na mão uma bengala de bambu:

Foi com essa bengala que ela desceu a montanha quando os agentes de segurança a obrigaram a partir. Hoje, ela volta apoiada na mesma bengala.

Naquela hora, ele sentiu um embaraço, mesclado com certa inquietude e tristeza. Por quê? Seria pelo fato de a religiosa ser mais velha do que ele? Ou por que as forças governamentais das quais ele era o chefe a tinham posto para fora de seu pagode? Não sabia. Enquanto isso, a venerável acabara de subir a escadaria e transmitia suas instruções:

— Glória ao Buda, voltamos para nossa casa. Abram todas as janelas, limpem os altares, acendam os incensos e os círios. E você, minha filha, arranje as flores nos vasos. Depois disso, oraremos para saudar o retorno das grandes almas.

Observou o profundo respeito que todos devotavam à velha religiosa. Uma ponta de amargura aflorou dentro dele:

Qual deles será, amanhã, o traidor que a empurrará para o precipício a fim de assumir a direção do pagode? Quem porá veneno no seu prato de tofu ou em sua sopa de legumes?

Mas, do outro lado, os sinos tinham começado a tocar. Em seguida, soaram as badaladas dos sinos de madeira e as orações dos doze religiosos. As orações eram encadeadas umas nas outras, como para celebrar outro poder no universo, invisível, um poder que não podia ser traduzido em cifras como o poder profano.

Essas recordações o envolvem, deixando-o pensativo. Mas depois ele se lembra de que está com Vu:

— A venerável nos deu autorização. Vamos para o pagode.

— Você nunca pisou ali, grande irmão?

— Nunca. Não ouso invadir os espaços religiosos. Estava com a consciência pesada só de ter exilado os dez monges ao pé da montanha. Por que não encontraram outro lugar para me hospedar?

— Não sei por que escolheram este lugar. De todo modo, é o local perfeito para isolá-lo completamente.

— Nesse aspecto, eles são muito bons.

Sorri. Quem quer que quisesse subir para o alto da montanha Lan Vu seria captado pelos binóculos dos guardas. Somente as lebres e as raposas podiam pensar em escapar de seu controle. Na ausência de calabouços medievais à moda europeia, seus "caros camaradas" tiveram muita dificuldade para encontrar algo como o monte Lan Vu. Ali, nessa montanha tão poética, ele não tem como falar com nenhum amigo confidencialmente, nem em seu quarto, nem no gabinete de seu médico. Há microfones espalhados por toda parte. Toda vez que Lê traz um técnico para trocar os microfones, este finge que está ali apenas para fazer uma dedetização contra os mosquitos. Lê sempre propõe ao presidente fazer um passeio na floresta para esticar as pernas enquanto o homem realiza o seu trabalho. Toda vez ele é obrigado a aguardar durante horas para que o cheiro do produto vá embora e ele possa retornar ao seu quarto. Como nunca havia atravessado o pátio que separa seus domínios da área do pagode, as estátuas do Buda tinham sido poupadas desse tratamento. Hoje, podem se refugiar ali.

— Tem certeza de que aqui podemos conversar?

Vu pergunta novamente.

— Pode confiar em mim. Sou velho, mas ainda não fiquei louco.

Ele olha o amigo nos olhos. É o único que lhe restou.

— Peço desculpas, mas...

— Eu entendo.

Silenciam, assaltados por inúmeras lembranças. Com voz trêmula, Vu pergunta:

— Grande irmão, tem tido muita tosse?

— Fique tranquilo. Estou melhor. A única coisa que persiste é a pressão. Mas já não sou tão jovem. Vivi demais.

— Você precisa ser cuidadoso.

— Você também. De todo modo, não temos como nos preservar, você e eu. As coisas são como num jogo.

— Tem razão. Uma questão de sorte.

— É preciso admitir que a vida tem limites, assim como as nossas forças. Não posso fazer mais nada agora, mas gostaria de saber o que acontece em nosso país.

— Mas...

— Conte-me. Já passamos juntos por grandes perigos. Você não esqueceu, não é?

— Mas você está fragilizado demais, grande irmão. Somos mortais, não podemos resistir às forças destrutivas do tempo.

— Não estou cego nem surdo, e meu cérebro ainda funciona bem. Quero saber o que está acontecendo no mundo, por trás dessas barreiras de nuvens, do lado de fora desta prisão dourada.

— Não tenho forças para isso. Desculpe-me.

— Eu é que devo me desculpar. Estou em dívida com você. Coloquei peso demais em suas costas.

— Não diga isso. Nosso povo deve muito a você. Mesmo que eu faça mais, não será grande coisa.

Estátuas do Buda pintadas de vermelho e ouro os observam do alto de seus altares. Ele pensa que sua conversa não tem como escapar desses olhos e ouvidos de madeira. O perfume do incenso os envolve. Pela primeira vez, o velho presidente sente estar caminhando sobre um solo desconhecido e penetrando em outro mundo. Suspira longamente.

— O que há, grande irmão?

— Nada. Conte-me o que está acontecendo em nosso país.

— Mas...

— Não tenha medo. Eu aguento.

— A situação é muito ruim. Ainda não estamos fortes para isso, mas eles resolveram mesmo assim lançar uma grande ofensiva. O general Han tinha me contado que na batalha de Nâm Phai nosso comando foi totalmente dizimado. Ele mesmo só escapou porque estava em Ha Tinh. Os corpos dos nossos soldados encheram um riacho inteiro. As águas não conseguiam nem sequer seguir seu curso.

— É o que eu imaginava. Eles me fizeram escrever um discurso para elevar o moral da população.

— O mais terrível não é isso. Dois dias depois de ele voltar para o front, a família de Han foi comunicada de sua morte.

— Ele foi morto na estrada, talvez em Thanh?

— Também acho.

— Já faz algum tempo que Thanh virou uma terra de bandidos.

— Sim, todo mundo sabe disso.

— Que tristeza para a família de Han.

— Sua filha ainda não completou dez anos, a esposa está doente há três ou quatro anos.

— Há alguma outra razão? Não será somente por ele sempre ter nos passado informações...

— Não. Os jornais e as rádios estão anunciando a vitória. Os desertores foram presos entre Quang Tri e Ha Tinh e mandados para campos de reeducação. Ninguém sabe exatamente o que ocorre no front. Mas acredito que eles acabaram com Han por outro motivo.

— Já imagino.

Um calafrio atravessa sua espinha.

— Muita gente está sendo assassinada por ser fiel a mim.

— Não pode dizer isso...

— Mas é a pura verdade! Eu mesmo estou me matando.

— Não se torture dessa maneira, grande irmão.

— Como você pode ver, estou em posse de todas as minhas faculdades mentais. Sou responsável perante a pátria.

Vu se irrita:

— Você não pode fazer mais nada pelo seu povo. Ele terá de assumir as responsabilidades com suas próprias mãos.

— Não é o seu povo também?

— Claro que sim.

Vu suspira:

— Sim, é meu povo também. Mas estou desanimado. Pois não se pode trocar de origem como se troca de roupa.

— É o nosso povo. Não podemos rejeitá-lo.

— Por essa razão é que o destino do homem é a infelicidade.

— Há outros povos na terra que devem ser tão infelizes como o nosso. Mas a maioria das pessoas não tem consciência do motivo pelo qual elas têm de ser infelizes. E se não sabem que existem razões para a infelicidade, então não o são.

Vu fita-o com perplexidade, parecendo-lhe incompreensível aquilo que acaba de ouvir. Mas o presidente está perdido em meio a seus pensamentos. Vu pigarreia.

— O que você quer dizer?

— Quero dizer que cada povo tem um lado bom e um lado ruim. Mas é extremamente difícil admitir este último.

Os dois silenciam. Vu se mostra preocupado:

— Você já está velho e já sofreu demais para ainda pensar nessas coisas. A vida é curta. Deixe as águas correrem...

O presidente se recorda bem. No acampamento da resistência de Viêt Bac, à véspera da festa do Têt, todo o estado-maior estava na cozinha para preparar os pratos, principalmente o *tiêt canh*, sangue de porco coagulado acompanhado de tripas. Serviram-lhe um prato ao meio-dia. Em tempos de guerra, um pedaço de carne representava por si só um verdadeiro banquete, pois, nos outros dias, tinha-se direito apenas a mandioca. No ano anterior, aquele departamento registrara um caso de loucura: tratava-se de um soldado que durante seis meses só se alimentara de mandioca. De família burguesa, nunca havia passado por condições de vida tão difíceis. Nenhum grão de arroz ao longo de seis meses, nenhum pedaço de carne ou peixe, apenas mandioca. Cozida, grelhada, depois cozida novamente com plantas silvestres. O jovem cidadão adoeceu, lívido como a morte, a barriga inchada como uma grávida. Um dia, ao ver o cozinheiro com sua cesta de mandioca, pôs-se a saltitar no pátio como um coelho, gritando doidamente, em altos brados, tirando em seguida a roupa para se enfiar completamente nu no meio do mato. O episódio ficou gravado na memória do presidente.

Conhecia as necessidades dos homens. E simplesmente não conseguia comer aquele prato, conhecido por ser fortificante. Olhava o prato cuidadosamente colocado sobre a bandeja. Estava cheio até a borda de sangue vermelho coagulado, salpicado fartamente com amendoins e ervas finas. Ao lado, uma pequena vasilha com pimentas frescas. Depois de lhe servir a bandeja, um soldado permaneceu ao seu lado para ver se seu apetite estava bom, pois era evidente para todos que se tratava de um verdadeiro banquete.

— Deixe-me a sós. Vá comer com seus camaradas — disse ele ao jovem, para tranquilizá-lo.

Sozinho com aquele prato, procurou uma maneira de desaparecer com ele discretamente. Sempre detestara o cheiro de sangue, desde criança, apesar do aroma das ervas e das especiarias: basílico, menta, coentro, sempre-viva, cebolinha, amendoins, pimenta moída. Quando se matava o porco, em sua casa, ele sempre fugia para o campo. Ninguém jamais conseguira forçá-lo a comer aquele prato horrível, o mais apreciado, aquele que seus predecessores sempre consideraram fortificante e tonificante. Caçoavam dele:

— É um menino inteligente. Mas em matéria de alimentação, não sabe nada.

Nunca soube explicar por que repudiava tanto esse prato. Mais tarde, durante sua estada em Paris, assistiu a um documentário sobre as tradições africanas em que se viam algumas pessoas matando um boi, recolhendo seu sangue numa bacia, mergulhando a cabeça nela e depois bebendo-o ainda quente. Nessa ocasião, ele suou abundantemente, sentindo calafrios da cabeça aos pés, com o rosto ardendo de febre e em seguida gelado de nojo. Supôs que as pessoas que estavam com ele tivessem percebido o seu estado e imaginado o que se passava em sua cabeça. Permaneceu imóvel na sala de cinema até o fim do filme, aguardando que todos saíssem para só então se retirar também. Na rua, fazia muito frio. Ele tremia como uma folha, por causa de suas costas, totalmente ensopadas de suor. Teve de voltar para o banheiro e colocar um jornal sob o pulôver antes de ir para casa. Naquela noite, teve um pesadelo com o vermelho-sangue. Animais degolados vomitavam jatos de sangue berrando, agitando-se em espasmos desesperados. Rostos humanos banhados de sangue fresco... Todas essas imagens giravam, encavalavam-se em sua mente. A partir daí ele finalmente entendeu a sua fobia da infância. Foi como se tivesse conseguido iluminar com uma lanterna o canto escuro de um subsolo onde até então, sob a proteção das trevas, reinava o pavor. Graças àquele documentário étnico sobre a África, ele decifrou sua obsessão. E compreendeu que, para conhecer os vícios de seu próprio povo, ele teve de passar por uma espécie de transe. Era preciso sofrer antes de curar.

Naquela noite, sem conseguir fechar os olhos, ele ficou lendo até o amanhecer, quando os postes de luz esmoreciam diante dos primeiros lampejos da aurora.

Depois, foi levado pela onda da Revolução. Durante muitos anos, não teve mais de se preocupar com aquilo que ele tinha chamado de vícios de seu povo. Muitas tarefas, muitos problemas para resolver. A luta contra o invasor era desigual, e o ponteiro da balança sempre pendia para o lado do estrangeiro. A situação não lhe permitia atentar para detalhes. Tinha de agregar, pois a união era a única força, a única possibilidade de chegar à vitória naquele confronto desproporcional. Para construir a união, ele teve de ceder diante de todos aqueles vícios populares. Em nome da união, fechou os olhos milhares de vezes diante de ações odiosas e comportamentos covardes. Pela união, teve de compor com aqueles que, às suas costas, o acusavam de possuir vinho francês no sangue...

Naquele dia, no acampamento de Viêt Bac, ele despejou o prato inteiro de *tiêt canh* na lixeira e esperou a chegada da noite, quando os homens saíram a fim de jogar futebol, para esvaziá-la nas latrinas.

* * *

— O que há com você? — inquieta-se Vu.

O presidente acabara de massagear o peito mecanicamente.

— Tenho alguns espasmos doloridos de vez em quando.

Ele sorri:

— Com a idade, tudo se torna possível, inclusive a morte. É preciso saber conviver com a doença. E com as decepções...

— Sobretudo as decepções...

Silenciam. Não se ouve nem uma mosca no ar primaveril. Chega a umidade, tricotando um véu translúcido com os raios de sol. Ao longe, algumas andorinhas-do-campo emitem o seu chamado. O soldado gorducho surge à entrada do pagode:

— O senhor Vu está sendo aguardado no heliporto.

— A que hora iremos decolar?

— O comando não me informou.

— Ligue para eles novamente e pergunte a hora exata.

O soldado se retira imediatamente. No jardim, o sol se apresenta com a cor do mel, uma cor dourada, que combina harmoniosamente com o silêncio e com a montanha. Junto com essa luminosidade, o que se sente não é o ar quente e opressivo da planície do Norte, mas um ar fresco, leve, semelhante ao do outono na Europa. Ele fecha os olhos, imagina-se passeando à beira do Sena na estação do ano em que as folhas se alteram, colorindo as árvores de vermelho ou de ouro, com as águas refletindo em direção ao céu esse fogo cintilante e frágil. Pontos brancos aparecem em meio às brumas, irreais, pois não parecem existir ali para os passantes mas apenas para os pintores e os poetas. Recorda-se das ladeiras verdejantes para os lados de Montparnasse, os postes de luz nas calçadas e as placas dos bistrôs parisienses. Europa. Toda uma parte de sua vida. Sensações gravadas para sempre em sua carne com o gosto ácido de vinho barato, o barulho das ruas movimentadas, a cor do sol e do céu. Sua juventude. Quando morava ali, sentia falta, loucamente, do país natal... Então, por que ele pensa tanto naquele país distante? Por que sente hoje tanta falta dele? A nostalgia tornou-se tão intensa! Chega a ser sofrimento. Europa... Europa... Não seria ela apenas um pretexto para evocar a sua juventude? Não se recordaria dessa maneira da Europa por causa, na verdade, da nostalgia em relação aos sonhos não realizados? Ao caminho abandonado ao meio? Será a Europa aquele pedaço de céu a um tempo próximo e inimigo que o acompanhará até o fim da vida? Por que se sente tão ligado a esse lugar tão familiar onde nunca mais irá viver? Esse sofrimento que agora ele experimenta, será um drama exclusivo, apenas dele, ou algo inerente à vida humana?

— Presidente, o escritório informa que o helicóptero irá decolar às quatro em ponto — diz o soldado.

— Diga-lhes que descerei às quatro. E decolaremos às cinco. Não há problema — responde Vu.

— Às suas ordens.

Depois que o soldado se retira, o presidente se dirige a Vu:

— Por que você os provoca?

— É preciso, de vez em quando, fazê-los lembrar quem somos. Nem todo mundo está a serviço deles.

— Eles não têm culpa de serem medíocres.

— Os tronos são geralmente derrubados pelos súditos do poder. O fato de eles serem pequenos não os impede de sonharem com a grandeza. Esqueceu de Quôc Tuy? Era um ladrão do mercado de Sat, sempre maltratado pelo chefe da gangue porque não pagava o seu tributo no prazo. Um dia, conseguiu esfaquear o chefe num bordel. Fugiu para o sul para trabalhar num seringal. Ali, aderiu à Revolução e, depois de dividir a cela com Sau na prisão de Son La, tornou-se executor de trabalhos sujos para ele.

— Achava que ele era bem mais moço que Sau.

— E é verdade. Eles têm doze anos de diferença. Na prisão, Sau virou uma espécie de irmão mais velho de Quôc Tuy. Quôc Tuy fazia a faxina, esvaziava as latrinas, lavava as roupas e até mesmo esfregava as costas de seu grande irmão. É por isso que Sau o nomeou ministro do Interior. É a pasta mais importante, como todo mundo sabe. Na época, alguns camaradas, pressentindo o perigo, protestaram. Foram todos liquidados. A força de Sau reside nisso, em saber usar os seres inferiores. Seus currículos devem obrigatoriamente conter "analfabeto, ex-preso comum". Todos são, logicamente, muito pobres e ignorantes. O marido de Tu a peixeira é um ótimo exemplo. São esses os homens de confiança de Sau. Executam todas as suas ordens. Você esqueceu a síntese de Lê Liêm?

— Agora é tarde demais.

— Sim, tarde demais...

O presidente escuta seu companheiro deglutir como se estivesse engolindo uma bola de ódio. Não encontra palavras para atenuar o rancor de Vu. O que podem fazer um pelo outro nessa situação? Já não há solução para o problema. Estarem juntos ao menos mitiga temporariamente a sua ira. Do lado de fora, o vento se levanta, varrendo as árvores. Os pássaros do outro lado do vale e os rouxinóis do jardim do pagode entoam, juntos, uma suave e selvagem melodia. Por que nosso país é tão belo e tem uma alma tão ferida? Desde quando o presidente se sente culpado perante si próprio e perante os seus próximos? Essa pergunta tortura sem cessar o seu coração sofrido; talvez ele a faça até a morte.

Um golpe de vento. Folhas mortas esvoaçam no pátio. O tempo esfriou. Talvez seja a umidade das nuvens que circundam o pagode. Ele sente um calafrio. Os raios de sol se enfraquecem. Daqui a alguns minutos, poderá chover.

— Vá embora. Parta antes que chova.

— Sim. Eu vou. Mas tenho mais uma coisa a lhe dizer.

— Fale.

— Trung cresceu. Agora sabe refletir. É uma criança sensível. Tive de mentir para ele dizendo que é meu filho de sangue, nascido fora do casamento.

— Você fez bem. Assim ele não se sentirá mais órfão.

Levantam-se, um olhando para o piso antigo do pátio, o outro para o céu, verdadeiro muro de nuvens brancas.

8

Naquela noite ele foi para a cama cedo.

Quando o médico chegou para a visita de praxe, a porta do quarto já estava fechada, com a luz apagada. Os dois soldados estão de pé sob a varanda. A claridade das lamparinas suspensas ilumina metade do pátio e alguns arbustos do jardim do pagode. O médico não se atreve a cantar, com medo de despertar o presidente. Volta então para pegar um baralho e jogar cartas com os guardas.

— Não riam, hein! Se ficarem alegres, tapem as bocas com as mãos antes de rir. Quem perder a gente desenha nele um bigode com fuligem das panelas, combinado? Mas silêncio.

— Às suas ordens, doutor!

Ele ouve os seus sussurros, o som do deslocamento das cadeiras e depois os passos do médico dirigindo-se à cozinha do pagode. Ele vai buscar uma panela para desenhar os bigodes. Concluídos os preparativos, distribuem as cartas, felizes por tentarem a sorte. A partir desse instante, o presidente já não ouve mais nada, a não ser o grito de sua própria consciência.

Meu filho...

Lágrimas escorrem, molhando-lhe a face. Enfia a cabeça no travesseiro para sufocar os seus soluços:

Por que chorar feito uma mulher, uma mulher comum de uma família comum? Desde quando sou assim? Será que a velhice me transformou?

Em seguida, passados alguns segundos, ele escuta novamente o grito:

Meu filho... Meu filho...

Arde, nele, o desejo de encontrar o seu menino:

Será ele maior que o filho do lenhador? Como será ele agora? Só conheci o seu rosto por alguns meses... Como poderia adivinhar que seria a última vez?

Ele se recorda do pequeno apartamento no velho bairro, ao qual se chegava através de um longo corredor no qual sempre havia três guardas à paisana de sentinela. Era um corredor estreito, escuro, um muro comprido e espesso marcava o limite com o prédio vizinho, pertencente a um comerciante que mantinha sua loja no térreo. Ela morava no primeiro andar com a irmã mais velha. Ao final do corredor escuro, uma grande escada em caracol com uma rampa de madeira levava aos quartos azul-claros daquele andar. Foi ali, durante um breve período, o seu ninho familiar. Mas, mal se aquecera com o calor da felicidade, foi colhido pela tempestade... Como um cometa, a felicidade tinha passado por sua vida para depois desaparecer. Como areia, ela lhe escapara entre os dedos antes que tivesse tempo de fechar a mão.

Apesar de tudo, tinha sido feliz.

Chegou a pensar que tudo estava terminado, mas a felicidade voltou a aparecer. Reflexo de um antigo dia de primavera. Um relâmpago, com a duração de um instante, a revelar o paraíso perdido. Seu velho quarto. Sua velha cama. O bebê se agitando dentro de sua roupinha, sorrindo-lhe com seus lábios vermelhos. E ela... Estava sentada na beirada da cama, enrolando um fio de lã vermelho em torno dos dedos. Pelotas coloridas de lã se espalhavam por todo lado. O que ela fazia com aquela lã?

Ele se lembra bem. Ela confeccionara uma boneca para prendê-la no alto do berço. Sua irmã tinha rasgado a outra boneca pouco tempo antes. Ela é que lhe contara isso, pois não se viam mais do que uma vez a cada três semanas.

Ele lhe perguntou, então, onde estava sua filha. E ela respondeu que a pequena estava dormindo na casa da tia Dông. Depois, criticou-o por gostar mais de Trung do que da pequena Nghia, dizendo-lhe que ele se comportava de um modo feudal, preferindo os meninos às meninas. Ele então sorriu, pois ela repetia exatamente o que os agentes de propaganda do regime ensinavam, e era ele próprio quem os instruíra nesse sentido: "A Revolução construirá uma nova sociedade na qual todos serão iguais perante a lei, sem diferenças de raça, religião ou sexo."

Na verdade, não dera muita atenção a suas palavras, obcecado que estava pela visão de seus lábios amuados, pelos seus olhos de pomba a fitá-lo através da grande fogueira na floresta. Sentia-se feliz apenas de ouvi-la, observando o filho a pedalar no ar com suas perninhas em meio aos lençóis brancos. Olhava para o menino de modo apaixonado, dizendo a si mesmo que ele tinha herdado os traços marcantes dele próprio e da mãe: será um menino muito bonito... Será um jovem muito atraente...

Ela repetiu:

— Meu querido presidente, você terá de gostar dos dois do mesmo modo, certo?

— Sim, sim, é claro. São meus filhos!

Na verdade, ele gostava muito de Nghia, a pequena era idêntica à sua própria irmã, que ele adorava. E esta era quase que uma sósia feminina dele, como dois estribos saídos de uma mesma fôrma.

Mas no menino ele via a imagem dela, de seu amor, sua amada.

Agora, ela já não está presente. Não a verá nunca mais com aqueles lábios amuados por causa da preferência dele pelo filho.

Tenho dois filhos, uma menina e um menino, com diferença de um ano de idade. Por que só penso no menino, sendo que sempre militei em favor da igualdade entre o homem e a mulher?

Meu menino está mais exposto aos perigos do que minha filha. Minha culpa em relação a ele é, por isso, muito maior. É por isso que me preocupo mais com ele do que com ela.

Ele tenta, é claro, se justificar. Sabe muito bem da fragilidade de seu argumento, mas não quer realizar um exame de consciência. É inútil. Todas as suas reflexões convergem para um mesmo ponto. Chega a ser cruel a falta que sente do filho. A ferida, passados dez anos, não cicatrizou, ao contrário, ainda arde dentro de seu coração. Sua vontade de esquecer tudo derreteu sob o sol, e o que ficou foi um desejo ardente:

Como estará o meu menino? Será que se pergunta a respeito de suas origens ou, sob a asa protetora de Vu, está convencido de ser filho de um patriota desconhecido? E agora, será que realmente acredita ter sido fruto de uma relação fora do casamento de seu pai adotivo? Deveria acreditar nisso, pois, dessa forma, ao menos teria um ponto de referência. Fora do casamento? Trata-se, provavelmente, de um golpe do destino, pois o amor entre mim e ela foi um amor fora da tradição. Desses amores que só podem gerar filhos fora do casamento... Pobre de nós, vítimas dessa injustiça. Neste momento, como será que ele está? Com quem se parece? Mantém os mesmos traços de quando tinha três meses de idade? Sua pele é tão clara como a da mãe? Tem nas costas a mesma marca que eu tenho, marca que só apareceu quando eu já tinha dez anos?

Dúvidas, perguntas, só com ela é que poderia conversar sobre essas coisas. Cada palavra que dizia era vigiada. Vu estava sendo tão monitorado quanto ele, não poderia nunca lhe mostrar nem mesmo uma fotografia de Trung. E se algum dia ele lhe manifestasse uma mínima ternura que fosse, o filho se transformaria numa arma mil vezes mais perigosa nas mãos do inimigo.

Não consegue, porém, conter o seu tormento.

Pai velho, filho infeliz. Aquele pobre lenhador finalmente se libertou de suas angústias. Não, ele morreu na maca, a caminho de casa. Seus tormentos, se havia, duraram apenas algumas horas e, além disso, a dor deve ter-lhe impedido qualquer reflexão.

Ele finalmente compreende os laços que prendem um pai ao seu filho.

Quando criança, distante ainda de horizontes mais amplos, conhecia apenas o sopro do vento nos campos de seu vilarejo natal, e sua mente estava sempre ocupada pela família. Amava os pais como toda pessoa normal. Mais tarde, seus sentimentos íntimos se embotaram, quando ele conheceu um outro sentimento, bem maior, mais abstrato: a pátria. O povo.

Essas palavras apelam para a grandeza, a perfeição. Uma perfeição totalmente abstrata. A Revolução, então, tornara-se algo ainda mais elevado, mais perfeito. E menos humano. Recorda o ano da vitória. Sua irmã saiu do vilarejo rural em que nascera, Nghê An, para vê-lo. Não conseguiu reservar nem mesmo algumas horas à noite para estar com ela, a quem sempre considerara uma segunda mãe. Ela nunca se casou. Até morrer. Dedicou toda a vida à família. Abandonada pelo irmão menor, partiu sem receber sequer uma palavra dele. Nesse dia, seu coração conheceu a primeira ferida. Depois, ele foi obrigado a esquecer isso. E esqueceu. Durante toda a vida, ele teve de aceitar e conviver com o esquecimento.

Mas dessa vez ele fracassou. Os navios que se queria afundar retornam à superfície, com suas sirenes ruidosas. Os cadáveres presos no fundo do mar voltam à tona, flutuando, balançando com as ondas. Um verdadeiro inferno.

Subitamente, sente o desejo de ser um pai. Subitamente, não consegue mais admitir o esquecimento. Subitamente, sente falta do filho, cuja imagem o persegue a todo momento. Subitamente, a vontade de vê-lo se torna irrefreável. Mesmo de longe, mesmo escondido atrás de um arbusto ou de alguma parede, miseravelmente, envergonhado como um homem que lançou sua semente e que retorna, na velhice, torturado pelo arrependimento, para roubar uma imagem furtiva de uma gota de seu sangue abandonada.

Pelo menos uma vez. Uma vez que seja, antes de morrer...

As lembranças. Os arrependimentos e os tormentos formam um círculo infernal, que ele não consegue quebrar. Sua prisão. Seu processo judicial íntimo, em que ele será ao mesmo tempo réu e procurador. Por que o céu cai desse modo em cima dele? De onde vem essa loucura repentina que confunde sua mente, martiriza sua carne e rasga o seu coração?

Amar seu filho...

Seu sofrimento é, agora, infinito. Dizem os mais velhos que as lágrimas escorrem sempre para baixo. O amor de uma criança por seu pai não pode ser comparado ao amor do pai pelo filho. Quando amamos nossos pais, olhamos para cima. Quando amamos nossos filhos, olhamos para baixo. E quando se reconhece ser um pai com culpa, o inferno abre as portas dentro do seu próprio coração.

Esse sofrimento tem a idade da própria Terra. Acreditou que poderia vencer as ondas desse sentimento e agora se vê preso à sua malha. Houve momentos em que acreditou ter esquecido as pequenas infelicidades pessoais a fim de dirigir todas as energias para servir ao seu país. Conseguia, então, não pensar nelas... Mas o esquecimento é um adversário que possui uma memória temível e um extraordinário desejo de vingança. Agora, ele recebe os seus golpes, terríveis. A vida não passa de um rio que corre entre duas margens, a do esquecimento e a da lembrança. A frágil embarcação humana procura navegar mais para o primeiro lado, mas basta um golpe de vento no sentido contrário ou um turbilhão impetuoso para que ela se choque e se despedace do outro.

Achava que minha vida finalmente tinha se estabilizado. Pensava que meus problemas estavam todos resolvidos. Mas tudo mudou...

Hoje, sua embarcação foi puxada do esquecimento para ser rebocada à força até a margem da lembrança. Já não é possível fingir que leva uma vida de santo. Terá de retornar aos sofrimentos comuns, deve mergulhar mais uma vez nas águas daquela vida banal que ele sempre refutara.

Os homens talvez tenham conhecido esse inferno bem antes dele e frequentemente se saíram bem. Ele, porém, só vem a conhecê-lo agora, já exaurido. Seu amargor, portanto, é mais forte ainda.

Imagina trinta cabeças cobertas por turbantes de luto, com os olhos vermelhos de tanto chorar. Prantos e gemidos ressoam em coro, embalados como um canto de despedida. Esse grupo vela ao redor de um caixão, com velas, oferendas e fumaça de incenso.

Quando morrer, quem chorará por mim, como fazem esses filhos do lenhador? Meus dois filhos estarão no meio da multidão agitada e sussurrarão: "O presidente morreu." Ou então, de modo mais pomposo, dirão: "O presidente faleceu." Se chorarem, serão lágrimas de uma tristeza coletiva, uma reação da massa, como uma risada ou um espirro contagioso.

Nunca saberão que esse presidente era o seu próprio pai, que o sangue que corre em suas veias é dele, que sua carne é a carne dele, suas vísceras, suas doenças ou seus cacoetes também são os dele... Nunca saberão.

Meu destino é desolador em comparação com o do lenhador. No fundo, ele conheceu a felicidade de ter sido um verdadeiro pai, de ter exercido um poder real. Sempre soube o que queria, o que podia e devia fazer.

O retrato do defunto ressurge diante de seus olhos. Recorda perfeitamente as belas sobrancelhas em forma de lâmina encimando aqueles olhos calorosos e instigantes. O olhar orgulhoso, a boca profunda, como que esculpida num golpe de sabre, e o nariz reto, feito pedaço de bambu, exprimem segurança e vontade. E principalmente a barba em forma de colar, negra e densa como de um Ocidental, contornando o maxilar quadrado.

Esse camponês foi um homem que soube enfrentar o seu destino. Mesmo no caixão, manteve a expressão de orgulho de quem superou todos os obstáculos encontrados no caminho. O pranto daquela canção fúnebre consegue abater o coração do morto? Não. Jamais. O lenhador certamente foi um pai feliz e trouxe felicidade para o filho. Essa canção foi feita para mim, para mim.

A amargura toma conta dele. Seus olhos estão marejados.

O lenhador é um pai vitorioso. Pelo menos criou o filho até os treze anos. Durante esses treze anos, protegeu seu filho das tempestades e das chuvas do inverno, e do calor intenso do verão. Seu filho pôde experimentar o que é o amor de um pai, teve uma infância feliz, em segurança.

O lenhador foi um bom pai. É o espelho em que descubro agora a minha vergonha. Por que lancei pela vida gotas de sangue perdidas? Por que pus no mundo crianças órfãs, abandonadas? Nem mesmo um animal geraria um ser sem depois protegê-lo... Não passo de um pai incapaz e irresponsável. Permiti que bandidos os perseguissem como predadores. Não sou apenas um incapaz, mas também um ser imoral.

A dor o atinge em ondas, subindo do ventre para o coração. Seus golpes alcançam o máximo da crueldade e da força. O presidente pensa num boxeador negro muito conhecido em sua juventude. Nos treinos, esse atleta tinha o hábito de esboçar uma careta a cada golpe que dava. Toda vez que o saco de areia balançava no ar, seu rosto se contraía e seus lábios tremiam, formando algo que era ao mesmo tempo um sorriso forçado e uma careta de louco; e seu rosto acusava uma dor infinita.

Meu coração é como aquele saco de areia sendo golpeado por um boxeador invisível. Esse homem deve sorrir a cada golpe que aplica. Sorriso autêntico ou uma careta de louco?

Irá se levantar para chamar o médico?

Este acabará vendo que ele chorou. Muito e durante muito tempo. Suas faces estão banhadas em lágrimas, assim como o travesseiro. Essas marcas não podem ser camufladas rapidamente.

Já estou velho demais. Por que continuar vivendo assim?

Essa ideia lhe vem à cabeça subitamente. Como um suspiro vindo de longe. Não se surpreende. Exatamente o contrário de quando ouvira o filho do infeliz lenhador gritando. Esse chamado revelava outro chamado silencioso, o apelo de seu próprio filho. O filho que ele não conhece mais. O filho que ele relegara conscientemente ao esquecimento.

9

Um riso fantasmagórico explode em seu ouvido, um riso que cai feito chuva sobre um teto metálico em dia de tempestade. Um riso estranho, seguido de pigarros, como o grito de gatos selvagens. Parece provir de um túmulo profundo ou de um castelo mal-assombrado sob a terra.

Quem será? Quem teria um riso tão abominável?

Busca na memória. Esse riso contém o rosnar do predador e o assovio do vento nos abismos mais sombrios. Não lhe é totalmente desconhecido...

Sua dor desapareceu, sua atenção se concentra inteira nesse riso diabólico. Mas não encontra a resposta. De repente, o gozador invisível lhe diz:

— Não está me reconhecendo? Tem certeza?

O presidente afasta o travesseiro e percorre com os olhos a escuridão do quarto. A luz de fora se infiltra pelas persianas. Ainda se ouvem as risadas sufocadas dos jogadores de cartas. Nada mudou.

— Desculpe, mas não o reconheço.

— Faça um esforço.

É uma voz aguda, como de um eunuco.

— Desculpe, mas não consigo me lembrar — responde educadamente.

O riso volta a explodir com força, aos solavancos, e ele finalmente reconhece o rosto arredondado e rechonchudo do Grande Timoneiro. O presidente Man, o homem mais poderoso em toda a história do Extremo-Oriente. Faz muito tempo que não se viam, daí a sua hesitação. No entanto, o presidente Man, dois anos mais novo que ele, é um homem muito vivaz. Esse homem diabólico dirige, nesse momento, a revolução cultural na China, ou, melhor dizendo, executa, nesse momento, o mais cruel dos expurgos já realizados em toda a história da humanidade. Esse imperador extraordinário faz de tudo para que o povo reconheça a sua força invencível, e seu número mais famoso é "O presidente atravessa o Yang Tsé Kiang a nado".

Por que ele lhe aparece agora e sob a forma de um fantasma? Por que se travestiu de pobre-diabo?

Faz um esforço para encarar seu interlocutor. Aos poucos, vai reconhecendo todos os traços do soberano do norte. O rosto do presidente Man aparece suspenso no ar, as pálpebras apertadas de alegria, os lábios esboçando um sorriso zombeteiro.

Ele finalmente responde:

— Olá, camarada! De onde está vindo, meu grande irmão?

— Grande eu sou, mas não sou seu irmão! Além disso, não me chame de camarada, que é um termo obsoleto. Ele morreu. Está morto e decomposto há muito tempo.

— Desculpe!

— Desculpe. Obrigado. Como quiser... São fórmulas de polidez que você conhece de cor. Pfff! São como queijo francês, que fede. Tenho horror a isso.

O presidente Man cai na gargalhada, expondo duas fileiras de dentes amarelados, dentes abandonados. Seus olhos se estreitam de zombaria e desprezo:

— Você é muito polido. Uma polidez inútil, a polidez hipócrita dos ocidentais. Não me interessa a polidez. Não dou a mínima para todos esses princípios, essas convenções, todos esses costumes. Imponho minhas próprias regras.

Ri escancaradamente, e dessa vez um cheiro ruim emana de sua boca aberta.

O presidente Man não costuma abrir a boca dessa maneira. Mal a entreabre para falar ou sorrir. Nunca escova os dentes, convencido de que o tigre só é poderoso porque nunca se lava. Considera que imitar o animal lhe trará a invencibilidade que almeja.

Depois de rir muito, o Grande Timoneiro retoma:

— O termo camarada está morto. Por isso, baixo as máscaras! Entre nós dois existe um imperador e um vassalo. Você é o rei dos povos vassalos Viêt. Uma pedra não pode se transformar em faca, mesmo que receba esse nome. Só idiotas acreditam que folhas podem se transformar em pombas... Pensei que fosse mais inteligente.

— Meus ancestrais dizem: aos setenta anos de idade, e se ainda não estamos sãos, não se deve vangloriar de ser infalível. Mesmo próximos da morte podemos nos enganar.

— A modéstia, sendo sincera ou forçada, só é boa para os desprezíveis. Já viu, na história, algum imperador poderoso se curvar diante de seu povo? Claro, você falará dos reis Nghiêu e Thuân.* Mas esses dois cadáveres não passam de fantasias inventadas para servir de consolo a intelectuais medíocres. Nghiêu e Thuân são como a ideologia comunista. Apenas santinhos que se queimam em homenagem aos espíritos. Ninguém que saber realmente deles. Só servem como isca para atrair os povos até as armadilhas de que dispomos, para depois manipulá-los. A teoria comunista é mil vezes mais eficaz em seu papel de engodo do que as florestas de pescadores do generalíssimo Tao Thao quando este, na época dos *Três reinos*,** utilizou-as para atrair o inimigo.

— Eu sei. A fim de recrutá-los para a Longa Marcha, você muitas vezes chamava os seus soldados de camaradas do exército vermelho. Chamou os camponeses de "camaradas camponeses, pilares da Revolução, construtores do futuro da pátria", quando tudo o que queria era que eles invadissem os arrozais espantando os pássaros, a gritar feito loucos varridos ou meras marionetes. Para exortar as pessoas a colher arroz, a alimentar os porcos com bosta de búfalo, a abandonar o trabalho no campo para fabricar armas, você não hesitou em dizer que a classe camponesa era genial e que representava a força do progresso da humanidade. Utilizando-se apenas dessas palavras enfáticas, você criou um movimento mais louco e mais cruel do que nenhum rei, nenhum soberano, jamais havia realizado em toda a história da humanidade. Lembro-me muito bem de suas lições. Pois seguimos o seu exemplo e pagamos caro por isso... Bem menos, no entanto, que o seu próprio povo.

— O povo! O povo não passa de um peão no tabuleiro da história. Seu papel é ser útil no jogo. Se se torna inútil, cabe sacrificá-lo.

— Sei disso. Dezenas de milhões de soldados do exército vermelho servirão de mecha para acender a fogueira. Pressenti que assim seria desde o momento em que a revolução cultural foi inaugurada no seu grande país. A história da China está repleta de exemplos de sacrifícios da gente miúda. Mas com as dimensões da sua revolução cultural, você conseguiu chegar ao máximo da crueldade.

— Heróis são cruéis, diz o ditado. Não se esqueça disso.

— Não me esqueço. Mas eu provavelmente não tenho capacidade de me tornar herói. Na posição que ocupo, me sentiria horrori-

---

* Reis legendários da China antiga reputados por sua sabedoria e bondade.

** Crônicas da China do final da dinastia Han (220) até a unificação sob os Jin (265).

zado tendo de ver os meus compatriotas se alimentarem de cadáveres ou destruírem uns aos outros para sobreviver. Às vezes chego a duvidar daquilo que estou vendo: sabia que os camponeses do norte da China estão morrendo de fome? Que disputam a comida com o gado? As famílias trocam entre si os mortos para que ninguém seja obrigado a comer os próprios parentes.

— Os homens sempre foram canibais. Trata-se de uma situação muito frequente na história da humanidade e dos nossos países. Já esqueceu a lenda de Vo Tong,* que, sem saber, se alimentou de tortas feitas à base de carne humana?

— Não esqueci, mas isso já faz mil anos. O homem lutou justamente para se libertar dessa vida animalesca. A diferença entre barbárie e civilização reside nisso, no abandono do canibalismo e da imoralidade.

— Você é mesmo um bom aluno desses professores ocidentais de narizes compridos, que usam a retórica como um laço para apanhar búfalos. Não acredito em retórica alguma, a não ser a minha.

— Você é um presunçoso. Faz por merecer a proteção de Stalin, que foi quem o entronizou.

— Serei realmente o seu protegido, ou, diferentemente, fiz com que ele construísse o meu trono, como faziam os faraós forçando seus escravos a erguerem as pirâmides? As duas hipóteses são verdadeiras. É a arte da língua bifurcada.

— A história da China reúne uma quantidade inacreditável de personalidades diabólicas. A sua, porém, é a mais destacada.

— Não tenho necessidade de olhar para trás nem para a frente. Sou único, sem igual neste mundo.

— Concordo. Em matéria de crueldade e bufonaria, você é inatingível. Quando exorta os camponeses a espantarem os pássaros gritando, quando os envia para as fábricas de metalurgia, quando, indiferente, os vê literalmente pastando ou se entredevorando, você consegue ser ao mesmo tempo pavoroso e grotesco.

— Optei pelo terror grotesco, ao passo que você escolheu a dor covarde e deplorável.

— Está dizendo que sou covarde e deplorável?

— Isso mesmo. E eu explico: um imperador oriental que se preze não chora às escondidas por causa de um pouquinho de sangue

* Um dos heróis de um romance clássico da China, *À beira d'água*.

derramado. Espalhei meu esperma por todo o país, como um camponês espalha suas sementes. Não me lembro, nem tenho necessidade de saber quantos foram os filhos que gerei ao longo de minha caminhada. Não é problema meu. Só uma coisa é certa: se um deles apresentasse veleidades de traidor, eu o mataria com minhas próprias mãos, mais rapidamente e mais energicamente do que qualquer traidor de fora da família. O poder não pode tolerar os sentimentalismos dos medíocres.

O rosto rechonchudo incha e desaparece na penumbra, e volta a aparecer, como que fosforescente. Os olhos, pequeninos, emitem como que centelhas:

— Meu jogo acabará bem. Logo você poderá constatá-lo. Fique de olhos bem abertos!

O rosto então some bruscamente.

O presidente fita o vazio por um bom tempo. Ele realmente desapareceu.

O termo camarada morreu. Com ele, encerra-se também a comédia de toda esta época. De qualquer maneira, ele disse tudo. Querendo ou não, todas as cortinas caem ao final do espetáculo. Não é por acaso que Balzac intitulou a sua série de romances de A comédia humana. *Mas Man sem dúvida tem razão quando diz que o poder não pode tolerar os sentimentalismos humanos. Pois ser um imperador é preocupar-se apenas com a sua própria permanência no poder, seus próprios privilégios. Todas as demais considerações são inúteis.*

Mas como fazer pouco caso das pessoas a quem me dediquei a vida inteira? E ela? E as crianças? Como tratar essas três criaturas como se fossem lotes de terra ou como coelhos que enfiamos numa panela quando não mais queremos vê-los? Conseguiria imitar esse poderoso do norte?

Se fizer isso, estarei entre o martelo do poder e a bigorna dos sentimentos. Serei irremediavelmente triturado.

É tarde demais para mudar as coisas. A roda do tempo gira apenas numa direção.

O "se" não existe. Diz-se que com o "se" pode-se até enfiar Paris inteira numa garrafa.

A humanidade sabe que o "se" não existe. Inventou-o apenas para possibilitar a busca da verdade. Se eu ao menos tivesse o direito de escolher.

Um grito de lamento emerge do fundo do seu coração.

Mesmo que pudesse recomeçar tudo, não creio que conseguiria fazer como ele diz.

O presidente Man é o presidente Man, e ele é ele. Ninguém pode alterar o destino de outra pessoa. Todos os conselhos não prestam para nada.

10

O dia está apenas começando quando eles pegam a estrada como um casal apaixonado. Ela vai de garupa na bicicleta, em silêncio. Ele pedala. Cada qual mergulhado em seus pensamentos. A cidade está deserta. Veem-se apenas alguns soldados caminhando apressados, talvez em direção a algum ponto de encontro. Cerca de meia hora depois, surge diante de seus olhos o molhe do rio Vermelho.

— Vamos parar aqui — diz ele.

Ela concorda. Descem da bicicleta e começam a subir, juntos, o monte de Yên Phu, onde encontram um barraco para deixar a bicicleta. Cruzam pelo molhe para chegar aos campos de milho. A esta hora, o sol já está mais alto do que a ponte Long Biên. Seus primeiros raios desenham um leque no ar. Os campos ainda estão úmidos. Pérolas de orvalho cintilam nas folhas, como guirlandas de cristal. Neste ano o vento da primavera está atrasado, parece que a guerra mudou tudo, até mesmo o clima. Brisas muito leves acariciam o rio, tímidas, para depois se espalharem nos campos suspirando, como se tivessem medo de incomodar. Na água, que ganhou uma coloração prateada, algumas embarcações alçam suas velas. As praias estão desertas, ouvem-se alguns meninos batendo boca e os ataques de tosse dos pescadores em seus barcos.

Um ramo de milho, áspero e úmido, roça o seu braço. Ele sente um arrepio:

— Cuidado, você vai se molhar. Ainda está muito frio.

— Sim, obrigado.

Percebe-se em sua resposta um tom mal-humorado, mas ele não deu atenção a isso. Seus olhos estão voltados para as crianças no outro lado do rio. Há perto de cem delas, usando chapéus de palha, carregando mochilas e cestos. Estão reunidas na área de espera do barco. São, sem dúvida, estudantes partindo para as aldeias de refúgio, para escapar dos bombardeios: *E se os aviões aparecessem agora, qual abrigo poderia protegê-los?*

Ele sabe, no entanto, que comprimidos de tranquilizante seriam mais eficazes que um abrigo, coletivo ou individual, pois esses refúgios improvisados servem apenas para acalmar as pessoas, não realmente para protegê-las. Uma placa de concreto do tamanho de uma cesta, colocada sobre um buraco com apenas um metro de diâmetro; suficiente, a rigor, para proteger uma pessoa da explosão de uma granada. Mas daí a pensar que seria capaz de proteger das bombas atiradas de um avião... Os abrigos, porém, contribuem para criar uma atmosfera de segurança. A guerra é um jogo. Um jogo terrível, cujas primeiras vítimas são sempre gente inocente e crianças. Crianças como estas.

Piscando os olhos, ele distingue os chapéus de palha sob os raios do sol da manhã, as mochilas minúsculas, os cestos em que as mães enfiaram as suas rações mensais de alimentos. Certamente reuniram o que ainda restava de açúcar na casa, as últimas provisões para seus filhos, que estarão tão longe delas. Um sacrifício tão grande para criaturas tão pequeninas. Uma tristeza infinita trazida por uma história permanentemente mergulhada na guerra. Será esse o destino de seu povo? Um destino de almas torturadas, forçadas a resistir ao vento e ao fogo?

Ela tosse, chamando a atenção dele para a sua presença. Foram até ali para poder conversar livremente.

Meu irmão mais velho tem razão. Este é o nosso povo. Não podemos rejeitá-lo. Fazemos parte de um povo de almas torturadas e devemos aguentar, cada um à sua maneira, os sofrimentos dessas almas. É hora de enfrentar esse suplício.

Ele sorri:

— Pode começar.

— Não, o homem é você.

— Hoje em dia somos todos iguais.

— Não acredito nisso.

— Claro que sim! Tudo o que está acontecendo em nossa casa é uma prova de que você sabe que a mulher é igual ao homem. Pode até mesmo influenciá-lo, à sua maneira.

— Não sou como as outras mulheres.

— Mas é com você que eu me casei. E nós tínhamos feito esse pacto antes mesmo do casamento, não lembra?

Ela não se esqueceu disso. Mas eles viveram tantos anos juntos. Muito antes do nascimento do filho. Por que ele está tão obcecado?

— Não esqueci. Mas eu não entendo — diz ela.

— O que é que você não entende?

— Não entendo como um pai pode querer tanto ao filho de um outro, mais até do que ao seu próprio filho.

— Filho de outro?

Ele a fita nos olhos, em busca de uma resposta. Ela prossegue, sem se desviar:

— Mesmo que seja filho do Velho... Não é seu filho. Não é aquele que garantirá a continuidade da sua família, aquele que nos enterrará, aquele que erguerá um altar em nossa memória, dentro da tradição dos nossos ancestrais. Mesmo que você quisesse, seu filho adotivo nunca poderia levar o seu nome. O sangue que corre nas veias dele nunca será o da sua família.

Ele finalmente entende. O amor-próprio é o mais poderoso dos sentimentos. A criança é um receptáculo no qual cada um deposita os seus desejos, suas esperanças mais profundas. Qualquer que seja a sua personalidade, será sempre um ídolo para o pai e para a mãe. Ao refutar esse tipo de raciocínio, ele feriu o amor-próprio da esposa. Eis a razão de sua ira, e ela não consegue perdoá-lo, nem perdoar aquele pobre menino.

O egoísmo é um animal cruel e cego. A retidão não consegue domar a fera. Nenhum sobressalto na consciência será capaz de comovê-la, pois esse animal não tem coração.

Ele se recorda de um professor que lhes havia lido esse texto durante um exercício de dissertação. O homem é magro feito palito e usava óculos grossos como fundo de garrafa. Aprendeu tantas coisas com ele. Quanto mais velho fica, mais recorda esse professor, como um marinheiro a rememorar seu porto.

Diante do seu silêncio, ela continua:

— Você acha que estou errada, não é?

Seus olhos brilham triunfantes. Ele responde:

— Acha mesmo que nosso filho fará tudo isso que você imagina? Mire-se no exemplo do tio dele. Encare a realidade. Pelo menos uma vez. Vinh superará o pai de vocês ou será uma cópia do tio, que é, por sua vez, cópia da mãe de vocês?

Ela está corada de raiva. Vu sabe que tocou em um ponto sensível, ela não pode negar que seu filho se parece com seu irmão, um pequeno-burguês limitado, estúpido, egoísta e especialmente desleal. Que ela mesma já tivera várias vezes de contê-lo e de interferir para poupar o cunhado da desonra. Que o filho logo seguiria pelo mesmo caminho. Até mesmo os vizinhos já sabiam disso...

Mas ela não consegue jogar a toalha. Seu orgulho de mãe a transforma numa tigresa. Ela se recompõe:

— Que importa? Ele é seu filho, seu próprio filho. É o continuador da sua linhagem.

— É a sua folha de parreira?

Ele mantém uma calma olímpica, marcada por certo esgotamento. É o que ela mais teme nele. Vu olha para a outra margem, onde o sol já cobriu com tom dourado as praias de areia e as casas próximas do barco.

— Sente-se, por favor. Não quero ver você nessa posição, que é a mesma da peixeira Tu.

Ela se senta. Seu rosto ganhou um tom cinzento. Vu já não está enraivecido. Só o sofrimento subsiste. Ele fala sem olhar para ela:

— Sou como todos os pais. Quero ter um filho bom, para perpetuar o nome da família. Há anos acompanho angustiado a evolução de nosso filho. E reduzi consideravelmente as minhas ambições. Mas, quanto mais me decepciono, mais observo e mais me coloco à espera de um milagre. Que pena! Talvez homens e mulheres sejam diferentes. O amor dos homens se choca inexoravelmente com os limites impostos pela realidade. O amor do homem não consegue ser incondicional. Quando depara com uma barreira espessa e intransponível, ele se destrói. É o que chamamos de desilusão. De um modo geral, é preciso conhecer essa espécie de decepção para almejar a sabedoria. Uma vez decepcionado, o homem não pode mais continuar andando sobre a lama de olhos fechados. Tem de abrir muito bem os olhos para saber onde pisa, para evitar afundar-se estupidamente na areia movediça. Não tenho mais nenhuma esperança em relação ao nosso filho. Desde o dia em que ele pediu a Trung, na frente de todos, para pagar a sua refeição com o cupom de racionamento. Nesse dia, entendi que ele não poderá ser aquele que irá perpetuar minha família.

— Então você espera que Trung o faça? — pergunta ela, indignada.

— Não. Não conto com isso. Aliás, esse desejo de perpetuação da linhagem já não existe mais dentro de mim.

Ela começa a chorar. Tentara resistir, mas o ressentimento quebrou suas resistências. Já faz muito tempo que não se depara com a oportunidade de chorar tanto, tão abertamente. Como uma camponesa, com soluços, gritos, gemidos. Seus espasmos se produzem em ondas contínuas e poderosas, carregados de ciúme, raiva e ódio há anos guardados em seu coração. Ele ouve em silêncio, enquanto ela ruge, funga, tosse e soluça.

O sol já está bem alto. A ponte Long Biên projeta sua sombra sobre a água agora de um rosa pálido, esmaecido. Os campos de milho, ao redor deles, livres do orvalho, sussurram ao vento. Um riso de criança lhe chega aos ouvidos vindo da aldeia dos pescadores. Lembra-lhe a infância feliz.

Tive uma infância feliz, em que nenhum conflito surgiu para romper a fraternidade. Dei sorte. Por sorte, entendo o fato de não ter sido obrigado a fazer escolhas para me beneficiar. A sorte é um presente dos deuses ou dos céus. Quando me casei com Vân, esperava que nosso filho se parecesse com o pai dela, professor, isso se não viesse a herdar a disposição e a alegria de minha família. Nunca poderia imaginar que ele fosse incorporar os traços e o caráter daquela dona do depósito de nuoc-mam. *Ele acabou se tornando até mesmo o seu herdeiro direto.*

Fez-me muito mal essa constatação. Uma decepção capaz de matar um homem. Crianças são pontes frágeis que todos procuram construir para o seu próprio futuro. Mas são, também, infelizmente, números que tiramos como numa loteria.

Acendeu um cigarro. Fumar o deixa ocupado, enquanto ela chora até o fundo da alma. Isso lhe permite refletir sobre o futuro. Os cantos balbuciantes dos filhos dos pescadores ressoam a distância. Depois de o cigarro terminar, ele se volta novamente para a esposa:

— Acabou de chorar?

— Sim, acabei.

Ela não consegue mais continuar. Dá-se conta de que há um limite para tudo, até mesmo para o choro que tanto alivia.

— Conversemos então abertamente, como amigos.

— Como dois camaradas.

— Não! Esse termo só teve validade no passado, quando estávamos na Resistência em Viêt Bac. Hoje ele é empregado normalmente antes de as pessoas falarem com mais intimidade — corrige ele, com ironia.

E prossegue:

— Não quero deixar você num impasse. Vivemos juntos por muitos anos...

— Estou ouvindo...

— Sei que a chegada de Trung à nossa família causou muitos problemas para você. Antes de mais nada, quero lhe agradecer por todos os anos que dedicou à criação dos dois meninos, apesar de a tia Nga tê-la também ajudado. Para ser sincero, fomos muitos felizes quando tivemos de nos apertar para enfrentar as dificuldades da vida. A situação se deteriorou com a adolescência de Vinh, quando ele se tornou preguiçoso, e, quanto mais mimado era, pior ia na escola. Em seguida, ele passou a desenvolver uma espécie de mimetismo em relação ao tio, incorporando dele tudo que há de negativo, desde o lado físico até a personalidade. Não suporto mais vê-los juntos. Você entende?

Ela silencia, olha para o lado. Ele prossegue:

— Também sou feito de carne e de sangue. Dizer todas essas coisas não é nada fácil para mim. Depois de muitos anos de reflexão, chego à conclusão de que temos de encarar a realidade... Você não admite que seu filho possa ser pior que outro, seja ele quem for.

— Não, não foi isso que eu quis dizer. Eu estava muito chateada...

— Não quis dizer, mas é o que você pensa há muito tempo. Vivemos sob o mesmo teto, não permita que as coisas não ditas estraguem a nossa vida. Não somos mais jovens. Você pode viver com o nosso filho. Eu, por meu lado, cuidarei de Trung, pois prometi isso a ele conscientemente. Irei protegê-lo, mesmo que isso me custe a vida. Disse isso a você desde o começo, nunca escondi nada. Você decide.

— Está pedindo o divórcio?

— Não peço nada. Pode-se viver separado mesmo estando legalmente casado. A lei nada pode contra o coração.

— Então existe uma mulher aí no seu coração? Você ama alguém?

Ela gritou de ódio. Seu rosto ficou subitamente vermelho como se ela tivesse carregado algo de grande peso em pleno meio-dia sob um forte sol. Ele pergunta:

— Está falando sério?

— Não me refiro a alguma mulher do escritório ou daqui da cidade.

— Por quê? Talvez porque você conheça de cor as fichas de todas as mulheres, casadas ou não, jovens ou velhas, de onde eu trabalho? Porque você tem uma rede inteira de tiras a seu serviço, capazes de fazê-las confessar se for preciso? É verdade ou mentira?

— Não estou pensando em nenhuma mulher do seu trabalho.

— Seria então alguma mulher de alguma de nossas embaixadas que eu teria conhecido em uma de minhas viagens diplomáticas? Cheque, então, todos os relatórios. Eu mesmo posso lhe fornecer todos os relatórios que faço das viagens ao exterior. Ou então, você mesma poderia ir ao Ministério das Relações Exteriores consultar os dossiês, ou então folhear os dossiês de Sau. Até onde estou informado, ele sempre a recebeu de braços abertos quando foi visitá-lo. Todo mundo sabe: a esposa do seu inimigo é o seu melhor aliado.

— Está duvidando de minha lealdade?

A pergunta o faz cair na gargalhada. Ela se sente estúpida, e o riso de Vu a deixa louca de raiva. Vu é um estranho a qualquer tipo de ciúme. Se ele sentisse ciúme, ao menos uma vez, uma única vez... Talvez as coisas fossem diferentes. Mas trata-se de um homem reto, inteiro, que não se permite, jamais, ser arrastado por sentimentos que considera medíocres, conforme o seu próprio código moral.

— Você está brincando?

— Desculpe, não é o que eu queria dizer...

— Então, o que você quer dizer?

— Não estava pensando numa pessoa viva.

— Ah, então você pensou em...

Ele se interrompe. A surpresa, o pavor e o desgosto o envolvem ao mesmo tempo, como uma capa. Atentando para os olhos rebaixados da esposa, ele compreende: ela não está com ciúmes apenas do filho adotivo, mais inteligente, mais bonito que seu próprio filho, mas também da mãe dele. A mãe de Trung era, com efeito, mais jovem e mil vezes mais bonita que Vân, apesar do título de Miss da administração que esta última recebera dos camaradas durante a Resistência.

Ela está com ciúme de uma morta. Como pode esse sentimento dar origem a coisas tão terríveis? Desde quando esse maldito sentimento se desenvolveu dentro dela sem que eu nem sequer desconfiasse? De todo modo, jamais poderia adivinhar, pois isso está além da minha capacidade de entendimento... Ninguém que tenha uma constituição normal poderia imaginar uma psicologia tão baixa, tão horrorosa. E no entanto Vân goza de excelente saúde, e ninguém de sua família foi acometida dessa doença...

Vu não consegue desviar os olhos da mulher. Seu maxilar está enrijecido, seu cérebro, aturdido. Subitamente, tem a sensação de estar mudo e paralisado, atingido por algum mal misterioso cuja origem ninguém, seja o médico seja o próprio paciente, identifica.

É invadido por uma náusea, tudo ao seu redor escurece e ganha as cores das flores de serradela e da berinjela. Também o rosto da esposa fica turvo, como se alguém tivesse atirado uma pedra no lago em que ele se refletia.

Fora de si, ele vê aquele rosto tão familiar se transformar, tudo se deforma e adquire novas formas. Será um pesadelo? O que está acontecendo?

Seus lábios continuam selados. Os membros estão paralisados, embora, por um breve instante, ele tivesse almejado erguer a mão num gesto violento. Permanece prostrado. Uma múmia viva.

Ela, por sua vez, se recompôs. Depois de colocar para fora toda a sua ira, esvaziou-se como um balão ou uma câmara de pneu furada. Percebe os olhos arregalados do marido e toma consciência de tudo o que havia expelido durante aquele mergulho nos tormentos do ciúme. Também horrorizada, levanta-se e foge em direção ao molhe.

Vu permanece do mesmo jeito durante um bom tempo, sem perceber que o sol já está a pino. A sirene de uma lancha no rio o traz de volta para o presente. O calor se distribui lentamente por seus membros, retirando-o daquela paralisia momentânea. O vento úmido transporta até ele o cheiro do verde, da água e também da podridão do lixo acumulado nas margens do rio.

Alguma coisa pousa em seu pescoço. Vu leva a mão até ali e segura um pequeno louva-a-deus, que agita para todos os lados suas patinhas dianteiras.

Você está bem vivinho. Todos os pequeninos são agitados assim como você, o cavalinho esperneia, o cachorrinho dá ganidos, o gatinho arranha... La, la, la, aonde você quer ir, pequeno louva-a-deus?

Essa canção da infância lhe ocorre subitamente, evocando as férias passadas no campo com os pequenos camponeses que cuidavam dos búfalos brincando de pipa. Faz sessenta anos! A vida passa como um sonho.

Seu olhar depara, de repente, com a sua própria sombra nos pés de milho.

Quantas primaveras ainda conhecerei para poder ver de novo essa sombra?

A resposta chega de imediato, com um sorriso triste:

Que importa? Quanto mais vivemos, mais sofremos.

Erguendo a mão, ele observa o louva-a-deus mais uma vez antes de soltá-lo no campo de milho. O inseto desaparece entre os caules verdes ruidosos. Sente uma coceira na nuca. Dessa vez não é um louva-a-deus, mas sim o calor. Ele transpira. Recolocando seu chapéu de pano, ele faz o caminho de volta em direção ao molhe de Yên Phu.

Não há muita gente. Algumas pessoas passam rapidamente levando pratos de balança carregados. As chaminés da central elétrica expelem colunas de fumaça que escurecem um pedaço inteiro do céu sobre a cidade. O lago do oeste, do outro lado do rio, reflete a luz como um espelho por trás da cerca viva de violetas da rua Cô Ngu. Subindo de volta a rua, ele reconhece o pagode de Trân Quôc com seu formato de várias pequenas sepulturas ao lado do espelho d'água. Um barco balança ao longe. Um barco de pescadores, a julgar pelo breve reluzir das redes lançadas à luz do sol.

Aonde ir?

Sabe que não pode voltar de imediato para casa, mesmo que a cortina azul de seu quarto continue sendo o seu último recurso para recuperar o equilíbrio. A chave do cadeado está com Vân, que deve ter pegado a bicicleta e voltado para casa. Ela na certa já se recompôs para preparar o almoço como se nada tivesse acontecido. Tem certeza absoluta disso. As mulheres se recompõem muito rapidamente depois de um choque, suportando muito melhor que os homens os traumatismos sentimentais. Talvez a capacidade de poder gerar um filho crie na mulher essa resistência aos golpes, às dores agudas. Talvez essa mesma capacidade leve, na vida amorosa, a reações como a que Vân tivera. Outra hipótese seria de que a mulher dispõe de uma faculdade de reflexão limitada, que a torna menos sensível aos tormentos. Existe adormecido em cada mulher um instinto primitivo que pode aflorar para a consciência em determinada circunstância. Nelas, a introspecção e o remorso são fugazes como chuva de verão. Por todos esses motivos, elas sofrem menos que os homens.

A mulher é que é o sexo forte, não o homem. Aí reside o erro fundamental de Deus.

Rememora o rosto impassível e tranquilo da esposa quando quer atingir seus fins. Suas lágrimas têm sempre um objetivo, mesmo que seja insignificante: defender o irmão caçula, tentar encontrar desculpas para as besteiras que ele comete, ou argumentar em relação à incapacidade do filho de ir bem na escola ou, ainda, exagerar no que se refere a esperanças renovadas depositadas naquele que dará continuidade à família. Mesmo não deixando que isso transpareça, ele conhece todas as suas táticas e todas as suas manobras. Na verdade, todas as suas artimanhas têm como meta defender os seus próprios interesses.

O único objetivo das mulheres reside nisso.

O único objetivo de qualquer ser humano, homem ou mulher. O egocentrismo é seu vício de nascença e sobrevive a todas as catástrofes.

Toda vez que testemunha alguma conduta mesquinha da esposa, ele pensa, com amargura: *Que remédio? É a vida... Ela é apenas uma mulher comum como tantas outras, mais uma no meio da multidão.*

Ele sabe que a vida em casal implica compromissos. Sem compromissos, nenhuma união se sustenta. Mas ele sabe, também, que não consegue viver com uma mulher imoral. Uma pessoa banal, com hábitos banais, é sempre admissível. Mas um ser sem moral, ou ruim, é outra coisa. É como estar de um lado ou do outro do rio.

A conversa desse dia arrastou-a para a outra margem. O perigo está bem à frente dele. A decomposição de seu lar evidenciou-se à luz do dia.

É impossível penetrar no coração de uma mulher. É vão o esforço para tentar conhecer os seus pensamentos ocultos, seus sentimentos mais secretos. E pensar que vivi com ela por várias décadas!

Tantos anos de vida em comum, tantos altos e baixos, tantas lembranças felizes, tanta tristeza compartilhada. Quantas noites não havia passado à sua cabeceira depois de seus abortos? Quantas ruas tinham atravessado juntos? Quantas florestas? Quantos riachos? Quantos refúgios não tinham eles dividido durante os anos da Resistência, levando uma vida precária, sem nada? Quantos banhos com a água aquecida e perfumada para ela? Quantas refeições preparadas para ela quando estava adoecida? Quantos dias? Quantas noites?

Ele enxerga a imensidão do tempo que passou e rememora o quanto de vida se perdeu. Um começo de choro começa a subir pela sua garganta quando pensa no caminho que ainda resta percorrer: uma vida de solidão, como um deserto que se estenderia até o horizonte, sem nenhum abrigo, sem nenhuma sombra de árvore a servir de refúgio transitório. Um deserto invisível, insensível, que o levará até o portal da morte.

Quando foi que apareceu esse ciúme mortal? Será possível que seja apenas fruto da decepção de Vân em relação a seu filho, decepção esta que traria à tona aquilo que ela considera um fracasso? Se não for esse o caso, seria então bem mais antigo, nascido ainda nos acampamentos em Viêt Bac, naquele período em que a Resistência ainda era uma aposta?

Ele chega a um entroncamento. A rua à esquerda leva ao bairro de Quang Ba; à direita, é o caminho do molhe, que conduz à região noroeste da cidade.

No meio ergue-se um alto poste de concreto ocupado por enormes painéis com propaganda elogiosa às estratégias do governo. São telas brancas estendidas dentro de molduras metálicas com mais de dez metros de altura, nas quais os slogans são pintados em letras vermelhas. São tão grandes os painéis, que é preciso se dobrar um pouco para trás para conseguir lê-los. Vu conhece de cor esses slogans contundentes:

O Partido e o povo vietamita estão decididos
a vencer o invasor americano.

Enquanto houver uma Pátria, haverá homens,
Depois de derrotarmos o invasor americano,
Reconstruiremos um país dez vezes mais belo.

Outro painel, pintado a óleo, representa o grande irmão, o presidente, em trajes militares, apontando para uma trilha sinuosa no monte Truong Son. O texto afirma:

Atravessaremos a cadeia do Truong Son
Para avançar em defesa da Pátria.
Nosso Tio nos acompanha no ataque.

Foi Vu quem fez a foto do presidente que aparece no painel mais alto. Ele a cedera ao Museu Nacional para a exposição *O Vietnã a caminho da vitória.*

A imagem foi feita com uma velha Conrad que lhe foi presenteada por um repórter russo que visitou a China e a deixou com Vu pouco antes de retornar ao seu país. Pegou o grande irmão de surpresa naquela pose, em pleno front. O presidente se recuperava de uma disenteria terrível. Não havia, ali, nenhum produto fresco, nem legumes nem carne. Depois de alguns meses, em decorrência do consumo exclusivo de salmoura e broto de bambu cozido, metade do efetivo do comitê central sofria de disenteria. Apesar de sua dieta privilegiada, o Velho também foi afetado, por causa da idade avançada. Na época, ele fez uma brincadeira:

— Somos todos iguais diante de uma disenteria.

No front, ele costumava brincar. Com sua verve vivaz e imaginativa e sua atitude resoluta, possuía um carisma extraordinário. Vu fora seduzido pelo personagem do irmão mais velho, capaz de cativar multidões, que ficavam em pé boquiabertas.

Foi nessa época que Xuân se apaixonou pelo irmão mais velho. Seu idílio começou realmente no início da campanha de 1953. Sim, 1953, exatamente isso. Era o ano da Serpente, da Serpente verde. A Resistência ainda levaria um ano para chegar à vitória.

Vu se lembra do riacho que ele ajudou Xuân a atravessar quando ela foi visitar o irmão mais velho pela primeira vez. Ele fora o primeiro amigo a quem ela se abrira. A água do riacho era tão límpida que se podiam ver os peixinhos circulando entre os tufos de algas, assim como os caranguejos de água doce correndo entre os seixos.

Assim que puseram os pés na água, Xuân notou a presença dos caranguejos. Imediatamente, mergulhou as mãos na água para pegar alguns crustáceos e jogá-los em seu bornal.

— Eles podem virar uma bela sopa para o presidente. Dá uma panela inteira.

Ele se pôs à sua espera, enquanto ela remexia os seixos. A pesca de caranguejo levou uns quinze minutos. Xuân estava feliz como uma garotinha:

— Esta noite o presidente vai se regalar.

— Sim, com certeza. Sopa de caranguejos com folhas de salmoura é uma delícia — disse ele, diante do rosto radiante da jovem. Havia nela a inocência do cristal, a ousadia selvagem do verde florestal e a simplicidade sofisticada de uma flor da mata. Sua simples presença bastava para rejuvenescê-lo e deixá-lo alegre. Ela era a primavera, a juventude. Um presente maravilhoso, uma dádiva dos deuses que nenhum poder, nenhuma riqueza conseguiria obter. Sem considerar a beleza, de tirar o fôlego, ou, como dizem os mais antigos, "de derrubar os pássaros e afogar os peixes".

Ele finalmente entendia por que o irmão mais velho estava apaixonado, apesar de sua discrição em relação ao assunto.

Poucos meses depois, ele brincou com o presidente:

— Está vendo? Sou exatamente como o general Quan Vân Truong dos *Três reinos*, que escoltava as esposas do imperador.

O Velho sorriu:

— Sim, é verdade. Mas Quan teve de acompanhar duas mulheres, e você, apenas uma...

É difícil ocultar o amor. Podemos sempre dissimular o luxo, a riqueza, o desejo, o ódio ou a presunção, mas não o amor. Como a pobreza, no fim das contas. Foi essa a conclusão que ele tirou daquele amor impossível. O irmão mais velho era um dirigente político, conhecera outros amores em seu passado difícil, mas aquela jovem era a sua grande paixão, a última de sua vida tão turbulenta.

O vento sopra em seu rosto pensativo.

O canto dos pássaros nos galhos das goiabeiras da rua Quang Ba parece-lhe irreal. Continua ali, em pé, diante do retrato daquele homem a quem ele está mais ligado do que a um irmão. A luz do dia provoca reflexos cintilantes na pintura a óleo, técnica que cai melhor em cenários de teatro do que em cartazes políticos de rua. Ainda assim, os traços são reconhecíveis: o perfil fino, as maçãs do rosto e a forma do nariz, aqueles olhos brilhantes e tão expressivos.

Seus braços são tão magros, que parecem flutuar dentro das mangas. É bem verdade que, na época, não havia muita coisa para se colocar na boca, apenas mandioca, com sal e pimenta...

Ele recorda o pedaço de sabão, preto como o focinho de um cão, fabricado com ingredientes inomináveis... Em seguida, tudo lhe vem à mente, até mesmo aquele período de miséria em que ele, quando descia para o rio, sempre sentia enjoo ao ver a espuma de sabão flutuando, acinzentada como a água da fermentação nos arrozais. Naquela época, porém, soavam os cantos dos jovens, e os pássaros piavam alegremente. E todos esperavam pela vitória. Nosso povo nunca viveu na realidade. Sempre viveu na esperança. A longa Resistência se desenvolveu, inteira, em meio à esperança.

E hoje, com aquela nova guerra? Agora, os soldados que marcham para o Truong Son são como eles no passado. Têm esperança, pensam num futuro radiante. O deus que os guia tem o mesmo rosto daquele que os conduzira, a eles, nos focos de resistência do Viêt Bac. Mas já não é um deus verdadeiro: tornou-se uma múmia teleguiada, um zumbi.

E pensar que fui eu quem lhes proporcionou essa fotografia. Para que a utilizem como uma arma temível.

Essa dor o atormenta há muito tempo.

Como saber? Como prever?

Aquela foto desapareceu de seu álbum. O negativo e a Conrad também desapareceram naquele dia da vitória, no outono do ano do Cavalo. Quando as tropas revolucionárias avançaram sobre as cinco portas de Hanói, quando a direção revolucionária entrou na capital. Hanói, Hanói, capital de tantas ruas, capital tão amada, capital da qual nos afastáramos por mais de dez anos. Nenhum de nós queria se atrasar mais, nem por um único dia:

— Avante! Avante rumo à capital!

Um único grito em todos os corações plenos de felicidade. Em meio àquela alegria que transbordava de todas as mentes, muita coisa caíra no esquecimento, perdida no meio do caminho. Tudo absolutamente normal.

Se aquela foto tivesse sido usada como um retrato ou na composição de uma pintura, teria sido menos dolorido para ele. Em vez disso, ela é usada para a guerra antiamericana, guerra atroz e cruel que o irmão mais velho queria tanto evitar. O amargor fere o seu coração ininterruptamente. Ao mesmo tempo em que testemunha a covardia que marca a existência humana, ele sente o seu próprio fracasso. Constatação mais terrível que a morte.

Um comboio de caminhões cobertos de lona surge da rua Quang Ba, erguendo na praça uma nuvem de poeira. Percebe que esses veículos estão de partida para o front. Diariamente, comboios se formam uns atrás dos outros para transportar armas e alimentos para o sul. Diariamente, jovens recrutas são levados de trem para Thanh Hoa e Nghê An. Dessas duas cidades, as tropas partirão cada qual para o seu destino. E, com certeza, diariamente, muito sangue correrá...

O derramamento de sangue é algo usual na história do povo vietnamita, história marcada por sobressaltos de guerra. E essa guerra é conduzida por pessoas munidas de uma lógica implacável:

"Nosso povo é heroico, tendo vencido todos os seus inimigos. Um povo como esse não pode sofrer na guerra perdas numerosas demais."

Sob essa lógica, o sangue corre, ossos se quebram em silêncio e os nomes daqueles que tombam se perdem na escuridão ou no nevoeiro...

Destino?

Destino ou vontade?

Destino: porque a América escolheu o Vietnã para nele erguer o seu muro contra a invasão comunista.

Destino: porque a China caiu nas mãos de um louco fanático. Um demente, que ansiou por essa guerra a qualquer custo. Essa guerra erguerá, para celebrá-lo, um monumento heroico, de um heroísmo gigantesco:

"A guerra antiamericana será dez vezes mais importante do que a guerra contra a França colonial. Nosso triunfo será mil vezes mais glorioso!"

O objetivo já era conhecido desde antes.

O arco do triunfo já havia sido erguido nas mentes e nos sonhos despertos de alguns poucos, antes mesmo que tudo começasse.

Infelizmente, a história é um jogo de azar. A guerra santa empreendida por todo um povo é apenas uma peça de teatro concebida secretamente pela mente de um megalomaníaco. Milhões de pessoas deram as suas vidas voluntariamente, acreditando que seu sacrifício era necessário para o futuro da pátria, em nome da honra de seu povo. Na verdade, não passavam de carneiros sendo conduzidos para um imenso matadouro a fim de glorificar a ideologia de alguns poucos cadáveres já enterrados:

Sau é realmente marxista ou procura apenas concretizar o seu sonho de dominação mundial? Marx é apenas uma grande capa a encobrir sonhos imperialistas. E ele não passa de um traidor planejando um complô para se apropriar de um trono com métodos manjados.

Essas ideias lhe feriam o coração, como de costume. Abriam antigas trilhas estéreis em sua mente. Nos últimos anos, tornaram-se uma obsessão lancinante. Com o devido recuo no tempo e no espaço, muitos problemas que se acredita serem insolúveis encontram sua explicação. Hoje, Vu tem certeza: o homem que neste momento está derrotando o irmão mais velho é aquele de quem o presidente mais gostava, em quem mais confiança havia depositado. Não tem o menor interesse pela felicidade do povo. Não dirige nenhum tipo de reconhecimento para com seu irmão mais velho. Tudo que ele almeja é o poder, a glória.

Quer a glória a qualquer custo.

Será capaz de pisar na cabeça de seu próprio mestre.

Quer matar o pai. E, infelizmente, conseguirá fazê-lo, pois já conquistou o povo. Será esse o preço a pagar pela ignorância e pela covardia? Não é o destino que está em causa, mas sim aquilo que se convencionou chamar de cumplicidade da vítima.

Fazia muito tempo que ele, atormentado pela dúvida, se colocava a questão. A resposta nunca aparecia, até aquela nona reunião do comitê central, reunião fatídica em que as cartas foram postas na mesa. Durante o encontro, a maioria absoluta dos delegados ficou do lado de Ba Danh e Sau. Queriam uma vitória ainda mais retumbante do que aquela que fora imposta à França colonial. Queriam ter a guerra deles. Queriam-na com uma paixão devoradora, tomados por um sortilégio mórbido que conquistaria o povo inteiro, num delírio total. A paixão do heroísmo é mil vezes mais cruel do que a paixão carnal. Nas labaredas do desejo, nenhuma razão sobrevive. No momento em que Sau colocou em votação a questão da guerra, o irmão mais velho tinha saído da sala para fumar um cigarro, sozinho, no corredor. De dentro, Vu enxergava, através da janela, as espirais de fumaça que se elevavam febrilmente do lado de fora. Seu coração batia com força, a ponto de quase explodir. Sentiu-se tomado por um pavor inominável, sentia dores na barriga, e uma tristeza infinita tomou conta de sua alma como nuvens negras ocupando os quatro cantos do céu. Gostaria tanto de ter acompanhado o irmão mais velho, mas não ousou fazê-lo... Ele próprio não conseguia encontrar explicação para sua covardia, ao mesmo tempo em que todos, à sua volta, tinham-no como o maior herói daquela época.

Será o instinto gregário do homem que o faz temer a solidão? Será por isso que continuo aqui, com todos, em vez de sair?

Não! Fiquei aqui porque não quero esboçar nenhum gesto de afeição para com o irmão mais velho na frente de todos. Um apoio ostensivo ou o compartilhamento das mesmas opiniões são o que de pior poderia acontecer conosco.

Foi exatamente isso!

Mas, apesar dessa certeza, os seus últimos anos foram de questionamento.

Deveria ter ficado com ele. Não devia ter deixado o irmão mais velho sozinho, isolado naquele corredor, num momento em que ele acabava de descobrir a traição cometida por aqueles meliantes. Uma traição à luz do dia, em praça pública.

Ele se recorda de não ter tirado os olhos daquela janela, a mente imobilizada, fitando as costas do presidente envolto em fumaça de cigarro. Ele sabia que dali em diante a história tomaria outra direção, que aquela imagem constituía o símbolo derradeiro da solidão, do herói caído de sua montaria, e que o destino de todos seria radicalmente transformado com a queda daquele homem só...

Mais um comboio se aproxima com os motores roncando.

Agora é vez da artilharia.

Canhões com suas hastes rebaixadas, camuflados com lonas e folhas. O pó avermelhado das terras mais altas coloriu as rodas dos caminhões e os rostos dos soldados. Depois da passagem do comboio, Vu atravessa o cruzamento e pega a rua Quang Ba. Faz muito tempo que seu trabalho não o obriga mais a passar por ali, e ele queria esquecer esse lugar cheio de infelicidade. Mas hoje, não tem escolha.

Por que ponho novamente os pés nesta maldita rua?

Será que é porque preciso saber o motivo que a torna uma rua maldita?

A discussão com Vân me levou a, inconscientemente, dirigir os passos para cá? Ou será a alma da falecida que me chama para me dizer alguma coisa?

Ele não sabe, ele já não sabe e, no entanto, continua andando por aquela ruela estreita repleta de goiabeiras espessas. Ninguém se lembrava quando e quem havia plantado aquelas goiabeiras, mas elas tinham se tornado luxuriantes, uma verdadeira floresta. Invadiam a calçada, as beiradas floridas dos arrozais ou os lagos com as flores de campainha sob o talude. Apertadas umas contra as outras, formavam uma cerca viva inextricável que nem mesmo o sol conseguia atravessar. Era o esconderijo dos malfeitores e dos assaltantes, um local de acertos de contas sangrentos, um ninho de amor para casais ilegítimos. E refúgio ideal para prostitutas perseguidas pela polícia. Aquelas cercas vivas de goiabeiras eram conhecidas em toda a capital como cenário de histórias terríveis, dramas trágicos ou cenas de comédia, como testemunhas de amores secretos ou de cenas animalescas de ciúme.

Teriam essas imagens sugestivas estimulado o assassino de Quôc Tuy na ocasião em que ele matou Xuân nessa mesma ruela?

Teria sido a péssima fama do lugar que lhe deu vontade de humilhar a jovem?

Ou terá sido a recusa dela que levou o sicário, atingido em seu amor-próprio, a violá-la antes de concretizar a morte encomendada por Sau?

Ele observa as cercas de goiabeiras que se estendem do cruzamento até o noroeste da capital. As cercas, empoeiradas, também observam aquele caminhante de cabelos brancos: suas folhas parecem olhos franzidos pela ironia e pelos segredos guardados.

Um golpe de vento o atinge com uma lufada úmida e gelada, apesar do sol radiante. Ele sente um calafrio:

Será mesmo vento, ou será o espírito da bela assassinada?

Xuân! Jamais esquecerei essa injustiça. Enquanto estiver vivo, protegerei seus filhos, seus e do irmão mais velho... Mantenha a serenidade no além. Onde quer que esteja agora, proteja-nos também.

Um soluço de choro.

Vu fecha os olhos. Lágrimas transbordam, deslizando pelas faces. Seu rosto cintila. Ouve os pássaros cantando nas goiabeiras, único ruído em meio ao silêncio. Eles cantam numa cidade esvaziada de seus habitantes, num campo sem camponeses. Os pássaros. Por que cantam assim tão forte nos momentos de extrema dor? Ele recorda os cantos dos pássaros naquela madrugada em que atravessara o jardim, apavorado, para correr do lado de fora.

Naquela manhã terrível, o telefone tocara às cinco e meia. Ainda adormecido, ele atendeu, e uma voz sufocada informou:

— Vu! Xuân foi assassinada! Na rua Quang Ba...

Não teve nem mesmo tempo de fazer qualquer pergunta. O outro já tinha desligado. Ele tinha ouvido muito bem a respiração rouca e a voz deformada de alguém que queria camuflar a identidade. Levantou-se rapidamente e chamou de imediato o motorista. Depois de se vestir às pressas, ele saiu correndo. Agora, ele se lembra de ter ficado surpreso ao ouvir o canto matutino dos pássaros. Sem saber por que, naquele momento de extrema tensão, em que inúmeros problemas o aturdiam, ele notou aquilo. Deteve-se diante do portão aberto, ergueu os olhos para tentar enxergar os pássaros nos galhos das pitombeiras e das jaqueiras do jardim. Nenhum estava visível. À sua frente, nada havia além de um verde denso, espesso e secreto, de onde partiam murmúrios. Um sinal de suspensão na melodia da vida, em contradição total com a tragédia que ele logo teria de enfrentar.

11

Uma dor na nuca. Manchas luminosas diante dos olhos. O presidente sai e se depara com o soldado gorducho agachado diante de cacos de vidro.

Ele quebrou o abajur...

Contendo um suspiro, ele lhe diz:

— Não é grave. Peça para a administração trocá-lo amanhã...

Diante do semblante rígido do jovem, ele ri:

— Diga-lhes que fui eu. Na minha idade a gente tem o direito de tremer. Já não tenho a mesma rapidez da juventude.

— Perdoe-me!

— Não é culpa sua. Foi só falta de jeito... Já lhe disse, é preciso usar as palavras certas.

— Sim, presidente.

— Há muitos insetos mortos, não?

— Sim, não consigo varrer tudo.

— É por causa da primavera. Vamos lá! Termine isso e me traga um chá.

— Às suas ordens.

Observando o soldado recolher os cacos de vidro, ela massageia a nuca, inconscientemente. A dor aparece sempre no mesmo lugar, sempre no mesmo lugar.

Um só golpe. Não é preciso mais do que isso para matar um homem. Mesmo que ele seja grande, forte e musculoso...

Esse é o lema de Tam de um Golpe Só, o matador fiel a Quôc Tuy, ministro do Interior. Ninguém, nem mesmo Vu, lhe disse que tinha sido ele o assassino de Xuân. No entanto, ele sabe, por seus pesadelos. Sabe que ela foi estrangulada. Em seus pesadelos, ele os viu assassinando-a com os mesmos métodos antes empregados para acabar com os patriotas do Partido Nacionalista. Tam de um Golpe Só é conhecido desde aquela época. O presidente nunca esteve com ele pessoalmente, mas Sau lhe falara abertamente desse matador na época em que os diferentes movimentos anticolonialistas ainda disputavam o poder. Falara dele com orgulho. Depois da vitória da Revolução, Sau deixou de mencioná-lo, mas o presidente sabia que Tam de um Golpe Só tinha sido nomeado chefe de polícia e que, a partir de então, os assassinatos de oponentes políticos e inimigos de Sau se tornaram comuns. Sem que ninguém dissesse nada. Ninguém jamais ousava abordar o assunto em público, com exceção de Vu... Talvez fosse esse o motivo pelo qual Sau teria poupado Vu até agora. As relações entre esses dois homens constituíam um mistério.

A personalidade de Sau era conhecida por todos. A morte recente de seu irmão caçula, Lê Dinh, ilustrava-a de forma sinistra.

Sau era o primogênito de uma grande família burguesa. Tinha dois irmãos. Todos eram esguios, altos e fortes. Todos gozavam das delícias da vida, gostavam de mulheres e de poder. O irmão do meio se mostrava mais dócil em relação a ele, mesmo tendo, antes de se engajar na Revolução, matado um homem num jogo de cartas que acabara mal. Fugiu, então, de seu povoado natal para se juntar ao irmão na clandestinidade. Sob sua asa protetora, conseguiu escapar da cadeia até o triunfo da Revolução e, depois, beneficiar-se de todos os privilégios e de todas as prerrogativas, sendo que se tratava, na verdade, de um criminoso. O primogênito era um deus para ele. Em compensação, o caçula era orgulhoso e falava o que pensava, sem jamais obedecer às ordens de Sau, em que pese o costume que exige "Veneração ao pai, obediência ao primogênito". Várias vezes ele dizia:

— Cada um com seus problemas. Todos são responsáveis por seus atos...

Durante um almoço de família em lembrança do aniversário da morte do pai, os três irmãos discutiram gravemente. Dentre outras coisas, por causa de questões políticas, pois os três eram figuras importantes da "corte". Até mesmo o caçula, Lê Dinh, que ganhara a pasta de ministro da Indústria. Obviamente, passavam pela mesa os pratos mais ricos, com bebidas alcoólicas à vontade, apesar das restrições impostas nesse item à população por causa da guerra. E, evidentemente, à medida que o vinho se esparramava, as palavras também se soltavam, cada vez mais. A certa altura, o caçula apontou um dedo acusador para o primogênito, dizendo:

— Você é de uma crueldade inominável! Pare um pouco com isso. Caso contrário, nossa família é que acabará sofrendo, e as gerações futuras atacarão o cadáver de nosso pai. Você não é o único descendente dele. Eu também existo!

— Cale a boca! — retrucou Sau, secamente. Não queria que os ouvissem, embora estivessem numa sala reservada. Nunca se sabe, com os garçons que entram e saem...

— Já disse para calar a boca!

— Não! Não vou ficar calado! — disse o caçula. E, elevando o tom: Não quero que o cadáver de meu pai seja exumado por causa da sua crueldade e dos crimes que você comete. Você tem poder, tem todo o luxo. Nosso pai, que está sob a terra, nunca teve nada.

O irmão do meio se interpôs. Duas de suas irmãs apareceram pedindo a Lê Dinh que falasse mais baixo. Sau não disse mais nada.

Um mês depois, Lê Dinh partiu, com dois guardas, para caçar em Thanh Hoa. A caça era sua paixão. Chegava a faltar às reuniões ministeriais quando estas ocorriam em meio a um período de caça. Deus provavelmente o criara para que os animais tivessem o seu carrasco. Em seu histórico, acumulava cinco tigres e vinte ursos, sem falar numa multidão de javalis, cervos e cabritos.

De acordo com a versão oficial, ele morreu durante essa viagem de caça, dentro de seu carro, entre as províncias de Ninh Binh e Thanh Hoa. Ele limpava suas armas, quando uma delas disparou sozinha...

O soldado atravessa o pátio do pagode, o rosto redondo e vermelho transpirando. Depois de subir os degraus da escadaria, ele abre a porta com o pé e deposita respeitosamente a bandeja com o chá diante do presidente:

— Desculpe-me o atraso, a chaleira elétrica está quebrada, tive de esquentar a água na cozinha do pagode.

— Não tem problema. Coloque-a aqui.

— Aqui estão, também, alguns doces de soja fresca. Um presente da província de Hai Duong.

— Obrigado.

O guarda, ensopado de suor, se retira. Passou por uma verdadeira tortura na cozinha minúscula do pagode. Devido ao corpo avantajado, transpirou como uma sopa ao lado do fogo. O presidente recorda o passeio que deram no verão, quando Lê e seu especialista em mosquitos apareceram. Ele transpirou tanto que até mesmo a calça se colava no seu traseiro rechonchudo. Quem visse a camisa, acharia que ele tinha acabado de sair do banho. Levava uma toalha para se enxugar.

— Sorte sua que sou presidente do Vietnã. Se eu fosse africano, você não sobreviveria ao calor.

— Eu garantiria a sua segurança em qualquer lugar que fosse...

Ele retrucara de imediato, e depois nada mais falaram até a volta. O presidente recorda esse momento com afeto. Belas lembranças nunca faltaram em sua vida, nem os admiradores, mas ele não sabe por que essa pequena recordação é particularmente forte. Seria o isolamento da montanha, que o estimulava a uma maior intimidade? Sua idade avançada levava-o a se aproximar mais dos jovens? Ou, após tantos altos e baixos, após conhecer tantas traições na vida, para suavizar os seus últimos dias, ele preferia se atrelar a uma imagem que lhe demonstra a bondade dos homens? Não sabe. Além disso, não sente vontade de analisar tudo isso. Ele sabe, por instinto, que aquele é um bom homem, que pode confiar nele. Ao seu redor, o ar parece ter-se aquecido por alguma luminosidade invisível: a luz da bondade, da fidelidade e do afeto naturais.

— Você provou os doces? — pergunta ele.

— Receberemos um pouco junto com a ração do fim de semana, presidente.

— Ainda está longe. Prove-os já. Não deixe para amanhã o que você pode fazer hoje. Para a comida é a mesma coisa.

— Por favor, presidente, eu não me atreveria...

— Vamos lá, é uma ordem. Você tem de dividir comigo esta responsabilidade. Se eu comer esse prato todo, não conseguirei jantar, pois, do contrário, acabaria precisando de um laxativo...

Ele devolve ao soldado metade do prato e o observa atravessando o pátio. A segurança noturna prevê a presença de dois militares, mas durante o dia há apenas um. Ele escolheu esse homem para o dia porque tinha necessidade, de tempos em tempos, de experimentar um pouco de liberdade passeando pelas trilhas que circundam o pagode, no sentido da floresta que fica atrás da montanha, do outro lado do vale.

Sou como um prisioneiro. A comida é boa, mas o preço que tenho de pagar é pior do que o dos presos forçados.

Em seus passeios, a presença do soldado gorducho acalma a sua mente. Ele pode, então, falar-lhe com toda a simplicidade sobre suas dúvidas e temores, sem ter de ficar o tempo todo em alerta.

Ontem o soldado foi fazer uma visita, em seu nome, à família do falecido na Aldeia dos Lenhadores. O presidente questionara Lê a respeito da quantia que ele havia colocado no envelope. Diante de seu embaraço, entendeu imediatamente o que acontecera: envelope grande mas conteúdo pequeno. Dera-lhe, então, a ordem de preparar um complemento, que ele entregara ao soldado gorducho para essa visita.

Depois que este partiu, ele se deu conta de sua imprudência: as pessoas se perguntariam qual o motivo de tamanha atenção quando milhares de pessoas estavam morrendo diariamente na guerra, em acidentes ou de doenças. Ele, que deveria se preocupar acima de tudo com o bem-estar de seu povo, com o futuro de seu país, por que dava tanta importância a um indivíduo em particular? Era uma atitude irrefletida e irresponsável. Se fosse por curiosidade, seria uma curiosidade exagerada, que revelava uma vida ociosa ou um espírito incompetente. Em um homem comum, seria um vício a ser corrigido. Nele, então, o dirigente de um país inteiro...

Em seguida, subitamente, a raiva se fez presente no rosto pálido e severo de um passeante solitário. O homem era de idade, estrangeiro e famoso, e fitava-o com seu olhar enraivecido.

Que importância isso tinha? Esses questionamentos, essas dúvidas de um velho rei no seu antro escuro? Que importância tinha essa compaixão por um coração ferido, por um espírito aprisionado?

Ele finalmente reconheceu o estrangeiro. Era ele próprio, esboçando um sorriso triste e irônico. Sem olhar para ele, respondeu em voz alta:

Você tem razão! Interessei-me conscientemente por essa família. Já não dirijo efetivamente este país e a dor de um pai obrigou-me a admitir os meus erros do passado. Esse lenhador é um espelho que me traz de volta diante de minha própria consciência. Tenho o direito de me arrepender, tenho o direito de amar. As necessidades de minha consciência são absolutamente legítimas.

Ele observava a silhueta do soldado, ao final da trilha que descia a montanha. Ela desapareceu atrás dos rochedos e dos arbustos de chá selvagem. Nuvens de uma brancura imaculada, como asas de mariposas, passavam do cume de uma montanha para outro, cobrindo inocentemente o sol de primavera.

Meu amor, sei que tudo acabou, que o barco se desmantelou, que nunca mais conseguirei juntar os pedaços que flutuam espalhados nas cristas das ondas, que a árvore foi abatida sem nenhuma esperança de brotar de novo, que você partiu para sempre. Mas quero pagar os meus erros até o fim, em nome da sua alma sagrada e da vida de nossos dois filhos. Não me submeteria a nenhum tribunal profano; não preciso disso. Mas estarei perante você, perante o tribunal desse lugar sagrado no qual sei que estará à minha espera.

O homem virou-se, estando agora diante dele, com um olhar de desprezo. Ferido profundamente em seu amor-próprio, o presidente fixa o olhar nos olhos de seu interlocutor. Desta vez, ele o vê como a um irmão gêmeo: eles se parecem em tudo, como duas gotas de água. Mesma postura, a mesma pele, os mesmos cabelos, os mesmos gestos, as mesmas roupas, o mesmo olhar. O outro, porém, parece indiferente, como um samurai pronto para se lançar ao combate para realizar seu sonho e perecer sob a claridade da lua:

— Por que você se apega tanto a essas lamentações tardias, a esses remorsos infindáveis?

— Porque eu sou um homem, como milhões de outros homens. Não posso escapar ao desejo de amar e ser amado. Como pai e como marido. É um anseio legítimo.

— Mas foi você mesmo quem sempre recusou esses sentimentos comuns. Você aceitou anular a sua vida como homem para agradar aos seus camaradas, os mesmos que, em nome do pai da Pátria, massacraram sua mulher e seus filhos. Você aceitou essa cumplicidade para vestir os trajes gloriosos de pai do povo.

— Não! Não! Eu nunca aceitei isso. Tudo aconteceu à minha revelia, às escondidas. Fui traído...

— Se você foi traído, é porque foi ingênuo ou não soube se prevenir. Nos dois casos, você foi um homem ruim.

— Talvez... Talvez eu tenha sido um ignorante, realmente ignorante. Infelizmente, essa constatação humilhante chegou tarde demais.

Ele experimenta um pedaço de doce para mitigar o amargor de seus últimos pensamentos.

O sabor é tão açucarado que ele tem de beber um gole de chá, ainda fervente. A ideia lhe provoca um sorriso: como se fosse possível conjurar o amargor da alma com a doçura material! Pensa, então, nos velhos impérios decadentes, com suas riquezas perdidas, os símbolos derrubados, a ostentação degradante que, ao final, servia apenas para alimentar os vermes. Os que viviam antigamente na ostentação na certa experimentaram chifre de rinoceronte ou pó de pérola para tentar manter a juventude do corpo ou aliviar a amargura em suas almas. O drama do poder é tão antigo como o próprio mundo. A única coisa que o diferencia desses soberanos é que eles sempre herdavam o poder de seus antecessores, como o povo herda os costumes de seus antepassados. Ele nunca recebeu nada, seja materialmente, seja espiritualmente. Construiu tudo com as próprias mãos, com o suor de sua testa. Seu mais valioso capital é a admiração e o afeto de seu povo. Sua coroa. Sua prisão.

A aldeia dos lenhadores

A Aldeia dos Lenhadores está localizada ao final de uma trilha tortuosa.

Seu nome, porém, já não condiz com a realidade. A aldeia se tornou uma grande comuna que se estende por terras muito vastas, com uma população significativa. Pensou-se em rebatizá-la de "Aldeia Intrépida", mas seus habitantes estavam acostumados demais com seu antigo nome.

Este remonta à noite dos tempos. Três famílias, cujos chefes eram três irmãos originários de Bac Ninh, haviam abandonado as terras de seus antepassados para se estabelecerem ali como lenhadores. Composta, em sua origem, por cerca de vinte membros, a comunidade acabou por agrupar três pequenos povoados com mais de dois mil habitantes no total, que já não vivem apenas do ofício de lenhadores. Há camponeses plantando todo tipo de verduras e arroz, criadores de abelhas, fabricantes de massas e torrefadores de chá. A história mítica da aldeia é transmitida nas noites de lua cheia, ao som dos pilões de farinha e em torno do forno, quando as mulheres se reúnem para fazer seus biscoitos e os homens fumam cachimbo enquanto conversam e bebem chá.

Bac Ninh, de onde vieram seus fundadores, tinha sido, há muito tempo, uma capital. Os moradores de uma capital, e isso é uma de suas características, demandam um lazer mais sofisticado do que as aglomerações comuns. Os banquetes tradicionais de Bac Ninh são realizados em andares, como uma casa. Diferenciam-se, então, os banquetes de dois, três, cinco e, mais raramente, quatro andares. Um andar significa que os pratos para cada conviva devem cobrir totalmente a superfície de um prato de cobre. Imagine um banquete de três ou de cinco andares! Logicamente, nenhum estômago consegue dar conta de tanta coisa, mas essa classificação se baseia em dois princípios: a consideração da qual goza o convidado por parte de seu anfitrião, e o nível de fanfarronice deste último. Outra característica dos moradores das capitais é que eles falam muito. Adoram falar, comentar as coisas da vida e, nesse quesito, são sempre muito mais brilhantes que os outros. Eles acrescentam coisas, exageram... Ao contar a história de seus antepassados, todo cidadão se transforma num escritor amador ou num poeta fracassado. Eis o motivo pelo qual existem tantas versões sobre a lenda das três famílias de lenhadores que transformaram essa região selvagem em um lugar superpovoado, no qual se ouvem, ao longo de todo o dia, os cantos dos homens e dos galos. Foram os habitantes da aldeia que construíram o pagode de Lan Vu e os dois outros pagodes ao pé da montanha, como expressão da saudade que sentiam de sua capital de origem, cujos arredores eram conhecidos por seus inúmeros templos e seus pagodes.

A Aldeia dos Lenhadores é composta, portanto, por três povoados: o Povoado do Alto, o Povoado do Meio e o Povoado de Baixo. O primeiro fica ao pé da cadeia montanhosa, sendo o local em que se estabeleceram inicialmente as três famílias fundadoras. Algumas gerações mais tarde, depois que os jovens da aldeia se casaram com jovens de outros lugares, plantações e casas começaram a proliferar, espalhando-se para baixo em direção aos montes mais próximos, formando, assim, o Povoado do Meio e, depois o Povoado de Baixo. Os camponeses desses dois povoados cultivam arroz, couve e, nos montes, inhame e chá. Os moradores do Povoado do Alto são respeitados por todos, conforme um código antigo cuja origem e proveniência ninguém conhece. Dentro desse contexto é que o infeliz lenhador acidentado, senhor Quang, sempre fora respeitado por todos como chefe e considerado o homem mais poderoso da Aldeia dos Lenhadores. Antes de tomar alguma decisão, os sucessivos prefeitos da localidade e os secretários do comitê local do Partido sempre tinham de ouvir sua opinião e obter o seu acordo. No início desta história, cerca de quinze anos antes, o filho mais velho do senhor Quang era o prefeito. Este era, portanto, ao mesmo tempo, o decano da aldeia e o pai do seu habitante com maior concentração de poderes.

Era outono. A esposa do senhor Quang estava adoentada. Tinha mais de sessenta anos e dera à luz oito vezes. Suas energias declinavam, como a chama de uma lamparina cujo óleo começa a chegar ao fim. Naquele outono, ela mudou bruscamente, ficando com bulimia. Sempre se alimentara pouco, no máximo duas tigelas de arroz por refeição, só para dizer que tinha comido alguma coisa. Nas festas, tenta deixar o marido feliz. Na noite da festa do meio do outono, em pleno banquete dos jovens, viram-na de repente lançar-se sobre a bandeja de doces de arroz, servir-se com um belo prato e sair para um canto a fim de comer tudo, sem tomar um único gole de chá. Todo mundo sabe que os doces do meio do outono, feitos para os jovens, são muito açucarados. Mesmo gostando demais de açúcar, um adulto não consegue comer mais do que dois deles, e, ainda assim, precisaria de uma chaleira inteira para fazê-los descer goela abaixo. A esposa do senhor Quang engoliu dez deles, enormes, naquele dia, sendo que, antes, um pequeno bocado já era suficiente para deixá-la enjoada. Esse fato estranho abalou a aldeia como um tremor de terra. Os vizinhos comentavam discretamente, pelas costas. O mais esquisito é que ela não estava ligando nem um pouco para a curiosidade que ela mesma provocava. Diziam que tinha perdido a razão. Parecia ter, agora, um único interesse: aquelas delícias para comer, pelas quais ficava louca. Era um mistério para todos, em especial para os seus próprios filhos.

Tinha vontade de comer mel. Mel novo. Toda manhã, bebia uma xícara inteira de mel, que devorava com dezenas de biscoitos com gergelim ou metade de uma cesta de inhame cozido. Nessa hora, não queria saber de carne. Porco, carne de vaca, frango, pato, camarão ou peixe. Ao meio-dia, sem nenhuma dificuldade, engolia um pedaço grande de presunto ou um capão inteiro. À noite, eram oito ou nove tigelas de arroz com uma panela completa de peixe cozido na salmoura ou amendoim torrado com patê de camarão e uma cesta de campânulas ou de couve refogada. Assim, todo o quintal acabou sendo exterminado, à exceção de alguns pintinhos e duas velhas galinhas poedeiras. Um dia, ela entrou no galinheiro para pegar duas dúzias de ovos a fim de mandar cozê-los com carne de porco. Devorou-os, logo depois, como uma tigresa, com dois pratos de arroz engordurado. Era o triplo daquilo que conseguiria comer um trabalhador com corpo atlético de Nam Ha, cinco vezes a refeição de seu marido e vinte vezes aquilo que ela mesma tinha antes o hábito de comer. Sendo uma família rica, o senhor Quang fazia de tudo para satisfazer àquelas necessidades extraordinárias. Os filhos, porém, ficaram com medo. Na aldeia, eram só rumores:

— Não é ela. Ela certamente está possuída. Veja os seus olhos. Estão esgazeados como se tivesse perdido a razão. Além disso, quando come, ela não vê ninguém. Os antigos dizem que, antes de se sentar e comer, é preciso sempre olhar ao redor. Só as pessoas possuídas é que se atiram no prato como patos remexendo no lodo ou como os porcos em suas manjedouras, sem qualquer respeito por seus vizinhos de mesa.

— Sim, mas os vizinhos de mesa dela são seus filhos e seu marido. Talvez ela não precise fazer nada disso.

— E daí? Outra noite, na festa do meio do outono, ela não estava só na companhia do marido e dos filhos e, no entanto, engoliu um prato inteiro de doces, sozinha, num canto. Não são só malucos que fazem esse tipo de coisa.

— Realmente, é muito esquisito... Mas não acredito nessa história de possessão.

— Só um demônio esfomeado seria capaz de fazê-la comer desse jeito. Uma pessoa normal morreria de indigestão.

— É verdade! Ela come de tudo, é um horror. Outro dia, em minha casa, antes de saírem para a sua festa da juventude, os meninos tinham cozido alguns ovos. Tentei comer três para ver e não consegui adormecer. Tive de levantar para beber um copo de vinho e mastigar um pedaço de gengibre em conserva.

— Ela não come para viver, mas sim para morrer. Há pessoas assim.

— Ao contrário! Eu acho que ela ainda vai viver por muito tempo. A única coisa é que, comendo tanto, até mesmo os ricos, no fim, acabam se arruinando. Não sei como o senhor Quang sairá dessa.

— Os antigos diziam que a boca é causa de pobreza. Um ocioso normal que come e come sem trabalhar acaba empobrecendo. No caso dela, é um demônio esfomeado.

— Pare com essas superstições. Nesse caso não existe nenhum demônio ou fantasma. Ele deve estar sofrendo de alguma doença ainda desconhecida...

O senhor Quang calava. Quando suas abelhas domésticas paravam de dar mel, saía para a floresta para pegar colmeias. Tirava dinheiro de suas economias para reabastecer o quintal com gansos e galinhas. Donos de búfalos machucados, de bezerros doentes ou vacas velhas demais — todos vinham visitá-los, convencidos de que ele era o melhor freguês da aldeia: ninguém gastaria tanto como ele.

O senhor Quang disse aos filhos:

— Deixem as pessoas falarem. A mãe de vocês se privou de tudo a vida inteira para criá-los. Agora ela precisa se alimentar bastante.

— Pai, é você quem decide — respondeu-lhe o primogênito, prefeito da aldeia.

Ele tinha quarenta anos, era casado, três filhos. Tinha sua própria casa, mas passava na casa dos pais todos os dias. Dois de seus irmãos estavam no serviço militar, e o último, de apenas dezesseis anos, ainda morava com o senhor e a senhora Quang. A senhora Quang dera à luz oito vezes, mas somente esses quatro meninos tinham sobrevivido. Seus nomes começavam todos com Q, como o do pai. O mais velho se chamava Quy; em seguida vinham os gêmeos Quyêt e Quyên e, por último, Quynh. Era o mais belo dos quatro, e o mais sedutor também. Aos catorze anos, já saía tanto que várias vezes os pobres pais tiveram de procurá-lo no Povoado do Alto, no do Meio ou no de Baixo, quando não mais longe ainda. Era também o preferido da senhora Quang. Tudo que fosse da melhor qualidade se reservava para ele: comida, roupas, livros, canetas. Seus amigos ficavam com inveja. Era o que mais se parecia com a mãe, mesmo na maneira de falar, ou melhor, de sussurrar como uma menina, vindo talvez daí aquela preferência. Nenhuma das filhas da senhora Quang sobrevivera após um ano de vida.

Aquele inverno foi duro. O fogo era mantido aceso nas cozinhas desde bem cedo até a noite. Os idosos não saíam de casa. À noite, dormiam junto ao fogo, como os montanheses. A neblina descia da montanha e encobria os pomares com sua capa espessa e se condensava em massas algodoadas sobre os telhados e as árvores. Certos dias, perdurava até a hora do almoço, e, mal partia, já chegava a noite trazendo novas brumas. Passados os dias de nevoeiro, vieram os dias das chuvas ininterruptas e o vento norte. As árvores se contorciam diante de seus golpes de açoite. O vento se infiltrava silenciosamente entre as brechas, pelos precipícios da montanha, antes de soprar sobre os povoados com gemidos que pareciam vir do além. Fazia tanto frio que quem não tivesse tempo de fazer um curativo em sua ferida, via o seu sangue congelar, impedindo qualquer cicatrização. Os moradores da aldeia se reuniam em torno das lareiras nas cozinhas das casas das famílias mais abastadas, que tinham lenha suficiente para ao menos dois invernos, bem como cereais e alimento para bancar o consumo decorrente da presença de tais hóspedes.

Nos invernos anteriores, a cozinha do senhor Quang ficava sempre cheia, quase transbordando de gente. Sua casa era grande, os cereais abundavam, reservas de mel, amendoim, feijão, soja e gergelim branco se amontoavam nos cinco cômodos do edifício principal. Era um homem generoso e que gostava da companhia das pessoas. Nos dias de chuva e de vento, de muitas nuvens e céu cinzento, quanto mais feio estivesse o tempo do lado de fora, mais alegre ficava a situação naquela casa.

Os vizinhos que não podiam ir até o campo, aos arrozais ou à montanha para pegar madeira encontravam-se, todos, na grande cozinha e nos três edifícios principais da casa. Havia tabaco e chá à vontade para os homens, que conversavam junto a um bom fogo de lenha. Na cozinha, as mulheres amassavam a farinha para os biscoitos ou cozinhavam arroz com gordura. Sempre que as portas se abriam, viam-se mulheres na plenitude de suas energias, carregando cestos de arroz com casca ou cântaros com mel e bandejas com toucinhos. Doces de arroz escaldado, com recheio de feijão, bolinhos recheados de carne, bolinhos açucarados com recheio de soja, cobertos com caramelo, mergulhados no mel, arroz com gordura com amendoim, grãos de soja, arroz no frango a vapor, com frango grelhado... Havia de tudo, para todos. Nem mesmo os pratos imperiais jamais conseguiriam proporcionar a alegria, durante aqueles dias gélidos, que os aldeões encontravam quando se reuniam na cozinha do senhor Quang. As risadas se sucediam umas às outras como estouros de rojões em dias de festa. O senhor Quang tinha uma risada forte, muito invejada. Diziam os astrólogos que ele era rico graças à sua risada. Apesar de sua origem camponesa, conhecia todos os ofícios e todas as receitas para ganhar dinheiro. Já fora visto, com uma régua de cálculo nas mãos, orientando carpinteiros e pedreiros nos canteiros de obras da cidade. Já fora visto conduzindo carroças carregadas de chá ou de mandioca seca para o mercado do distrito. De lá, a carroça transportava de volta para a montanha mercadorias destinadas às cooperativas das tribos dos Dao, dos San Diu, das comunas de Luc Nam e de Luc Ngan, que eram vizinhas. Descia para a planície e para o mar a fim de pegar peixe, lula seca e conservas de frutos do mar. Partia depois para os altiplanos, onde cresciam as plantas medicinais. Como um cavalo selvagem, não se detinha muito tempo num único lugar. Viajara, portanto, para todos os lados, e sua postura altiva de aventureiro destemido lhe transmitia um carisma singular, que causava inveja e temor, mas também admiração. A generosidade é uma virtude muito rara entre as pessoas ligadas à terra e à floresta. A bondade é difícil de encontrar e se torna, com frequência, totalmente ineficaz em meio a uma vida de miséria. Nos invernos mais duros, quantas viúvas ou órfãos não dependiam totalmente de sua ajuda, já que o fundo de solidariedade da cooperativa não contava com mais do que vinte quilos de arroz com casca. O senhor Qang nunca distribuía arroz com casca. Não queria humilhar ninguém. Depois que a cooperativa fizesse a sua distribuição, ele a complementava com lenha para o aquecimento, arroz, conservas, açúcar, toucinho, dinheiro... Mais prático, tanto para quem recebia como para quem dava. Muita gente vivia agradecida a ele, que jamais pedia nada em troca. Era estranho, mas assim todos podiam se sentir livres: ele e aqueles a quem ajudava. Sua imponente residência tinha se tornado uma espécie de templo, em que os aldeões procuravam encontrar o calor da comunidade e um pouco de felicidade: um ambiente festivo, capaz de iluminar uma vida de muito trabalho duro, a existência triste e monótona de montanheses.

Naquele inverno, portanto, sob uma chuva gélida e as rajadas do vento norte, dirigiam-se mais uma vez, como de hábito, à sua casa. Mas não havia, ali, nenhum fogo aceso. Sabia-se que ele tinha partido, fazia um mês, levando suas ferramentas, depois de deixar o dinheiro e a casa aos cuidados do filho caçula. Devia ter partido em busca de trabalho na cidade, pois os recursos da família tinham se esgotado. Ninguém ousara reclamar ou mesmo encorajá-lo. Ninguém ousava comentar a doença da esposa. Para camponeses analfabetos habituados a economizar, aquela doença significava uma verdadeira catástrofe, semelhante à febre tifoide, à tuberculose ou à disenteria dos velhos tempos. Tendo perdido o seu local de reunião tradicional, os aldeões se voltaram para uma outra família, no Povoado do Meio, que enriquecera recentemente: a da senhorita Vui, secretária da seção da Juventude do Partido.

A senhorita Vui, de trinta e dois anos, nunca se casara. Pelo que sabiam os habitantes do vilarejo, tampouco tivera nenhum relacionamento. Não porque fosse feia ou tivesse uma personalidade difícil. O que ocorria era que ela media um metro e oitenta e sete centímetros, e o homem mais alto da aldeia, que era o filho do senhor Quang, chegava no máximo a um metro e setenta. Além disso, ela tinha ombros retos como uma trave de balança e músculos de aço. Com uma só mão, seria capaz de derrubar, com facilidade, um homem da sua mesma idade. Parecia-se com o pai, o senhor Vang, lutador profissional, ex-campeão de três cidades ao norte do rio Vermelho. Graças aos diversos torneios, ele ganhara muito dinheiro. Os moradores diziam que ela se parecia tanto com ele que, se lhe raspassem o cabelo, deixando com o dorso nu e apenas uma tanga, ela deixaria apavorado qualquer adversário, como fazia seu pai no auge da glória. O senhor Vang tinha no meio do pescoço uma verruga do tamanho de um feijão, sempre revestida de três ou quatro pelos do comprimento de um dedo. A senhorita Vui sustentava uma igual sob o queixo e tinha de cortar os pelos todos os dias; caso contrário, eles se enrolavam de modo esquisito. Certamente era por causa dessas especificidades que ela não encontrava marido. Afugentava os homens, que escarneciam grosseiramente de sua aparência e de sua saúde quando estavam nos campos, sob o sol escaldante de junho, ou quando conversavam fumando, nos dias de chuva.

— Vi ontem no monte a senhorita Vui levando seus favos de mel. Estava andando de um jeito diferente.

— Como assim, diferente?

— As pernas afastadas, como se alguma coisa a importunasse.

— O que é que ela podia estar escondendo ali? Uma raposa? Um papagaio?

— Idiota! Acho que alguém arrebentou o dique do rio.

— Qual dique? Qual rio? Você não passa de um camponês e se acha esperto. Diga claramente que alguém comeu ela. Mas quem será esse homem tão intrépido? Não foi você, por acaso? Você está meio esquisito hoje.

— Eu? Que honra seria! Para ser sincero, já pensei muitas vezes em tentar... Mas basta vê-la para que o meu pipizinho se encolha, ficando do tamanho do de um menininho de três anos. Deixo ela para você.

— Obrigado, mas não sou louco. Tenho medo de ter um troço bem no meio da ação. Meus filhos ainda são pequenos, preciso viver ainda bastante para alimentá-los. É muito arriscado.

— Vamos fazer uma aposta. Quem tiver coragem de entrar naquela toca de leões fica na boa um mês inteiro. Os perdedores vão pagar todo o vinho e a carne que ele precisar.

— Pfff, não é grande coisa.

— Um cabrito, então.

— É pouco para arriscar a vida.

— Três bois!

— Mesmo com dez bois e três barras de ouro certificadas... Estou fora.

— Pare de falar besteira! Com três barras de ouro você constrói uma bela casa com cobertura de telhas.

— Então vai você!

— Ora! Mostre as três barras de ouro que eu me arrisco.

— Ninguém acredita em você! Sua mulher, que tem só um metro e meio e pesa quarenta e cinco quilos, se queixa para quem quiser ouvir que você não dá conta de nada. Parece que três pequenas tentativas já bastam para fazer você cair fora da cama. Pelo que ela diz, você é do tipo que nem chegou ao mercado e o dinheiro todo já acabou. E ainda vem se gabar.

— Não acredite nessas histórias. Não é você quem está na minha cama para saber!

— Bom, então vamos apostar. A turma da cooperativa vai funcionar como juiz. Eles vão pedir emprestado o relógio de bolso do senhor Quang para cronometrar. Você com a sua mulher de um lado, eu com a minha do outro. Quem perder dá um boi para o outro. Eu não vou comê-lo sozinho. Convidarei o bairro inteiro para dividir. Então, vamos lá?

— Não sou tonto. Olhe para mim, já tenho cabelos brancos, não sou idiota a ponto de perder um boi fazendo uma aposta com um pervertido como você. Tudo bem, eu topo. Mas, já que você se gaba tanto de ter um pau de aço, tente com a Vui. Ela não tem só três barras de ouro, mas uma centena delas. Todo mundo diz que, depois da morte do senhor Vang, ela não parou de cunhar ouro. Talvez seja protegida pela alma do pai. Se você conseguir ir para a cama com ela, estará no paraíso. Não seria um rato que caiu numa panela de feijão, mas sim num baú cheio de tesouros.

— Não, não... Notas, diamantes, tesouros, isso não é para mim. Só durmo com minha própria mulher ou com alguém do tamanho dela. Quanto a Vui, sem querer ofender a alma do senhor Vang, tenho medo até de passar por perto.

Será que o trabalho árduo e a monotonia da montanha estariam na origem das eternas brincadeiras desse tipo? Todos sabiam que gozações de cunho depreciativo atentavam contra a honra das pessoas, mas a senhorita Vui não ligava nem um pouco para o que diziam às suas costas. Era altiva como um homem. Fazia tudo o que os homens faziam. Ao contrário do que muitas mulheres imaginavam, regozijando-se disso, não havia nela a menor sombra de tristeza. As mulheres casadas e as mães encontravam-se cada vez mais sufocadas por tarefas a cada dia mais pesadas. Quando a viam caminhar com uma segurança que causava inveja até mesmo em homens bem-sucedidos, sentiam falta de alguma coisa inexplicável, como se uma força invisível as esmagasse, como uma raposa sob a roda de uma carroça. Além disso, desde a morte do senhor Vang, tudo vinha dando certo para sua filha. Quando ainda era vivo, ele construíra uma casa, antevendo que ela não levaria uma vida normal. Ensinou-a a trabalhar a madeira, a criar abelhas, a torrificar chá, a fabricar macarrão... em resumo, tudo o que pudesse lhe permitir ganhar dinheiro e provocar a inveja nas pessoas. A senhorita Vui era inteligente e tinha uma saúde de ferro. Aprendera tudo aquilo com muita aplicação. Sua mãe morrera no parto. Vui foi criada pela avó. Quando esta morreu, o senhor Vang decidiu pôr um fim a suas turnês para se estabelecer na Aldeia dos Lenhadores e ficar com a filha única. Não se sabe por que ele não se casou novamente com uma mulher que pudesse se ocupar da casa e lhe dar alguns filhos homens. Às perguntas dos vizinhos, ele respondia, simplesmente:

— Nunca se viu, desde a noite dos tempos, filha e madrasta se darem bem.

Quando pessoas da família perguntavam, com uma curiosidade maldosa, a respeito de seus desejos privados, ele retorquia:

— Questões sexuais são fáceis de resolver. As mulheres vêm atrás de mim muito mais do que eu vou atrás delas. Mas essas coisas não duram mais do que um instante, o suficiente para divertir os corpos. Casar de novo já é outra coisa. Eu não gostaria de deixar minha Vui triste. Além disso, sua mãe morreu dando-lhe à luz. Permanecerei fiel, para que ela não se sinta triste lá no céu.

Um marido tão fiel era exceção, e mais excepcional ainda era um pai amar tanto a filha. Por ocasião de sua morte, a senhorita Vui organizou funerais que duraram vários dias, sendo que ela era secretária da seção local da Juventude do Partido e que o governo proibira cerimônias muito prolongadas. À margem das leis escritas em preto e branco correm os costumes das pessoas. Dessa maneira, ao longo de três dias, ouviu-se música ininterruptamente em todos os pontos da aldeia, assim como cantos destinados a acompanhar a alma do falecido em sua viagem. Durante três dias, bois, porcos e galinhas foram abatidos no amplo quintal pavimentado da casa. Todos os moradores festejaram — velhos ou jovens, poderosos ou miseráveis. A morte do senhor Vang foi uma festa, mesmo que não se o admitisse abertamente. E isso não era exclusividade da Aldeia dos Lenhadores. No campo, triste e pacato, ninguém perde uma oportunidade de beber e de saborear pratos excepcionais.

Depois desses funerais, a senhorita Vui teve subitamente ampliado o seu prestígio. Antes, como secretária da seção local da Juventude do Partido, ela dirigia apenas um grupo de adolescentes. A partir desse episódio, em que todos testemunharam seu sofrimento de filha e sua generosidade — fatos raros em mulheres —, tornou-se uma verdadeira celebridade. Participava de todas as reuniões importantes da aldeia, e sua opinião pesava tanto quanto a de qualquer homem. Poupavam-lhe as sessões referentes a brigas conjugais, pois isso era tarefa dos agentes da célula de Reconciliação. Convidavam-na quando chuvas fortes causavam estragos nas vias públicas, para dirimir conflitos de terras com a aldeia vizinha, quando era para construir uma escola ou uma maternidade ou para revisar a redação de uma queixa dirigida ao distrito em questões de distribuição das máquinas agrícolas ou de alimentos. Em suma, ela era requisitada para todos os assuntos que tivessem impacto direto na vida e no futuro da população.

Naquele inverno, pela primeira vez, sua cozinha substituiu a da família do senhor Quang.

Os habitantes, sobretudo as mulheres, logo ficaram conhecendo os armazéns de estocagem da senhorita Vui. Sua propriedade não continha dez cômodos como a do senhor Quang, que fizera fortuna já havia muito tempo. Ele mandara construir, conforme os princípios da arquitetura tradicional, três edifícios separados, formando ao centro um pátio pavimentado. Cada edifício comportava cinco amplos cômodos. O da esquerda fora reservado por ele para o filho caçula, Quynh, para que ele, mais tarde, alojasse ali a sua família; o da direita servia à estocagem de víveres e das ferramentas. Quando alguém lhe perguntava onde alojaria os outros filhos, Quyêt e Quyên, ele respondia:

— O destino deles é viver na casa de suas mulheres. Consultei sete videntes, e todas disseram a mesma coisa.

Já a senhorita Vui morava sozinha. Dessa forma, os cinco cômodos do edifício central construído pelo senhor Vang eram mais do que suficientes. Seus depósitos foram organizados da forma como as pessoas das cidades faziam. Nos três cômodos que ela arranjara para servir como depósito, as prateleiras, em linha reta como faziam os militares, guardavam ferramentas de jardinagem, de carpintaria, utensílios para torrefação, para fabricação de massas ou de cestos de alimentos. Tudo muito limpo e etiquetado.

Obcecada por limpeza, só oferecia aos convidados comida que não tinha o risco de sujar sua bela cozinha. Assim, eles só tinham direito a biscoitos de arroz torrado, às conservas e aos bolinhos recheados de carne. Nada de arroz gorduroso, frango cozido no vapor, frango grelhado ou outros pratos mais sofisticados. Acima de tudo, Vui não queria nem saber de penas ou restos de aves abatidas espalhados no seu belo piso azulejado. À exceção do ano-novo e das cerimônias fúnebres, ele jamais comia outra coisa que não fossem ovos; raramente, frango. Quanto à carne de boi ou de porco, comprava de outros. Nenhuma ave circulava livremente em seu quintal. Para isso, havia um galinheiro trancado. Seu jardim era fechado com cercas vivas reforçadas por uma grade, a fim de evitar qualquer invasão por parte de galinhas, patos ou gansos da vizinhança. Tamanho rigor em relação à higiene era algo excepcional no campo.

"Para atravessar corretamente um rio, é preciso escolher o lugar certo,

Para morar bem numa casa, é preciso adotar algumas regras próprias."

Em conformidade com esse ditado, os aldeões aceitaram rapidamente as regras em vigor na casa da senhorita Vui, apesar de, no seu íntimo, sentirem saudade, como se fosse um paraíso perdido, do ambiente alegre e da abundância das cozinhas do senhor Quang. Seu pragmatismo, porém, levou-os a encarar a propriedade de Vui como um albergue chique, um local de repouso bastante agradável para um viajante cansado. O arroz grelhado com conservas não caía tão bem quanto um bom prato de arroz gorduroso com frango no vapor, mas era suficiente para forrar o estômago num dia de muito frio.

E naquele ano o frio foi terrível. Ninguém enfrentara um inverno tão rigoroso, com um frio tão cortante que atravessava o corpo até o cérebro. O ar gelava nas narinas. Outubro, novembro, dezembro. As ondas de frio sucederam-se sem tréguas. Nenhum dia de sol. Quando se erguia os olhos em direção ao cume do Lan Vu, não se podia ver nenhum pontinho de floresta verde, nem mesmo uma ponta de rocha. Não havia nevado, mas vastidões inteiras de nuvens se sobrepunham umas às outras cobrindo o céu, totalmente branco. Quando o vento cedia, esses exércitos de nuvens flutuavam, corriam uns atrás dos outros, refletindo raios prateados e gélidos. O sol aparecia raramente, durante uma ou duas horas, pálido e contraído, como uma laranja podre. Naquele ano, o Têt passou despercebido. Nenhuma festa. Nada de tambores, nenhum canto, nada de feiras de animais, nada de jogos, nenhum torneio de briga de galo ou de búfalo. Nem mesmo as tradicionais distribuições de pássaros ou peixes. As crianças ficaram confinadas em suas casas. Tudo se fazia na cozinha, em torno do fogão. Produziam-se ali os doces de arroz gorduroso, os biscoitos de arroz torrado com frutas cristalizadas. Ali se cozinhava e se faziam as refeições; ali dormiam os velhos; ali os jovens aqueciam seus cobertores antes de irem para suas camas. Depois do Têt, a chuva voltou. Continuava frio. Era um segundo inverno, sucedendo o primeiro.

Era um dia do fim de fevereiro. Normalmente, nessa época do ano, as plantas começam a dar botões, mas, naquele ano, as árvores ainda estavam mirradas. As pessoas estavam reunidas na cozinha da senhorita Vui. Ela tinha tirado de suas despensas, para os convivas, seis frutos de balsamina e dois quilos de açúcar. Para a festa do Têt, não queria preparar arroz com polpa de balsamina, mas a pérgula sobre o lago dera frutos tão lindos, de um vermelho escarlate, que resolveu abrir uma exceção e preparou duas sopeiras de gordura de frango para os diferentes pratos açucarados de arroz gorduroso: com coco, com gergelim ou balsamina. Sua decisão foi saudada alegremente por todo mundo. Imediatamente, as mulheres se entregaram ao trabalho de separar os feijões e lavar os utensílios, enquanto os homens se mantinham sentados em torno do fogo fumando e degustando os biscoitos de arroz grelhado com recheio.

Chovia muito forte, com gotas enormes de tempestade, levadas pelo vento norte. Uma chuva que gela o corpo até os ossos e que mantém você dentro de casa de tal modo que nem mesmo o mais apaixonado dos chamados o faz se mover dali. No entanto, assim que as panelas de arroz começaram a exalar o seu delicioso aroma, para surpresa geral, a senhora Quang foi vista atravessando o seu quintal, vestida com uma capa. Inicialmente, ninguém a tinha reconhecido. Era preciso atravessar vários montes para ir do Povoado do Alto para o Povoado do Meio. Chovia a cântaros e fazia um frio dos diabos. Ninguém imaginava que aquela senhora, com seus sessenta anos de idade, seria capaz de fazer uma travessia como aquela para chegar até ali. Quando descobriu a cabeça e tirou a capa de náilon azul-celeste, as pessoas comentavam, baixinho, que sua cozinha devia estar deserta, e muito fria. Um menino de dezesseis anos não tinha condições de cuidar adequadamente de uma velha permanentemente faminta, ainda mais se ele próprio comesse tudo o que cozinhava.

A dona da casa foi a primeira a reconhecer a convidada-surpresa. Em plena conversação com os homens na sala de estar, pegou rapidamente um de seus chapéus e foi receber a senhora Quang, convidando-a, calorosamente, a entrar na sala. Vui sabia muito bem que, não fazia muito tempo, no ano anterior, a senhora Quang ainda era proprietária da maior cozinha da aldeia, que gente dos três Povoados a frequentava e que durante três décadas o casal Quang fora conhecido por sua fortuna e sua hospitalidade.

A senhora Quang cumprimentou a todos com um gesto vago e prolongado, pois não devia se lembrar de nenhum nome. Sentou-se no divã, em um lugar que Vui acabara de arrumar para ela. E pôs-se a admirar a chuva.

Depois de lhe servir chá, Vui dirigiu-se à cozinha a fim de abrir mais mantimentos e acelerar o preparo de uma nova panela de arroz para acompanhar o porco caramelizado. Dizia-se que a senhora Quang vinha comendo cada vez mais carne. Sentia necessidade dela em todas as refeições, ou no mínimo de peixe. Não ficaria satisfeita apenas com o arroz gorduroso açucarado servido aos camponeses. Vui e toda a gente do Povoado do Meio foram tomadas de autêntica curiosidade. Tratava-se de uma ocasião ímpar para observar aquela doença misteriosa de que toda a aldeia falava desde a memorável festa do meio do outono. Desde então, a senhora Quang não tinha saído de casa. Não movia uma palha, não cuidava do jardim, não se ocupava do terreiro nem da faxina, nem mesmo do marido e do filho. Passava o tempo todo cozinhando para si mesma. Tinha até mesmo esquecido o nome dos vizinhos. Vivia reclusa; o enorme e pesado portão de madeira de sua casa ficava o tempo todo fechado. Viam-na brevemente no quintal quando seu filho Quynh transportava as colmeias. Não surpreende, assim, que todos se tenham aglutinado à sua volta, assim que ela se sentou no imenso divã, para conversar ou fazer-lhe perguntas. Ninguém, fosse homem ou mulher, conseguia conter a curiosidade. Mas ela mesma não parecia saber muito bem onde estava. Respondia de modo evasivo "sim, sim", para depois se virar para o pátio com um olhar vago. Quando lhe serviram, finalmente, um grande prato com arroz branco, porco caramelizado, arroz gorduroso com balsamina e arroz com gergelim, ela pegou os palitinhos e disse, dirigindo-se àquela assembleia:

— Bom apetite!

Em seguida, sem esperar por nada, atacou o prato.

As pessoas se espalharam pelas outras mesas, mas sempre a observá-la com um canto do olho enquanto comiam. Vui ia para lá e para cá entre a cozinha e a sala de jantar, sem tirar o olho da enferma. Totalmente absorvida por sua atividade, a senhora Quang engoliu dois pratos cheios de arroz acompanhados de porco, sem que ninguém ousasse interrompê-la. Em seguida, puxou para si o arroz com gergelim. Os homens fingiam que era como se nada estivesse acontecendo, mas não conseguiam ocultar o seu espanto. Terminado o prato de arroz com gergelim, ela se debruçou sobre o arroz com balsamina, que já estava pela metade. De pé atrás dela, Vui se descontrolava:

— Depressa, tragam logo mais arroz com balsamina!

— Pronto! Pronto! Já está chegando — respondiam, em coro, as mulheres da cozinha.

Duas delas trouxeram, então, dois pratos enormes de arroz, com uma bela coloração escarlate.

— Às suas ordens.

Ninguém ousava se servir daqueles pratos da senhora Quang, como se pudessem transmitir algum vírus mais perigoso do que a tuberculose ou a disenteria. Os que dividiam a mesa com ela comiam tremendo de medo, apesar de poderem, em compensação, contemplá-la de perto.

Quando os quatro homens daquela mesa acabaram de comer seus últimos pedaços de carne, a senhora Quang já tinha devorado os seus dois pratos de arroz gorduroso. Sozinha, limpara cinco pratos de arroz e uma caçarola de carne de porco caramelizado. Os machos valentes retiraram-se do campo de batalha em silêncio para fumar os seus cigarros. Estavam com medo de ter sido contaminados. A dona da casa também não ficava longe disso e cochichou algumas ordens no ouvido de suas sobrinhas:

— Recolham os pratos dela e enterrem em algum lugar.

A senhora Quang se levantou:

— Muito obrigada pela refeição. Até mais ver a todos.

Jogando a capa sobre as costas, ela partiu. Quando Vui chegou correndo da cozinha para acompanhá-la, sua silhueta já se distanciava, ao final da rua. Depois, não se viu mais nada além da ponta de sua capa azul-celeste, que também logo desapareceu.

* * *

Passadas vinte e quatro horas, a aldeia recebeu a notícia de sua morte.

Falecera no caminho de volta, na floresta de bambus que fica entre o Povoado do Meio e o Povoado do Alto. Sentara-se à beira do caminho, recostada numa pedra, com o capuz cobrindo-lhe o rosto. Por azar, nesse mesmo dia, o filho mais novo estava jogando na casa de amigos, onde resolvera passar a noite. Estava muito frio e, por causa da chuva, nenhum gato circulava pelas ruas. Somente ao meio-dia do dia seguinte é que um transeunte deu por ela ali. Ao ver uma senhora aparentemente adormecida no frio, aproximou-se para levantar o capuz e despertá-la. Já estava dura, como pedra. Como seu filho era o prefeito da aldeia, puseram-no a par do fato imediatamente. Ele mandou um enviado avisar seu pai, ao mesmo tempo em que dava início aos preparativos da cerimônia fúnebre.

A mãe de um membro do poder se beneficia de funerais mais imponentes que as outras mães. Nem bem se preparara o bétele, nem bem se comprara o tabaco ou se servira o chá, e a orquestra fúnebre já havia chegado à casa da falecida. A música de acompanhamento das almas se elevara, fazendo ressoar por toda a aldeia os seus instrumentos de sopro e tambores. Se não se tratasse da mãe do prefeito, o chefe de família teria de preparar tudo, os pratos, o bétele, o tabaco e o dinheiro, antes de convidar a orquestra. Era a única orquestra de luto da aldeia, composta por músicos tradicionais cujo ofício era transmitido de pai para filho. O trompete, a viola e o tambor para acompanhar os mortos eram tocados por profissionais que tinham aprendido o ofício desde pequeninos e que tinham o mérito de tê-lo mantido apesar das campanhas insistentes do governo revolucionário contra os ritos tradicionais. Houve momentos, com efeito, em que eles foram obrigados a esconder seus instrumentos, fingindo trocar de profissão e concorrendo com os oportunistas para tocar os slogans dos comitês locais ou regionais do Partido: "O Partido e o Povo juntos na obra de edificação do novo homem: o homem socialista."

De acordo com as novas regras, tinha-se direito apenas ao chá verde e aos bombons de casamento. Para combater o desperdício, os rojões foram substituídos por aplausos. Nas cerimônias fúnebres, foram proscritas as orquestras de luto, assim como os banquetes, os carros funerários e os cortejos acompanhados de bandeiras e pendões. Era proibido convidar monjas para conduzir as orações. Todos esses costumes foram considerados contrarrevolucionários, capazes de corromper a vida espiritual do povo e atentar contra a moral da sociedade.

Passaram-se os anos. O amor e a falta que faziam seus mortos levaram o povo a protestar contra as proibições governamentais. As pessoas se perguntavam:

— E se o governo socialista não existir no além? Se não os homenagearmos adequadamente, nossos defuntos se tornarão almas famintas. E como poderão os seus descendentes manter a própria dignidade?

— Sem a música e os cantos que os acompanhem, como farão os mortos para encontrar o caminho do céu? Irão diretamente para o inferno, ficando à mercê dos demônios. Nós, seus filhos, enviaremos os nossos pais, quando defuntos, para o inferno? Nós os empurraremos para dentro da garganta da besta?

— Que absurdo! A Revolução nem sequer completou uma década, enquanto os nossos costumes já têm milhares de anos. Que fazer? Onde está a verdade? Na dúvida, façamos aquilo que nossos antepassados sempre fizeram.

No começo, essas discussões se davam discretamente, em família, entre quatro paredes, por trás de janelas fechadas. Depois, expandiram-se, ganhando as rodas de chá ou realizando-se em torno de uma garrafa de vinho. Por fim, seguiram o caminho dos próprios camponeses, espalhando-se pelos campos, pastos, até animar um fogo que brilhava no coração da aldeia.

No final das contas, aconteceu o que tinha de acontecer. Quando a polícia apareceu para reprimir a primeira família que ousara convidar uma orquestra de luto, eclodiu uma violenta manifestação, realizada pelos camponeses da aldeia. Logicamente, o chefe da família pagara os músicos regiamente para que tivessem tido a coragem de burlar a interdição. Mas não foi ele o único a enfrentar a polícia. Durante a agonia de seu pai, ela já passara de porta em porta para convencer a todos da necessidade de ação. Toda família tinha um pai já idoso ou uma velha mãe doentes. A questão dos funerais era comum a todos. Esse chamado foi, por isso, amplamente ouvido. A polícia da aldeia, que não vira nada antes, desembarcou com toda arrogância na casa da família enlutada. A população já tinha previsto tudo para iniciar a resistência. À chegada do prefeito e da polícia da aldeia, o tambor se pôs a bater ruidosamente. Todos os idosos se agruparam e invadiram o quintal da casa. Havia ali mais de quatrocentos deles, todos de cabelos brancos. À sua frente, um grupo compacto de mulheres e crianças. Os oficiais entraram em pânico, baixando imediatamente o tom:

— Se continuarem a praticar esses costumes atrasados e retrógrados, serão responsabilizados perante a lei. Viemos aqui apenas para lembrá-los disso.

— Os rituais de nossas cerimônias fúnebres não são costumes retrógrados. Para nós, trata-se de uma prova de amor filial. Nossos antepassados, que os praticaram ao longo de milhares de anos, eram, então, ignorantes?

— Não, não é isso o que queremos dizer...

— Então, o que vocês querem dizer? Expliquem-se claramente diante de toda a população. Querendo ou não, todas as famílias, cedo ou tarde, terão de lidar com a tristeza ou com a alegria. Nenhum homem pode fugir de seu destino.

— A determinação é clara: as orquestras de luto à antiga são retrógradas. Estamos apenas cumprindo ordens. Não temos de dar explicações.

— E se amanhã lhes dessem a ordem de desenterrar os cadáveres dos seus antepassados, fariam isso sem pestanejar? Sem se perguntarem se é justo ou abusivo?

— Não fale besteira! O Partido nunca emite ordens desumanas e injustas como essa.

— Claro que emite! Vocês já se esqueceram, mas eu não: no ano do Galo, os seus superiores lhes deram a ordem de destruir o pagode Lan Vu e de transformar os dois pagodes do pé da montanha em escolas populares. Os mais velhos da aldeia tiveram de caminhar até a cidade, procurar o comitê do Partido, na sala do senhor Loi Den, para que a operação fosse suspensa. Felizmente Loi Den tinha morado aqui, tendo-se hospedado entre nós nos anos mais difíceis.

Nesse momento, o chefe dos guardas, em tom conciliador, afirmou:

— Muito bem, de acordo. Se querem praticar esses costumes antigos, façam-no, mas discretamente. De nossa parte, não vimos nada.

Ele puxou o prefeito e todos partiram. Assim que desapareceram no caminho, tambores e clarins soaram com toda a força, em tom de desafio e de satisfação ao mesmo tempo. O chefe de polícia, nessa hora, dizia ao prefeito, cochichando:

— Temos de ser cuidadosos. Segundo os mais antigos, "se for esse o desejo de toda a população, até mesmo o bonzo deve morrer".

O prefeito sentia-se completamente desconcertado. Custava-lhe acreditar que o chefe de polícia, conhecido por ser um homem duro e inflexível, cedia assim tão facilmente à pressão da multidão. Três meses depois, o pai do chefe da polícia local faleceu. A orquestra de luto foi convocada imediatamente. E ele mesmo levou o tabaco, o bétele e o envelope em agradecimento aos músicos.

Desde então, os prefeitos e os chefes de polícia foram-se sucedendo, e nenhum deles voltou a questionar as cerimônias e os rituais na Aldeia dos Lenhadores. Os costumes tradicionais tinham voltado a fazer parte da vida, abertamente. Os representantes do estado em nível distrital e municipal agiam como se não soubessem de nada.

Em função disso, a cerimônia fúnebre da senhora Quang pôde ser celebrada conforme o ritual, com tudo a que tinha direito. Tambores, clarins, carro fúnebre, cortejo, bandeiras, pendões, incenso e coroas de flores. Apesar da ruína econômica da família, decorrente da loucura gastronômica da esposa possuída, o senhor Quang pegara emprestado três bois e quinhentos quilos de carne de porco para os funerais. Diante da enormidade da dívida então assumida, as pessoas se agitavam:

— Quanto dinheiro! Como fará ele para devolver tudo isso?

Algumas más-línguas ainda acrescentavam:

— Aquela mulher estava realmente possuída pelo demônio da fome. Até mesmo morta ela ainda exige um banquete. Para o marido fazer tudo isso é porque certamente tem medo de que o fantasma dela retorne.

De qualquer maneira, os aldeões lhe tiraram os chapéus, com todo o respeito.

O senhor Quang permaneceu dentro de casa por exatamente sete semanas. No quadragésimo nono dia após a morte, ele convidou algumas monjas, como determinava o ritual, para a oração de acompanhamento da alma de sua falecida esposa. Dessa vez, em lugar da música, ouviram-se as orações e os sinos de madeira, dia e noite. Em seguida, ofereceu um banquete para trinta pessoas, em agradecimento à família e aos vizinhos. Na madrugada seguinte, ele pegou sua carroça e partiu para a cidade. Os vizinhos ouviram o trote do cavalo e enxergaram, em meio à bruma matinal, a luz oscilante de sua lanterna:

— Ele é como um contramestre num canteiro de obras. Por que está dirigindo a própria carroça? E se ele faz, ao mesmo tempo, comércio?

— Só os céus devem saber. Um homem com tantos relacionamentos sempre dá a volta por cima. Hoje ele está endividado até o pescoço. Precisa se virar, não?

— A fortuna sempre vem junto com a tragédia. O mesmo céu que lhe deu todo o sucesso também lhe deu uma mulher possuída pelo demônio da fome.

— Estou brincando, mas se esse maldito demônio se apossasse também das nossas mulheres, bastaria que as enterrássemos vivas.

— Pare de falar essas coisas tão feias. Falando sério, é de dar dó. É realmente horrível o que aconteceu com ele. Só de pensar já fico arrepiado.

Era essa a conversa dos vizinhos. Depois, sentiam-se satisfeitos com a sua própria situação, de sua pequena felicidade ao alcance da mão, do destino que lhes fora reservado. Acompanhavam a distância a vida do senhor Quang, a um tempo curiosos e inquietos.

A primavera glacial foi um pesadelo. Em seguida veio um verão muito quente e cheio de tempestades, dessas tempestades que anunciam um outono precoce.

Dilúvios causaram o surgimento de buracos monstruosos que acabavam com as estradas. Os consertos exigiam da população um trabalho intenso, e muito dinheiro. Com o fim do verão, as cigarras apareceram. Seu canto ensurdecedor, dia e noite, impedia os mais idosos de dormir. As crianças contraíam gripe, depois difteria, e seu choro agudo tomava conta do ar pesado. O tempo mudava sem aviso prévio, a vida cotidiana sofria reviravoltas permanentes. Angústias antigas voltavam à tona, sussurrando na cabeça das pessoas, como as cigarras. Em razão disso, apesar das recomendações e das ameaças do governo e das diferentes organizações, os aldeões, por ocasião das festas do fim do verão, decidiram convidar as monjas de Lan Vu e dos dois pagodes do pé da montanha para afastarem esses infortúnios com suas orações. Normalmente essas festas duravam apenas um dia, mas, naquele ano, durante três dias as bandeiras e os pendões balançaram no pátio do pagode. Todos os habitantes da aldeia, incluindo jovens e velhos, oraram com fervor, na esperança de mitigar a ira dos demônios e dos deuses.

O senhor Quang voltou no último dia da festa. Sua carroça, puxada por um cavalo, era a única da Aldeia dos Lenhadores a ter uma cobertura, sendo, por isso, reconhecida imediatamente. Tinha emagrecido, novas rugas apareciam no canto dos olhos, mas seu sorriso aberto e altivo não se modificara. Ele usara metade da primavera e o verão inteiro para devolver tudo, tanto o principal quanto os juros. Todos os seus credores receberam, como presente, um rolo com dez metros de tecido. Os vizinhos, pasmos, queriam saber como tinha conseguido fazer isso. Mas as interrogações ficavam sem resposta, e nenhuma investigação chegou a termo. A vida desse homem ultrapassava a imaginação de nossos campônios.

Ele tinha contratado camponeses, não só na aldeia mas também nos distritos vizinhos, transformando-os em pedreiros e carpinteiros para trabalhar em seus canteiros de obras na cidade. Feito o planejamento dos trabalhos e distribuídas as responsabilidades entre seus colaboradores de confiança, ele desaparecia com sua carroça. Voltava algumas semanas depois, verificava o andamento dos trabalhos, negociava com seus superiores e seus adjuntos, oferecia um banquete aos operários, brindava com todos, ria à solta das piadas que se contavam e desaparecia novamente, como num passe de mágica. Ninguém sabia para onde ia. Ele, em compensação, acompanhava tudo, mesmo a distância. Não dava nem para pensar em ludibriá-lo. Ele mesmo jamais enganara alguém, e os homens que ele havia contratado conheciam as regras do jogo e nenhum deles ousaria fazer qualquer coisa contra aquele homem experiente.

Tendo saldado suas dívidas, ele compartilhou uma refeição com seus filhos e, depois, de madrugada, partiu mais uma vez com sua carroça e seu cavalo. Dessa vez foi possível ouvir a música que tocava no rádio que ele carregava amarrado no cinto. Uma caixa que parecia um tijolo preto e que emitia canções e vozes — era algo ainda muito misterioso para aqueles camponeses. Nem mesmo os oficiais do distrito possuíam aquele objeto estranho. Os vizinhos saíam de suas casas para observar a carroça a se afastar ao som da música.

— Ele impõe respeito, o velho.

— Claro, se não, não seria o velho Quang! Só ele é capaz de oferecer um banquete para trinta pessoas no quadragésimo nono dia de falecimento da esposa. E pensar que o demônio da fome tinha roubado toda a sua fortuna...

— Se a mulher tivesse ficado sã e tranquila até a morte, ele teria oferecido um jantar para trezentos convidados!

— Sem dúvida.

— Quantos anos ele faz este ano? Ele parece firme e alerta como um caranguejo de mangue.

— Ela tinha sessenta anos. Ele, sessenta e um. Seu casamento seguia a fórmula canônica: "a menina tem dois a mais, o menino, um."

— Com mais de sessenta, não tem como ele se casar de novo. Ele, agora, só tem uma preocupação: juntar dinheiro.

Era essa a ideia que se espalhava entre a gente da Aldeia dos Lenhadores. Queriam acreditar que um homem tão fiel como o senhor Quang permaneceria viúvo até o fim da vida, de conformidade com uma espécie de moral ideal. Pois o homem tem necessidade de acreditar em algum ideal, mesmo que, intimamente, diga a si mesmo que esse ideal não tem nada a ver com ele.

No entanto, no final daquele inverno, mais precisamente no dia 25 de dezembro, o senhor Quang apareceu na aldeia com uma jovem esposa. Uma bela jovem com pele de pêssego, corpo gracioso, com olhos amendoados, brilhantes como as lâminas de duas pequenas facas e longas sobrancelhas bem desenhadas até as têmporas. Sentada na carroça, ela conversava com ele alegremente, balançando as pernas com graça e rindo abertamente.

Inicialmente, as pessoas acharam que se tratava da filha de seu primogênito, Quy:

— Veja só! Como é possível que a pequena Mo tenha crescido tão rápido?

— Você enxerga como uma toupeira! A pequena Mo é magra que nem uma tábua! Pesa alguns poucos quilos.

— Então é Man? Acabou de fazer quinze anos. Mas essa risada não me parece em nada com a dela. Ela é cristalina, eu diria. Não acho que seja ela.

A dúvida foi rapidamente esclarecida. Na mesma noite, os vizinhos foram convidados para se reunir no quintal do senhor Quang. Lamparinas a óleo iluminavam os dois jardins, o da frente e o de trás da casa. Enquanto todos bebiam chá e saboreavam doces, o senhor Quang tomou a palavra:

— Quero lhes apresentar a minha nova esposa. Ela se chama Ngân.

Antes que alguém pudesse dizer qualquer coisa, a jovem se adiantou:

— Boa noite, permitam-me cumprimentá-los, com todo respeito. Obrigada por terem vindo nos desejar felicidade. De agora em diante, seremos vizinhos.

Ela lhe deu um beijo. E lá se foi a imagem do marido fiel! Não sobrara mais nada. Além disso, a noiva era muito jovem, bonita demais, bonita de tirar o fôlego. Usava um corpete de seda verde que destacava dois maravilhosos seios, imponentes como duas tigelas grandes de arroz bem servidas. Nádegas ondulantes, linhas perfeitas sob a calça de cetim preto brilhante. E as coxas, cujas formas se insinuavam a cada passo que ela dava, excitavam os homens! Seus olhos, tão negros como o cetim, emitiam centelhas, faíscas, provocando imediatamente uma aceleração nos corações.

O senhor Quang tinha absoluta consciência disso. Em tom ambíguo, ele disse:

— Todas as mulheres, na cidade, são mais bonitas que a minha. Para quem quiser, posso conseguir um encontro.

Os homens se assanharam.

— Sim, eu quero, mas não tenho muito dinheiro, nenhuma garota vai querer saber de mim.

— Para falar a verdade, sinto muita falta. Se o senhor pudesse conseguir para mim uma que tivesse metade da beleza da sua, eu trabalharia para o senhor, cuidaria de suas terras gratuitamente até morrer.

— Senhor Quang, não acredite nesse velho ladrão. Ninguém que tenha emprestado dinheiro para ele viu um tostão de volta. Se o senhor quiser ajudar alguém, ajude a mim.

— Estão vendo, senhoras e senhores? Parece que esses dois são amigos de infância. Mas quando entra uma mulher na jogada, não há amizade que se sustente...

E a discussão continuava. Nesse momento, Ngân já se retirara, passando à cozinha para preparar chá e alguns petiscos aos convidados. Ficaram por ali até a meia-noite. Fazia dois anos que a mansão do senhor Quang não ficava tão iluminada à noite, reencontrando um pouco do seu calor de antigamente. No entanto, apesar da conversa agradável, os vizinhos não deixaram de observar a ausência do filho mais velho, Quy. Assim como a do caçula, Quynh. Se não estivessem na casa do senhor Quang, certamente as perguntas espocariam:

— O primogênito e o caçula não estão?

Ou então:

— A família cresceu. Por que eles partiram?

Ou ainda:

— É o dia em que sua madrasta está sendo apresentada. Eles deveriam servir chá aos convidados, pois é esse o costume.

Os camponeses, com efeito, tinham seus pequenos hábitos um tanto neuróticos. Mas, provavelmente devido ao prestígio do senhor Quang, graças à sua fortuna ou à sua generosidade para com os pobres, todos se abstiveram de fazer essas observações mais ácidas.

Porém, na mesma noite, ao voltarem para casa, tocavam no assunto:

— O mais velho nem se digna a aparecer... o caçula vai embora... Aquela casa está à beira da anarquia.

— Anarquia? Com o velho Quang? Você está brincando. Veja nos olhos dele. A casa podia estar pegando fogo que ele não daria nem uma piscada.

— Bobagem! Mesmo tendo nervos de aço, se seus filhos se revoltam, você sente no fundo do coração.

— Logo veremos quem está com a razão, pode acreditar. Quem quer apostar comigo?

Na manhã seguinte, os aldeões puderam ver o prefeito Quy batendo à porta do pai, que, do quarto, respondia:

— Quem está fazendo esse barulho todo?

— Sou eu, Quy!

— Volte para a sua casa. Estou dormindo!

— Abra, papai. Preciso falar com o senhor.

— Seja qual for a urgência do assunto, estou dormindo. Vim de longe. Minhas costas precisam de repouso.

— Pai, tenho de falar com o senhor.

— Esta é a minha casa. Durmo quando bem entender.

— Mas eu preciso ir para o trabalho.

— Você precisa ir para o trabalho e eu preciso dormir.

O prefeito Quy permaneceu plantado diante da porta por alguns instantes, corado. Em seguida, resignado, partiu.

Os vizinhos, contendo a respiração, ouviram tudo. Os mais velhos mostravam-se fortemente interessados naquela peça de teatro inédita no campo. Uma peça de teatro cujo texto prometia inúmeros desdobramentos.

Rapidamente puseram-se a jardinar, a colher feijões, a debulhar o milho, tarefas, todas elas, que lhes permitiam ficar de olho em tudo que se passava na casa do senhor Quang. As portas desta se abririam bem tarde: nove e meia, dez, meio-dia? Alguma coisa assim.

— O velho Quang pegou os costumes da cidade... Os camponeses nunca acordam tão tarde.

— No campo ou na cidade todos temos uma cabeça, dois braços, duas pernas e mais uma terceira que fica pendurada entre essas duas. Mesmo sendo forte como um tigre, ele já tem os seus sessenta anos. Com uma bunda igual a essa, da sua jovem esposa, manter bem levantada uma das pernas deve lhe custar pelo menos dez horas de sono.

— Eh, senhora Tam, está vendo só o que o depravado do seu marido está falando?

— Meu marido não é o único. Todos vocês estão babando na frente da senhora Ngân. Acontece que nenhum de vocês chega aos pés do senhor Quang. Vocês não passam de palitos podres. Não teriam nenhuma utilidade numa bandeja de prata.

— Vocês são bem parecidos, o marido e a mulher! A senhora está falando em palitos podres... Quer dizer que a senhora é uma bandeja podre?

— E daí? Se eu não fosse uma bandeja podre, não teria aguentado ficar a vida toda com esse tipo.

— Que megera, essa mulher! À noite você vai ver...

Eis o que diziam os vizinhos à mesa, na hora do Cavalo, enquanto espreitavam para ver a volta do prefeito Quy. Mas ele não voltava. Ouviam-se apenas o canto do galo e o riso cristalino de Ngân, um riso estranho, ao mesmo tempo experiente e cheio de frescor como flor de primavera. Em seguida, a voz do senhor Quang na cozinha. Provavelmente preparavam algo para comer. Estavam sós, pois o caçula, Quynh, partira para a casa da avó materna no Povoado de Baixo. Depois de meia hora, viram Ngân passar com uma bandeja, seguida pelo senhor Quang com duas garrafas de vinho. Uma cena de lua de mel. Almoçariam na copa, não na cozinha. Diz-se que "o dinheiro ensina a viver bem". Os vizinhos tiveram de se segurar. Somente à noite, pouco antes do jantar, é que finalmente viram Quy chegar.

O senhor Quang e Ngân tinham arrumado os cinco cômodos do edifício central, transformados em depósitos de víveres e ferramentas. Espalharam no quintal uma grande quantidade de sacos a fim de selecionar aqueles que ainda serviam para armazenar o arroz ou a ração do cavalo. Quy atravessou o quintal com uma expressão de fúria no rosto.

— Quero falar com o senhor, pai.

O senhor Quang o olhou de alto a baixo:

— Se quiser falar comigo, tem de entrar em casa. Se quiser entrar em casa, tem, primeiro, de cumprimentar os seus proprietários, antes de passar pela porta. Você é prefeito de uma comuna e não tem nenhuma educação? Quem você comanda?

— Já o cumprimentei, pai.

— Nesta casa, além de mim, há a minha esposa. Casei-me novamente, com a senhora Ngân, que, a partir de agora, é a dona desta casa.

— Não tenho nenhuma vontade de ter como mãe uma menininha.

— Você não, mas eu sim. Eu me caso é para mim, não para você.

— O senhor pode se casar com quem quiser, mas é preciso ao menos levar em conta as convenções. O senhor já tem cabelos brancos!

— Não preciso das suas lições! Faço aquilo que eu quiser.

— Mas eu sou seu primogênito.

— Primogênito ou caçula, dá na mesma. Tudo isso aqui fui eu que fiz. Nunca precisei da ajuda de vocês, de nenhum de vocês. Eu me casei, construí esta casa, depois a sua mãe adoeceu, começou a comer por dez pessoas e me levou à ruína. Como primogênito, você me ofereceu um pedaço de filé ou cinquenta quilos de carne?

— ...

— Nenhuma porção de arroz, nenhum tostão, nenhum pedaço de tecido... nem mesmo uma bala para chupar. Estou dizendo a verdade ou não? Tudo isto aqui veio das minhas mãos. Se esta casa ainda está de pé, é graças ao suor da minha testa. Você não agradeceu à sua mãe por nenhuma refeição, nem me ajudou com nenhum quilo de arroz. Então não me venha, agora, querer fazer valer a sua condição de primogênito. Olhe à sua volta... Existem primogênitos tão fingidos e ingratos como você?

— ...

— Você agora se cala. Não tem coragem de dizer nada. É porque, desde sempre, eu é que ajudei você, eu é que lhe dei assistência, eu é que cuidei da sua família, nunca o contrário. Você é do tipo que sabe muito bem abrir a boca, mas nunca dar a mão de volta. Então, assuma a sua posição. Não tente me amedrontar com essas histórias de primogênito da família. A melhor coisa que você tem a fazer é me livrar da sua presença.

A discussão se desenrolava no meio do quintal. O senhor Quang, em vez de baixar a voz, a elevava, soltando livremente sua ira. Alguns diziam que ele fez de propósito, para que todos ouvissem. Para que todos soubessem que era melhor calar a boca do que se imiscuir nos seus assuntos. Outros achavam que o senhor Quang queria humilhar o filho e enfiar muito claramente na sua cabeça que ninguém poderia substituí-lo naquela casa. Que ele esquecesse para sempre qualquer sonho em relação à herança.

Pois fazia muito tempo que ele sonhava com aquela ampla casa. Depois das duas filhas que a esposa lhe dera, ele queria muito ter tido um menino, mesmo que esse terceiro filho o levasse a ser chamado pelo conselho de disciplina do Partido e que ele tivesse a sua carreira suspensa por dois anos. O edifício central, os anexos, os jardins, os campos, as colmeias e várias outras coisas eram objeto de cobiça de toda a família, e o senhor Quang sabia disso havia muito tempo. Diziam que Quy calculara tudo e que um dia ele baixaria todas as cartas na mesa. Aquele casamento era a oportunidade.

A vizinhança continha a respiração.

Na mesma noite, todos desceram até o Povoado de Baixo, na casa de Vui. Ali, contaram, sem tirar nem pôr, toda a conversa ocorrida entre o pai e o filho.

Ao final, Quy permanecera plantado no meio do quintal enquanto o senhor Quang e Ngân continuavam a sacolejar os sacos, lançando poeira para todos os lados. Ninguém dizia nada. Depois disso, o prefeito da aldeia se retirou em silêncio.

— Que retirada! Sem tambores nem clarins — comentou alguém.

— Ele perdeu uma batalha, mas não a guerra. Certamente não se deu por vencido.

— Vamos lá! Não é porque eu beba ou jante de vez em quando com o senhor Quang que irei tomar o partido dele. Mas tudo o que ele disse é verdade. Desde que ele casou seu filho Quy, este nunca lhe deu nem mesmo um *nem* ou um patê de camarão...

— Ele está no bem bom por causa do apoio do pai. Mas, se os filhos não puderem se apoiar nos pais, vão se apoiar em quem?

— A pessoa não tem de se apoiar em ninguém, nem mesmo no próprio pai. Caso contrário, se torna um parasita sem condições de dar lições aos outros e sem poder esperar outra coisa se não aquilo que realmente merece.

— É fácil falar. A filha de Quy tem dezenove anos, e agora o senhor Quang lhe arranja como madrasta uma menina de dezoito. Como ele poderia aguentar isso?

— A pequena Mo já tem dezenove anos? Não acredito!

— Está sonhando, é? Este ano Quy faz quarenta e um. Não é pouco. O senhor Quang se casou com a mãe dele quando ela tinha dezoito anos, e tiveram o primeiro filho, Quy, um ano depois.

— Sim, com efeito, não é muito correto. A mulher de Quy podia ser mãe da senhora Ngân.

— A partir de agora, "cada um come na sua tigela e cada um dorme na sua cama". A vida mudou.

— Mesmo que ela mude, os membros de uma família terão um dia ou outro de se sentar à mesma mesa, de dormir sob um mesmo teto. Não se pode evitar essa contradição. Daí o inconveniente.

— O que isso tem de inconveniente, para você?

— Vai contra a ordem das coisas. Imagine a mulher de Quy ao lado da senhora Ngân. De um lado, uma velha de pele cansada, pescoço enrugado, seios caindo até o umbigo. Do outro, uma bandeja de festa opulenta forrada de delícias, seios fartos como peito de pomba, braços arredondados para se mastigar, uma pele branca como ovo duro. E a velha ainda tem de chamar a outra de "mãe"? É de morrer de rir!

— Você não está bem da cabeça. Um perverso, isso é o que você é.

— Muito obrigado. Mas voltemos à família Quang. Eu acho que Quy está com ciúmes do pai. Enquanto o pai se compraz com os mais belos pedaços, o filho tem de se contentar com o osso? Ele deve estar louco de raiva, o nosso prefeito.

— Bobagem! O fogo que realmente consome o seu coração é a famosa herança com que ele tanto contava. Não percebeu como ele já nem escondia a satisfação desde que seu filho Phu nasceu? O blefe de pôquer que ele aplicou contra a disciplina do Partido lhe renderia muito. Esse era o seu sonho. "Phu" significa riqueza. Ele é o primogênito e teve um filho para dar continuidade à linhagem, tudo iria para o seu bolso depois da morte do senhor Quang. Mesmo que hoje, no papel, os filhos tenham todos os mesmos direitos, ainda prevalecem, na prática, os costumes antigos. De repente aparece uma madrasta de dezoito anos. Todo esse sonho vira fumaça. Com certeza outras crianças virão ao mundo. A senhora Ngân é bem capaz de pôr no mundo doze filhos sólidos feito pedra de afiar. E o senhor Quang, apesar de já ter sessenta anos, pode ainda gerar cinco ou seis antes de ir para o céu. A grande façanha do nosso prefeito, que se arriscou para ter um filho, já não faz nenhum sentido.

— Você está falando besteira. Mesmo que Ngân desse à luz dez filhos, Quy continuaria sendo o primogênito. E o filho dele estaria acima dos demais.

— Aí é que vocês se enganam. Desde que o mundo existe, as leis sempre mudaram conforme as circunstâncias. Se há uma lei a favor, há também uma contra. Se mesmo os tronos mudam de ocupantes, com um príncipe entrando no lugar do delfim a que ele era destinado, o que dirá das leis que se referem ao povo? Toda lei nasce no cérebro. O cérebro está conectado com o coração. Quando o coração bate numa direção, obviamente o cérebro vai atrás dele.

— Não acredito nisso. Podemos falar o que quisermos, mas, antes de agir, somos obrigados a olhar em volta e levar em consideração a opinião dos outros. "A lei do rei não pode passar por cima dos costumes da aldeia." Isso nos foi ensinado pelos nossos antepassados.

— As pessoas sempre refletiram antes de agir. Na maior parte dos casos, fizeram como todo mundo, mas, quando houve necessidade, passaram por cima das opiniões ou dos comentários alheios. Não perceberam que o senhor Quang é um desses?

— Sim, é verdade.

— Quem aqui ainda tem dúvida? Levante a mão, que eu faço a contagem.

— Por que levantar a mão? Não é hoje que estaremos elegendo o coordenador de produção nem o tesoureiro da cooperativa.

— Pergunto novamente. Quem ainda tem alguma dúvida em relação ao que eu acabo de dizer?

Ninguém tinha dúvidas. Mas alguma coisa ficara no ar, não se sabia bem o quê. Alguma coisa inexprimível. Pensamentos, impressões diabolicamente ocultas. Bastava aguardar. O tempo traria a resposta.

No dia seguinte, chegou à casa do senhor Quang um rapaz vindo do Povoado de Baixo. O jovem Quynh o enviara para buscar suas roupas e seus livros. Tinha decidido morar, dali em diante, embaixo, na casa da avó, com os dois tios. Os vizinhos ouviram Ngân chamando o marido. A negativa do senhor Quang foi taxativa:

— Não o conheço. Estive trabalhando na cidade nos últimos tempos e não tive oportunidade de visitar os outros povoados. Você há de entender que eu não posso confiar as nossas coisas a um estranho. Diga a Quynh que as suas roupas, seus livros e seus objetos pessoais foram comprados com o meu dinheiro. Se ele quer pegá-los, que venha aqui pessoalmente.

Obviamente o garoto partiu abatido, contaram os vizinhos. Naquela mesma tarde, os dois irmãos da falecida senhora Quang bateram à porta do senhor Quang. Certamente imaginavam que, sendo dois contra um, conseguiriam vencer a partida.

Era noite, hora do jantar. A pretexto de pedir um pouco de sal, pimenta ou óleo, os vizinhos tentam bisbilhotar para extrair alguma informação da casa do senhor Quang. O dono da casa se mostrava caloroso, não só lhes dando tudo o que pediam como também lhes oferecendo chá.

— Meus dois cunhados acabam de chegar. Não quer ficar para jantar conosco? Em tese eu deveria dar um banquete para os meus vizinhos, mas, de acordo com os nossos costumes, estava esperando que se cumprisse o primeiro aniversário da morte da mãe de Quy. É daqui a um mês.

— Não queremos incomodá-lo.

— Vocês não me incomodam. Eu é que gostaria de poder beber alguma coisa com vocês. Somos vizinhos, nossos jardins são contíguos, vivemos na mesma rua. Fico fora o ano inteiro, só no inverno é que tenho oportunidade de conviver com meus vizinhos...

— Como o senhor quiser.

Era a hora certa para acabar com essas intermináveis fórmulas de polidez, cenas típicas de hipocrisia e mentira, mas ninguém ousava nem mesmo se mexer. O senhor da casa chamou pela esposa.

— Querida, prepare mais dois frangos!

— Sim, já ouvi — respondeu Ngân imediatamente, trabalhando na cozinha com a senhorita Tu Boca Pequena.

A senhorita Tu era sobrinha do senhor Quang. Tinha cinquenta e nove anos, mas nunca conhecera um homem. Sua mãe morrera de tuberculose quando ela tinha dez anos. Seu pai, depois de ter cuidado dela por dois anos, morreu levado por uma enchente num dia de tempestade. Aos doze, ela decidiu viver sozinha e nunca se casar. Não tinha medo da solidão, nem de histórias de fantasmas. A aldeia ficou horrorizada com a decisão, tomada por uma adolescente que queria se dedicar integralmente ao culto de seus pais. Dizia-se que seu destino era ser monja. Na família do pai, algumas mulheres tinham vivido assim, sempre sozinhas: uma era guarda de templo, outra tinha fundado uma ordem de profetizas e uma terceira trabalhara como paramédica num hospício até o fim de sua vida. Ninguém jamais soubera de alguma relação amorosa por parte de Tu. Não era nenhum modelo de beleza. Pequenina, com um corpo forte e rijo, tinha um rosto comum e a boca pequena. Sua mãe começara a chamá-la assim, carinhosamente. E o apelido pegou. Seus lábios eram vermelhos; os olhos, brilhantes. Muitas mulheres da aldeia, mais novas que ela, já tinham se casado e tido filhos. Ela permanecera sempre sozinha, levando uma vida monótona. Teria tido uma vida anterior tão carregada de amores que agora era obrigada, nesta vida, a devolvê-los? Será que os espíritos de seus antepassados quiseram que ela se dedicasse a cuidar dos altares e dos templos da família? Ninguém sabia por que ela era tão solitária, mas todos a respeitavam. O senhor Quang gostava muito dela. Sem fazer alarde, dava-lhe de tudo, cavalo, carne, casa, roupas, enfeites. Eram parentes, mas também amigos de infância e ex-colegas de escola. Quando o senhor Quang recebeu seu primeiro salário na cidade, conta-se que ofereceu à esposa um anel com um décimo de tael e à sobrinha brincos com dois décimos de tael. A senhora Quang não ousara dar nem sequer um suspiro para expressar o seu ciúme.

A senhorita Tu conhecia muito bem o coração do senhor Quang. Gozava da confiança total e do afeto inabalável daquele homem. Eram ligados por laços excepcionais de amor familial e por uma amizade profunda.

Na noite em que o senhor Quang voltou para casa com Ngân, a senhorita Tu os acolheu calorosamente, enquanto a família e os vizinhos ainda estavam perplexos, sem saber o que dizer nem como se comportar.

— Venham experimentar o chá e os doces. Hoje, ofereço o chá à minha tia, que se prepara para conhecer os seus vizinhos.

Em seguida, dirigindo-se a ela:

— Tia Ngân, largue tudo isso. Vá cumprimentar os seus vizinhos. Deixe que eu lavo a louça. Eu cuido de tudo.

Sua conduta era transparente e precisa. Uma afirmação do lugar que cada um ocupa, sem um segundo de hesitação. Os vizinhos ficavam pasmos, admirados.

— Sim, ela tem razão. A mulher do senhor Quang é jovem, mas, na hierarquia familiar, é normal que ela esteja acima.

— Tu Boca Pequena é muito fiel ao tio...

Não havia escolha. Era preciso aceitar a presença da jovem forasteira de dezoito anos. Era preciso se decidir por chamá-la, conforme o caso, de tia, mãe, jovem avó, até mesmo jovem vovozinha, ainda que não se ficasse satisfeito com isso.

Naquela noite — seria o destino? —, a senhorita Tu Boca Pequena viera ajudar Ngân a preparar o jantar. Na sala, mal haviam terminado de tomar o chá, ela já servia uma bandeja com deliciosos aperitivos.

— Não esperem por nós. Eu e minha tia estamos cozinhando o feijão. Comeremos na cozinha mesmo.

— Oh, não! Hoje em dia temos de ser igualitários, homens e mulheres comendo na mesma mesa. É muito mais alegre!

— Obrigada. Não estou fazendo cerimônia. Nós duas temos lá embaixo tudo o que precisamos: vinho, carne, o mesmo que aqui. Não se preocupem.

E voltou para dentro.

Iniciou-se o jantar. Os seis homens estavam em silêncio, pois o vinho estava bom e os pratos, suculentos. Coisas difíceis de dizer caem mal no meio de uma boa refeição. Melhor esperar pelo fim do banquete, quando já não restam sobre a bandeja mais do que ossos de galinha e de porco ou espinhas de peixe, e quando o vinho já produziu os seus efeitos, para que as línguas se soltem sem inibições. Os dois cunhados do senhor Quang aguardaram esse momento para finalmente cumprir o que consideravam seu principal dever para com a alma de sua irmã.

— Obrigado por nos oferecer essa refeição maravilhosa — começou o primeiro.

O segundo avançou um pouco mais.

— Agora que já comemos, pedimos sua licença para falar.

O dono da casa sorriu.

— Vamos lá, podem falar. O vinho entra, as palavras saem, como diziam os nossos antepassados.

— O pequeno Quynh está na casa da avó. Está muito triste e confuso. Você deve imaginar o motivo de sua partida.

— Não. Há muitos meninos que saem de casa e faltam na escola. Acham que tenho tempo de bisbilhotar nos bolsos dele?

— Você viaja pelo mundo há décadas. Nós só conhecemos os nossos campos e os nossos montes. Não ousaríamos discutir com você. Mas a verdade é que a situação do nosso sobrinho Quynh preocupa toda a família.

— Toda a família? Qual família? A de vocês ou a minha? Sejam mais claros.

— A nossa, do lado materno. A começar pela avó. E, depois, nós dois. Como diz o ditado, "quando o pai morre, resta o tio. Quando morre a mãe, procure os seios da tia".

— Entendi — disse o senhor Quang, caindo na gargalhada. Sua risada reverberou pelos cinco cômodos da casa, assim como na cozinha, de onde a senhorita Tu e Ngân punham a cabeça para fora a fim de ver o que se passava.

— É porque precisam procurar os seios da tia que Quy e Quynh, que não têm irmãs, pediram a vocês para fazer esse papel? Vocês são bons demais, nunca vi alguém expressar um sentimento tão profundo. Agora que fizeram a gentileza de se abrir, podem continuar, por favor, cuidando do seu sobrinho. Isso significa que gostam de mim, que querem me liberar do peso dessa tarefa. Seu sobrinho tem muita sorte, seja do lado materno, seja do lado paterno, pois não lhe falta apoio. Um homem que pode se apoiar dos dois lados tem uma sorte enorme, seu futuro será sólido como uma muralha. Cuidar bem dele só trará mais prestígio ao lado materno da família. De minha parte, criei-o até agora e creio que não tenho nada do que me arrepender. Pensando bem, parece muito natural que ele agora queira comer do arroz da família da mãe. Todo mundo deve ter um pai e uma mãe, e deve respeitar a ambos do mesmo modo.

Virou-se, em seguida, para os vizinhos convidados.

— Gostaria de tê-los como testemunhas. Transfiro todos os direitos de acompanhamento da educação de meu filho aos meus dois cunhados, aqui presentes. A partir de agora, tanto sua escolaridade quanto sua alimentação ou suas roupas, assim como, um dia, o seu casamento, ficarão sob a responsabilidade de seus dois tios e de sua avó. Tenho certeza de que ele ficará feliz. E sua mãe, lá no céu, certamente ficará satisfeita e contente.

Os dois cunhados ficaram mudos. O senhor Quang voltou-se para a cozinha.

— Terminamos... Há alguma sobremesa?

— Já está chegando! — respondeu, de imediato, a senhorita Tu.

Dois minutos depois, as duas trouxeram a bandeja com as sobremesas. Os três vizinhos saboreavam tudo, tentando, ao mesmo tempo, adivinhar qual seria a réplica dos dois cunhados, curiosidade que logo virou decepção. Os dois homens comiam de cabeça baixa. Era evidente que, para eles, a sobremesa não estava doce, mas muito amarga, a ponto de ficar intragável. Antes de terminar, o senhor Quang mandou a esposa trazer bolos e doces e, sorrindo, pediu em seguida aos cunhados que os levassem de presente à sua ex-sogra. Os dois pegaram os pacotes e partiram sem levar os seus próprios restos, sem conseguir nem sequer balbuciar qualquer palavra de despedida.

Os três vizinhos e o dono da casa ficaram ali conversando em torno do chá. Na montanha, a noite é sempre mais tranquila que na planície. O senhor Quang ligou o rádio para que seus convidados ouvissem música. Meia hora depois, algumas mulheres entraram no quintal, com uma tocha e uma lanterna nas mãos.

— Eh, senhor Quang, não dá para colocar mais alto para podermos escutar também?

— E os bombons? E os bolos? Ainda tem algum? Traga alguns doces, para limparmos bem a voz, que há muito o que conversar esta noite...

— E a nova dona da casa, onde está? Acenda as luzes, vamos nos divertir um pouco...

As lamparinas a óleo foram todas acesas, iluminando a casa toda, dos jardins até a cozinha. A senhorita Tu Boca Pequena trouxe uma grande panela de compota de feijão Mungo, suficiente para alimentar uma comunidade inteira. Em seguida, um cesto cheio de tigelas e colheres, para que cada um se servisse. Esvaziada a panela, a senhora Ngân distribuiu pacotes de bombons e doces.

No campo, comer é um costume inevitável.

Os dias seguintes passaram como as cenas sucessivas de uma peça de teatro em que atores e espectadores fingissem indiferença. Os atores, porém, estavam atormentados. Como todos esperavam, o prefeito Quy não se dera por vencido. Ele detinha o poder, uma força visível, mesmo que não se possa tocá-la. Devido ao cargo que ocupava, podia mobilizar os que estavam sob sua autoridade: o chefe de polícia, a presidente da União das Mulheres, o secretário da seção local da Juventude. E havia, também, um outro poder, sem nome, sem forma definida, mas que todos conheciam: o poder dos usos e costumes. Quy contava com ele, tanto quanto com as suas prerrogativas de prefeito.

Para aumentar as suas chances de ganhar a guerra, ele tinha de começar aliando-se ao seu irmão caçula. "Irmãos são como braços e pernas; cônjuges são como roupas que trocamos quando nos cansamos delas." Quy e Quynh nunca foram muito próximos um do outro, tanto por causa da diferença de idade quanto pela suspeita de Quy de que seus pais tinham preferência pelo seu irmão mais novo. Se seu irmão, ingênuo e mulherengo, vencesse na vida, ele se arriscaria a perder a maior parte da herança. Os costumes preveem que os pais possam pedir ao caçula para substituir o primogênito caso este não seja trabalhador ou careça de moral, ou simplesmente tenha nascido com problemas mentais. O prefeito não se sentia ameaçado, mas sua inteligência ardilosa podia se revelar uma faca de dois gumes. O surgimento daquela "puta de corpete verde, saída não se sabe de onde", fornecia uma ocasião para testar o caçula, cooptá-lo e transformá-lo num aliado ativo, como ele sempre fizera com seus rivais e adversários, desde que se tornara prefeito.

Já para Quynh, era exatamente o contrário. Sempre muito mimado, estava ainda numa idade em que os sonhos e os jogos são mais importantes do que a vida real. Às vezes o provocavam com ternura:

— E amanhã, quem será o dono de toda a propriedade?

Quynh respondia, rindo:

— Ontem, hoje e amanhã, tudo pertence ao meu pai.

Insistiam:

— Seus pais não fizeram um testamento?

Ele se mostrava irritado, o rosto corado.

— Meus pais ainda conseguem agarrar um búfalo... Por que fazer um testamento?

Ninguém conseguia pegá-lo. Na verdade, tratava-se de um bom rapaz, apenas um tanto preguiçoso e brincalhão. Até então, nunca tivera de pensar muito nas coisas. Cuidavam de tudo para ele. Não se abalou nem mesmo com o fato de sua mãe ter morrido na rua enquanto ele dormia na casa de amigos no Povoado do Meio. Outra pessoa teria se roído de remorsos, perdendo o sono, mas ele não. Quando a família o criticava por alguma coisa, ficava triste por algumas horas, mas logo se recompunha para a refeição seguinte e, chegada a noite, dormia tranquilo, roncando, sem nenhuma dificuldade. Um menino de três anos. Havia quem se queixasse dele ao senhor Quang, que respondia sorrindo:

— O que os pais dão aos filhos é a vida. Já a personalidade lhes é dada pelos céus. O que posso fazer? Em minha família, só os dois gêmeos sabem trabalhar e planejar. Mas foram mobilizados pelo Exército no mesmo dia...

Depois, suspirando, ele adquiria aquele aspecto triste de todos os familiares cujos filhos estão na guerra.

Alguns se compadeciam:

— No nosso caso é a mesma coisa. O mais inteligente foi para o front. Só os idiotas e os fracos de espírito são poupados!

— Oh, não somos os únicos. É igual em todos os lugares. Quando a guerra chega, nenhuma porta de casa escapa da tempestade...

Dizia-se que o senhor Quang era altruísta e pessoa fácil de lidar. Dizia-se, também, que Quynh era grande, mas tolo; não idiota, mas certamente um rapaz nada razoável, que não sabia viver corretamente e ignorava os deveres que tinha para com a família e o país. Até mesmo para fazê-lo se dedicar aos estudos a mãe tivera muita dificuldade.

Por isso, ninguém conseguia entender como foi que esse jovem inconsequente, que não servia para nada, pôde deixar a casa em que vivia no dia em que ali chegou sua madrasta. Era a principal interrogação da vizinhança, a começar pelo próprio prefeito, que resolveu descer ao Povoado de Baixo em busca de resposta. E logo ficaram sabendo qual era. Dois dias mais tarde, toda a aldeia já sabia que Quynh ficara apaixonado por sua madrasta. Desde o primeiro minuto, caíra nas garras do encanto exercido pela jovem de corpete verde. Pensara consigo mesmo que ali estava a mulher que os deuses destinavam a ele, já que "a moça é dois anos mais velha que o rapaz": a bela Ngân e ele compunham a fórmula perfeita do casamento, experimentada há milhares de anos. Logicamente, essa fantasia logo se desfez. Esse drama interno não durou mais do que uma tarde. Antes mesmo de a jovem esposa ser apresentada aos vizinhos, ele partiu, em silêncio, para o Povoado de Baixo.

Não faltam histórias em que filhos se apaixonam por suas madrastas. Nessas situações, acusa-se sempre a mulher, como sedutora, prostituta, "espécime imoral que consome pai e filho ao mesmo tempo". Isso vale para a grande massa, que é constituída, ironicamente, em grande parte, por mulheres. Nesse caso, porém, os aldeões hesitavam em se virar contra Ngân. Recém-chegada à aldeia, não teria tido condições de seduzir o enteado em tão pouco tempo. Ainda mais que o senhor Quang se pavoneava o tempo todo ao lado dela. Todos sabiam que aquele velho astuto nunca tivera medo de ninguém.

Ao revelar que Quynh estava apaixonado por Ngân, o prefeito só conseguiu impressionar àqueles que o procuravam para pedir um carimbo administrativo em algum certificado de estado civil, uma certidão de nascimento, casamento ou óbito. Mesmo esses, na verdade, apenas fingiam lhe dar ouvidos, somente para conseguir seus documentos e cair fora o quanto antes.

— Não se meta nos assuntos dos outros. Um pontapé no coqueiro pode fazer os cocos caírem em cima da sua própria cabeça.

Os aldeões comentavam que seria melhor ficar calado. Mas, na vida, os bons conselhos ou as decisões corretas são apenas uma forma de fugir da realidade. Assim, como as crianças menores que têm medo de fantasmas, mas adoram suas histórias, quanto mais indiferença fingiam, mais se comiam por dentro de tanta curiosidade.

Não conseguiram guardar segredo por mais de vinte e quatro horas. Rapidamente, puseram-se a discutir sobre quantas vezes o prefeito tinha ido ver o irmão e o que haviam conversado, comentando, em seguida, a injúria lançada pelo irmão mais velho contra o caçula:

— Idiota, parasita. Ofereço arroz e você recusa? Para comer o quê? Merda?

Temeroso de atrair a ira do pai e envergonhado da paixão devoradora que experimentava em relação à madrasta, Quynh recusara todas as propostas do irmão:

— Não, eu jamais conseguiria fazer isso. Os céus me castigariam!

O plano de Quy de se aliar ao irmão foi, assim, um fracasso total. A partir dali, ele empreenderia sozinho aquela guerra desmedida.

Eram os últimos dias do ano. Em todos os lares, preparavam-se as festividades de ano-novo. Naquele ano, o Têt seria grandioso, já que no ano anterior, por causa do frio, praticamente não houvera comemorações. Todos esperavam que, desta vez, o céu lhes trouxesse uma compensação.

O terreno que servia de praça pública à entrada do Povoado do Alto fora limpo, e buracos haviam sido cavados para receber os mastros do concurso de bandeiras. Ao lado, tudo estava pronto para os torneios de briga de galo e de revoadas de pássaros. Ao pé da montanha, no distrito, organizara-se, nesse ano, uma luta de búfalos, e a aldeia designara os seus campeões para representá-la.

O prefeito Quy, apesar da ira contida que o consumia internamente, tinha de cuidar do convite a alguma companhia de teatro para o tradicional espetáculo da noite de ano-novo. Essa atração constituía um alimento espiritual indispensável para o povo, que media por ela o grau de compromisso das autoridades da aldeia.

No dia 28, de madrugada, o prefeito convidou a senhorita Vui a acompanhá-lo ao distrito a fim de cuidar dos preparativos. Ao chegarem ali embaixo, ele transmitiu as seguintes instruções à secretária da Juventude:

— Quero que você descubra de onde Ngân veio. Deixe que eu cuido das outras questões da aldeia.

Assim, naquele deslocamento a trabalho até o distrito, o prefeito matava dois coelhos com uma cajadada só. Um cálculo perfeito.

Ao mesmo tempo, a secretária da Juventude, ao executar uma ordem de seu superior, o prefeito e secretário adjunto do comitê do Partido, poderia satisfazer a sua curiosidade de jovem solteira, curiosidade que ela sempre mantivera escondida. Toda excitada, incumbiu-se da tarefa com determinação. Depois de se despedir do prefeito, correu diretamente para o canteiro de obra da cidade em que o senhor Quang trabalhava como um dos três chefes mais importantes dos pedreiros e carpinteiros. Fora lá que ele tinha conhecido a senhorita Ngân. Vui tinha certeza de que, ali, encontraria o fio da meada.

E ela não estava errada. Em menos de um dia, conseguiu reconstituir toda a história de amor do casal atípico. Ao meio-dia, deu um envelope cheio de dinheiro ao motorista de caminhão do canteiro:

— Camarada, pode me deixar em Ha Tây? Tenho uns problemas de família para resolver ali.

O motorista respondeu, com ar descontraído:

— Em princípio não posso transportar quem não tenha nada a ver com o canteiro de obras.

Ao mesmo tempo, apalpava o envelope no bolso da blusa, provavelmente para sentir quantas notas havia.

— Vá para trás, garoto — ordenou ao seu ajudante.

O jovem pulou imediatamente para a traseira, onde se encaixou entre sacos de cimento e tábuas de madeira para cofragem. Caso acontecesse uma batida, ele certamente acabaria esmagado como uma barata debaixo de toneladas de madeira.

Depois de abaixar a lona, o motorista virou-se para Vui:

— Bom, tudo bem, camarada. Sendo um caso de emergência na família, pode subir.

Vui instalou-se orgulhosa na cabine, ao lado daquele homem queimado de sol e magro feito um sapo. De cabeça erguida, desembarcou no vilarejo de Khoai, comuna de Hung My, cidade de

Ha Tây, com um único objetivo em mente: encontrar o ninho da libélula...

Ao final do dia, Quy voltou para a aldeia enquanto Vui continuava ali a fim de cumprir a missão que lhe fora confiada.

Foi vista na aldeia na noite do dia 29, com expressão radiante, carregando uma grande sacola com mercadorias para o Têt. O prefeito Quy a aguardava à entrada do Povoado do Meio.

— E então?

— Calma. Tudo tem seu tempo.

— Está querendo se valorizar, pelo jeito.

— Nada disso, mas devo registrar, meu grande irmão, que enterrei quase um quintal de arroz em despesas com viagem e hospedagem para chegar a esse dossiê.

— Eu a reembolsarei.

— Vui jamais aceitou dinheiro de ninguém em toda a sua vida.

A secretária da Juventude fez essa afirmação com a voz firme de quem tem uma carteira bem fornida. Quy, que pensava em ajudá-la a levar a grande sacola, voltou atrás. Ficaria muito evidente, gozariam dele. Limitou-se, então, a andar atrás dela. Adivinhando que ele suava de impaciência, ela lhe disse em tom autoritário:

— Volte para casa. Essas histórias podem muito bem esperar por alguns dias. Não irão apodrecer. Já estamos chegando ao dia 30. Tenho de arrumar a casa, deixar pronto o altar dos antepassados para a cerimônia de amanhã. Além disso, preciso de um bom banho. Viajei por dois dias, estou com o nariz cheio de poeira e os cabelos engordurados. Sinto coceiras por todo o corpo!

— Tudo bem, vou para casa... Você irá ao teatro?

— Claro que sim! Os atores só passam por aqui uma vez por ano. Não posso perder isso!

Quy partiu, lembrando-se de que para a jovem aquele banho era um ritual de primeira importância. Se alguém a incomodasse nessa hora, seria capaz de ficar com uma raiva abominável e de pôr o intruso para fora a pauladas. Ela misturava cuidadosamente as folhas, cascas de toranja, manjericão sagrado, capim-pé-de-galinha, bulbos de citronela e flores de canela, antes de ferver tudo junto numa chaleira de cobre. Desde a primeira mexida, subia dali um aroma voluptuoso. Ao mesmo tempo, Vui acendia um incenso de aloé para que se impregnasse na pele e nos cabelos. Era como uma odalisca à moda antiga. Mas as odaliscas cuidavam do corpo e da beleza para provocar a paixão do rei. Quem poderia ser o príncipe ou o soberano que Vui amava às escondidas? Só o tempo, os demônios e os deuses poderiam, algum dia, revelar.

Quy partira furioso.

Essa moça me acha um imbecil..., pensava ele, caminhando, o rosto corado de raiva apesar do frio. Despachá-lo daquele modo, como a um vizinho que aparece para pedir sal, açúcar ou dinheiro!

Ela não tem a menor consideração. Não tem medo de nada. Que desaforada! Esqueceu que fui eu quem a propôs para o cargo da seção da Juventude do Partido. Ingrata. Está cuspindo no prato que comeu... Dá para entender por que os céus nunca se dignaram a lhe arranjar um marido.

Deu a volta pelo Povoado do Meio, cumprimentando mecanicamente as pessoas com quem cruzava sem reconhecê-las, ardendo de ressentimento. Àquela hora, suas responsabilidades como prefeito já tinham sido cumpridas. As questões domésticas, como os preparativos para o Têt e a organização dos altares, eram, como sempre, tarefa da esposa e dos filhos. Em sua cabeça, Quy não tinha nada além de uma silhueta a obcecá-lo, um nome, um vestido verde, um sorriso radiante — tudo isso daquela puta da Ngân.

Essa puta, essa puta da Ngân...

Ele xingava baixinho, mas, intimamente, sabia não ter nenhuma prova. O essencial para ele, agora, seria chegar a isso: provar que Ngân era uma verdadeira meretriz, uma puta.

Infelizmente, para isso, precisava de Vui, aquela louca e insolente. Todas iguais! Mas uma xoxota faminta bem que poderia dar em cima de uma xoxota bem nutrida! Foi uma ideia genial, essa de colocar a moça desdenhada para ir atrás da puta de seios grandes. Infelizmente, todos os bons cavalos têm também os seus defeitos. Vui era astuciosa, mas também de uma arrogância e de um orgulho sem limites. Com a cabeça cheia de pensamentos, Quy avançou por um caminho que lhe era familiar, em direção ao Povoado do Alto. Deu-se conta, então, de que tinha quase chegado em casa. O vento glacial o acalmara. E ele se consolava:

Por mais que eu morra de ódio, não posso fazer nada contra ela. Ela tem nas mãos todos os elementos. E pode-se confiar nessa moça tarimbada quando se trata de buscar informações. Se a terra deve aguentar o céu, que o céu, então, também aguente a terra. Vou ser gentil com ela.

Quando passou pelo portão, as duas filhas estavam levando para o pátio interno da casa uma vasilha com *kumquats** do pomar. Na

* Fruta cítrica, lembrando uma pequena laranja amarga. (N. do T.)

cozinha, a panela com os doces de arroz fervilhava, exalando um aroma apetitoso. Ouviam-se, já, os primeiros rojões lançados pela meninada do povoado. O clima de Têt já se fazia presente. Quy entrou em casa, livrou-se da mochila de couro e se deitou no sofá. De olhos fechados, imaginava como seria a festa do ano-novo no dia seguinte. Seria a última noite daquele ano maldito. O grupo de teatro apresentaria uma peça clássica, *A peregrinação do jovem Thi Mâu*. O senhor Quang e a prostituta Ngân ficariam em casa, certamente. Sua ausência causaria rumores, e Vui passaria, então, a divulgar as informações que havia colhido em sua viagem. Seria uma noite vitoriosa para ele.

Acariciou a barriga, suspirou profundamente e gritou:

— Prepare uma infusão com folhas de coentro! Faz uma semana que não tomo banho...

Três equipes se revezavam nos canteiros de obras da cidade, sob a direção de três responsáveis pomposamente chamados de "quadros de gestão não titulares da cidade". O senhor Quang dirigia a equipe dos pedreiros e carpinteiros. O segundo responsável dirigia a equipe de Ha Tây, e o terceiro, a de Phu Tho. Essas duas últimas equipes incluíam um grande número de mulheres e moças, camponesas batalhadoras que vinham buscar trabalho longe de sua terra natal.

Obter uma tigela de arroz na planície é extremamente difícil. Nas regiões próximas das montanhas e dos arrozais, como no caso da Aldeia dos Lenhadores, é possível criar búfalos, abelhas ou manter um galinheiro. Na planície, porém, as casas são tão minúsculas, a população é tão numerosa e os terrenos tão estreitos que a vegetação que ali nasce mal chega para alimentar o búfalo que puxa a carroça; não se pode nem pensar em criação. Tudo se baseia no plantio do arroz. Ora, o arroz dá pouco e não consegue dar conta de todas as necessidades: o sal, o *nuoc-mam*, o óleo, os pratos para o Têt, as cerimônias fúnebres, os casamentos, os impostos, as roupas, a escola das crianças, os remédios. Por isso, a equipe do senhor Quang, formada por montanheses, não contava com nenhuma mulher, diferentemente das outras duas.

Essas mulheres eram chamadas, com certo desprezo, de meninas de canteiro.

Na escala social, vinham depois do pessoal de Quan Nai.

Todos os caminhões do delta do rio Vermelho se cruzam em Quan Nai. Ali os caminhoneiros param para comer, para tomar uma ducha ou em busca de outros prazeres à sombra. Apesar da proibição imposta pela polícia, a demanda existe e, portanto, também a oferta. Depois de inúmeras campanhas de erradicação fracassadas, o governo optou por tolerar o surgimento de uma série de restaurantes, albergues baratos, cafés que vendem frutas, doces e um sem-número de mercadorias. Os homens de Quan Nai têm muito talento para o comércio. E, como ganham bem, correm atrás de sexo e de jogo... e, com o jogo, sempre vem a fraude, a enganação e os acertos de contas. Para o cidadão honesto, que vive em conformidade com as regras sociais, as grandes orgias e os massacres sanguinolentos perpetrados pelos habitantes de Quan Nai são como que uma peste ou uma abominável epidemia de varíola, ambas a serem evitadas a qualquer custo.

As meninas de canteiro, camponesas fugidas de casa, não têm melhor reputação. A população das cidades as enxergam como "arrivistas", e os camponeses, desconfiados e atrasados, como sem-vergonhas de hábitos anárquicos. Na mente de um camponês preso à sua choupana e ao seu arrozal, escondido há séculos atrás do mesmo templo ou da mesma cerca de bambu, aquela vida de canteiro de obras, em que homens e mulheres se misturavam num ambiente agitado e ruidoso, só podia ser imoral.

"Comer aqui, dormir ali... vagabundear feito saltimbancos, feito trupes itinerantes..."

Essa vida estranha e instável os intriga e os fascina ao mesmo tempo. Os velhos hábitos lhes sopram ao ouvido: cuspa naquilo que for diferente, e observe... Se não desaparecer, atire uma pedra em cima.

Prisioneiras dessa mentalidade, as mulheres que, encarregadas das tarefas domésticas, se afastam de suas terras e experimentam o desprezo de seus próprios vizinhos, passam a arriscar de tudo. Para se proteger e se manter em pé a cada dia, adotam uma postura provocadora, um comportamento desenvolto e bastante livre.

A esposa do senhor Quang era uma dessas moças, que exerciam ofícios rudes, tipicamente masculinos: ajudante de pedreiro, pintora de parede, carregadora.

Uma manhã, o senhor Quang atravessava um terreno no qual fora instalado um tapume provisório que marcava o limite entre o canteiro de obras de sua equipe e o dos pedreiros de Ha Tây, quando ouviu um grupo de moças rindo espalhafatosamente. Surpreso, virou-se, mas, sem ver ninguém que conhecesse, retomou o seu caminho. Nesse instante, três ou quatro moças o chamaram com voz estridente, com o facilmente reconhecível sotaque de Ha Tây.

— Ohh, senhor... ohh, grande irmão...

— Ohh, grande irmão, "velho bonito", venha cá, que tem alguém chamando você!

— É, "velho bonito"! Venha cá, que uma moça quer falar com você.

Um tanto irritado, o senhor Quang raciocinou, porém, que, se não respondesse nada, elas pensariam que ele era tímido e passariam a ridicularizá-lo de maneira ainda mais aberta e indecente. Deu meia-volta e se dirigiu às dez ou doze moças, que estavam sentadas junto a uma pilha de tábuas. Cobriam-se com véus, para se proteger da poeira. Não conseguia enxergar mais do que os seus olhos, apertados de tanto rirem.

— Estou aqui. Quem quer falar comigo? Levante-se, que não tenho o costume de me agachar.

Todas se reuniram em torno de uma moça vestida de verde, com o rosto oculto por um véu igualmente verde. Seus olhos não riam, ao contrário, pareciam piscar cheios de embaraço.

— É ela, senhor. Ela é que quer falar com o senhor.

— Chama-se Ngân. Vamos lá, Ngân!

— Ela é que chamou o senhor de "velhinho bonito". Por que você agora fica muda que nem pedra, Ngân?

O senhor Quang deu uma forte risada. Olhava para a jovem e notava que ela tinha olhos endiabrados, como nunca havia visto em nenhuma mulher. Olhos de atriz.

Ficaram todos em silêncio. Sentindo aquele incômodo no ar, ele partiu.

Dois meses depois, depois de um jantar comemorativo com os operários, o senhor Quang caminhava de volta para o seu quarto no albergue em que vivia, na cidade. Era quase meia-noite. Todas as luzes do canteiro já tinham sido apagadas, exceto nas proximidades dos depósitos de material e nos locais que ficavam sob vigilância. Com sua lanterna, ele cruzava o canteiro quando, de repente, soou no ar um grito de mulher, vindo de trás de um conjunto de paredes recentemente erguido e ainda com cimento exposto. Era uma mulher de Ha Tây:

— Me solte! Me solte! Socorro!

Ele saiu correndo. Sua lanterna iluminou, então, duas sombras em luta, corpo a corpo. Uma mulher, com os cabelos desgrenhados, as roupas rasgadas, e um homem enorme, atarracado, feito um urso, vestido de cinza. O senhor Quang largou a lanterna e avançou sobre o homem, acertando-lhe dois socos no rosto.

— O que é isso? Você está violentando uma mulher? Pois tome essa, seu estuprador nojento!

Mais um cruzado sob o queixo. Aproveitando-se da surpresa que tomou conta do homem, agarrou-o pelos cabelos e bateu sua cabeça numa parede, com toda força, para neutralizá-lo.

Esse último golpe foi decisivo. O homem despencou como uma massa informe, soltando um gemido de animal ferido. Deu-lhe mais dois pontapés. Com o sujeito inerte, pegou de novo sua lanterna e iluminou o rosto do estuprador.

Um calafrio atravessou sua espinha: era o subchefe do escritório de obras da cidade. Não era ele quem distribuía diretamente os trabalhos nem quem determinava os salários de milhares de operários dos canteiros, mas era o homem de confiança do chefe do escritório, uma pessoa poderosa, que o recrutara ao final do curso na escola de obras públicas.

O senhor Quang pensou rápido. Talvez aconselhado por seu deus protetor, teve uma reação inteligente. Pegou o apito que sempre trazia pendurado no pescoço, como um amuleto, e soprou forte, de modo a ser ouvido em todo o canteiro, até a área do alojamento dos operários e dos escritórios dos chefes. Havia muitos anos que nenhum acontecimento provocava tamanho alarde. Por isso, todos acorreram rapidamente ao local, com suas lanternas.

— Não fuja — disse ele à moça que sofrera a agressão. Não toque nas suas roupas rasgadas, fique no chão mesmo. Não é nada vergonhoso. Se você fugir, estará me condenando à morte, entendeu? Quando lhe perguntarem, diga toda a verdade.

— Está bem. Entendi.

Sua voz lhe pareceu vagamente familiar. Só a reconheceu, porém, quando todas as luzes do canteiro foram acesas, com a multidão a envolvê-los por todos os lados: era a jovem de verde, a mesma que o chamara de “velho bonito”. O destino fizera com que se cruzassem mais uma vez.

O que se seguiu foi simples. Diante de uma jovem com o corpo e o rosto inchados, as roupas rasgadas, e de um homem caído ao chão, o rosto sangrando, a braguilha aberta, era fácil imaginar o que havia acontecido. Não havia necessidade de mais explicações. No entanto, experiente que era, o senhor Quang sabia, com razão, que era preciso, sempre, proteger o prestígio do Partido e do governo; do contrário, ele poderia acabar na posição de acusado. Assim, pediu imediatamente aos responsáveis do canteiro que chamassem a polícia, para que fosse feito um boletim de ocorrência. Em seguida, mobilizou os operários para obter o testemunho das três forças ali presentes: o Estado, a administração do canteiro e o sindicato dos operários da cidade. O boletim de ocorrência foi então lavrado e assinado por todos na mesma noite. Utilizando-se de seu talento como orador, o senhor Quang se dirigiu à multidão:

— Trouxe para cá mulheres e crianças, para terras que lhes são estranhas, para trabalhar e ganhar a vida. Não posso permitir que os humilhem ou violem. Se não os protegesse, seus pais me cuspiriam na cara. Hoje é uma mulher de Ha Tây. E amanhã, será a vez de quem? Uma mulher de Phu Tho, ou mesmo daqui? Peço ao Estado que proteja os inocentes e puna os criminosos. E, se os criminosos são funcionários públicos, a punição deve ser mais severa ainda.

— O senhor Quang tem razão! Concordamos com ele.

Os outros dois chefes do canteiro, sentindo que era o momento de defender os seus direitos, aprovaram o discurso de imediato. Conhecido por sua eloquência, sua coragem e seus nervos de aço, o senhor Quang ocupava, naquele dia, a frente da cena. Se eles estivessem no lugar dele, a jovem teria sido tratada de prostituta, corruptora e provocadora, sendo expulsa imediatamente do canteiro. Oportunistas, ambos engrossaram o couro:

— Damos total apoio ao senhor Quang. O canteiro tem de proteger seus operários.

— Para preservar a honra do Partido e do Estado, exigimos que seja aberto um processo para levar o estuprador a julgamento.

A ira se expandia dentro daqueles camponeses que tinham se tornado operários. A jovem vítima era como eles, situada no degrau inferior daquela sociedade em miniatura. Sua desgraça poderia ser, um dia, dos outros também. Sua humilhação atingia a todos. Sua situação de deserdados estimulava a raiva e a revolta. Homens e mulheres viam naquela jovem ferida e esfarrapada uma representação lamentável de seu próprio destino, o espelho de sua miséria.

O discurso duro do senhor Quang fez explodir essa ira, como os diques de uma barragem quando se abrem. Todos agora cercavam o chefe adjunto do escritório, que se reerguera, espavorido. Gritavam, xingavam. Cuspiam, davam-lhe pontapés. Diante de tamanha pressão, os quadros administrativos e o chefe de segurança tiveram de assinar o boletim de ocorrência sem reclamar.

Depois de três dias de hesitação, o chefe do escritório teve de punir seu adjunto, transferindo-o para uma pedreira em Yên Bai. De todo modo, não faltavam homens servis. Em menos de duas semanas, ele já estava com seu novo adjunto, um sujeito menor, porém mais apresentável e solícito.

Depois desses acontecimentos, o senhor Quang se tornou o herói do canteiro e da cidade.

Tudo corria bem.

Seu caso de amor teve início quando tudo voltou à normalidade.

A jovem de verde veio visitá-lo no albergue trazendo uma sacola cheia de presentes e duas garrafas de bebida alcoólica à base de ervas medicinais.

— Quero lhe agradecer. Sem o senhor eu não teria escapado daquele homem.

— Não foi nada. Eu não tinha como não interferir diante daquela injustiça. Qualquer um teria agido da mesma forma.

— Não penso assim! O senhor é muito modesto.

Ela estava sendo tão direta que ele não sabia o que responder. Então, notando as garrafas sobre a mesa, disse:

— Você me trouxe bebida de ervas medicinais?

— Sim. Por quê? Ficou surpreso?

Ele sorriu.

— E quem as preparou?

— Eu mesma.

— Gosta de álcool?

— Não, mas sei beber.

— É mesmo?

— Mulheres não deveriam beber. Mas nós somos pintoras de parede e usamos os braços o dia inteiro. À noite, os músculos estão moídos, com dores dos ombros até os quadris. Minha tia me deu umas ervas medicinais e me aconselhou a amassá-las dentro de uma aguardente de arroz nova, de primeira qualidade. Antes de dormir, um golinho e a dor desaparece. Segui as recomendações dela e, realmente, sinto menos dores e durmo melhor.

Pensativo, ele não dizia nada. Era a primeira vez, em toda a sua vida, que uma jovem lhe oferecia uma bebida. Em quarenta anos de vida familiar, nem sua mulher nem os filhos nunca lhe tinham dado um único presente. Ele é que tinha de pensar em tudo e em todos. Ninguém pensava nele. E era natural.

— Fale com seu pai, ele decide...

— Conte para o seu pai. Ele saberá dizer o que você deve fazer.

Até mesmo para ele isso era natural: ele era o pai, o marido, a coluna central da família, e tinha de se desincumbir de sua tarefa. A vida colocara sobre seus ombros milhares de problemas a resolver, toneladas de dificuldades para carregar consigo. Para conseguir cumprir com suas responsabilidades, nunca tivera tempo de pensar em si mesmo. Agora, com sessenta e um anos, sentia-se chocado, perturbado, ao constatar que havia dentro de si outro homem, com necessidade de afeto e amor.

Enquanto ele procurava refletir, a jovem olhava ao redor, para então pegar, numa bandeja de chá do albergue, uma xícara de porcelana.

— Tome! Experimente!

Ele levou a xícara aos lábios. O preparo era gostoso, apesar de as ervas encobrirem a fragrância do arroz novo. Ela estava atenta às suas reações.

— E então? O que acha?

— Muito bom. Mas ficaria melhor sem as ervas.

— Está louco? Essa combinação de ervas é dez vezes mais cara do que um litro de uma excelente aguardente de arroz nova!

— É, eu sou meio burro...

Ele observava a jovem tomado pela sensação de que ela fazia parte de sua vida havia muito tempo, antes mesmo de ter nascido. Terá sido, talvez, pensou um pouco desconfiado, numa de suas vidas anteriores? Aquelas vidas que ele não conseguia imaginar, da mesma forma como não conseguimos ver a outra face da Lua embora tenhamos certeza de que ela existe? Aquelas vidas já distantes, encobertas pelas múltiplas camadas de seu inconsciente e de sua memória?

Realidade ou fantasia? Fantasia ou realidade? Por que, de repente, começo a ver a vida de modo tão diferente?, perguntava-se, observando a jovem que se encontrava diante de seus olhos.

Ela usava o mesmo verde de folha de coqueiro da primeira vez que a tinha visto com suas colegas. Seus olhos eram esplendorosos, podia distinguir cada um dos cílios. As sobrancelhas eram finas e compridas como dois traços desenhados a nanquim, estendidos na direção das têmporas, quase até a linha dos cabelos.

É tão bonita... Como se tivesse saído de uma pintura...

Sentiu uma dor súbita ao pensar que dali a alguns instantes ela partiria, deixando-lhe as duas garrafas e os outros presentes de agradecimento. Não a veria nunca mais. Ela viveria a sua vida, que se separaria da dele para sempre. Ele, por sua vez, encerraria os seus dias naquele albergue ou em sua casa na Aldeia dos Lenhadores, ou na própria carroça em algum ponto do caminho entre os dois lugares, com o peso da família sempre sobre seus ombros.

Os membros de sua família estavam, no fim das contas, muito distantes dele. Limitavam-se a sobrecarregá-lo de preocupações, sem jamais pensar nas suas aspirações, nos obstáculos que ele tinha de enfrentar ou no fel que tinha de engolir.

Depois desse encontro, sua vida ficaria vazia.

Esses pensamentos o deixaram desestabilizado. Uma sensação de cansaço tomou conta dele. Um cansaço extremo, que ele jamais havia experimentado. Sentindo que iria chorar na frente de uma desconhecida, pegou rapidamente o seu narguilé, deu duas ou três baforadas e depois ergueu a cabeça para soltar a fumaça. Lágrimas gordas escorreram por suas faces. Tossindo, ele esbravejou:

— O tabaco deste albergue é realmente uma porcaria.

Ela continuava diante dele, de olho na xícara em sua mão, perguntando-se por que aquele herói que a salvara do desespero não tinha gostado de sua bebida de ervas, preferindo aguardente de arroz pura, que era dez vezes mais barata.

Nesse momento, o dono do albergue apareceu para avisá-lo de que sua refeição estava pronta. Queria mais pratos para os convidados? Ele percebeu, então, sua leviandade: ela devia ter levado duas horas para chegar ao seu albergue, e já era a hora do Cavalo.

— O senhor poderia acrescentar uma refeição para minha convidada?

Virou-se para a jovem:

— Aceitaria almoçar comigo?

— Por que não aceitaria?

Ela respondeu com simplicidade, e ele riu.

— Porque eu sou louco.

— Oh! Falei só por falar...

— O que você acha de mim, então?

— Eu acho você... acho você... "um velho bonito".

E caiu na gargalhada, achando que sua resposta fora inconveniente. Sua risada, porém, tirou-lhe do peito um grande peso. Ele enxergou, naquele riso e naquele olhar alegre e brilhante, uma promessa. O deserto que era o seu futuro desapareceu. A partida da moça já não o ameaçava. Ele vislumbrava o belo presente que o destino lhe reservara.

Saiu do quarto e gritou para o dono do albergue:

— Prepare uma refeição de festa. Tenho hoje uma convidada muito especial.

Quy tinha acertado: toda a Aldeia dos Lenhadores comparecera, na noite do ano-novo, para assistir à *Peregrinação da jovem Thi Mâu*, com exceção do senhor Quang e de sua esposa.

Havia vários motivos para a ausência. Eles estavam em plena lua de mel. Ngân estava na flor da idade. O senhor Quang não tocava numa mulher havia dois anos, desde que sua esposa fora possuída pelo demônio da fome. Para ambos, aquele encontro era como o encontro entre uma seca canicular e uma tempestade providencial. Além disso, passavam o ano na cidade, onde não faltavam espetáculos de teatro, música, cinema e concursos de canções tradicionais.

Mas, como todo comportamento diferente provoca ciúme, desde a abertura das cortinas os aldeões começaram a buscar pelo casal com os olhos, como se o êxito ou o fracasso do espetáculo dependessem da sua presença.

— Não estão aqui. Ficaram em casa?

— Certamente. Eles não precisam desse teatro miserável de aldeia. Na cidade existe teatro todos os dias. As salas são muito maiores que aqui. As cortinas do palco são de veludo vermelho, nobres.

— Por que Quy não convidou o melhor grupo teatral para o nosso espetáculo? Ficaria caro, mas podemos nos apertar um pouco para comprar ingressos uma vez por ano.

— Mesmo que ele tivesse feito isso, o grupo não viria. Imagina! Aqui é longe. A estrada está esburacada e, além disso, essas cortinas de veludo vermelho precisam ser transportadas em caminhões especiais. O menor rasgo custa os olhos da cara.

— Contente-se com o seu destino de ralé em vez de ficar querendo cortinas de veludo.

— Você é mesmo estúpido! Todo mundo sonha em comer peixe junto com o arroz. Só imbecis é que recusam as coisas boas...

— Estúpido é você. Temos desejos, mas não temos nenhum tostão. Gostamos de coisas, mas nossos bolsos estão vazios. Melhor então calar a boca em vez de afundá-la ainda mais na humilhação fazendo comentários.

— Pare de ficar discutindo. É noite de ano-novo. Não vamos ficar brigando, sendo que as festividades ainda nem começaram...

As mulheres puxaram os dois homens para acalmá-los. Toque do tambor. As cortinas vermelhas, apesar dos buracos feitos pelas traças, foram abertas majestosamente, e uma jovem atriz, vestida com cores fortes, avançou pelo palco como uma brisa leve:

Chego ao pagode. Vejo um pequeno monge de treze anos,
Um bonzo de catorze e um venerável de quinze...

A orquestra, atrás da geral, entoa seu canto. A flauta se eleva por cima da viola ao ritmo da percussão. As dificuldades e os conflitos do cotidiano dão lugar à felicidade.

Duas horas mais tarde, encerrou-se o espetáculo. As pessoas se levantavam com pena, um tanto desnorteadas. A alegria tinha sido breve. A tristeza do dia a dia sempre volta depois da alegria. Eram apenas oito da noite quando os atores terminaram de se trocar, desmontar o palco e colocar suas coisas no caminhão estacionado nos fundos. Faltavam ainda quatro horas para o ano-novo. Quatro horas para soltar os rojões e encher a pança. Quatro horas para suportar o silêncio pesado da floresta da montanha depois de ter mergulhado naquela atmosfera cintilante, colorida e melodiosa do teatro cantado. Estava difícil aguentar. Observavam o grupo teatral arrumar as últimas coisas, ouviam o som barulhento do gerador... O lamento crescia na alma, com um sentimento de ausência.

As pessoas sabiam muito bem que não haveria nada de novo no fim do caminho, ali onde a sombra da noite se fundiria com a escuridão da floresta e o negror da montanha, aonde eles iriam dali a pouco, os passos iluminados por suas lamparinas a óleo ou pelos raios trêmulos de suas lanternas. Somente a sua própria vida, já desgastada como um pano velho, os aguardava ali.

Enquanto a multidão hesitava, Quy acertou o pagamento do grupo. E dirigiu-se a Vui:

— Vou levá-los para tomar uma sopa de frango antes de partirem para o distrito. Os aldeões ainda ficarão por aqui. Será que você poderia convidá-los a ir à sua casa enquanto aguardam a meia-noite? Só existe um momento de festa o ano inteiro. Tentemos fazer com que seja caloroso.

— Tudo bem, sem problemas. Você virá também?

— Talvez... quando eu terminar.

— Tudo bem — respondeu Vui antes de se dirigir à multidão. — Se vocês não quiserem voltar para suas casas agora, venham beber um chá e comer alguns docinhos. Depois da meia-noite, vocês vão embora. Assim, vocês serão os primeiros a entrar em suas casas, e o ano não será ruim.

— Excelente! Você é realmente o máximo!

— Você mesma prepara as frutas cristalizadas ou as comprou na cidade?

— São compradas na cidade, de primeira qualidade. As sementes de melancia e de melão também. Eu garanto. O chá é de Hông Dao, divinamente aromático.

— Quem vem comigo à casa da senhorita Vui?

— Não precisa insistir. Temos pés, sabemos caminhar.

Sem que ninguém o tivesse dito, todos haviam entendido que o encontro na casa de Vui seria o segundo ato da noite do ano-novo. Depois do espetáculo, falava-se sobre a história de amor do casal Quang. Eles eram os mais afortunados da aldeia; viviam de modo diferente de todos. Eram, assim, o alvo predileto das brincadeiras de que se alimentavam os aldeões e que se instalavam em sua alma como veneno.

A secretária da Juventude mandara acender a lamparina a gás. Comprara o objeto quando começou a sentir que sua importância estava aumentando e que se tornara a benfeitora da aldeia. Comparada ao senhor Quang, ela continuava a ser peso-pena, uma galinha diante de um urso. Mas sentia-se muito orgulhosa, pois eram raras as mulheres na sua situação. Por outro lado, sentia enorme gratidão pelo pai e queria a todo custo ser digna dele. Assim, em toda a Aldeia dos Lenhadores, ela era a única, além do senhor Quang, a possuir um motor de quatro tempos e uma lamparina a gás, símbolos de fortuna nas regiões montanhosas. Para os moradores locais, depois da casa com vários andares e da carroça — instrumento de trabalho e patrimônio —, o motor a explosão particular, que permitia irrigar os pomares, e a lamparina a gás nas noites de festa completavam o arsenal do rico. Por ocasião daquela festa de Têt, Vui comprara três novos serviços de porcelana de Hai Duong com uma grande chaleira com asa de cobre.

Tirara do armário a chaleira para os convidados. Com capacidade para dois litros, consumia meio sachê de Hông Dao a cada rodada. Os aldeões estavam pasmos. No campo as pessoas são muito econômicas. Em uma família normal, um sachê do chá Hông Dao dura no mínimo dez dias.

Sob a iluminação radiante da lamparina a gás, as novas xícaras de porcelana brilhavam, o chá exalava seu aroma e os pratos de todos os tamanhos com sementes de lótus cristalizadas e sementes de melão e de melancia enchiam os olhos das pessoas. O bufê ocupava duas mesas unidas e cobertas com uma toalha bordada, como para um casamento. Pairava sobre a casa, nas duas salas em que se amontoavam os aldeões agrupados por quarteirão ou por família, uma atmosfera calorosa e festiva. Esse clima era, evidentemente, propício à alegria. Conversava-se com entusiasmo, falava-se sobre todos os assuntos: o nascimento dos trigêmeos da senhora Côi no Povoado do Alto; o abate de um búfalo na casa do senhor Tu, o bêbado, no Povoado de Baixo; o falso seio de espuma usado pela atriz que interpretara Thi Mâu; o parto fracassado da filha do senhor Huân, num povoado vizinho, que gastara uma soma considerável no hospital da cidade sem que tivessem conseguido salvar a criança etc.

Um homem interpelou Vui:

— Senhora dona da casa! Estou com um pouco de fome. Será que a senhora não teria um pedaço de bolo ou uma fatia de mortadela?

A dona da casa se levantou imediatamente:

— Já trago!

Mas a mulher do homem se interpôs:

— Você é mesmo impossível. Não pode esperar a meia-noite?

— Por que esperar? Dizem que podemos passar fome no aniversário da morte do pai, mas que nos três dias do Têt é preciso se sentir saciado. Nossa vizinha é tão boa... Ela está nos oferecendo...

— Talvez não seja grande coisa, mas ela será obrigada a pegar a tábua, as facas, depois terá de lavar a louça. E está muito frio — argumentou a mulher.

Todo mundo se meteu na conversa.

— Deixe ele, coitado, está com fome. Não pode ficar bebendo chá e comendo docinhos como vocês, mulheres.

— Isso é verdade. Senhorita Vui, tem um pouco de vinho? Nós, os homens, precisamos de um pouco de álcool para ficar bem. Como diziam os antigos, sem álcool, nada de festa. Quem concorda?

— Eu!

— Eu também!

— Muito bem, concordo. Mas quem de vocês, minhas senhoras, poderia me ajudar no preparo?

— Eu vou! Tive o azar de casar com um preguiçoso. Tenho de assumir.

Era a mulher cujo marido pedira para comer alguma coisa. Naturalmente, as esposas dos três senhores que tinham pedido vinho também se candidataram, a fim de ajudar a anfitriã. A pequena rodada de chá logo se transformou em um banquete improvisado: mortadela, vinho, doce de arroz, costeleta de porco com broto de bambu, porco ao caramelo. Em pouco tempo, havia o suficiente para satisfazer os homens, que saboreavam tudo com um prazer explícito e ruidoso.

Duas bandejas cheias tinham sido trazidas, cada uma delas acompanhada por duas garrafas de vinho, tudo isso acomodado sobre os dois divãs. Os homens se atiraram em cima. Cada bandeja estava prevista para seis pessoas. Vui serviu o vinho.

— Senhoras, sirvam-se do chá e dos doces, que eu me ocupo dos homens — exclamou Vui.

— Sirva os homens. Não se preocupe conosco — responderam as mulheres em coro, passando em seguida a se sentar atrás deles para ouvir sua conversa. Todos sabiam que, depois da apresentação do teatro cantado, seria iniciado, agora, o segundo ato daquela noite.

A província de Ha Tây é ampla, mas as áreas cultivadas e os ofícios são repartidos de maneira muito desigual entre as comunas. O aldeão mais abastado de Son Nam mal atinge o nível do mais pobre do vilarejo de Nam Lôc, duas aglomerações a apenas quinze quilômetros uma da outra. A aldeia de Khoai é a mais miserável de todas. "Khoai" significa batata. Desde as mais longínquas eras, as pessoas do local conhecem melhor as batatas do que o arroz ou outros cereais. Seus estômagos as conhecem sob todas as formas: cozidas, fritas ou acompanhadas de arroz. Existe a batata Vang Anh, quebradiça como a soja moída, a batata de açafrão, transparente como geleia, a batata-doce, que é chamada também de batata-rainha, açucarada como mel. Existe ainda a Trung Hoa, com recheio e bordas brancas, que se planta ao final da estação. E ainda o inhame simples e o inhame-da-índia...

Mas, desde sempre, a aldeia de Khoai é conhecida, também, por suas belas mulheres. E este é o único orgulho de seus moradores. Para eles, esse fato compensa o destino dolorido que lhe é transmitido de geração em geração. Todas as filhas de Khoai, até mesmo as menos belas, têm a pele muito clara. Apesar de passarem dias inteiros sob o sol, somente as suas mãos acusam uma coloração amorenada. Ao que parece, é o clima fresco da aldeia, localizada entre o rio e a montanha, que dá à sua pele esse frescor. Seus olhos parecem os das mulheres Cham, imensamente profundos, com cílios maravilhosamente longos e curvados. Segundo conta a lenda, nos velhos tempos, um grupo de prisioneiros Cham se exilara ali para explorar as novas terras de um general recentemente tornado nobre pelo rei. Realizaram grandes obras graças à sua destreza como carpinteiros e pedreiros, enriquecendo o general. Como recompensa, tiveram autorização para constituir família com as mulheres da região. Eis por que os descendentes desses casais tiveram olhos tão grandes, claros e tristes como uma paisagem de final de outono.

Em resumo, a beleza das mulheres da aldeia de Khoai é lendária. Nas comunas ao redor, ela comoveu inúmeros corações masculinos e provocou o ciúme implacável do lado feminino. Os habitantes de Khoai mencionam com orgulho uma de suas mulheres que se tornou a primeira esposa da dinastia Tran, uma outra que se casou com o general em chefe da segunda dinastia Lê, uma jovem odalisca na corte de Minh Mang e mais uma que foi escolhida para ser concubina do rei Tu Duc. Mesmo na época presente, o período revolucionário, a senhora Lan se casara com o secretário-geral da província de Ninh Binh e a senhorita Nga, acolhida pelo grupo do Teatro Nacional, costumava viajar à União Soviética ou à Tchecoslováquia como se fosse à esquina.

E foi nessa aldeia que nasceu Ngân. Sua mãe, a mais bela moça do distrito, caíra nos braços de um professor antes de ter tido tempo de se fazer observar por algum notável. O professor era de família muito modesta, mas, filho único, pudera fazer os estudos graças ao sacrifício dos pais. Devotava gratidão eterna à esposa, que se dispusera a casar com ele em vez de fazer uma carreira de artista ou esperar por um pretendente rico e poderoso. Ele repetia constantemente a Ngân, desde a infância até a adolescência da filha:

— Sua mãe já tinha sido selecionada pelo grupo de artistas da região. Eu tive realmente muita sorte.

Com o tempo, a beleza de Ngân superou a da mãe. Para lhe custear os estudos secundários, o pai fazia objetos de vime à tarde e pescava à noite, além de seu trabalho como professor. Vivia cheio de esperanças:

— Você é mais bonita que sua mãe. E é instruída. Seu destino será ainda melhor que o da tia Nga, do povoado Moi, que hoje viaja de avião e de navio o ano inteiro.

Seu futuro estava traçado, como o esboço minucioso de um quadro que aguardava apenas pelo trabalho do pintor para se tornar realidade. Ela entraria na companhia de artistas do Comitê Central ou do Birô Político, viajaria para a União Soviética, China e vários outros países. Seria o orgulho da família.

Mas, enquanto os pais se esfalfavam para conseguir alimentar os dois meninos que vieram depois, mesmo mantendo a convicção de que a filha teria um destino glorioso, ela crescia. Aos 16 anos, deixava enlouquecidos os colegas e a maioria dos jovens professores da escola secundária do distrito. Como uma lâmpada que à noite atrai a presença das mariposas no campo, seu sorriso travesso causava estragos. Choviam punições sobre os jovens estudantes, pois a escola proibia qualquer relacionamento amoroso antes da maioridade, aos dezoito anos.

Infelizmente, porém, depois de chamuscar todas as mariposas que havia, a lâmpada se apagou. Teria sido aquele amontoado de cadáveres que acabou por sufocá-la? Teria sido o óleo, em falta, ou o vento que soprava? O fato é que, depois de deixar tantos homens infelizes, Ngân sucumbiu. Não a um jovem de sua idade, mas ao professor de literatura Tuong, um homem maduro, ponderado, casado, pai de três filhos.

Ninguém sabia de seu relacionamento. O professor morava com a esposa e os filhos no quarteirão reservado para os professores do distrito: edifícios construídos às pressas, todos iguais, com os mesmos materiais baratos, com uma varanda estreita fazendo a ligação entre os diferentes cômodos. Era como um conjunto de caixas de papelão dispostas sem nenhuma criatividade. Em frente havia um terreno vazio no qual cresciam algumas amendoeiras, que era usado como quadra de vôlei ou basquete pelos estudantes e professores. Na parte de trás ficavam as hortas, nas quais os professores cultivavam legumes para complementar seus baixos salários, em especial os que tinham família. O professor Tuong era visto com frequência ali, regando suas couves à noite, assim como sua esposa, com as calças puxadas, colocando as galinhas de volta no poleiro ao pôr do sol ou procurando por ovos no meio da noite com uma lanterna. Era uma mulher miúda, magra como um palito, com um rosto de pássaro, o ar permanentemente triste. Moravam ali desde o casamento, pois o senhor Tuong fora nomeado para aquele distrito assim que deixara a escola normal. Sua mulher era balconista numa farmácia. Tiveram três filhos homens: o mais velho tinha treze anos, o segundo onze, e o caçula, certamente uma falha no planejamento familiar, três anos. Ninguém poderia imaginar que um encontro amoroso pudesse se realizar entre aquela jovem maravilhosa e aquele professor quase quarentão, sempre com a barba por fazer, malvestido, com os dentes e os dedos amarelados pela nicotina.

Quando as coisas vieram a público, ou seja, quando Ngân engravidou, as pessoas ficaram pasmas, chocadas. Não só os estudantes, mas também os adultos, os professores, funcionários públicos do distrito, os trabalhadores da fábrica local — enfim, todo mundo. Todos queriam tentar entender aquele amor, considerado irracional. O caso incendiava a mente de todos.

— É um caso de possessão!

— Superstições! Não há possessão alguma. O sujeito é bom de conversa. Todo mundo sabe que os homens amam com os olhos, e as mulheres, com os ouvidos.

— Ouvidos ou olhos, tem de haver um motivo. Desde quando uma moça se apaixona por um sujeito que tem a idade do pai dela? Certamente é maluca. Ou então, ele a fez beber um elixir do amor. Meu primo, que foi trabalhar como voluntário nos canteiros de obras nas montanhas de Tay Bac, foi enfeitiçado desse jeito por uma moça das tribos Thai. Toda vez que voltava para casa, na planície, ficava louco. Seus olhos se reviravam e ele não parava de balbuciar coisas em thai. Ao final, a família teve de aceitar que ele fosse viver com ela.

— Ainda estão juntos?

— Nada disso. Sua ex-mulher esperou cinco anos e depois pediu o divórcio. Os filhos ficaram sob a guarda de meu tio e de minha tia.

— Não acredito nessa história de elixir.

— Eu acredito.

— Acho que esse professor tem alguma técnica especialmente eficaz para seduzir mulheres.

— Qual técnica?

— A hipnose. Ele é magricela e tem um ar inofensivo, mas quando encara alguém, você fica paralisado. Eu acho que a moça foi hipnotizada.

— Talvez... Mas, então, por que ele nunca seduziu alguém antes dela? Há meninas bonitas na escola todos os anos.

— Isso é verdade. Deveria ter tido outras. Faz quinze anos que ele vê desfilarem meninas bonitas debaixo do seu nariz. Por que esperar pela pequena Ngân?

— É o destino. Um bebê espera a hora certa para sair. As catástrofes também.

— Qual catástrofe? Ao contrário, é uma sorte. Dormir com uma virgem bela como a luz do dia é como entrar no paraíso.

— Mas depois do paraíso vem o inferno. Sabia que o pai de Ngân abriu um processo na escola? Tentou até mesmo matar o velho professor com uma faca de cozinha. O outro fugiu para a cidade. Dizem que ele foi punido e transferido.

— Para onde?

— Não sei, mas certamente para alguma província de fronteira. Alguma escola para suboficiais. As escolas para oficiais ficam perto das cidades, mas as de suboficiais ficam em lugares distantes, onde as galinhas e os cães só têm cascalho para comer. Nem mesmo a flor da campainha consegue crescer ali. O cardápio é só peixe seco e salmoura de camarão o ano inteiro.

— Bem feito para aquele pervertido. A teoria budista da causalidade fica mais uma vez demonstrada. Se você se aproveitou da virgindade e experimentou da pele de uma jovem, então passará o resto da vida chupando peixe seco.

— Se fosse o pai da pequena Ngân, eu o teria apunhalado. Uma vida de menina interrompida. Uma moça bonita, ainda por cima...

— Se você o tivesse apunhalado, passaria o resto da vida na cadeia. De qualquer maneira, numa história de amor tem sempre um homem e uma mulher. Que direito você teria de apunhalá-lo?

— Você não passa de um ignorante. Pela lei, a maioridade só se atinge com dezoito anos. A pequena Ngân tem apenas dezesseis. É abuso de menor. Ele tinha de ser julgado e pegar no mínimo quatro anos de prisão. Ele só conseguiu escapar da cadeia graças a um tio que é procurador no tribunal da cidade.

— É mesmo? Não sabia disso.

— Você não conhece a lei?

— Desde quando eu tenho tempo de ler o código? Faço dois turnos por dia, às vezes três. Trabalho seis dias e no sétimo ainda tenho de ir ao domingo socialista. Quando chego em casa, a única vontade que tenho é de dormir. Já não consigo nem trepar com a minha mulher, quanto mais ler o código penal!

— Quantos anos tem a sua filha?

— Doze.

— Aconselho você a começar a ler o código penal. E não se esqueça de começar a dormir, a partir de agora, com apenas um olho, deixando o outro bem aberto para vigiá-la. Caso contrário, logo aparece um sujeito da mesma idade que você chamando-o de papai.

— Você é um idiota! Por que me diz isso? Quer que eu seja tão infeliz quanto o pai de Ngân?

— Não, não desejo a sua infelicidade... Saber prever é se precaver de tragédias.

Todos que tinham uma filha se agitavam diante daquela história de amor impossível, compreendendo a dor do pai, professor no vilarejo de Khoai. Como é que um homem tão calmo, tão gentil, poderia ficar andando pelo distrito com uma faca na mão em plena luz do dia? O professor Thuong tinha dois anos a menos que o pai de Ngân, mas seus olhos e sua barba lhe davam um ar mais velho. Se ao menos ele fosse de uma grande família, poderosa e com uma grande fortuna, o caso seria sufocado. Mas esse professor de literatura era um homem dentuço e chato, de colhões velhos ainda por cima. Ninguém o perdoava.

Ngân estava grávida de quatro meses. Já era um pouco tarde, mas a escola a encaminhara ao hospital do distrito para fazer o aborto. Foi sua mãe quem a levou, à noite. Cobriram-se com chapéus e véus que só deixavam à vista os olhos. O pai declarara repudiar a filha. Dissera à esposa:

— Preferia que ela tivesse me apunhalado no coração a me colocar numa situação dessas. Não quero mais vê-la em nossa casa. É ela ou eu.

A esposa fez a opção. Depois de acompanhar a filha ao hospital, para o aborto, levou-a à casa de sua mãe. Ngân passou a viver, então, com o tio, a tia e a avó. Um ano mais tarde, o tio, pedreiro profissional, conseguiu um emprego para ela como pintora num canteiro de obras da cidade.

Nunca mais se ouviu falar do professor Tuong. Sua mulher foi vista ainda durante um ano, magra como um galho de aipo ressecado, vendendo remédios na farmácia. Seu rosto estava mais emaciado ainda, deixando expostos os ossos das maçãs e do nariz. Depois do Têt, ela desapareceu. Diziam os rumores que ela partira com os filhos para a região onde vivia sua mãe, na província de Thanh. A casa ficou fechada por alguns meses, para ser depois transferida para um novo professor, de ginástica.

* * *

Quando o senhor Quang e a senhorita Ngân decidiram viver juntos, pensaram em oficializar a união. Ngân não queria um casamento ostentatório, como era o costume. Não queria remexer no ferimento com uma faca. A loucura de seu pai, o professor, continuava a ser, para ela, uma ferida aberta. Com efeito, depois de todos aqueles episódios, ele abandonara as aulas e as plantações, destruíra seus instrumentos de pesca e as ferramentas de fabricação de objetos de vime, passando a circular sozinho durante meses pela aldeia, divagando, parando às vezes para uivar como um lobo. O prefeito, seu primo, chamara um médico da cidade para cuidar dele. Todo mundo achava que, cedo ou tarde, ele acabaria num hospital psiquiátrico. Felizmente, graças a esse talentoso médico, recuperou as suas faculdades mentais, apesar de algumas recaídas, durante as quais soltava palavras sem nenhuma coerência. Sua filha fora o seu sonho de glória. Ele não conseguiu suportar vê-lo estilhaçado em mil pedaços, razão pela qual procurou apagar tudo o que se referisse a ela. As belas fotografias, suas roupas, sua caixa de costura, as bonecas que ela mesma havia confeccionado, seus cadernos de anotações... Tudo que lembrava o seu sonho estava agora destruído.

O senhor Quang era pai. Sabia a que inferno pode levar o amor-próprio quando ferido. Os anos que passara enfrentando dificuldades em todos os lugares possíveis e imagináveis lhe ensinaram a ter compaixão e paciência. A felicidade é algo que deve ser conquistado. Caberia a ele, e não a Ngân, tomar uma atitude. Depois de muito refletir, decidiram pedir ao tio da jovem que convidasse a mãe dela a visitar a cidade. Na primeira noite, Ngân contou à mãe de seu caso com aquele homem quarenta e três anos mais velho, aquele homem que caíra do céu para salvá-la das garras de seu agressor. No segundo dia, Ngân levou a mãe para fazer compras na cidade e comprar tudo que brilhasse. No terceiro dia, deu-se o encontro entre a sogra e o genro, vinte e quatro anos mais velho do que ela. Coincidência incômoda, o pai de Ngân nascera no mesmo ano que Quy, o filho do senhor Quang.

A mãe de Ngân, porém, era uma mulher prática. Sabia que, como um barco levado pela corrente, a filha não podia voltar atrás. Se era feliz com homens mais velhos, esse seria seu destino. Ninguém podia afrontar os desejos dos céus. Seu destino estava traçado na palma da mão, indo do professor Tuong ao senhor Quang. A mãe deu um suspiro, mas acatou a lei divina. Além disso, o lado material contava muito para as pessoas de Khoai. Graças ao seu futuro marido, Ngân teria uma vida confortável. Era essa a resposta do destino.

No quarto dia, a mãe voltou para o seu vilarejo, levando duas caixas pesadas. Sem nada dizer ao marido, guardou as coisas e os presentes.

— Daqui a algum tempo, Ngân e seu tio irão nos mandar alguns operários para reformar a casa. Ela ganhou bastante dinheiro na cidade.

— Já lhe disse para não me falar sobre ela.

— Desculpe, tinha esquecido. Bem, falarei apenas de seu tio. No mês que vem, ele vai nos ajudar a reformar a casa.

— Faça como quiser. Tudo que diz respeito a esta casa está em suas mãos.

Passadas duas semanas, o tio de Ngân levou uma equipe de operários ao vilarejo de Khoai, com três caminhões carregados com tijolos, telhas, cimento e outros materiais. A vizinhança se agrupou em torno da casa como crianças acompanhando uma procissão de lanternas na festa de outono.

Em Khoai não havia nenhuma casa com o teto coberto por telhas. Havia apenas telhados de palha ou de folhagem. As paredes eram feitas de cacos de louça comprados na aldeia vizinha, Quach Thô, que enriquecera graças à sua atividade principal, que era a cerâmica. As terras de Quach Thô poduziam uma argila de excelente qualidade para a fabricação de cerâmica. Especialmente urnas funerárias: pobre ou rica, toda família tem seus mortos. Quatro anos depois do enterro, exumava-se o cadáver para guardar os ossos em uma urna, que era, por sua vez, também enterrada. Somente após essa segunda cerimônia é que se concluíam os funerais. Dessa forma, a pequena urna usada para guardar os ossos constituía o último refúgio da alma, sua última morada, caso não fosse chamada para a reencarnação. As urnas são, portanto, indispensáveis, e seus fabricantes gozam de enorme prestígio. As moças e os moços de Quach Thô devem se casar com um membro de uma das três famílias que dirigem a empresa. Se alguém ousa enfrentar a regra, é imediatamente exilado para o sul ou para o norte, perto da fronteira com a China. Se acontecesse de ser flagrado no delta do rio Vermelho, passaria a ser perseguido. Coitados dos forasteiros que resolvessem abrir uma outra fábrica de urnas. Logo acontecia algum acidente... Por esses motivos, os habitantes da região viam os aldeões de Quach Thô como inimigos perigosos, ricos, arrogantes e cruéis. Para acalmar seus vizinhos, que também são seus fregueses, Quach Thô revende a preço baixo os restos de cerâmica malcozida ou quebrada. Seu maior cliente é o vilarejo de Khoai, o mais miserável da redondeza. Graças a esse material, a construção de paredes de uma casa com cinco cômodos custa apenas o preço de uma bela urna produzida de acordo com as regras de sua arte. Uma casa para dez moradores bem vivos pelo preço de um pequeno recipiente feito para guardar um morto. Essas paredes — tortas, amassadas, mais cheias de um lado, esburacadas do outro — não são bonitas de ver. Uma casa com paredes retas, com um telhado de telhas vermelhas, é, assim, o sonho dos habitantes de Khoai. Um sono irrealizável.

Eis por que a vizinhança se reuniu boquiaberta em torno dos caminhões carregados de materiais e da equipe de operários, como visitantes de um museu em volta de uma múmia.

A construção teve início imediatamente. O irmão da mãe permanecera ali para coordenar os trabalhos. A casa, com dois andares, erguia-se como num conto de fadas. Superava tudo aquilo que as pessoas podiam imaginar. Concluído o acabamento, a mãe teve a bela ideia de oferecer ao primo de seu marido, prefeito da aldeia, meio caminhão de tijolos e cimento: "Arrume a sua casa. A pequena vai ajudá-lo pela metade do preço." O prefeito aceitou, obviamente. A ocasião era boa demais, seria loucura desperdiçá-la. Assim, a mãe de Ngân ajudou a subir quatro paredes e um telhado de telhas.

No dia da inauguração da nova casa, a mulher do professor preparou vinte pratos para os convidados. Uma semana mais tarde, o prefeito decidiu transferir a lojinha da aldeia para o piso térreo da casa do professor, pois aquele passara a ser o local ideal para reunir os aldeões, para a distribuição das rações e a venda de várias mercadorias de primeira necessidade: sal, molho de peixe, tecidos, lápis e livros para as crianças, remédios para os doentes, cuecas, camisetas e camisas para os homens, espelhos, pentes, miudezas, perfumes baratos para as mulheres. Os quatro cômodos, enormes, podiam servir ao mesmo tempo de lojinha, armazém e ponto de encontro. A mãe de Ngân foi nomeada responsável pela lojinha, substituindo a anterior, condenada havia pouco tempo por corrupção. O pai e os dois filhos ocupavam o andar de cima. Havia ali três cômodos confortáveis, que serviam de escritório e de refeitório. Também havia o altar dos ancestrais, além de uma bela vista panorâmica. A mudança de vida tinha se efetivado como num passe de mágica, transformando farrapos em suntuosos trajes de gala.

Apesar do banquete oferecido, os moradores de Khoai estavam morrendo de inveja. Eles se perguntavam por que somente aquele professor parvo tivera a sorte de usufruir dessa riqueza súbita. Logo ficariam sabendo, porém, pois os oito operários tinham tido tempo ocioso o bastante, durante a obra, para flertar com as garotas locais e ficar embasbacados diante de sua beleza excepcional. A maioria deles já tinha até mesmo tido dois ou três filhos com uma criadora de galinhas e porcos, mas havia, entre eles, dois jovens pedreiros solteiros. Viajantes experientes, por causa das tantas obras realizadas, admitiram, no entanto, que as moças de Khoai eram as mais belas de todas e decidiram seguir o caminho do "velhinho bonito", Quang, com cada um tentando seduzir uma garota. Algumas poucas refeições bem regadas a álcool nas casas delas foram suficientes para que eles expusessem o segredo da história de amor entre Ngân e o senhor Quang, acrescido de todos os comentários recolhidos no canteiro de obras. Assim, acabava-se o mistério daquele conto de fadas.

Deixaram o professor em paz, pois ele se trancava o dia inteiro para ler no primeiro andar da casa. Seu cunhado o presenteara com duas caixas de livros de segunda mão da biblioteca do canteiro de obras e com uma lanterna elétrica alimentada por bateria. Através da imensa janela do primeiro andar, podia-se vê-lo debruçado sobre os livros, ele que, até pouco tempo atrás, confeccionava cestos ou procurava caranguejos, o traseiro de fora e a cabeça enfiada na lama. A esposa, agora sorridente como uma flor, readquirira as faces rosadas de menina. Agora, usava belas roupas floridas, brincos e lindos chinelos chineses cor de malva. Esse era outro sonho das camponesas, habituadas à enxada e à picareta.

Apesar de tudo, ela não ousava pronunciar o nome da filha. Algumas semanas depois da inauguração da nova casa, dizia-se que Ngân e o senhor Quang tinham voltado para o vilarejo a fim de celebrar seu casamento. O prefeito certamente presidira a cerimônia e as testemunhas deveriam ter sido a mãe e um dos irmãos da noiva. Tudo se passara na intimidade e de modo acelerado; ninguém soubera de nada. Nem mesmo o prefeito dissera qualquer coisa. Imaginava-se, apenas, o evento, pois alguns haviam visto, do outro lado do rio, um carro levando o casal para a cidade. A mãe e o irmão de Ngân estavam ali. Ngân chorava ao olhar para a aldeia, para o rio, os arrozais, o local onde repousavam as suas raízes, seus sofrimentos, com os quais ela, certamente, jamais voltaria a encontrar.

* * *

As festividades na casa de Vui se estenderam até depois da meia-noite. Apesar do barulho ensurdecedor dos rojões, os convidados continuavam a beber e a conversar.

— Já é meia-noite? Esquecemos de voltar para casa.

— Calma! É o Têt! Já nos sobrecarregamos demais durante o ano.

— Mas eu preciso voltar para casa e soltar alguns rojões.

— Isso é tarefa das crianças. Não vai brigar com eles, vai?

— Meu filho ainda é muito pequeno.

— Se ele é muito pequeno, sua mulher então cuidará disso. De qualquer maneira, já passa da meia-noite. Agora é tarde demais.

— É, você tem razão.

— Que alegria poder ouvir esses rojões. É mesmo o Têt.

— Engraçado! É a primeira vez em toda a minha vida que passo a virada do Têt na casa de um vizinho.

— Eu também. Mas é bom mudar um pouco. De qualquer forma, seja na sua casa ou na casa de um vizinho, tendo vinho, carne, doces de arroz e petiscos, está tudo bem. Aqui não falta nada!

— Não falta nada, e o vinho é de primeira. Deve-se admitir que a senhorita Vui é uma especialista. Deve ter aprendido a receita da mãe do senhor Vang. O mesmo fermento, o mesmo arroz, e no entanto esse vinho é bem mais suave que o meu.

— Não é só o vinho. Ainda tem um chá sem igual e histórias incríveis. Senhorita Vui! Eu sabia que era uma especialista na cozinha, mas não sabia que o era também na conversa. Devia ser professora!

— Obrigada, mas vocês estão exagerando! A única coisa que faço é contar aquilo que vejo, sem tirar nem pôr.

— Oh, contar exige no mínimo algum talento. Muita gente vê coisas mas não sabe contá-las.

— O que é isso!? Seus elogios são desnecessários. Afinal, ela é secretária da seção da Juventude. É claro que sabe falar bem.

— Tudo o que os secretários de comitês do Partido sabem fazer é divulgar as resoluções do Partido, aplaudir aqueles que cumpriram suas metas e anunciar medidas disciplinares. Certamente não contar histórias com idas e vindas, altos e baixos...

— Ele tem razão. É claro que a senhorita Vui sabe contar bem uma história. Mas devemos admitir que a história de amor desse casal, em especial, é extraordinária.

— Sim. A história do senhor Quang é apaixonante. Neste ano, fomos felizardos. Todos os anos temos alguma peça de teatro cantado. Agora tivemos duas. Mais um pouco de vinho, dona da casa! Por favor!

— Só um instante. Já está vindo.

— Não estamos falando só para lisonjear a dona da casa, sabia? Você realmente tem um enorme talento para contar uma história. É pena que tenha se revelado tão tarde. Se tivesse sido professora de literatura no ensino secundário, teria um sucesso enorme.

— Obrigada, obrigada. Mas já chega!

— Não pense que na vida "as mulheres são atraídas pelo talento e os homens pela beleza". Muitos homens são atraídos pelo talento. Sei muito bem disso. Sou homem!

— Parem com isso! Estão me deixando envergonhada...

— Estou lhe dizendo a pura verdade. Não estou bajulando só para ganhar mais desse maravilhoso vinho. Dizem que é preciso se empanturrar durante os três dias do Têt. Em minha casa, há muitos víveres, mas de que serve comer sem uma companhia, sem histórias para ouvir, não é?

— Sim, é verdade! A sua história é cativante. Vale mil vezes os seus dois pratos de festa.

Vui trouxe mais duas garrafas de vinho. Suas faces estavam coradas de felicidade, os olhos brilhavam, deixando-a dez vezes mais bonita do que o normal. Os homens continuavam bebendo, mas as mulheres começavam a se agitar:

— Vamos embora! Vocês estão comendo como famintos!

— Deixem-nos comer e beber à vontade! Quanto mais convidados no Têt, melhor será o ano.

— Até mesmo os rios mais largos têm margens, e os mais amplos jardins têm limites. Toda festa chega ao fim. Vamos lá, vamos voltar para casa, deixem Vui descansar.

— Vamos voltar para casa! Já está tarde demais...

Mesmo os mais machistas sabem que quando as mulheres começam a falar assim, é porque está chegada a hora. Um deles esvaziou o copo até a última gota:

— Vamos lá, vamos fazer só mais um brinde e aí partimos! Os antigos já nos ensinaram que as ordens dos homens nada podem contra as algemas das mulheres.

— Mas na frente da sua mulher você vira um bigodudo bem acanhado.

— Isso mesmo, eu sou um "bigodudo acanhado"... E você? Fica um "bigodudo orgulhoso"? Quem daqui é bigodudo acanhado como eu?

— Eu!

— Eu!

— Eu também!

As mulheres aplaudiram caindo na gargalhada quando seus valorosos maridos se ergueram cambaleantes. Só permaneceram sentados, ao final, dois bigodudos orgulhosos. Como acabariam ficando sós, resolveram reabastecer seus copos.

— Já estou cheio dessas mulheres... Elas estragam tudo.

Uma delas replicou de imediato:

— Tudo que é bom precisa ter um fim. Uma bela canção sempre termina, em um momento ou em outro. Ninguém pode prosseguir cantando dia e noite. As suas mulheres até que são gentis demais com vocês.

— Você não tem nada a ver com isso. Até onde sei, você não é minha mulher.

— Graças aos céus. É uma grande sorte, enorme, como uma montanha. Quem me procura me acha, especialmente os bigodudos orgulhosos como você.

A mulher do bigodudo orgulhoso, que até então estava em silêncio, resolveu se manifestar:

— Minhas amigas, o interior de todas as frutas se parecem. Infelizmente, nossos ancestrais nos ensinaram que os céus sempre lhe dão aquilo que você mais detesta. E acabamos por nos resignar a isso.

— O quê? O quê? O que é isso?

O bigodudo orgulhoso olhou para a esposa com seus olhos enormes, ao mesmo tempo ameaçadores e surpresos. A mulher, encorajada pelas amigas, retrucou secamente:

— Todo mundo é feito de carne e osso. Se as outras mulheres se rebelam, por que eu também não posso me rebelar?

Sentindo que o clima começava a se deteriorar, a anfitriã interveio com um belo sorriso:

— Ela tem razão! O mundo inteiro canta a canção do alívio — disse ela olhando para os presentes.

Depois, diante do aspecto estupefato de todos, ergueu a voz:

— Estou vendo aqui oito membros do Partido... Será que esqueceram a canção que aprenderam ao entrar no Partido?

Os oito indagados trocaram olhares entre si, procurando desesperadamente ler uns nos lábios dos outros. Vui declamou pausadamente:

De pé, ó vítimas da fome
De pé, famélicos da terra,
Da ideia a chama já consome...

— Vamos lá, senhores, agora se lembram?

— A senhorita é mesmo terrível. Quando me admitiram no Partido, aprendi duas ou três estrofes, para não parecer bobo. Mas desde então esqueci tudo. Também, não é uma coisa assim tão importante como o arroz ou o dinheiro.

— Mas aposto que não esqueceram nenhuma vírgula da história do senhor Quang, não é?

— Ah, isso é verdade. Não precisamos forçar o cérebro para lembrar dos casos da aldeia. Já os cantos que nos chegam da França ou da China, desculpe-me, mas não temos nada a fazer com eles...

— O que ele acaba de dizer está certo!

Nesse instante, um dos bigodudos orgulhosos interveio:

— Para vocês, a história já acabou?

— E o que mais poderia acontecer? — replicou de imediato a mulher de antes. — Acabou! Ele casa com ela, e ela vai para a cama com ele. O que você quer mais?

— Que idiotas, essas mulheres. Não conseguem enxergar um palmo além do nariz.

— Claro, nós somos como animais. E vocês, vocês são muito inteligentes! Que pretensiosos!

— Mas, enfim, não veem que a história apenas começou.

— Não, não estamos vendo. Eles se amam. Escalaram montanhas, atravessaram rios para ficar juntos. Casaram-se legalmente, e pronto, acabou, vocês não têm nada a ver com isso!

— Senhorita Vui, eles se casaram?

— Não sei. Ouvi dizer que sim.

— E daí? Ele é viúvo, ela é solteira. Se eles não se casaram, qual é o problema? Durante milênios os nossos antepassados geraram filhos sem terem casado legalmente, sem terem um único papelzinho com o carimbo vermelho do Estado.

— O papel pode ser pequenininho, mas o dente de alho é grande. Esse é o problema.

— Que dente de alho? Você está falando das duas bolas penduradas aí na sua calça?

— Você é estúpido mesmo. Colhões são colhões, e dentes de alho são dentes de alho. À noite você não confunde a idiota da sua esposa com a chaleira que está sobre a mesa, não é?

— Você é muito complicado!

— A vida é que é complicada. Bom, agora, quem se atreve a apostar comigo que a história dessa família ainda não terminou? Eu digo que até agora tudo não passou do primeiro ato. O segundo será bem melhor. Quem quer apostar?

— ...

— Vocês são mesmo uns cagões. Então, ninguém?

— Não sou maluco.

— Não vou entrar nessa aposta idiota! Só ganharemos injúrias se ficarem sabendo disso. Que eu saiba, a família Quang não fez mal a ninguém.

— Vamos lá, chega de bobagens. O que tiver de ser, será. Em nome de todos, transmito os agradecimentos à dona da casa. Esta noite de ano-novo foi um grande sucesso!

As pessoas acenderam suas lanternas. O galo anunciou a aurora. Os cães ladravam nas ruelas à passagem dos convivas que voltavam para suas casas. A noite se apresentava com uma escuridão profunda, e o ar estava tranquilo. Vui apagou a luminária antes de começar a arrumar a casa sob a luz das velas de cera de abelha.

O que tiver de ser, será, pensou.

Assim como ela, todos se puseram à espera. A tradicional desconfiança camponesa os impedia de apostar, mas eles acompanhavam discretamente o desenvolvimento do caso, esperando que ele se desse conforme o que haviam previsto. Em meio a uma vida difícil, todos ambicionam ser adivinhos, ou seja, poderosos. Vui sentia esse desejo a se agitar dentro de si, como um feto no ventre da mãe. Tinha a sensação de que alguma coisa iria acontecer e logo... Recordava-se da expressão do prefeito Quy quando lhe descreveu a casa de dois andares e sete cômodos do professor de Khoai. Até mesmo a casa do senhor Quang, apesar da imensidão de seus cômodos e das vigas de pau-ferro, não passava de uma casa comum. A de Quy tinha menos valor ainda. Como poderia admitir que os pais daquela prostituta passassem o dia lendo no primeiro andar de uma casa tão valiosa? Vui sentia a aproximação da tempestade. Mas como ela se manifestaria? Chegaria vindo da montanha? Do oceano? Como saber...

O velho gato arranhou suavemente sua perna.

— Saia daí! Caia fora! — disse ela, dando-lhe um pontapé.

O animal desviou o corpo, saltou para um canto, miando ainda mais e fitando-a com seus olhos enormes, redondos e surpresos.

— Não comeu nada! Fiquei tão ocupada com os convidados que acabei esquecendo de você.

Ela então parou de lavar a louça e colocou um pequeno peixe na velha tigela reservada para o gato.

— Tome, é a sua vez.

Ele avançou cautelosamente, mirando-a de lado, miando novamente, como que reprovando sua atitude. Ela riu:

— Pare de gritar! Coma!

Sentou-se diante dele para acalmá-lo. Quando o gato começou a comer, ela disse a si mesma que se achava como uma gata. Na sombra, à espreita. Não um velho molengão, mas uma gata cheia de vitalidade. Essa ideia formou em seu rosto um sorriso travesso.

O gato se lambuzou bastante antes de voltar para o seu cesto na sala. Vui continuou a arrumação. Suas velas enormes iluminavam fartamente a casa. Tinha colhido bastante cera de suas abelhas. Seu pai a ensinara:

Quando você vive, precisa de luz
Quando morre, precisa de uma orquestra de luto

Não tinha necessidade de economizar, como aquelas mulheres cercadas por cinco ou sete filhos. Ficara encantada com a ceia do ano-novo. Lavando a louça, cantava *De pé, ó vítimas da fome...*, regozijando-se por ter boa memória e ter podido improvisar algumas belas frases. Quando terminou a arrumação da casa, já era dia. Apesar do frio, transpirava.

— Vou tomar um banho. Desta vez, terei tomado um banho antes e outro depois da passagem do novo ano.

Era um pequeno atentado contra a tradição, que diz que não devemos nos lavar no primeiro dia do ano. No entanto, os solteiros veneram o deus da limpeza; ele lhes outorga uma liberdade de que os casados ou os que já têm filhos não gozam mais.

Quando terminou o banho, eram quinze para as sete da manhã. Apesar da permanência da névoa sobre as montanhas, era possível divisar as árvores que emergiam, úmidas de orvalho. A dona da casa observou o seu jardim, pensativa; em seguida, trancou a porta de entrada e foi dormir.

O que tiver de ser, será...

Esticou voluptuosamente as pernas sob o acolchoado.

O que tiver de ser, será.

Não foi preciso aguardar muito. As coisas aconteceram na mesma tarde.

A casa de Vui ainda dormia. Seu ronco se produzia maciamente, subindo, descendo, ressoando nos cinco cômodos.

O que tinha de acontecer. O segundo ato da saga da família Quang começou sem nenhum aviso prévio. Por azar, Vui não estava presente. Justamente ela, a única a ter viajado até o distante vilarejo de Khoai...

Segundo o costume, todos devem vestir suas melhores roupas no primeiro dia do ano, a fim de celebrar o culto aos antepassados. Ao final da cerimônia, por volta do meio-dia, todos relaxam durante o primeiro banquete, que, supostamente, trará sorte e abundância para o ano inteiro. Depois disso, recebe-se a família. Cada senhor de sua casa recebe o filho e a nora, a filha e o genro, bem como a matilha dos netos. Para satisfazer os pequenos, é preciso preparar uma boa mesa com frutas. Pequenos envelopes vermelhos, dentro dos quais, de forma igualitária, foi colocado algum dinheiro, já estão preparados. Assim como os doces, frutas cristalizadas e bombons que os adultos degustam junto com o chá.

Nesse ano, na casa dos Quang, havia apenas os recém-casados. O jovem Quynh vivia no Povoado de Baixo com sua avó. Depois do fracasso das negociações entre os irmãos, Quynh viera, ele próprio, recolher suas coisas e pedira ao pai que lhe desse dinheiro para custear os estudos e seu dia a dia. Uma semana na casa da avó bastara para fazer o jovem entender que belas palavras não valem uma bolsa. Sua avó e os dois tios não tinham nada a oferecer além de conselhos ou encorajamentos vagos. Teve de decidir viver na casa deles como um pensionista, pagando mensalmente por suas refeições. Por orgulho, não queria voltar à casa do pai. Fora ele quem decidira partir, e, além disso, a beleza enfeitiçante da madastra o deixava fora de si. O pai, compreendendo o filho, não fazia nenhuma pressão:

— Tudo bem. Como você quiser. Reservei cinco cômodos desta casa para você. O que vai fazer com eles?

— Pai, pode guardá-los para minha madrasta e para os seus futuros filhos, que serão meus irmãos.

— Pense bem...

— Peço-lhe apenas que me dê algum dinheiro para que eu possa me segurar até a universidade. Depois, saberei como me virar.

— Se você quer assim, fico muito feliz. Mas temo que não consiga nem mesmo chegar ao ensino secundário.

— Eu sei... Mas me esforçarei bastante...

— Está bem, eu assumirei todas as despesas.

— Obrigado, meu pai.

A conversa terminou por aí, e o jovem Quynh partiu com sua mala amarela envernizada. Foi uma ruptura positiva, pois, desde então, Quynh amadureceu, e seus resultados na escola passaram a surpreender a todos.

O pai e sua amada passaram a viver sozinhos numa casa imensa, composta por cinco cômodos principais e outros cinco anexos.

Conforme os costumes, o senhor Quang deveria dar à esposa um presente de ano-novo. Em vez de um envelope vermelho com dinheiro, ele lhe deu uma pequena caixa de veludo, cor de pétalas de rosa. Ao abri-la, seus olhos brilharam e ela saltou no pescoço do marido:

— Oh, meu belo velhinho... É maravilhoso!

— Será que este presente é digno de uma filha de Khoai? Ou da jovem atriz da região militar da margem esquerda?

— Prefiro ser a esposa do senhor Quang do Povoado do Alto a ser atriz da margem esquerda, ou da margem direita.

— Tem certeza?

— Absoluta.

— Se o velho professor Tuong aparecesse aqui para seduzi-la novamente, eu enforcaria nós dois imediatamente na jaqueira do jardim.

— Mentiroso. Como faria isso?

— Primeiro você, depois eu. Os dois, com um intervalo de uma hora, nem mais nem menos. Fica mais prático para os funerais.

— Como você é terrível!

— Ei, não vá ficar chateada, hein! Estou brincando.

— Não brinque assim. Nós dois já sofremos demais... Ficaremos juntos até a morte.

Abraçou o senhor Quang com força, em lágrimas, como se uma dolorosa separação os espreitasse do outro lado da porta. Ele a abraçou igualmente, protetor. Nesse instante, sentiu algo muito preciso, muito poderoso, como da primeira vez, quando ela colocou timidamente as garrafas de saquê sobre a mesa, em seu quarto no albergue: essa mulher fazia parte de seu ser, de sua própria vida, aquela vida anterior de que havia muito tempo ele se esquecera, em uma região distante, do outro lado do horizonte. Assim permaneceram por um bom tempo, na atmosfera tranquila da primavera, surpresos e maravilhados ao constatarem o quão próximos estavam um do outro, o quanto se amavam. Qual seria, então, esse elo mágico que os unira, eles que eram tão estranhos um ao outro?

O latido de um cão e a gritaria de crianças brincando na rua despertaram-nos do devaneio amoroso. Ngân ajustou seus brincos com rubis.

— Rápido! Está na hora da cerimônia dos antepassados!

— Fique tranquila! Nossos antepassados são testemunhas de nossa boa-fé. Podemos começar à tarde — respondeu ele.

Tinham preparado a cerimônia integralmente. Apesar da origem pobre, ela aprendera muitas coisas graças às viagens realizadas e à sua inteligência. Ngân sabia fazer de tudo. Em menos de duas horas, preparara ensopado de galinha perfumado com folhas de limoeiro, galinha grelhada ao mel, bife com broto de bambu, peixe à cabeça de serpente refogado com caules de enanto, porco refogado com couve-flor, porco e frango socados com cogumelos pretos, pé de porco com geleia, pele de porco ao forno com camarões, costeleta de porco estufada com broto de bambu. Tudo isso, sem contar os patês, mortadelas e doces de arroz. À hora do Cavalo, ela já dispusera diante do altar todos os dezoito pratos. O senhor Quang a parabenizava efusivamente. A fumaça dos bastões de incenso perfumava a casa toda. O calor proveniente de uma chama invisível invadia o espaço. Há sempre uma espécie de sorriso radiante numa casa em que reina o amor.

Na hora em que o senhor Quang, vestido com seu traje cerimonial, preparava-se para orar diante do altar, Quy chegou com sua esposa, as duas filhas e o filho. Trazia duas toranjas rosadas de seu próprio pomar e doces de massa de feijão-preto, os doces preferidos de sua falecida mãe. Ao colocar as oferendas sobre o altar, disse:

— Papai, deixe-me rezar por minha mãe primeiro, pois preciso depois sair para receber os votos das organizações e dos moradores.

O senhor Quang o mediu de alto a baixo:

— Saia daí! Neste altar estão, antes de mais nada, sete gerações de ancestrais meus. Nele estão meu avô e avós por parte de mãe e pai. E depois meu irmão mais velho, que morreu jovem. Sua mãe, que era minha esposa, vem por último. Essa ordem é imutável, ninguém pode alterá-la.

— Mas papai...

— Saia daí — ordenou o senhor Quang, secamente.

Obviamente, ninguém da família de Quy cumprimentara Ngân, que havia se retirado para a cozinha ao sentir a aproximação da tempestade.

— Esta é a minha casa, não a sede da prefeitura! Aqui o seu poder não tem validade.

O tom autoritário do senhor Quang correspondia à ousadia de Quy. A mulher deste, refugiada em um canto da casa, esticou o braço para puxá-lo pela manga. Ele teve de esperar, muito irritado, que o pai terminasse suas orações.

Foi demorado, pois ele passou em revista todos os seus mortos, em ordem hierárquica, em sete gerações, até chegar à esposa falecida. Foi um suplício para o filho, de temperamento agitado e, além disso, homem político. Ele se agitava como se estivesse sobre um formigueiro. Assim que o senhor Quang terminou, ele se lançou sobre o altar, fez dois salamaleques espetaculosos e pôs-se a gemer com toda a força:

— Mãe, ó mãe, a senhora que se encontra no além sagrado, volte para ver o que está acontecendo em sua casa. Ó, mãe, seus filhos são humilhados todos os dias. Por que partiste? Desde que a senhora se foi, os sapos saltam sobre a mesa, os galos trazem seus detritos para dentro de casa e os corvos vêm se aninhar em nossas laranjeiras, em nossas toranjeiras.

— Ó minha sogra!

— Avó, onde está você agora? Abandonaste os seus netos! — complementaram a mulher e os filhos de Quy, muito bem treinados. Seus lamentos perturbavam a atmosfera agradável do povoado. Àquela altura, as pessoas se preparavam para sair. Conforme os costumes, com exceção dos meninos que gostavam de brincar, ninguém sai de casa antes da hora da Cabra. Por isso, os gemidos e os lamentos da família de Quy chegavam diretamente aos ouvidos dos vizinhos, sempre a postos para recolher qualquer informação útil.

O senhor Quang estava petrificado. Jamais imaginara a possibilidade de uma cena como aquela. Na verdade, ninguém imaginara. Todos trabalham o ano inteiro pela chegada de um ano melhor. O primeiro dia do ano inaugura o futuro, uma nova etapa na vida, possui o caráter sagrado de todos os começos. Por esse motivo, as brigas estão excluídas dele, até mesmo vizinhos que se odeiam se cumprimentam cordialmente e trocam votos de feliz ano-novo com medo de atrair azar caso não o façam. Evitam-se as roupas velhas, os velhos calçados, não se proferem palavrões, ninguém grita, não se fazem comentários negativos, evita-se chorar, quebrar a louça, não se jogam fora, no quintal, a salmoura, as cascas de banana e das laranjas. Em resumo, tudo aquilo que pode evocar a infelicidade está excluído. Até os inimigos mantêm distância um do outro no dia do Têt. Que dirá, então, de pai e filho?

A cena lamuriante diante do altar dos antepassados quase acabou por fazer do ano-novo um dia de luto.

Atordoado por um instante, o patriarca logo sentiu que tinha de agir. Empunhando sua bengala, que mantinha sempre perto de si desde os anos passados na selva, ele esticou um dedo na direção do rosto de Quy:

— Caia fora! Caia fora daqui imediatamente! Este é o altar de meus ancestrais, não um altar particular de sua mãe! Se você gosta de sua mãe, autorizo-o a pegar uma fotografia dela e erguer um altar para ela na sua casa. E leve também a sua esposa e seus filhos. Fora! Preciso de filhos, preciso de netos, não de párias como vocês. Minha casa não é uma barafunda.

— Oh, meu sogro, o senhor está perseguindo seus filhos, seus netos...

A mulher se lamentava, o marido fitava o pai com seus olhos avermelhados. Seu hálito cheirava a álcool. Certamente tinha bebido para ter coragem de enfrentar o velho pai.

— Minha mãe viveu aqui. Não irei embora!

O senhor Quang não acreditava no que ouvia. Em sua família, um filho jamais se opunha diretamente ao pai, pelo menos não em palavras, quaisquer que fossem as circunstâncias. Todos os seus filhos, sobrinhos e sobrinhas conheciam essa lei particular. Quy era o primeiro a transgredi-la.

O pai ficou petrificado. Dores dilacerantes atravessaram-lhe o peito. Pela primeira vez, ele descobria que o coração de um pai também podia ser frágil. Sua visão se turvou, um calafrio atravessou todo o seu corpo, como se estivesse acometido de uma crise de malária. Seu filho tinha ultrapassado as fronteiras. Sem retorno! A dor ainda o fazia se contorcer, mas de repente todo o seu corpo se enrijeceu. Teve a mesma sensação de quando estava com dezessete anos e carregara nas costas a estrutura da casa diante dos olhares desafiadores dos meninos do Povoado do Alto.

Fixou o olhar no rosto do filho, alterado pelo álcool e pelo ódio. Um novo silêncio se fez e, em seguida, o pai caiu na gargalhada:

— O prefeito está bêbado!

Continuou a rir, mas sua voz, exageradamente calma e solene, encheu o filho e sua família de pânico:

— Minha senhora, queira levar daqui o seu marido prefeito. De outra forma, serei obrigado a prestar queixa diante do tribunal do distrito. Um prefeito bêbado perturba a ordem pública.

— O quê... O que você está dizendo? — balbuciou Quy, fitando-o. Ou ele estava realmente bêbado ou não era inteligente o bastante para compreender o que aquela mudança de voz indicava: Quang falava com aquele filho de quem cuidara com o suor de seu trabalho como se fosse um estranho. E prosseguia, enfatizando palavra por palavra:

— O prefeito está bêbado. Ele veio me perturbar em minha própria casa. Ele ofendeu o Partido e o Estado.

— O que o senhor está dizendo?

— O senhor não é mais meu filho. O senhor é o prefeito deste povoado, o senhor representa o Estado. O senhor está bêbado e veio até aqui com seus comparsas perturbar a tranquilidade de minha casa.

— Não estou bêbado. Estou apenas me sentindo humilhado com o fato de o senhor ter se casado com uma puta.

— Nossos antepassados sempre nos ensinaram o seguinte: "É melhor se casar com uma prostituta do que fazer de sua esposa uma prostituta." Mesmo que Ngân fosse uma prostituta, eu não estaria desafiando os ensinamentos de meus antepassados. E como ela nunca o foi, o senhor será culpado por difamação e abuso de poder por humilhar seu povo. Está entendendo?

— Pode não ter sido prostituta, mas ficou grávida sem ser casada. Acha que ninguém conhece a história do professor Tuong? Acha que pode pescar uma puta em um fim do mundo qualquer sem que ninguém aqui fique sabendo de nada? Queria esconder a verdade?

— Sempre agi de forma transparente. Não tenho nada a esconder. Se o senhor já se esqueceu, o senhor, que saiu desta casa, então é porque tem memória muito ruim. Sim, é verdade, a senhorita Ngân engravidou sem ser casada, de um homem que ela amava. Como dezenas de milhares de mulheres. Engravidou porque é fecunda como uma codorniz, ao contrário de outras mulheres, que têm sangue de pata em vez de sangue de pomba. Como sua mãe, por exemplo. Se ela não concebeu antes do casamento foi porque não era muito fértil, e não porque fosse virgem. No ano anterior ao nosso casamento, fui com ela várias vezes ao monte do Bambu de Ouro. Quer que eu lhe mostre o local exato em que fazíamos amor?

Foi então a vez de o filho olhar boquiaberto para o pai, como que atingido por um raio. Após alguns segundos de estupefação, ele gritou como um porco sendo sangrado:

— Não é verdade. Está mentindo! Não acredito no que você diz!

— Sua mãe e eu estávamos em pleno vigor da vida. Quem poderia nos segurar? Por que iríamos nos privar, esperando pelo dia certo? De qualquer maneira, acabaríamos dormindo juntos, cedo ou tarde, não é?

— ...

— Você está de bico fechado porque está habituado a mentir. Vocês dois por acaso não se esfregaram muito bem durante um bom ano até que eu pude fazer seu casamento? E quando ela foi fazer um aborto discretamente no distrito, acha que não vi nada? O dinheiro que sua mãe lhe deu escondida, de onde acha que vinha? Do meu bolso, é claro! Você tem sorte de que sua mulher ainda pode conceber, pois com frequência os abortos deixam as mulheres estéreis.

A mulher de Quy, paralisada, caiu subitamente no choro, de vergonha. As duas filhas e o menino, já em idade de namorar, olhavam para baixo. Toda a família de Quy agira de acordo com as instruções de seu chefe. Mas a situação virara do avesso, e os pais se encontravam em situação tão difícil que as crianças não ousavam nem sequer erguer a cabeça.

O senhor Quang suavizou a fala.

— Bem, você procurou, e encontrou. Sou seu pai e sei o homem que você é desde os treze anos de idade. Tentei de tudo para mudar o curso das coisas, mas não consegui. É o destino. A partir de hoje, não ponha mais os pés em minha casa. Não somos mais pai e filho.

— É o senhor quem quer assim.

— Você está redondamente enganado. Não é uma questão de vontade. Tudo muda depois de um enfrentamento como esse.

— ...

— Agora, eu lhe pergunto uma última coisa: você quer ou não ter a exclusividade do culto de sua mãe?

— ...

— Você não se atreve a abrir a boca porque tem medo dos custos disso. É difícil ser um homem, não é? A piedade filial é muito fácil, em palavras. Se você não a quiser, continuarei a manter o culto à sua mãe, como antes. Ela foi minha esposa, e continua sendo minha falecida esposa. Nunca faltou para comigo. Mas você, você é diferente. A partir de hoje, para mim você não existe mais.

Todos os membros da família de Quy estavam atordoados. As coisas tinham acontecido tão rapidamente que eles nem sequer tinham notado que elas já haviam terminado. Há um velho ditado segundo o qual os laços de sangue não se rompem jamais: "Mesmo que os irmãos lutem um com o outro, eles utilizam o lado liso da espada, e não o lado cortante." Jamais imaginariam que o senhor Quang os jogasse para fora de sua casa, a mesma casa que eles imaginavam, um dia, herdar.

O senhor Quang atirou longe sua bengala e abaixou a voz, dizendo:

— Fora daqui...

Foi quase um murmúrio, mas, nesse murmúrio tudo estava dito: o barco tinha sido solto no meio da corrente.

Era irreversível.

A família Quy voltou para casa.

Ao longo do percurso, centenas de olhos escondidos por trás das janelas e das cercas de bambus observavam o cortejo. A vida na montanha é tranquila como a água parada no fundo de uma ravina, aprisionada entre paredes rochosas. Basta jogar um pedregulho para que se formem milhares de pequeninas ondas. Da mesma forma, o menor detalhe que toque nas cordas mais secretas da alma humana logo se torna um cataclismo, um campo de batalha no qual o arcaico e o moderno se enfrentam. Naquela primavera, a Aldeia dos Lenhadores se tornara um vulcão, a expulsar de suas entranhas a lava formada pela história da família Quang. Uma jovem e bela mulher, com olhos de pomba e blusa verde, havia atirado no recinto incandescente que era aquela aldeia uma enorme pá de carvão.

Era a hora da Cabra. As pessoas saíam de suas casas para distribuir os votos de feliz ano-novo. No primeiro dia do ano, costuma-se visitar a família mais próxima; no segundo dia, a família ampliada, os vizinhos e os amigos. O terceiro dia é reservado para a troca de votos entre os notáveis: o prefeito vai à casa do secretário do Partido, o secretário vai à casa do chefe da polícia, o chefe da polícia à casa do secretário da seção da Juventude comunista ou da secretária da União das Mulheres. Um protocolo completo, definido pela coletividade.

Nesse ano, porém, a ordem das coisas foi brutalmente abalada. Na noite do dia primeiro, a multidão se aglomerou diante da casa de Vui:

— Feliz ano-novo, senhorita Vui. Que ele lhe traga uma prosperidade dez vezes maior.

— Tenha um excelente ano, senhorita Vui, muitas mudanças felizes em sua vida...

— Bom ano, senhorita Vui, que ele a faça sorrir todos os dias, que cada dia seja tão belo quanto o primeiro dia do ano, que todos os meses sejam como o mês de janeiro, que todas as estações sejam como a primavera.

Nunca, desde seu nascimento, Vui recebera votos tão exultantes, tão doces. Como se fossem flores ou veludo. Nunca estivera, da mesma forma, no centro das atenções dos moradores. Por viver só, sempre tivera a sensação de constituir uma espécie de objeto curioso aos olhos das pessoas. Seu celibato sempre fora objeto de brincadeiras pejorativas. Sentia-o como uma espécie de defeito, como se ela fosse maneta ou coxa. Antes, apesar de sua acolhida sempre calorosa, ninguém vinha bater à sua porta para lhe desejar um feliz ano-novo. Nesse ano, o céu sorriu para ela. Ou seria o seu pai que, de lá do alto, lhe transmitia sorte? Seu destino parecia à beira de uma virada.

Abrindo totalmente a porta de casa, Vui oferecia o seu mais belo sorriso aos convidados:

— Obrigada, obrigada! Bom ano para vocês, que todos os seus desejos se realizem.

As pessoas entravam ali sem hesitação. Todos achavam que o ato seguinte iria se produzir ali mesmo...

Depois de um bom sono de nove horas, Vui se achava em plena forma. Após se levantar, acendeu os bastões de incenso no altar do pai, trocou a água das flores e comeu um bolo inteiro de arroz e embutidos. Quando os aldeões chegaram, ela exibia alegria e satisfação, claramente disposta a receber os convidados. Sem torcer o nariz, acendeu todas as lâmpadas que os camponeses só se atreviam a acender por ocasião de casamentos, cerimônias fúnebres ou encontros festivos. Mais uma vez a luz banhava os cinco cômodos de sua residência, aquecendo o ar. A dona da casa pôs água para o chá e serviu uma suculenta porção de doces que comprara na cidade. Os convidados chegavam em número crescente. Além dos adultos, havia as garotas e os rapazes da seção da Juventude da aldeia, assim como os jovens participantes do concurso de rojões, do torneio de briga de galo e do torneio de xadrez. Os dois cômodos se encheram como nos períodos de avaliação da colheita para a distribuição do arroz. Vui reinava à mesa principal, em meio a bigodudos e chefes de família atentos:

— Acompanhei de modo vago os últimos eventos. Quer dizer que o nosso nobre bigodudo então ganhou a aposta. Vou abrir agora mesmo uma garrafa de saquê para comemorar o acontecimento — disse ela, abrindo a noite.

Vui pegou a garrafa que estava sobre o altar e mandou servir os amendoins torrados e agridoces que tinha comprado na cidade:

— Alguém quer bolo de arroz e mortadela?

— Não, obrigado — respondeu o nobre bigodudo. — Não temos mais lugar para os bolos de arroz... Mas os seus amendoins agridoces são maravilhosos, ainda mais regados a saquê novo.

— A gente da cidade sabe fazê-los muito bem, não é? São os mesmos amendoins daqui, mas eles têm uma maneira deliciosa de tostá-los. É demais. Podemos ficar comendo a noite inteira. Já os nossos amendoins, basta uma porção pequena para se sentir estufado...

— Eles têm um segredo de fabricação. Comprei no mercado do distrito os temperos especiais para grelhar, amassei os amendoins durante seis horas com sal e açúcar, coloquei-os para secar antes de tostar. Segui a receita integralmente, mas não deu em nada, os grãos ficam cheirando a queimado...

— Se todo mundo conseguisse seguir as receitas, não haveria mais necessidade de cozinheiros nem de restaurantes. Eles guardam seus segredos, é óbvio... Dizem que em Hanói algumas pessoas ficam ricas somente grelhando amendoim, vendendo cana-de-açúcar cozida com flor de toranja ou compotas de feijão Mungo com casca de mandarina, o que os chineses chamam de *Luc taoxa*... Uma panela de *Luc taoxa* pode alimentar até sete bocas, ou até mesmo ajudar a construir uma casa de três andares...

— Onde o lugar custa caro e há muita gente, a concorrência é dura. É por isso que as pessoas da cidade grande são mais inteligentes do que nós.

— Nesse caso, é muito inteligente da parte do senhor Quang dizer em voz alta tudo o que está acontecendo em sua família. Apesar de tudo, é o mais avançado de todos nós.

— Eu sabia — troçou o nobre bigodudo —, seu traseiro não teve nem tempo de esquentar a cadeira e você já começou a falar desse assunto. Vocês são impacientes demais. Esperem pelo menos terminar a primeira rodada de saquê.

A mulher do bigodudo envergonhado da véspera, mal-humorada, atacou:

— Todo mundo admite que você ganhou. Não basta? O seu orgulho não é grande como uma bacia, é maior do que uma montanha!

— Parem com isso, parem com isso... Vocês dois são como água e fogo... Ainda bem que não são casados!

— Fique tranquila, minha bela!

— Tudo bem, vou ficar quieta — disse a mulher, contrariada.

O marido, sentado na frente do nobre bigodudo, acrescentou:

— Minha mulher é um tanto infantil. Perdoem-na. Mas, no fundo, é muito boa.

Seguiu-se um prolongado silêncio, durante o qual todos tentaram entender o que ele quisera dizer. Em seguida, todos caíram na gargalhada, e os jovens aplaudiram ruidosamente.

— Bravo! Que marido maravilhoso...

— Bravo! Nós o declaramos o marido modelo. Vai receber o título do marido mais bonzinho da aldeia... Ei, meninas! Fiquem atentas! Procurem um marido como este...

Espocavam as risadas e as brincadeiras. Nenhum homem, desde os primórdios, se atrevera a elogiar a esposa, principalmente em público. Era um acontencimento raro. Indiferente à algazarra, ele continuou a saborear o saquê. Desde que assumira o apelido de bigodudo envergonhado, não tinha mais nada a temer. A menos que fosse tomado por uma ideia... Cessaram as risadas, e os aldeões voltaram suas atenções para aquele homem tão discreto, que jamais entrara em uma disputa em público.

— O sapo abriu a boca, a tempestade se anuncia. Vamos lá, se você tem alguma coisa a nos contar neste belo dia, somos todos ouvidos...

O homem pôs o copo na mesa, sem tirar os olhos da bebida, onde a luz se refletia:

— Acreditem, este caso da família Quang não é um caso entre a cidade e o campo, mas entre um pai e um filho. Esse tipo de caso pode acontecer com qualquer um, seja no meio da floresta, seja na praça do mercado. Ele deve nos fazer pensar em nossas próprias vidas...

Silêncio. Ninguém tinha pensando nesse aspecto, mas agora a verdade saltava aos olhos de todos. Todos, até então, tinham considerado a história do senhor Quang como uma peça de teatro cantado, uma comédia a ser assistida como espectador, raramente com toda a curiosidade e a vontade que a realidade inspira. Achava-se que ela dizia respeito apenas a atores maquiados, fantasiados, cantando e gesticulando sobre um palco...

Alguém, porém, acabava de revelar que aquilo podia acontecer na casa de qualquer um, em todas as casas. Tal revelação tivera o efeito de um trovão, deixando-os de bico calado. Foram necessários alguns minutos para que voltassem ao normal. E então, cada um começou a refletir sobre o seu próprio caso.

— Talvez você tenha razão. Mas você não é o senhor Quang, nem eu...

— Você não é o senhor Quang porque a sua esposa ainda é jovem. A minha também, tenho até certeza de que morrerei antes dela.

— O que é isso? — protestou a esposa. — Trate de organizar o meu funeral antes de partir.

— Não complique as coisas, você é mesmo muito mimada pelo seu marido. O pobre não tem como saber quando vai morrer. O nascimento dá para prever, mas a morte sempre nos pega de surpresa.

— Ele está certo.

— Talvez nem todos nós tenhamos um filho que se apaixona pela madrasta, talvez não tenhamos um outro que reúna a sua família para fazer um escândalo diante do altar dos antepassados no ano-novo. Mas quem pode garantir que os nossos filhos serão sempre amáveis e gentis conosco? Tenho certeza de que todos vocês pensam a mesma coisa.

— Sim, tudo pode acontecer. Por isso mesmo é que, desde sempre, temos o hábito de ocultar as coisas, de engolir sapos e chorar na cozinha. Os antepassados já nos ensinaram: em toda casa existe um pote de salmoura cheirando mal. É preciso encontrar uma tampa e fechá-la hermeticamente para não incomodar os vizinhos.

— Mas fechá-lo hermeticamente pode ser pior do que remexer a merda. Lembram-se da história da velha Cuu, que morreu de fome?

— A velha Cuu não era idiota. Seu marido tinha morrido aos vinte e nove anos, quando eles viviam na miséria. Sozinha, ela ia até o campo, ajuntava madeira, cuidava de suas colmeias para sobreviver e construir o seu patrimônio. Estava muito longe de ser estúpida. Mas ela amava demais o filho, que, por sua vez, obedecia apenas à sua esposa e deixou a mãe morrer de fome...

— Por que ela não denunciou essa injustiça?

— Pois é aí que a coisa pega! Ela amava o filho mais do que tudo, proclamando para quem quisesse ouvir que ele era o melhor de todos, que era inteligente e que a adorava. Quando a verdade veio à tona, ela não se atreveu a falar mais nada, de vergonha, e deixou-se levar pela morte. Isso não seria "fechar hermeticamente o pote de salmoura"?

A mulher do bigodudo envergonhado interveio:

— É preciso saber que as lágrimas sempre escorrem em direção ao chão. Quando uma mãe dá dinheiro ao seu filho, ele sorri, como uma flor. Quando ele precisa dar dinheiro à mãe, ele faz cara feia e só assume esse fato com muita dificuldade. Eu sempre disse ao meu marido que é preciso cuidar das crianças, mas também de nós mesmos. Não podemos depender do seu reconhecimento. Meu dinheiro está bem guardadinho em minha bolsa. Quando meu marido e eu precisarmos, nós a abriremos.

— Esse é um homem de sorte. Tem uma mulher que sabe se prevenir.

— Os filhos não alimentam os pais como nós alimentamos as nossas vacas. Além disso, no casal, é preciso ser solidário, como dois dedos de uma mesma mão.

— É verdade. Só pensamos de forma muito geral, que um filho traz uma nora e a filha um genro. Quando estranhos entram na nossa casa, é raro achar coisa boa. O mais comum é vir coisa ruim.

— Voltemos à família Quang. Para vocês, ele está certo em ficar falando abertamente sobre sua história secreta com a primeira mulher?

— Está totalmente errado. Ninguém lhe perguntou nada. E ela, de todo modo, já está morta. Por que desvendar a história de uma morta?

— Acho que ele não está nem certo nem errado. O filho foi quem começou, e ele foi obrigado a reagir.

— Claro. Certamente não deve ter sido nada fácil. Ele não ficou mais feliz por ter falado sobre isso.

— Não sou íntimo, mas sou primo de seu irmão mais novo. Ele me disse um dia, quando Quy ainda era jovem, que o senhor Quang lhe confidenciara, de modo imprudente, que ele nunca poderia contar com o filho mais velho. Mas que cumpriria com o seu dever de pai para que o filho pudesse ter uma bela carreira. Ele fez o que disse. Foi Quy quem deixou a escola de agronomia, por conta própria, para voltar para a aldeia, ao passo que o senhor Quang fizera de tudo para ele concluir seus estudos.

— Não apenas a escola de agronomia. O senhor Quang queria que ele entrasse no instituto de metalurgia, mas Quy não conseguiu. Quando uma cabeça é fraca, não se consegue fazer entrar nenhum conhecimento nela, nem mesmo com um martelo.

— Ele é muito arrogante. E também todo cheio de ardis malévolos.

— Ser ardiloso e ser inteligente são coisas diferentes. Não se deve confundir nabo com couve!

— Como é possível que um pai tão bonito tenha um filho tão feio? Quy se parece muito com a mãe, só que com menos beleza do que ela. É estranho, já que tem os mesmos traços. Quynh é um rapaz muito bonito, enquanto Quy é feio feito um piolho. Pequenino, com os olhos enfiados nas órbitas. Toda vez que se olha para ele, parece que estamos vendo o interior de uma caverna.

— Dizem que com olhos como esses ele só podia mesmo ser perigoso. Mas, se ele é isso mesmo, por que não cria caso com os outros em vez de agredir o pai?

— É o que eu me pergunto também. Até mesmo o cego da aldeia sabe que o senhor Quang deu de tudo para o filho: escola, família, roupas, móveis, casa. Além disso, cuidou também dos filhos de Quy.

— Ele é rico.

— Sim, ele é rico, mas, se fosse um avarento, não teria pago nada disso.

— Ao contrário, ele ajudou até mesmo pessoas estranhas à família. Para mim, Quy se acomodou demais na sua posição de primogênito. Pelos nossos costumes, o primogênito herda tudo porque tem de cuidar dos funerais dos pais e casar os seus irmãos. "Veneração para o pai, autoridade para o primogênito."

— Veneração para o pai se ele estiver morto. O senhor Quang ainda está bem vivo, sólido como um poste. É dez vezes mais forte que o filho. A veneração é, por enquanto, prematura.

— Claro, e esse é o nó da questão.

O bigodudo envergonhado se exprimia lentamente, como um professor ao ler a conclusão de uma dissertação.

— O primogênito especula sobre a morte do pai. Ele raciocina que lhe pedirão para cuidar dos funerais: o cortejo, as bandeiras, o carro funerário, a orquestra de luto, o banquete. Depois do enterro, haverá ainda o quadragésimo nono dia, que celebrará o acompanhamento da alma, depois o quinquagésimo terceiro, quando a alma é transferida para o templo. E todos os anos ocorre o aniversário da morte. Três anos seguidos. Por fim a cerimônia de exumação do corpo para colocar os ossos no vaso antes da edificação da sepultura definitiva. Todas essas cerimônias são muito complicadas. Se passamos tudo para os filhos é porque tememos que eles não saibam cuidar bem de tudo isso. É por causa da angústia de se tornar uma alma errante que decidimos fechar os olhos diante das torpezas de nossos descendentes. As boas relações entre pais e filhos são, muitas vezes, apenas uma fachada. A verdade fica, com frequência, oculta, escondida no fundo do coração. Gerações e gerações de pais tiveram de apertar muito bem os dentes para conseguir suportar a ingratidão de sua progenitura na esperança de que, depois de sua morte, ela cuidasse adequadamente de seus funerais. Os filhos, com exceção daqueles que amam de verdade os pais, aproveitam-se dessa angústia para exercer pressão sobre seus ascendentes.

"Vejam bem, para entendê-lo, a situação da família Quang. A questão é que o primogênito enterrou o pai cedo demais. Os idosos normalmente tremem diante da morte, perdem a autoconfiança e a autoridade perante os filhos. Quy é o prefeito da aldeia, ele tem poder perante a comunidade e é o primogênito. Ocorre que, apesar de seus sessenta e um anos de idade, o senhor Quang não é um velho. É forte, seus olhos brilham como estrelas, seu cérebro está vivo e ele é rico. Não pensa na morte. Ele quer viver e fazer amor com sua nova esposa. Diante dele, o filho fica impotente. O senhor Quang expulsou toda a família de Quy de casa. Este agiu mal. Cometeu um erro estratégico. Esta é a minha opinião. O que vocês acham?"

— Estou totalmente de acordo.

— Eu também. Quando o sapo abre a boca, não é para contar piada ou falar banalidades.

— A vida dos outros é assim. Vista a distância, é uma crônica agradável. Vista de perto, é triste de doer o coração.

— A vida é dura.

— O tempo passa, a velhice vem a galope. Ela nos pega rápido demais.

Os presentes silenciaram. A casa estava tranquila como um templo em dia sem cerimônia. Os aldeões se defrontavam com sua própria angústia, que é a angústia de todas as pessoas há gerações e gerações. Nós a evitamos, a refutamos sob qualquer pretexto: a honra da família, o laço sagrado do sangue, o dever paterno. Mas ela, na verdade, fica escondida em um canto escuro da alma. Os filhos que não merecem respeito, que têm comportamentos vergonhosos, estes devem ser expulsos de cada um, devem ser expostos à luz do dia, em praça pública, como exemplo. Todos se recordavam das palavras amargas da nora da senhora Cuu:

— A senhora acha que é fácil ter uma mãe velha? Claro, herdamos as suas terras, os seus pomares. Mas, quando vocês adoecem, nós é que compramos os remédios, quando vocês morrem, nós é que temos de organizar os funerais, promover os banquetes familiares, limpar as ossadas, mudá-las de caixão... Tudo isso custa dinheiro, não se faz com um estalar de dedos...

Felizmente, nem todas as famílias possuem uma nora tão cruel, tão gananciosa, mas a vida é dura e devemos sempre encarar a realidade. O coração do homem, porém, recusa-se a fazê-lo. Ninguém acredita nessas coisas que se repetem de geração em geração, das margens do rio ao topo das montanhas, do mais profundo da floresta aos embarcadouros dos portos de pesca. O coração precisa de um pouco de água purificada. Os filhos nasceram de nós, cresceram graças ao nosso sangue e ao nosso leite, ninguém pode imaginar que, um dia, eles nos lançarão um pouco de ração em uma tigela amassada.

Após um prolongado silêncio:

— Nós fazemos os nossos filhos, mas é o céu que lhes confere o caráter. Contamos com nossos filhos desde sempre. Mas qual pai, neste nosso distrito, poderia dizer que, em sua morte, seu filho fará algo melhor do que fez a senhorita Vui nos funerais do senhor Vang?

— Mas isso é uma exceção!

— O senhor Vang teve apenas uma filha e, no entanto, seus funerais foram suntuosos. Há quem tenha tido até sete filhos e que trabalharam a vida inteira como búfalos para ter como criá-los. E depois, em sua morte, a descendência briga para saber quem vai pagar o carro funerário. É o acaso que decide tudo. Ninguém sabe o que acontecerá quando não estivermos mais por aqui. Vamos lá, vamos beber alguma coisa! Brindemos ao novo ano... A senhora também, anfitriã... Beba conosco.

Vui bebeu em silêncio. Os aldeões tinham comparecido à sua casa para comentar o caso do senhor Quang. Afinal, todos se sentiam intimamente afetados por ele. A secretária da Juventude sabia que esses segredos tendiam a deixar as pessoas mais tristes do que felizes. Por isso, depois da rodada de saquê, pediu aos jovens que cantassem, a fim de espantar aquele silêncio angustiante. Mesmo assim, os convivas acabaram partindo em pequenos grupos. Ela sabia que eles continuariam a conversar sobre o assunto em privado, em suas casas, entre adultos ou idosos, pois essas questões são incontornáveis: elas mesclam felicidade e infelicidade como duas linhas de seda para formar o fio do destino. A disputa interna da família Quang era certamente um sinal de alerta para todas as famílias, como o grito das gaivotas pode anunciar às embarcações uma área perigosa ou a iminência de uma tempestade.

Os jovens também partiram. Sozinha, Vui agora contemplava a fotografia do pai, colocada sobre o altar.

Pai, volte para me guiar. Sinto-me desorientada.

O senhor Vang a fitava com olhar severo:

Agimos mal. Foi um erro. É preciso encontrar uma forma de remediar as coisas.

Ela recordou, então, as últimas atitudes que havia tomado. Fora até a aldeia de Khoai para se informar sobre a família de Ngân e sobre seu caso de amor com aquele homem tão mais velho do que ela. Era a única pessoa a trazer informações para Quy e os moradores da aldeia. Um dia talvez lhe perguntariam o motivo de ela ter feito isso.

Foi simplesmente para obedecer ao prefeito? Ela era conhecida por fazer apenas aquilo que lhe vinha à cabeça; ninguém acreditaria nisso. Da mesma forma que alguém que escava a terra em busca de água, os camponeses procurariam saber o que a havia motivado a fazer aquela longa viagem até Khoai, à sua própria custa. E eles saberiam, com certeza. E, então, ela é que passaria a ser o objeto de todas as conversas.

Desde ontem à noite a situação mudou completamente. Ninguém podia prever isso. O vento mudou de direção.

Ela suspirou. Ainda na noite passada as pessoas a escutavam bebendo de suas taças, rindo, alegres, deixando-a nas nuvens. Ela satisfizera a sua curiosidade contando-lhes toda a história, da qual eles haviam captado apenas o lado divertido. Nesta noite, porém, deu-se o segundo ato, suscitando a inquietude quanto às relações filiais, que, como dizia o ditado, são como cipós balançando nos troncos das árvores.

"Não puxe os cipós, que você se arrisca a derrubar toda a floresta."

Repreendeu-se por ter puxado os cipós de modo impensado. Agora, era impossível voltar atrás.

Subitamente, lembrou-se de um conselho do pai: "Os comentários das pessoas são como a água do céu. Jamais você conseguirá contê-las com as mãos." Essa lembrança lhe trouxe um pouco de confiança.

Deixe estar, que se dane. Não vou ficar tentando conter a água da chuva!

No entanto, pragmática que era, como o pai, ela sabia que não conseguiria deter a bisbilhotice. Desde sempre os camponeses comentavam a vida das pessoas mais conhecidas. E o senhor Quang tinha reputação de ser um homem bom e generoso com seus vizinhos, mas, ao mesmo tempo, de estar sempre pronto a erguer sua espada diante de quem o ameaçasse. O mesmo homem que não tinha medo de expor seus segredos à vizinhança também não hesitaria um só segundo em massacrá-la caso viesse a saber que ela havia investigado coisas a seu respeito às escondidas em Khoai. Só de pensar nisso, Vui sentia calafrios. Ela suplicou para a foto do pai:

Por favor, meu pai, dê-me algum conselho.

Ele continuava a fitá-la com seu olhar austero. Ela se lembrou de algo dito havia pouco:

Como é possível que um pai tão bonito tenha um filho tão feio?

E era verdade. Nunca tinha pensado nisso. Como duas plantas de espécies totalmente diferentes. O pai era um homem belo, forte. O filho, magro feito um prego, o rosto sombrio, um olhar fugidio e traidor. Vui jamais o vira olhando alguém nos olhos. Seus olhos, afundados nas órbitas, viviam sempre escondidos, e seu olhar vinha sempre atravessado ou voltado para baixo, como se procurasse alguma coisa no chão.

Mesmo assim ele foi nomeado prefeito várias vezes. E toda vez o governador do distrito e o secretário do comitê distrital do Partido vieram pessoalmente para designá-lo, junto com o comitê local.

Uma ideia surgiu em sua mente. E ela deu um grito:

Merda! Nunca tinha pensado nisso!

No terceiro dia do ano, Vui pegou a bicicleta e partiu para o distrito. Ali ficou flanando por algum tempo até avistar um quiosque de doces na calçada. A vendedora certamente queria arrancar alguns tostões dos que aproveitavam a primavera para passear. Normalmente, uma xícara de chá custava cinquenta, mas nesse dia estava cinco vezes mais cara: o comércio era proibido durante os três dias do Têt. A cidade estava deserta; somente alguns garotos lançavam rojões da calçada. Para ganhar a confiança da vendedora, Vui consumiu três xícaras de chá e duas bananas bem maduras, provavelmente colhidas antes do ano-novo. Pagou três mil à mulher:

— Desejo-lhe um bom ano.

— Obrigada, senhorita — disse a vendedora, sorrindo até as orelhas para aquela freguesa vinda do campo, mas mais pródiga do que os da cidade. — A senhora é muito generosa, que o céu a proteja.

— Obrigada — respondeu Vui, com amabilidade, antes de lhe perguntar como chegar às casas do governador do distrito e do secretário local do Partido. — Nossa aldeia fica longe demais. Temos muitos problemas, e eu aproveito os primeiros dias do ano para acertá-los.

— Por mais urgência que tenha, a senhorita terá de esperar pelo dia 6. Trabalho aqui há mais de dez anos, quase todos os meus fregueses vêm de longe, como a senhorita, para resolver problemas. Mas ninguém se atreve a se dirigir ao governador antes do sexto dia.

— Minha intenção não é atrapalhar os nossos dirigentes em seus escritórios. Ocorre que temos em nossa aldeia alguns produtos que queremos oferecer a eles, para expressar nossa gratidão ao Partido e ao Estado.

A vendedora sorriu abertamente, olhando a bicicleta de Vui de alto a baixo. Vui apressou-se em acrescentar:

— Vim aqui apenas para obter os endereços. Amanhã ou depois de amanhã o nosso prefeito virá para oferecer os presentes pessoalmente.

Para economizar mais perguntas, ela sacou uma nota de cinco mil e colocou-a dentro do cinzeiro:

— Isso é para lhe agradecer por ter dedicado seu tempo a mim.

— Obrigada. Vou lhe mostrar os endereços.

Virou-se para a rua e chamou:

— Huê, onde está você? Venha aqui cuidar do quiosque, rápido.

Nenhuma resposta.

— Huê, venha ficar no meu lugar. Huê!

Quase gritava, pois os doces que vendia jamais lhe renderiam tanto dinheiro. Uma menina de sete ou oito anos apareceu da rua e se aproximou arrastando suas sandálias gastas:

— Cheguei. Onde você vai, mamãe?

— Tenho algumas coisas a fazer. E não me faça perguntas.

A menina se instalou atrás do balcão olhando com curiosidade para aquela freguesa enorme, que montava na bicicleta. A mãe se sentou atrás dela e agarrou-a pela cintura. Parecia uma rã abraçando uma melancia.

Foi dessa maneira que Vui ficou sabendo o endereço do governador do distrito e o do secretário do comitê distrital do Partido. Agora, transpirava abundantemente. Estava claro, límpido, como água na fonte: Quy obtivera o seu posto de prefeito graças aos esforços do pai, não por magia ou por mérito próprio. A secretária da Juventude observou bem as casas dos dois dirigentes do distrito. Ambas tinham dois andares, com quatro cômodos no piso térreo e três em cima, com um terraço de trinta metros quadrados, cercado por uma balaustrada de ferro fundido capaz de dar a seus proprietários a possibilidade de tomarem chá contemplando a paisagem. Havia uma escada interna e outra dando acesso direto ao terraço. Circundando os muros, molduras com pequenos seixos brancos. Um amplo quintal na frente e, sobre o telhado, duas fênix de cimento. A arquitetura, no seu conjunto, não lhe pareceu estranha. As duas casas se pareciam muito, estranhamente, com a do professor de Khoai.

* * *

No final da tarde, ela voltou para a aldeia. Tambores soavam na praça pública. Temendo ter algum encontro casual incômodo, Vui fez um longo desvio pelos bambuzais das colinas. A bicicleta dava sobressaltos como um cavalo furioso em uma trilha acidentada. Quando passou perto do monte do Bambu de Ouro, a mais alta colina daquela cadeia, onde crescia uma espécie de bambu amarelo-dourado, seu coração deu saltos ainda mais espetaculares do que seu guidão de aço. Aquela cor era o amarelo dos crisântemos dos jardins campestres. Ela se mostrava ainda mais brilhante sob os raios de sol, como fios de ouro ou de seda preciosa. Cintilava como as luzes das residências imperiais. Vui olhava para a floresta de bambus imaginando a primeira mulher do senhor Quang a fazer amor com seu aspirante. Agora que ela já se fora, será que sua alma retornava ali de vez em quando para reencontrar aquela primavera?

Vui, em seguida, pensou: por que ninguém a trazia ali? Ali estava o seu sonho secreto. Um homem apareceria um dia, pegaria em suas mãos e diria:

"Eu amo você..."

Ou:

"Minha amada Vui, viveremos juntos para sempre."

Quando entrou em sua pequena rua, a noite já caía. Ninguém a vira. Trancou o portão atrás de si, avançou para dentro de casa e, sem se dar o trabalho de trocar de roupa, enfiou-se sob o acolchoado. Chorou copiosamente. Lágrimas quentes. Soluçava como um animal ferido. Chorava loucamente, mais do que no dia da morte de seu pai. Chorava miseravelmente, dramaticamente, em total entrega, como uma menina esfomeada que se atira sobre um pedaço de comida. Certamente a quantidade de lágrimas vertidas seria capaz de aliviar-lhe a alma.

No dia seguinte, Vui escolheu suas roupas com zelo, vestiu-se e dirigiu-se à casa do senhor Quang levando um ramo de damasqueiro com grandes flores brancas. Refletira bastante quanto a isso, pois o jardim do senhor Quang só tinha cerejeiras vermelhas. O damasqueiro branco exige muitos cuidados. Ausente na maior parte do ano, o senhor Quang não teria como plantá-lo. Havia muitos deles na aldeia, mas a maioria eram damasqueiros com flores amarelas, menores. Somente ela tinha os damasqueiros chamados "imperiais", com magníficos ramos ornados com várias flores brancas, como as esterculiáceas. Tinham sido plantados pelo senhor Vang, que fora buscar as sementes em uma longa viagem até a aldeia botânica de Nhât Tân. Eram a sua menina dos olhos. Depois de sua morte, Vui continuou a cuidar deles, apesar de sua total ignorância em matéria de flores. O senhor Vang era o seu deus único, ela cuidava de tudo o que ele tinha amado e perpetuava os seus gostos de todas as formas possíveis. Não tinha nenhuma dúvida de que aquelas flores brancas poderiam, um dia, salvá-la:

Ao velho não falta nada, apenas essas flores de damasqueiro brancas.

Ficara a noite toda pensando na questão. Ao alvorecer, pegara a serra e escolhera o galho mais longo e mais florido.

Ao chegar, havia uma calma absoluta na casa. Ngân e a senhorita Tu Boca Pequena depenavam uma galinha no quintal, junto à porta da cozinha. Vendo-a chegar, ergueram-se imediatamente. Ngân exibiu um sorriso largo:

— Bom dia, grande irmã! Feliz ano-novo.

Já a senhorita Tu foi mais carinhosa:

— Que sorte! O dragão veio visitar os peixes! Este será certamente um belo ano...

Vui observava a dona de casa de dezoito anos, de olhos negros em tom aveludado. Apesar de o coração estar batendo acelerado no peito, desejou-lhe também, alegremente, um bom ano.

— Tio! Temos visita! — chamou a senhorita Tu, antes de pedir a Vui que entrasse na sala, sem elas.

— Nós duas estamos sujas!

— Imagine... — retrucou Vui, avançando para a escadaria. O senhor Quang já a aguardava no topo dos degraus, vestindo um traje tradicional de seda marrom.

Ela o cumprimentou inclinando o corpo, como fazem os funcionários na cidade, sem deixar de observar a elegância de sua vestimenta. Em geral, o marido de uma mulher jovem usa uma camisa branca ou de um amarelo vibrante, ou, pior, uma jaqueta e uma calça à moda ocidental, para parecer jovem e urbano. O longo traje de seda do senhor Quang parecia, no entanto, a roupa de um venerável. Em vez de cabelos curtos, trazia-os longos até os ombros e amarrado na nuca, como os paladinos de antigamente. Ostentava uma barba arredondada, escura, densa e encaracolada, como de um ocidental. O estranho era que se podia imaginar, sob aquele traje anacrônico, uma musculatura de ferro. Era belo, com a beleza de um homem maduro. Mesmo fora da Aldeia dos Lenhadores era difícil encontrar um homem tão belo.

Sobressaltada, Vui recuou um passo. A respiração do senhor Quang roçava o seu rosto, uma respiração de verão canicular, tempestuoso.

— Bom dia, senhorita. Feliz ano-novo.

— Bom dia, senhor, um belo ano para o senhor também.

Ela depositou o ramo de damasqueiro apoiado no bufê, ao lado do altar. O senhor Quang a observava.

— Sente-se. Temos chá de jasmim e de crisântemo branco. Ou preferiria um chá de Tuyêt Son, ou ainda de Hông Dao?

— São todos certamente deliciosos. O senhor escolhe.

Sua voz tremia um pouco. Sem saber por que, sentia uma onda de tristeza dentro de si. Uma dor estranha, irresistível como a maré, invadia a praia de seu coração solitário. Sentiu medo.

O que está acontecendo com você, minha filha?

Procurou se segurar, em vão. Curvou-se de súbito para ajustar as alças da sandália. Seus olhos se depararam com os dedos dos pés, que ela cuidava com tanto carinho e que brilhavam sob o plástico verde.

Veja só! Veja só os meus pés! Não são sujos como os das outras mulheres da aldeia!

Repetiu a frase várias vezes para si mesma. O orgulho de ter belos pés lhe trouxe de volta a confiança. Nenhuma mulher da Aldeia dos Lenhadores, nenhuma mulher do distrito ou da cidade poderia se vangloriar de possuir pés tão bonitos. Apesar de seu trabalho, Vui sempre preservara com zelo a sua pele e seus pés. Fizesse chuva ou fizesse sol, usava sempre calçados de pano com sola de borracha e grossas meias de algodão, como uma europeia. Tudo isso porque uma vez encontrou-se com uma delegação de especialistas soviéticos de visita à aldeia. A pele fina e clara das mulheres imediatamente a seduziu. Concluiu, então, que uma pele clara como aquela só poderia existir graças ao uso diário de meias e calçados. Tinha somente treze anos na época, mas já era obcecada pela beleza. Imediatamente, pediu ao pai meias e calçados, e, desde então, nunca deixou de usá-los. Em um país onde todos os camponeses andavam descalços ou no máximo de sandália, seu hábito era visto como uma imitação antinatural dos costumes estrangeiros. O verão tropical é longo, e usar meia e sapato nos períodos de calor intenso é um verdadeiro suplício. Transpira-se abundantemente e isso só pode produzir odores desagradáveis, diziam a ela. Mas Vui não se remediava.

Para ela, as maledicências, os comentários amargos não passavam de cantos de cigarra, que não duravam mais do que um verão.

Ao observar seus belos pés brancos, sentiu que poderiam salvá-la. Uma boia lhe caía nos braços justo no momento em que estava para se afogar. Fechando suavemente a fivela da sandália, sentiu-se como o lutador que voltasse a ficar de pé depois de cair no meio do ringue. Reerguendo a cabeça, declarou solenemente, como se estivesse diante de uma plateia:

— Por ocasião desta passagem de ano, venho lhe trazer um ramo de damasqueiro de flores brancas. Espero que não recuse esta oferenda de uma mulher simples.

— Simples, a senhorita? — o senhor Quang começou a rir. — Só porque viajei para longe, acha que não sei o que se passa na aldeia?

— Não, não, jamais pensei uma coisa dessas — respondeu Vui, embaraçada.

Os dentes do senhor Quang eram brancos e uniformes quando ele sorria.

Então quer dizer que ele não fuma? Ora, nenhum homem resiste ao tabaco. Como é possível que tenha dentes tão bonitos? Dentes de um rapaz de vinte anos...

O senhor Quang prosseguiu:

— Dizem que você comprou um gerador de alta qualidade. Você possui luminárias bem melhores que as minhas. Logo você será a pessoa mais rica da aldeia.

— O senhor exagera!

— Bem, você teve a gentileza de me presentear com um ramo de damasqueiro, e eu o aceito com muito prazer. Ele me trará sorte neste começo de ano. Tenho um vaso grande de porcelana. Vou colocá-lo dentro dele.

Serviu o chá. Observando o vapor, Vui devaneava: por que não poderia ser ela a colocar o ramo do damasqueiro no vaso? Por quê? Teriam os seus espíritos protetores esquecido de cumprir com seus deveres? Logo se recuperou, porém, lembrando-se do objetivo de sua visita: procurar escapar dos ataques daquele homem que estava sentado à sua frente.

— Desejo-lhe muita felicidade com sua nova esposa. Mas tenho algo a lhe pedir, se o senhor me permitir.

— Oh! Não sou o secretário do comitê distrital do Partido, nem do da cidade. Pare de dar voltas. Somos vizinhos, nada temos a esconder um do outro.

— Obrigada. Convido-o, então, a ir à minha casa depois do quinto dia do Têt.

— Está bem. Eu iria de qualquer maneira, para transmitir os meus votos. Para que os relacionamentos positivos perdurem, é preciso estarem sempre equilibrados.

Chegavam mais visitantes. Vui então se retirou, sem esquecer de passar pela cozinha para cumprimentar Ngân e a senhorita Tu, que se mantinham recolhidas em seu pequeno reino. Havia ali um delicioso aroma de arroz cozido com leite de coco e de galinha grelhada ao mel, em meio a uma confusão de panelas e frigideiras.

Na hora do almoço, quando estavam apenas os três, Ngân disse ao marido:

— Meu belo velhinho! Aquela mulher que veio logo cedo visitá-lo está apaixonada por você. E você sabe disso, não é? Não finja que não percebeu.

— Mas... Como é que eu poderia saber?

A senhorita Tu intrometeu-se na conversa:

— Isso mesmo. Como é que ele poderia saber? Leste, oeste, sul, norte. Há tanta gente para todos os lados!

O senhor Quang fitou a esposa com curiosidade.

— Por que você diz que ela está apaixonada por mim?

A jovem esposa fez uma expressão contrariada.

— Ela ficava olhando para o vazio, como uma drogada. Ou é sonambulismo, ou é amor.

— É mesmo?

O senhor Quang caiu na gargalhada.

— Escute, minha pombinha! Se o destino não nos tivesse reunido, haveria uma grande fila na minha porta. Não tenho necessidade de ir atrás de uma atleta para lutar em família...

— O tio tem razão — interveio a senhorita Tu. — Há um ano que uma porção de gente tem me procurado oferecendo presentes para sugerir que eu aja como casamenteira, com pratos de bétele, ou doces de feijão. Felizmente, não precisei assumir esse papel.

Ngân olhou para o marido e em seguida para a senhorita Tu. Os dois brincavam com ela.

— Está bem, eu me rendo. Vocês são realmente da mesma família!

* * *

Durante todo o caminho de volta, Vui se perguntava se o senhor Quang sabia de sua ida a Khoai. Sua risada lhe parecera ambígua, ao mesmo tempo natural e irônica. Não sabia como interpretá-la. O mesmo valia para o seu olhar. Em alguns momentos era brilhante e generoso, em outros, sombrio e vagamente irritado. Tinha certeza, por outro lado, de que os aldeões tinham comparecido à casa dele na noite do dia primeiro, pois ali era o local tradicional das festividades. Sua hospitalidade e sua fortuna generosa eram bastante conhecidos. Imaginou-se naquele quintal amplo, naqueles cômodos imensos com os móveis de madeira de lei que ele conseguira readquirir quando o governo retificou sua política após o fracasso da reforma agrária. Aquela louça refinada e bem distribuída sobre o bufê para o chá, aqueles inestimáveis pratos de porcelana, aqueles vasos antigos, sem igual em todo o distrito... Rememorou o porte nobre e a distinção daquele homem com trajes de seda, seu riso franco e forte. Enxergou a si mesma como uma enorme marionete de papel machê, esmagada pelo seu olhar incisivo, feito lâmina de faca. Diante daquele homem, sentia-se um nada.

Certamente ele já deve saber de tudo. Sim, com certeza. Recebeu tantas visitas desde ontem. Alguém lhe contou o que aconteceu em minha casa. Entre os visitantes havia aquele seu primo por parte do irmão. De qualquer forma, os camponeses viram a casaca facilmente. Sempre foi assim, não há nada de estranho....

Lembrou-se das comissuras no canto de seus lábios quando ele lhe sorriu dizendo com um leve tom de ironia:

...não sou o secretário do comitê distrital do Partido, nem do da cidade...

Esse último detalhe a levava a pensar que o senhor Quang sabia de tudo. A ela só restava esperar pela indulgência de seu adversário.

Ao chegar em casa, estava exausta. Deixando-se cair numa poltrona, olhou mais uma vez os pés de uma brancura cintilante sob as tiras de plástico verde de suas sandálias. Se usava meias e sapatos o ano inteiro, era justamente para poder expor os pés durante os três dias do Têt. Agora fazia frio, e usar sandálias era um sinal evidente de sua vontade de seduzir. Um homem experiente como o senhor Quang não poderia ter deixado de observá-lo. Ah, esses belos pés brancos... Todo esse esforço para preservar a pele e ser, no fim das contas, impotente para mudar o corpo.

Sou uma mulher que calça quarenta e três. Estes pés estão condenados a usar calçados ou sandálias sob medida. Estão condenados a serem pés de homem. Não há como diminuí-los nem embelezá-los. Tampouco escondê-los.

Sentia-se infeliz, algumas lágrimas se formavam no canto dos olhos e, pela primeira vez, ela se virou para o senhor Vang com uma voz repleta de reprovação:

Pai, por que você me trouxe ao mundo? Por que me fazer suportar tanta infelicidade?

A fotografia do pai se turvava através das lágrimas, e lhe parecia que, naquele altar, o senhor Vang também chorava.

Do dia 10 de janeiro até o fim daquele mês, as tempestades se sucediam diariamente. Em geral, essas chuvas só ocorriam no quarto mês do calendário lunar, mas no calendário ocidental. Despencavam furiosamente durante meia hora e depois paravam. O sol reaparecia e tudo se aquecia, como uma estufa. Em seguida, voltava a tempestade. Depois, o céu assumia uma cor rosa acinzentada listada com nuvens carregadas, cor de chumbo. As pessoas lamentavam:

— Que coisa estranha! Estamos em janeiro. Por que essas tempestades todas?

— Elas chegaram cedo demais. Não teremos quase nenhuma colheita este ano.

— Oremos para que não ocorram outras tragédias. Acabamos de ter uma invasão de gafanhotos e depois de lagartas.

— Você não acredita no poder dos homens?

— Os homens têm limites, já o poder dos céus é infinito. Nossos antepassados rezaram durante milênios. Então eu rezo também...

— Bem, devemos de todo modo plantar um pouco de mandioca e aproveitar essas chuvas fora de estação para guardar um pouco delas. Se perdermos a colheita do arroz, pelo menos teremos alguma coisa para forrar o estômago...

Os camponeses então plantaram mandioca fora da estação. Depois disso, subiram até a floresta em busca de cogumelos. Estes tinham surgido abundantemente. A cada viagem, traziam-se pelo menos de cinco a sete quilos. Refogados com banha de porco, ficam deliciosos. As famílias abastadas acrescentavam algumas fatias de bife marinado no alho e em folhas de cardo. Não havia necessidade de temperar ou acrescentar glutamato. Ficava mais saboroso do que nos restaurantes da capital. As mulheres com crianças pequenas picavam os cogumelos frescos misturando-os com peito de porco e cebolinha para fazer pelotinhas que depois colocavam em uma sopa de arroz com folhas de sáuropo ou de pergulária. Os restaurantes da capital ou das cidades da planície fazem-nos também muito apetitosos. Para o caldo de porco ou de galinha com aletrias, para a pele do porco recheada com camarões, para brotos de bambu com costeleta de porco, também é preciso usar cogumelos. Sem falar nos pratos refogados, cozidos em fogo brando ou banho-maria, especialidade dos grandes restaurantes. Para os camponeses da região, o cogumelo não é menos rentável que o arroz, a mandioca ou outros produtos da terra. Suas colheitas, assim, são como as do arroz no delta do rio Vermelho. Momentos em que se aliam trabalho e comemorações.

Era a primeira vez que Ngân acompanhava as outras mulheres da Aldeia dos Lenhadores na colheita de cogumelos. Uma oportunidade, para uma estrangeira, de participar da vida em comunidade. Começou indo com o seu anjo da guarda, a senhorita Tu, pessoa de quem era mais próxima depois do marido. Mais adiante, estabeleceu relações, mais ou menos sinceras, com outras mulheres, e ia junto com elas. Em grupos de cinco a dez, partiam levando o almoço e antídotos contra veneno de cobra. Há apenas uma colheita de cogumelos ao ano; por isso, todas as mulheres e meninas da aldeia se encontravam na floresta. A mulher e as filhas de Quy também, é claro, mas em outro grupo. Era difícil, porém, que não se vissem, pois o único caminho para a floresta era estreito no vale e escarpado nas colinas. Depois de cada encontro entre os dois lados inimigos, comentários circulavam em toda a aldeia, como se fosse sobre um jogo de futebol do campeonato nacional ou de Copa do Mundo. Na visão dos aldeões, a família Quy levava duas vantagens: suas mulheres faziam parte da aldeia havia muito tempo e eram superiores em número. Eram três, a mãe e as duas meninas, enquanto a adversária era uma só. Mas, para sua infelicidade, esses dois trunfos não produziam efeito nenhum sobre a jovem de blusa verde. Dizia-se que, na primeira vez em que se viram frente a frente, a mulher de Quy dirigira a Ngân um olhar carregado de provocação e desprezo. Ngân, por sua vez, encarara a senhora Quy sem recuar um único centímetro. Ngân era bem mais forte que a nora de seu marido, uma mulher pequenina e magricela de pescoço enrugado, pesando no máximo quarenta quilos. Esses enfrentamentos se davam diante dos aldeões, que nada diziam nem faziam um gesto sequer que pudesse apaziguá-las ou denotar a opção por este ou aquele lado. Certa vez, uma das filhas de Quy lançou um desafio a Ngân:

— Você quer guerra?

Ngân respondeu imediatamente:

— Não pense que já ganharam só por serem três contra uma. Desafio as três juntas. Se quiser, pode vir...

As três beligerantes bateram em retirada, pois, pensando bem, com o bastão do marido, aquela pintora de paredes podia acabar acertando alguns golpes duros. E certamente nenhuma vizinha iria ajudá-las contra aquela "puta de blusa verde". O quintal da casa da "puta" se tornara um ponto de encontro da gente da aldeia, um local ainda mais alegre e festivo do que na época da falecida senhora Quang. Qualquer que fosse o pensamento que tivessem sobre sua esposa, por que criar inimizade com seu proprietário?

Quy desaparecera. Todas as formalidades administrativas eram resolvidas por seu vice. Dizia-se que um estágio de doze dias fora organizado no distrito para os prefeitos de aldeia, seguido de outro, de dez dias, para os secretários dos comitês locais do Partido. Quy acumulava as duas funções. Depois desses estágios, ele tivera de permanecer fora para substituir um secretário que estava de licença por causa da gravidez da esposa.

Antes de partir, ele passara na casa de Vui:

— Meu pai sabe que você foi a Khoai?

— Você acha possível esconder alguma coisa dele?

— Ele lhe perguntou alguma coisa sobre isso?

— Você não conhece o seu pai. Ele nem sequer tocou no assunto. Nenhuma palavra.

— Meu pai é perigoso.

— Isso não me acrescenta em nada.

— Sobre o que vocês conversaram?

— Sobre damasqueiros, sobre a cerejeira vermelha. Sobre a criação de abelhas, a colheita do mel e as formas de melhorar as colmeias. Ele se interessa por um monte de coisas.

— Uma pergunta: tem certeza de que eles se casaram em Khoai? Como o velho professor é primo do prefeito...

— São apenas suposições. Ninguém sabe a verdade. De um lado, o prefeito certamente quer preservar a reputação do primo. Se os tivesse casado abertamente, seria como chicoteá-lo em público. De outro lado...

— De outro lado?

— Não sei...

A secretária da Juventude não concluiu a frase. Passavam por sua mente as imagens das casas construídas pelo senhor Quang. Logicamente, o prefeito da aldeia de Khoai não pudera se beneficiar de tanta generosidade, mas pelo menos pudera ganhar uma nova cobertura com telhas, trocar as paredes tortas por paredes retinhas de tijolo, inteiramente pintadas de amarelo brilhante com uma moldura de pequenos seixos brancos, como havia nos edifícios públicos da administração. Essa moldura era ostentatória em uma aldeia de camponeses. Conferia à casa do prefeito de Khoai um ar de pavão no meio de um bando de patos e galinhas depenadas. Todas essas belas coisas tinham sido pagas certamente pela mulher do velho professor.

Vui parecia tergiversar. Cheio de impaciência, Quy elevou o tom:

— O que você está querendo dizer? Seja mais clara.

— Não sei...

— E quem mais poderia saber? Só você foi a Khoai!

— Sim, eu fui a única, e portanto quem receberá as pauladas de seu pai serei eu. E você oferecerá as suas costas para me proteger?

Vui falou tudo isso irada. Dirigia a Quy um olhar colérico. Numa fração de segundo, os aliados se tornavam inimigos. Ela se levantou bruscamente, com um gesto irritado, como se espantasse uma ave:

— Eu disse que não sabia. Ponto final. Se quiser saber, vá você mesmo, pessoalmente, a Khoai.

Quy silenciou. Seu rosto escureceu, como as nuvens antes da tempestade. Ele se foi. Vui voltou para o quarto. Nem sequer se despediram.

Durante o estágio no distrito, as entranhas de Quy fervilhavam como se ele tivesse engolido ópio cru. Andava em círculos em torno de seu próprio rancor, angustiado e furioso. Não via outra coisa além daquela "puta de blusa verde" surgida do nada, trazida até ali ele não sabia por quais ventos malditos.

Essa puta de verde! Inimiga jurada.

Puta de verde!

Quy não sabia exatamente o motivo pelo qual odiava tanto aquela mulher estranha à aldeia. Seu ressentimento era como um gato selvagem ou um cão perdido que nele entrara subitamente aos gritos, ou uma semente de erva daninha que se depositara no seu coração para ali fixar suas raízes. Esta crescera a uma velocidade terrível, transformando um ser infeliz em marionete manipulada pelos fios do rancor. Quy não conseguia pensar mais, apenas ouvia "essa puta de verde que roubou a minha herança, quebrou minha família, separou pai e filho, humilhou a alma de minha mãe!".

Não se atrevia a admitir para si mesmo, porém, que perdia toda a compostura quando a via. Na primeira vez, ficara paralisado, como um inseto ao alcance da língua de uma rã, as patas encolhidas à espera da morte, ou um rato hipnotizado pelos olhos de uma serpente. Sentira de imediato que seu destino estava a partir de então nas mãos de uma forasteira, que ele já não era mais o dono de seu próprio corpo. Desde aquele dia, toda vez que via aqueles olhos negros brilhantes da jovem mulher, seu sangue fervia. Seu rosto se incendiava, sentia tonturas, a vista se turvava e tudo ficava enevoado como através de uma nuvem de fumaça no campo. Nem sequer se dava conta de como sua garganta ficava apertada, como se tivesse engolido um pedaço de mandioca estragada, de como lhe faltava ar, como para um alpinista extenuado. No dia do ano-novo, para se acalmar e falar com o pai, Quy precisara se beliscar com muita força na palma da mão até causar um hematoma. Depois de ser expulso, ao ir embora, não conseguira deixar de olhar para trás, na direção da cozinha, na esperança de avistar mais uma vez a "puta inimiga". Seu desejo recalcado e incontrolável fizera-o caminhar feito um zumbi. O quintal tão familiar da casa dos pais se transformara de repente em um deserto árido, e a porta da cozinha era, agora, a entrada de uma gruta misteriosa da qual surgiria uma fera fantástica que poderia levá-lo tanto para o inferno quanto para o paraíso. Atravessara o quintal, então, com a alma atormentada por uma infernal tempestade interior. Ngân soubera se defender com muita habilidade naquele dia. O ataque de Quy fracassara de forma lamentável, sem nenhuma dúvida.

Os encontros entre sua esposa e suas filhas e aquela "bela puta" se tornavam cada vez mais tensos. Seu ódio atingia alturas vertiginosas.

Aquela canalha da Vui virou a casaca. Não vai mais me ajudar. Essa baleia carente deve ter se apaixonado pelo meu pai. O velho me priva de todas as suas riquezas.

Quy sofria por não chegar nem sequer aos pés do pai, não só em termos da altura, mas em tudo. Não conseguia pensar em outra coisa, mesmo ao comer ou ao ir para a cama. Após vários dias de torturas, voltou a pensar na diferença de idade entre ele e o pai. Queria ter certeza de que ainda era realmente um jovem. Juventude é sinônimo de potência, de uma potência invencível. Ainda tinha tempo, e muitas oportunidades apareceriam. Era uma constatação perfeita: o fosso que separa um velho de sessenta anos de um homem de quarenta nunca poderá ser preenchido.

Não permitirei que ele me deserde. Isso está fora de questão. As coisas não vão ficar assim. Ainda tenho tempo. Não preciso mais dessa moça, vou me virar sozinho.

Esta última ideia o perseguiu durante as três semanas de seu estágio no distrito. No último dia, ele faltou ao jantar de encerramento e se dirigiu ao canteiro de obras da cidade. Soubera, por alguns aldeões, que o senhor Quang ainda estava na aldeia para ajudar a esposa a secar os cogumelos trazidos da colheita. Era agora ou nunca. Evitou passar pelo bairro dos operários, pois a maioria deles tinha sido contratada pelo senhor Quang. Percorreu cafés e restaurantes próximos para tentar saber onde se alojavam as operárias de Ha Tây, as tais "meninas de canteiro". Depois de localizar o covil da "puta verde", aguardou a chegada do dia e se aproximou do canteiro de obras, sondando em seguida o segurança local, com dois pacotes de cigarro nas mãos.

— Tenho um primo que trabalha na equipe de pedreiros do senhor Quang. Ele conheceu uma jovem operária pintora de Ha Tây. Meus tios me encarregaram de verificar a situação dessa moça para saber se ela leva uma vida decente antes de autorizarem o casamento. É um motivo louvável. O senhor poderia me ajudar?

— O senhor tem documentos?

— Sim, aqui estão.

Quy exibiu sua carta de missão e sua convocação para o estágio. O segurança as leu e respondeu em tom meloso:

— Vá em frente, camarada! Cuidado, pois está escorregadio em alguns lugares. Metade das luzes está apagada e o canteiro está bem enlameado. Boa sorte.

— Obrigado — respondeu o prefeito, satisfeito. A deferência do vigia o tranquilizou. Sentiu-se confiante e cheio de coragem.

Levou meia hora para chegar à área em que moravam as operárias. No meio do caminho, pensava em como abordar aquelas desconhecidas. Mais uma vez, apareceu-lhe a sombra gigantesca do pai. Ele tinha consciência de sua própria falta de carisma. Se o pai em poucos segundos conseguia dizer com naturalidade as coisas mais adequadas, ele tinha de prepará-las com muito tempo de antecedência. Quy sempre se espantara ao ver que o pai parecia nunca ter de refletir. A cada acontecimento, reagia de bate-pronto, suas palavras brotavam como que de uma fonte.

Nas viagens que faziam à cidade por causa de seus estudos, ele próprio testemunhara situações em que o pai havia improvisado dessa forma. Ocorreu por ocasião de sua matrícula na escola marítima, por exemplo. Na infância, Quy adorava fazer barcos de papel ou nadar no rio, e seu sonho, aos treze, era ser marinheiro. No entanto, em sua primeira viagem de barco, sentiu um enjoo terrível, tão terrível que ainda se sentia mal depois de uma semana. Pediu então que o pai o matriculasse na escola de mecânica. Ali, depois de um ano de estudos, apesar de todos os seus esforços, e também dos esforços do pai, que pedira aos professores que lhe dessem um apoio especial, Quy não conseguiu adquirir a paciência e a concentração necessárias para se tornar um metalúrgico mediano. Depois desse novo fracasso, ele entrou para a escola de agronomia. Desperdiçou também essa última cartada, lamentavelmente, o que lhe fechou de vez as portas de todas as escolas técnicas. Essas mudanças, dentro de um circuito administrativo complexo, representam um grande sofrimento para todos. No entanto, o senhor Quang saiu-se da situação sem dificuldades. Era como se esse homem tivesse nascido para dar certo, pois possuía todas as qualidades que fazem de um homem um vencedor.

O que os céus haviam dado a seu pai tinham retirado dos outros, raciocinava Quy.

Ninguém saberia dizer de onde ela tirara isso. Há ideias esquisitas que fincam raízes e que se tornam impossíveis de extirpar. Seriam os espíritos sombrios mais inclinados ao ódio e ao ciúme, assim como as marés estagnadas são propícias à reprodução de algas sujas e viscosas?

O bairro das operárias estava bastante agitado. As mulheres, depois do jantar, reuniam-se para jogar bilhar ou simplesmente conversar. No ar, um aroma agradável de milho grelhado. As mais velhas jogavam cartas, petiscando amendoins. As mais jovens depilavam as sobrancelhas sob um feixe de luz — era o que podiam fazer para cuidar da beleza. Quy perfilou-se diante da porta, intimidado com o ruído das cartas, as gargalhadas e as vozes mais altas. Uma situação inédita para ele. As mulheres da Aldeia dos Lenhadores não riam daquela maneira e jamais gritavam, no jogo, como homens. Aliás, nem sequer jogavam cartas. Tinham muito o que fazer na cozinha:

Então o que se diz dessas putas de canteiro é verdade. Parecem jumentos selvagens fugidos de seu curral...

Sentiu uma satisfação ao constatar que a puta de verde provinha daquele meio depravado. Seu pai não tinha do que se vangloriar por tê-la conquistado. Estava mergulhado em seus pensamentos quando uma jovem se retirou depois de se depilar. Ao notar a sombra de um homem atrás da porta, ela gritou:

— Ei, quem está aí?

Quy balbuciou:

— Sou da família de Ngân, de Ha Tây... Estou à procura dela...

O grito da mulher fez todas saírem do prédio. Mastigando seu milho grelhado, cartas à mão, elas cercaram Quy e o observaram como se fosse uma curiosidade excêntrica. Suas pernas amoleceram:

— Qual Ngân? Ngân a surda ou Ngân Quang?

— Ngân de Ha Tây... Ngân da aldeia de Khoai.

— Ah! Ngân Quang. Ela se casou. O senhor é da família e não sabia disso?

— Estou vivendo em Ninh Binh já faz alguns anos — respondeu Quy.

As mulheres o perscrutaram desconfiadas.

— Quais são os seus laços de família?

— Sou... seu... primo... primo de primeiro grau.

— Primo de primeiro grau? Ou amiguinho? Diga-nos a verdade que nós lhe diremos como encontrá-la.

Quy silenciou. O calor tomava conta do seu rosto, o pulso se acelerava e suas têmporas latejavam. Não sabia o que dizer àquele grupo de desaforadas, que riam até chorar, como se presenciassem uma farsa hilária. Seus olhares maliciosos atingiam-lhe o rosto como agulhas. Ele se recompôs e tentou ficar calmo.

— Estão brincando comigo. Estou mesmo à procura dela, de verdade...

A que falava mais alto, uma mulher mais velha que as outras, enxugou os olhos na manga da blusa e guardou as cartas num dos bolsos:

— Bem, se o senhor está falando sério, nós também estamos. Estávamos brincando. E, de qualquer maneira, sendo primos ou amantes, não temos nada a ver com isso. Se quer ter notícias da Ngân de Khoai, ela se demitiu do canteiro de obras para ficar com o marido e cultivar suas terras. O marido é o senhor Quang, chefe da equipe de operários da cidade, não de trabalhadores de apoio como nós. Se quiser detalhes, procure os edifícios A7 e A8. É lá que vivem os operários contratados pelo senhor Quang. Eles sabem mais coisas do que nós.

— Obrigado. Quando foi o casamento de Ngân?

— Ninguém sabe de nada.

— Eu imaginava que quando os operários se casam a administração do canteiro oferecesse alguma festa...

— Há vários níveis de operários. Nós, aqui, não passamos de camponesas sem contrato, sem cargos definidos. Não temos o direito de reclamar de nada. Além disso, a situação de Ngân ficara complicada. Ela não conseguiu fazer um casamento normal como as outras.

Uma jovem operária entrou na conversa.

— Dizem que eles fizeram um casamento normal!

Uma outra a interrompeu:

— Qual casamento? Você está sonhando! Por que você acha que ela não nos contou nada sobre o assunto?

— Ela nos ofereceu massas com *nems* e alguns doces quando partiu.

— Um almoço de despedida é uma coisa. Festejar oficialmente o casamento é outra. Não seja idiota! — retrucou a mais velha, voltando a mergulhar em suas cartas.

Quy sentiu que chegara a hora de se retirar.

— Obrigado, senhoras e senhoritas.

— De nada.

Mal deu-lhes as costas e os gritos e as risadas ressurgiram, ruidosos. Viu as sombras femininas passando através das janelas, brancas, cor de violeta, cor-de-rosa.

— Bando de loucas — murmurou Quy consigo mesmo, mantendo os olhos fixos nas janelas iluminadas em meio ao escuro da noite. De pé, à sombra, escondido, teve subitamente um sentimento de perda. Perda do quê? Ele não sabia. Levava a mão à cabeça numa tentativa de entender o que se passava com ele.

O que foi que eu perdi? O que é que eu quero recuperar?

Nenhuma resposta. Uma ira repentina tomou-lhe conta da garganta e explodiu em um grito que ele não conseguiu segurar:

— Mulas imundas, caçadoras de machos. Aquele que casar com vocês terá pouco tempo de vida. Moças de canteiro! A puta de verde era como vocês, a bunda rodando, para a frente...

Seu grito intempestivo ressoou forte no meio da noite, entre as barracas vazias. Temendo ter sido ouvido, pôs-se em disparada. O caminho era cheio de tijolos, tábuas e argamassas cobertos com lonas improvisadas. Correndo como um ser amaldiçoado em meio ao breu total, Quy tropeçou em um tijolo e mergulhou em um monte de cimento ainda úmido que lhe cobriu o rosto totalmente, um dos ombros e um dos braços. Pôs-se novamente em pé, em aspecto lamentável.

Como poderei aparecer na cidade assim? Ainda por cima, terei de passar pelo guarda...

Buscou febrilmente na sacola algum jornal velho com que pudesse se limpar. A cal existente no cimento entrava nos olhos, fazendo-o sofrer de modo atroz. Essa dor atravessava-lhe a cabeça, chegando ao alto do crânio; mil vezes mais dolorida, porém, era a humilhação. Suas lágrimas se misturaram com a cal, incendiando-lhe as faces e as pálpebras; ele soluçava amargamente de dor. Na faixa dos quarenta anos de idade, esse homem enlouquecia por não conseguir segurar o choro. Era como uma pipa a escapar da mão que a segurava, como um dique que se rompe. Estendia-se, à sua frente, um espaço imenso, onde cascatas de águas negras despejavam suas águas. Parecia que o seu sangue tinha ficado preto, de um preto fosco. Essa circulação sombria irrigava todos os seus membros, deixando febris as células do corpo, seus músculos todos. Foi tomado por um desejo irrefreável: precisava matar, quebrar a cabeça de alguém, espezinhar alguém, para mitigar aquela dor terrível. Limpando o rosto, os olhos fechados para tirar a cal grudada nos cílios, urdia um projeto de vingança: incendiar a luxuosa residência do secretário do Partido na cidade. Metralharia a reunião de estagiários como um garoto destrói um formigueiro, pisaria na cabeça do secretário do Partido na cidade, aquele canalha que o repreendera como a um menino de três anos durante um congresso da federação do Partido, urinaria sobre o seu rosto sebento, escarraria sobre a sua cabeça de cabelos grisalhos sempre bem-penteados, ele se sentaria como um conquistador no Volga do secretário e o obrigaria a correr atrás, no meio da poeira.

Uma última imagem se formou por dentro de seus olhos em plena dor: ele cavalgava sobre uma mulher nua de pele clara. Amassava-lhe os seios, mordia-os até sangrarem, deixando ali as marcas de seus dentes, como um cão feroz. Os mamilos tinham quase se destacado do restante, e ele os puxava com seus dedos sujos, tal como um garoto a se divertir arrancando as patas de um gafanhoto. Em seguida, a estuprava de modo selvagem. Um estupro febril, odioso, resultado de recalques acumulados ao longo de suas inúmeras vidas anteriores. Ele violava a mulher como se essa fosse a única saída de que dispusesse para continuar vivo. Estuprava-a à saciedade, desde o surgimento da lua até o meio-dia seguinte, na hora do Cavalo, quando o sol estava no apogeu e as sombras das árvores se tornavam arredondadas aos seus pés. No começo, a pele da mulher ainda se encontrava acetinada e rosada, como a casca de um ovo. Pouco a pouco, tornava-se flácida, pálida e finalmente esverdeada, como ovos de rã. Antes do estupro, a mulher era bela como uma rosa primaveril. Depois, estava exaurida, dilacerada, semimorta. Quando ele se levantou para abotoar as calças, o corpo da mulher já estava quase decomposto. Tudo que restava sobre o chão era um pedaço de tecido rasgado.

Um tecido verde...

A estação dos cogumelos passou como uma festa que chegasse ao fim. Diz-se que janeiro é um mês de júbilo. No entanto, na Aldeia dos Lenhadores, trata-se de um mês de trabalho duro. Com exceção dos dias 7, 8, 14 e 15, quando as pessoas deixam de lado momentaneamente o trabalho para ir ao templo, todos os dias são dedicados à busca por dinheiro:

— Quanto você colheu hoje?

— Cinco quilos e setecentos.

— Muito bem...

— Como, muito bem? Consegui muito menos do que a Minh do Povoado de Baixo. Ela tem apenas uma filha para ajudá-la, como eu, e conseguem colher até sete quilos e meio por dia...

— Mas você não pode se comparar com elas. As duas são muito fortes, como tigresas. Sobem mais rápido que os próprios montanheses.

— Você até que se sai muito bem. Dez quilos por dia!

— Minhas duas filhas e eu transpiramos como animais, quase sem tempo para respirar. À noite, nem sinto minhas pernas. Graças a Deus, nosso esforço é recompensado. Essa colheita vale por três de mandioca.

— Tem razão. A mandioca não rende nada.

— Quando olhamos para o alto, não somos nada. Mas, quando olhamos para baixo, percebemos que não temos do que nos queixar. Felizmente o céu tem piedade de nós, ele nos dá um pouco de sorte, e ainda temos as plantações de mandioca, a floresta, as abelhas, os cogumelos... Se só tivéssemos arroz e mandioca, comeríamos raízes com berinjela e salmoura o ano inteiro.

Mesmo sendo de fora, Ngân não ficava atrás. Sozinha, colhia de quatro a cinco quilos de cogumelos por dia. A senhorita Tu Boca Pequena ressaltava os seus feitos abertamente:

— Minha tia Ngân, que mal acabou de chegar à aldeia, trabalha duro, muito mais duro do que muitas outras...

Essas "outras" eram a mulher a as filhas de Quy, assim como algumas bisbilhoteiras que não paravam de zombar da recém-chegada:

— Como é que essa moça vestida de vermelho e verde vai fazer para subir? Ela só deve saber subir no ventre do marido!

Quanto a isso, somente o senhor Quang poderia confirmar. Mas todos viam como ela subia firme a montanha, pois contabilizava-se, pesava-se e calculava-se todos os dias. Cada família tinha um carnê em que eram anotados os números, do começo até o fim da colheita. Havia o costume de estabelecer uma competição entre as famílias, daí o estímulo ao trabalho, mas também elemento de discórdia e ciúmes. Dessa forma, ao final da estação, aquelas que haviam emitido comentários desagradáveis sobre a moça vestida de vermelho e verde ficaram absolutamente confusas. A pintora de casas tinha superado amplamente as senhoras da localidade. Seu marido, que permanecera em casa cuidando ativamente das refeições e da secagem dos cogumelos, sentia-se feliz, como uma criança ao ganhar presentes. Na verdade, aquele havia sido o primeiro grande teste para sua jovem esposa. Tinham se casado antes de completar um ano da viuvez do senhor Quang; além disso, Ngân era muito bonita, muito jovem e seu marido sabia muito bem que tudo isso criava, automaticamente, muito ciúme e descontentamento em volta deles. Ele próprio flagrara alguns moleques cantando na rua:

Blusa vermelha, blusa verde.
É um gafanhoto,
De qual região
Você vem?

Ele sabia quem era o alvo desses refrões. Mesmo que sua mulher jamais se vestisse de vermelho. Sua cor preferida era o verde, mas, para os camponeses, o vermelho e o verde evocavam as mulheres excessivamente maquiadas, as prostitutas ou as cantoras de festas particulares. Sentiu-se aliviado quando o período da colheita chegou ao fim, pois a fofoca é uma força difícil de combater.

A partir de então, eles não mais teriam como chamá-la de "a puta da cidade de blusa vermelha e verde". Ela havia demonstrado sua capacidade de trabalho, e isso afastaria as maledicências. A senhorita Tu dizia:

— A partir de agora, tia Ngân, você poderá espancar qualquer uma que ousar abrir a boca para dizer essas besteiras!

A senhorita Tu espalhava isso amplamente, de propósito. Era uma advertência clara e nítida, método tradicional utilizado pelas mulheres da Aldeia dos Lenhadores para se proteger.

Terminada a colheita dos cogumelos, somente as famílias muito numerosas ou os ociosos continuavam a explorar as entranhas da floresta. Os outros se dedicavam a uma outra corveia: secar os cogumelos e embalá-los. Seu cheiro ocupava o ar em todos os bairros da aldeia. A fumaça saía dos fornos de secagem, leve, misturando-se às nuvens e à neblina que subiam dos vales, formando uma imagem magnífica em que o branco se misturava com o azul infinito do céu. Ao final do dia, os pássaros voltavam aos seus ninhos, a fêmea chamando pelo macho, as mães chamando por seus filhotes, e sobrevoavam, em bandos, os pomares. Era nesse momento que o coração dos homens se acalmava. Esqueciam-se as dificuldades e os amargores. O período da colheita dos cogumelos concentra as lembranças dos momentos felizes do trabalho coletivo e a gratidão para com a generosidade da natureza.

Na casa do senhor Quang, os últimos pacotes de cogumelos acabaram de ser feitos pouco antes do primeiro aniversário da morte de sua ex-mulher. Alguns dias antes, os primos cercaram o quintal com uma paliçada e formaram, no seu interior, várias fileiras de mesas longas. Estimava-se em cerca de uma centena a quantidade de pratos que seriam servidos, pois os convidados se sucederiam desde o meio-dia até a meia-noite, em grupos de trinta e cinco pessoas. Sem contar os parentes e os vizinhos que apareceriam para ajudar na cozinha, na lavagem dos pratos e no serviço às mesas. O primeiro aniversário de uma morte é muito importante, tanto para os vivos como para os mortos. Para estes últimos, é o momento de partir definitivamente, serenamente, para o além, depois de receber todas as devidas homenagens. Para os vivos, é a oportunidade de demonstrar a sua afeição e seu senso de dever perante aqueles que partiram. É a manifestação do saber viver e da moral familiar. No caso específico do senhor Quang, o ritual seria observado em seus mínimos detalhes. O mestre de cerimônia seria, obviamente, o próprio senhor Quang, mas a mestra de cerimônia seria a senhorita Tu Boca Pequena. Ngân apenas auxiliaria esta última e faria tudo o que lhe pedissem para fazer, como os demais ajudantes.

Ngân se vestia sempre de verde: verde arrozal, verde de banana verde, verde de folha de coqueiro ou verde musgo. No dia da cerimônia, ela se vestiu de preto. Era um sinal de luto e de respeito para com a falecida. Tirara os brincos de rubi e seu anel de bambu. Além disso, cuidou de falar com uma voz sempre suave e discreta, quando seu tom habitual era alegre e ingênuo, como sua personalidade, ou agressivo e cortante, quando tinha pela frente algum inimigo. Ninguém podia criticá-la em nada, naquele dia.

O senhor Quang fora bastante meticuloso no que diz respeito à organização material. A cerimônia deveria ser tão opulenta quanto o mais belo dos casamentos. Mesmo contando com a ajuda de um verdadeiro exército de vizinhos, ele contratara os serviços de três chefes de cozinha da cidade. Eles chegaram com uma caminhonete toda carregada de produtos, temperos e utensílios desconhecidos naquelas montanhas. As mulheres da aldeia puderam se extasiar diante da arte culinária da grande cidade. As cozinhas foram invadidas por curiosas, que ali passavam para copiar algumas receitas ou simplesmente observar. Graças a isso, o aniversário daquela morte foi tão animado quanto uma festa popular. Algo jamais visto numa família. O banquete trazia a apresentação das grandes cidades: grandes tigelas, grandes pratos, todos diretamente sobre a mesma mesa e não em bandejas. Todos admitiram que nenhum outro aniversário de falecimento havia sido tão faustuoso como aquele desde a fundação da Aldeia dos Lenhadores. O evento durou quatro dias: dois dias de preparação, o dia da cerimônia propriamente dita e um dia para organizar a louça, os móveis e para o pagamento dos auxiliares. A senhorita Tu contabilizara cento e oitenta pratos de festa, cada um para seis convivas.

— Algumas pessoas não vieram. Se todo mundo tivesse vindo, chegaríamos aos duzentos pratos.

“Algumas pessoas” queria dizer a família de Quy. Ele organizou uma cerimônia à parte, depois de ter sido renegado pelo pai. Não podia contar com tantos conhecidos, vizinhos e amigos. Seu único trunfo era o cargo de prefeito, o que não era nada desprezível. Todos que tinham necessidade de um carimbo em algum papel administrativo passaram pela sua casa naquela noite, com uma mão carregando um presente e a outra dentro do bolso em que se encontrava um envelope. A família de sua mulher tampouco ousara comparecer à casa do pai dele. Na casa de Quy estavam, também, funcionários públicos importantes da aldeia, o secretário do comitê local do Partido, o chefe de polícia, a presidente da União das mulheres, o chefe do dispensário, o chefe da loja estatal. Vui, preferindo manter sua individualidade, permaneceu em casa. A maioria das famílias da aldeia compareceram às duas cerimônias, para não se meter numa disputa que não lhes dizia respeito, apresentando-se onde quer que a alma da falecida estivesse sendo celebrada. Depois de comer bem na casa do pai, voltavam para suas casas a fim de fazer a digestão ou se reuniam para conversar, e em seguida se dirigiam à casa do filho para dar prosseguimento à noitada. Um banquete duplo inédito para muita gente.

— Desde que nasci, nunca participei duas vezes de um aniversário do mesmo falecimento.

— Eu também não.

— Será que isso já aconteceu alguma vez?

— Que eu saiba, não.

— Sim, sim, mas já faz muito tempo. Na época do meu bisavô, havia dois irmãos que tinham brigado. Em todos os aniversários da morte do pai ou da mãe, cada um organizava a sua própria festa. Todo mundo tinha de fazer dois turnos.

— Faz todo o sentido. Com briga ou sem briga, ambos são da mesma família. Aos estranhos cabe apenas administrar as suscetibilidades.

— Nenhum de nós é idiota a ponto de magoar um vizinho de propósito. E quando gostamos das coisas boas, dois pratos valem mais do que um.

— Coisas boas, coisas boas... Na casa do senhor Quang, sim. Na casa de Quy, mais ou menos. Havia muitos pratos, mas todos com pequenas porções.

— Não surpreende. A família é conhecida pela avareza e sua mania de economizar até toco de vela.

— Sempre se apoiaram na riqueza do pai. Agora que ele renegou o filho, como irão fazer?

— Terão de se virar.

— Será difícil. Os pais são magros feito palito. A pequena Mo não pesa mais do que quarenta quilos, e Man, um pouco mais gordinho, é asmático.

— Por que se desentender com o pai, então?

— Bom, se você pensar assim, então nada mais acontecerá...

— No passado, as pessoas diriam que Quy estava "possuído pelo demônio".

— Possuído ou não, é ele a causa disso tudo. Já observou os olhos dele? São sombrios, como uma caverna. Quando sorri, parece que está olhando para outra parte. Ele me dá arrepios.

Esse olhar estranho e assustador para os aldeões logo encontraria uma explicação, duas semanas após o aniversário da morte da senhora Quang. Mais precisamente, doze dias depois. Fazia algum tempo que vinha chovendo sem parar. Ninguém pudera ir à floresta ou aos campos. As pessoas se reuniam para preparar arroz, cozinhar compotas de soja, conversando ou jogando por dinheiro. Passados três dias de chuva, ouviu-se o cavalo do senhor Quang relinchar de alegria desde o amanhecer. O animal, que permanecera no estábulo por três dias, sentia vontade de desenferrujar as patas. Quem quer que tivesse levantado cedo naquele dia viu o fogo aceso na cozinha do senhor Quang desde a madrugada: Ngân preparava provisões para o marido levar. Tinham comido juntos na cozinha e, em seguida, a jovem de blusa verde foi vista acompanhando o marido, aninhada em seus braços, até a cerca viva, onde ela se postou a observar a carroça dele desaparecer por trás das árvores. Essa forma de se tocar, de se abraçar à luz do dia, à vista de todos, essas coisas só tinham sido vistas em filmes soviéticos. Eram costumes ocidentais que não se conheciam ali, e que estimulavam a imaginação da vizinhança. A curiosidade, seja entre os idosos, seja entre os mais novos, desagradável ou não, é sempre reflexo do interesse que se tem pela vida. Ngân não sabia de nada, mas o senhor Quang tinha certeza de que atrás de cada janela, de cada muro, de cada arbusto, havia olhos a espreitá-los discretamente, talvez até com malevolência. Ele, porém, apenas cumpria com o ditado dos seus antepassados:

Aos cinquenta anos, finalmente conhecemos o destino que nos foi reservado,
Aos sessenta, fazemos do nosso jeito...

Ao chegar ao portão de sua residência, ele dera um beijo na esposa antes de subir na carroça e partir. O galope veloz e nervoso do cavalo ressoava no silêncio da montanha. O animal, reencontrando a liberdade após vários dias de chuva, galopava com uma energia incontrolável, evocando a sensação de perigo iminente.

O sol erguia-se rapidamente depois de dissipar as brumas. Com um brilho incomum, ele despertava o cheiro da terra úmida, das folhas mortas e do esterco, tornando mais pesado o ar. Um vapor subia dos jardins molhados, viveiros de cogumelos ao longo das cercas, montes de cascas de arroz acumuladas que os camponeses guardavam para o fogo. Nas velhas trilhas, a chuva fizera germinarem sementes de arroz ou de ervas. Duas noites tinham sido suficientes para gerar um exército inteiro de pequenas ondas de um verde translúcido que brilhava sob a luz do sol. De uma hora para outra, elas produziam um toque de magia imprevisto no curso monótono da vida.

Talvez surpresos com essa alteração da paisagem, os camponeses da aldeia permaneceram em suas casas naquela manhã. Alguns tinham-se encorajado uns aos outros para ir aos campos, mas depois acabaram mudando de ideia e permaneceram em casa para lavar as roupas, arrumar as bugigangas espalhadas pela casa, organizar coisas, limpar o bolor acumulado após dias de chuva. Recém-encerrada a colheita dos cogumelos, não tinham forças para ir de imediato para as plantações de mandioca ou cuidar do jardim, curvados sob os arbustos sob um calor sufocante.

Ao meio-dia, hora da preparação do almoço, ouviu-se de repente uma correria nas ruas. Primeiro foram as crianças de quatro ou cinco anos, depois os adolescentes curiosos. Por fim, todos os aldeões, homens ou mulheres, deixaram de lado suas tarefas para testemunhar a prisão da senhora Ngân. Uns chamavam os outros, sem pudor, passando de uma casa para outra, de uma cerca viva para outra:

— Está sabendo? A jovem esposa do senhor Quang foi presa pela milícia! Vamos ver o que está acontecendo...

— Ei, escute só: a jovem esposa de blusa verde do senhor Quang foi presa.

— Como? É impossível!

— Um documento vindo da cidade a acusa de fraude; ela exploraria famílias ricas.

— Enganar o senhor Quang? Bobagem! Se ele mesmo não engana a ninguém, quem poderia ludibriá-lo?

— Todos sabem que ele é muito experiente, pois já viajou para todos os lugares. Mas talvez ele estivesse sentindo falta, desde os tempos em que a mulher adoeceu...

— Impossível! Não devem faltar mulheres para ele, que viaja tanto.

— Você acha que é fácil? Tente fazer...

— Para quê? Tenho minha mulher em casa... Sempre que quero eu a pego...

— Está falando besteira. Imagine que a sua mulher bata as botas, você ousaria tocar na vizinha? Tudo o que conseguiria seria uma machadada na cabeça...

— As ruas estão cheias de moças solteiras e mulheres viúvas.

— Solteiras como a Vui. Vá lá, vá atrás! Quanto às viúvas, veja só a Huong, a borbulhenta, ou Loan, a míope do Povoado de Baixo. Pago três refeições de capão com arroz regado a vinho se você for com elas... E então?

— Não, eu passo sua oferta!

— É a vida. Nunca somos grandes ou pequenos o bastante. É impossível conseguir aquilo que amamos. A cama está ali, bem pertinho, mas não há nada para satisfazer o seu passarinho... Isso é o que se chama sentir falta... E eis que, em pleno período de falta, surge uma bela qualquer, como uma fada, caindo nos seus braços. Se até mesmo os deuses cedem a isso, o que dizer do senhor Quang?

— Mas ela me parecia ser uma moça muito honesta.

— Como saber de onde a libélula vem? As mulheres que viraram a cabeça dos reis ou arruinaram os poderosos sempre foram maravilhosas. As que são comuns, como a sua mulher ou a minha, não conseguem mais do que arroz com casca. Mesmo que decidissem apelar para a sedução, não conseguiriam.

— Está falando besteiras.

— Juro que é verdade. Não tenho costume de mentir ou inventar coisas.

— Não consigo acreditar que o senhor Quang possa ter sido enganado. É como essas histórias de galo com quatro cristas ou cavalo com seis patas.

— O senhor Quang é, com certeza, um homem prevenido. Mas, no fundo, ele não passa de um camponês, como você e eu. Ele tem, com efeito, muito talento para as relações públicas, viajou por todo lado e aprendeu muita coisa. Mas, prevenido ou não, um dia ou outro acaba perdendo a cabeça por causa daquela coisa que tem entre as pernas... Conhece aquela piada sobre os homens letrados?

— O que são os letrados?

— São homens que andam de terno, com as mãos branquinhas, os pés limpos, não como nós, camponeses ou lenhadores, que estamos sempre só de camisa e com os pés sujos. Na hierarquia social tradicional, eles estão bem acima de nós. Podem ser escritores, notáveis, grandes ou pequenas sumidades, funcionários públicos das cidades ou dos povoados. Existe um ditado que diz:

Por mais recheada que ela seja de literatura e ciência,
Você um dia perderá a cabeça por causa de um belo corpo

— Puxa, eu não conhecia...

— Então, quando a gente não sabe, a gente escuta o outro antes de ficar falando. Por que você se sente tão seguro de que o senhor Quang não pode ter sido enganado? A vida não é tão simples!

— É mesmo. Você deve estar com a razão...

Em meio a dúvidas e certezas, em qualquer caso chegava-se à conclusão de que deveria haver algum motivo para a prisão de Ngân. Os aldeões estavam todos ali, vendo a polícia levar a jovem mulher, os cotovelos amarrados nas costas, cercada pela milícia da aldeia, à frente da qual caminhava o chefe da polícia local. A demonstração de força não era muito convincente, nem mesmo realmente algo marcial, pois o inimigo era apenas uma jovem mulher, mais do que inofensiva, aos prantos, lívida e aterrorizada, mas, ainda assim, bela. Cerca de trinta adolescentes a seguiam cheios de curiosidade. De vez em quando, um miliciano, orgulhoso de si, virava-se para eles e gritava:

— Voltem para casa!

— Vão para a escola. Isso aqui não é para vocês!

Mas essas ordens eram como água caindo sobre folhas de mandioca: não tinham nenhum efeito. A molecada acompanhou o cortejo até a sede da prefeitura. Rechaçados, diante da menor desatenção dos milicianos, voltavam a se juntar na caminhada, a fim de ver "a senhora Ngân do senhor Quang" de mãos atadas, cena que não se via na aldeia desde o final da terrível reforma agrária. Enquanto Ngân era conduzida ao armazém de estocagem da prefeitura, a cinco minutos de caminhada, eles correram para lá, a fim de chegar antes dela. Era um pequeno edifício de tijolos, hermético como uma caixa, com uma porta de pau-ferro trancada com um cadeado do tamanho da mão de uma criança. Quatro paredes, sem janela nem ventilação. Antigamente, estocava-se ali o chá do chefe do cantão. Durante a reforma agrária, as autoridades revolucionárias o desapropriaram, a fim de manter presos ali os grandes proprietários de terras. Até dez pessoas chegaram a ficar amontoadas naqueles dezoito metros quadrados. Num dos cantos, foram espalhadas cinzas, para que pudessem fazer ali as suas necessidades; em outro canto, foi colocado um jarro d'água. Depois da admissão dos erros cometidos na reforma agrária, o distrito determinou a demolição do local, mas o prefeito não obedeceu à ordem, sabe-se lá por quê. Obviamente, mandou limpá-lo e pintá-lo de branco, a fim de apagar, com isso, as lembranças doloridas. Desde então, guardavam-se ali cadeiras, mesas, panelas e louças, todos os objetos utilizados nos festejos oficiais. O departamento de artes e esportes também guardava ali as suas bandeirolas, as flâmulas e os instrumentos musicais de segunda mão, adquiridos por funcionários municipais pouco inspirados. Era um verdadeiro depósito de quinquilharias: um tambor furado, dois trompetes enferrujados, um violão e dois bandolins sem cordas, um monte de bandeiras carcomidas de que ninguém ousava se desfazer...

Quando o chefe de polícia abriu a porta, um bando de ratos saiu em disparada entre as suas pernas rumo às sebes mais próximas. O ar fechado fedia a mofo e a urina de roedores.

— Entre aqui!

O miliciano conduziu Ngân até a porta, antes de soltá-la. Nesse momento, foi possível ver que sua blusa estava rasgada debaixo do braço. Provavelmente resistira no momento da prisão. Deve ter chorado muito, também, pois, depois de ser liberada, ficou inerte. O miliciano desfez o último nó:

— De agora em diante, você viverá aqui. Você é surda, é? Vamos lá, entre!

Ngân parecia não ouvir nada, o rosto ainda molhado de tantas lágrimas, de medo e de esgotamento.

— Não ouviu a ordem? — gritou o chefe de polícia. Depois, como ela continuava sem esboçar qualquer reação, empurrou-a pelas costas:

— Vamos lá! Entre aí!

Indicando o interior daquele local escuro e fétido, ele insistiu:

— Vamos, entre. É onde você vai ficar.

Empurrada como um saco de arroz, Ngân se afundou em meio aos cestos cheios de panelas e louças. O chefe de polícia da aldeia bateu a porta e, depois de fechar o cadeado, exclamou:

— Até a noite alguém vai trazer alguma coisa para você comer.

Virou-se então para seus homens:

— Arranjem alguma coisa para ela comer. Amanhã o governo decidirá o que fazer.

Avançou com um ar marcial na direção dos meninos e dos curiosos. A multidão, calada, observava o representante da ordem. Um medo subterrâneo, esquecido, voltava à tona na alma daquelas pessoas desocupadas. Após um prolongado silêncio, o chefe da polícia pigarreou, como um ator que se prepara para adentrar o palco, e pronunciou um discurso objetivando lembrar a todos a sua função e a importância daquele acontecimento:

— Ouçam bem! O dever de todos os cidadãos é o de trabalhar. Trabalhar é algo glorioso. Peço, então, que voltem ao trabalho. Não devemos nos desviar da produção nem por um minuto. O nosso dever, como representantes do Estado, é erradicar qualquer ato que atente contra a vida social. Como chefe da polícia da aldeia, em nome do governo, prometo a todos vocês que esses delitos serão punidos. Eliminaremos todo e qualquer perigo que ameace a vida da coletividade, a fim de garantir a felicidade em todos os lares. Alguém tem algo a dizer?

O orador observou a assistência com ar arrogante.

— Muito bem!

O homem que emitiu esse elogio estava precisando de um carimbo oficial na ficha de um de seus filhos, em processo de recrutamento. Os demais permaneceram em silêncio. Talvez não tivessem entendido o discurso na sua totalidade. Ou então a imagem de uma frágil mulher algemada lhes fizesse recordar as cenas terríveis da reforma agrária. Por fim, muitos dos presentes deviam para o senhor Quang, ou tinham sido por ele convidados alguma vez. No mínimo tinham convivido com ele em algum momento de suas vidas.

O homem que aplaudira isoladamente deu um jeito de escapulir discretamente. O chefe da polícia, decepcionado por não ter obtido o êxito desejado, acabou gritando, cheio de raiva:

— Se ninguém tem nada a dizer, então voltem para suas casas! Dispersem!

Retirou-se, seguido de sua tropa de policiais. A multidão permaneceu ali, imóvel, os olhos voltados para o enorme cadeado. Estavam perplexos diante do ocorrido. Ninguém dizia nada. Os meninos tentavam, em vão, encontrar algum buraco na porta para ver a prisioneira, mas ela era tão opaca que não adiantava nada.

O sol estava no zênite. Até mesmo os mais curiosos abandonaram o jogo, impulsionados pela fome. Almoçaram rapidamente, para então se dirigir à casa do senhor Quang para saber o que havia acontecido. A entrada estava aberta, mas que ninguém sequer pensasse em entrar e roubar qualquer coisa, pois a senhorita Tu estava sentada bem à vista em um degrau da escadaria principal. Dali, observava os que apareciam e os cumprimentava como se nada tivesse acontecido:

— Olá, entre, venha tomar um chá. Está fazendo tanto calor que ir para o campo seria como entrar em um forno.

— No entanto, há quem o faça!

— Sim, o que não falta neste mundo são os imbecis! Eu mesma faço parte deles. Não fosse assim, estaria aqui na hora em que as coisas aconteceram.

— Você chegou agora?

— Faz apenas meia hora. Estava capinando nos pés de mandioca quando um moleque veio me avisar. Corremos para cá feito loucos, mas minha tia Ngân já tinha sido levada. No pátio da casa estava apenas a mulher de Quy. Ela me disse que tinha vindo com as crianças para tomar conta da casa do sogro. Expulsei-a imediatamente.

— Você ousou fazer mesmo isso?

— Claro, por que não o faria? Quy é prefeito deste vilarejo, mas é também membro da minha família. Quando criança, era raquítico, estava sempre doente. E eu é que cuidava dele. Com sete anos, pegou sarna e ficou com ela durante toda a primavera, até chegar o verão. Cuidei dele até não aguentar mais de dor nas costas, com os olhos ardendo. Era eu que esquentava a água para o banho dele; passava a pomada no seu corpo. A mãe era tão desastrada que não conseguia fazer nada. Depois que foi nomeado prefeito, ficou se achando superior. Se os policiais fizeram o que fizeram, certamente foi sob as ordens dele. Um filho que despreza o pai dessa maneira não merece ser visto como homem.

— Mas parece que a ordem veio da cidade.

— Se a ordem tivesse vindo da cidade, quem teria agido seria a polícia da cidade, e não os idiotas daqui. Seis dos dez policiais que algemaram minha tia Ngân tiveram os seus cordões umbilicais cortados por mim, e fui eu quem os lavou quando nasceram. Vou à casa de cada um deles lhes dar um bom tapa na cara. Quero ver se se atrevem a fazer alguma coisa contra mim.

— São apenas executores. Estão cumprindo ordens do chefe.

— Durante a reforma agrária, houve muita gente que executou ordens superiores e acabou cuspindo no rosto de seus próprios pais, tratando-os de reacionários e traidores. E o que ganharam com isso?

— Sim, essas pessoas eram covardes. Mas como deixar de cumprir ordens?

— É comparar fogo com ouro. A diferença entre o homem honesto e o bandido se revela na hora do perigo. Em tempos normais, todo mundo é belo e gentil.

Subitamente, a senhorita Tu mudou de assunto:

— Tenho em casa um açúcar-cândi amarelo de excelente qualidade. Quem quer prová-lo junto com chá de crisântemos?

— Crisântemo imortal?

— Não! Você não sabe de nada! O crisântemo imortal não se presta para fazer chá. Se tentar fazer isso, o chá sai intragável de tão amargo. Só se pode usar o crisântemo branco, ou o pequeno crisântemo amarelo.

— Não somos tão conhecedores de chá como você.

— Vamos! Bebamos um chá de crisântemos para limpar a garganta. Eu os convido.

Visivelmente, a senhorita Tu exibia o jeito de quem não quer falar sobre um determinado assunto. Apesar de toda a sua curiosidade, os aldeões não se atreveram, então, a fazer mais perguntas.

Quando a chaleira expeliu o seu aroma e o açucareiro cheio de pedaços cintilantes de açúcar foi colocado sobre a mesa, todos degustaram o chá, deliciados. O sabor refinado do açúcar-cândi exaltava o perfume leve do crisântemo, os pensamentos circulavam entre uma tristeza já passada e um futuro feliz. A conversa, agora, girava em torno dos diferentes métodos utilizados no passado para torrefação do chá com as flores e a sua embalagem. Os camponeses da Aldeia dos Lenhadores observavam o pagode Lan Vu e imaginavam um homem santo, vestido com um largo conjunto dourado que vinha até eles para ensinar a receita da fabricação do maior de todos os chás: o chá do cavalo sagrado. Dizia-se que um quilo desse chá valia por um palácio inteiro de quatro andares com dezesseis quartos imensos e vidros nas janelas, como havia nos maiores hotéis de Hanói.

Quando o sol baixou para o oeste, iluminando, ainda, um terço do pátio de pedras, o relógio do senhor Quang bateu três vezes. Os convidados se ergueram para partir. Não aguentavam mais. Seus estômagos estavam cheios de chá, apesar de sua curiosidade não ter sido satisfeita. Como seria impensável ir para o campo àquela hora, todos voltaram às suas casas para cuidar de suas coisas, pôr suas esteiras para secar, limpar o jardim... qualquer ocupação voltada a matar o fim da tarde à espera da reunião para o jantar.

O sol então se pôs, e os pratos puderam ser colocados nas mesas das varandas com piso ainda quente, enquanto o vento fresco da montanha já se fazia presente, trazendo consigo os afagos da bruma úmida. No entanto, os homens se abstiveram de beber e as mulheres não se puseram a mordiscar os grãos de arroz com casca torrificado ou a saborear doces de mel após o jantar. Não. Todos se arrumaram apressadamente para sair, munidos de tochas ou lanternas, pois a noite caíra rapidamente. Em dez minutos, estava tudo escuro. Os três povoados se iluminaram com tochas. Todas convergindo para um único ponto: a casa de Vui. Sem ter combinado previamente, toda a aldeia se dirigiu para a frente da casa da secretária da Juventude. Uma multidão, munida de lanternas ou candeeiros. Infelizmente, um cadeado enorme impedia a entrada. E o pátio estava mergulhado na escuridão.

— Que estranho! Onde ela está?

— Hoje cedo ainda foi vista comprando alguns tecidos!

— Será que está na casa de Quy? Quando Ngân foi presa, ninguém viu Quy, mas apenas o chefe da polícia e seus guardas.

— Foi Quy quem deu ordens ao chefe da polícia. Nunca se viu um primogênito enviar a polícia para prender sua sogra. Que malcriado!

— E Vui? Por que não aparece? O que terá ela a ver com essa história?

— Esqueceram-se de que ela foi investigar Ngân e o senhor Quang sob a ordem de Quy? Foi ela quem contou sobre a construção da casa dos sogros do senhor Quang em Khoai. Foi a única, em toda a aldeia, a ter estado bem no coração da coisa.

— É o braço direito do prefeito... bem, o braço esquerdo!

— Eu os vi conversando. Pareciam muito próximos...

— Como saber? Sentimentos mudam a toda hora... faz parte da banalidade da vida. Eles estão de relações rompidas.

— Como você sabe?

— Outro dia, ao passar com meus sacos de carvão na frente da casa de Vui, vi Quy saindo de lá, o rosto cheio de raiva, escurecido como a vulva de uma búfala! Dias depois, pedi a Vui notícias de Quy, e ela pareceu muito irritada com isso, respondendo muito secamente: não sei, não tenho nada a ver com o senhor Quy.

— Está louco? Como se atreve a comparar o rosto do prefeito com a vulva de uma búfala? Se eu o denunciasse, você estaria morto.

— Desafio você a me denunciar. A gente usa a expressão "escuro como a vulva de uma búfala" desde sempre. Não disse nada a mais do que os nossos antepassados já diziam.

— Estou brincando! De todo modo, surpreende que eles tenham rompido um com o outro tão rapidamente.

— Ah! As relações humanas são como uma camisa. A gente abotoa e depois desabotoa. Pronto. O que realmente dura nesta vida?

— Mas Quy é o prefeito! A secretária da Juventude não pode deixar de lhe dar importância! É seu superior.

— Só os céus sabem o que realmente aconteceu. Bem, vamos voltar para casa e dormir. Amanhã temos de limpar as nossas plantações de mandioca. Se não, adeus tubérculos! Todos os esforços que fizemos irão pelos ares!

— Tem razão. Mandioca não custa muito caro, mas alimenta os porcos, e a farinha pode muito bem nos salvar em dias de miséria. Não desperdicemos aquilo que o céu nos dá. Vamos para casa.

Todos, então, deram meia-volta. Um dia inteiro dedicado a tentar conhecer o desenlace final de uma peça de teatro já era mais do que suficiente. O que tiver de ser, será. Em compensação, a mandioca não podia esperar.

As labaredas então se dispersaram pelas ruelas sinuosas, contornando jardins e colinas. As conversas se diluíam na imensidão tenebrosa da montanha.

Um risco de luz passou sobre o monte Lan Vu:

— Oh! Um cometa! Um cometa em plena primavera?

— Não é um cometa, é uma estrela cadente. Quando uma estrela cai dessa maneira, é sinal de que um santo encerrou o seu tempo de exílio na Terra e deve retornar ao céu.

— O grito de um mocho ou de uma coruja anuncia a morte de um homem. Mas uma estrela cadente anuncia, com efeito, o fim do exílio de um santo no mundo profano.

— É verdade?

No dia seguinte, a chuva voltou a cair, com toda força.

Foi impossível sair para as plantações de mandioca. Lamentou-se muito, pois, com a chuva, o mato cresceria ainda mais, causando estragos nos jovens tubérculos. E, mesmo que fosse possível salvar alguns, seriam insossos, bons apenas para dar de comer aos porcos. A mandioca não vale muito, mas dá muito trabalho. Por isso, enquanto aguardavam a chuva passar, os camponeses não se sentiram dispostos a jogar cartas ou a grelhar milho. Vestindo suas capas, ocuparam-se em limpar os jardins, pois, com o coração apertado, não conseguiam se divertir.

A chuva parou depois da hora do Cavalo. Bem depois da refeição do meio-dia. Ainda palitavam os dentes quando a buzina de um automóvel ressoou por todas as ruelas da aldeia. Era um som muito raro naquelas localidades, ouvido uma ou duas vezes ao ano: na festa do ano-novo, para anunciar a chegada do grupo de teatro cantado, e depois, uma ou outra vez, para avisar a chegada da equipe médica encarregada de controlar epidemias ou doenças graves como a malária, a hepatite, a difteria ou problemas obstétricos das mulheres. Para o povo da aldeia, a buzina de um automóvel era associada a algum acontecimento alegre. Viam surgir fadas maravilhosamente maquiadas, com roupas coloridas, ou então as roupas brancas dos médicos. Toda vez que se ouvia uma buzina, uns diziam aos outros:

— Chegou a equipe de ginecologistas...

Ou então:

— É a vacinação contra a difteria. As crianças já estão prontas?

— O planejamento familiar chegou. Já preencheu o formulário para pedir para ficar fértil de novo?

Apesar de que, já havia algum tempo, nada estivesse acontecendo conforme o normal, a buzina surpreendeu a todos:

— Quem está chegando?

— Como é que ninguém foi informado de nada? Nem o prefeito, nem o seu vice, nem mesmo a secretária da União das mulheres. Ninguém nos avisou de nada.

— Talvez seja um programa complementar de colocação de esterilizantes ou de esterilização.

— O programa de esterilização foi suspenso. Dizem que está em rediscussão nas altas esferas.

Com ou sem informação prévia, todos foram para as ruas, como que para assistir a um espetáculo ou à chegada de uma trupe de circo ambulante, da mesma maneira que, no meio da cidade, um bando de desocupados se aglutinaria em torno de uma demente qualquer que acabasse de escapulir do manicômio e estivesse dançando na rua com os seios e o traseiro à mostra. Um jipe com pintura de camuflagem avançava cautelosamente pela rua empoeirada, atravessando os três povoados como um besouro. A via era estreita e cheia de ninhos de galinha. O veículo procurava avançar em meio às cercas de bambu, saltitando sobre obstáculos, embrenhando-se por arbustos robustos. Às vezes, para pegar uma curva, executava alguma manobra acrobática e seguia adiante. Apesar das dificuldades, o veículo avançava inexoravelmente rumo ao Povoado do Alto, seguido por um bando de garotos brincalhões, cerca de vinte deles, que pulavam e gritavam em meio à nuvem de poeira formada pelo veículo. Ao chegar ao centro do povoado, o motorista pôs a cabeça para fora, a fim de perguntar aos passantes:

— Por favor, onde fica a casa do prefeito Quy?

Foi nesse momento que se percebeu que se tratava da polícia. O próprio motorista era um policial uniformizado. Um raio atravessou a multidão de camponeses:

— Um carro da polícia está se dirigindo à casa do prefeito Quy!

— É a primeira vez, desde a reforma agrária, que a polícia aparece na aldeia.

— Estão vindo para levar Ngân à cidade.

— Tem razão. O tribunal fica na cidade. Não estamos mais no tempo da reforma, quando eles formavam tribunais em qualquer lugar e de qualquer maneira. Quem disse ontem que Ngân seria julgada aqui na aldeia não passa de um mentiroso completo.

— Mas foi o chefe da polícia local.

— Mesmo que seja o chefe da polícia local, não passa de um mentiroso. Se a aldeia pudesse montar de novo um tribunal, significaria que os terríveis erros judiciários estariam de volta!

— Então por que você não disse nada ontem? Você estava lá, na frente da prisão, quando eles trancafiaram Ngân...

— Para comer, é preciso aguardar que o convidem. Para falar, é preciso aguardar que o escutem. Eu não falo à toa, para o vazio, como um louco.

— Bem, fique quieto. Estão chegando...

Uma multidão se aglomerava diante da residência de Quy. Esperava que o prefeito saísse acompanhado dos quatro agentes policiais para, provavelmente, se dirigir à prisão de Ngân. Algumas pessoas já haviam partido para o local a fim de assistir ao momento fatídico em que a prisioneira seria transferida no veículo da polícia e em que a curiosidade e a compaixão poderiam atingir o auge.

Passados vinte minutos, com efeito, viram-se os agentes saírem da casa com Quy. Este, porém, exibia um aspecto nada triunfante. Andava curvado, o rosto pálido, exangue. Ao chegar à viatura, entrou e se encolheu, como se não quisesse ver nem ser visto por ninguém. Os que estavam mais próximos puderam observar que o suor escorria em abundância da sua testa e das têmporas até pingarem pelo queixo. As mãos tremiam, os lábios estavam descoloridos como os lábios de um enfermo atingido pelo paludismo, igualmente trêmulos. Os olhos, sombrios, estavam esgazeados. A multidão conteve a respiração, pressentindo que alguma coisa de muito grave acontecia naquele momento. Abriu espaço quando o veículo deu a partida a fim de se dirigir à prisão e passou a segui-lo, como um cortejo atrás do carro fúnebre.

O jipe estacionou na frente do local. Desceram os policiais, depois Quy, que avançou para abrir o cadeado — sem sucesso, porém, de tanto que suas mãos tremiam. Um dos policiais teve de pegar a chave e abrir, ele próprio, o cadeado. Dois agentes entraram no recinto para sair logo depois com a jovem, cujo rosto estava todo tomado por picadas de insetos. Um dos agentes, provavelmente o oficial, virou-se para Quy:

— Tem algo a declarar?

Quy ficou em silêncio.

O policial que abrira o cadeado tirou do bolso da calça um par de algemas e estendeu-o na direção de Quy sem dizer uma só palavra. Diante da estupefação de todos os aldeões, inclusive de Ngân, este último, em silêncio, como um morto, esticou os braços.

O oficial virou-se para a jovem:

— Quer que a acompanhemos até a sua casa?

Ela pareceu não entender a pergunta. O oficial repetiu, pausadamente:

— Você consegue voltar para casa sozinha ou quer que a acompanhemos?

— Oh, não... Não há necessidade. Eu posso ir a pé. Obrigada.

— Então, adeus. Espero que possa retomar a sua vida normal rapidamente — disse ele, com uma voz tranquila, sem esconder o sinal de simpatia natural que um homem sente diante de uma bela mulher.

— Adeus. E mais uma vez obrigada — respondeu Ngân, que parecia ter recuperado um pouco de sua vivacidade.

Os policiais colocaram Quy de volta no carro, que partiu em seguida. Os camponeses observavam o veículo se afastar, calados. E assim permaneceram até que a poeira e o barulho do motor desaparecessem por completo. Uma das mulheres, então, falou:

— Pobre Ngân! Os mosquitos acabaram com ela! Felizmente, passou aqui apenas uma noite. Na época da reforma agrária, minha irmã ficou um mês inteiro presa.

— Esqueça aquele período maldito. Os homens tinham-se transformado em monstros...

O senhor Quang voltou para a aldeia naquela mesma noite.

A jovem esposa, depois de lhe abrir a porta, jogou-se sobre ele. Os vizinhos a ouviram chorar compulsivamente, ao mesmo tempo em que repreendia o marido:

— Por quê? Por que você me abandonou para que seu filho me martirizasse dessa maneira? O que foi que eu fiz para ser tratada como uma prostituta? Eu o amava e casei com você!

Ninguém ouviu a resposta do marido, mesmo esticando ao máximo as orelhas. Também não se viu nenhum fogo sendo aceso na cozinha. Provavelmente pressentindo que a jovem esposa estaria muito irritada e que por isso não lhe prepararia nada para jantar, Quang já havia comido alguma coisa no caminho. Depois de tentarem espionar alguma coisa, em vão, os vizinhos foram dormir, com seus corações ainda agitados diante de tantos acontecimentos.

À meia-noite, uma névoa glacial cobriu a aldeia. Fazia algumas semanas que isso não acontecia, mas, nessa noite, vindo do cume do monte Lan Vu, ela invadiu o topo das colinas à sua volta, como a dos Bambus, a das Pérolas Verdes e a das Pérolas Amarelas. Em seguida, espraiou-se pelos jardins e pomares, estendendo seu volume esbranquiçado pelas plantações de chá e de mandioca, até atingir os arrozais. Opaca e espessa, invadiu o sono de todos, nas profundezas da noite. Até mesmo o galo hesitava em cantar, como se tivesse dificuldade para despertar. As trevas das montanhas traziam consigo sonhos estranhos. Por volta das três da manhã, o pequeno Hoa, do Povoado do Meio, saiu da sua cama e começou a correr pela casa gritando, como um porco em sacrifício. Os pais tiveram de imobilizá-lo e fazê-lo engolir à força uma infusão de gengibre, a fim de acordá-lo. Ao abrir os olhos, ele gemia e pediu que acendessem todas as luzes. Depois de chorar, finalmente adormeceu na cadeira. Bastou que apagassem uma das luzes para que despertasse e recomeçasse a gritar. E assim foi até o amanhecer do dia. Dormiu, então, até o meio-dia, a hora do Cavalo, quando o sol estava a pino. Ao acordar, contou o pesadelo que tivera. Tinha visto uma jiboia gigante toda coberta de escamas, com patas e garras afiadas, como um dragão. A cauda era bifurcada, tinha uma língua muito comprida, que ficava pendurada, e uma crista de papagaio. O monstro surgira das profundezas de um abismo para avançar pela cordilheira das colinas dos Bambus. Em sua boca vermelho-sangue cabia um búfalo inteiro. O corpo era preto com ranhuras verdes e amarelas. Suas escamas pareciam duras, como placas de ardósia. A besta enorme se arrastara das colinas dos Bambus para as colinas das Pérolas Verdes e as das Pérolas Amarelas. Sua cauda varria tudo o que ficava para trás, derrubando árvores à sua passagem, como uma tempestade devastadora. Depois de chegar ao final da cadeia das colinas, o monstro se preparava para avançar sobre o monte Lan Vu quando, contido no meio de seu impulso, começou a berrar de dor. Seu ventre gigantesco começou a se mover, ondulante, como se algum animal se debatesse dentro dele. Contorcia-se de dor, os olhos esbugalhados, as narinas cuspindo fogo, com gritos que saíam como trovões. Seu ventre se abriu numa ferida profunda, comprida, da qual saiu, em vez de sangue, um líquido negro, viscoso, como uma seiva. Dali emergiu uma cabeça, com os mesmos olhos exorbitados, a mesma cor de pele, a mesma crista monstruosa e o mesmo aspecto ameaçador. O filhote se inchou a olhos vistos, como um balão, debatendo-se para sair do corpo viscoso da mãe. Depois de atingir o tamanho dela, abriu a boca enorme e mordeu-a na cabeça violentamente. O sangue, grosso e escuro, jorrou. A mãe esticou o pescoço horrível e gritou, para então enfrentar o filhote. Em seu sonho, o pequeno Hoa se encontrava ao pé do monte Lan Vu, onde tinha o costume de brincar de empinar pipa com seus amigos. Os dois animais brigavam à sua frente, de modo aterrorizante, com as garras dos monstros violentando o verde das colinas. Queria fugir, mas era impossível. À sua volta, tinham-se erguido sebes cheias de espinhos. No começo, não eram muito altas, mas se reproduziram rapidamente, como algas, atingindo a altura de um homem adulto, enredando-se umas nas outras. As heras, ao redor, começaram também a crescer, agitando suas trombas peludas, enrolando-se nos ramos espinhosos para formar uma cerca tão compacta que nem mesmo um gato conseguiria atravessar. O pequeno Hoa estava cercado. Os espinhos eram extremamente venenosos e as heras queimavam a pele, criando bolhas repugnantes. Aterrorizado, começou a chamar pelos pais aos berros, mas ninguém o escutava. O mais terrível era que ele havia visto o seu próprio ventre se mexer como o do monstro. Imaginou então, horrorizado, que dali sairia uma cabeça idêntica à dele mesmo, com os mesmos olhos repuxados, o mesmo queixo sulcado e o mesmo nome: Hoa. E esse novo Hoa, por sua vez, se voltaria contra ele, para lhe morder o pescoço. No auge do terror, saiu correndo em busca de uma saída — e foi nesse ponto que começou a correr de verdade pela casa, até conseguirem controlá-lo.

A partir desse dia, o pequeno Hoa parou de dormir com seus irmãos, apesar de ter onze anos de idade e ser o primogênito. Começou a dormir com os pais. Uma luz elétrica tinha de ficar acesa a noite toda em um canto do quarto. Quando os vizinhos, curiosos, perguntavam como os pais faziam para se divertir na cama, estes confessavam que, nas noites de muita excitação, precisavam aguardar que o pequeno entrasse em sono profundo, aumentavam a intensidade da luz e então levavam seus cobertores para um anexo, onde podiam se entregar às suas "atividades revolucionárias".

Os camponeses sempre acreditaram que os sonhos ou os pesadelos são alertas enviados pelo céu ou pelos demônios. Os sonhos bonitos anunciam alguma notícia boa; os pesadelos, alguma catástrofe à vista. Todo pesadelo é sempre seguido de algum cataclismo que faz o povo sofrer por muito tempo. O de Hoa aconteceu logo depois do episódio da família do senhor Quang. A coincidência era comentada nos três povoados. Desde o amanhecer, até a noite seguinte, antes do breve instante que antecede o sono e em que ainda era possível refletir sobre as coisas da vida, os aldeões não pararam um minuto sequer de falar no assunto e até mesmo discutir sobre os acontecimentos. Quando saíam para cuidar das plantações de mandioca, levavam uma chaleira. Os homens se municiavam de cachimbos e de tabaco, as mulheres de balas de amendoim ou de gergelim, as mais velhas levavam bétele para mascar. Ao cair da tarde, reuniam-se, porém não mais na casa do senhor Quang nem na da senhorita Vui, já que estes tinham se transformado nos protagonistas da comédia em curso. Vui voltara para a aldeia na mesma noite que o senhor Quang. Dois dias depois, o comitê local do Partido se reuniu sob o comando do secretário do comitê distrital. Quy estava preso, aguardando julgamento por "abuso de poder e encarceramento de pessoa inocente".

Seria demitido do cargo de prefeito e excluído do Partido. Sem nenhuma indenização. O comitê local do Partido precisava, assim, escolher com urgência um novo prefeito e um novo secretário adjunto local da organização. Ao povo não cabia outra coisa se não seguir o que o Partido decidisse. Nessa reunião, o secretário distrital declarou, sem nenhuma ambiguidade, que a secretária da Juventude Nguyen Thi Vui atuara com grande discernimento em defesa da honra do Partido. Graças à sua ação decisiva e determinada, conseguira conter o abuso de poder e mitigar os estragos que dele poderiam resultar. O comitê distrital do Partido reconhecia com energia o seu espírito de responsabilidade e sua capacidade de ação. Considerava-a um quadro exemplar do Partido, com um grande futuro pela frente.

Obviamente, com tantos elogios vindos do homem mais poderoso do distrito, Vui só podia ser nomeada prefeita e secretária adjunta do comitê local do Partido. O que se deu sob os aplausos de todos os membros do Partido e das organizações populares. Após sua indicação, organizou-se uma grande festa. A cooperativa autorizou o sacrifício de três bois. Em ocasiões como essa, o Estado fechava os olhos para a política de austeridade e respeitava as tradições gastronômicas do povo. Três receitas obtiveram o consenso geral: carne de boi com molho de gengibre, patê de carne de boi recheada com pimenta e enrolado de carne grelhado. Com centenas de bandejas distribuídas no salão de festas municipal, com os vapores da aguardente de arroz misturados com o aroma dos assados e dos grelhados, o clima ficou tão alegre e tão festivo que quase já se esquecia a motivação do banquete. Nem sequer notou-se a ausência de Quang, de Ngân e da senhorita Tu Boca Pequena durante os dois dias de comemorações. Quando o álcool corre solto, é muito imprudente abordar assuntos que possam causar vergonha ou que impliquem alguma reflexão.

* * *

Por mais importante que seja, porém, uma festa sempre chega ao fim, ainda mais quando não se trata de uma festa de família. Assim que Vui ocupou a cadeira que era de Quy, os aldeões passaram a observá-la com severidade. Os pratos de porco laqueado, de carne grelhada com erva-cidreira já tinham sido digeridos. Passados alguns dias, as pessoas começaram a criticar a "velha moça que havia feito o dragão recuar".

Segundo os boatos, Quy roubara de um primo do lado materno — chefe adjunto do serviço de investigações da polícia da cidade — um mandado de prisão contra uma prostituta. Tratava-se de um mandado antigo, perdido no meio de uma pilha de documentos destinados ao arquivo morto. Esse arquivo, caso não tivesse utilidade para mais nenhuma investigação de maior importância, tinha de ser destruído depois de vinte e cinco anos. O homem não tinha nenhum motivo para desconfiar de seu primo prefeito, razão pela qual o deixou sozinho na sala e saiu para comprar algumas garrafas de cerveja para seu convidado. Quy então falsificou o documento, alterando o nome da acusada e a data, e recorreu ao chefe da polícia local, que foi ludibriado pelo carimbo da polícia da cidade e a assinatura do chefe do serviço de investigações. Era colega de Quy havia muitos anos e fazia questão de satisfazer o amigo prefeito com muito zelo. Eis a razão pela qual uma brigada inteira da polícia local foi mobilizada para invadir a residência do senhor Quang e prender "Ngân, essa pessoa que engana os homens e atenta contra os bons costumes". Assim que a prisão foi anunciada, Vui pegou sua bicicleta e correu até a cidade para avisar o senhor Quang. O que aconteceu depois todo mundo já sabia.

Os camponeses detestam aqueles que usam de artimanhas para obter sucesso, mesmo que nenhum deles hesite diante da menor possibilidade de melhorar sua condição de vida. Para eles, as pessoas matreiras são capazes não só de destruir uma pessoa, mas também famílias inteiras, quando não toda uma aldeia. São como as bruxas de antigamente, que utilizavam elixires ou magias para incutir amor, raiva ou levar pessoas a agirem de modo incoerente, estúpido ou insensato. Se a artimanha é, além disso, cometida por uma mulher, o ódio popular pode atingir patamares vertiginosos. Pois a mulher recebe dos céus um par de seios e um par de nádegas: os seios para alimentar os filhos e as nádegas para satisfazer o marido. Não deve nunca se afastar dessas obrigações.

Uma mulher que se torna chefe de um cantão já é algo anormal. Mas, se obteve o posto à custa da traição, com oportunismo, merece que o mundo lhe cuspa no rosto.

Se Vui fosse perspicaz, saberia, então, o que se dizia a seu respeito. Felizmente para ela, porém, sua inteligência era limitada. Embriagada pelo poder, passava o tempo ampliando sua rede e consolidando-se como prefeita. Essas tarefas gigantescas a afastavam dos comentários da gente do povo que bisbilhotava permanentemente os segredos de sua vida, como agentes da polícia judiciária a exumar cadáveres para investigar uma morte obscura. Essa investigação popular ganhava grandes dimensões. Mobilizava jovens e idosos, moças e rapazes, ainda que tivesse sido lançada, em sua origem, apenas por homens:

— Percebe como fomos enganados? Reunimo-nos na casa dela como crianças para ouvir a história do senhor Quang e ninguém se perguntou por que ela tinha nos recebido tão bem.

— Como poderíamos saber? Achávamos que ela tinha ficado rica e que queria se equiparar aos benfeitores como o senhor Quang.

— Que nada! Ela não é tão generosa assim... Outro dia, minha sobrinha estava com uma febre muito alta, com a língua toda seca. Pedimos a ela um pouco de mel, e ela nos deu apenas duas colheres.

— Não pode ser... Ela só deu duas colheres de mel?

— O potezinho ainda está na minha casa. Passe lá para ver.

— Deve ser verdade mesmo. Ela começou a dar mais aos outros apenas para atrair a simpatia da vizinhança, para usar a opinião pública contra o seu inimigo de coração. Não foi por acaso que gastou um monte de dinheiro para ir até a aldeia de Khoai a fim de investigar sobre outra mulher. Uma pessoa normal jamais faria tudo isso.

— E eu que achava que ela agia sob as ordens de Quy!

— Ela não faria isso sem uma motivação pessoal.

— Sim, é verdade. Estávamos cegos. Eu estava ao lado dela no funeral da senhora Quang e vi quando ela acendeu três bastões de incenso e inclinou-se três vezes na frente do caixão.

— Ela se inclinou três vezes diante da falecida como forma de lhe pedir autorização para ir para a cama com o viúvo. Uma vizinha normal se inclinaria apenas uma vez.

— Agora está tudo claro, como a luz do dia. É uma grande dissimuladora.

— Talvez não seja tão grande assim, mas nós, de todo modo, estávamos cegos. Acho que o espírito do senhor Vang tentou fazer com que sua filha querida pudesse casar, na expectativa de obter um pequeno descendente. Afinal, ela já está na casa dos trinta!

— Não acredito nessas histórias de fantasmas, mas acho que fomos ingênuos demais. Ela é uma espertalhona. Quanto mais penso nisso, mais considero que ela tinha motivos para tentar seduzir o senhor Quang. É o homem mais experiente da aldeia, aquele que mais viajou, e, além disso, graças à sua fortuna, é também o mais poderoso. Se ele se tornasse marido dela, quem ousaria importuná-la?

— Claro! Mas as tramoias não podem nada contra o destino. Se os céus assim preferirem, milhares de belas estratégias acabarão dando em nada.

— Foi justamente porque a presa escapou de suas mãos que ela se aliou a Quy, para se vingar. Achava que pegaria o lugar da senhora Quang no leito de madeira de lei do marido. Os dois estavam muito bem, ele mais ainda do que ela. Vui pensava, certamente, em ficar com as duas fortunas. Não contava, porém, com a outra mulher, surgida do nada, e que posou como uma andorinha no galho do homem para o qual ela voltara todas as suas atenções. Seu plano, assim, foi por água abaixo!

— A partir daí, começou a fazer besteiras. Os homens honestos nunca levam em consideração a fortuna das mulheres. Só os mais abomináveis é que o fazem. "O heroísmo é algo reservado para os homens, enquanto a doçura o é para as mulheres. O homem de bem se aproxima é da beleza e da gentileza da mulher."

— Isso mesmo! O senhor Quang já é rico o suficiente. Por que precisaria ir atrás de uma mulher rica? Em compensação, encontrou uma mulher que é bela como uma deusa e jovem como uma flor que acaba de se abrir, com uma pele suave e perfumada. Com um presente desses aos sessenta anos de idade, já pode morrer feliz.

— Ou seja: a mulher fez tudo errado!

— Não tire conclusões precipitadas! Ela fez muita besteira, mas continua sendo hábil. Há mais matéria cinzenta na cabeça dela do que em todos os nossos cérebros reunidos. Desafio você a dar a volta por cima tão rapidamente como ela fez. Da noite para o dia, deixou de ser aliada de Quy e passou para o lado do senhor Quang. "Quanto mais turva a água, mais a garça engorda."

— É preciso admitir que é muito forte. O senhor Quang, porém, é um homem muito reservado. Como foi que ela conseguiu saber que ele era tão poderoso? Que ele conhecia todo mundo, do distrito à cidade? Ela deve ter a sua própria rede de contatos nos círculos do poder. Trocar de aliado tão rapidamente é uma demonstração de grande habilidade política.

— Pode não ter conseguido ficar com o pipi do senhor Quang, mas agora tem o controle da prefeitura. É a mulher mais poderosa, à frente de mais de duas mil pessoas... Não é uma vitória esplendorosa?

— É uma bela vitória, com efeito. Ninguém diria o contrário. Mas eu lhe faço uma pergunta: a cabeça contém muita inteligência, mas será que as partes inferiores são quentes?

— Ah, sim, com certeza. Você não sente o calor dela toda vez que ela passa por perto?

— Ah! Você vai ver só! Vou contar para a sua mulher que você passa o tempo sentindo o calor das partes inferiores de Vui!

— Pode falar! Fique à vontade! Ela sabe muito bem que os meus órgãos se encolhem e que minha grande espada se volta diretamente para o chão quando vejo essa moça.

— Pobre moça! Tem poder, tem dinheiro, mas suas partes inferiores são vazias, desertas. Dentro delas o som deve ressoar como um gongo de pagode.

— Vocês são malucos. Se os nossos antepassados os escutassem, dariam uns bons tapas na cara, bem merecidos.

— Oh! Perdoe-nos, senhor! Sob o embalo da alegria, acabamos por pecar...

— Silêncio! Tenho um jogo de adivinhação a fazer para vocês. Tanto para os homens quanto para as mulheres, para as senhoritas, para quem quiser participar. Sabem qual é a árvore que a senhorita Vui irá plantar no seu jardim?

— Não estamos dentro da cabeça dela... Como podemos saber?

— Pois eu sei. Querem apostar?

— Ouçam bem: nos próximos dias, nossa nova prefeita arrancará todos os velhos arbustos de seu jardim e plantará, ali, apenas bananeiras idiotas. É uma espécie de banana que tem de ser trazida da cidade de Hung Yên. É chamada também de bananeira do sucesso ou bananeira de exposição. Cada banana dela pesa de quinhentos a setecentos gramas e é mais volumosa do que o martelo de quebrar a casca dos caranguejos...

A reação das mulheres foi imediata:

— Esse homem é um demente total...

— Seu doido... Imbecil...

— Que diabo! Merece que o céu desabe inteiro sobre a sua cabeça...

De bom humor, contorciam-se de tanto rir, gritando, babando, cacarejando como galinhas. As conversas acabavam, assim, indefectivelmente, em brincadeiras obscenas, como se a imaginação camponesa, para conjurar as angústias individuais, despejasse todos os seus cartuchos sobre um prisioneiro amarrado ao pelourinho, no meio de uma velha praça de execução.

Essas discussões meio sérias e meio trocistas sobre a mulher que estava no poder eram também uma espécie de vingança. Uma vingança inconsciente, muito antiga. Quando um choque psicológico abala uma comunidade, todos procuram alguma solução para retomar o equilíbrio, a confiança no grupo, e, acima de tudo, para poder justificar o futuro. O mais simples é oferecer um sacrifício a um deus invisível, algum deus superior e poderoso capaz de garantir proteção contra as calamidades. Alguns povos antigos jogavam jovens belas no oceano, como uma oferenda ao deus dos mares, chamado de Dragão Azul, Dragão Branco ou Dragão Negro, conforme a localidade. Os camponeses da Aldeia dos Lenhadores não queriam amarrar suas crianças a fim de atirá-las de algum precipício. Assim, precisavam expor alguém na fogueira da opinião pública, e esse alguém teria de ser a pessoa que tivesse um comportamento discutível. No caso, o objeto de sacrifício não poderia ser outro que não a jovem prefeita recém-promovida, Nguyen Thi Vui. O pesadelo do menino do Povoado do Meio projetara seu sopro aterrorizante por toda a aldeia. O monstro gigante em batalha com seu filhote representava a mais temida das catástrofes: a infelicidade, a imoralidade e a crueldade.

Todas as famílias, ricas ou pobres, poderosas ou miseráveis, sempre consideraram os laços entre as gerações como o cimento mais sólido de um povo.

Sem dinheiro não se pode viver. A miséria é um inferno, que prende o homem ao sofrimento. No entanto, ali onde os cofres transbordam, mas a esposa e o marido se engalfinham e os irmãos se atracam, essa abundância se transforma em outro inferno, não menos terrível. O amor entre pais e filhos foi sempre revestido de um caráter sagrado, o mais sagrado da vida humana. Havia uma canção de ninar que dizia:

Respeite seu pai como respeitaria o monte Thai Son,
Ame sua mãe como amaria uma fonte de água fresca.

Adultos, ao casarem — sendo este o dia mais feliz de suas vidas —, se ajoelhavam diante dos pais e do altar de seus antepassados. Esse ritual expressava a gratidão e o respeito devido aos seus ascendentes. Significava, também, que o amor filial era indefectível.

Os tempos mudaram. Sob o regime revolucionário, já não havia bandejas de bételes, nozes-de-areca, guardanapos de seda ou rojões. Bastava uma troca de olhares para que os rapazes e as moças comunicassem, sem a menor cerimônia, à sua seção da Juventude, ao Comitê do Partido ou à seção local da União das Mulheres a sua intenção de casar. Os pais mal tinham tempo de reagir, e as crianças já estavam na prefeitura para pegar o carimbo oficial da certidão de casamento. Logicamente, espera-se que a tinta seque, e depois as organizações despejam discursos, declarações e conselhos aos recém-casados no sentido de cumprirem os seus deveres para com o Estado e a família. Em seguida, passa-se aos amendoins grelhados, aos doces e ao chá verde, que substituíram os quitutes gastronômicos das festas de antigamente. Em vez de rojões, aplausos. Todos se rendem ao poder da vida profana. No entanto, revanches se tecem à sombra do silêncio. E, quando a ocasião surge...

O pesadelo do pequeno Hoa permitiu que um furacão de cólera e terror adentrasse o espírito dos camponeses. Nenhuma pessoa de espírito saudável deseja ter um filho que lhe esfaqueie pelas costas. Os pais aceitam todo e qualquer sacrifício para que seus descendentes possam comer, estudar e até mesmo ultrapassá-los. Somente a truta morde sua própria cria, somente a coruja come a comida de seus filhotes. Os homens não podem se comportar como animais. Em contrapartida, pedem aos filhos que os amem. A moral, no entanto, é com frequência abafada pela realidade nua e crua. O sonho de amor é imenso, como o oceano, mas na vida real a generosidade e a abnegação não passam de miseráveis e pequenos fios de água. Desde sempre, a vida corre como um rio entre duas margens, a da esperança e a do desespero, a da confiança e a da desconfiança, a do amor e a do ódio. A Terra gira, entre o Sol e a Lua, em um movimento perpétuo, uma revolução sem fim, até o dia em que o universo, em uma última reviravolta, se transforme no caos derradeiro. Por causa desse movimento perpétuo, o homem sente necessidade de renovar a sua fé nos momentos mais perigosos de sua vida. Sem fé não é possível haver vida. Os camponeses defendem suas casas, sentem necessidade de acreditar que seus filhos serão gratos a eles por seus sacrifícios, que se tornarão pessoas respeitosas e deferentes, merecedoras do trabalho, do sofrimento e da dedicação dos pais. Têm necessidade de saber que, no dia em que estiverem estirados em seus caixões, os filhos que acompanharão o carro fúnebre verterão lágrimas sinceras, que não estarão representando para os vizinhos ou apenas para poder ficar com a casa, as plantações, e embolsar o dinheiro da herança. O amor deve ser pago com amor. À primeira vista, o que acontecera na família do senhor Quang parecia uma comédia divertida. No entanto, ela reavivava, lenta e inexoravelmente, dramas secretos, reanimava angústias adormecidas em todos os lares. Quando o pequeno Hoa contou seu pesadelo — um duelo entre mãe e filho —, os tormentos sublimados explodiram como uma tempestade, e todos viram, nesse pesadelo, a existência de uma guerra familiar atroz.

Mas havia também pessoas desconhecidas nessa estranha história. O chefe da polícia local, ao ser submetido a interrogatório por ter executado ordens sem conferir a sua proveniência, declarou que ao chegar à casa do senhor Quang e pedir a Ngân que provasse ser casada legalmente, a jovem respondeu:

— Somos casados legalmente, sim. Vou lhe mostrar a certidão de casamento.

Segura de si, foi até o quarto para abrir o enorme baú de madeira de pau-ferro. Sua postura determinada tinha deixado o chefe da polícia desestabilizado, pois, se o documento fosse autêntico, então o mandado de prisão é que seria falso, e ele próprio seria imediatamente acusado de uso de documento falsificado em cumplicidade com o prefeito Quy. Seu coração começou a se acelerar. Felizmente para ele, Ngân não encontrou o documento, e, aos prantos, exclamou:

— Alguém roubou a nossa certidão de casamento! Juro ao senhor que nos casamos na aldeia de Khoai. Foi o meu próprio tio, que é prefeito de Khoai, quem presidiu a cerimônia!

Naquele instante, nenhum choro, nenhum tipo de recriminação seriam capazes de abalar a certeza do chefe de polícia e de seus guardas, convencidos, a partir de então, de que o mandado de prisão era autêntico. Eles poderiam, assim, punir uma desavergonhada que tinha desdenhado dos bons costumes.

Assim que a polícia da cidade foi advertida, enviou agentes para soltar Ngân daquela prisão que fedia a urina de rato. Em seguida, o próprio senhor Quang entregou a certidão de casamento à esposa. O documento estava com ele; ninguém o havia roubado. Esse estranho fato alimentou uma série de discussões na aldeia. Uns diziam que, já prevendo o golpe, o senhor Quang armara uma armadilha para o filho. Outros achavam que ele levara o documento consigo justamente para evitar que fosse roubado. Com efeito, o grande baú de madeira de pau-ferro era um móvel de família. Quy, como primogênito, tinha uma cópia da chave. A prudência do pai coincidira com a decisão de Quy de humilhar sua jovem madrasta. Outros diziam, ainda, que tudo aquilo fora obra do demônio, que nenhum filho lúcido poderia agir como Quy e nenhum pai normal poderia prejudicar o próprio filho. Concluiu-se, então, invocando os fantasmas. Aquela família teria, com efeito, vínculos com o mundo dos demônios e dos fantasmas, e esse era o motivo pelo qual tantos acontecimentos fora do comum ocorriam em seu seio. Primeiro, a mãe possuída. Agora, o filho louco. Aquelas pessoas pareciam ser manipuladas por algum feiticeiro cruel ou um diabo invisível. Tinham se tornado cadáveres ambulantes, marionetes dirigidas pelos fios do destino.

Enfim, floresceia todo tipo de hipóteses e análises. E o assunto perdurou por muito tempo. A única coisa certa era que a realidade da vida era cruel e todos os pais se sentiam aterrorizados até o fundo de suas almas. Procurava-se encontrar a verdade.

Um dia, um dos irmãos do senhor Quang, depois de reunir toda a sua coragem, perguntou:

— Quanto tempo Quy pegou?

— Quatro anos e meio.

— A Vui agora é quem assumiu o seu posto.

— Isso é um problema do governo, não nosso.

— Sim, mas ele, afinal, é seu filho, e meu sobrinho.

— Com certeza.

— Por que você não tenta reduzir a pena dele?

— O que você quer dizer com isso?

— Com todas as relações que você tem com as altas esferas, por que não tentou fazer com que ele se mantivesse como prefeito?

— Você lamenta isso? Pois, se eu sou o pai dele e ele, mesmo assim, se atreve a me agredir daquela maneira, como poderia ser bom para os outros?

O irmão ousou insistir. Alguns dias mais tarde, foi ao encontro da esposa de seu sobrinho Quy:

— O seu marido é um estúpido. Não sabe a felicidade que tem nas mãos. Desde o seu casamento, vocês devem tudo o que têm ao pai dele. Alimentação, roupas para as crianças, tudo. Até mesmo o cargo de prefeito. Se o seu pai não estivesse aqui, o seu marido jamais colocaria a bunda naquela cadeira. Graças a ele, não só vocês dois e seus filhos, mas toda a família, se encontram sob proteção. A mãe do seu marido morreu, e o seu pai quis casar de novo. É um direito que ele tinha. Por que e com que direito vocês tinham de estragar tudo? Vocês não passam de umas cabeças de porco... O resultado é que agora o seu marido está apodrecendo na prisão enquanto você se arrebenta de trabalhar para alimentar a família. Estão contentes com isso?

Essas palavras eram perfeitas. Não seria essa a moral da história? Infelizmente, porém, nesse tipo de caso a moral vem sempre a reboque...

Quy fora condenado, então, a quatro anos e meio de prisão.

Todos sabiam disso. No entanto, passado apenas um ano, lá estava ele de volta à aldeia. Aqueles que não haviam partido para as plantações ouviram o som dos cascos do cavalo do senhor Quang no amanhecer. Era um cavalo de raça, com pelugem marrom e reflexos cor-de-rosa, suave como veludo, e uma bela e longa crina, como que desenhada por um pintor. Os metais em torno de seu pescoço tilintavam quando ele galopava. Era um som muito conhecido do povo da aldeia, pois lembrava-lhes os ares mais agitados da cidade. Sempre que o escutavam, erguiam as cabeças por cima de suas cercas vivas para admirar o animal e saudar o senhor. Nesse dia, Quang estava sentado na frente da carruagem, com aspecto preocupado, manejando o chicote mecanicamente. Atrás vinham Quy e sua esposa, amarfanhados como dois panos de chão, silenciosos como dois montículos de terra. Os camponeses não ousaram saudar a estranha tripulação. Fingiram não ter visto nada, mas, à noite, era só disso que se falava. Não estavam, porém, entusiasmados ou curiosos. Tampouco se mostravam despreocupados, como espectadores de um teatro cantado. Olhavam-se uns aos outros como pessoas que tinham vivenciado no final de suas vidas problemas de ordem íntima sem, no entanto, compreendê-los.

— O pai tirou o filho da prisão. Bem, isso é bom.

— Vai ajudar Quy a ver a vida real de frente, a encarar o fundo de sua própria alma, para se arrepender.

— Dizem que ele teve de se ajoelhar diante do pai na prisão enquanto o oficial fazia a leitura do ato de perdão.

Alguns falavam, outros ficavam em silêncio, olhando para o vazio ou para suas próprias cercas vivas. Depois de algum tempo de silêncio, suspiros de alívio:

— É assim que as coisas são numa família: nem mesmo o tigre é capaz de devorar o próprio filhote.

Era uma consolação, um escudo que os protegeria de uma tempestade perigosa que chegasse de surpresa do oceano, capaz de reduzir seus frágeis corações a pequeninas bolhas.

Quy retornara em silêncio. Durante uma semana, permaneceu trancado em casa. Na semana seguinte, saiu para as plantações de mandioca junto com as duas filhas. Antes ele era o homem mais poderoso da aldeia. A cada passo que dava, as pessoas o saudavam com deferência. Agora, voltava a ser um cidadão comum. Isso, por si só, já constituía uma provação. Mas, além disso, ele tinha sido preso e depois libertado por seu pai. Os vizinhos tinham ciência da situação delicada que ele vivia. Por isso, em um impulso inconsciente compartilhado por toda a comunidade, agiam como se nada tivesse acontecido, como se Quy tivesse voltado, apenas, de uma viagem prolongada. As conversas eram tão banais quanto o mato que cresce todo dia.

— Bom dia, você também está indo cuidar da mandioca?

— Sim.

— A sua mandioca é bem melhor do que a minha.

— Graças a Deus.

— Graças principalmente às suas filhas, Man e Mo, que souberam tirar o mato. No ano-novo, vocês poderão fazer aletrias.

— É verdade. As crianças gostam muito. A mãe não leva muito jeito, mas conhece umas boas receitas.

— Pensam em retomar as colmeias este ano?

— Ainda não sei. Vamos ver.

— Nós também. No ano passado, perdemos uma estação inteira de pólen. O mel não foi muito abundante.

— A agricultura é como o jogo. Temos de aceitar a existência de calamidades.

— Há um ditado popular bastante engraçado que diz: "Quando se perde uma colheita, é por causa de calamidades naturais. Quando se ganha uma colheita, é graças ao talento do nosso Partido." Quando você era prefeito, eu jamais ousaria lhe contar isso... Mas, agora que você voltou para a base, não vejo por que ficar calado.

— É mesmo?

— Claro. Agora ninguém mais precisa se controlar falando com você.

— E pensar que só agora fiquei conhecendo esse ditado... Ele é ótimo. Quem o inventou é um gênio.

— Está falando sério?

— Por quê?

— Oh, porque, quando você era prefeito, só atendia às ordens do Partido e do governo. Esses ditados vulgares não circulam entre as pessoas do poder.

— É verdade. Mas na prisão eu aprendi a realidade da vida. Ali a gente encontra um monte de gente mil vezes mais inteligente do que os meus antigos superiores do distrito.

A partir desse dia, a estada de Quy na prisão voltava a ser tratada com normalidade, como uma brincadeira. Ninguém mais temia feri-lo falando nisso. Quy, por sua vez, gostava de contar histórias de seus colegas de prisão, dizia-se orgulhoso por tê-los conhecido, pois eram, para ele, grandes mestres, que lhe haviam ensinado as grandes lições da vida. Os aldeões, assim, encontraram-no muito mudado. Ele mesmo não escondia isso, e, várias vezes, chegava a dizer, até mesmo gritando:

— Antes eu achava que a pedra da estátua é que era algo grandioso. Hoje eu sei que o seixo sobre o qual esfregamos os nossos pés nos riachos é muito maior do que ela.

— Você fala no sentido figurado. Só intelectuais com o cérebro recheado de conhecimento podem entendê-lo. Nós, aqui, somos animais camponeses analfabetos.

— Vou então lhes explicar: toda a nossa aldeia vive em uma permanente competição. Os adultos se dedicam à produção para ultrapassar os objetivos fixados; entre as crianças, é para ver quem junta mais bosta de búfalo; na escola, tenta-se sempre ser o primeiro, fazer parte do quadro de honra, receber recompensas e poder afixar uma flor vermelha na camisa. É o auge da felicidade... Vivi assim durante anos. Agora, eu me dou conta de que isso tudo não passa de ilusão. Nossa verdadeira vida se resume a três buracos: em cima, a boca. Embaixo, dentro das calças, os dois outros. Basta cuidar desses três buracos, que nossa vida será perfeita.

— Mas...

— Não existe nenhum mas... O restante é pura enganação. Eu explico. Somos todos estéreis. Os homens fazem vasectomia ou usam preservativos. As mulheres usam preservativo. Verdes como o traseiro do sapo ou pálidas como doentes, têm de manter seus preservativos para atender ao plano de limitação de nascimentos e ganhar suas medalhas. Ao mesmo tempo, os que mandam que nos limitemos não se limitam de modo algum. Foi na prisão que eu aprendi isso tudo. Aprendi que, enquanto os cidadãos se alimentam de mandioca e de inhame, recebendo quando muito de cem a duzentos gramas de carne por mês, os que estão no poder comem à vontade. No sábado e no domingo, enquanto o povo trabalha de graça para o Estado socialista, as mulheres dos governantes saem para dançar ou sustentam os gigolôs. Em toda festa do Têt, o governo pede ao povo para que economize. Enquanto isso, os de cima festejam com quitutes raros, carnes de caça, frutos do mar à saciedade, sopa de ovo de gaivota, três tipos de carne regada ao ginseng ou com fortificantes animais. Se isso não é uma enganação, então é o quê?

— Não sabíamos disso.

— Compreendi que aqueles que estão acima de nós, a única coisa que fazem é tentar satisfazer os seus três buracos. E nós? Por que não temos o direito de fazer isso também?

Os vizinhos se mantinham em silêncio, bastante incomodados. O que Quy lhes contava era algo tão novo para eles, que não sabiam o que pensar. Para alguns, Quy contava essas histórias e mencionava lições de vida recebidas na prisão apenas para fazê-los esquecer dos erros que havia cometido. Para outros, ele dizia tudo aquilo para mostrar que não trazia remorsos consigo e que sua prisão fizera bem para a saúde.

Estavam todos enganados. Algumas semanas mais tarde, a mulher de Quy acorreu aos prantos à prefeitura a fim de pedir autorização para retirar seu preservativo, pois o marido queria ter muitos filhos. Uma família numerosa era símbolo de sucesso social. Ele ameaçara, em caso de recusa, colocá-la para fora de casa e pegar alguma jovem na cidade, dez vezes mais bonita do que a prostituta da Ngân. Vui, a nova prefeita, entendeu que ele tinha perdido a cabeça e que, como "o rei nada pode contra um louco", não seria prudente se opor àquele homem que acabava de deixar a prisão. Sem nada perguntar, assinou a autorização. E foi assim que o casal Quy se dirigiu à cidade, na semana seguinte, para retirar o preservativo. Na mesma noite, Quy bebeu sua aguardente de arroz, sentou-se no jardim, tranquilo como um velho de setenta anos. Depois de vários tragos, pôs-se a proferir injúrias:

— Ah! A moça então conhece bem o seu senhor. Assinou a autorização... Se não o tivesse feito, eu lhe mostraria como é que se resolvem os problemas na cadeia.

Mandou a mulher servir mais bebida e disse às duas filhas e ao filho:

— Não tenho mais ligações com o Partido nem com a prefeitura. Sou livre. Vou fazer filhos na sua mãe até ela não ter mais idade para isso. Vocês também, mais tarde, devem ter muitos filhos. Os antepassados sempre nos disseram que ter muitos filhos é poder. Quando formamos uma família numerosa, podemos todos peidar juntos e fazer tremer a casa dos outros...

"Os outros", no caso, era a família do senhor Quang, onde acabava de nascer um menininho chamado Quê. Ngân engravidara durante o período em que Quy estava preso. Longe de ter cólicas e desejos de alimentos improváveis, de goiaba verde, pimenta ou berinjela crua, a jovem esposa de Quang ficara ainda mais bela, com a pele aveludada e as faces rosadas — como uma linda flor recém-brotada. Com a barriga crescida, como um barril, cruzava os campos e os arrozais sem dificuldade, ria como uma estudante, sem o menor sinal de fadiga. Quando chegou a hora, a senhorita Tu acompanhou-a até o distrito e voltou anunciando para toda a aldeia que, depois de cortado o cordão umbilical, o grito do bebê ressoara por toda a maternidade e que, embora fosse a primeira gravidez de Ngân, a criança pesava quatro quilos e meio e media cinquenta e nove centímetros, o que fazia dela o maior recém-nascido não só da Aldeia dos Lenhadores, mas de todo o distrito.

O senhor Quang aguardara no corredor do hospital. Quando tudo terminou, ele entrou para colocar em torno do pescoço de sua mulher um colar que tinha como pingente um Buda de jade, que causou inveja em todas as outras mães. Quando o bebê completou um mês de vida, a senhorita Tu ofereceu um banquete de trinta pratos. O pai recebeu os convidados com o bebê no colo, algo que nunca tinha feito antes.

Todos os parentes, tanto do lado materno quanto do paterno, concordavam em dizer que o pequeno Quê era bonito, que era o orgulho da família, que a família do senhor Quang era a mais feliz do mundo.

O que acontecera na casa do senhor Quang chegou aos ouvidos de Quy, instilando-lhe um ressurgimento do ódio. Suas palavras de bêbado não conseguiam dissimulá-lo. Percebeu-se, então, que o tempo passado na prisão, longe de corrigir, havia agravado ainda mais a sua animosidade em relação ao pai. O pesadelo da guerra familiar sangrenta continuava a rondar as mentes dos camponeses. Nas noites sem luar, eles suspiravam a observar o céu carregado de nuvens negras.

No Têt daquele ano, Quy casou as duas filhas, ao mesmo tempo em que sua esposa, grávida de oito meses, corria para dar à luz no distrito. O filho nasceu ao final da cerimônia de apresentação dos noivos. Recebeu o nome de Chiên, "combatente", o que refletia muito bem o estado de espírito do pai. Quando Chiên completou nove meses, a mulher de Quy engravidou novamente e, no ano seguinte, deu à luz um outro menino, que se chamou Thang, "vitória" — outro nome simbólico. No mesmo ano, as filhas de Quy, Man e Mo, deram à luz duas netas. A mais velha apenas um mês antes da caçula. As duas pequenas mal haviam desmamado, e, um ano depois, as duas mulheres, verdes como folhas de couve, engravidaram de novo. Os bebês tiveram uma diarreia que durou um mês. E assim a família Quy se reproduzia ininterruptamente, apesar dos comentários negativos da vizinhança. Os dois genros eram medrosos, de modo que, mesmo tendo perdido o cargo de prefeito, o pai continuava a realizar o seu projeto de ter uma família numerosa.

Envolto pelo sonho insensato, ele não previra o quão significativas seriam as necessidades de um exército tão grande como esse. Além disso, as famílias dos genros viviam de subsídios públicos. Eram pobres, mas não se preocupavam muito com isso, vivendo apenas para o dia a dia. Para qualificar esse tipo de comportamento, os antigos diziam "comer cru quando o que tivermos for cru, comer cozido quando o que tivermos for cozido". Não tinham um tostão no bolso e precisaram até mesmo mendigar para financiar o casamento dos filhos, apesar de serem casamentos ao "novo estilo", apenas com doces e chá. Assim que a cerimônia de apresentação se encerrou, a mulher de Quy teve de dar dinheiro a suas filhas para saldarem as dívidas. Depois da cerimônia, os noivos, sem quartos disponíveis em suas casas, foram morar com os sogros; na noite de núpcias propriamente dita, os pais dos noivos tiveram de colocar seus colchonetes na varanda para deixar que o casal recém-formado ocupasse a única cama disponível. Em seguida, Man e Mo dividiram entre elas os cinco cômodos anexos à casa principal de seus pais: dois cômodos para cada casal, e o quinto reservado como despensa e depósito de ferramentas agrícolas.

Com uma taxa de natalidade tão galopante, a família Quy caiu abruptamente em seu padrão de vida, para os níveis inferiores da hierarquia social, mal conseguindo erguer a cabeça para respirar. A economia da família foi inteiramente varrida, como folhas mortas levadas pelo vento do inverno. A força de Quy estava tão cambaleante quanto sua sorte nos negócios. Tentou recompor a solidez econômica da família durante três anos. Tinha sob seu comando dois genros muito obedientes. Infelizmente, ele próprio estava longe de ser um homem aguerrido em matéria de produção, e seus genros, por outro lado, provinham de famílias pobres e ignorantes. Uma quantidade de pessoas como essa, reunidas em uma casa tão ampla, poderia criar um lar caloroso, ensejar uma vitalidade aguçada e obter colheitas abundantes. Em vez disso, porém, a sorte não sorriu para Quy. Ao contrário: continuava a ranger os dentes e a jogar-lhe água fria no rosto. Apesar de uma colheita de mandioca razoável, tanto para as necessidades próprias como para as da cooperativa, tudo que Quy empreendia para ganhar dinheiro acabava em fracasso. Na estação dos cogumelos, somente os homens subiam para a floresta, pois as mulheres estavam, todas elas, grávidas ou com um recém-nascido no colo, totalmente extenuadas. Até mesmo a secagem dos cogumelos, que requer a delicadeza e a paciência de uma mão de obra feminina, acabava sendo realizada por Quy e seus genros, o que não deixou de gerar alguns grandes estragos. Suas abelhas contraíram doenças e morreram, ao mesmo tempo em que sobrava mel nos outros criadores. Quy fora atrás de conselhos de pessoas reputadas pela qualidade de suas colmeias, chegando a consultar especialistas da fazenda de apicultura na cidade. Ninguém conseguia entender por que as suas abelhas tinham morrido: estavam bem, e, da noite para o dia, apareciam com uma espécie de cogumelo esverdeado no corpo que fazia pensar em alguma bactéria e que se estendia rapidamente para as patas e as asas. As abelhas, então, perdiam seus membros e logo morriam. Era como se a família de Quy tivesse sido atingida por uma maldição. As pessoas tinham medo. Não ousavam falar no assunto. Quando passavam em frente à sua casa, à noite, era possível ver a família toda comendo no quintal sobre toalhas estendidas no chão, como os camponeses miseráveis de antigamente, com o mesmo aspecto esfarrapado e lastimoso. Sua comida se reduzira a arroz misturado com mandioca, ao mesmo tempo em que, na casa do senhor Quang, brilhavam abundantemente as lâmpadas incandescentes, e pratos maravilhosos eram servidos regularmente para a vizinhança. Esse contraste gritante rasgava o coração de todos, mas as palavras ficavam presas na garganta. A estratégia adotada na linha "Para uma família numerosa, uma grande fortuna" fora lamentavelmente por água abaixo.

A miséria é péssima companhia e, ao mesmo tempo, um inimigo a ser respeitado, pois ensina lições que nenhuma escola seria capaz de proporcionar. Quy sempre se apoiara na ideia de que cedo ou tarde o senhor Quang acabaria por se reconciliar com ele, pois precisaria de alguém para cuidar de seu funeral. Jamais imaginara que aquele homem que ele chamava de pai pudesse olhar para ele como a um estranho.

Certa manhã, Quy saiu para pegar lenha com seus genros. Era de manhãzinha, e a bruma da montanha, subindo dos vales, causava arrepio. Os três, embrulhados em suas roupas fracas demais, caminhavam aceleradamente, para se aquecer. A subida era íngreme, com o chão forrado de seixos grandes que o orvalho tornara escorregadios. Para cúmulo do azar, Quy trocara seus velhos sapatos de pano por sandálias mais leves. Levou um escorregão e caiu em um precipício. Na queda, foi amparado, felizmente, por um arbusto de espinhos bastante robusto e entrelaçado com galhos já mortos. Conseguiu se salvar, não sem fraturar quatro costelas. Estendido sobre o arbusto, à espera de que os genros descessem para socorrê-lo, olhou para cima. E lá estava o senhor Quang, mirando o precipício. Seus olhares se cruzaram por uma fração de segundo. Foi então que ele compreendeu que entre eles estava tudo acabado. O olhar do pai continha a frieza absolutamente glacial de um vento de inverno, a luminosidade fria e opaca de um calabouço. Aterrorizado, ele fechou os olhos.

Quy passou dois meses no hospital. Durante esse período de internamento, entendeu o que era a miséria. Entendeu o que era a humilhação de não poder pagar pelos cuidados médicos, de ter de comer sopa de flor campainha-d'água, enquanto os outros enfermos se recuperavam com leite e sopas *pho* com belos pedaços de frango. De não ter para oferecer ao médico de plantão nem sequer um maço de cigarros, ou doces para o rapaz da enfermaria. Além disso, por causa da deficiência alimentar, as quatro costelas rompidas se recompunham mal. Quando sua esposa e a família foram visitá-lo, sentiu certa leveza ao olhar para todos com algum desprendimento. Aquele pequeno exército no qual depositara suas esperanças de sobrepujar as famílias "de filho único" ou as casas "desertas", aquele exército, mesmo tendo em suas fileiras um Chiên, "combatente", e um Thang, "vitória", não passava, na verdade, de uma tropa de magricelas e esfarrapados cujos rostos refletiam sua subnutrição. Na Aldeia dos Lenhadores aquilo não parecia tão evidente. Mas ali, por onde passavam muitos habitantes do distrito, a diferença saltava aos olhos com crueldade.

Quando teve alta, Quy reuniu a família para dar novas orientações:

— Está muito difícil, no momento, alimentar a todos. Vamos, então, parar. Quando estivermos em melhor situação, vocês poderão voltar a ter novos filhos.

— Às suas ordens, pai — responderam em coro os dois genros.

A mulher de Quy e suas duas filhas, Man e Mo, ficaram em silêncio. A ordem do pai chegara tarde demais. Quy e sua esposa já tinham três filhos: Phu "fortuna", Chiên "combatente" e Thang "vitória". Tinham seguido o ditado segundo o qual "Três meninos não podem gerar riqueza, mas três meninas evitam a miséria". Por isso, fizeram mais uma criança. Infelizmente, foi uma menina que, fraca demais, morreu com apenas alguns dias de vida. Ao nascer, pesava um quilo e oitocentos gramas e logo contraiu uma inflamação nos pulmões que não pôde ser tratada. Mo e Man, por sua vez, tinham três meninos cada uma, e ambas estavam grávidas de quatro meses. Devido a essas gravidezes sucessivas sem alimentação adequada, encontravam-se em um estado deplorável. Pesando não mais do que trinta e cinco quilos, a esposa de Quy era pele e osso. As duas filhas, com apenas vinte anos, já traziam a pele do rosto toda enrugada. Esse pequeno exército passava o tempo todo procurando formas de se alimentar, ninguém tinha nenhuma chance de pensar em como se vestir. Diante de sua imagem, os aldeões suspiravam:

— Vejam só! Mo e Man parecem até mais velhas do que Ngân, a madrasta do próprio pai delas!

— É mesmo. E parece que ela fica cada dia mais bonita. Antes, nossos antepassados comparavam as mulheres belas às fadas. Ngân ficou ainda mais bela do que uma fada.

— Eles são ricos... Por que não têm mais filhos?

— Dizem que ela bem que gostaria. Mas o marido disse que não. Ele disse a ela: o nosso Quê vale por dez. A qualidade é mais importante que a quantidade.

— Ele tem razão! Uma pepita de ouro vale muito mais do que dez pedaços de chumbo.

— Esta é a verdadeira felicidade: uma bela mulher, um filho maravilhoso e um marido ainda firme apesar da idade.

Come-se o arroz branco com patê de pardal,
Só de ver um belo casal já nos sentimentos saciados...

A jovem esposa de Quang era "bela como a mulher que acaba de dar à luz o seu primeiro filho". Os camponeses, expostos ao sol durante todo o ano, viam numa pele clara o máximo da beleza. A pele de Ngân era de uma alvura esplendorosa, e, além disso, continha um leve brilho rosa que lhe dava um aspecto bastante juvenil. Os olhos, dois carvões brilhantes como um espelho de água, protegidos por longos cílios, transtornavam os corações masculinos. Desde o parto, seus lábios, que tinham inchado levemente, passaram a exibir uma bela coloração avermelhada, como dois frutos maduros clamando por um beijo. Seus seios haviam adquirido o aspecto de duas volumosas toranjas sob a blusa. Suas coxas e todo o corpo constituíam um convite permanente para saborear o amor.

Quando estavam sozinhos, pegando lenha ou arando a terra, os homens comentavam:

— O homem mais feliz de todos nós, nesta vida, é o senhor Quang. Sua mulher é de uma beleza sem igual.

— Tem razão. Nem mesmo nos filmes soviéticos a gente vê mulheres tão bonitas. O senhor Quang fez muito bem em construir uma casa para os seus sogros. Não é muita gente que pode se gabar de ter posto no mundo uma fada.

— Parece que ela foi selecionada para ser artista na capital.

— Dessa forma, ela poderá ser admirada por todos.

— Que nada! Se ela virar artista na capital, nunca mais colocará os pés neste lugar cheio de corvos.

— Vou lhe fazer uma pergunta: se lhe oferecessem para passar uma noite com uma mulher tão bela como ela, mas com a condição de ser guilhotinado no dia seguinte, você aceitaria?

— Claro que sim. De que vale a vida se não for por isso?

— Eu não. Não sou maluco. Ela é realmente bela, e todos os homens babam diante de uma mulher como essa. Mas existem outras coisas na vida.

— Quais coisas?

— A família, os irmãos, o futuro das crianças, os túmulos dos nossos antepassados... É preciso ser muito idiota para obedecer às injunções do pau...

Conversas como essas circulavam como o vento entre os vales. A vida na Aldeia dos Lenhadores transcorria, assim, ao ritmo tranquilo das aldeias montanhesas. Via-se a carroça do senhor Quang indo e voltando, ouviam-se os metais do cavalo tilintando pelas ruelas dos povoados. Toda vez que ele voltava à aldeia, o pátio de sua residência se iluminava, as risadas e as conversas dos vizinhos se misturavam com as notícias e as canções do rádio:

Ouça o pássaro chilrear à beira do riacho
Ouça o meu coração, que canta o meu amor

Depois do inverno, veio a primavera. Depois, acabado o verão, o orvalho proveniente dos montes anunciava um outono chuvoso e com tempestades. O pequeno Quê já completava cinco anos, idade de ir à escola. Só havia uma escola primária em toda a aldeia, mas cada povoado tinha a sua escola maternal para as crianças de três a cinco anos, e um curso preparatório para o primário em que aprendiam a ler, escrever e fazer os cálculos básicos. Todas as famílias com filhos pequeninos seguiam, assim, esse caminho. Em princípio, o pequeno Quê já devia ter sido escolarizado havia mais tempo, mas, filho único e mimado pela mãe e pela tia Tu, não fizera o maternal. Aprendeu com elas as letras do alfabeto, os algarismos e alguns cálculos muito simples. Quando ele completou cinco anos, não puderam mais segurá-lo entre os seus braços afetuosos.

— Neste ano o pequeno Quê terá de ir à escola, como todos os outros — determinou o pai.

— Sim, é o que eu também acho — respondeu a senhorita Tu.

Ngân ficou em silêncio. Abriu o armário e mostrou ao senhor Quang a pequena mala, novinha, com lápis e cadernos novos...

Diferentemente do que ocorre nas cidades do delta do rio Vermelho ou do rio Ma, as casas dos povoados nas montanhas eram distantes umas das outras, às vezes separadas por uma colina. Não fossem as festas da aldeia, os camponeses que pertencessem a cooperativas diferentes podiam passar um ano inteiro sem se ver. Eis a razão pela qual Ngân não mais havia visto a mulher e as filhas de Quy desde a sua primeira colheita de cogumelos. Ela mesma tinha parado de ir atrás dos cogumelos desde o ano seguinte, a fim de dar à luz e cuidar do filho. Dissera o senhor Quang: "Já fizemos o bastante para sermos respeitados. Não há necessidade de ficar se arrastando na floresta!"

Ngân ficara quieta, pois, de sua parte, não tinha nenhuma vontade de rever aqueles rostos inimigos.

Nas festas, as mulheres sempre evitavam se encontrar. Até mesmo nas campanhas de vacinação das crianças, davam um jeito de não se cruzarem no dispensário. A jovem esposa do senhor Quang, dessa forma, vivia feliz, enquanto a família de seu enteado procurava sobreviver em meio à miséria. Passaram-se os dias, os meses, os anos. A vida transcorria como um rio que carrega consigo o lodo, as algas e os detritos. Ngân parecia já ter esquecido o período de sua chegada à Aldeia dos Lenhadores. Esquecera aqueles momentos de medo e humilhação. Apagara de sua mente os nomes daqueles que se ocultavam na sombra do passado de seu marido, atados a terríveis lembranças. Eles, porém, não a tinham esquecido. As pessoas que ficam na sombra sempre veem com nitidez aquelas que estão sob a luz.

Chegou o dia de início das aulas no Povoado do Alto. Nesse dia, muito importante, todas as mães acompanhavam seus filhos. Era na escola maternal e no curso preparatório que eles aprenderiam a cantar, dançar, desenhar. Aprenderiam as suas primeiras canções, os primeiros versos de poemas que descrevem o mundo à sua volta, o mundo em que haviam acabado de chegar e que precisariam conhecer para sobreviver. As mães tinham plena consciência disso. Com seus corações palpitando, levavam-nos a sair pela porta de suas casas para confiá-los a uma outra casa. Era a primeira vez que se separavam de sua criação. Como um pássaro que empurra seus filhotinhos para fora do ninho para que aprendam a voar, surgia dentro delas aquele aperto no coração, aquela ponta de angústia, certa hesitação e uma enorme esperança.

O maternal e o curso preparatório do Povoado do Alto ficavam em um mesmo local. O confronto entre as duas famílias inimigas era, portanto, inevitável. Tratava-se de uma construção erguida na encosta de uma colina, composta por três grandes salas, sob um enorme e velho olmo, cercada por uma vegetação densa e embalada ao longo do ano pelo canto dos pássaros. Na parte da frente, um grande pátio plano, com piso de seixos brancos. No meio dele, um jardim pequenino com rosas, crisântemos cor de violeta e celósias. Em volta delas, todo tipo de ervas: grama, barba-de-serpente e junça. Na hora do recreio, as crianças podiam brincar à vontade Uma cerca de eucaliptos acompanhava o caminho para a aldeia. As mães confluíam para esse caminho por duas trilhas vindas uma do sul e outra do norte do povoado.

Naquela manhã, Ngân dera de comer bem cedo ao menino para então levá-lo ao encontro das novas mães do norte do Povoado. Uma dezena de mulheres levando cerca de vinte crianças formavam um cortejo alegre. Passadas as últimas árvores da aldeia, quando já se podia visualizar a colina, as crianças se puseram a correr aos berros. Aquela casa branca sob o grande olmo abria seus braços para acolhê-las. Já havia bastante gente por ali. O grupo do sul do Povoado chegara antes. Conversas e risadas se misturavam ao canto dos pássaros e se espalhavam no céu de um maravilhoso azul outonal.

Ngân saboreava com prazer a atmosfera excitante do início das aulas. Como todas as mães, falava muito e corria atrás do filho. As crianças costumam ser muito velozes quando querem escapulir dos braços maternos. Quando Ngân finalmente conseguiu alcançar o pequeno Quê, já estavam praticamente na entrada da escola. O professor Tôn estava ali, de pé, com ar solene, diante do portão, os óculos apoiados no nariz, a camisa abotoada até o pescoço e a lista dos alunos na mão. Com ele, uma de cada lado, estavam as duas jovens professoras, vestindo um conjunto de tecido fino com motivos florais, exibindo charmosamente um laço de fita nos cabelos. Cada uma cuidava de uma classe, enquanto o professor Tôn era o responsável pelo curso preparatório, na sala central. À esquerda ficava a sala do maternal dos menores, à direita a dos maiores. As três salas de aula eram separadas por paredes pintadas de branco, decoradas com flores de tecido vermelho. A parede central trazia um mural no qual se lia, em letras bem destacadas: *Eu sou aplicado e bem-comportado.*

Os olhos de todas as mães se voltavam para os óculos do professor Tôn, o personagem principal a quem logo estariam confiando suas crianças e que as faria darem os primeiros passos na vida. O professor Tôn dava aulas desde muito jovem, quando o poder ainda estava nas mãos de um chefe de cantão. Na época, os jovens eram recrutados à força e as famílias que tinham muitos filhos sofriam demais com essa mobilização. A guerra, a revolução, a reforma agrária e, mais tarde, o reconhecimento dos erros cometidos seguido da reconstrução nacional. Os arrozais compartilhados, depois coletivizados e mais tarde redistribuídos em parte para as famílias diante do risco de fome. Todas essas idas e vindas não haviam afetado o professor Tôn. Alguns diziam que a sorte costuma proteger os homens bons. Outros defendiam que era sempre necessário respeitar a mais nobre das profissões.

Graças a essa verdade simples, os mais ignorantes, os mais cruéis e os mais oportunistas, todos os que ganharam asas durante a reforma agrária, jamais haviam ousado tocar naquele homem, que personificava a responsabilidade e o amor pelas crianças. Agora, nesse reinício de aulas, as mães o observavam com todo o respeito. Ele era aquele sobre quem recaíam as decisões referentes a toda a primeira etapa da vida de seus filhos. O professor Tôn esperou que todos chegassem. Ergueu a lista e deu início à chamada, em ordem alfabética, pelos prenomes: An, Anh etc. O filho de Ngân, assim, viria mais para o final, com os demais "Q", mas ela estava bastante atenta a fim de ouvir os nomes das crianças da vizinhança, pois estariam na mesma classe que a sua.

Ficou sobressaltada ao ouvir o professor Tôn chamar:

— Lai Van Chiên?

— Presente — respondeu de imediato uma mulher, com voz tímida.

— Lai Van Thang?

Ele ergueu o rosto para explicar:

— O pequeno Thang, embora tenha seu nome começando com T, vai ficar na mesma carteira que seu irmão Lai Van Chiên, a pedido da família, por mim acatado. Ele está presente?

— Sim, presente — respondeu a mesma vozinha. As crianças, porém, ainda não se haviam apresentado, continuando invisíveis. Alguém do meio do grupo instigou a mãe:

— Vamos, leve-os para a frente, rápido!

Mas ninguém se mexia. Ngân reconhecera a voz da mulher de Quy. As duas crianças eram filhos dela. E todos aqueles personagens ressurgiram bruscamente da bruma do passado, um passado que ela acreditava estar totalmente esquecido. Lai Van Chiên, Lai Van Thang. Ambos eram ramos que partiam de uma mesma raiz: Lai Van Quang. Ramos que buscavam a mesma seiva que seu lindo filho: Lai Van Quê. Todos aqueles pequenos Lai logo estariam pulando, brincando e rolando juntos por aquela grama na encosta da colina, sob aquele olmo imponente. Essa ideia a preocupou. Viu, então, o professor Tôn reacomodar os óculos sobre o seu nariz:

— Chiên e Thang, meus pequenos, venham aqui para a frente, para as professoras conhecerem vocês. Os dois são da classe maternal dos maiores?

— Não, eles são da classe dos pequenos. O mais velho tem apenas um ano a mais que o outro, e pode esperar.

— Muito bem. Traga os meninos até aqui — respondeu o mestre, sorrindo.

A multidão abriu caminho para a passagem da mãe com os dois meninos. Ao observar a mulher de Quy, Ngân sofreu uma espécie de choque. Diante dela se apresentava uma mulher magra, murcha, com o rosto emaciado, como um pássaro faminto. Seus olhos, afundados e sombrios, lembravam os olhos de um agonizante. A pele era de uma palidez mortal, marcada por rugas profundas que partiam em forma de leque de suas têmporas, para se acumularem, em dobras, no pescoço. Manchas marrons se espalhavam por todo o rosto. Ninguém podia imaginar que essa mulher tinha apenas quarenta anos de idade. Com mechas brancas nos cabelos, parecia ter no mínimo sessenta.

Ngân deve ter provavelmente dado um pequeno grito ou feito um gesto expressivo de surpresa, pois todos se voltaram para ela. De imediato, lembraram-se de que ela era a única pessoa na aldeia que não tinha conhecimento da desgraça que assolara a família de Quy. Todos os demais haviam acompanhado aquela lenta descida rumo à miséria. Tinham testemunhado o esgotamento das mulheres, decorrente de uma natalidade fora de controle, ampliada por uma alimentação calamitosa; viam sempre aqueles dois meninos com a barriga inchada pela subnutrição crônica e os rostos que escureciam cada vez mais com a passagem do tempo. Não foram pegos de surpresa pela devastação causada pela pobreza, que se desenvolvera diante de seus olhos como uma queda contínua desde o topo da montanha. Estavam acostumados. Quanto a Ngân, era a única que vivia fora da realidade.

Como todos ali presentes, a mulher de Quy também olhara para Ngân, sua inimiga. Olhos nos olhos, Ngân emitira um grito. Seria um grito de terror, de medo ou de piedade? Ou as três coisas ao mesmo tempo? A jovem apertou os dentes para conter a emoção, mas não conseguiu reprimir a onda de soluços que lhe acometeu. Do outro lado do pátio, a mulher de Quy oscilava como uma cegonha em meio à borrasca. Caíra aos prantos, o rosto voltado para o chão, tremendo de sofrimento e humilhação. Todos olhavam para as duas. As mulheres tinham os olhos avermelhados. Algumas, mais jovens, enxugavam-nos com lenços. O professor Tôn suspendeu a chamada. As crianças estavam imóveis. Tudo o que se ouvia era o vento roçando as árvores. E alguns cantos de pássaros.

Disse, então, o professor Tôn:

— Chiêng, Thang, aproximem-se, crianças.

Os dois meninos se apresentaram diante dele, intimidados. O professor Tôn pegou-os pelas mãos e levou-os até onde estavam Ngân e seu filho:

— Quero lhes apresentar o aluno Lai Van Quê. Vocês três são da mesma família. A partir de hoje, estarão na mesma escola e brincarão no mesmo pátio. Cumprimentem-se.

As três crianças não sabiam o que se esperava delas. Entreolharam-se, indecisas. Ali havia um maior, asseado, bem-vestido dos pés à cabeça, ao lado de dois magricelas com os rostos amedrontados e sujos. Nesse instante, a mulher de Quy se aproximou e empurrou levemente os filhos na direção do pequeno Quê:

— Esse é o seu tio Quê. Deem bom-dia ao seu tio Quê. Vamos!

Depois desse dia de retomada das aulas, a Aldeia dos Lenhadores começou a efervescer. As lágrimas das duas inimigas haviam trazido consigo o vento da reconciliação. Eram a fonte que havia lavado o ódio, o lago em que a alma humana podia mergulhar para se livrar das manchas que antes haviam nela penetrado. Os camponeses nunca foram simpáticos a teorias, nem mesmo às mais belas, preferindo acreditar, sempre, naquilo que seus próprios olhos veem. Para eles, a realidade é aquilo que vemos. E eles viram que Ngân se propôs, por conta própria, a assumir os custos da escolaridade dos dois filhos de Quy. Depois, quando do retorno do senhor Quang, por ocasião da habitual noite de recepção da vizinhança, a mulher de Quy compareceu com os dois filhos e lhes ordenou:

— Cumprimentem a madrasta de seu pai. Se ela lhes der alguma coisa, tragam para mim.

Ficara escondida atrás da cerca viva dos vizinhos, aguardando a volta dos dois meninos. Eles apareceram poucos minutos depois, com os braços ocupados com pratos de arroz gorduroso e frango. E os três voltaram para casa como um exército vitorioso. Um tanto sem graça, na primeira vez, nas seguintes já agiam com naturalidade. E todas as vezes, sem que ninguém lhe perguntasse nada, a mulher de Quy anunciava:

— Hoje tem festa na casa do avô das crianças. Nossa jovem avó nos convidou a ir, para pegarmos a nossa parte.

Os aldeões ficavam felizes por eles, mas, ao mesmo tempo, curiosos para saber qual seria a reação dos dois chefes de família.

Um dia, por ocasião de uma ida à floresta para a colheita de cogumelos, uma jovem fez a pergunta a Mo, diretamente:

— O senhor Quy come dos pratos dados pela família do pai dele?

— Não. Nunca tocou neles. Na primeira vez que minha mãe chegou com eles, jogou tudo no chão e quebrou a louça.

— Por quê?

— Porque ele os odeia. E nos xingou muito: vocês me envergonham, não passam de uns miseráveis.

— E continua a agir assim?

— Não. Na segunda vez, não nos injuriou, mas se retirou e foi dormir. Minha mãe mandou todo mundo comer na cozinha, para que ele não nos visse.

— Tanta história por nada!

— Temos como saber o que se passa no coração dos homens? — finalizou Mo, com ar de mistério.

Ninguém mais fez nenhuma pergunta.

No fim do inverno, Quy adoeceu gravemente. Angina no peito. Os dois genros tiveram de transportá-lo até o hospital em uma padiola. Aquilo provavelmente resultava dos vários anos de vontade de vingança, de desperdício de forças e de lamentáveis fracassos. A angina é uma doença comum. Em um homem normal, é curada fazendo-o transpirar, vomitar ou ir ao banheiro, alimentando-o depois com sopa e submetendo-o ao repouso. A angina de peito só atinge aqueles que estão extenuados, cujas defesas caíram a zero. Pode então matar, e deve ser tratada seriamente com medicamentos e alimentação consistente. Naquele dia, Quy retornava do campo e fora se banhar à beira do poço quando caiu ao chão brutalmente, com os membros enrijecidos. Sua pele escurecia a olhos vistos. Quem o via assim desviava o olhar. Sua esposa, totalmente enlouquecida, corria de um lado para outro chorando feito uma criança.

O destino de Quy, porém, ainda não estava selado. No hospital, foi atendido por um bom médico, que o salvou. Depois de três dias de coma, abriu um dos olhos e conseguiu tomar um pouco de sopa. Sua esposa precisou voltar para a aldeia, pois os afazeres domésticos já se acumulavam além da conta, ainda mais com a ausência do marido. Assim que chegou, recebeu uma visita da senhorita Tu Boca Pequena, acompanhada do pequeno Quê.

— Esta é a casa do seu irmão mais velho Quy, o papai de Chiên e de Thang. Entre e cumprimente a mãe deles — disse a senhorita Tu, dirigindo-se ao garoto.

Quê cruzou o quintal e entrou na casa, como mandara a senhorita Tu. Depois de cumprimentar a mãe de seus colegas de classe, entregou-lhe um grosso envelope:

— Minha mãe mandou eu lhe dar isso aqui.

Os vizinhos, que bisbilhotavam ao redor, suspiraram finalmente aliviados.

O mundo continuava o mesmo de sempre. Nada vale mais do que a família.

Voltaram-se então para o cume do Lan Vu para rezar e pedir aos espíritos sagrados que fossem testemunhas da honestidade da alma humana e que a libertassem do pesadelo do pai e do filho que se matavam um ao outro e outorgar aos camponeses uma vida embalada pela confiança e pela serenidade transmitidas entre os homens há milhares e milhares de anos.

Memórias

1

São três da tarde. O presidente desperta.

O sono foi prolongado e pesado. Trechos de pesadelos terríveis o atordoavam, entrecortados com imagens do funeral do lenhador. Sentia-se como um paraquedista amedrontado, lançado contra a vontade no espaço vazio e tenebroso da noite.

— Que horror! — disse ele, saindo para o terraço.

O sol espalhara sobre o pátio um tapete de luz transparente, fria, amarelo-pálida. Os damasqueiros balançam ao vento. Observa-os mecanicamente, com sua cabeça ainda tomada pelos pesadelos. O pátio revestido de ladrilhos está bem à sua frente, muito próximo, inundado de luz. Um sino de madeira repercute as orações vindas do pagode. Reconhecem-se as vozes da venerável e da monja. O presidente permanece por mais algum tempo ouvindo-as, como que para acordar definitivamente.

O soldado gorducho dorme o sonho dos justos, o rosto cor-de-rosa, numa rede pendurada na varanda do pagode. Ronca alto. Um ronco que é a própria realidade, uma realidade que puxou o presidente para fora de seus pesadelos, em que se perdia como um barco à deriva.

— Puxa! Desculpe-me, acabei adormecendo — balbucia o jovem soldado, sobressaltando-se.

— Não tem problema! Eu também adormeci. O tempo hoje está bonito.

— Sim, presidente! Posso lhe preparar um chá?

O soldado se apressa enrolando sua rede antes de colocar a água para esquentar. Graças à chaleira elétrica que a intendência pôs à sua disposição, ele não precisa mais ir até a cozinha do pagode. O presidente observa o seu trabalho. Deve ser entediante. E recorda sua juventude:

Como é que ele consegue aguentar fazer um trabalho tão simplório? Não é tarefa para um jovem. Será que é em respeito a mim que ele abre mão de seus outros anseios? Ou será que sua ambição se limita a pertencer ao exército, receber seu soldo e executar tarefas tão maçantes como essa até o fim da vida?

Imediatamente afasta de si essas inquietações. Gosta muito desse jovem militar. Um sentimento tardio, mas sincero. Não quer ter pensamentos ruins em relação a ele.

— Presidente, o chá já está servido em seu quarto.

— Obrigado. Qual chá você escolheu?

— Jasmim, como da outra vez.

— Perfeito. Já estou indo.

Aspira o perfume do jasmim. Toma pequenos goles. Na época da resistência do Viêt Bac, mandara plantar jasmins bem ao lado de seu barracão. Em um ano, o pé já havia crescido mais rápido que o próprio mato e se espalhara ocupando quase a superfície de uma esteira. Recorda o seu aroma envolvente, nas noites de verão ou de monção. Como é que flores tão pequeninas podiam cheirar tão forte? Em algumas noites ele se punha à janela, encarando a escuridão da floresta, e enchia os pulmões com o ar fresco da mata e o perfume dos jasmins. Mais tarde, desde o dia em que conheceu Xuân, passou a ver essa flor com muito mais frequência, pois ela gostava de andar com uma flor de jasmim ou de magnólia-amarela presa em seus cabelos.

Nossa relação começou em 1953, quando ela tinha apenas vinte anos de idade. Depois de vê-la com uma amiga sob os galhos de uma figueira, esperei por dois anos inteiros. Dois anos de uma espera ardente. Não amei nenhuma adolescente. Não enfrentei as leis da vida. Esse lenhador se casou com uma moça até mesmo mais nova, de dezoito anos.

A xícara está vazia. No fundo, uma folha de jasmin. O presidente olha para essa folha, e o que lhe vem à mente é a recordação de seus ataques de ciúme. Ciúme! Uma fraqueza difícil de admitir!

Naquela noite, ele alternara Craven e Gauloises, um atrás do outro, sem nem mesmo prestar atenção naquilo que estava fumando. Revê agora aquele cinzeiro repleto de guimbas de cigarros e a pilha de documentos que ele havia folheado sem conseguir ler, na verdade, uma única linha sequer. Tinha sido a sua primeira noite de amor com ela. A primeira vez em que a vira sem blusa, sem saia ou o sutiã de tecido fino — seu corpo nu. Nada além da pele, nada além daquela beleza moldada pela natureza. Já conhecia de antes a expressão que qualifica a mulher de "pura como o diamante, branca como o marfim", mas foi naquela noite que ele pôde apreender todo o seu significado. Xuân era bela, esplendorosamente bela, capaz de enfeitiçar um santo. Recorda o seu sorriso sob a luz suave do abajur, seu sorriso cintilante, como uma fileira de pérolas. Foi um momento em que o passado e o futuro já não existiam mais, em que o espaço se tornara sonho, em que todos os obstáculos entre os corpos se dissolviam no nada. Ela estava nele, misturara-se a ele, em corpo e alma. Para sempre.

E, no entanto, ele ficara enciumado. Por quê? Não compreendia. Não faltaram antes, em sua vida, encontros amorosos nem o calor feminino. Mesmo não sendo um sedutor incontrolável, possuía uma experiência sólida no assunto. Ainda assim, não conseguira escapar daquele sentimento vulgar. Depois de fazerem amor, alegou a necessidade urgente de ler um documento para poder sair do quarto. Então, ao mesmo tempo em que folheava as páginas sob a luz do abajur, procurava saber: quem já fizera amor com ela? Quem tinha sido o primeiro a ter nas mãos aquele corpo tão adorável? Sabia que ela era da montanha e que a vida dos montanheses é livre como a água de uma nascente, como as nuvens nas florestas. Rapazes e moças fazem amor desde o início de sua maturidade sexual. Para os asiáticos, os montanheses foram os primeiros a se europeizarem. Uma moça tão bonita como ela devia atrair muitos rapazes, especialmente aqueles que haviam crescido na mesma aldeia, ao lado do mesmo riacho, da mesma mata...

Não conseguiu escapar desse sentimento vulgar. Estranho! Para um homem que passou vinte anos de sua juventude na Europa. Um homem cuja primeira amante foi uma loira de olhos azuis.

Mais de meio século se passou desde a minha primeira noite de amor. Quase sessenta anos. O tempo parece se alongar ou se contrair, seguindo o ritmo de minhas recordações.

Servindo-se uma segunda xícara, distingue um vulto que se perfila em meio ao vapor do chá.

A viúva. A mulher do beco. Aquela costureira devassa que me ensinou a fazer amor...

O rosto da mulher é difuso, mas seus suspiros e seus gritos, durante o ato do amor, estão gravados em sua memória. Moravam de aluguel em um mesmo beco de Paris, onde ainda reinava um poço ocupado pelos pombos. Era mais velha do que ele. O marido, carteiro, morrera fazia alguns anos. Os três filhos, ainda pequenos, passavam o dia trancados em casa. Ele tinha vinte anos. Sua juventude certamente lhe dava um aspecto sedutor e irresistível. Uma tarde eles se cruzaram no beco, onde ele alugara um quarto de sótão, enquanto ela morava em um apartamento que dava para uma oficina mecânica. Trabalhava à noite, como operária, em uma fábrica de bonés. Devia ser uma tradição da família, pois ela deixara de frequentar a escola aos treze anos para entrar nesse ofício. Caminhavam juntos em silêncio, quando ela, sorrindo, perguntou:

— Está tudo bem com você?

— Creio que sim — respondeu ele, um tanto entristecido, pois estava desempregado fazia dois meses.

Ela então baixou a voz:

— Hoje à noite, por volta da uma da manhã, vou deixar a minha porta aberta. Você vem?

Surpreso, embaraçado, ele não sabia o que responder. Ela, então, segurou-o pelo braço:

— Não esqueça. Uma hora, esta noite...

E voltou para casa. Ele continuou andando até o prédio que ficava no final do beco, para subir os seus sete andares. Bebeu água e mordeu um naco de pão amanhecido. Apesar dessa refeição leve, sentia-se agitado. Estava tão excitado que não conseguia permanecer sentado; andava pelo quarto, sem parar, tentando se acalmar. Seu coração disparava, ao mesmo tempo em que a boca esboçava um ricto amargo. Sonhara tanto, fantasiara tanto a primeira noite de amor de sua vida, e ela chegava justamente agora, sem nenhum aviso prévio, em meio ao vazio e à miséria total. Nenhuma deusa, nenhuma princesa que morasse no seu coração... Apenas uma viúva, sedenta para preencher o seu leito vazio. Naquela época, apesar de muito jovem, já era um homem lúcido. Jamais imaginara que a mulher que se agarraria a seu corpo pela primeira vez fosse uma viúva com o dobro de sua idade, uma mulher tão ordinária. No entanto, aguardara por aquele momento com a impaciência de um percevejo que se vê diante do primeiro banquete. Chegou, então, a hora do encontro. Ele entrou pela porta aberta, em silêncio. A mulher o aguardava, também silenciosa, para conduzi-lo ao quarto, uma antiga oficina com paredes cobertas por um papel multicolorido, mobiliada com uma grande cama que ocupava quase todo o espaço. Devia ser grande o carteiro...

Estranho! Eu não era nem um pouco tímido naquela época...

* * *

Esqueceu-se do rosto da mulher, mas lembra-se perfeitamente do pequeno quarto, do velho leito com baldaquim, que parecia autêntico. Lembra-se muito bem do lençol com listas marrons e do cobertor cor de café com leite. Lembra-se de como a mulher o ensinou a fazer amor, de seus braços quentes, de sua carne macia e de suas mãos calosas que dele arrancaram alguns gemidos nos momentos em que as carícias se tornavam mais ardentes. Recorda o gesto decidido, um tanto brusco, da mulher ao se desfazer da saia e jogá-la ao chão. Lembra-se do corpo de leite que ela lhe ofereceu, do som da colher, que a fez temer que as crianças acordassem no quarto ao lado — detalhes, todos, daquela primeira sessão de trabalhos práticos de um amor básico. Era essa a lembrança de seus vinte anos.

O mais terrível foi o ciúme que ela provocou na vizinhança... Aquele ciúme das mulheres, que me deixa tão envergonhado... até hoje.

O beco era repleto de mulheres solitárias. Mulheres de militares mobilizados em campanha, viúvas de sucessivas guerras coloniais na África e na Ásia, italianas que haviam fugido de seu país... Seus leitos tinham os mais diversos motivos para estar frios. A viúva do carteiro se agarrara ao seu jovem amante como um náufrago a uma tábua de salvação. De início, mostrou-se discreta, mas depois passou a se comportar como uma carcereira a cuidar de um prisioneiro, como uma camponesa em relação à plantação. As outras mulheres, mais jovens, mais bonitas, logo passaram a rondar o jovem procurando arrancá-lo das mãos daquela que as precedera. Cenas de ciúme então se reproduziam em torno do jovem asiático. Sentia-se humilhado. Não suportava se ver tratado como uma presa. Procurou outro lugar para viver e mudou-se dali à noite, discretamente...

— Presidente? O senhor já terminou?

— Sim, obrigado.

O soldado pega a bandeja e se retira. Por puro reflexo, o presidente alcança alguns documentos e começa a folheá-los.

Abro estas páginas exatamente como se fosse no passado. O homem é realmente uma máquina. Boa parte de sua vida é ocupada na execução de gestos mecânicos. O restante é a face aparente do iceberg.

Como uma onda que se choca com um penhasco, ocorre-lhe, subitamente, um pensamento.

Mas esse restante é que compõe a verdadeira vida. Se ele não existisse, a vida não teria nenhum sentido. Seria tão somente o negativo de uma fotografia, revelando apenas fantasmas.

Essa ideia o remete, então, à época em que, em Paris, exercia o ofício ingrato de fotógrafo, fechado o dia inteiro em uma câmara escura a respirar os vapores de produtos químicos. À noite, quando o trabalho finalmente chegava ao fim, atacava-lhe uma imensa dor nas costas!

Não, eu não tinha do que me queixar. Aquela câmara escura me alimentou durante anos. A verdadeira prisão é aqui, em que fico cercado por centenas de guardas. Por quê? Por que me deixei acuar dessa maneira? Não pode esquecer, nem tampouco fugir. Precisa enfrentar os seus terríveis pesadelos. Também não consegue se livrar da amada. Ela está ali, bem atrás dele. Sua sombra flutua ali, bela e fria. Como se viesse de alguma localidade glacial, enfiada na neve, ali onde os riachos se congelam formando cristais, onde as árvores mortas erguem para o céu cinzento os seus ramos escuros retorcidos, onde bandos de corvos planam emitindo gritos lamurientos que fazem pensar no som de sinos fúnebres. Ela nunca conheceu a liberdade. Entregou a vida em nome de uma felicidade efêmera, sendo logo lançada, diretamente, ao inferno. No entanto, em seus sonhos, ela continua sendo sua eterna companheira. Por onde quer que estivesse, ela estava com ele. No barco que ele pegou para emigrar, no beco parisiense, nos portos de Hong Kong, ela sempre estava ali...

Meu amor, quando poderemos nos ver novamente?

O refrão soa no vazio. Seu coração se abala. Quanto mais o tempo passa, mais ele sente que sua alma se transforma em um penhasco atingida pelo oceano em dias de tempestade. Ali onde os pensamentos se entrechocam interminavelmente, como as ondas que se chocam com a pedra em um combate sem vencidos nem vencedores.

Poderia ter vivido feliz ao lado dela se não tivesse recuado diante deles. Esses mesmos que me lisonjearam chamando-me de velho sábio, de irmão mais velho, esses que sempre considerei como meus camaradas, irmãos, amigos próximos, companheiros de armas. Tudo não passou de engano. Os valores foram invertidos. Deixei-me enganar por esses filmes vistos no negativo, até a hora em que eles finalmente se revelaram.

No dia em que pedira ao birô político que a relação com sua jovem esposa fosse oficializada, os rostos imediatamente ficaram sombrios.

— Presidente, o senhor não deve jamais tocar nesse assunto. É um *tabou*, ou, mais exatamente...

Quem disse isso foi Thuân. Ele falava bem o francês, e o termo *tabou* só foi compreendido por metade dos presentes. Os que não o haviam entendido expressaram-se de forma bem mais vulgar e violenta.

Sau falou em seguida. Depois de encarar o presidente com ar teatral, simplesmente zombou dele:

— Histórias de mulheres! Acho que você só trouxe esse assunto aqui para agradar Xuân, irmão mais velho. Foi ela quem lhe pediu isso, tenho certeza! Ou então foi a família dela. Nosso presidente deve saber que é algo absolutamente inaceitável.

— Inaceitável, *c'est sûr* — insistiu Thuân, acentuando, como de costume, os termos que utilizava em francês.

Depois de deixar que se atenuasse a irritação de alguns dos presentes por causa do uso desses termos emprestados ao inimigo, Ba Danh se pronunciou:

— Mesmo que seja por Xuân, não podemos abrir exceção à regra. Mulheres só pensam na casa e nos seus próprios interesses. Nosso presidente deve levar em consideração, acima de tudo, os interesses do povo. Se nossa revolução é vitoriosa, é porque o povo confia na conduta de seu chefe. A imagem do chefe transmite força para o povo. Não podemos maculá-la.

— Macular? Não exageremos — replicou Dô.

Sau virou-se para ele, ameaçador:

— Não venha com complicações. Trata-se da sobrevivência da Revolução. Ela está sob ameaça. Temos de protegê-la. Não é hora de discussões literárias.

— Calma, camaradas! Não sejam tão duros. Encontraremos uma solução capaz de agradar a todos — disse Thuân, erguendo a mão, como que para encerrar a discussão. — Estamos todos de acordo: não podemos oficializar o casamento com Xuân. Isso está fora de cogitação. Espero que, considerando suas responsabilidades perante o povo, o senhor aceite essa decisão.

— O presidente é o pai do povo — emendou Sau, com um sorriso maroto. O pai do povo é como a casa que abriga o nosso povo. As pessoas conhecem essa imagem há anos e anos. Você deveria fazer Xuân se lembrar bem disso, caso ela peça de novo para ser reconhecida como sua esposa.

Sua língua permaneceu colada ao palato. O suor escorria pelas costas, e seus pés estavam como que envolvidos por blocos de gelo. Aqueles rostos familiares tinham se transformado, de repente, em máscaras deformadas, enrugadas e horríveis. Como esperar compaixão e confiança de personagens tão terríveis? Tudo aquilo em que ele havia acreditado não passava de uma grande ilusão. Um muro desmoronava por inteiro dentro de sua alma. Sua mente estava vazia, seu cérebro, paralisado. Não conseguia nem mesmo mover os lábios. Houve um momento de silêncio. Um pressentimento vago lhe causou um calafrio. Depois de se recompor, afirmou:

— Se a decisão do birô político é essa, eu acato. Mas não esqueçam que Xuân é minha esposa. Temos dois filhos, que são do meu sangue e da minha carne.

— Não se preocupe. As pessoas próximas do presidente serão obviamente bem tratadas, desde que aceitem permanecer nos bastidores da Revolução — concluiu Thuân, considerado o homem mais ponderado e civilizado do birô. Era conhecido também por sua moralidade, o que significa dizer que era monogâmico. Tinha uma mulher e cinco filhos.

Não lembra mais como terminou a reunião. Uma condenação à morte. Seu coração fora levado ao cadafalso, e o carrasco acionara o machado impiedosamente. A última sensação de que se recorda é a da consciência de sua própria impotência. Pela primeira vez, sentira-se como uma gigantesca estátua de madeira tomada de traças. Seus próprios camaradas antes lhe davam tapinhas nas costas, para obter algum tipo de poder. Eram eles, agora, os verdadeiros chefes, exploradores cruéis e desalmados. Todos eles procuravam satisfazer os desejos que vivem na linha abaixo da cintura. Mais da metade desses chefes tinha duas mulheres e hordas inteiras de amantes. Quem melhor podia compreendê-lo era Dô, pois este sabia o que significava a castração. Sua mulher era depressiva e sofria de alucinações desde menina. Depois de dar à luz, tornou-se esquizofrênica, sendo hospitalizada em uma instituição reservada às famílias dos membros do birô político. Dô atravessou um longo período sem fazer amor, até ter uma relação discreta com uma atriz do grupo teatral inter-regional, com quem teve um menino. Mas Dô fazia parte da minoria, e era um fraco. Agia como todo mundo e, talvez por vontade própria, tornara-se uma marionete manipulada pelos outros fazia muito tempo.

O mais contundente naquele dia foi Thuân. Ele havia sido adjunto do presidente durante muito tempo. E jamais tivera de enfrentar problemas de abstinência sexual.

Recorda agora a festa realizada no acampamento de Viêt Bac. A cozinha recebera autorização para matar um boi. A aguardente de arroz era fornecida pelos montanheses. Depois do jantar, todos estavam um pouco embriagados e alegres. De repente, gritos e injúrias, acompanhados de prantos femininos, chegaram-lhes aos ouvidos, vindos do local onde moravam as famílias dos combatentes. Ouviam-se, também, vozes de homens e de mulheres. O chefe local saiu correndo para ver o que ocorria e voltou depois de cinco minutos para informar que a mulher do dono da mercearia estava dando à luz. Quanto mais dores sentia, mais injuriava o marido. Os vizinhos tentavam acalmá-la, e, no intervalo entre dois momentos de dor, a dirigente da União das Mulheres pediu que ela fosse levada ao hospital.

Esse caso foi motivo de riso entre os presentes. O presidente perguntou:

— Alguma de vocês xinga o marido desse jeito na hora do parto?

— Claro que não — responderam as mulheres em coro.

Uma delas, mais assanhada, acrescentou:

— Apesar de termos vontade de fazê-lo, apertamos os dentes e ficamos quietas. Isso ajuda a aliviar a dor!

— Você é a mais sincera de todas.

Ele sorriu e, provocador, perguntou:

— E por que vocês ficam nervosas com seus maridos?

— Porque...

A jovem balbuciou alguma coisa, confusa. Thuân então caiu na gargalhada e respondeu por ela:

— Porque a felicidade a gente pode compartilhar, enquanto a dor, não. A vida é injusta. Esses gritos, por isso, são uma espécie de reclamação dirigida ao Criador.

— Você fala bonito! — disse ele. Virando-se para a esposa de Thuân, perguntou: — Ele fala bonito... deve ser um marido exemplar, não?

— Ah, sim...

A mulher de Thuân mostrou um instante de hesitação, olhando de esguelha para o marido, que ria abertamente:

— Presidente, nesse terreno, com todo o respeito, o senhor é um pouco ingênuo. A teoria e a prática são duas vias paralelas que nunca se encontram. Minha mulher me maltratou a noite inteira só porque eu transgredi a lei.

— Qual foi a transgressão? De que lei você está falando?

Homem crédulo, ele não sabia que houvesse alguma lei destinada a regulamentar a vida de um casal. Em sua própria vida, as mulheres passavam como a chuva ou as nuvens, eram efêmeras como os albergues noturnos, diáfanas como as belas heroínas dos romances. Para ele, a vida em família era um continente totalmente inexplorado. A mulher de Thuân ficou corada até as orelhas, enquanto ele ria abertamente.

— Há muitas leis — explicou. — Nenhuma delas fica de pé, evidentemente, diante dos impulsos da juventude e do desejo carnal. Dou um exemplo: dizem os mais velhos que, depois do parto, é preciso observar um período de cem dias de abstinência. Isso é a teoria oficial. De minha parte, estou convencido de que nenhum marido aguenta mais do que três semanas. Fiz uma sondagem junto a dez homens. Todos eles descumpriram a lei. Os médicos também forjaram a sua própria lei: no nono mês de gravidez, é absolutamente proibido se aproximar do leito da esposa. No nosso caso, eu fiz tudinho até o fim. Não segui a lei. Aproveitei até mesmo na véspera do parto...

— Pare com isso, por favor! Seu demônio — gritou a esposa, à beira das lágrimas.

Todos gargalhavam. O presidente interveio:

— Chega, chega! Quando uma mulher fala, é preciso obedecer. Vamos mudar de assunto.

Há um tempo para sonhar, um tempo para amar, um tempo para odiar.

Uma lógica implacável.

Houve, de fato, um tempo, aquele em que os guerrilheiros viviam juntos no meio da floresta, cantando o mesmo hino, avançando no mesmo passo, compartilhando a mesma tigela de arroz e o mesmo ideal. Um tempo em que se acreditava que a camaradagem constituía um laço indestrutível, capaz de resistir a tudo, até mesmo à passagem dos anos.

De onde vem esse ódio? Será uma inveja sublimada? Em que eu atentei contra o poder coletivo?

Essas duas hipóteses eram como dois caminhos que se abriam diante dele, ambos igualmente perigosos. Havia anos que ele não conseguia entender os motivos daquela traição coletiva de que fora vítima. Teria a beleza de sua jovem esposa despertado a inveja? Ou o simples fato de ele amá-la fizera mal à coletividade?

Antes de ele conhecer Xuân, a organização da Resistência decidira encontrar para ele uma mulher, que pudesse ser a mãe do povo. Sua recusa categórica e, em seguida, seu idílio ardente com a jovem montanhesa tinham sido o golpe que pusera abaixo a estátua erguida por seus camaradas.

Por que misturam tudo? Por que interferem nas minhas questões de amor? Parece uma brincadeira inofensiva e boba, mas que pode acabar comigo.

Não se recorda bem em que ano foi: inverno de 1947? Primavera de 1948? O secretariado havia lhe dito o seguinte:

— O birô político se reuniu na sua ausência para propor a uma camarada da União das Mulheres que passe a servi-lo.

— Por que não fui informado disso?

— O senhor tem a tarefa superior de dirigir a Resistência. Está sempre ocupado demais. Não tem tempo de pensar em si mesmo. O birô político está tentando preencher esse vazio.

— Os sentimentos entre dois seres humanos não podem ser decretados administrativamente. Vocês tomaram a decisão, mas se a mulher em questão não me quiser, tudo será para ela um enorme suplício.

— Não se preocupe. Servi-lo é uma grande honra.

— Mas eu também sou um ser humano. Não posso ficar fingindo.

— Os membros do birô político dizem que essa decisão foi tomada em defesa de sua própria saúde. Nos livros médicos antigos, está dito que se o yin e o yang não se misturam de forma equilibrada, o homem fica vulnerável às doenças. Sua saúde está ligada ao destino do nosso povo, de nossa pátria. A coletividade tem, assim, o dever de preservar sua saúde.

— Entendo. Mas isso não é motivo para que se decidam coisas equivocadas.

— Presidente! A União das Mulheres já explicou tudo à camarada Thu. Ela aceitou e considera que servi-lo é um ato revolucionário.

— Como?

— O secretariado foi informado de que a partir deste sábado...

— Nada de precipitações! Tenho vivido sem uma mulher há muitos e muitos anos. Não é de ontem!

Estava irritado, mas o chefe do secretariado já se retirara. Seus passos podiam ser ouvidos na escadaria. Seu guarda-costas apareceu em seguida, para convidá-lo a comparecer à casamata do general Long para uma conversa. Essa reunião estava programada havia várias semanas, razão pela qual ele saiu de imediato, apesar do nervosismo que tomava conta dele. Essa sensação de mal-estar lembrava aquela em que experimentava na época do beco de Paris, quando a viúva o caçava abertamente, diante de toda a vizinhança.

Assim que entrou na casamata de Long, fez-lhe a pergunta. Ele fingiu não ouvi-la e continuou a servir o chá. Por fim, disse:

— É uma coisa transitória.

Mesmo sendo transitória, era uma obrigação, uma imposição. Seu livre-arbítrio fora violentado.

No sábado à noite, a mulher apareceu. Normalmente, à exceção dos guardas, todos, naquela hora, já deveriam ter retornado para a área residencial. As barracas não ficam muitos distantes de seu barracão, sustentado por pilotis. Esquecera-se completamente da questão da camarada a serviço da Revolução e ficou, então, surpreso, ao ver aquela silhueta feminina avançando na direção de seu barracão. Tinha acabado de jantar. A oeste, o horizonte ainda espalhava os últimos raios de luz sobre a folhagem escura da floresta. Nessa atmosfera, a mulher parecia frágil, solitária.

Quem será? Por que está vindo aqui a esta hora?

Em princípio, nenhum guarda de sua escolta tinha o direito de receber alguém na zona proibida. Era preciso uma autorização para se encontrar com visitas em um local especial, chamado de a casa da felicidade, que ficava para além de um regaço e de uma colina, longe de seu barracão.

Curioso, observou a mulher que avançava na sua direção. Parecia carregar algo pesado, pois seu andar era oscilante. Essa imagem suscitou nele um sentimento de dó. Sentir dó de um homem já era uma coisa lamentável; de uma mulher, então, pior ainda.

Não estava satisfeito consigo mesmo. Mergulhou, então, em seus documentos. Um pressentimento estranho, porém, dizia-lhe que aquela mulher oscilante tinha alguma coisa a ver com ele e não com seus guardas. Lembrou-se, então, da solução "transitória" exposta pelo general Long e não conseguiu se conter:

— Oh, não! É a mulher que eles separaram para mim.

Atordoado, pôs de lado os documentos.

A União das Mulheres não dispunha de mais nenhuma mulher solteira que conviesse ao caso. Todas estavam comprometidas. Dentre as mais belas, havia Vân, a esposa de Vu, e depois Tuong Vi, a segunda esposa de Sau, originária do grupo artístico principal. Tinham sido apelidadas de as duas rainhas. Havia também as três princesas: Lan, Huê e Nhi, conhecidas em toda a Resistência por seu charme e talentos culinários. Eram utilizadas nas recepções a diplomatas estrangeiros ou nas cerimônias oficiais. Cuidavam da decoração, preparavam doces e pratos, ensinavam as mulheres a se maquiar e faziam, elas mesmas, o papel de recepcionistas, trajando túnicas esplendorosas, que haviam levado com elas para os acampamentos da Resistência. Depois das três princesas, vinham a esposa de Thuân e as outras mulheres de ministros. Mesmo no meio da floresta, passavam muito bem. Eram aduladas, ganhavam tecidos, sedas e acessórios provenientes dos territórios ocupados, assim como os cigarros do presidente, os Craven e os Gauloises.

A respeito disso, ele havia declarado certa vez: os hábitos são mais poderosos do que pensamos. E as mulheres acrescentavam: mesmo no meio do mato, continuamos sendo mulheres.

Dera-lhes apoio. Os descontentes sussurravam pelas costas: ele morou com os franceses durante vinte anos; gosta de vinhos e corteja as mulheres como eles!

Por ocasião das festas, elas vaporizavam discretamente os perfumes sobre suas blusas ou em algum lenço de cetim amarrado aos cabelos. Seus perfumes e seus sorrisos embelezavam as noites no meio da mata e da montanha.

Nenhuma delas tinha o andar vacilante que ele testemunhava naquela que agora se aproximava. Ficava claro, então, as demais já estavam comprometidas. Sobravam as camaradas a serviço da Revolução, que constituíam a parte mais insossa da União das Mulheres, aquelas que os homens desdenhavam, mesmo necessitados.

De qualquer forma, ela estava ali.

Deu um suspiro e se levantou para ajustar a postura. Seu guarda anunciou:

— A camarada da União das Mulheres chegou, presidente!

— Obrigado. Pode nos deixar a sós.

O soldado desapareceu. O presidente sentia-se perdido:

O que dizer a ela para ser correto? Não fui eu quem a escolheu. Este encontro é pior do que o com a costureira de Paris. Ele tem por objetivo algo que os dois lados temem: fazer amor sem amor. Não existe nem mesmo um desejo compartilhado de satisfazer o próprio corpo de cada um. Será isso um ato revolucionário? Que coisa miserável! Que coisa cruel!

Lembrou-se que era ele o dono da casa e que estava recebendo uma convidada. Saiu até a escada da frente para recebê-la. Ela já subia os degraus. Ele viu, inicialmente, a sua cabeça, uma cabeça pequena com cabelos presos com uma grande fivela de alumínio.

Tem poucos cabelos, como uma velha. Dá para ver a pele da cabeça. Pobre coitada.

Um pensamento fugaz. Em Paris, costumava cruzar com idosas quase carecas. Tinham esquecido fazia muito tempo o que era o desejo. Caminhavam pelas calçadas lentamente, pelos parques, davam de comer aos pombos. Na maior parte do tempo, usavam um boné de lã e só descobriam a cabeça nos dias de calor intenso, expondo à vista de todos o estado lamentável de sua cabeça, marcada pela velhice.

Esta, porém, é jovem. Por que perdeu tanto cabelo? Será o clima na floresta, a nossa alimentação pobre ou as dificuldades da vida? Mas todos passam pelos mesmos rigores. Por que outras podem ficar se exibindo com suas lindas cabeleiras?

A convidada ergueu a cabeça. Ao deparar com ele, curvou-se inteira. Em seu embaraço, tudo se contraíra: os ombros, os joelhos. Ele mesmo ficou sem jeito diante do medo expresso pela mulher. Teve a sensação de estar assistindo a um sacrifício cruel.

— Presidente — balbuciou ela.

— Boa noite, entre, por favor.

— Obrigada — respondeu ela, sofregamente. No quarto, pendurou rapidamente a sacola no espaldar de uma cadeira e colocou no chão o que havia trazido: um travesseiro branco enrolado em um cobertor de algodão, ambos envoltos em uma esteira individual amarrada com cordão de paraquedas:

Esse cordão servirá para montar o seu mosquiteiro, depois do dever cumprido. Tenho certeza de que lhe disseram para se instalar no alpendre, no lugar protegido pelos grandes painéis de bambu. Como minha cama é de solteiro, ela trouxe consigo tudo o que precisa. Uma preparação digna de um comando em plena missão. Pobre mulher.

Imaginou-a atravessando o riacho e as colinas, carregada com aqueles apetrechos.

— Você deve estar cansada. Respire um pouco.

Saiu para preparar chá. A água não estava mais muito quente depois das três da tarde e a infusão demorava a se realizar. Serviu-lhe, por fim, uma xícara.

— Beba desse chá. Acabo de receber um ótimo açúcar-cândi do campo.

Pôs sobre a mesa a tigela de Quang Ngai.

— Você, você...

— Chamo-me Thu, presidente. Minh Thu, pois na União temos também uma Bich Thu.

— É mesmo? Existe, então, uma Bich Thu?

Repetia o nome mecanicamente, revolvendo-o na memória para tentar saber, sem êxito, se não tinha conhecido, uma vez, uma camarada chamada Thu. A mulher, depois de todo o percurso que cumprira, que não era muito longo mas que certamente fora difícil para uma mulher de seu tamanho, devia estar com sede. Seus pulsos eram magros, veias saltavam em seu pescoço, acima do colarinho de sua camisa azul. Sentado diante dela, ele distinguia claramente os cabelos sobre a cabeça marcada por manchas marrons. A pele também era marrom, mas não com a cor do doce de mel a que se refere a expressão camponesa "pele doce de mel, mais forte que um búfalo". Era uma pele marrom pálido, pele de uma pessoa anêmica.

Não ousava fitá-la por muito tempo. Ela tremia como uma folha, e o coração dele estava inundado de compaixão e tristeza. Compaixão por ambos. A vida é terrivelmente cruel. Uma tragédia. Ou seria um acidente?

Voltando-se para a janela, ele viu os raios de sol mudarem de cor, tornando-se, aos poucos, arroxeados.

— Vocês conseguiram plantar muitos legumes na área das casas da União?

— Nossa horta dá de tudo, presidente. Temos couve, crisântemos, couve-rábano, alfaces. As berinjelas e os tomates foram muito bem este ano.

A pobre mulher se agarrara a essa resposta como uma tábua de salvação. Falava fervorosamente.

— É mesmo? Vocês são excelentes — disse ele.

— Sim, presidente. Nossas chefes se viram muito bem. Chegamos até a mandar gente para comprar grãos na fronteira.

— Você já esteve em missão na fronteira?

— Presidente...

Ela o olhou em pânico, e ele se deu conta, imediatamente, de que tinha cometido um erro imperdoável. As mulheres enviadas à fronteira ou às zonas ocupadas eram, sempre, mulheres vigorosas, capazes de se virar sozinhas, inteligentes e bonitas — bem diferentes daquela que estava diante dele, com o corpo encolhido na cadeira.

— Oh! Perguntei por perguntar. Deveriam escolher você.

— Sim...

— Todos nós devemos obedecer às determinações da organização revolucionária.

— Sim, presidente...

— Thu...

Quase perguntou-lhe a idade. Por pura força de hábito, como sempre perguntava às crianças: quantos anos você tem, Hông? Venha me dar um abraço, pegue essas balas para dividir com seus colegas. Ou: quantos anos tem a pequenina Thanh? Você vai dar um pouquinho do doce para os seus pais? Ou, ainda: você cresceu bastante este ano, My! Mostre para nós a dança do pavão, mostre...

Essas cenas estavam presentes em sua mente, pois, no domingo anterior, havia distribuído doces para as crianças. Pigarreou, procurando disfarçar o seu próprio incômodo.

— Thu, você costuma receber cartas da família?

— Não tenho mais ninguém, presidente, além de uma irmã. Mas, depois da morte de nossos pais, ela se mudou com o marido para a Tailândia. Não tenho mais notícias dela. Minha única família, agora, é a Revolução.

— Muito bem. A Revolução é uma grande família, é a casa de todos nós — respondeu ele.

Eram palavras de uma banalidade deslavada, que ele já não usava nem mesmo nas reuniões com os quadros do Partido ligados à propaganda — como restos de legumes requentados mil vezes e que acabam sendo dados para os animais. A mulher, porém, parecia contente. Olhava-o com os olhos bem abertos, por admiração ou, talvez, para tentar seduzi-lo.

Ela não só é feia, como parece meio estúpida. Certamente não existe nada dentro da cabeça dela a não ser aquilo que lhe inculcaram de fora.

Sentiu-se abatido:

Deveria abraçá-la, fazer amor com ela. Como escapar disso? Tenho de livrar meu corpo dos recalques sexuais. Preciso manter a mente lúcida, pois a Resistência será longa. Para isso, tenho de satisfazer as minhas necessidades de homem. Devo sufocar minhas sensações, pois represento a responsabilidade. Meu dever é me entregar à pátria. Se, para cumprir com meus deveres, for preciso casar com a mais feia das mulheres, tenho de fazê-lo.

O raciocínio era absurdo. Não conseguia se convencer disso. Aqueles "recalques", como diziam, tinham desaparecido totalmente nele.

Estranho. De repente, já não sinto nenhuma excitação sexual. É o vazio completo. A insensibilidade total.

E, no entanto, conhecia muito bem o homem que nele habitava, vigoroso, cheio de sensualidade e desejos, até mesmo um pouco acima do normal. Com frequência admitira a alguns de seus amigos mais jovens: "Só sou um velho paizão do umbigo para cima. Do umbigo para baixo, ainda sou irmão de vocês." Essa frase fazia parte de sua lenda.

E, no entanto...

Diante daquela mulher, ficava também como "um velho paizão" do umbigo para baixo.

Lamentável! Não sinto nada. Quando morava sozinho, estava quase sempre a postos, como um garanhão. Agora tudo parece morto. Estranho. Será que essa mulher tem o poder de castrar seu interlocutor?

A resposta aparecia nítida dentro de si:

Com certeza. Não fosse assim, ela teria um marido. Há mais homens do que mulheres na Resistência. Elas é que devem escolher. Com certeza, esta mulher tem a capacidade de acabar com o desejo. Aliás, pode ser que a tenham escolhido justamente por isso.

Ficou irado. Diversos pensamentos corriam em sua mente.

Miseráveis! Como se atrevem a agir comigo dessa maneira? Com que direito querem me impor uma coisa dessas?

O sangue lhe subia pelo rosto, aquecendo-o subitamente. Encheu uma xícara de chá e tentou se acalmar bebendo em goles pequeninos — um velho hábito. Enquanto isso, Minh Thu havia bebido várias xícaras e aguardava paciente, com aquele jeito de cão no quintal do dono.

A irritação o fizera esquecer a presença da mulherzinha encarquilhada dentro de sua blusa azul. Levantou-se bruscamente e começou a andar pela sala, a passos largos, para todos os lados, com a xícara na mão, olhando para o espaço que havia diante dele como quem olha um inimigo.

Lembrou-se, então, de que ela estava ali e sentiu vergonha de sua própria falta de educação.

— Oh! Desculpe-me, é que estou com muitas coisas na cabeça.

— Sim, presidente — respondeu ela, com o rosto voltado para o chão.

Ele se livrou da xícara e pegou uma cadeira, colocando-a bem de frente para a mulher.

— Desculpe-me, Minh Thu.

Tentou se aproximar dela. Imediatamente, porém, seu coração se rebelou.

Por que tenho de fazer essa cena toda? Por que não posso lhe contar, diretamente, que meu órgão reprodutor está inoperante, de tão aterrorizado? Que foi ela mesma quem destruiu o meu desejo?

No entanto, ao mesmo tempo em que esses insultos fervilhavam em seu cérebro, o rosto se mantinha liso como o de um monge zen.

— Perdoe-me, Minh Thu. Mas hoje não estou me sentindo bem. Talvez seja por causa da febre de ontem à noite. Não tive tempo de tomar meus medicamentos.

— Sim... presidente... — balbuciou ela, os olhos fixos no piso. De repente, lágrimas começaram a escorrer ao longo de seu nariz. Enxugou os olhos com as mangas da blusa. Ele se levantou para pegar um lenço. Infelizmente, porém, não havia mais nenhum. Estavam todos na bacia para lavar. Permaneceu parado, observando o choro aberto da mulher. Sem lenço, ela tirou da sacola uma roupa de baixo e se enxugou com ela.

Nunca conheci uma mulher tão vazia — pensou ele, observando suas lágrimas que corriam pelo nariz, um nariz pequeno, levemente torto. Torto como o destino. Para os que acreditam na influência da fisionomia sobre o destino, o nariz simboliza o êxito social e o casamento. Um homem com nariz torto só conseguirá se casar com uma mulher feia ou ignorante, ou uma prostituta. Uma mulher de nariz torto não consegue encontrar nenhum marido correto, muito menos um cavalheiro.

Não posso ser o fiel admirador de Minh Thu. Nenhum marido digno desse nome olharia sua esposa como se olha um pé de alface. Uma natureza-morta teria despertado mais emoções em mim do que ela.

No passado, sentira-se muitas vezes tocado pelas naturezas-mortas vistas no Louvre.

Esta mulher é um infortúnio para si e para aquele que se deitar com ela. As outras mulheres, sejam elas vulgares, violentas ou obstinadas, gentis ou doces, todas exalam um aroma feminino que desperta o apetite do macho. Mesmo que não seja a paixão, ao menos suscitam afeição. Até mesmo a costureira parisiense era uma mulher de verdade...

Mergulhou, então, em suas lembranças...

Era loira, com uma verdadeira crina de cavalo. Quando soltava os cabelos, eles caíam sobre suas costas como uma cascata. Fizera inúmeras carícias naquela cabeleira, movendo entre seus dedos aqueles fios mais finos que seda. Um dia, ele pendurou seu relógio de bolso em alguns fios de cabelo encontrados no colarinho e brincou como se fosse um pêndulo. Sua solidez o deixou estupefato.

Acorreu-lhe, em seguida, a lembrança de outro rosto, um rosto arrogante de uma camarada de lutas. Ela o fitava com ar ameaçador, para depois cair na gargalhada. Ele lhe sorria. Conhecia-a bem, uma mulher que ele realmente amara, ainda que esse amor tivesse sido efêmero: "Camarada querida!"

Ela era uma camarada de verdade, no sentido exato do termo. Avançavam juntos, em busca do mesmo objetivo. Mandíbula quadrada, olhar determinado e orgulhoso, uma verve ardente, decisões quase autocráticas. Uma personalidade forte, um modelo de mulher revolucionária. A Revolução se espalha pelo mundo sob a condução de pessoas como ela. Pessoas com ideias claras, porém cegas, pois todas as suas energias são canalizadas obsessivamente para a vitória e para dirigir os soldados nos campos de batalha.

Lembrava-se muito bem de suas palavras decididas. Frequentemente, era ao final de alguma reunião. Quando suas faces se inflamavam de tanta raiva, nenhum homem se atrevia a tomar a palavra.

No decorrer da breve vida que tiveram em comum, ela lhe cortava constantemente a palavra, de forma autoritária, quando ele se mostrava nervoso. Lembrava-se do gesto dela com o braço, para marcar o fim da discussão, seu jeito de se lançar sobre ele para pedir desculpas com um beijo quando reconhecia ter errado. Quando faziam amor, era quase sempre ela quem tomava a iniciativa. Cavalgava-o com o prazer de uma amazona sobre o seu fiel corcel.

Eu a amei. Quando ela, irada, mordiscava os lábios, suas covinhas apareciam, e não conseguia ouvir mais nada. Toda vez que levantava ideias excessivamente radicais, quando não extremistas, sabia retirá-las em seguida, com uma enorme gargalhada. Uma brincadeira destinada a ela mesma e, ao mesmo tempo, uma forma de pedir desculpas aos camaradas.

Enquanto mergulhava nessas recordações, Minh Thu conseguiu parar de chorar, recompondo-se na cadeira. Seu rosto não estava temeroso, mas se fechara. Mantinha na mão, amassada como uma bola, a roupa de baixo usada para secar as lágrimas. Ele olhava para a parede.

A noite caía. Ele se recompôs:

— Já está mais calma, Minh Thu?

— Sim, presidente.

— Bem, vou acender as luzes. Ficaremos mais à vontade.

— Sim.

Ficou surpreso com sua mudança de tom. Ela parecia mais afirmativa, um tanto indiferente. Ele acendeu duas lamparinas, que colocou sobre a mesa.

— Está com sono?

— Presidente, eu durmo às oito e meia.

— Muito bem. Então, o que eu posso lhe oferecer? Hoje é sábado.

Não tinha nada além de cigarros e uma lata de leite condensado. Enquanto ele tentava abrir a lata, Minh Thu trouxe algumas achas de lenha para colocar na lareira. Ao vê-la entrar com os braços carregados, ele ficou sensibilizado. Uma emoção complexa e vaga. Seria dó, tristeza ou a lembrança daqueles momentos felizes que, mal haviam desabrochado, já se deixavam engolir por uma vida instável, dura e cheia de reviravoltas? Ou seria uma compaixão em relação a uma condenada pelo resto da vida, como ele, mas por outras razões.

Ou... porque o orvalho noturno começava a esfriar o ar? Teria a escuridão da noite despertado nele aquela desesperança?

Não sabia mais nada. Quando a mulher, ao se curvar para pôr a lenha na lareira, expôs o seu pescoço magro, soprando para reanimar o fogo, fazendo voarem centelhas de brasa, sentiu pena dela. E estendeu-lhe um copo com leite.

— Beba. Vou iluminar o lugar para você poder colocar o mosquiteiro. Espero que da próxima vez eu esteja mais em forma...

A "próxima vez" foi no sábado seguinte.

Ele voltava de uma inspeção no front, muito longe dali. Estava sujo, as roupas manchadas de lama e poeira. O suor causava coceiras em todo o corpo. Esquecera que já era sábado. Ao notar a lareira acesa no quarto, perguntou, surpreso:

— Soldado? O que é isso? Por que acender o fogo tão cedo?

Seu guarda-costas cochichou em sua orelha:

— Talvez seja a camarada da União das Mulheres.

Ele então se lembrou, e o guarda prosseguiu:

— Devo permanecer aqui para esquentar a água do banho?

— Claro que sim! — respondeu ele irritado, pois o rapaz sempre lhe esquentava a água. A grande panela de bronze era pesada e o reservatório de água ficava muito no alto. A preparação requeria um homem jovem. Depois de dois dias de estrada, tomar um bom banho e se vestir com roupas limpas era uma verdadeira felicidade. Uma pequena felicidade, mas felicidade mesmo assim.

Quando entraram, Minh Thu já estava ao lado da lareira, tricotando numa atitude tradicional de esposa que aguarda a volta do marido. Ele se sentiu bastante incomodado e irritado, mas sorriu para cumprimentá-la. O soldado entrou no banheiro e saiu imediatamente.

— Presidente, o banho já está pronto. Vou preparar as suas roupas.

— Obrigado.

Virou-se para a mulher:

— O reservatório fica muito em cima. Como você fez?

— Consegui chegar até ele.

— Muito obrigado. Da próxima vez, deixe que o soldado faça isso. Ele é jovem e cheio de vigor.

— Está bem, presidente.

Entrou no banheiro e tirou a roupa, suja e umedecida pelo suor. O soldado tinha saído rapidamente; seus passos ainda ressoavam nos degraus da escadaria. Só se ouvia o crepitar da madeira na lareira. Naquele espaço familiar em que ele até então havia reinado sozinho, havia agora uma estranha, ocupada em tricotar. Seus gestos traíam a falta de experiência no ofício. Certamente fora treinada por seus superiores. Tinham preparado todo aquele cenário. Mas era como num teatro amador, e a atriz era especialmente ruim. Sentiu pena deles, de Minh Thu e dele próprio.

Sempre o mesmo enredo.

Jogou água na cabeça. Seus olhos ardiam. Continuou a tomar banho, lembrando-se do que havia dito à mulher. A situação, porém, não parecia mais favorável do que na semana anterior. Principalmente depois da sua expedição daquele dia.

Será difícil para ela. O destino parece que não está a fim de lhe sorrir. Realmente ela não tem sorte.

Ficou receoso:

Não posso humilhá-la duas vezes seguidas. É um ser humano, uma mulher. A humilhação pode ser fatal para ela.

Quando jovem, lera muito sobre casos de tragédias envolvendo as concubinas do imperador. Engoliam veneno, cortavam as veias ou se enforcavam com seus cachecóis de seda. Da rainha à concubina, da cortesã à odalisca, quantas mulheres já não tinham cometido suicídio para se livrar de sua humilhação... Além disso, eram mulheres muito belas. Minh Thu não era nenhuma beldade, logicamente, mas recebera uma missão revolucionária. Sua humilhação, por isso, seria dez vezes maior. Sem precisar de muita criatividade, podemos facilmente saber o que ela havia relatado aos seus superiores em relação à semana anterior: Não pude cumprir minha missão. Estes realizaram, certamente, várias reuniões durante a semana para encontrar formas de ajudar sua colaboradora. Aproveitou-se a ausência do presidente para montar aquela cena toda, intitulada "Ela lhe prepara um banho perfumado e se põe a tricotar junto à lareira à sua espera".

Lamentável! A vida humana é algo lamentável!

De toda maneira, com ou sem suspiros, dali a alguns instantes ele teria de agir: "penetrar na gruta", como dizem os antigos. No entanto, abaixo do seu umbigo reinava uma tranquilidade absoluta. A angústia do fracasso o açoitava, mesclada ao medo das reações que a mulher poderia ter diante da sua humilhação.

Nesse momento, sob efeito do banho e das esfregadas para se enxugar, despontou em seu corpo uma resposta antiga como a terra, e sempre eficaz. No escuro, estava sozinho consigo mesmo. Recompôs-se. Acalmou-se. Pensou na mulher mais excitante que havia conhecido, imaginou-a de pernas abertas diante dele, com sua respiração, sua pele, seu cheiro e, enfim, sua longa cabeleira refletindo raios de luz.

E reencontrou a juventude.

A campainha estridente do telefone o tira do devaneio. Levanta-se, mas o guarda-costas já se adiantara.

— Presidente, é o senhor Vu.

— Obrigado. Pode se retirar.

Do outro lado da linha, uma voz rouca:

— O que houve com você? Está doente?

— Sim, mas não é nada grave. Peguei um resfriado ontem.

— Cuidado. Você é bem mais novo que eu, mas já não é um jovem.

— Eu sei. Está tudo bem, grande irmão?

— Tudo bem. Depois que você se foi, mandei entregar mais dinheiro à família do lenhador. Tinham colocado muito pouco no envelope.

Ouviu Vu rir do outro lado da linha:

— É verdade, sempre esquecemos de algum detalhe. Nós negligenciamos os detalhes. Mas a vida é feita deles, não é?

— Isso mesmo. Virou filósofo experimentalista? Quer trabalhar com a propaganda?

Vu deu uma gargalhada:

— De jeito nenhum! Tenha dó de mim, grande irmão!

— Como está o tempo em Hanói?

— Amanhã haverá vento nordeste. Não se esqueça, ainda vai fazer frio por um bom tempo. É por isso que estou ligando. Com esse vento do norte, o frio vai chegar aí bem antes. Não saia para passear na floresta. Se chover, é pneumonia na certa.

— Tudo bem. Seguirei os seus conselhos.

— Preciso partir daqui. Fui avisado de uma reunião extraordinária do secretariado central, seguida de um almoço. Cuide-se.

— Você também. Transmita minhas saudações a Vân. Você tem muita sorte de ter alguém como ela: bela de feições e de caráter.

— Obrigado.

A voz de Vu parece irônica. Ele o ouve repetir do outro lado da linha:

— O grande irmão a felicita. Uma beleza adorável e uma moralidade impecável.

O amigo retoma:

— Já vou indo.

O som do telefone desligando lhe parece estranho. Assalta-o uma dúvida. Mas ele logo a repele.

2

Hanói está tremendo de frio. O vento nordeste já se levantou.

As folhas das árvores escureceram sob a brisa gelada que faz vibrar a superfície do lago do Oeste. As fileiras de amendoeiras em torno do lago adquirem uma tonalidade violeta. Os transeuntes, com medo das rajadas de vento, atravessam a rua Cô Ngu correndo. Os casais de namorados, porém, continuam sentados nos bancos à beira do lago.

Vu os observa, pensando:

Não se sabe quanto tempo eles viverão essa paixão... Logo começarão a chorar amargamente pela embriaguez deste momento.

Os casais se abraçam dentro de suas capas de chuva transparentes, proteção ínfima contra o vento frio de fevereiro. Ao final da rua Cô Ngu, ele vê uma pequena barraca de chá popular, embrião de iniciativa privada tolerado pela economia de Estado. A barraca é protegida por biombos de madeira remendados com pedaços de jornal velho. O chá verde é mantido em um panelão colocado sobre uma esteira. As xícaras, rachadas e amareladas pela teína, estão empilhadas sobre uma grande bandeja igualmente suja. Essa barraca miserável e sórdida expressa muito bem a sociedade em que ele vive. Desperta compaixão, ou até mesmo asco, e reflete, ao mesmo tempo, o estado em que sua alma se encontra há tempos.

— Prenda bem a bicicleta no poste com cadeado — sugere-lhe uma voz comum. É o vendedor de chá:

— Vê aquele poste de luz? Não posso tomar conta da sua bicicleta se ela não estiver por perto.

Depois de muito procurar o poste com os olhos, Vu o nota do outro lado da rua, escondido atrás de uma carroça carregada com flores campainhas-d'água. Cuidadosamente, prende ali a bicicleta.

O velho vendedor de chá acompanha com os olhos os seus movimentos, com uma curiosidade não disfarçada. Aguarda que Vu se sente em uma cadeira, apoiada num dos painéis.

— O que deseja? Chá verde ou infusão de jambo? Ou, talvez, uma bebidinha...

— O senhor vende bebida alcoólica? — pergunta Vu, surpreso.

— Por que não? — retruca o vendedor em um tom brincalhão e provocador. — Acha que as pessoas só precisam de chá? Acha que, só porque o Estado proíbe, as coisas deixam de existir?

— Não, não acho isso. Mas...

O velho vendedor brinca com ar satisfeito:

— Falo ao senhor desse jeito porque o senhor parece ser boa gente. Se fosse diferente, eu falaria de outra maneira.

Agora é Vu quem sorri:

— Obrigado. O senhor me acha simpático? Mas o que é ser simpático?

— Ser simpático é não fazer parte da canalhada. Não cometer atos covardes e traidores. Se um canalha aparece aqui, vai me suplicar para lhe vender bebida. Depois de beber, irá me denunciar à polícia antes mesmo de dar uma mijada.

— E aí?

— Aí? — repete o velho com uma expressão desdenhosa. — Com a polícia é a mesma coisa. Muitos deles adoram beber. Com esse frio, um golezinho de aguardente aquece bem mais do que uma tigela de sopa rala, comprada no restaurante estatal. Claro que confiscam a minha garrafa, mas acabam devolvendo três dias depois... obviamente, vazia. Mando trazer outra do campo e pronto, a vida continua.

O velho vendedor tira de baixo de sua cadeira um cesto coberto com pano de juta. Ergue o pano e mostra a Vu uma bela jarra de cerâmica verde.

— Está vendo isso aqui? É feito de arroz novo Flor Amarela, de primeira qualidade.

— Essa jarra é maravilhosa — elogia Vu. — A bebida deve ser excelente. Dê-me um copo para eu me aquecer.

— Ah! — exclama o vendedor triunfalmente, com sua barbicha tremelicando.

Ele curva o corpo e tira de uma caixa de madeira uma bela xícara de porcelana, que em seguida enche de aguardente.

— Experimente isso! Isso sim é que é bebida!

Vu ergue a xícara, pensativo. É uma xícara de porcelana verde, decorada com uma fênix, com a borda em cobre. Era em uma xícara parecida com essa que seu pai bebia. Todas as noites, depois de dar uma volta pelo jardim, o pai tinha o costume de colocar sobre o divã uma bandeja de cobre sobre a qual havia uma xícara, um pequeno recipiente com aguardente de arroz e um prato de aperitivos. Contemplava a paisagem e aguardava, dessa forma, o jantar com a família.

— Vamos! Experimente e diga se estou falando bobagem — insiste o vendedor.

Os eflúvios do arroz novo chegam aos seus sentidos antes mesmo que sua língua toque na bebida. O aroma evoca, em sua memória, o perfume da colheita, aquele aroma tão penetrante dos campos de sua infância, quando ondas douradas cobriam a terra e envolviam as aldeias cercadas por bambus verdejantes, cobrindo os canais de irrigação prateados e cantarolando alegremente com a passagem do vento. Até mesmo o vento dos dias de colheita cheirava bem. Bebe um gole.

— Excelente! Nunca bebi uma tão boa assim!

O homem se sente maravilhado:

— Eu sabia! Ninguém até hoje se atreveu a criticar a minha aguardente de arroz. Todos fabricam isso na minha aldeia. Mas é somente na casa do velho Khai que se chega a um resultado como esse.

— É realmente excelente!

— Isso aí teve de atravessar vários campos de "limpeza". A milícia, depois a polícia, todos foram ali confiscar a nossa produção para jogá-la no rio. Mas a técnica sobrevive. Escondida, camuflada, mas sobrevive. Enquanto houver quem beba, haverá quem fabrique.

— O senhor fala como se não tivesse medo...

— Como eu já lhe disse, achei-o simpático. Com outra pessoa eu falaria diferente e daria um outro lote.

Pega, então, outro cesto. Dentro dele, uma garrafa de plástico que também contém aguardente de arroz.

— O que é isso? Guarda bebida em um recipiente de plástico?

— Cada um tem o que merece. Ao senhor eu ofereço a de primeira qualidade, em uma xícara de porcelana. Para outros, sirvo esse da garrafa de plástico, nessas xícaras velhas e rachadas.

— Mas...

— Antes era diferente. Não percebeu que o mundo virou de cabeça para baixo? Não vou lhes mostrar as minhas belas xícaras, os meus belos recipientes para depois os miseráveis me acusarem de ser revisionista e contrarrevolucionário.

— Sim, eu entendo — responde Vu pausadamente, sentindo a dor a lhe invadir o corpo vagarosamente junto com a bebida.

Se beber em uma xícara de porcelana é ser revisionista, então meu pai seria revisionista e contrarrevolucionário. Felizmente morreu antes de ser preso e algemado pela Revolução, a mesma em que seu filho amado se engajou.

Toma o último gole e devolve a xícara ao vendedor. Este a guarda rapidamente na caixa de madeira, pois um cliente se aproxima.

— Está frio demais, velho. Dê-me um copo de aguardente — diz o homem, esfregando as mãos, sem se sentar. Usando um chapéu velho, poderia passar por um recrutador para os canteiros de obras ou para as fábricas. Suas pernas se movem sem parar, o que lhe confere um aspecto esquisito.

Sem erguer a cabeça, o velho vendedor responde, como quem repete um refrão:

— É, está muito frio.

Pega a garrafa plástica e serve a bebida em uma velha xícara, escurecida pela teína.

O freguês engole tudo de uma vez e estende a mão:

— Mais uma. Essa não deu.

— É. Estamos em fevereiro mas ainda faz muito frio — murmura o vendedor enquanto o serve.

Vu os observa, pensativo:

Fazemos a Revolução para libertar os homens, mas, no fim das contas, a sociedade inteira é que se tornou uma tragédia miserável em que o homem honesto e o homem de verdade não têm mais o direito de existir. Só ficaram os vigaristas e os traidores. Ou então, para pessoas simples como esse velho, é preciso adotar uma linguagem dupla para sobreviver. No meu tempo de juventude, as pessoas não eram tão ruins. Foi a nova sociedade que as rebaixou.

— Até logo, velho. Amanhã eu passo aqui para acertar.

O freguês devolve a xícara e vai embora. Depois que ele sai, Vu pergunta:

— Tem muitos fregueses que compram fiado, como esse?

— Não é fiado nenhum. É roubo mesmo. Esse aí nunca pagou nenhum centavo!

— Por quê?

— Dá para perceber que o senhor não frequenta muito as barracas. Percebi isso logo que chegou. Esse sujeito é um dedo-duro. Se eu não lhe desse de beber, ele encontraria algum motivo para me denunciar ao comissário.

— É mesmo?

— O senhor não costuma frequentar as barracas, não é mesmo?

— É verdade. Você tem razão. Não tenho muito tempo para flanar por aí. Mas hoje estou com uma dor de cabeça tão grande que precisava passear um pouco.

— É a vida. Todo mundo tem dores de cabeça.

O velho vendedor abaixa o volume da voz, como que para expressar a pena que sente do interlocutor:

— Quer mais uma xícara? Oferta da casa.

— Obrigado, mas não quero. Bebida não cai muito bem em mim, mesmo que esta seja excelente.

Nesse instante, Vu nota sua esposa passando por ali de bicicleta. Ela parece pálida e, por causa do frio, está envolta por um grande xale de lã verde que lhe confere um aspecto entristecido. Vu se levanta:

— Está muito frio. Por que saiu de casa?

Ela olha para ele com ar de reprovação.

O velho vendedor, parecendo intuir alguma coisa, intervém:

— Senhora, deixe que o seu marido guarde a bicicleta do outro lado da rua. Eu ficarei de guarda.

— Obrigada, senhor — responde Vân, passando a bicicleta para Vu.

Tremendo, ela entra na barraca.

— Quer uma infusão de jambo ou de gengibre para se aquecer? — oferece o vendedor.

— Obrigada. O senhor tem?

— Sim. Tenho muitos fregueses que não gostam de outra coisa.

Ele se inclina e pega uma espécie de caixa com xícaras de cerâmica marrom-escuro com flores amarelas. Vu se surpreende, vendo-o como um mágico que tira objetos da cartola. E ri.

— Quantos tipos de recipientes diferentes o senhor tem?

— Como eu lhe disse, cada um recebe aquilo que merece. Uma mulher bonita não pode beber numa xícara horrível.

— O senhor é um homem experiente.

— Não, nada disso. Sou apenas um camponês, nascido por acaso no molhe de Yên Phu. Meus pais não eram ricos, mas possibilitaram que eu tirasse o meu diploma escolar.

O velho vendedor exibe ares de orgulho. Vân afirma:

— Quando o senhor era jovem, devia saber fazer um monte de coisas.

— Está me lisonjeando. Mas, de fato, eu me virava *pas mal*.

Concluiu a frase em francês, o que deixou Vân e Vu perplexos. Este último sorriu:

— O senhor ainda sabe falar francês? Os outros da sua geração esqueceram tudo.

— Já vivi mais de meio século, e o meu cérebro está bem enferrujado. Mas ainda lembro algumas palavras. Como os grãos da campainha do arrozal no mês de janeiro. Além disso, como eles nos dizem que o francês é a língua do inimigo, solto umas e outras palavras de vez em quando, só de gozação. O que eles podem fazer comigo?

— Não teme ser denunciado?

— Ficaria muito chateado se alguém me denunciasse por causa da bebida. Mas por causa dessas palavras ridículas, não tenho nada a perder. Não sou nenhum alto funcionário. Não passo de um pobre peixinho vendendo chá na calçada. Já estou no fundo do poço. Como poderia cair mais?

Sorri. Cada um mergulha em seus próprios pensamentos.

Nesse instante, aproxima-se uma jovem carnuda e corada. Cumprimenta a todos e se vira para o vendedor:

— O senhor abre com qualquer tempo? Por que não fica em casa descansando num tempo como este?

— Só jovens como vocês sentem vontade de dormir. Eu sou um velho.

— Um velho que é paparicado por uma porção de velhas! Só na aldeia de Yên Phu são sete!

— Cale a boca. Está dizendo besteiras!

— Se eu fechar a boca, quem irá cantar para deixá-lo feliz? Quem lhe levará doces de massa de arroz e de arroz sem casca, amorosamente confeccionados pelas mulheres mais velhas da aldeia só para agradá-lo?

A jovem cai na gargalhada, uma risada escandalosa e contagiante. Ao rir, seu corpo rechonchudo se sacode todo, e o rosto exprime uma felicidade simplória. A barraca está aquecida. Ela limpa o suor da testa com um lenço.

— Vou embora. O pequeno passará aqui à tarde. Não se esqueça de lhe dar alguma coisa para comer.

— Vá embora. Não precisa me passar nenhuma recomendação.

A jovem lhe dirige um sorriso aberto, trocista:

— Agora ele se faz de difícil! Duas semanas sem notícias daquelas senhoras e ele fica irritado.

Em seguida, sem aguardar nenhuma réplica, ela se vira para os demais:

— Com licença. Adeus.

Atravessa a rua e arma com agilidade o seu carrinho de feira para empurrá-lo energicamente em direção a Quang Ba.

Vu a segue com os olhos:

— Essa mulher é uma força da natureza. Deve ser, além disso, muito generosa.

— Sim, responde o velho vendedor. Seu sorriso reflete a bondade que tem. É viúva, com apenas vinte e dois anos. Sozinha com três garotos. Não faz cara feia diante de nenhum trabalho. Desde a madrugada até a noite, como uma búfala. Sem nunca se queixar!

— De que morreu o marido, assim tão jovem?

— Os dois eram da minha aldeia. Amigos de infância que se casaram aos dezoito anos de idade. Ela teve um filho por ano. O marido foi convocado para se mobilizar quando estava grávida do terceiro. Coitado! Mal atravessou a fronteira do Laos, foi morto em um bombardeio.

Serve-se uma xícara de chá e bebe pausadamente, gole a gole, como que para engolir sua dor.

Vu pensa no painel de publicidade no cruzamento de Quang Ba:

O grande irmão estava certo ao considerar que essa guerra é um erro histórico. Seu maior lamento é não ter conseguido evitá-la. Esta guerra é semelhante ao suplício do esquartejamento. Os quatro cavalos do nosso terrível destino dilaceram, neste momento, o nosso povo.

Subitamente, buzinas começam a tocar, numa barulheira horrorosa. Vu sai da barraca para ver o que acontece. Um comboio militar é bloqueado em sua passagem por charretes que transportam sacos de cal, estacionadas bem no meio da rua. Os integrantes do comboio que estavam a pé, bebendo alguma coisa numa das barracas para se aquecer, avançam até elas para liberar a via, empurrando-as para a calçada. Os caminhões então passam com os motores rugindo e suas lonas de camuflagem.

O velho vendedor observa a poeira levantada e comenta com o casal Vu:

— Vocês não podem ficar aqui. É um local de passagem, muito barulhento. Logo chegam os pedreiros e os carpinteiros. Vou lhes preparar uma chaleira quente e um pequeno aquecedor aqui atrás da barraca. Não sou rico, mas tenho espaço.

— O senhor é realmente prevenido. Não sei como lhe agradecer.

— Nada de cerimônias comigo. É difícil encontrar pessoas com quem possamos conversar livremente.

Levanta-se com a vivacidade de um jovem, a fim de preparar o necessário.

— Meus pais me deixaram um terreno de cerca de mil metros quadrados, provavelmente para que meus filhos e meus netos construíssem suas casas ali. Mas eu moro sozinho, e cuidar da casa que eles me deixaram já dá trabalho demais.

Enquanto explica tudo isso, o velho conduz o casal através de uma construção com três cômodos e um pátio pavimentado que dá para outro conjunto com três cômodos que, por sua vez, dá para o lago do Oeste. Um local perfeito para a contemplação. Na peça do meio se vê um pequenino espelho d'água com peixes vermelhos, com uma montanha em miniatura à sua volta.

— Por que não fez esse laguinho no pátio? Ele é bem grande.... — pergunta Vu.

— Eu sei. Mas os meus vizinhos têm um gato muito malvado. Engole todos os peixes vermelhos que vê pela frente.

Vu nunca tinha ouvido falar em um gato que persegue peixes vermelhos. O velho vendedor coloca a bandeja sobre uma mesinha de centro em torno da qual estão duas cadeiras.

— Fiquem aqui. Poderão conversar e contemplar o lago ao mesmo tempo. Aqui o vento não chega, mas vou lhes trazer também um pequeno aquecedor. Tenho outro, maior, na barraca. Ele serve para ferver a água do chá.

Volta alguns instantes mais tarde, com uma braseira.

— Daqui a pouquinho passará o menino que vende doce de arroz. Se vocês quiserem, posso mandá-lo passar aqui.

— Obrigado, mas não é necessário. Estamos bem. Se tivermos fome, vamos procurá-lo — responde Vu.

O velho vendedor sorri satisfeito, coçando a barbicha, que lhe desce quase até a altura do peito.

No momento em que ele se retira, Vu comenta com a esposa:

— Bem, agora é com a gente. É uma pena, no entanto, falarmos de coisas tristes em um cenário poético como esse.

Vân se cala, movendo-se nervosamente na cadeira. Pega uma manta, enrola-a e a encaixa entre as suas costas e o encosto da cadeira. Vu nota as olheiras pronunciadas no rosto dela.

— Por que você estava me procurando nesse frio glacial?

— Sou sua mulher. Já não é motivo suficiente?

Vu se vira para o lago. Desde a discussão que haviam tido no campo de milho à beira do rio Vermelho, o casal dorme em quartos separados. Ele mudou suas coisas para o andar de baixo. Trabalha na sala e, inicialmente, passara a dormir no quarto das crianças, que haviam partido para o campo, nas aldeias de refúgio. Um dia, vendo que ele dormia na cama de Trung e não na do filho do casal, Vân gritou cheia de raiva:

— Eu sei por que você está dormindo nessa cama! Como é possível que um pai não prefira o calor do seu próprio filho?

Friamente, ele respondeu:

— O calor dele não está mais ali, e, além disso, a cama cheira mal.

Ela não retrucou, pois Vinh realmente transpirava muito. Estava sempre cheirando mal. Herdara esse problema da avó materna, Tuyêt Bông, e do tio Cuong. Um dia sem tomar banho, e suas roupas ficavam empesteadas. No entanto, para não irritar a esposa, Vu mandou trazerem uma cama de campanha, dobrável. Desde então, passou a dormir em um canto da sala, com sua velha cortina azul, como um convidado inesperado ou um soldado de licença.

Sozinha em seu quarto, Vân trocou a cortina azul por um maravilhoso véu de renda com bordado vindo da Ucrânia. A velha luminária foi trocada por um lustre de pingentes trazido de Moscou. Comprou, também, um sofá idêntico ao da sala de recepção da embaixada da União Soviética. Encomendou um toca-discos Rigonda, além de vários discos em voga, e mandou instalar uma cristaleira para guardar seus cristais da Boemia e suas refinadas porcelanas chinesas. Em frente a ela, um grande bufê guarda todo tipo de doces e bebidas trazidas de Praga e de Budapeste, grande sonho de todo diplomata, um luxo inimaginável quando se sabe que dezenas de milhões de pessoas só comem, diariamente, arroz mofado. Como o seu dormitório não comportava isso tudo, ela ocupou também o antigo escritório de Vu, mandando derrubar a parede divisória e instalando um biombo de jade. Com toda essa revolução, seu quarto se transformou em uma sala suntuosa, acolhedora e confortável. À noite, ela acendia o lustre e contemplava o seu reflexo nos cristais. Ou então punha música para tocar bem alto, não sem tampar as próprias orelhas, ao deitar, para não ficar surda. Quando os vizinhos acendiam as suas luzes para observar, com inveja, o que acontecia na casa dela, apagava tudo.

Tudo o que fez para provocar Vu não deu, no entanto, resultado. Provavelmente porque ele já não a amava mais. Seu amor morrera afogado nas águas do rio Vermelho. Não passava de um cadáver no lodo, no fundo do rio. Ela, por sua vez, não conseguia deixar de amá-lo, ou, mais precisamente, de continuar a amá-lo, apesar de todas as desavenças. Talvez estas até mesmo acabassem por estimular o seu amor e a falta, cruel, que sentia dele. A força de tais sentimentos constituía um terrível infortúnio para ela, pois, no crepúsculo da vida, aspiramos sempre a um amor doce e tranquilo, urdido ao longo de meses e anos...

Muitas vezes chegou a pensar:

"Tentei de tudo, menos uma coisa. Vamos tentar também."

Só de pensar nisso, ficava corada de vergonha. A "coisa" em questão era justamente aquilo que ele sempre menosprezara como algo digno de Tu a peixeira, bastante conhecida na cidade.

O marido, porém, até agora indiferente a tudo o que ela havia feito, forçou-a ao seu entrincheiramento. Durante um almoço em que, como em todas as refeições desde a ruptura, cada um ficava perdido em seus próprios pensamentos, ele perguntou:

— O que você está esperando para dar esse passo?

— Do que está falando?

— Não sou uma pessoa curiosa, mas tinha esquecido um livro e subi para pegá-lo hoje de manhã. Vi que você montou um salão digno de uma Tu, a peixeira. Então, só resta uma coisa a você... O que está esperando para fazê-la?

— Está querendo me humilhar — gritou Vân.

Vu respondeu, calmamente:

— Nessa vida, ninguém humilha ninguém. As pessoas é que humilham a si mesmas.

Ficou calada, mas, intimamente, pensou:

"Só temos uma vida. Por que hesitar? Só os imbecis ou os estropiados é que não sabem aproveitar a vida."

Depois:

"Vou fazer. Vou fazer. Depois, não venha reclamar!"

Imaginou, então, o seu suntuoso salão repleto de jovens, vibrando com a música, com vinho e champanhe à vontade. Não seria mais uma espectadora do prazer, mas sim o experimentaria diretamente, sob o lustre do seu próprio quarto.

Essas vinganças imaginárias duraram pouco tempo, pois ela logo sentiu asco por essa vida de mulher em decadência. Retornava ao seu inferno, àquele amor que nunca chegava ao fim, que não admitia ser esquecido...

— Beba enquanto o chá ainda está quente!

Vu serve a esposa. Vân pega a xícara e bebe. Os dois ficam em silêncio. Diante de seus olhos, o lago do Oeste estende um tapete cinza prateado. Não há nenhum barco de turistas. Apenas algumas embarcações de pescadores. O vento sopra forte. As redes vão e voltam a cada lançamento, fazendo os pequenos e miseráveis barcos balançarem. Os homens procuram dar voltas até encontrar a direção certa do vento. Vu reflete: "Será que eu não seria mais feliz se fosse pescador? Pelo menos mais tranquilo?"

Pergunta sem resposta. Continua a beber o chá, mecanicamente.

— Cuidado, você derrubou chá na manga. Esse tecido é muito difícil de lavar.

— Desculpe. Estou distraído.

Ele prosseguiu:

— Você está bastante atenta às questões materiais, hein!

— Está insinuando que sou uma nulidade no plano espiritual? — retorquiu ela, os olhos ardentes, disposta a partir para uma briga.

Em seguida, empalideceu, e seu coração começou a bater mais forte. Ele a observou, surpreso, cheio de hesitação e um sentimento de piedade:

— Preciso lembrá-la da conversa de ontem? Você estava lá quando o Velho me cumprimentou por ter uma mulher tão bela e inteligente. Você sabe muito bem que ele a admira desde a Resistência.

Ela corou. E ele prosseguiu:

— Acha que ele quer bajulá-la?

Silêncio.

— Você não responde nada porque sabe que o Velho está sendo sincero. Foi ele quem construiu a sua reputação de flor da Resistência ou de beldade da capital...

Ela nada respondeu. Ele sorriu:

— Transmiti a você os cumprimentos a pedido dele.

— Mas fez isso com muita ironia — objetou Vân.

— Já lhe disse: ninguém pode humlhar ninguém. Nós mesmos é que nos humilhamos. E ninguém pode ironizar sobre outra pessoa. A não ser que a própria realidade seja, ela mesma, irônica.

Ela empalideceu e murmurou:

— Eu sei. E é por isso que vim falar com você.

— É mesmo? — exclamou ele, um tanto surpreso, ainda observando os pescadores que se afastavam na imensidão prateada do lago.

"Ele não liga para mim... Não me ama mais, nem um pouquinho...", pensou ela. Em seguida, desesperada, afirmou:

— Você é um marido indigno. Olhe para mim. Estou aqui, na sua frente, falando com você! Seja ao menos educado!

— Ah, é?

Vira-se para ela:

— Pronto! Estou olhando para você e vou ser educado, para você ficar contente. Tentarei ser um cavalheiro. Está bem para você?

Nenhuma resposta. Ele continua:

— Sou todo ouvidos. Pode falar.

— Não pode falar de outro jeito?

— Eu mesmo não sei desde quando passei a falar assim com você. Mas é difícil mudar.

— Vu, nós fomos felizes juntos. Não sente saudade daqueles momentos?

— Sinto uma falta profunda deles, para ser sincero. E essa saudade dói em mim de uma forma que você nem pode imaginar. Mas eu não sou um homem de fingir ser mudo, cego ou surdo. Talvez seja essa a maior tristeza do nosso casamento.

— Sempre amei você. E continuo a amá-lo. Não fosse assim, a gente não estaria aqui.

— Eu sei. E agradeço — disse ele, rindo. — Mas, agora, faça o que quiser. Você pode viver como Tu, a peixeira, se quiser. Não a impedirei de fazê-lo. Você é livre.

— Você não quer admitir a realidade. Você não mudou em nada há meio século.

— Qual realidade?

— Sempre pensou na vida apenas considerando o seu ponto de vista. Mas a vida segue o seu próprio curso. Você sempre se sacrifica pelos outros. Está sempre em perigo, no meio da tempestade.

— Sinto muito, mas meus pais me educaram assim. Quando a conheci, já era adulto. Não posso mais me modificar para atender aos seus desejos.

— O governo tem centenas de pessoas no mesmo nível que você. Mas nenhuma delas suporta o que você suporta.

— Pode se libertar da ligação que tem comigo. Você é totalmente capaz de refazer a sua vida.

— Mas eu amo você! — gritou ela, chorando. — Por quê? Por que você não consegue entender uma coisa tão simples como essa?

Vu se cala. Uma pergunta se insinua entre os seus pensamentos: "Quando uma mulher ama, acredita que pode fazer tudo, até mesmo os atos mais loucos, mais abomináveis. Em nome do amor! Mas será realmente amor, ou apenas a busca por um poder moral ou a satisfação de um desejo sexual? O amor... Que termo vago, ambíguo e enganador!"

Vân está chorando. Vu gira a xícara vazia na palma da mão. Ouve-se o rumor do vento sobre o lago. A cada rajada, a brasa do aquecedor brilha e crepita. Dele sobe um calor agradável. Vu observa o fogo, imóvel. Em seguida, como o choro dela não cessasse, ele se serve de mais uma xícara de chá.

— Está mais calma?

— ...

— Já não somos jovens. Não quero que o dono daqui ache que somos malucos.

— Só quero uma coisa. Que nos amemos como antes. Como antes. Que vivamos juntos como antes.

— Eu também. Mas o tempo nunca volta para trás. Tem a sua própria lei, exatamente como a vida, que tem a sua própria trajetória.

— Se você me ama como eu era antes, eu lhe digo que farei tudo o que quiser.

— Obrigado. Mas eu acho que você só faria o que lhe agradasse.

— Está falando do salão no primeiro andar? Posso jogar tudo aquilo fora.

— Não seria razoável. Você sabe como as pessoas qualificam as mulheres que agem dessa maneira.

— Então o que você quer que eu faça?

— Não posso querer nada, pois o que eu realmente quero é uma coisa impossível para você.

— É impossível porque você vê as coisas na direção oposta à que todo mundo vê. Mesmo quando ainda estávamos na Resistência, você achava anormal tudo o que os demais achavam normal. E quando todos achavam que um projeto era impossível, fazia de tudo para realizá-lo.

— Não entendo o que você diz. Na verdade, acho que não falamos a mesma língua. É estranho, não é?

— Não se faça de bobo!

Ela aumentou o tom. Ele olha para trás, a fim de sinalizar para ela que tenha cuidado com o dono do lugar. Vân bebe um gole de chá e continua:

— Quando estávamos na Resistência, todos concordavam em apresentar Minh Thu ao presidente. Você foi o único contrário e propôs que fosse Thanh Tu. Lembra daquela expedição de recrutamento nas planícies? Foi o grande irmão Sau quem deu a ordem.

— Lembro, sim. Nessa época, eu já sabia que eles tinham me afastado justamente para terem o campo livre.

— A organização cuidava das questões do Velho. Por que você teve de se meter nisso?

Ele a olha como se tivesse diante de si um extraterrestre. Ela fica vermelha diante desse olhar e diz, em tom menos assertivo:

— Era o papel da organização... falei alguma besteira?

Ele afirma, pausadamente:

— Vân! Se eu fosse zarolho e com dentes estragados, se eu fosse um anão repulsivo, você teria me amado? Teria se casado comigo?

Ela silencia.

Ele prossegue:

— Se eu fosse albino, raquítico, ou se tivesse seis dedos nas mãos e nos pés, você teria se casado comigo?

Ela se volta para o lago.

— Por que impor aos outros aquilo que não deseja para você? Por que impor uma escolha tão cruel a um homem tão bom como o Velho? Não foi você quem propôs Minh Thu à presidente da União das Mulheres para que ela a enviasse ao Velho com seus lençóis e cobertores?

Vân se vira para o marido e responde, com ares de inocência e perplexidade:

— O grande irmão Sau tinha pedido a minha opinião. Todo mundo foi favorável. O Velho não é um homem comum, como você sabe!

— O Velho é o presidente do nosso país, a alma da Resistência. O que mais?

— É também o pai do povo. Esqueceu-se disso?

— E daí?

— Que pergunta! O pai do povo não pode viver como um homem comum. Não se pode ter tudo na vida... a carne e o arroz! Você é um homem instruído e inteligente... Por que não consegue entender uma coisa tão simples como essa? Até mesmo o grande irmão Sau, entre outros, me pergunta isso a seu respeito...

— Ah?

O trovão acaba de explodir dentro de sua cabeça. Uma rajada tonitruante. O apocalipse. Vu tem a sensação de que uma fileira inteira de minas acaba de explodir dentro de seu cérebro, uma após outra.

Quando ocorre uma tempestade, o relâmpago rasga o céu antes que o trovão seja ouvido. Nele, porém, dá-se o contrário. Primeiro as explosões, depois os feixes de luz. O céu do passado se ilumina inteiro, ao impacto de uma luminosidade impressionante. Todos os detalhes ressurgem agora com nitidez, como as montanhas no horizonte limpo do outono, como os jardins sob o sol brilhante do verão.

Então essa é a lógica da vida: não se pode ter tudo, o arroz e a carne! Quando chegamos ao topo, quando nos tornamos o pai de um povo, não se pode mais almejar a felicidade comum. Foi por isso que impuseram ao Velho aquela moça envelhecida. Aquela moça rejeitada por todos os homens.

Por que não imaginaram o Velho como um rei? Os reis, antigamente, tinham direito a todos os prazeres, até mesmo aos piores deles. Relacionar-se com uma mulher jovem e bela, para o Velho, não teria sido mais do que uma felicidade bastante modesta, em comparação com isso.

Por que não pensaram, por um único instante, que, se o Velho tivesse tido uma felicidade pessoal, nem que fosse ínfima, iria se sentir melhor na sua própria pele, e o nosso povo é que tiraria proveito disso?

Por que se deram o direito de maltratar o homem atrás do qual todos eles, sem exceção, se abrigavam e que, além disso, lhes dera o poder? Não se pode ter tudo, o arroz e a carne! Uma lógica que expressa a crueldade da espécie humana. Cruel, pois é invejosa e ciumenta.

Subitamente, uma dúvida o assalta. Ele se vira para ela:

— Finalmente entendi. Na época, eu realmente acreditei que você tinha viajado em missão durante a minha ausência. Hoje fico sabendo que você ficou ali para organizar o encontro entre Minh Thu e o presidente. Se não tivesse feito isso, a Juventude Comunista proporia Thanh Tu, que era muito mais bonita e bem mais jovem.

Vân permanece em silêncio.

— Desde quando você aprendeu a mentir? — pergunta ele.

Ela desvia os olhos. Ele continua:

— Quantas vezes na vida você já mentiu? Quantas vezes, desde que deixou de ser criança? Quantas vezes desde que nos casamos?

— ...

— Eu fui um imbecil. E não sou o único. É preciso ser um imbecil para amar uma pessoa que lhe quer mal. Hoje à noite ligarei para o Velho para contar toda a verdade: grande irmão, não se ache tão inteligente assim. Você não faz ideia, mas você é o maior imbecil da face da Terra.

Vân tem os olhos voltados para o chão. Está pálida, como um lençol.

Lágrimas começam a escorrer pelas faces de seu belo rosto descolorido. Dobras se formam nos cantos dos olhos, comissuras em torno dos lábios antes vermelhos e carnudos.

Vu junta as duas golas da camisa, abalado pelo choque, contorcendo-se de dor. Tem a sensação de que seu peito foi dilacerado. Segurando o ventre, pensa na mãe, quando ele lhe contou do relacionamento com Vân. Na época, seu pai manteve a calma, mas a mãe demonstrou desassossego. Flagrou-os várias vezes falando em voz baixa e silenciando subitamente quando ele aparecia. Poucos meses depois de seu anúncio, a mãe havia dito:

— Meu filho, os mais velhos dizem que, para escolher uma mulher, é preciso olhar para a família dela. To Vân é muito bonita e lembra o professor Vuong. Mas qual é a sua verdadeira natureza? O papel de uma mãe é criar seus filhos. O pai, normalmente, é o pilar que dá sustentação à casa da família. Uma mulher como a senhora Tuyêt Bông não pode ter uma filha decente. Toda a vizinhança já sabe que To Vân não tem nenhuma amiga bonita. Nem mesmo a sua prima Hiên Trang, que é muito bonita e simpática, consegue se aproximar dela. Ela conta que To Vân só se relaciona com pessoas feias e idiotas, que possam lhe servir como contraste. Tão jovem e já tão calculista e egoísta...

Na ocasião, ele buscou todos os argumentos possíveis para tentar convencer a família. Estava apaixonado. Os apaixonados são cegos. Agora finalmente compreende o quanto a mãe estava certa. E compreende por que sua esposa fizera de tudo para que Minh Thu fosse escolhida e Thanh Tu descartada. Agira por puro egoísmo e narcisismo: a feiura de outra valorizaria a sua beleza. O mais sórdido era que outras pessoas haviam apoiado essa iniciativa.

Não se pode ter tudo, o arroz e a carne! Ela me fez abrir os olhos. Após mais de trinta anos de vida em comum, finalmente descubro o verdadeiro rosto da minha mulher.

Seu coração ruge como um oceano revolto. Sente o corpo e a cabeça jogados para um lado e para outro por ondas em plena fúria. Em meio a essa tempestade, sem nenhum motivo, aparece-lhe o rosto sorridente do presidente. É a imagem que está guardada dentro dele da noite festiva em comemoração à vitória da campanha na fronteira. O Velho erguera o copo para um brinde, encerrando seu discurso da seguinte forma:

— Desejo a todos uma ótima saúde, especialmente aqueles que têm a sorte de ter uma bela esposa. Você, Vu, por esse critério, deveria esvaziar três copos cheinhos!

Que ironia. O Velho era o primeiro a saudá-la. E não sabe, hoje, que deve justamente a essa beldade as mais covardes crueldades.

Contendo a dor, ele ergue a cabeça e sorri:

— O destino é muito estranho. Por que você não se casou com Sau? Vocês se davam tão bem. Por que escolheu a mim?

— Porque eu o amo! Porque só amo você. Não fosse assim...

— Não fosse assim a sua cama já estaria toda enfeitada. E as noites de amor seriam as mais agradáveis do país, tanto na guerra como na paz. Estou certo?

— ...

— Duas personalidades sádicas não podem se unir. Cada uma quer manter o seu próprio poder de dominação e preservar a si mesma. Só consegue se unir temporariamente. Como companhia por muito tempo, devem escolher pessoas dóceis e idiotizadas, para que possam sobreviver com segurança. Foi certamente por isso que você me escolheu para amar e que Sau não escolheu você como esposa...

Vân permanece em silêncio. Vu continua, desfiando cada palavra como se fosse para ele próprio penetrar nelas:

— Trinta anos até entender uma pessoa. Que brincadeira cruel do destino. Trinta anos não são nada em termos históricos, mas são o suficiente para tirar todo o sentido da vida de um homem.

Vân vê o desespero aflorar pelos olhos de Vu. Os olhos do seu homem, o homem que ela continua a amar, desejar, a quem quer possuir com exclusividade. O tempo não apagou a delicadeza do seu rosto. Os reveses não conseguiram abater aquele homem, ao contrário: tornaram-no mais atraente. Certamente ele próprio não tem noção do encanto que exerce sobre os outros. Mas ela o vivencia por intermédio do seu desejo inalterável e, também, do olhar das outras mulheres.

— Você não me ama mais?

Faz a pergunta já sabendo qual será a resposta. A intensidade da cena a faz perder o prumo.

— Você não me ama mais? — repete, com uma angústia não disfarçada.

Vu não ouve nada. Parece estar em outro lugar. Depois de um longo instante, ele se volta para ela e a fita como se fosse uma velha fotografia ou um objeto esquecido em um baú durante muitos anos:

— Vân! Você nunca reviu a sua consciência?

— Como assim?

— Já se perguntou se o que você fez foi uma coisa boa ou má? Sua consciência não a tortura de vez em quando? Ou isso nunca aconteceu?

— Não sei. Sou uma pessoa comum. Ajo como todas as outras mulheres agem.

— Mentira! As outras mulheres não conversam nem planejam coisas com Sau. Não subornam nem manipulam a presidente da União das Mulheres. O Velho não as apelida de "flor da Resistência" ou "beldade da capital".

— Não vou mais responder a esse interrogatório. Não estamos numa delegacia.

Está prestes a cair no choro. Sabe que já perdeu. O homem sentado à sua frente já não faz parte do perímetro de vida desenhado com o casamento. Ele passou a fronteira. Resolutamente, definitivamente, sem lamentações. Seria inútil insistir. Seu desejo, porém, é tenaz, ela é como a loba que não admite soltar a presa.

Ela tosse e pega o lenço.

Precisa encontrar algo mais convincente. Do lado de fora, os barcos deslizam silenciosamente sobre o lago. Ondas. Vento. O vento não chega até eles, que estão protegidos por uma parede voltada para o norte. Diante deles, o aquecedor envia suas ondas de calor. Ela força a tosse, mas nada parece abalar Vu. Sem olhar para ela, ele afirma:

— Agora entendo todos aqueles anos difíceis posteriores ao nascimento do nosso filho. Você não foi feita para ser mãe. Se tivéssemos tido uma filha, você teria ciúme dela quando crescesse. Como a madrasta da Branca de Neve. Mulheres como você sempre existiram.

— Chega!

Mas ele não para. Ela já não tem poder algum sobre ele. Seu elixir do amor não funciona mais. Perdida, ela olha para as suas mãos cheias de anéis, mãos finas mas que começam a se enrugar e a adquirir manchas de velhice. Vu continua descarregando a sua amargura:

— Mas é algo irrealista. Pois nenhuma beleza é eterna. Só o amor e a moral conseguem passar pela prova do tempo.

— Moral? — resmungou ela, vermelha de raiva. — Pois a mulher mais virtuosa é a sua mãe. Por que não vai para a cama com ela?

— ...

Atordoado, Vu abre a boca, mas não emite som algum. Diante dele ergue-se uma parede escura, imensa, como uma onda gigantesca que o submerge e o engole por inteiro.

3

Vu desperta em um leito do hospital da Amizade Vietnã-URSS.

É hora do almoço. Todos os pacientes já estão sentados em seus leitos aguardando suas famílias, que vêm lhes trazer a comida. A prateleira de Vu está cheia de frutas e doces já velhos. Sua cabeça pesa como um bloco de pedra. Tenta mover o pescoço, mas sente uma pontada de dor:

Estou velho. Vou desistir...

Continua, porém, a fazer alguns movimentos, pacientemente. O vizinho da frente o observa:

— Finalmente acordou! Seja bem-vindo!

— Obrigado. Por quanto tempo fiquei inconsciente?

— Três dias e meio. Não! Quatro. Foi internado ao meio-dia do sábado. Hoje é quarta-feira, onze e meia da manhã.

— Você fica contando as horas?

— O hospital é uma prisão. Cada dia parece durar um século. Você nunca ficou internado por muito tempo em um hospital?

— Não, só estive em hospitais para visitar amigos. Para mim, é a primeira vez.

— Em poucas semanas você verá como é. E vai entender ao pé da letra o que significa a expressão "um dia é tão longo quanto um século".

— É mesmo?

Vu dá uma risada e sente dores em cada um dos músculos da face. Está, no entanto, realmente desperto, e seu corpo ainda não foi totalmente destruído. Certamente graças à sua vida saudável, regrada, e aos exercícios frequentes de qi gong. Esfrega as mãos para aquecê-las antes de massagear o pescoço.

Não vou me entregar sem resistir. Eu a aceito, velhice, mas quem tem a iniciativa sou eu. Nunca serei seu escravo.

Entra o médico de plantão. Um homem de seus quarenta anos, sereno, mas com expressão de cansaço. Aproxima-se do leito de Vu sorridente:

— Seja bem-vindo! Bom despertar!

— Obrigado, doutor — responde ele, alegre. — É graças ao senhor que estou vivo ainda.

— Eu diria que é graças à sua constituição física, que é sólida. Outra pessoa...

— Outra pessoa já teria morrido?

— Não necessariamente, mas as sequelas seriam muito mais graves.

— Depois de um acidente vascular cerebral, se não for uma tetraplegia, pode ser algum outro órgão, não?

— O senhor já sabe de tudo!

— Li alguns livros de medicina. Não entendo tudo, mas eles me dão algumas noções básicas. Ao abrir os olhos, disse a mim mesmo que tive sorte. O senhor dirá que estou a bajulá-lo, mas a verdade é que eu lhe devo muito. Não tenho como agradecer.

— Não foi nada! É o meu trabalho.

Um tanto sem jeito, o médico o cumprimenta rapidamente e sai. Poucos instantes depois, entra uma enfermeira:

— Hoje o senhor só vai tomar leite. Amanhã também. A partir de sexta-feira, veremos. Pode ser que o senhor sinta vontade de tomar uma sopa desde já, mas o médico desaconselha.

— Obrigado. Vou obedecer às determinações do médico. Não se preocupe.

— Posso lhe trazer um copo de leite?

— Não, agora estou sem fome. Deixe para mais tarde.

A enfermeira se retira. Vu continua a massagear a nuca e a mover o pescoço. Esta é uma regra que ele aprendera e observara desde a adolescência: nunca comer quando não se está com fome. Acha que recebeu soro durante o coma, pois não tem a sensação de fome. A única coisa que o incomoda é a rigidez do corpo. Pensa que precisa dar logo início à luta. Mas, apesar dessa vontade, não consegue fazer com que o corpo obedeça tão rapidamente. Com apenas vinte minutos de exercícios, os membros já parecem se desagregar. Adormece. E assim vai, em sono direto, até as nove da noite. Ao acordar, está com fome. Depois de alguns movimentos hesitantes, seus gestos voltam a ser precisos. Ele se levanta para se servir um copo de leite e, ao bebê-lo, sente o corpo se reanimar lentamente, com o calor se espalhando a partir do peito em direção aos braços e às pernas. Sente o sangue circular nas veias. Uma sensação nova. Ele está vivo novamente.

* * *

— Eu era vizinho seu — diz uma voz. — Lembra-se de mim?

Ele se vira e depara com um visitante bem-vestido que o observa, encostado na parede, um sorriso caloroso nos lábios:

— Parece-me...

Confuso, busca na memória uma silhueta bem-posta, à moda dos anos quarenta, os cabelos ondulados, com uma camisa clara sob um blusão escuro.

— Para falar a verdade, não sei muito bem. A velhice...

Continua a cavar nas lembranças para tentar encontrar a imagem de algum homem tão elegante, com o nariz aquilino, a boca vermelha e os lábios grossos que parecem anunciar uma boa conversa.

— Sou Trân Phu. Não o Trân Phu secretário do Partido na época do primeiro levante, mas aquele que pôs a perna na rede em que você estava, em 1947, durante o estágio de reeducação no povoado de Nâm Mai. E então, lembrou agora?

— Ah, sim. Sim, realmente, agora me lembro! Não me veio logo de início. Como você disse que era meu vizinho, estava lembrando das pessoas que moravam na minha rua na aldeia onde nasci.

— Éramos vizinhos de rede. Nossas pernas ficavam tocando umas nas outras. É um pouco mais, até, do que ser vizinho de rua, não é? Ainda bem que não éramos homossexuais...

— É mesmo! — Vu dá uma risada.

— Está melhor?

— Um pouco.

— Levante-se um pouco e depois saia da cama para caminhar alguns passos. Logo você sentirá vontade de andar pelo corredor, e as coisas vão melhorar. É a melhor forma de fazer o sangue circular. Assim você recuperará as forças com rapidez.

— Obrigado pelos conselhos. Espero que assim seja — responde Vu, olhando para seu interlocutor com curiosidade. — E você? Como faz para ficar igual depois de tanto tempo? Parece que o tempo não passou para você.

— Mas eu mudei muito! Vinte anos não são apenas um piscar de olhos. Não percebeu minha barriga?

O homem levanta o blusão. Vu observa e acha que a barriga está absolutamente normal, reta. Coisa rara em um homem de quarenta anos.

— Não vejo nada. Sua cintura deve ser oitenta. É o ideal.

— Oh, não! Não se lembra do meu apelido na Resistência? Chamavam-me de Trân Phu cintura de vespa. Era sessenta, e nenhum milímetro a mais. Era mais magro que os manequins.

— Está maluco? Isso faz mais de vinte anos!

— Nosso corpo se degrada por causa das nossas fraquezas. Conheço um senhor de mais de oitenta anos que conserva uma pele totalmente lisa e uma cintura bastante fina.

— Pele lisa aos oitenta anos? Desculpe, mas não consigo acreditar.

— Pois pode acreditar! Veja bem, vou lhe explicar: as mulheres bonitas preservam o seu brilho fazendo massagens no rosto. A massagem é o método tradicional para preservar a beleza e a saúde. Nos mercados do Oriente, vendem-se centenas de essências aromatizadas. Evidentemente, os fregueses são todos senhores, aristocratas ou comerciantes ricos. Mas a massagem não consegue, por si só, prevenir as rugas. Faz o sangue circular e dá brilho à pele, mas, para enfrentar as rugas, é preciso um outro método.

— Sua tese é apaixonante. Estou curioso.

Os dois riem.

— Você ainda não acredita em mim. Mas eu não ligo. Não sou um camelô tentando lhe vender um elixir no meio da praça. Tenho um princípio: se você conhece uma boa dica, é egoísmo guardá-la apenas para si. Somos ruins se vemos que há um buraco na calçada e não gritamos para que os outros não caiam nele.

— Vamos! Nada de discursos. Conte-me apenas como esse velho de oitenta anos faz para preservar a juventude da sua pele.

— Trata-se de Nhât Nam, o grande mestre da escola de artes marciais. Mora ao lado da colina Dông Da. Se quiser, posso apresentar você a ele, um dia. Poderá ver os seus discípulos em atuação, e tenho certeza de que gostará. Para preservar a pele lisa, é muito simples: ele se estapeia.

— Ele dá tapas em si mesmo? — Vu não acredita no que está ouvindo.

— Sim! — continua Trân Phu, friamente. — Quer que eu lhe mostre como?

— Não estou entendendo...

— Não estou dizendo que se estapeia até sangrar ou até deslocar a mandíbula. Mas apenas o suficiente para fazer o sangue circular, para enfrentar o envelhecimento preservando a consistência da pele. Assim, veja só.

Ele ergue as mãos e se estapeia ritmicamente no rosto, primeiro em torno das mandíbulas, depois nas maçãs do rosto, nas têmporas e na testa. Vu fica calado por alguns segundos e depois diz em voz baixa:

— Pare. Pare. Já entendi. Não incomodemos os nossos vizinhos de leito.

— Por que se preocupar com esses mortos-vivos? — sussurra Trân Phu. — Esqueça-os, será melhor para nós.

Embaraçado diante dessa despreocupação, Vu se levanta rapidamente:

— Vamos para o corredor. Vou tentar.

— Tudo bem! Eu ajudo.

Trân Phu o segura pela cintura. Seu braço é quente e firme, sinal de boa saúde. Vu se sente seguro ao lado dele. Passam para o corredor. Ao caminhar, voltam-lhe à lembrança, pouco a pouco, as noites no meio da floresta vinte anos atrás... Naquela época, o jovem e magricela Trân Phu, apesar de sua reputação como o mais promissor dentre os oficiais de sua turma, era muito charmoso e passava o tempo todo se pavoneando diante de seus soldados. Estes se aglutinavam em torno dele constantemente, para ouvir o que contava. Certamente histórias engraçadas, pois, de tempos em tempos, davam grandes gargalhadas. Seus superiores, que tinham uma enorme confiança na sua capacidade de comando, nutriam, ainda assim, certa dúvidas em relação à personalidade extravagante daquele jovem, vindo de Hanói.

Durante o dia, havia as aulas. À noite, quando estavam todos deitados em suas redes, Trân Phu ficava roçando a perna de Vu para contar todo tipo de piada, e depois os dois riam em silêncio. Eram jovens. Hoje, a juventude é apenas uma lembrança. Trân Phu deve estar pensando a mesma coisa, neste momento, pois também se encontra calado, ele, que é tão volúvel. Depois de algumas voltas, sentam-se em um banco.

— Cansado?

— Tive um pouco de tontura no começo. Mas, depois da primeira volta, melhorou.

— Muito bem. Logo você já estará em forma.

— Quem lhe disse isso?

— O médico.

— O chefe do plantão? Aquele que veio me ver esta manhã?

— Sim. Você tem muita sorte. É o funcionário mais competente do hospital. Foi ele quem decidiu prolongar o seu coma artificial. Fez isso para você recuperar a saúde mais rapidamente. Observei a sua respiração durante essa nossa caminhada e devo admitir que ele estava certo.

— Acho você bastante forte também. Fez medicina?

— Não. Mas li muito. Sou diretor das Edições de Cultura e da Informação. Por isso leio muito. De qualquer maneira, quando envelhecemos, temos, cedo ou tarde, de enfrentar as doenças. É melhor conhecê-las um pouco antes que batam à nossa porta.

— Quando foi que mudou de profissão?

— Logo depois da libertação da capital.

— Mas...

Vu se interrompe. Pelo que lembra agora, Trân Phu era chefe do 507º batalhão da região militar da capital. Era tido como um oficial brilhante, culto, cheio de iniciativas e dono de uma intuição extraordinária. Com seu corpo esguio, seus lábios vermelhos, a um tempo volúveis e atraentes, causava verdadeiro furor entre as mulheres. Além disso, tinha um carisma tal que, se assim ordenasse, suas tropas seriam capazes de passar no meio de uma fogueira sem reclamar. Por que, então, saiu do Exército? Intuindo que a razão disso não devia obedecer a nenhuma lógica, Vu deixou a pergunta no ar, sem completá-la.

Como se tivesse lido dentro da sua cabeça, Trân Phu caiu na gargalhada.

— Está se perguntando sobre a minha vocação para militar, não é? Com efeito, todos os homens que estavam sob o meu comando ostentam, hoje, estrelas de generais, enquanto eu não passo de um funcionário comum na área da cultura, sem ser secretário de Estado, muito menos ministro! Mas foi a minha escolha: a minha liberdade. Quando a pátria estava em perigo, meu dever era pegar em armas. Agora, que o combate terminou, deixo minha espada nas mãos de outros, o ofício de militar não me atrai mais. Entre a responsabilidade e a tranquilidade, optei por esta última.

— Eu também poderia colocar esta dúvida para mim mesmo. Hoje em dia, sei que você está certo.

— Obrigado. Minha lógica pode parecer estranha, minhas palavras certamente chocariam os seus vizinhos de quarto, por exemplo. Mas a vida não é longa o suficiente para podermos atender às expectativas de todo mundo. Façamos aquilo que nos agrada no momento, desde que não seja imoral nem cruel. Vamos! Eu o acompanho até o quarto. Mais um copo de leite, e cama! Garanto que amanhã você já poderá atacar a sopa de carne.

No quarto, Vu bebe obedientemente, para depois adormecer como um bebê. No dia seguinte, ao acordar, vê Trân Phu falando com o médico chefe no corredor. O diálogo parece animado. O doutor deve, certamente, estar surpreso por encontrar um paciente tão bem informado sobre medicina. Ao ver que está de olhos abertos, ambos se dirigem a ele.

— Bom dia!

O médico acrescenta:

— Hoje o senhor já poderá tomar sopa de carne. Desejo-lhe uma convalescença breve.

Vu responde alegremente:

— Aposto como foi o meu amigo que lhe sugeriu, não foi?

— Não! Ninguém sugere nada para mim aqui! Minhas decisões são sempre autocráticas. Seguem apenas as considerações de ordem médica — retruca o médico sorrindo, antes de sair apressadamente para atender a um chamado no corredor.

Trân Phu se aproxima do leito de Vu sob o olhar desconfiado dos demais pacientes. Parece ignorá-los. Junto à cabeceira, vasculha no cesto de frutas e doces:

— Não coma nada disso. Vou distribuí-los aos doentes do quarto ao lado. Em princípio, só funcionários podem entrar aqui no hospital Amizade Vietnã-URSS, mas muitos, apesar disso, não têm como comprar frutas. Esses doces, também, vamos dá-los de presente. Na sua idade, você não deve comer nada que venha das empresas do Estado. Eu lhe darei a minha parte.

E assim se fez. Alguns instantes depois, Trân Phu retorna trazendo uma bandeja de alumínio sobre a qual arranja todas as frutas de Vu, levando-as dali, em silêncio. Vu não se atreve a dizer nada. Bebe seu leite, um tanto incomodado com o olhar curioso de seus vizinhos. A sensação de fome voltou com toda força, tranquilizando-o com relação ao seu estado de saúde. Observa as árvores agitadas no jardim enquanto saboreia o leite. Imagina-se descobrindo um novo mundo, um lugar onde ele jamais havia posto os pés antes, que o afasta de sua vida diária, de seu passado, um continente novo que se abre à frente dele para o seu retorno à vida.

Trân Phu volta depois do almoço com outras frutas, que ele dispõe cuidadosamente sobre a prateleira na cabeceira do leito.

— Se já pode tomar a sopa de carne, então pode comer essas frutas aqui. Como doce, eis um pudim e um bolinho de minha irmã. Experimente-o com o leite ou com chá quente.

— Obrigado. Estou sem graça, isso deve ter custado caro para você.

— Que nada! Foi minha irmã quem fez tudo. Somos uma família numerosa, mas eu sempre fui muito mimado. Vamos, descanse, e nos veremos de novo amanhã.

— Vou acompanhá-lo, para mexer um pouco o corpo.

Chegando ao topo da escadaria, Vu se inclina ao ouvido do amigo.

— Meus vizinhos olham para você de um jeito esquisito. Por quê?

— Você não entendeu ainda? — pergunta Trân Phu com ar de surpresa.

— Para falar a verdade, não.

Trân Phu o observa com atenção, parecendo embaraçado e comovido. Em voz baixa, diz:

— Se outra pessoa me fizesse essa pergunta, ia achar que ela estava brincando. Mas tenho certeza de que você é sincero. Aliás, a sinceridade é a sua maior qualidade, e é por isso que sempre o consideramos o último herói de toda uma época.

Igualmente surpreso, Vu raciocina que ninguém nunca lhe falara daquele modo, tão diretamente. Trân Phu continua a olhá-lo como se admirasse um quadro em uma galeria de arte.

— O senhor sabia — disse ele — que a nossa é a mais injusta e desigual de todas as sociedades, apesar de seus belos princípios de liberdade, igualdade e democracia? Mesmo aqui, somos separados conforme nossas origens sociais. Todos os seus vizinhos de quarto são especialistas de níveis oito ou nove, os mais elevados na hierarquia. Eu sou apenas um funcionário de nível seis, que não é aceito com muita facilidade nesses estabelecimentos. É por isso que me olham com desdém. No entanto, não passam de mortos-vivos. Já observou como têm dificuldade para comer?

— Não. Na verdade, não me atrevo a olhar muito para eles.

— É porque eu estou aqui, e eles me olham de um jeito estranho.

Vu responde com um sorriso. Trân Phu ri bastante:

— Eu sabia! O senhor é uma pessoa muito distinta! Mais do que eu, pelo menos, embora eu seja da capital e o senhor seja do interior. Mas sou um sujeito muito desinibido, pior, um provocador nato. Acho essas pessoas desprezíveis, como marionetes de papel machê. Afogo a arrogância deles na poça viscosa da inveja. Olhe só para mim!

Ele levanta as mangas para exibir os braços peludos e musculosos:

— São das camadas superiores, mas suas pernas são menos sólidas do que os meus braços. Têm a mesma idade que eu, mas suas bocas já estão cheias de próteses, enquanto eu só recentemente perdi o oitavo dente. No café da manhã, como duas tigelas de *pho* e duas coxas de frango, enquanto se esforçam para engolir uma sopa rala. Ao meio-dia, eu me delicio com uma tigela de arroz com peixe frito feito em casa, enquanto eles mal conseguem mastigar a carne do hospital. Eis por que me olham com tanta inveja, quando não com ódio. Os homens são assim. Mesmo à beira do túmulo, não mudam em nada. Não lhes dê atenção. Agora vá descansar! Até amanhã!

Trân Phu faz um gesto de despedida antes de descer a escada. Com efeito, ele deve ser tolerado com muitas reservas no hospital, pois seu leito fica no último edifício, que é destinado aos enfermos menos graduados. Ali, não deve se beneficiar de um regime tão privilegiado nem de todos os medicamentos necessários. Essa desigualdade, decorrente de sua posição social, em vez de deixá-lo aborrecido, parece, ao contrário, alegrá-lo, tornando-o, até mesmo, um provocador. Sua verdadeira arma de sobrevivência é o otimismo. Vu escuta-o cantarolando enquanto avança degraus abaixo:

E o mar apaga na areia
Os passos dos amantes separados.

Uma canção dos anos quarenta, cantada pelos estudantes sonhadores e pelas jovens de corpos graciosos, em túnicas brancas. Ah! A sua juventude! Sua sombra surgiu de volta com a melodia da canção. Espantado diante dessa irrupção intempestiva, afasta-a imediatamente de sua mente:

— Deita-se e procura conciliar o sono, sem êxito. Irritado, reergue-se. O paciente em frente abre um olho:

— Não consegue dormir? Eu também não. Não há nada a fazer, é a velhice.

— Sim.

— O seu amigo sedutor voltará esta noite?

— Não, ele se despediu.

— Ele não se lembra de mim, mas eu me lembro dele muito bem.

— É mesmo?

— Fui colega dele quando ele comandava o 507º.

— E mudou depois de profissão?

— Não. Permaneci nas fileiras do exército até hoje.

— É verdade?

— Talvez o senhor queira saber por que estou sendo tratado aqui e não no 108... Perdido aqui, como um cavalo em um curral de vacas...

O homem fecha os olhos. Seus lábios se abrem em um sorriso retorcido:

— O diretor do estabelecimento em que, pela lógica, eu deveria ser tratado é meu inimigo jurado. Não tenho a menor vontade de enfiar minha cabeça na guilhotina dele.

Vu se cala. Não sabe o que dizer. A expressão do enfermo confere ao rosto a aparência de uma máscara de cera. Sua respiração rouca se intensifica, transformando-se numa espécie de estertor macabro.

Todos os caminhos convergem para a mesma saída. No entanto, mesmo na trajetória que o conduz à morte, o homem continua a alimentar seus ódios e a se debater dentro de uma rede da qual não consegue escapar, pensa Vu observando o enfermo em estado lamentável.

Sai do quarto silenciosamente. O homem, de olhos fechados, dá um gemido, depois de alguns soluços.

— Diga a Trân Phu, por favor, que ele é um homem sensato e sortudo. Sabe viver bem.

— Eu lhe prometo.

— Não fale de mim. Diga apenas que se trata de um de seus ex-colegas.

— Está bem.

— Desejo que ele também viva por muitos anos e feliz.

— Sim.

— Desejo a você a mesma coisa.

— Obrigado. Mas eu não tive a sorte de ter uma vida tão serena quanto a dele.

— Eu sei... Eu sei... quem o senhor é...

Ele para a fim de respirar. A respiração rouca se torna mais forte.

— Apesar de tudo, eu lhe desejo, mesmo assim, felicidade.

— Quer que eu chame o médico de plantão?

— Não, obrigado... Eu conheço a minha doença... Vá passear um pouco, vá...

Sem saber o que fazer, Vu sai apressadamente para o corredor. Desce a escadaria e depois fica imóvel, como uma estátua no meio do pátio do hospital. Olha fixamente para as árvores, como se buscasse à sua sombra um refúgio para a alma trôpega. O medo o sufoca.

Pergunto-me se também estava nesse estado lamentável dias atrás. Se meu rosto estava com aquela cor amarelo-acinzentada como uma máscara de cera, e minha boca aberta como a de um peixe numa vitrine. Se a saliva escorria pelos lábios... Que horror!

Sente um calafrio, como se tivesse evocado uma história de terror.

Minha vida tem de ser saudável e útil. Quando isso não for mais possível, avançarei serenamente ao encontro da morte. Será minha última libertação.

Diante dele, árvores imponentes agitam suas folhas sob o sol: pitombeiras, mognos, amendoeiras com flores roxas. Muito juntas umas das outras, elas formam uma ilhota no meio do pátio imenso. Sua presença maciça e verde tem o poder de acalmar os doentes desesperados, como Vu nesse momento.

Senta-se em um banco e fecha os olhos para ouvir o rumor das folhas e o canto dos pássaros. De repente, alguma coisa mole e líquida cai sobre o seu nariz. Surpreso, abre os olhos. Um pássaro insolente despejou suas necessidades diretamente sobre a cabeça dele.

Ainda aturdido, vê uma mão a lhe estender um lenço.

— O senhor tem sorte. Quando um pássaro caga em cima de você, é sinal de fortuna. Uma grande fortuna, ou no mínimo uma pequena fortuna. Um doce, por exemplo.

Vu limpa o rosto sem olhar para o interlocutor.

— De onde tirou essa teoria?

— Ela sempre existiu, grande irmão!

É uma voz estrangeira. Vu ergue a cabeça. Trân Phu não está sozinho. Há um outro homem ao seu lado.

— Grande irmão! O senhor nunca ouviu dizer que sonhar com merda traz felicidade?

— Oh, devo ter ouvido isso algumas vezes.

O homem usa óculos de lentes espessas, como fundo de garrafa. Sorri abertamente, até as orelhas, exibindo dentes amarelados pelo tabaco. Seu rosto feio, de pele escura, emana, no entanto, uma expressão simpática e um encanto estranho. Ele continua rindo, ao explicar sua teoria:

— Estamos no país do arroz de água. É preciso entender o significado dos sonhos escatológicos.

Trân Phu faz as apresentações:

— Apresento-lhe Trân Vu, o herói do nosso tempo. Este é meu amigo Lê Phuong, escritor. Aos vinte anos, juntos, em 1945, largamos tudo para aderir à Revolução.

Trocam um aperto de mãos e, em seguida, Trân Phu sugere que se sentem na cantina do hospital, onde podem pedir algo para beber. Atravessam o pátio e chegam à cantina, um salão amplo com fileiras de mesas e cadeiras. Há apenas cerca de dez pessoas no local, todas com expressão de mau humor. Escolhem a mesa que imaginam ser a mais limpa, por ficar ao lado do balcão e da janela que dá para o pequeno jardim atrás do hospital, com tamarindeiras, amoreiras e caimitos. Não há ninguém no balcão.

— Eh! Tem alguém aí? — chama Trân Phu.

Nada.

— Eh! Alguém para servir?

Nada. Ele grita:

— Quem é que faz o serviço aqui?

— Vocês têm de chamá-lo ali no pátio. Estão se divertindo lá na sala da segurança — diz um cliente, comendo um sonho.

— Obrigado!

Phu sai para o pátio e para diante da porta da sala dos guardas.

— Quem serve na cantina? Estamos há meia hora esperando...

Três jovens saem rindo da sala e correm em direção à cantina. Trân Phu vai atrás delas fazendo ares de aborrecido.

— Vamos, rápido! Dois cafés e um chá. Se vocês forem rápidas, eu lhes desculpo.

— Obrigada, chefe! Desculpe-nos...

Temem que ele faça uma reclamação formal. Uma delas limpa rapidamente a mesa. As outras duas se põem a preparar o café e o chá.

Trân Phu se senta:

— Viram só?

— Sim, é mesmo.

— Se o outro Trân Phu, o secretário do velho Partido Comunista da Indochina, saísse de sua tumba, não sei o que pensaria de tudo isso.

— Deixa pra lá... São apenas detalhes...

Lê Phuong resmunga:

— Esse tipo de detalhe é que nos leva todos para dentro do corno do búfalo, ou para o fundo do buraco, se preferirem. Pois nem Trân Phu, nem ninguém, mesmo que seja mil vezes melhor do que ele, pode enxergar o futuro para saber como evoluirá a sociedade que ele construiu. A Revolução sempre engendrou criaturas totalmente diferentes daquilo que ela imaginava, para não dizer verdadeiros monstros. Mas voltemos às nossas humildes pessoas. Hoje é um dia de muita alegria para mim, pois sempre sonhei em conhecer Vu, que considero um herói nacional.

— Não exagere!

— Quando li o romance autobiográfico de Lermontov, achei muito atraente o personagem principal. Agora que vejo você, sinto que também é assim.

— Está me bajulando! Não sou ator de cinema — responde Vu, corando.

Trân Phu e Lê Phuong o observam como dois especialistas que examinam um móvel decorado com fênix e dragões de madrepérola. Depois de algum tempo, começam a rir:

— Sua esposa tem muita sorte! Um homem tão belo e que ainda fica vermelho na sua idade...

Vu não sabe o que dizer. Aqueles dois sujeitos parecem chegar de outro mundo. Sua linguagem, seu comportamento — tudo, neles, é desconhecido. Até então, seu mundo sempre fora o mundo do poder político. Tenta mudar de assunto:

— Pensei muito à noite. Hanói não é tão grande, e, no entanto, vinte anos se passaram desde que nos vimos naquele dia em Nâm Mai.

— Tomamos caminhos sempre diferentes. Mas acabamos nos reencontrando aqui, nesse lugar que faz uma ponte entre a vida e a morte. Todos os que estão aqui foram chamados pela morte e tentam desesperadamente adiar o momento final.

Vu ri diante dos gestos de Trân Phu.

— Acho você jovial demais para um moribundo. Parece, muito mais, um homem que se prepara para receber uma amante.

— É um pouco verdade. Fui internado aqui por causa de um tumor na próstata. O cirurgião queria me operar, mas eu não deixei. Combino os remédios com uma dieta à base de cenoura, cogumelos e tomates frescos. Eliminei a carne. De vez em quando como frango ou pato sem gordura. Minhas principais proteínas animais vêm de peixes e caranguejos de água doce. Claro que é a minha família que me abastece. Em quatro meses, o tumor diminuiu bastante. Agora procuro alguma jovem capaz de inspirar em mim ações revolucionárias. Se a encontrar, tenho certeza de que o meu tumor se dissolve de uma vez por todas.

— Está brincando.

Lê Phuong intervém:

— Cada um tem a sua lógica. Nossas filosofias, nossas experiências de vida são diferentes. Nossas maneiras de pensar são, por isso, também diferentes. Mas, se você não despreza totalmente os ditados, pense neste: "Quem mija bem come bem."

— É verdade. Tinha me esquecido. Vocês são realmente incríveis. Como conseguem guardar na cabeça todos esses ditados e provérbios?

— Nós mergulhamos na sabedoria do povo. É como um alimento que guardamos de reserva e que nunca apodrece. Se necessário, podemos consumi-lo de imediato, sem necessidade de cozinhar ou acrescentar condimentos. De acordo com essa sabedoria, as funções que pioram com a idade ficam melhores se a vida sexual de um homem se torna satisfatória.

— Sua sabedoria popular é perigosa! Empurra os homens para o adultério.

— Exatamente! Mas isso não se dá apenas nos homens. Nas mulheres é parecido. O yin e o yang sempre foram iguais diante do pecado. No entanto, é preciso avaliar caso a caso, não há um denominador comum na busca da felicidade. Tampouco existe uma constante... O que importa...

O escritor suspende a frase e tira do bolso um cachimbo enorme, que logo começa a preencher com tabaco. Vu raciocina que ele deve ter o hábito de manter os seus ouvintes em suspenso. Mulheres adoram isso.

— Você atiça a minha curiosidade! — brinca ele.

— Vou continuar — responde Lê Phuong acendendo o cachimbo sem nenhuma pressa e soltando algumas baforadas.

Ouvem-se as abelhas circulando em torno dos tamarineiros.

"O yin e o yang sempre foram iguais diante do pecado..." Por que só agora, tão tarde, me chega essa verdade?

Revê a imagem de sua esposa, To Vân. É a primeira vez que essa imagem lhe ocorre desde que saiu do coma. Ele a rechaça, sentindo a ira subir pela garganta.

Voltando-se para o escritor, procura se concentrar na conversa:

— E aí? Estou esperando.

Lê Phuong sorri largamente:

— Grande irmão! Cavalheiros como o senhor não deveriam ficar ouvindo as besteiras que desregrados como nós falamos.

— Por que essa segregação?

— Porque o senhor faz parte daqueles homens que lidam com as grandes questões, questões de Estado. Nós dois aqui somos individualistas. Temo que nossas palavras estejam totalmente fora de lugar.

— Ouvi todas as piadas de Phu no meio da mata. Não há nada a temer.

— Sim, mas já se passaram vinte anos.

— É verdade — suspira. — O tempo distancia os homens. Mas nós mantivemos valores comuns. Bondade, amizade, o senso de família. Esses sentimentos não podem se esvair com a passagem do tempo e dos acontecimentos.

— Sem dúvida.

— Em todas as fases difíceis de minha vida, sempre pedi ajuda ao meu irmão mais velho. Ele sempre me entendeu. Sempre esteve disposto a assumir o peso da minha própria família para que eu pudesse seguir adiante.

Vu para de falar. Acaba de perceber que está se abrindo para um homem do qual se esquecera havia mais de vinte anos e para um outro que acabara de conhecer, havia apenas meia hora. Isso nunca lhe acontecera antes. Para ocultar seu embaraço, bebe alguns goles de chá.

— E o senhor? — pergunta. — Por que veio parar aqui?

— Eu?

O escritor balança a cabeça.

— Não estou doente. E mesmo que estivesse não teria o privilégio de ser cuidado aqui.

— Mas, o que está dizendo? Não participou da Revolução desde 1945, no mesmo período que Trân Phu?

— Sim, é verdade. Mas eu não cumpri todas as condições necessárias para ser admitido no Partido. Se você não é comunista, não pode aspirar a nenhum cargo decente. Para agravar ainda mais o meu caso, eu sempre gostei de mulheres bonitas. Para mim, o Partido é prestigioso na teoria e as belas mulheres são maravilhosas na prática. Não tenho o costume de soltar a presa em troca de uma sombra. Vivo na realidade concreta e deixo para os outros as grandezas do Partido.

Os dois caem na gargalhada. Vu ri junto com eles, sem saber muito bem se estavam brincando ou não. Adivinhando a dúvida de Vu, Trân Phu enfatiza as palavras do amigo:

— O que Lê Phuong está dizendo é a pura verdade. Ele não é um funcionário de nível cinco, como os que são admitidos aqui. Vem apenas me visitar diariamente. Seu único dever é elevar o meu moral. Uma célula do Partido precisa ter pelo menos três militantes. A nossa só tem dois. Foi formada em 1945 e dura até hoje. Deve-se dizer que é bastante sólida e que nunca houve um caso de traição.

Lê Phuong e Trân Phu se alternam, como dois jogadores de carta de uma mesma equipe:

— Nossa solidariedade não se ancora em grandes teorias, coisas do tipo "Proletários do mundo, uni-vos!". Nossa célula se mantém com base em questões práticas e sentimento simples. Quando estávamos na floresta de Viêt Bac, reuníamos todas as encomendas de nossas famílias, com comidas, dinheiro, roupas ou medicamentos. Quando um adoecia, o outro o ajudava, mesmo que tivesse de sofrer para isso. Agora, apoiamo-nos um no outro em nossos pequenos golpes.

— Pequenos golpes?

Diante da expressão de perplexidade de Vu, os dois começam a rir, e Lê Phuong se vira para Trân Phu:

— O grande irmão não entende o nosso vocabulário de aventureiros. Se você estiver de acordo, vou lhe contar alguns segredinhos das nossas vidas.

— Tudo bem. A célula lhe dá sinal verde.

Trân Phu está vermelho de prazer. Lê Phuong deposita com cuidado o seu cachimbo sobre o cinzeiro de argila.

— Não tivemos a mesma sorte que você ou as pessoas da sua classe. Não somos desses que conseguem seduzir uma bela e boa fada para o resto da vida. Nossas mulheres, ou melhor, "as respeitáveis mães de nossos filhos", estão convencidas de que somos escravos que vivemos sob a autoridade delas e que a elas pertencemos de corpo e alma, como um bufê da casa da família ou uma mesinha de madeira de ébano no meio da sala. Assim, não hesitam em nos apresentar, dia após dia, as suas "velhas coisas".

— Fale mais claramente. O grande irmão Vu não sabe o que queremos dizer com "velhas coisas".

O escritor balança a cabeça:

— As "velhas coisas" são os atributos delas, já antigos e desgastados. Já viu dessas casas em que a pintura está toda rachada e os tetos cheios de umidade? Imagine uma casa vitimada por bombas, por tempestades e pelo tempo. Desculpe-me por empregar essa analogia um tanto vulgar, grande irmão, mas é muito difícil encontrar termos mais realistas. As "velhas coisas" das nossas senhoras são os seus seios caídos, suas nádegas moles que tocam nos fundilhos das calças, os seus olhos baços. Em resumo, tudo aquilo que afugenta qualquer moça e que faz um pintor desviar os olhos. Sem falar de seus trajes completamente inapropriados.

Dá um pigarro, limpando a garganta como um cantor antes de entrar no palco. Esvazia a xícara de café. Vu imagina que ele irá finalmente falar dos "segredinhos de suas vidinhas". Mas o escritor coloca a xícara de volta e se vira para o amigo:

— Pode pedir que façam mais um café para nós? Mas com um filtro novo. Essa cantina do Estado é realmente...

— Sim, é uma miséria! — responde Trân Phu, antes de se virar para as garçonetes. — Ei, meninas, tragam-nos mais dois cafés bem filtrados e depois fechem duas notas, como ontem.

— Sim, senhor. É para já!

As garçonetes se agitam. Lê Phuong fita Vu com olhos sorridentes.

— O que eu vou lhe contar é uma coisa tabu no seu meio, grande irmão. Depois que eu falar, um cavalheiro como o senhor irá me considerar um ser imoral.

— Não seja tão cauteloso assim. Cada um tem a sua vida, não se pode comparar.

— É verdade. O chato é que existe apenas um sistema de valores, imposto pelas leis e pelo poder. Como se arrumássemos um leito tamanho standard e mandássemos todos se deitarem e se virarem para caber nele. Conhece aquela tortura usada na Idade Média que consistia em fazer os presos se deitarem em leitos de ferro? Cortavam-se as pernas dos maiores e esticavam-se à força os membros dos menores. Assim, devemos nos sentir felizes por estarmos aqui neste lugar, de podermos gozar do silêncio e rever amigos de longa data. Mesmo que eu me fizesse passar por uma nulidade para o senhor, isso não teria nenhuma importância para mim.

Dá um grande sorriso e chama pelas balconistas, que se apressam para servir o café. Dessa vez, emana dele um leve perfume. Sem saber por que, sentado diante daqueles dois tagarelas, Vu se sente totalmente leve, uma sensação que ele havia esquecido como era fazia muitos e muitos anos. Isso o faz recordar as discussões da juventude, temperadas com muita arrogância, entusiasmo e malícia. Sem segundas intenções.

— A rigor, podemos chamar isso aqui de café. Mas, comparado ao de Hanói, não passa de lavagem.

— Não comecemos a suspirar e a ficar lamentando a ausência dos bons tempos. O arroz de antigamente, as frutas cristalizadas de antigamente, o chá de antigamente etc. Paremos de fazer mal ao nosso grande irmão Vu. Ele está entre aqueles — e é um dos melhores — que edificaram a sociedade em que vivemos.

— Eu também sinto falta de muita coisa. Mas continuo esperando que vocês me falem de seus pequenos golpes.

— É para já, grande irmão! Somos homens simples, que amam a vida simples. Por isso, estamos sempre procurando alguma forma de encontrar novas motivações. Nossa alma tem dois lados. Um deles é voltado para os deveres, o outro, para a intimidade. É preciso evitar que a consciência nos torture, mas também que a vida seja insossa e triste demais. Nossa vida é uma sucessão de artimanhas urdidas para equilibrar os dois termos dessa equação. Damos para as nossas mulheres o salário mensal e os pequenos benefícios sociais que recebemos, pois elas são responsáveis pelas crianças e pela gestão doméstica. As outras entradas, nosso "caixa dois", ficam reservadas para os nossos prazeres. Para satisfazê-los, montamos uma rede com as colônias de férias. Fizemos amizade com os funcionários que gerenciam as colônias nas montanhas, no litoral ou em outros lugares. Isso, para garantir a segurança, que é uma condição necessária, mas não suficiente. Precisamos ter também alguns blocos não usados de registros de missões. Em caso de necessidade, basta escrever neles as datas e adorná-los com uma bela assinatura. Por sorte as nossas mulheres não são muito inteligentes e não sabem diferenciar uma assinatura falsa de uma verdadeira, uma emergência falsa de uma emergência real. É o camarada Trân Phu quem administra esse lado das coisas, pois é membro do Partido e tem mais poderes que eu.

— Nesse ponto o Partido é muito útil — acrescenta Trân Phu prazerosamente —, e toda vez obrigo Lê Phuong a cantar *Gratidão eterna ao Partido*. O Partido, nesse caso, sou eu mesmo. Aliás, devo deixar claro que sou obrigado a gastar muita energia participando das reuniões de célula, a me aborrecer nelas e a suportar as mais sujas disputas de poder que acontecem ali.

— Pois é! Quando comemos uma fruta, devemos agradecer àquele que plantou a sua árvore. Assim, faz mais de vinte anos que canto esse refrão e espero continuar a fazê-lo por muito tempo. Deixe-me contar os pequeninos prazeres destes dois aventureiros, que querem poder se divertir até a hora de entrar no caixão. Paralelamente às nossas obrigações para com nossas mulheres, nossos filhos e nosso trabalho, de vez em quando surge em nosso universo uma silhueta rosa. Uma jovem solteira, ou que esteja chorando o amor perdido, ou que esteja em ruptura com sua família por causa de um marido fraco ou de uma madrasta odiosa. Qualquer que seja a desgraça por ela sofrida, estes dois cavalheiros estão sempre prontos a ajudá-la. Se a bela andorinha pousa sobre o ombro de Trân Phu, sou eu quem assina a ordem de missão: "Inspeção imediata do programa N, A, Z", ou "Relatório detalhado sobre a relação entre as festividades locais e o Instituto Antropológico". E vice-versa. Toda exploração requer ao menos dois exploradores. Preparo minha mochila e me mando para a casa de Trân Phu a fim de mostrar para a mulher dele que dois chefes de família estão partindo juntos para cumprir com seus deveres. Depois disso, dividimos uma última refeição solene, como dois camicases japoneses bebendo seu derradeiro copo de saquê antes de partir para cair sobre alguma edificação militar norte-americana.

Nesse ponto, Trân Phu ri ruidosamente. Enxuga algumas lágrimas e se vira para o amigo:

— Lembra da nossa viagem a Tam Dao?

— Claro que sim! Como se fosse ontem!

Lê Phuong conta a Vu:

— É uma lembrança inesquecível. Uma jovem atriz estagiária tinha sido excluída por ter ficado grávida sem ser casada. Por alguma razão desconhecida, ela apareceu em minha casa para chorar. Entrei em pânico. Eram dez horas da manhã e dali a uma hora minha mulher e meus filhos estariam chegando para almoçar. Se minha mulher a visse chorando no meu ombro, sem dúvida o almoço ia parar no meio do quintal e a coisa ia ferver. Mas eu não podia mandar uma moça tão linda como aquela embora. Sem saber bem o que fazer, vendo que o tempo avançava, perdido, levei a moça ao parque e lhe ofereci um sorvete. Depois de lhe dizer para me esperar sentada em um banco, saí correndo feito um louco para a casa de Trân Phu, que morava no segundo andar:

"Phu" — eu chamei —, "vista-se rápido. Doan morreu."

A mulher de Trân Phu apareceu na varanda:

"Como? Ainda ontem à noite ele estava aqui tomando uns tragos!

"Eu não sabia! Ouvi a notícia e vim para cá imediatamente."

Ela me pegara em flagrante, e eu me amaldiçoei por ter inventado uma história tão inverossímil. Mesmo assim, ouvi-a falando com o marido, que desceu a toda. Quando nos vimos, começamos a rir, sem saber que a mulher o havia seguido. Só tive tempo de dizer:

"Olha, sua mulher!"

— Em seguida, com o corpo se retorcendo, simulei um acesso de tosse terrível. E, nessa posição desconfortável, a tosse acabou parecendo mais verdadeira do que seria uma tosse de verdade. Era uma tosse atrás da outra, e meus olhos ardiam. Quando me recompus, estava mesmo com uma expressão doentia. Enxuguei as lágrimas. Diante de mim, a mulher de Phu também chorava:

"Quando será o enterro? Ele estava forte, como um elefante. É o destino...

"Eu lhe direi a data, não se preocupe."

— Phu montou na minha motocicleta e saímos correndo para o parque. No meio do caminho, Phu me xingou:

"Você é completamente louco! Por que inventar uma coisa tão abominável?"

— Naquele momento, eu já me arrependia, pois Doan era um amigo fiel de Trân Phu. Em pânico, porém, falara a primeira coisa que tinha passado pela minha cabeça. Para arrancar alguém de casa rapidamente só pode ser um acidente ou a morte de um próximo. Disse a Phu que primeiro eu precisava me livrar daquilo, para depois imaginar como seria a continuação. Chegando ao parque, apresentei Phu à beldade como o príncipe encantado que poderia protegê-la. Deixei-os ali e saí correndo para casa, a tempo de chegar antes do almoço. Minha querida e velha companheira, mãe dos meus filhos, já observava os ponteiros do relógio com uma tensão evidente. Dez minutos a mais, e eu tinha certeza de que o molho voaria pelos ares e que mais uma vez se reproduziria a mesma cena de sempre.

Vu cai na gargalhada. Deixou-se levar pela história e se mostra preocupado com o que teria acontecido com o velho sem-vergonha:

— Como você resolveu a questão da morte de Doan?

— Ora! Toda montanha, por maior que seja, sempre tem um caminho que leva o homem ao seu topo. Depois do almoço, com minha mulher já tendo saído para o trabalho, escrevi uma breve carta à mulher de Phu pedindo desculpas pelo meu equívoco. Meu primo do interior se chamava Toan e tinha acabado de falecer. Ao receber o telegrama, ficara tão chocado que acabara confundindo tudo, transformando Toan e Doan. Em resumo, tudo acabou dando certo. Em nome da causa, tive de viajar para o interior para o "enterro". Pedi a um mensageiro do estúdio de cinema em que eu trabalhava que levasse a carta à mulher de Phu.

— Estou chocado!

— Já lhe disse que vocês, os mandarins, preferem cuidar das grandes questões. Nós só temos pequeninas trapaças como essas para nos divertir. Não fazemos mal a ninguém.

— E a jovem atriz estagiária?

— Apaixonou-se por Phu. Foi amante dele por muito tempo, o quanto o destino permitiu. Caíra sobre o meu ombro por engano, como uma ovelha que tivesse ido parar no meio de um bando de patos. Só gosta de homens grandes, fortes e bonitos. Aliás, o canalha que a engravidou era justamente isso: grande, forte e bonito. O ser humano é sempre o mesmo. Uma vez definido, seu ideal de beleza permanece para sempre no seu inconsciente, aguardando as oportunidades de se apaixonar. De acordo com esse princípio, ela escolheu Phu, que é mais bonito do que eu. Aliás, as que buscavam um rapaz bonito eram sempre reservadas para ele. Eu, que sou feio e baixinho, mas sei falar bem, seduzo aquelas que gostam de palavras adocicadas. É uma partilha que fazemos em função do princípio da atração natural. Nove longos anos na Resistência nos ensinaram a eficácia das operações combinadas e do compartilhamento de recursos. Não existe lugar, entre nós dois, para o mais tradicional dos sentimentos vietnamitas: a inveja. Ela está excluída da nossa amizade. Eis a razão pela qual nossa célula conseguiu se manter firmemente durante os últimos vinte anos. A solidez da amizade se baseia na indulgência e na complementaridade. Phu é bonito, eu sou feio. Ele é generoso e gastador, pois vem da capital, enquanto eu sou sovina e avarento, pois perdi meus pais muito cedo e tive de me virar sozinho desde os dez anos de idade. Phu é mais limpo que qualquer mulher vaidosa; toma banho todos os dias, como um pato, faça frio ou faça calor; penteia-se, olha-se no espelho, cheira as camisas para ver se está cheirando bem ou mal. Não quer nunca deixar que escape uma jovem que caia de repente sobre os seus ombros. Eu, ao contrário, tenho horror a banho. No inverno, posso ficar dois meses sem uma ducha que minha consciência não me tortura e minha alma não se aborrece. Quando minha mulher já não suporta mais, ela derruba caldo de caranguejo ou sopa de carne em cima de mim, para me obrigar a tomar banho.

Vu não consegue conter uma risada.

— E se fosse sopa de campainha-d'água, você não tomaria banho?

— Não. Sopa de campainha-d'água é como água. Trocaria de camisa e pronto. Nossos valorosos dirigentes sempre se gabaram do fato de não terem entregado os nomes de seus camaradas quando eram torturados nas prisões coloniais. Em minha opinião, só um em cada dez deles está dizendo a verdade. Eu, de minha parte, proclamo em alto e bom som: se não estamos realmente sujos e não há necessidade urgente de uma ducha, eu não tomo banho... Para satisfazer a sua curiosidade — você, que ignora totalmente essas vidinhas de pequenos aventureiros que levamos —, vou contar, agora, o episódio final. Levamos a nossa jovem atriz, grávida, para a colônia de férias de Tam Dao. Ali ela fazia o papel de doce esposa de Phu, e eu saía para caçar perdizes com o diretor da colônia. Depois de três semanas, esse diretor estava totalmente fanático pelas minhas histórias. Toda noite, depois do jantar, grudava-se em mim como uma ostra em um rochedo para que o fizesse rir. Na quarta semana, quando nossa "missão" chegou ao fim, perguntei-lhe se podia ajudar a nossa jovem atriz a fazer um aborto. Ele acatou o pedido imediatamente. Assim, na manhã seguinte, o veículo da colônia levou Trân Phu e sua falsa esposa ao hospital para resolver aquele erro de planejamento. Em suma, tudo deu certo. Quando voltamos, logo depois, a Hanói, a moça já não estava triste nem desesperada, ao contrário: ria feito criança. Três anos depois...

— Você está enganado. Foram quatro anos depois. Mais exatamente, quatro anos e dois meses.

— É, pode ser. Não sei mais. Quatro anos depois, nós a indicamos e ela foi contratada pelo grupo do Teatro Nacional. Ali, encontrou o seu homem, um ator absolutamente banal, porém marido ideal. Antes do casamento, organizamos um jantar de despedida. Um jantar suntuoso para os padrões da época. Um jantar de despedida é como uma refeição de enterro: resolvem-se de vez todas as questões relativas ao falecido e passa-se à cerveja. Houve lágrimas e agradecimentos afetuosos. Depois a vida retomou seu curso, ela se foi e nós jamais voltaremos a ver a nossa silhueta rosa. Voltamos para as nossas velhas esposas, as mães dos nossos queridos filhos...

O escritor ajusta os óculos e pergunta a Vu:

— Já ouviu tanta besteira junta?

— Para dizer a verdade, não — balbucia Vu, levemente embaraçado. — Confesso que, no meu trabalho, histórias como essas que você acaba de contar implicariam uma autocrítica diante da célula do Partido.

— É mesmo? — perguntaram os dois homens rindo.

Lê Phuong enxuga suas lágrimas e pergunta:

— Os que têm de fazer autocrítica nunca propuseram aos membros da célula que os dirigentes fossem controlados? Todo mundo sabe que mais da metade dos membros do birô político têm duas mulheres. Pior, Ba Danh não tem apenas duas, mas uma trupe inteira de concubinas a seu serviço, sob o disfarce de enfermeiras. Ao controlar seus camaradas, você nunca pensou que, por uma mesma infração, às vezes por infrações até mais graves, o mero fato de ser hierarquicamente superior ou mais poderosa livra a pessoa de qualquer sanção?

— Claro que sim. Mas eu sou o único e sou impotente — responde Vu, com um suspiro.

Lê Phuong continua:

— Enquanto isso, essa máquina do poder colossal continua girando, esmagando pessoas. Quantos ainda serão triturados por essa falsa moralidade e por essa injustiça?

Vu se sente abatido. Mas o que aquele homem acaba de dizer não era algo desconhecido para ele. Pensa nisso há muito tempo, mas não ousara admitir nem a si mesmo. Será possível que a sua juventude e a de tantos outros que se engajaram na Revolução tenha desembocado em um resultado tão infamante? Sempre achara que essa ignomínia e essa imoralidade dissessem respeito a apenas alguns poucos integrantes do poder. Desde sempre a luta pelo poder é encarniçada, despojando cada combatente de suas belas qualidades humanas e preservando apenas a inveja perversa, as manobras abjetas e a ruindade vil. Jamais admitira que aquela sociedade se transformara em imoral e sórdida. E tantas esperanças ele havia depositado nela. Outros haviam dedicado sua própria vida a ela.

Nenhuma mulher admite facilmente ter dado à luz um monstro.

Agora, ele ouve as próprias dúvidas da boca de um homem com quem travou conhecimento apenas há algumas horas. Seu pesadelo se materializou em uma realidade que é conhecida por todos há muitos e muitos anos. E ele... Ele é como aquele cortesão refugiado na cidade proibida que só descobre a catástrofe depois que as muralhas são destruídas e incendiadas.

Cabeça baixa, distrai-se com as unhas. O escritor percebe e sorri:

— Agora você sabe por que escolhemos ser aventureiros que se satisfazem com pequenos prazeres. Preferimos viver escondidos. Desde a libertação da capital, percebemos que o encanto tinha se esvaído e o sonho, quebrado. Todos compartilhávamos o mesmo ao nos engajar sob a bandeira da Resistência. Para uma sociedade atrasada, para um povo escravo, aquela era realmente a única oportunidade de enterrar os dissabores do passado a fim de construir uma vida nova. O sacrifício individual valia a pena. Dava-se a vida pela pátria, ou, melhor, por um futuro radiante. Todas as revoluções verdadeiras libertaram as forças produtivas e ampliaram o campo da liberdade. Infelizmente, nossa Revolução, embora tenha conquistado a independência de nosso povo, não libertou a sua capacidade de produção. Ao contrário, ao destruir todos os seus valores culturais, ela pôs abaixo a força de produção. A reforma agrária constituiu um desmantelamento, levado a cabo metodicamente, em grande escala, do nosso campesinato. Do ponto de vista sociológico, a Revolução trouxe o lodo para a superfície da água. Expôs todos os cadáveres, a podridão das algas e o lixo que ficava no fundo.

Vu tem a sensação de levar um grande tapa no rosto. Com toda a força. Mas o homem não queria atacá-lo. Apenas falava a verdade. Ela é a corda na qual está pendurada a juventude de todos aqueles que se sacrificaram por uma utopia. O homem que até há pouco brincava se expressa, agora, com uma expressão cruel. Será devido a uma decepção profunda? A decepção de um povo inteiro?

Os três se calam. Os clientes já se foram. Restam apenas as três garçonetes, ocupadas em depilar umas as sobrancelhas das outras, sem preocupação alguma, como se estivessem sozinhas numa ilha deserta. Trân Phu não consegue deixar de fazer uma brincadeirinha:

— Essas três ocas devem ter acabado de chegar do campo. Em alguns instantes, irão atacar os pelos dos sovacos.

— Talvez... Nunca se sabe. Não têm o menor pudor diante dos três velhos que nós somos. Não sentem nem mesmo o desejo de nos seduzir.

— Será que viramos uns trapos, que só servem para ser jogados no lixo?

— Não completamente, ao menos de um ponto de vista objetivo. A mercadoria ainda está bem comestível para as mulheres mais velhas. Mas essas têm a idade das nossas filhas, não devem passar dos dezessete anos.

— Ah! A velhice. Ela realmente nos persegue. Diga-me, o que você sente em relação à velhice?

— Eu a assumo e vivo em paz com ela, na medida do possível.

— É uma atitude inteligente — diz Trân Phu antes de se levantar. — Muito bem! Está na hora de dormir. Os enfermos devem voltar para os seus quartos. Lê Phuong, você pode acompanhar o nosso grande irmão? Vou pagar a conta e já alcanço vocês.

Ao sair da cantina, escuta a voz tonitruante de Trân Phu:

— Meninas! Quando quiserem se tratar para ficar bonitas, procurem um lugar discreto. Isto aqui não é uma galeria de exposição de utensílios femininos!

Nenhuma resposta. As jovens garçonetes devem estar apavoradas. Alguns instantes depois, Trân Phu alcança seus companheiros. Caminham juntos até o edifício dos altos funcionários e se separam ao pé da escadaria. O escritor saúda:

— Grande irmão, desejo-lhe uma pronta recuperação. Hoje pude conhecer um verdadeiro herói nacional. Meu dia foi muito rico.

Chegando ao quarto, Vu observa as enfermeiras agitadas em torno da médica de plantão, uma quinquagenária obesa. Aplicam um respirador artificial no rosto do vizinho da frente. Este, de olhos fechados, está com uma coloração acinzentada, inconsciente. Vu se enfia silenciosamente no leito.

4

Chove. Uma chuva leve de primavera.

As gotas caem e depois desaparecem. O vento chega do oceano, soprando as nuvens vagabundas no céu vazio. O violeta das flores de berinjela lembra ao presidente o jardim com a horta da sua infância em sua aldeia natal, resquícios de recordações distantes. O violeta o faz lembrar também os campos de lavanda em Provence. Na primeira vez que viu aquelas amplas extensões floridas, ficou paralisado. Suspirando, em seguida, se perguntou: quando é que os nossos campos, nossas colinas banhadas pelo sol poderão se cobrir com uma capa tão maravilhosa? Quando será que os meninos dos nossos campos poderão se vestir corretamente como as crianças que brincam à sombra desses plátanos? Quando?

Durante anos, ruminou essa pergunta, obcecado por uma comparação dolorosa e persistente: os calçados dos camponeses franceses ao lado dos pés descalços e gretados dos camponeses vietnamitas, marcados pela lama dos arrozais. Essas imagens o perseguiram por toda a vida, seja na prisão seja no primeiro posto. É o seu povo que sofre. Chorou muitas vezes por causa dessa injustiça e fez de tudo para mudar o seu destino.

Por que o meu povo, que amo tanto, é tão implacável comigo? Por que não me permite um mínimo de felicidade pessoal?

Povo. Conceito abstrato. Multidão anônima, uma mescla de respirações ou ondas efêmeras do tempo. Quem lhe estraga a vida são os seus próprios camaradas. E você também, pois aceitou o papel de santo.

Mas meu povo é muito fraco. Como lhe transmitir confiança e força?

— Você escolheu o caminho mais óbvio, aquele que é mais adaptado à inteligência do seu povo. E agora tem de pagar por isso. O papel de santo não é nada novo na história da humanidade. Todos os altares são ornados com flores falsas, de prata, de bronze, de plástico, de diamante. Isso tudo tem um preço, pois nada é de graça nesse mundo.

Seu interlocutor esboça um ricto e desaparece. Uma brisa fresca primaveril causa certo calafrio no presidente. O homem parece ter chegado pela aleia à esquerda do pagode depois de atravessar o jardim dos damasqueiros. E desapareceu no mesmo caminho. Era igualzinho a ele próprio, porém com a pele esverdeada e o olhar carregado de desprezo.

— Presidente. O senhor precisa entrar. Está muito frio.

O soldado gorducho lhe causa um sobressalto.

— Tudo bem, vou entrar — responde o presidente, um pouco irritado.

É monitorado por todos os lados. Não lhe concedem nenhum instante de liberdade. Sua vida pertence ao povo. O que lhe resta? Nada?

Toca o sino do pagode, insistente. Ele se volta para o guarda:

— Por que estão tocando tanto hoje?

— Esqueci de lhe informar que a própria venerável está oficiando a cerimônia de libertação da alma do senhor Quang. O sino do pagode irá soar muito mais do que de costume. Queira desculpá-la.

— Nós, aqui, somos seus convidados. Elas têm o direito de fazer o que bem entenderem.

— Sim, mas...

— Qual é a cerimônia de hoje? Não entendi bem.

— É a libertação da alma do falecido. Já faz quarenta e nove dias que o lenhador morreu.

— Quarenta e nove dias? Já? Como o tempo voa!

— Sim, presidente. Ontem, a prefeita da aldeia subiu até aqui a fim de pedir a Lê autorização para trazer os membros da família do falecido ao pagode para a cerimônia. Quando chegarem, aumentaremos os efetivos, para sua segurança.

Ele dá um suspiro.

É o trabalho deles. Por que reforçar a guarda? Para impedir que eu tenha contato com o encanto da viúva? Ou será porque aqueles camponeses podem ser perigosos para a segurança do presidente?

— Aqui está o seu chá.

— Obrigado. Pode colocar a cadeira de balanço perto da porta? Quero ler o jornal à luz do dia.

O soldado cuida da tarefa. O presidente saboreia o chá e pensa consigo mesmo que dali ele poderá ver a passagem de toda a família do lenhador, a começar pelo filho mais velho. A história dessa família despertou a sua curiosidade. Quer ver todos os personagens que circulam em torno daquele casal atípico. Sorri intimamente:

Você quer saber quem são essas pessoas porque elas são como um espelho a refletir o que aconteceu com a sua própria vida. Mas se trata de um reflexo totalmente invertido. Esse lenhador não é um santo, pois teve a vida de um homem profano. E você, você sucumbiu diante da bandeira do poder e da glória. Uma submissão lamentável.

— Está bem assim, presidente?

— Um pouco mais para trás. Não quero que eles me vejam, o que nos deixaria, de um lado e do outro, um tanto embaraçados.

— Pronto!

— Esta é a voz de Lê?

— Sim. Ele está chamando outros soldados para reforçar a guarda. A família chegará em seguida.

— Diga a Lê que estou trabalhando. Que ele organize as coisas do lado de fora, sem necessidade de me relatar nada.

— Às suas ordens.

Depois de colocar a cadeira de balanço no local solicitado, o soldado gorducho se retira e vai receber seus colegas. O presidente se senta no seu lugar. O ar está carregado de incenso. Os sinos de madeira e de bronze emitem seus sons alternadamente. Os soldados, recém-chegados, formam uma fileira na varanda, formais, imóveis, como estátuas, de costas para a porta entreaberta. Parecendo ter lido os pensamentos do presidente, Lê se coloca a um canto para não ser visto.

Um dos sinos dá o sinal de início da recepção à família. A venerável aparece no alto da escadaria, as mãos unidas, para saudar os convidados. O primeiro personagem que avança, porém, não é um membro da família, mas um monge de seus cinquenta anos. Ele é seguido por duas monjas e pelo filho mais velho do senhor Quang. O presidente o reconhece imediatamente e não consegue deixar de sentir certa decepção. O homem parece insignificante. Pequenino, o andar vacilante, o rosto miúdo, em nada faz lembrar a imagem viril do pai. Traja o velho uniforme militar de inverno, muito apreciado pelos funcionários públicos da aldeia. Seu andar, longe de ser altivo, é estranho, fazendo lembrar um andar feminino. Ondula como uma serpente, avançando a passos curtos. Parece emanar dele uma ameaça dissimulada e inexplicável. Um modelo de combatente pérfido, avalia o presidente. Seu aspecto modesto oculta sua capacidade de visar o ponto fraco do adversário. Em outras palavras, trata-se de um lutador que nunca desce para entrar no ringue, um espadachim que nunca mata de frente e à luz do dia, mas apenas por trás, de forma traiçoeira. Homens desse tipo não recuam diante de nada para conseguir aquilo que querem, desdenhando sua consciência e o julgamento dos outros homens. O demônio que o tutela, porém, não tem poder suficiente, pois tudo o que conseguiu fazer foi apenas um bando de garotos subnutridos.

Esse bando segue atrás do chefe da família, com as cabeças cobertas pela bandagem branca de luto. Mais atrás caminha um grupo de idosos, certamente conhecidos do falecido. Por último, a jovem viúva e seu filho, assim como um homem elegante que ele intui ser o jovem Quynh.

O presidente fecha os olhos. Sua obsessão gira em torno do primogênito, que, a essa altura, já entrou no templo: um filho tão detestável como esse queria pressionar o pai? A vida é algo incompreensível. Um homem que vive sob a proteção do pai e que almeja dominá-lo, não é uma loucura? Ou a lógica de qualquer espécie viva é exatamente matar o genitor e acabar com os mais velhos para garantir a sua própria alimentação? O homem estaria, então, tão próximo assim do animal?

As badaladas dos sinos repercutem como ondas nas encostas das montanhas. A atmosfera dentro do pagode parece mágica. Todos já estão ali dentro. O pátio externo, coberto de folhas mortas, está vazio. O presidente contempla o céu claro depois da chuva de primavera, na expectativa de extrair dali alguma resposta. Mas nada lhe chega. Ele não tem nenhuma experiência nessa matéria. Sempre amou seu pai e nunca pensou em prejudicá-lo. Tal comportamento, visivelmente, não tem nada de comum.

Eu, que deixei a família muito cedo, sempre senti falta de meu pai. Mas milhões de pessoas vivem em paz com os seus pais. É a primeira vez que ouço falar de uma tragédia como a desse lenhador. Há muitos filhos rebeldes. Mas eles não se tornam inimigos jurados dos próprios pais. O que pensar, então, da inveja e da rivalidade entre pessoas estranhas?

Seus pensamentos o conduzem sempre ao esconderijo de sua culpa e ao tribunal em que ele comparece como réu e juiz ao mesmo tempo.

Para os lados do templo, as orações coletivas estão no auge. Três religiosos do anexo foram autorizados a subir para auxiliar a venerável na cerimônia. O sino de madeira acompanha o ritmo do canto das orações. Aqueles que rezam vivem a sua fé. Acreditam que os deuses escutam as vozes sinceras e libertam o falecido, apagam as suas faltas e lhe devolvem a honra e o orgulho. E, assim, abre-se, para ele, o caminho para a serenidade eterna.

Quanto a ele, em qual fé poderia se apoiar?

Uma dor aguda lhe atravessa as costas. Fecha a porta e volta para o quarto. A não ser quando está adoecido, nunca vai dormir a essa hora. No entanto, agora sente vontade de se deitar. Sua alma e seu corpo estão exauridos. Não sente vontade de mais nada, está cansado desta vida de monarca. Não quer continuar fazendo o papel do dirigente invencível, incansável, como uma máquina.

Em minha vida, tive de enfrentar todos os obstáculos possíveis e agir como uma máquina. Mas o homem não é uma máquina. Com o tempo, ele enferruja.

Antes de deitar, tem um momento de hesitação ao ver no relógio que ainda são nove horas da manhã.

Que sentido tem a vida para um velho aprisionado? A vida humana tem um fim, e as forças de um homem não são infinitas como as águas de um rio. Tenho mais de setenta anos. Em minha idade, já não existem utopias. No entanto, sacrifiquei-me por grandes causas. Dou-me conta, hoje, de que elas não passaram de uma miragem, um castelo encantado vislumbrado no meio da bruma, do outro lado do rio. Procurando chegar até ele, só conheci naufrágios e destruição.

Sente-se desamparado. Subitamente, assalta-o um sentimento de raiva:

Pare de se lamentar! Não entre no caminho dos niilistas. Quer se tornar um deles? Quer viver nu, como uma planta ou um animal no meio da natureza selvagem? Ao longo de muito tempo, a Revolução conheceu avanços. Quer queira quer não, é um fato tangível. Conquistamos um Estado independente, temos uma bandeira nacional, um governo, um Exército — os sonhos dos tempos da Resistência transformados em realidade.

O homem pálido de pele esverdeada, apoiado na parede, sorri para ele com desdém:

— Para que serve um governo? Para que serve uma bandeira quando as pessoas se encontram em situação pior do que antes? É útil uma máquina do poder que atua a serviço apenas de uma ínfima minoria e que pressiona a maioria da população a ponto de empurrá-la para ações de matanças coletivas, sendo a atual guerra justamente a mais sangrenta delas? Seus camaradas sonham em erguer à sua própria glória um arco do triunfo mais majestoso ainda. Sonham com uma "grande" guerra. O sonho de grandeza é uma prostituta eterna. Você mesmo já caiu nos braços dela quando quis se transformar na tocha que iluminaria o caminho de seu povo, um grande chefe de Estado. Destruiu a vida de sua mulher, uma mulher amorosa e fiel. É verdade ou mentira?

O provocador nem mesmo espera pela resposta. Com um olhar de desprezo, salta pela janela e vai embora.

O presidente sente as lágrimas surgirem:

Por que sou tão emotivo? Será a idade? Um homem não deve chorar. Terei mudado tanto assim? Desde quando?

Apesar de sua raiva, as lágrimas lhe escorrem pelas faces. Subitamente, soa a canção do médico:

Meu amor...

Uma risada sarcástica. Reconhece imediatamente o rosto balofo do presidente Man, que surgiu sob a luminosidade violeta. Tem a pele enrugada como a de um lagarto e o fita com ar divertido.

— O que faz aqui?

— Quer dizer que não estava esperando por mim? — ri o presidente Man. — Responda francamente. Por que fica calado? Não tenha medo, não estamos em nenhuma reunião formal. De qualquer maneira, pertencemos a dois mundos distintos e, além disso, você está como Napoleão na sua ilha, sem poder mudar o curso da história de seu país.

— Não tenho por costume ser mal-educado.

— Sim, você é muito polido, como os ocidentais. No entanto, nós dois viemos do campo. Eu venho de Hunan e você de Nghe An, aquela província miserável onde as pessoas comem mandioca em vez de arroz. Vocês são mais pobres do que as tribos Hmong, que se alimentam de milho durante todo o ano. Então, se somos camponeses, falemos como camponeses. Não há nenhuma necessidade de toda essa polidez emprestada do estrangeiro.

— Mudemos de assunto, por favor.

— E se eu não mudar?

— Não esqueça que aqui você é o convidado.

— Oh, já faz muito tempo que deixei de lado totalmente essa diferenciação entre anfitrião e visitante. Tudo o que vejo pela frente são presas capazes de satisfazer meu apetite.

— Sei que você se considera o verdadeiro senhor das florestas. Para você, a América não passa de um tigre de papel. Nesse caso, por que não assume a direção desta guerra?

— Você está equivocado, caro amigo. Se a América e os diabos brancos fossem realmente tigres de papel, por que eu deixaria vocês, meus vassalos do sul, entrarem nesse jogo? Ainda não devorei esses ocidentais justamente porque sei que eles ainda são muito grandes para caber na minha boca.

— Meu país é pequeno e pobre. Não tem a pretensão de devorar coisa nenhuma.

— Esse é seu maior erro. Um rei que não sonha com conquistas não merece pôr o traseiro em um trono. Não há comparação possível entre o sonho de um rei e o sonho de um camponês. Não existe ponto em comum entre aquele que detém o poder e aquele que sofre a dominação. Foi a sua forma de raciocinar que o levou à derrota. Foi a sua personalidade que o colocou sob as garras dos seus próprios esbirros. Dizem que vários tigres pequeninos conseguem dominar um grande.

— Esses tigres menores atuaram sob o seu estímulo. A sede de glória que sentiam acabou por esfarelar suas consciências e cegá-los. Foi por incompetência que eles acreditaram nas falsas lisonjas e se lançaram de olhos fechados nessa guerra. Foi você quem os impulsionou: vamos lá! Avancem! A América não passa de um tigre de papel.

— Ha, ha, ha... Muito bem! Sempre o considerei o mais inteligente de meus peões do sul. E não estava errado. A intuição nunca falha. Muito bem! Admito que você seja um homem de valor. Falta-lhe, porém, infelizmente, uma coisa: o oportunismo. A História, ao falar dos grandes homens, sempre menciona suas conquistas. Sou mais realista que você. Acredito no céu. O céu não o protegeu. Ou, mais exatamente, o seu destino é perder para mim. Nossos antepassados atribuem isso ao destino. O seu é de ser cego, de confiar as questões a traidores. O meu é de ser ouvido e adulado pelos seus próprios colaboradores. Uma pedra, mesmo pintada de branco, não se transforma em chumaço de algodão. Serei eternamente o senhor do norte e o seu país servirá, para sempre, como capacho no qual as populações do sul da China poderão limpar seus pés conforme a necessidade. Essa parcela mínima de terra que você chama de pátria sagrada não passa de uma província rebelde insignificante que, cedo ou tarde, cairá no colo da China. Agora deu para você entender que essa guerra é o jogo mais apaixonante de minha vida? Um jogo simples, sem perdas. Não preciso nem quebrar a cabeça, pois basta aplicar os famosos *Trinta e seis estratagemas*.*

* Tratado sobre estratégia de guerra datado provavelmente da dinastia Ming (1366 a 1610). (Nota da edição francesa)

— Claro, eu conheço a sua máxima: "Sentar no alto da montanha e ver os tigres brigando no vale." Durante a guerra contra o Japão, você exclamava em alto e bom som: vamos resistir contra os invasores nipônicos para salvar a pátria. Depois, o seu Exército se fez de morto, deixando que as forças do Kuomitang enfrentassem os fascistas. Na verdade, você usou os japoneses para destruir o seu adversário político. Depois do fim da Segunda Guerra Mundial, você esmagou o Kuomitang com seu Exército em plena forma. Hoje, todo mundo, inclusive os próprios chineses, ainda acreditam que foi você quem ganhou a guerra contra o fascismo nipônico. Mas, cuidado, a história não é escrita apenas uma vez, como um epitáfio gravado em um túmulo. A verdade acabará aparecendo à luz do dia. A posteridade tem o direito de reescrever a história, e você nada pode fazer com relação a isso.

— Posteridade? Não sei como é a cara dela. Minha sombra ainda irá pairar por muito tempo sobre a China.

— Esta glória à qual você tanto se apega não foi conquistada por meio de tramoias?

— Só os idiotas jogam com franqueza na arena política. Você sabe disso. Por que não faz como eu?

— Porque eu sou eu e você é você, presidente. Não podemos trocar de pele nem querer dar lições um para o outro. Sei, no entanto, que esta guerra é o jogo mais cruel que o destino reserva para nós e, se é esse o suplício do dilaceramento que meu povo deve sofrer, o cavalo mais impetuoso é, sem dúvida alguma, o seu.

— Confirmo mais uma vez o quanto você é lúcido. No entanto, só descobriu a verdade das coisas quando já se encontra de mãos atadas. Você, agora, é um cadáver ambulante. Um rei sem exército não passa de uma marionete.

— Minha vida de combatente não me deu experiência o bastante para lidar à altura com toda e qualquer eventualidade.

— Nada disso! Não acho que lhe falte experiência. O que o fragiliza é a eterna hesitação entre o Ocidente e o Oriente. No começo você cedeu à ilusão da democracia, esse alimento tão caro aos diabos brancos. Foi um bom aluno do Ocidente, enquanto os seus esbirros não passam de uns indígenas. Quando desconfiaram que você era pró-franceses, trataram de amarrá-lo como um porco que está sendo preparado para ser morto, usando como instrumento o voto majoritário. Você, que aplicou e ensinou o valor do sacrifício perante a justiça e o interesse coletivo, já não pode se opor aos seus homens quando eles próprios brandem esses princípios. Você se esqueceu de que os asiáticos comem com pauzinhos e que os papéis de senhor e de servo são muito precisos em nossas sociedades. Não há confiança nem igualdade entre eles, mas apenas a noção de utilidade. O termo camarada é usado para impor isso tudo ao povinho, como um feiticeiro utilizaria a magia para dirigir as tropas do inferno. Não passa de uma casca, de uma sombra. Mas você o confundiu com o próprio coração da fruta. Esse foi o seu erro fatal.

"Camarada! Que bela palavra, inventada por aqueles bigodudos. Você já viu como eu a utilizo com os meus camaradas?

"Sugo o sangue deles como um camponês extrai água para a irrigação. Lavo com seu sangue os degraus que levam ao trono, pois o vermelho é a cor do poder e da glória. E nenhum vermelho é mais belo que o do sangue humano. Os que estão à esquerda ou à direita do soberano acabam se tornando, com frequência, seus próprios carrascos. É preciso matá-los antes que desembainhem os seus punhais ocultos. Mais precisamente, é preciso eliminá-los antes mesmo que sonhem em esconder um punhal na manga. É a técnica de governo mais eficaz há milênios. Você é um soberano do Oriente, mas nem sequer conhece esses princípios básicos. Ao pretender construir o seu país com base no modelo ocidental, acabou por delegar o seu poder. É o mesmo que presentear o inimigo com um sabre. No jogo do poder, não se pode confiar nem mesmo na família, quanto mais em estranhos."

— Talvez você esteja certo neste ponto.

— Não há dúvida nenhuma. Eu estou certo. Pare de jogar com as palavras. Mal-entendidos de ordem linguística custam muito caro. Como posso interpretar o seu erro?

— Pode ser que tenha me faltado experiência. Ou inteligência. Pode ser, também, que, na situação concreta de meu país, não haja alternativa.

— No conjunto você é dono de uma inteligência superior. No entanto, mostra-se ignorante ao confundir o falso com o verdadeiro, o ator com o homem real. Tornar-se um soberano significa assumir o papel principal no palco do teatro da vida. Mas é preciso ter consciência de que se está representando. É preciso, além disso, cuidar dessa consciência, como cuidamos dos nossos corpos e de nossas mentes ao longo da vida. Seu problema é que você é um bom ator, mas, quando ri ou quando chora, você o faz de verdade, esquecendo que está representando um papel. Assim, não tem como ir a fundo no seu papel de soberano. Vou lhe explicar a diferença entre um rei e um ator. O rei interpreta seu papel, mas sabe que se trata apenas de um personagem de teatro e que, a qualquer momento, ele pode ter de tirar a máscara e agir como bem entende, pronto para fazer exatamente o oposto do que vinha representando em cena, obrigando todo mundo, evidentemente, a segui-lo. O exemplo do imperador Can Long é ilustrativo. Inteligente, temível guerreiro, calígrafo extraordinário e maravilhoso poeta, ensinou ao povo a moral e o conhecimento de acordo com as obras iluminadoras de Confúcio. Mas essa era a sua máscara de soberano. A qualquer momento, ele podia jogá-la fora e dar livre curso aos seus instintos. Lembra-se do episódio em que ele teria espancado a imperatriz grávida com tamanha fúria que ela acabou perdendo o bebê? Isso tudo em seu barco real, na frente de seus próprios cortesãos?

— Sim, eu me lembro.

— E de sua relação com o eunuco Hoa?

— Sim.

— Então sabe que Hoa tentou várias vezes assassinar o príncipe Phuc Khanh?

— Duas vezes, se não me engano.

— Exatamente! Duas vezes. Não fosse a proteção permanente e dedicada do primeiro-ministro Luu Bossu, uma faca traiçoeira teria dado fim à vida do príncipe. No entanto, Hoa continuou sendo o favorito, e sua fortuna prosperou a tal ponto que superou o tesouro do próprio Estado. Isso tudo para dizer que o amor de Can Long por Hoa estava acima até mesmo do destino do príncipe herdeiro e dos interesses de sua pátria. Can Long, porém, estava muito longe de ser um homem fraco e sonhador. Qual motivo o teria feito tolerar aquilo se não a sua submissão aos seus próprios desejos sexuais? Can Long gostava de homens e de mulheres, mas sabemos que sua tendência homossexual predominava. Naquela época, os homossexuais sofriam escárnios e eram desprezados. Para mascarar a realidade, ele fez construir em torno da cidade proibida várias casas para suas concubinas, na maioria das quais ele nunca chegou, no entanto, a tocar. Perceba, então, como agem os soberanos.

— Certamente você é um digno herdeiro dessa tradição.

— Você me subestima. Ou, melhor, falta com respeito. A falta de respeito dos vietnamitas para com a China é lendária. Pois saiba que eu não sou herdeiro de nada, mas sim o Grande Timoneiro. O uso custoso e ineficaz de belas mulheres pelos antigos imperadores me faz rir. Não tenho necessidade de erguer nenhum palácio, nenhuma residência luxuosa. Não preciso de orçamento nem de fundos para manter um bando de túnicas cor-de-rosa. Reunir muitas xoxotas em um único local é a receita certa para ser incomodado durante a sesta pelas intermináveis disputas entre elas. Meu palácio é móvel. É transcontinental. O país é enorme. Seleciono minhas concubinas nos lugares aonde vou. Não moças de vinte anos como a sua montanhesa, mas garotas entre doze e dezesseis anos. Quanto mais jovens, mais frescas elas são. É graças a essas adolescentes que consigo manter minha juventude e minha virilidade.

— Sim — diz o presidente, com um sorriso de desprezo. — Conheço o seu lema: limpar o sexo no ventre delas.

O presidente Man dá uma risada tonitruante, estreitando os olhos com ar satisfeito. E continua:

— Depois de desvirginá-las, confio essas meninas aos notáveis da localidade. Eles devem aumentar os salários delas ou filiá-las ao Partido. Se estão desempregadas, devem encontrar trabalho para elas em alguma fábrica ou, no caso das que querem estudar, alguma vaga na universidade. Algumas, mais frágeis, podem acabar morrendo como pêssegos maduros que caem das árvores na floresta de Yunnan. Outras, com mais sorte, têm a honra de carregar dentro de si minha semente e são por isso recompensadas. Os filhos são acompanhados e criados, mais tarde, na instituição de Hai Nam Trung. Convenceu-se, já, do meu talento para ser líder? Sou ou não sou mais hábil que Can Long?

O presidente observa seu interlocutor. As dobras de gordura acima do colarinho, em sua pele de lagarto, o tornam parecido com uma bola de massa de arroz mofado. Abaixo de seu peito inchado, o restante do corpo, porém, não passa de um saco de ossos. Contavam-lhe, na infância, que os fantasmas não têm pernas. Deslizam sobre o campo, e é só dos joelhos para cima que podemos enxergar a sua forma humana. Então é isso mesmo. Mas o imperador vermelho continua muito vivo, e, neste exato momento, é quem comanda as ações de tortura contra seus colaboradores. Por que aparece para ele apenas dessa forma, como fantasma, em plena noite ou na hora do almoço? Sua risada, se pudesse ser expressa em cores, estaria entre o preto e o verde acinzentado. Suas provocações nem chegam a irritá-lo. Uma tristeza sem causa visível toma conta dele. O presidente Man fica intrigado com seu silêncio e diz em voz baixa:

— Então? Está arrependido? Quer começar tudo de novo?

— Não, arrependimentos não servem para nada.

— Em que está pensando, então?

— Há uma barreira entre a vida real e o além. É uma honra receber sua visita. Mas somos diferentes, e os seus conselhos são totalmente inúteis para mim.

— Com efeito, o carneiro mastiga a erva enquanto a águia dilacera suas presas. Mas, quando se é um soberano, seja de um império amplo seja de uma pequena ilha, é preciso conhecer a arte de governar. Até mesmo os reizinhos africanos sabem disso. Você, que é tão inteligente, como foi que fez para ser tão maltratado pelos bandidos dos seus colaboradores?

— Você não tem mais o que fazer? Certamente nem todas as pessoas próximas daqueles que você matou na China perderam a memória. Acha que permanecerão para sempre em silêncio diante desses milhões de cadáveres inocentes?

— E o que isso importa? O meu jogo acabou, os peões estão guardados na caixa. Vou atrás de outras distrações. Você, por exemplo. Você é uma distração que desperta a minha curiosidade. A China e o Vietnã sempre foram irmãos inimigos, como você e eu.

— Pelo menos você fala com franqueza!

— Qualquer diplomacia é inútil entre o inferno e o mundo profano.

— Mas, se somos irmãos inimigos, o que você vem fazer aqui?

— Pergunta besta. É justamente porque somos irmãos inimigos!

— É principalmente para enfatizar o seu poder, para demonstrar como é brilhante a sua atuação como ator que representa um soberano e também para dizer que soube tirar proveito de tudo em todos os aspectos e colocar os seus interesses à frente dos interesses de sua pátria. Não recuou diante de nenhuma destruição para se tornar o Grande Timoneiro de seu povo, que sempre admirou conquistadores empoleirados em arcos do triunfo construídos com cadáveres humanos. Não é essa a lição que você transmite aos aprendizes de soberano?

— Exatamente! Você é muito inteligente. Posso aconselhá-lo ou humilhá-lo. Você escolhe. A linguagem, desde os tempos mais remotos, sempre foi sexual, e os homens, sejam do sul, sejam do norte, sempre acabaram numa cama. Vou lhe ensinar a diferença fundamental entre o papel de um soberano e o ator que se acha rei. Ou você aprende a representar, ou se retira para o campo em busca de uma vida simples e em que nada acontece. Ser um soberano é, primeiro, cuidar para transmitir as suas sementes em boas condições. A higiene do corpo faz o cérebro funcionar adequadamente. Depois, é preciso saber usar o sangue de outros para regar os degraus do seu palácio, pois somente o sangue humano é capaz de alimentar essas árvores, cujos frutos são o poder e a glória. Esses dois princípios fundamentais têm-se revelado eficazes desde a Antiguidade. Você não os observou. Pior: fez exatamente o contrário. Um erro estratégico que causou a sua perda e a destruição do que construiu. Agora, está frustrado, em dois níveis: seu corpo está amarrado sexualmente, e sua mente está submetida aos seus próprios homens. Veja só. Foi trancado, se me permite dizer, nesta residência em Quang Châu, onde está há sete meses, durante os quais se habituou ao lugar, acabou por gostar da paisagem, da comida e das moças bonitas da região. Por que eles o transferiram para cá?

O presidente se cala. Uma corrente de ar gelada emana do fantasma, provocando-lhe um calafrio. Ao vê-lo silencioso, o presidente Man prossegue, rindo:

— Oh, estava brincando. Você não tem como responder a essa pergunta, pois não passa de um peixe preso no anzol.

Balançando a cabeça com ar apiedado, ele desaparece.

Alguém bate à porta. Ele tem um sobressalto. O relógio marca meio-dia. Hora do almoço, raciocina.

— Estou com dor de cabeça. Deixe a comida na mesa e pode voltar para o seu posto.

— Às suas ordens.

Bater de porta. O presidente se deita. Dez minutos mais tarde, levanta-se e lava o rosto com uma toalha antes de passar para a sala de jantar. Os pratos estão distribuídos sobre os réchauds elétricos, mas o cozinheiro e o médico continuam ali, na varanda. Voltam-se para o templo, de onde vem o som dos sinos e das orações.

O presidente se dirige aos homens.

— Não fiquem aqui. Desçam. Meu guarda-costas preparará o almoço.

— É nossa obrigação preparar-lhe a mesa, presidente!

— Bom! Vocês farão isso depois. Não estou com muita fome hoje.

— Presidente! Nosso cozinheiro preparou berinjela cozida e moranga refogada, seus pratos prediletos. Devia experimentar.

— Está bem. Farei esse esforço.

Olha para o soldado, que serve a bandeja, e antes de se sentar para comer observa seus pauzinhos e se lembra das palavras do presidente Man: não se esqueça de que os asiáticos comem com pauzinhos e que os papéis de senhor e de servo são muito bem definidos em nossas sociedades.

Qual é a diferença entre aquele que come com pauzinhos, aquele que come com garfo e aquele que come com os dedos? Qual é o sentido dos hábitos?

Reflexão frágil, insossa. Ele toca nas folhas de perila sobre a bandeja de berinjelas.

Antigamente, adorava esse prato. Quando dava aulas em Phan Thiêt, tinha um vizinho que era casado com uma mulher originária do norte. Foi ela quem o fez conhecer esse prato. Era uma verdadeira mulher do lar, cujo único objetivo na vida era cuidar do marido, dos filhos e da casa. O marido era um comerciante hábil. Trabalhava ao longo do trajeto da estrada de ferro Norte-Sul e costumava frequentar grandes restaurantes na companhia dos donos das centrais de compras, mas nutria uma enorme e incondicional admiração pelo talento culinário da esposa. Fora ela quem lhe dissera o seguinte: "Diga o que quiser, mas, quando se é pobre, não há como comer bem."

E também:

"Ser rico não é sinônimo de saber comer. Pode-se ter os bolsos cheios de ouro e comer como um porco, jogando dinheiro fora."

Essas palavras, tão diretas, o haviam tocado. Sentira-se envergonhado ao compreender que o prato do qual os camponeses de sua aldeia natal se sentiam tão orgulhosos — uma salada de berinjela com jaca moída — não passava, na verdade, de um tapa-miséria. A mulher do comerciante lhe abrira os olhos também para o que é o gosto, uma mistura de hábitos com culturas. Ensinou-o a diferenciar um prato bom de um prato ruim. Duas metades de um mesmo peixe entregues nas mãos de cozinheiros diferentes darão resultados muito diferentes. Essa recordação sobre berinjelas o faz lembrar da juventude, naquelas paragens de Phan Thiêt marcada por colinas verdejantes em que as ruínas dos templos Cham se erguem por cima das dunas avermelhadas pelo pôr do sol.

Uma noite, depois das aulas, voltou para casa junto com o comerciante. A chuva chegara subitamente. Os dois tiveram de se refugiar na varanda de uma casa no meio do caminho. Embora fossem vizinhos, nunca haviam conversado. Aquela chuva criou a oportunidade. O comerciante pareceu ter simpatizado com ele e disse:

— Sou meio direto demais, mas, se você estiver livre e puder jantar em minha casa, será um prazer. Para um homem solteiro, fazer comida deve ser um suplício.

— Agradeço muito, mas estou acostumado com essa vida de solteiro.

O comerciante insistiu:

— Antes de me casar, eu era como você. Mas somos vizinhos. Cada um tem a sua profissão, nenhum segue o mesmo passo do outro. Seria bom sermos amigos.

Sorriu interiormente, pois nunca havia conhecido um comerciante que falasse de modo tão franco e direto. Aceitou. Chegando em casa, trocou de roupa. O vizinho o aguardava no portão. Atrás dele, uma jovem doméstica dava de comer a uma criança no quintal. Logo se puseram à mesa.

— É uma refeição simples. Senti que você não é muito de cerimônias, por isso me atrevi a convidá-lo.

Em seguida, voltando-se para a esposa, afirmou:

— Não fique preocupada. Hoje faremos uma refeição frugal, apenas para celebrar o nosso encontro. Daqui a alguns dias faremos algo melhor.

Ele, enquanto isso, pensava: essa refeição frugal equivale a dez pratos de festa da minha aldeia...

Era uma mesa grande de mármore, apenas com os três sentados. Seu anfitrião havia colocado sobre a quarta cadeira um enorme buquê de crisântemos brancos. O vaso, com um metro de altura, tinha um aspecto mais solene do que qualquer convidado especial. Dava ao recinto um toque de riqueza e de intimidade bastante agradável. A dona da casa trouxera um grande prato de arroz de porcelana branca e uma garrafa de bebida amadurecida com dez ervas tonificantes. A comida os aguardava no meio da mesa. Só de vê-la, ficou com água na boca. Procurou engolir a saliva discretamente. Em vão. As cores, os aromas lhe davam vontade de se jogar sobre os pratos. Havia um frango de pele muito fina e dourada, assado no forno com cogumelos inteiros dispostos em torno dele, como flores. Peixes com os olhos ainda brilhantes preenchiam uma grande bandeja oval. Eram tão frescos que pareciam ter acabado de sair da rede. Pareciam nadar em um molho claro com pedaços de pimenta vermelha e folhas de coentro picadas.

Nunca havia comido peixes tão deliciosos. Com os olhos fechados, era possível distinguir o gosto de sua carne saborosa, o das cascas de laranja e o do suco da mesma fruta. A sensação do conjunto era amplificada pela pimenta e pelo coentro. Sentia-se muito intimidado naquela noite, mas consegue se lembrar, no entanto, que se lançou como um esfomeado sobre aquela bandeja de peixe.

"Mulher come como uma gata, homem come como um tigre", consolou-se, um tanto envergonhado.

Conheceu ali um outro prato: berinjela cozida ao alho. Na região rural de sua infância, comia-se a berinjela bem salgada, no lugar das verduras, que eram raras. Serviam-na um pouco fervida com uma salmoura terrivelmente salgada. Um prato típico da população pobre do centro e do norte do Vietnã. Naquele dia, ele aprendeu que era possível prepará-la de outro modo. Era cozida com cubos de tofu frito, pequenas fatias de peito de porco grelhado, isso tudo coberto com tomate e uma camada macia de gordura gratinada em cima. A berinjela incorporava o perfume das ervas: perila, folhas do lolot e cebolinha. Sem contar uma quantia excepcional de alho, frito ou jogado inteiro na panela pouco antes de servir.

Mais tarde, ao longo da vida, ele participaria de banquetes em diferentes lugares do mundo. Em nenhum deles, porém, degustou um prato tão memorável quanto aqueles peixes e aquelas berinjelas preparadas pela mulher de Phan Thiêt.

— Presidente, sua comida vai esfriar.

Sobressaltou-se. Os soldados ainda estavam ali, observando-o pela janela.

Serve-se dos pratos mecanicamente. Sente as emanações dos aromas de alho, de perila e de folhas do lolot. Reconhece os pedaços de tofu, o peito de porco grelhado e as berinjelas assadas. Mas não são as mesmas sensações de antigamente. Não sente nenhuma vontade de comer. Tudo é insosso. Já não é um jovem. Não vê diante de si um horizonte promissor. Não tem mais fé. O prato de berinjela não existe mais. Diante dele, sobre a rica bandeja com bordas douradas, vê apenas o seu fantasma. O fantasma daquela comida de Phan Thiêt.

— Então, presidente? Gostou das minhas berinjelas?

— Excelentes! Está tudo perfeito. Muito bom.

Ele monta mais um prato, para tranquilizar o cozinheiro. Tem dificuldade para engolir e pega um pouco de sopa para ajudar. O cozinheiro continua a observá-lo, respeitosamente, da janela. O presidente se força a terminar uma tigela de arroz e depois experimenta alguns pedaços de abóbora assada para completar a representação, antes de depositar sobre a mesa os seus pauzinhos.

— Podem tirar. A comida está deliciosa, mas eu não estou no melhor da minha forma. Talvez seja a dor de cabeça. Sua missão foi cumprida, eu é que não estou à altura. A velhice...

— O senhor não comeu nem um terço!

— Quando tiverem a minha idade, vocês compreenderão.

Ele faz um gesto como que interrompendo a conversação. O médico entra e prepara seus medicamentos. Depois de tirar os frascos de uma sacola, ele conta com cautela os compridos de diferentes cores na mão antes de passá-los ao presidente com um copo d'água. Trazem-lhe o chá e, em seguida, se retiram. Os guardas que chegaram de manhã para reforçar a segurança já desceram para almoçar, sendo rendidos por outros.

No pagode, prossegue a litania das orações. Ninguém parou para almoçar. Dizem que Buda e seus discípulos comem apenas uma vez ao dia, logo depois da hora do Cavalo.

"Como consegue aguentar um regime tão austero e permanecer bem? Buda viveu até os oitenta anos. Qual energia o sustentava, além da fé?"

O som dos sinos, dando ritmo às orações, o traz de volta ao presente. Esse concerto é a oração fúnebre por um homem que foi desafiado pelo próprio filho. Os remorsos deste último são falsos, dissimulados pelas preces ditadas por um costume. Se o pai não tivesse morrido em um acidente, se continuasse a viver, com todo o seu vigor físico e sua lucidez intelectual, como se comportaria o filho?

O destino tomou a decisão.

Um pensamento curioso lhe atravessa a mente:

Será que, quando eu morrer, esse bando de traidores que são os meus camaradas chorará por mim?

Imagina-os no alto da tribuna da praça Ba Dinh. Certamente é isso que irá acontecer. Acima deles, a bandeira a meio-pau, um grande retrato dele, emoldurado em preto, e os slogans:

"Jamais esqueceremos o nosso Presidente, o grande pai da pátria."

"Nosso presidente viverá para sempre em nossos corações."

"O pensamento do presidente é a bússola da pátria e do povo."

Expressões as mais enfáticas serão utilizadas para louvar os seus méritos. Palavras bonitas não são caras. Exigem muita saliva, mas pouca moral e inteligência. Haverá também música para impressionar o povo. Será que se atreverão a tocar música tradicional para comover as pessoas? Em nossa música, existem algumas obras-primas de muita tristeza e nostalgia.

Ele visualiza esse teatro de luto nacional, o grupo em pé na tribuna oficial, com lenços nas mãos para enxugar as lágrimas.

Ao mesmo tempo em que simulam o choro, eles rangem os dentes questionando: por que você demorou tanto para morrer? Fizemos tanto para que morresse rápido mas você se segurou até hoje. Era um vaso difícil de quebrar.

Pode ser, também, que chorem de verdade.

Chorarão pelo seu próprio futuro. Sabem que me reencontrarão no último dia de suas vidas, pois ninguém pode evitar esse instante extremo. Terão, então, de lidar comigo.

Sacode a cabeça com ar abatido. Em seguida, temendo que os guardas interpretem esse movimento como uma perda de controle, estende a mão para pegar o copo d'água. Em Paris, quando cruzava com velhinhos que falavam sozinhos, pensava: pobres velhos!

Agora, essa pena se dirige a ele mesmo:

Ah, se eu pudesse rir sozinho e falar sozinho como eles. Nem mesmo essa liberdade eu tenho. Pior: minha memória não quer se apagar com o tempo, desmanchando-se na neblina da velhice. O mais terrível sofrimento é ter a memória intacta em um corpo que se deteriora. Vivo um inferno diário. A memória é um tribunal perpétuo. Uma companheira de viagem inseparável. Ah, se eu pudesse perdê-la.

O presidente toma um gole de chá. O líquido dourado o faz lembrar um molho de curry que ele comeu antes de deixar a casa de descanso de Quang Châu, na China. Esse lugar foi palco de uma encenação montada do começo ao fim. Durante sua estada ali, o cozinheiro só preparou pratos vietnamitas ou chineses. No último dia, porém, para marcar a sua despedida, o chef chinês tomou a iniciativa de fazer um prato indiano. A comida estava excelente. O aroma do curry o acompanhou até a volta à casa. Os alimentos tinham, todos, uma bela coloração dourada, fina e brilhante, que fazia lembrar calor e alegria.

Um velho helicóptero do Exército devia levá-lo a Hanói. Disseram-lhe que era preciso usar helicóptero para poder voar baixo, evitando alertar a defesa antiaérea. Em tempo de guerra, é preciso desconfiar do fogo amigo. Para garantir sua segurança, fizeram-no embarcar naquele aparelho, tão antigo quanto uma velha máquina Singer que nenhum costureiro quisesse mais. Lembra-se de ter feito uma brincadeira:

— Viver ou morrer, tudo já está escrito nas anotações do destino. Mas eu seguirei todas as instruções da organização.

— Presidente, eu...

O piloto, um tanto embaraçado, não chegou a concluir a frase. Ele inspirava confiança naquele senhor.

— Não se preocupe! Eu já circulei por uma carroça puxada por um búfalo. Em comparação a isso, o seu helicóptero é um luxo.

— Sim, presidente.

Quatro seguranças se instalaram em torno dele. Uma vez no alto, o helicóptero vibrava como uma charrete puxada por um búfalo em uma trilha de terra. O espaço fervia, como se milhares de ondas se misturassem com as nuvens. A noite estava muito escura. Sem lua nem estrelas. Assim que cruzaram a fronteira, a defesa antiaérea começou a atirar; o céu ficou marcado por riscos vermelhos. Os tiros tornavam-se cada vez mais encorpados. Ele sabia que tinham ingresado na zona sob controle da DCA da região militar nordeste, que se estendia de Lao Cai a Quang Ninh. O piloto costurava com seu aparelho em meio à rede de tiros. De tão tenso, mantinha os olhos exorbitados e o corpo ensopado de suor. O presidente observava suas mãos, mãos grandes, sólidas, com alguns pelos nas costas. Os guarda-costas também não tinham outra escolha que não a de respirar fundo e fitar as mãos do piloto, que apertavam o manche. Suas vidas dependiam daquelas mãos. Foi o voo mais longo de sua vida. Todo o seu espírito estava suspenso em meio ao barulho de ferros batendo daquele velho motor. Cada minuto que passava era um minuto adicional de vida, sem que o minuto seguinte estivesse garantido. Isso não tinha na verdade muita importância para ele, que já vivera muito, mas o piloto e os quatro guardas eram jovens. Ninguém dizia nada. Estavam petrificados de pavor.

Finalmente o piloto deu um suspiro de alívio e indicou com a ponta do dedo a ponte Long Biên. Ele reconheceu, através do vidro, aquela silhueta familiar, em meio à luminosidade abafada da capital em guerra. Sem se virar, o piloto anunciou:

— Presidente, aterrissaremos em alguns minutos.

Depois de hesitar por alguns segundos, acrescentou:

— Salvo algum imprevisto...

— Com imprevisto ou não, só existe uma pessoa capaz de resolver este problema. O piloto é você, não eu.

— Sim, presidente.

O piloto mantinha-se concentrado no voo. Por causa da luminosidade vinda de fora, o presidente conseguia enxergar as veias no pescoço dele. O helicóptero começou a fazer círculos no céu. Os guardas, que pouco antes pareciam aliviados, voltaram a ficar tensos. Seu medo preenchia a cabina. Estavam hipnotizados pelos pontos de luz no solo. O presidente sentia nas costas o sopro cálido de suas respirações.

O helicóptero deu duas voltas, depois uma terceira. O ar estava denso e pesado. Uma tranquilidade serena, porém, tomava conta dele, produzindo-lhe um sorriso nos lábios:

Todo jogo tem um fim. Pelo menos teremos visto a última cena.

O piloto voltou-se para ele bruscamente.

— Presidente, as balizas estão malcolocadas.

— Tem certeza?

— Sim, tenho certeza.

— O que isso significa?

— Se aterrissarmos exatamente como indicam as balizas, cairemos bem no meio do lago Dinh Công.

Ficou quieto, sentindo os corações dos guardas baterem com força.

— Faz muito tempo que você pilota?

— Presidente, não sou dos mais antigos, mas conheço todos os aeroportos do país como a palma da minha mão.

Nessa resposta, o presidente sentiu haver prudência e responsabilidade. Sentiu-se satisfeito por ter confiado de imediato naquele homem, um soldado entre milhares de outros. E sorriu:

— Antigamente, os tecelões trabalhavam no escuro, só ao som das lançadeiras e ao ritmo do tear — e assim produziam sua obra. A corte imperial selecionava os seus operários por esse critério. Isso se chama conhecer os segredos de sua arte. Vejo que você é um piloto aguerrido. Aja conforme os segredos de sua arte.

— Às suas ordens, presidente — disse o piloto.

Deu uma quarta volta e começou a descer no meio de uma área totalmente escura. Seu capacete refletia as luzes de lá de baixo como pequenos pontos minúsculos. Em meio à sua concentração absoluta, dir-se-ia que suas mandíbulas se alargavam. Subitamente, um dos guardas segurou o braço do presidente, em um gesto inconsciente, como se quisesse, ao mesmo tempo, extrair dali alguma ajuda e protegê-lo do perigo. Apertou-lhe a ponto de causar dor, mas o presidente manteve a calma e ficou calado.

A aterrissagem fora bem-sucedida. Todos sentiram o helicóptero tocar o chão. Alguns últimos sobressaltos. Tudo numa escuridão total.

O piloto virou-se:

— Devo deixar os faróis acesos, presidente?

— Deixe-os acesos, para termos um pouco de luz.

Neste exato instante, por uma mágica do demônio ou de um santo qualquer, um edifício se iluminou diante deles. Era o edifício central do aeroporto militar. Todas as janelas estavam iluminadas, mas não se via ninguém. Intuitivamente, ele se virou para olhar para as balizas do aeroporto. Seu olhar cruzou com o do piloto. As balizas tinham sido deslocadas e distribuídas ao longo do lago. Quase não houve tempo de vê-las, pois se apagaram rapidamente, todas juntas, como fogo-fátuo. Ao mesmo tempo, abriu-se a porta principal do edifício, de onde saíram oito homens: Ba Danh, Sau, quatro guardas e mais duas pessoas, provavelmente funcionários do aeroporto.

Serão todos mortos, os infelizes. Os quatro guardas serão eliminados imediatamente. E os dois funcionários do aeroporto? Quanto tempo ainda irá durar a sua vida? Um, dois, talvez três dias? Uma semana?

Sentiu um calafrio. A iluminação do gramado foi acesa no mesmo momento. O piloto perguntou:

— Posso desligar o motor, presidente?

— Sim.

— Às suas ordens — respondeu o jovem, antes de executar a tarefa.

Os funcionários do aeroporto encaixaram a escada. Ele desceu da carlinga e cumprimentou seus camaradas com um aperto de mãos.

— Seja bem-vindo, grande irmão.

— Boa noite, presidente! Gostou das paisagens e da acolhida dos nossos amigos de Quang Châu?

Ele sorriu:

— Claro que sim! Fiquei muito satisfeito com minha estada. Obrigado por sua solicitude.

E a vida continuou.

Vários dias depois do episódio, ele ainda pensava no piloto do helicóptero. Certamente seria morto simultaneamente aos quatro jovens soldados que o haviam acompanhado. Nunca mais viu esses quatro homens. Seu corpo de guardas mais próximo mudava constantemente. E o piloto? A imagem de seu rosto lhe aparecia de forma obsessiva, assim como a de muitos outros de pessoas que lhe tinham salvado a vida. Aquele rosto o remetia a uma cruel realidade: o presidente é incapaz de ajudar aqueles que o salvaram.

Sou impotente. Devo a vida a tantas pessoas, mas não pude protegê-las. Que humilhação terrível terei de guardar no fundo do meu ser.

5

Vu veste o avental para sair.

No corredor, senta-se em um banco ao longo da parede e ouve os sons à sua volta. O vizinho da frente morreu às cinco da manhã, depois de receber respiração artificial por uma semana. A médica de plantão instruiu os agentes funerários em relação aos procedimentos administrativos de praxe e a retirada do corpo. Os outros enfermos do quarto se moviam como lagartas observando a cena. De tanto medo, seus rostos, já normalmente pálidos, estavam lívidos. Um deles se escondeu sob as cobertas e acabou urinando ali mesmo. Certamente chorava. Esse clima levou Vu a deixar o quarto comum.

O corredor está deserto. Somente as lamparinas presas nas paredes iluminam os bancos pintados de azul. A calma ali reinante o acalma. Encostado na parede, olha demoradamente para a parede em frente, tentando não pensar em nada. Pouco depois, ouve o piar dos pássaros através da porta que dá para o jardim do hospital. Está amanhecendo. Os pássaros despertam e assumem seus lugares. Passado esse prelúdio, todos os outros pássaros se unem ao concerto na folhagem da velha amendoeira.

Por que isso me toca tanto?

Durante os anos da Resistência, em Viêt Bac, nunca dera muita atenção ao canto dos pássaros, que, no entanto, faziam parte de sua vida de guerrilheiro. Vu fecha os olhos e se concentra no chilrear, no arrulhar e nos pios dos animais. Estão agitados, animados, são estridentes ou um pouco mais tranquilos, conforme a espécie. Não consegue diferenciar um rouxinol, um melro, um verdelhão, um estorninho ou um pardal comum. Não, ele não é ornitólogo, mas, nessa manhã, surpreende-se apreciando aquela sinfonia, pois ela lhe insufla uma extraordinária vontade de viver.

Justamente nesse instante, chega a maca que será usada para transportar o morto, coberto com um lençol branco e empurrada por um agente funerário, sujeito corpulento com um rosto inchado. Tem olhos inexpressivos e uma pele lívida como a do próprio morto (seria de tanto lidar com eles?). Os agentes administrativos e a médica de plantão caminham atrás dele. A jovem doutora se detém ao final do corredor para inclinar-se na janela que dá para o jardim. Deve estar em busca de um pouco de ar fresco e certamente, como ele, também escuta o som dos pássaros.

Subitamente, Vu entende por que aqueles cantos tinham chamado tanto a sua atenção. Ele também os escutara na manhã seguinte ao dia do assassinato de Xuân. Tinha parado, aturdido, sob a folhagem das pitombeiras e das jaqueiras, para ouvi-los, enquanto o motorista o aguardava, pronto para partir. Foi um instante breve, porém decisivo. Sem o saber, os pássaros tinham lhe transmitido força, como uma boia de salvação que ele conseguira agarrar quando estava prestes a afundar.

Desta vez, ele foi atrás do seu canto de propósito, e não como fruto do acaso. Não conhecia o morto, mas ele próprio se via em situação de risco. Encontrava-se em estado de choque, de corpo e alma. A situação evocava, nele, o perigo iminente.

Ouvi esses cantos de pássaros como um náufrago agarra uma tábua trazida pela corrente do destino. São belos, são presentes da natureza. Serão eles os verdadeiros companheiros de viagem, os apoios sólidos e inabaláveis?

A doutora deixa a janela e caminha em sua direção. A noite difícil deixara algumas marcas em sua testa. Ele a observa: uma beleza comum, com um toque de origem camponesa. Exibe um andar nervoso, inclinado para a frente, com duas tranças balançando às costas. Próxima dele, cumprimenta-o alegremente:

— Bom dia, nossas atividades o impediram de dormir?

— Oh, tenho o tempo todo para dormir. Não se preocupe.

— Espera alguma visita para hoje?

— Sim, como sempre. Obrigado, doutora.

Ela lhe sorri, ergue a mão para dissimular um bocejo e parte. Chegou há pouco tempo de um hospital militar e não conhece os prontuários de todos os pacientes. Não sabe que Vu pediu que sua mulher não viesse visitá-lo. A discussão entre os dois fizera a pressão dele disparar — era ela, portanto, a responsável pelo seu estado. Só se veriam de novo com autorização médica. Vu se sente bem. Está livre. Nos primeiros momentos de sua internação, parecia não se preocupar mais com a família. Chegara a esquecer o nome e o rosto da esposa, cuja beleza se tornara indistinguível no buraco negro da memória. Se o corpo reagira daquela forma, certamente foi para se preservar.

Uma angústia o assola ao ver o infeliz vizinho sendo levado: *Como Vân reagiria se eu morresse? E as crianças?*

Diante desse pensamento, ele sorri, irônico:

Cá estou pensando nela outra vez! Será por amor ou por uma questão de responsabilidade? Ou um desvio psicológico? Penso nela como um escravo pensa no seu senhor, como um masoquista tem necessidade de um sádico, como o torturado não consegue esquecer o seu carrasco. É um pensamento negativo. A prova de que o homem sempre se deixa comandar pelos hábitos.

Vu se ergue bruscamente e começa a andar pelo corredor. Se permanecesse sentado, acabaria esmagado pelo seu próprio desprezo. Dá uma olhada no jardim. A maca se dirige para o necrotério, um edifício alto de cimento branco escondido atrás da área dos blocos de cirurgia. Já há algumas pessoas sentadas nos bancos de pedra em torno dos canteiros de flores. Pacientes em convalescença em busca de ar fresco, para escapar do odor de mofo dos quartos, ou parentes de enfermos que estão tomando o café da manhã, normalmente um pedaço de pão com sal ou uma tigela de arroz. Faz duas semanas que ele está ali. Ele começa a transformar essa presença na sua nova vida, refletindo, consigo mesmo, a respeito de como é extraordinária a capacidade de adaptação do ser humano. Nos primeiros dias posteriores ao coma, recuperara-se muito rapidamente e execrava a vida de paciente. O cheiro dos medicamentos, o fedor dos corpos em sofrimento, os produtos antissépticos nos banhos. Rostos de enfermos semelhantes a máscaras de cera, olhares vagos sem nenhuma vitalidade, expressando o sofrimento, a curiosidade, o desespero ou a inveja. Um ambiente psicológico detestável. Depois, pouco a pouco, obrigado a suportar aquilo tudo, soube detectar os interstícios pelos quais podia respirar e se livrar dos pensamentos sombrios. Comparava-se às pessoas que viviam em túneis ou em abrigos cavados nas profundezas do solo, que aproximavam o nariz dos tubos de ventilação para obter oxigênio e captar o cheiro da atmosfera. Sua maior boia de salvação era o jardim, na parte central do hospital. Retirava-se para ali sempre que podia. Mesmo sob chuva, passeava em torno dos canteiros de flores, erguendo os olhos para a folhagem das árvores, buscando os passarinhos e ouvindo seu chilrear. Sempre levava consigo, no bolso, alguns lenços de papel, pois costuma ser o alvo das descargas naturais dos pássaros. Gostava de desempenhar essa função, pois acreditava no dito popular segundo o qual "a merda anuncia a fortuna" e gostava de estar próximo de um mundo excitante e cheio de vitalidade. Tal mundo existia entre os edifícios tristes que abrigavam todos aqueles mortos-vivos. Para ele, que se debatia em sua tempestade interior, o mundo dos pássaros constituía um posto avançado do céu imenso. Seu canto era o canto dos anjos, uma dádiva do seu gênio tutelar, uma tábua de salvação miraculosamente encontrada em meio àquela tempestade invisível.

Esses passeios lhe permitiram conhecer alguns pacientes que compartilhavam do mesmo estado de espírito. Para eles, o jardim era um pedaço do paraíso. Ali se encontravam, cumprimentavam-se amistosamente, e depois cada um tomava o seu rumo. Quando estava cansado, Vu ia até a cantina e se sentava perto da janela que dava para o jardim. Passava horas assim, saboreando um chá, comendo algum biscoito, ouvindo o zumbido das abelhas e as garçonetes, que faziam provocações aos jovens encarregados da segurança. Era o momento propício para sua introspecção.

Sua vida, seu ideal, seu trabalho, sua família, o caminho percorrido, aquilo que ainda faltava explorar...

O grande ideal, então, morreu?

Essa pergunta o atormenta. A frase do homem de óculos grossos soava como uma condenação à morte: o encanto se rompeu e o sonho se desfez. A Revolução, que arrastou com ela todo o nosso povo, conseguiu tão somente, ao final, remover o lodo para trazer os cadáveres à superfície? Como aceitar uma coisa dessas? Muitas pessoas deram suas vidas por ela. Quantas vidas foram aniquiladas, arrasadas? Quantas?

A dúvida estava perto de se tornar uma certeza.

Não fui, de modo algum, enganado por meus dois amigos falastrões. A verdade veio à tona há muito tempo, mas ninguém teve a coragem de enfrentá-la. Os que não estão nas engrenagens do poder têm, certamente, um ponto de vista mais objetivo. Graças à sua condição, ou à sua opção, eles puderam manter a cabeça fria. Devo admitir que esses que me cercam diariamente não passam de sapos em volta do brejo.

Desfilavam em sua mente, agora, os rostos numerosos daqueles que sempre estavam ao lado dele nas tribunas do poder. O aparelho de Estado estava repleto de canalhas, ladrões e prostitutas de baixo calão, além de proletários vagabundos. Por serem ao mesmo tempo proletários e vagabundos, submetiam-se à paixão pela violência, que lhes abria o caminho para todo tipo de crueldade e imoralidade. A força que os animava era a sede de poder. A avidez infinita sempre soubera fincar raízes no terreno da miséria. A necessidade eterna e insaciável de uma vingança inconsciente contra a tristeza, a inferioridade e a raiva acumulados desde a noite dos tempos.

Ele se lembra perfeitamente do 9º Congresso do Partido, que marcara uma virada nos destinos do povo e mostrara que o valoroso guerreiro tinha caído de seu cavalo.

No dia do congresso, fazia um calor acachapante e o ar estava denso. Apesar dos inúmeros ventiladores, a atmosfera era sufocante. Chegou o momento mais importante: a discussão sobre a estratégia política do país. A maioria esmagadora dos trezentos e cinquenta delegados era favorável à guerra. Todos, menos uma dezena! Esses dez, porém, bateram-se até o fim, pois o que estava em jogo era o futuro da pátria. O primeiro a usar da palavra foi Lê Liêm, vice-ministro da Cultura. Sentado atrás dele, Vu pôde ver se formarem as manchas de suor abaixo de suas omoplatas. Em poucos minutos, elas tinham se espalhado, ocupando as costas por inteiro. Ao final, parecia que tinha tomado um banho vestido. Falara, no entanto, com uma coragem extraordinária:

— Somos delegados de um povo soberano. Devemos escolher qual o melhor caminho para ele, de acordo com o interesse geral. A guerra contra os colonialistas franceses acaba de chegar ao fim. Temos milhares de questões urgentes para resolver. Sem mais demora, precisamos desarmar as minas dos campos de Muong Cum e de Him Lam. Temos de plantar arroz nos antigos campos de batalha. Nossos feridos precisam de cuidados e apoio. Nosso povo carece, cruelmente, de gêneros de primeira necessidade: comida, roupas e medicamentos. Sem falar dos livros e dos móveis escolares para as nossas crianças. Nessa situação, não podemos nos lançar em uma nova guerra, com a única finalidade de demonstrar a superioridade do modelo socialista. Ambos os sistemas políticos, mesmo sendo antagônicos, podem coexistir no mundo. Ele é amplo o bastante para abrigar vários povos e vários regimes políticos diferentes. Enfrentemos a América, não no campo de batalha, mas no front da ciência, da indústria e da eficiência econômica...

À medida que falava, seu rosto era crescentemente invadido pelo vermelho. Este, partindo das têmporas, descia pelas faces e depois para o pescoço e a nuca. Os lábios do vice-ministro da Cultura estavam lívidos. Tentava controlar a tremedeira. Vu consegue rever claramente os olhares raivosos dos delegados. Os que estavam na primeira fileira se viraram para trás para fixar nele os seus olhos de malfeitores, prontos para apunhalá-lo ou apedrejá-lo. Os que estavam atrás dele, por não poder exprimir seu ódio contra o "revisionista" com um olhar ameaçador, puseram-se a vaiar. Um delegado se levantou e, abrindo caminho entre os colegas, postou-se diante de Lê Liêm com o dedo em riste e gritou com raiva:

— Cale a boca! Se continuar com essas provocações revisionistas, eu o mato aqui e agora!

Lê Liêm então parou de falar, como se tivesse recebido uma paulada na nuca. Olhava fixo para aquele homem que acabava de insultá-lo, o vice-ministro do Interior Lê Chi Thân, um dos capangas de Quôc Tuy. Bastante abalado, ele tirou os óculos para limpar as lentes. Não sabia mais o que dizer, justamente ele, que era conhecido como um excelente orador. Uma nuvem de silêncio pairou sobre o congresso. Era a primeira vez que os delegados viam um camarada honorável se comportar como um bandido descarado. Mesmo tendo origem popular, todos os delegados, uma vez revestidos de suas responsabilidades diante do povo, buscavam observar um mínimo de cortesia e afabilidade. Era a primeira vez que sua torpeza se expunha em praça pública. Mais de trezentas cabeças olharam para baixo.

Na tribuna, Ba Danh e Sau não abriram a boca.

Passou-se um longo momento. O presidente então se levantou e se dirigiu a Lê Chi Thân, dizendo-lhe com uma voz calma:

— Se você quer matar Lê Liêm, então mate a mim primeiro.

Lê Chi Thân apertou os lábios, baixou a cabeça e retornou ao seu lugar. Um silêncio de morte pairou sobre todo o congresso.

Sau balançou o sino:

— Intervalo! Aproveitem para se refrescar um pouco!

Depois do congresso, Lê Liêm escreveu uma carta ao birô político em que pedia aos dirigentes do Partido que discutissem o incidente, pois não se podia tolerar que delegados do povo fossem ameaçados daquela maneira.

O vice-ministro era ingênuo demais. Um esteta. Os estetas não têm direito à cidadania nesse país. Aquele mesmo birô político em que ele confiava para arbitrar o conflito com aquele homem que o humilhara era composto por gente da mesma laia. Para atingir a glória heroica, o Partido tivera, obrigatoriamente, de se valer da ajuda de indivíduos violentos e destrutivos. A guerra é uma grande consumidora desses homens sádicos, desses assassinos contumazes ansiosos para ocupar os melhores postos. Tudo aquilo tinha sido planejado. Além disso, boa parte dos dirigentes frequentava assiduamente o meio dos criminosos e bandidos. O uivo do lobo aterroriza os outros animais, mas é um chamado familiar e reconfortante para a sua matilha. A resposta dos camaradas dirigentes nunca veio, e depois Lê Liêm foi expulso do Partido e colocado sob prisão domiciliar. Alguns dias depois, foi preso o general Dang Kim Giang, diretor do instituto de filosofia Hoang Minh Chinh, o intelectual Nguyên Kiên Giang e uma centena de outras personalidades, todas elas suspeitas de terem sido influenciadas pelo "grande revisionista" Kruschev; na mesma semana, mais de vinte generais do Estado-maior, todos oriundos da escola militar Kutusov e conhecidos por serem próximos do general Long. Veio em seguida a vez de quinhentos oficiais menos graduados, que haviam servido diretamente sob o comando de Long. Foram todos jogados em caminhões do serviço de segurança e transportados para as prisões de Thanh Liêt, na periferia de Hanói, de Ha Tinh e de Thai Nguyên.

E a nova guerra começou.

Alterava-se a trajetória do povo vietnamita.

A tragédia acabava de começar.

6

Ao despertar, o presidente avista pela janela as damasqueiras. Será o último aflorar da primavera? Contempla os galhos cobertos de flores, como flocos em um pinheiro. Elas fazem o jardim lembrar um navio branco navegando em um imenso oceano de bruma. Imagem que o faz lembrar Paris, nos dias de neve.

Paris, sua cidade, cidade de suas paixões e decepções.

Sente tanta falta de Paris.

Quantos invernos passou ali? Quantas vezes ficara olhando para a neve que caía sobre os telhados, o coração tomado por um sentimento complexo feito de felicidade e tristeza ao mesmo tempo? Sem dinheiro, era obrigado a alugar quartos nos andares superiores, onde moravam os estudantes, os homens vindos do campo em busca de trabalho na capital ou os imigrantes sem nenhum tostão no bolso. O frio, ali, era muito forte, mas havia a sensação de se estar mais perto do céu, e era possível admirar o espetáculo da neve voando sobre Paris. Às vezes, ao amanhecer, a cidade, ainda deserta, era transformada pelo manto de neve em uma planície imaculada. No crepúsculo, os flocos flutuavam no ar gelado, conferindo um aspecto mágico ao firmamento repleto de nuvens, como o pano de fundo de uma pintura encantadora. Ao passear pelas ruas à tarde, ficava fascinado com as marcas sujas das pegadas sobre a neve. Paris no inverno era também o cheiro quente e reconfortante das padarias. Muitas vezes, surpreendera-se observando as vitrines gradeadas das quais saíam aqueles eflúvios tão simples e, ao mesmo tempo, tão tentadores.

Paris!

Por que essa súbita lembrança?

Os galhos das damasqueiras na bruma do monte Lan Vu levam-no a visualizar um céu que fora por ele tão adorado. Um céu ao mesmo tempo próximo e distante. O período mais feliz de sua vida, o da juventude. Nunca mais voltou a ver a cidade, e já faz muito tempo. Terá permanecido igual? Os velhos cafés devem ter mudado de mobiliário, trocado a decoração e o cardápio. Certamente as garçonetes já não usam os mesmos vestidos, mudaram os proprietários, reformas foram feitas. Talvez os velhos postes de luz também tenham sido trocados por outros, mais modernos. Mas, de qualquer modo, o Sena segue o seu curso e as árvores da ilha de Saint Louis continuam deixando cair suas folhas mortas e marulhantes na chegada do inverno. Em sua ausência, a cidade continuou levando sua vida. Ele foi um viajante efêmero, que só pegou uma vez a barca ligando as duas margens da memória da cidade. Um freguês pobre, impossibilitado de comprar qualquer coisa naquele supermercado perpétuo do Ocidente, que é Paris. Onde o fabuloso luxo pode provocar tonturas e desejos devoradores.

No entanto, ele nunca ansiou pela fortuna. Durante toda a vida, nunca conseguiu poupar nenhum tostão, nem para ele nem para alguém que lhe fosse próximo. Mesmo hoje, não sabe quanto o presidente de um país pode oferecer como ajuda para o funeral de um cidadão. Não estaria nisso o seu destino? Foi sempre indiferente a considerações desse tipo. Mas, na verdade, admirava apaixonadamente o luxo da capital, e Paris continua a ser, para ele, um amor perdido e inesquecível.

Um golpe de vento sacode os galhos das damasqueiras. Caem algumas flores. Lá, na primeira vez em que pegou flocos de neve com as mãos, ele exclamara: "Oh! Como são adoráveis esses brotos de neve!" Anos depois, riu da bobagem que dissera. Essa lembrança simboliza, para ele, a nostalgia eterna de sua juventude perdida. Mesmo sendo já um homem calejado, sempre sentiu uma vibração especial do corpo ao ver a neve volteando no ar. A cor da neve certamente penetrara em seu inconsciente, e as velhas canções, gravadas na memória, tornaram-se refrões permanentes, que cantam as vicissitudes da vida e a passagem do tempo:

Cai a neve
Você não virá esta noite
Cai a neve
Meu coração se veste de preto

Esse refrão o perseguiu ininterruptamente, como um vazio impossível de ser preenchido. Infeliz o homem já de cabelos brancos que dele se recorda agora, pois o seu coração se aperta ao lembrar os amores perdidos.

— Presidente, a sopa está pronta.

— Já? Já a trouxeram?

— Sim. O médico pediu que o seu café da manhã seja mais consistente. Podemos diminuir o almoço. É melhor para a sua saúde.

— Ele já me explicou isso, mas estou acostumado com as duas refeições principais.

O presidente passa pela sala de estar e sente um aroma estranho vindo do quintal. Imediatamente, pensa no cheiro de pão fresco das padarias de Paris.

— É o cheiro da torta de feijão frito — explica prontamente o soldado. — A própria venerável é que está na cozinha.

— Ah, é isso! É meio diferente.

— Diferente do que, presidente?

— Não, nada, nada... Diferente do cheiro que normalmente sentimos.

— Sim, presidente. A cozinha vegetariana é certamente muito diferente da nossa.

— Claro — ri. — Se não, não seria vegetariana.

— Quer experimentar a comida do pagode?

— Não — disse o presidente, balançando a cabeça. — Não as incomode. Já invadimos demais o espaço delas.

— Foi a monja quem me trouxe uma bandeja inteira, quente, para o senhor experimentar — disse o soldado, alegre.

Imediatamente, ele mergulha na bruma do jardim e volta com um prato coberto com um guardanapo de algodão.

O aroma da torta de feijão frito é apetitoso. Ou porque é realmente muito bom, ou por ser uma novidade. A vontade de experimentá-lo é irresistível. Ele pega um pedaço e o mastiga sob o olhar ansioso do jovem guarda.

— Hum, é delicioso! É a primeira vez que como isso.

O soldado sorri:

— É o melhor prato vegetariano que existe. E é raro, pois não é fácil de preparar.

— Como é feito?

— Primeiro é preciso preparar os feijões como arroz com gordura. Depois, eles são misturados com um pouco de farinha de trigo ou de arroz. Tempera-se com sal e alguns condimentos. E se fazem alguns bolinhos para fritar. Hoje a monja usou óleo de amendoim, mas com óleo de gergelim ou de girassol fica melhor ainda.

— Muito bem! Você poderia virar cozinheiro!

— Hoje de manhã eu ajudei a monja a amassar os feijões. E ela me contou as receitas vegetarianas.

— A vida religiosa é muito complexa, não é?

— Ehhh... sim, presidente — disse o soldado, confuso.

— Estou brincando. A vida dos religiosos é muito simples. O difícil é preservar essa simplicidade.

— Sim, presidente.

Vendo que o guarda não entendeu o que ele havia dito, o presidente lhe dá um tapinha nas costas.

— Vamos lá! É inútil quebrar a cabeça. Mas saiba, ao menos, que a vida deles é bem diferente da nossa.

— Ah, sim — aquiesce o soldado, aliviado. E serve a mesa com a pose triunfante de um general vitorioso apresentando seus troféus de guerra.

O presidente acaba de comer o prato vindo do templo e deixa intacta a comida da cozinha oficial.

Instantes mais tarde, ouve-se, vinda do outro lado do pátio, a risada do jovem. O presidente não o enxerga, pois as camadas de bruma passam na frente dele como carneiros fugindo de um pastor celeste. Um sentimento súbito de solidão lhe aperta o peito. Fica paralisado. Uma solidão absoluta. Estranha. De congelar o sangue. Como uma rede de aço que o prendesse com crueldade. Ele sufoca. Tem a sensação de que não conseguirá suportá-la por mais um minuto. Sempre foi um homem solitário, mas agora sente um medo enorme de ficar diante de si mesmo.

Por que sou tão fraco? Terá a velhice me tornado miseravelmente estranho a mim mesmo?

Enquanto lança injúrias contra si mesmo, busca na xícara de chá alguma ideia, alguma recordação, a evocação de algum banquete antigo ou qualquer outra coisa que o ajude a se livrar desse sentimento pungente. Vão esforço. Pois a solidão é irmã gêmea do esquecimento. Assim que o esquecimento faz as malas, a solidão retorna a galope. São nós corrediços em torno do pescoço de um condenado.

Respirando com dificuldade, ele se levanta, veste o agasalho acolchoado e sai. A bruma o atinge, fria e úmida. As pedras, sob seus pés, estão molhadas. Do templo, o soldado chama por ele.

— Presidente, volte para dentro. Está muito frio!

Irritado, ele rebate:

— Não! Não consigo mais ficar sentado. Está me dando dor de cabeça. Além disso, quero agradecer à venerável.

— Para nós já é uma honra o senhor ter experimentado nossa comida! — exclama ela, a plenos pulmões. — Não precisa ter o trabalho de vir até aqui!

Ele aguarda que a névoa se dissipe e atravessa o jardim. Na escadaria do edifício central do pagode, ele avista a jovem monja preparando o betel para a venerável. Esta, então, sai do templo:

— Presidente, entre rápido. Se o senhor ficar doente, não saberemos como nos desculpar com o povo.

— Primeiro a senhora, venerável, que é mais velha do que eu!

Ele se apressa, no entanto, para entrar, pois outra nuvem de bruma se aproxima. Como uma neblina, as camadas de bruma penetram por todas as janelas e frestas. O rangido da porta o faz sobressaltar-se. Conhece esse som desde a adolescência: todas as antigas casas eram construídas usando o mesmo modelo.

A venerável o convida a se instalar diante dela, em uma sólida cadeira de madeira de pau-ferro marcada pela pátina do tempo. O jovem guarda se senta atrás dele, em um banquinho de ratã trazido pela jovem monja. Uma lareira crepita no meio da peça. De tempos em tempos a jovem religiosa coloca ali pedaços de carvão e atiça as brasas com uma vara.

O lugar é caloroso e rústico. Como o odor das folhas de betel e da noz-de-areca. Como o calor dos braços de sua avó, que fazia acelerar-se o coração do menino contando-lhe histórias nas noites de primavera.

A jovem monja serve o chá. No templo, bebe-se uma infusão de brotos de jambeiro com gengibre. Inevitavelmente, a bebida o faz lembrar de sua mãe:

— Excelente o seu jambeiro. Vocês o bebem também no verão?

— Não, no verão temos o hábito de beber chá fresco ou de crisântemo seco.

A venerável se volta para sua discípula:

— Temos aqueles doces de arroz grelhado, sabe, aqueles que servimos depois das refeições. Por que não traz alguns para o presidente?

— Perdoe-me, grande mestre! Eu tinha esquecido.

Dirigiu-se então imediatamente ao anexo. O presidente acompanhou em silêncio, com os olhos, a silhueta feminina em sua túnica longa e marrom.

Por que ela não procura formar uma família, como todas as mulheres? Este lugar é um templo de verdade ou um abrigo temporário para aquelas que fogem de um passado dolorido? Uma espécie de rendição diante do destino, como eu, que caí no esquecimento de Lan Vu?

De retorno, a monja coloca respeitosamente sobre a mesa uma bandeja com doces de arroz grelhado de um branco puríssimo. São um pouco moles, feitos assim de propósito, provavelmente, para pessoas idosas.

— Experimente essa pequena guloseima.

— Obrigado. Acabei de comer uma deliciosa torta de feijão.

Com visível prazer, ele experimenta um doce e bebe um gole da infusão. Essa visita o impede, acima de tudo, de se afundar em uma crise. Mais uma vez, inspeciona com os olhos a antiga peça e se pergunta por que não tinha estado ali antes. O jardim de pedras seria uma espécie de fronteira entre a vida profana e a vida dos religiosos?

Tenta afogar essas ideias confusas com um grande gole de chá e sorri:

— Esse doce é maravilhoso. Combina muito bem com a infusão de jambeiro. Estou aqui faz um ano e só hoje me digno a visitá-las. Estava errado. Pois teria saboreado antes esses docinhos.

— Este local de culto não é muito confortável para recebê-lo. Por isso, até agora, não nos atrevemos a incomodá-lo.

A venerável sorri maliciosamente. Seus dentes são perfeitos, escuros e perfeitamente preservados.

— Somos vizinhos. Deveríamos ter-nos aproximado há mais tempo — diz o presidente, em tom alegre. — A culpa é da maneira como eu emprego o meu tempo. Venerável, outro dia, a senhora presidiu a cerimônia de transporte da alma do lenhador morto, não foi?

— Com tudo o que tem a fazer, o senhor ainda se preocupa com as pessoas simples? Seu coração é grande. Minha discípula me contou que o senhor desceu a montanha para comparecer ao funeral.

— Fui apenas visitar a família do infeliz.

— Presidente, isso representa uma grande honra para eles!

— Poderia me explicar em que consiste a cerimônia de transporte da alma? Todos os mortos precisam dessa cerimônia ou somente aqueles que tiveram uma vida difícil?

— Presidente, o budismo não se submete a ritos formais. Tampouco determina quem tem direito a isso ou aquilo. Tudo depende da compaixão das pessoas. Somente a compaixão permite o acesso ao despertar e à possibilidade de medir as consequências de seus atos. O pagode só atua a pedidos. Os monges sabem que o budismo é como a tocha que ilumina o corpo e a alma e atravessa sete céus para fazer com que desabroche o lótus da paz.

— Venerável, eu não sou crente. Mesmo que me esforce, não consigo compreender os fundamentos de sua religião. Como profano, porém, fiquei muito interessado na história do lenhador e seu filho. Poderia contá-la?

— Presidente, ensina o Buda que, de todos os vícios humanos, a inveja é o mais terrível. Ela obstrui a consciência, como uma nuvem negra encobre o sol ou a lua. Pode destruir os laços entre pai e filho, entre mestre e discípulo, irmão e irmã. O próprio Buda foi traído por seu primo, Devadatta. Quantos príncipes não assassinaram seus pais ao longo da história imperial? O senhor sabe melhor do que eu.

Ela sorri modestamente. Ele observa, mais uma vez, os seus belos dentes: uma velha vietnamita tradicional, que protege bem os dentes. Setenta anos atrás, devia ser uma camponesa forte e cheia de vitalidade. Mas não aceitou a vida comum, com suas alegrias banais, e deve ter lido e estudado muito para se tornar discípula de Buda.

Sente uma grande simpatia por ela.

— Venerável, os seus ensinamentos são apaixonantes. Certamente a senhora leu muito.

— Presidente, não me atrevo a aceitar os seus elogios. Qualquer um que tenha batido à porta do Buda e lido seus ensinamentos corretamente poderia lhe dar essas explicações.

Ela se volta para a jovem monja.

— Não estava vendo que o doce já está acabando? Nosso templo é pobre, mas deve receber seu convidado com dignidade.

— Perdão, mestre. É que estava tão envolvida por suas palavras...

O presidente sorri. A venerável é hábil. Seu jeito de desviar de assuntos que não quer abordar é sinal de uma vivacidade de espírito ainda jovem. Ele engole o último doce como se fosse um vizinho com meio século de convivência.

— Delicioso! Venerável, agradeço infinitamente por essa acolhida tão calorosa, assim como a você, monja. Se me permitirem, voltarei outras vezes para importuná-las.

— Presidente, para nós já é uma honra enorme que tenha vindo aqui.

Levantam-se e se despedem.

* * *

De volta ao seu quarto, o relógio marca nove e vinte. A conversa com as religiosas durou uma hora e meia. Durante esse tempo, a infusão de jambeiro com gengibre e o sorriso de dentes bem-cuidados da venerável o tiraram do desespero. Agora está novamente só, diante de si mesmo. Senta-se. O futuro o aterroriza. A solidão voltará a assombrá-lo. O suplício estará de volta. Onde se esconder? No meio da mata? Não. Deveria fugir daquela montanha? Não há motivo para isso. Não pode, também, se comportar como um louco diante dos guardas daquela prisão de luxo. O orgulho o impede de fazê-lo. Observa a pilha de livros que acumulou, cada um com seu marca-página de bambu. Pega três deles e os folheia. As páginas desfilam diante de seus olhos como objetos desprovidos de sentido, massas acinzentadas cobertas de pontos escuros. Suspira longamente e os fecha. As nuvens da bruma continuam em sua migração pelo jardim do templo, e os galhos floridos das damasqueiras se agitam recordando-lhe mais uma vez, e como sempre, a neve.

Não aguento mais essas lamentações. Seria melhor morrer.

Levanta-se e pega o casaco para sair, mas a umidade que sente nos dedos apaga essa intenção. Não tem alternativa a não ser permanecer sentado em sua cela e assistir ao seu julgamento imaginário. Com o casaco de volta ao cabide, ele volta para a cadeira e se põe a acompanhar, indolentemente, a passagem das nuvens da bruma, pensando, agora, nas palavras da venerável.

O próprio Buda foi traído por seus discípulos. Se pessoas que usam túnica de monge e acedem à posição de veneráveis em sua religião são capazes de tais atitudes, quem dirá os meros profanos? Não injuriemos os camaradas inimigos meus acima do merecido. Eu mesmo sou o principal responsável por essa situação. Talvez tenha sido covarde ou ignorante, ou as duas coisas ao mesmo tempo.

Mas ele não quer mais ficar buscando desculpas. Seu advogado desapareceu? Esse pensamento passa por sua mente ao mesmo tempo em que um fragmento de bruma atravessa o jardim.

O caminho é sinuoso. Como saber aonde ir? Busquei para o meu povo uma Paris calorosa e acabei encontrando uma Moscou totalmente gélida. Segui a brisa vinda do Ocidente, mas o destino me levou para o oceano oriental. A vida humana é, assim, como uma planta aquática ao sabor das ondas?

A França de Diderot e de Voltaire me abriu suas portas, e depois a outra França, aquela das boinas e dos uniformes, bateu as mesmas portas na minha cara, como um mordomo bateria a porta de um castelo diante de um mendigo qualquer. Os povos escravizados e fracos veem barrados todos os seus caminhos para a felicidade, e a única via que lhes resta é a que leva ao inferno. Só compreendi isso quando já era tarde demais.

O inferno é aqui. Não há nenhuma dúvida. Mas ninguém tem coragem de abrir os olhos. Recorda-se do choque sentido ao se deparar com as filas infindáveis formadas por seu próprio povo em busca de alimentos. Naquele dia, seu carro tinha os vidros escurecidos e ninguém podia reconhecê-lo. O veículo passou muito rapidamente, mas ele teve tempo de ver seu povo, e esse espetáculo o atingiu diretamente no coração, o qual ainda batia ao ritmo da canção *Avancemos rumo à capital*, depois de dois anos que ainda não tinham sido suficientes para macular o ouro e a glória e para mitigar o florescimento do orgulho. Até então ocupado demais, não tivera tempo de percorrer o país. Conseguira reservar alguns momentos para o seu amor, mas isso sempre no meio da noite, e entre meia-noite e uma da manhã, quando seu carro passava pelas ruas, já não havia nenhuma atividade significativa. Naquela manhã ele tinha um encontro com um professor de história no Museu Nacional. Pediu ao motorista que fizesse um desvio para poder observar o movimento na cidade. Era a sua primeira oportunidade de "sair". E o que viu desmentia aquilo que, em seu otimismo, ele havia imaginado. A realidade eram as filas de espera em que homens e mulheres se entrechocavam como carneiros em um cercado. Em seus rostos exauridos podia-se ver a subnutrição, a humilhação da espera, a pressão do medo, da tristeza e do ódio. Rostos de futuros doentes à espera de uma vaga em algum asilo psiquiátrico.

Mantendo a calma, ele perguntou, então, ao motorista:

— Sua família precisa fazer fila assim para conseguir alimentos?

O motorista respondeu, com um suspiro de alívio:

— Felizmente, não, presidente. Minha família foi classificada como prioritária. Recebemos a nossa parte diretamente no escritório.

— Quem são os prioritários?

— São os funcionários da administração governamental ou do Partido, presidente. Dos departamentos especiais dos ministérios, como o do Interior, ou da Defesa. E obviamente o do Comércio e Abastecimento, pois são eles que fazem a distribuição dos alimentos. Os funcionários desses ministérios são os mais privilegiados. Vivem sob um regime de favores digno dos filhos dos senhores dos velhos tempos.

— O que isso quer dizer?

— Quando se é um filho de senhor, goza-se dos mais altos privilégios. Por exemplo, o melhor arroz da última colheita, enquanto o povo é obrigado a se contentar com arroz mofado de cinco, às vezes seis colheitas atrás, tirado das reservas. Ou as melhores partes de carne, não as cheias de gordura ou os miúdos. Se você não faz parte dessa casta, abastecer-se é uma humilhação digna de um trabalho forçado. Meu irmão mais velho, que ocupa um cargo de alto nível na Biblioteca Nacional, tem direito a meio quilo de carne por mês. Toda vez a sua esposa é obrigada a acordar às três da manhã para pegar um lugar na fila no mercado de Hôm e só volta para casa ao meio-dia, trazendo focinho de porco e alguns pedaços de tripas, pois os vendedores logo cedo passam o melhor para suas próprias famílias ou fazem trocas com os vendedores de arroz, de tecidos, de açúcar ou outros gêneros de primeira necessidade. O povo vem sempre depois.

— Os responsáveis pelas lojas sabem disso?

O homem hesitou. Seus olhos tentavam captar se o presidente estava sendo sincero. Este, percebendo a inadequação de sua pergunta, emendou:

— Devem saber, mas certamente ainda não tiveram tempo de tomar as medidas necessárias.

— É isso, presidente!

Naquela noite, não conseguiu dormir e ficou observando a lua. Esbranquiçada, pálida, lembrava uma folha de arroz prateada. Os vaga-lumes que esvoaçavam sobre o gramado pareciam ter atraído para si toda a luminosidade. Ele pensava na deterioração de todas as coisas:

A vida é um movimento perpétuo. A terra acaba virando mar, enquanto o homem nasce do nada, vive por algum tempo e volta ao nada. Teria essa lua alguma relação oculta com o destino de nosso país? Não seria um presságio do nosso futuro esboroamento?

Tal pensamento era como a lâmina do carrasco encostada em sua garganta. Sentiu um calafrio. Voltou-lhe, em seguida, a imagem das longas filas de espera. Cada um lutava por sua sobrevivência, empurrando os outros, agarrando as mercadorias, esticando o pescoço na direção da abertura do balcão gradeado, como um animal faminto. Que dor! Era o seu povo, os cidadãos de um país que ele mesmo havia fundado, homens com cuja libertação ele havia sonhado. Pesadelo ou realidade? Teriam sido vãos todos os seus esforços? Não se atrevia a responder a essas perguntas. Todos os rostos que ele pudera observar naquela manhã eram rostos de animais maltratados e subnutridos, ou de doentes mentais. O ser humano perdera toda a dignidade. Era como um animal aguardando, em sua jaula, pela hora de poder enfiar o focinho na manjedoura. E, se ainda restara em alguns um traço de humanidade, esta servia apenas para alimentar um ódio feroz contra seus guardas, esperando a hora certa para acabar com eles e se libertar, finalmente, daquela vida animal.

O regime político que ele tinha construído não passava, então, de um imenso cercado para carneiros? Uma prisão gigantesca que limitava os homens às suas necessidades materiais mais abomináveis? Uma humilhação coletiva como aquela não acabaria por transformar todos os seus detentos em bois dóceis, quando não em ladrões ou em loucos? Nesse caso, essa sociedade expressava, inegavelmente, um recuo em relação à sociedade miserável que existia antes.

Que tristeza! Tantas vidas humanas sacrificadas, tantos bens destruídos, tantos esforços e tantos obstáculos superados por seu povo, na dor, para um resultado tão terrível como esse? E, sendo assim, essa revolução teria sido a aventura mais ruinosa de toda uma vida. E a dele, um fracasso total.

Tais reflexões o deixaram com a pele arrepiada. Sentia um calafrio tão grande que os guardas resolveram procurar o médico. Ele os tranquilizou dizendo que se tratava de uma dor passageira.

No dia seguinte, na reunião do birô político, ele pediu que se reavaliasse a política econômica, a fim de reverter a situação. Insistiu na palavra felicidade. Nenhuma libertação faz sentido se não traz mais felicidade aos homens. A revolução é uma aventura maluca e cruel se não proporciona mais liberdade e uma vida mais digna. O mesmo vale para a independência. A independência de um povo não tem valor algum se não satisfaz as suas necessidades mais elementares.

Ninguém fez qualquer objeção.

Ninguém, tampouco, havia lhe dado ouvido, mesmo estando todos ali, com ele, em torno da grande mesa-redonda. Treze pessoas. Ocupadas em fumar os seus cigarros, os olhares dispersos e entediados, uns brincando com suas canetas, outros com seus isqueiros. Não muito tempo antes, todos eram guerrilheiros em luta por um ideal. Pouco tempo antes, no meio da mata, compartilhavam uma única porção de arroz e usavam o mesmo trecho do riacho, não havia premeditações ou inveja. Encerrada a guerra anticolonial, mudaram de capítulo. Os generais partilhavam entre eles as riquezas do palácio. A partir de então, o poder de cada um se media pelo nível de luxuosidade de sua residência, pelos privilégios de seus acólitos ou de sua família. A maioria não se preocupava com a coletividade, pois os interesses particulares sempre preponderaram entre os homens. As preocupações do presidente tinham se tornado algo fútil e sem interesse. A máquina do governo servia apenas a eles mesmos, enquanto o povo, para se alimentar, era obrigado a se comprimir em filas de espera, como carneiros diante de um pedacinho de pasto.

Ele voltou a colocar a questão mais uma vez, depois mais uma. Ninguém respondeu. Ninguém queria travar nenhum debate. Veio então a hora do intervalo, para um café. Em seguida, outro assunto foi colocado em pauta, um assunto mais concreto do que a infelicidade e as dificuldades do povo. Povo é um conceito abstrato. Não tem pernas para correr, nem asas para voar ou bico para cantar. A independência não é mais aquele grande ideal sonhado por um povo escravo. Tornou-se um troféu de guerra, tal como um javali para os caçadores. Sua carne só pode ser distribuída entre os que sabem empunhar uma lança ou um punhal. Os demais não passam de uns incapazes a mendigar sua pequena ração. Em tal situação, o homem se torna facilmente cego e surdo. Os que o rodeiam são caçadores que partilham os despojos do javali abatido. Tornaram-se estranhos para ele. Não estão mais no mesmo barco.

Dessa vez ele enxergou a ruptura daquela relação que sempre chamara de camaradagem ou fraternidade. Os laços que haviam se formado ao longo de dezenas de anos na Resistência tinham sido cortados pela lâmina do poder.

Deveria ter entendido tudo já naquela reunião. Tinha de ter mudado tudo naquele dia. Tergiversei. Deixei-me levar pela corrente. Mas eles são muitos, e eu estou sozinho. E, o pior, dobrei-me, na expectativa de ainda poder mudar o rumo. Achei que se sentiriam tocados por meu exemplo e que deixariam de lado os seus interesses pessoais. Fui um idiota. Eles se aproveitaram da minha aquiescência para me colocar em segundo plano.

Qual é a verdadeira causa do fracasso? Minha ingenuidade ou o destino? Se cruzei o oceano no mesmo barco, junto com eles, por que acabei sozinho nesta ilha? Serei um lobo tão solitário assim, que foge de qualquer agrupamento?

Por quê? Por quê?

As dúvidas o torturam. Sente-se aos pedaços.

Nuvens brancas se sucedem sobre o monte Lan Vu. Voltam-lhe a imagem da neve de Paris e as lembranças da juventude tão distante. O presidente está cercado de dúvidas. Seu coração se volta para a querida cidade ocidental como se fosse para um refúgio. Paris... Naquela ápoca, ele a via como um albergue do qual nos despedimos. Hoje, é como um porto que abre os braços para receber o viajante exausto. Recorda os parques pelos quais passeava, as pombas que vinham visitá-lo na janela do quarto, perto do telhado. Escuta seu arrulho na primavera. Lembra da filha perdida. Depois de sair do beco, soube que uma pequena criança, Louise, nascera de seus encontros com a costureira. Foi sete anos mais tarde, quase por acaso, por causa de um encontro imprevisto. Quaisquer que tivessem sido as circunstâncias de sua concepção, era sua filha, seu sangue. Teve a tentação de procurá-la, mas, na ocasião, não tinha um único centavo para poder lhe comprar algum presente. Depois, foi levado pela tempestade revolucionária. Não chegou a presentear a filha nem com um par de sapatos ou um vestido. Nunca chegou a carregá-la no colo.

Tornou-se uma mulher. Terá casado? Terá procurado conhecer a imagem do pai? Terá pensado em vir ao Vietnã para conhecer essas pessoas tão diferentes dela, mas cujo sangue corre em suas veias? Ou terá expressamente me alijado de qualquer espaço em sua mente?

Paralisado, ele toca na chaleira. Está fria. Seu rosto se reflete na superfície polida da mesa. Mira-se em silêncio. Uma voz lhe sussurra:

— Este homem é o pior pai que existe. Amanhã, terá de enfrentar seus filhos e seus próximos no juízo final de seu coração. A Revolução do outono se perderá na corrente contínua da História, como todas as revoluções. Assim ocorre com tremores de terra, furacões e erupções vulcânicas. O tempo apaga os traços de sua passagem. Os sonhos de glória se esfacelarão como o reflexo da lua na superfície do lago ao menor sopro de vento. Somente o tribunal do coração, que deve relacionar os atos realizados em vida, se erguerá, sempre, do outro lado do rio Mê para julgar aqueles que caminham para a morte.

Uma rede invisível envolve subitamente o presidente, a ponto de lhe cortar a respiração.

Sua cabeça se enregela, ao mesmo tempo em que ardem as suas entranhas. É sua dor pessoal. Materialista, não acredita na ação de forças invisíveis. Só conhece o mundo que pode ser captado pelos cinco sentidos.

Sua dor provém, também, do sofrimento de outro. Um desconhecido sofre nesta terra. Um homem que o presidente nunca viu. Uma sombra surgida do nada, mas de carne e osso, uma outra alma torturada. E esse homem pensa nele sem parar. Suas duas sortes se encontram ligadas por um destino caprichoso, por um sofrimento sem fim e por uma caça impiedosa. Mas tudo que ocorre em torno desse desconhecido deve se dar na sombra, à revelia do presidente.

O compatriota desconhecido

1

Segundo determinação do comando da divisão, o espetáculo só começaria às sete da noite. A refeição, servida normalmente às quatro e meia, fora antecipada em uma hora. Depois dela, os soldados se agruparam na frente do palco. Conversavam ruidosamente à espera da apresentação, muito impacientes, pois fazia muito tempo que não viam nem sequer a sombra de uma mulher. Alguns comilões ainda mastigavam arroz frito enquanto perscrutavam o fundo multicolorido do palco a fim de tentar enxergar as suas princesas. Estas, com os rostos pálidos por causa da malária, ainda dormiam no posto de comando, esgotadas devido à viagem. Tinham-se fechado, como bichos-da-seda, tentando se recuperar um pouco antes de subir ao palco. O comando da divisão prometera acordá-las às cinco e meia. Às cinco horas, porém, os soldados já começavam a se enervar, gritando:

— Ei, nossas belas deusas, por que estão dormindo tanto? Faz tanto tempo que não as vemos.

— Acordem, meninas! Esperamos por vocês a vida inteira!

— Onde estão vocês, lindas princesas? Mostrem-nos os seus rostinhos bonitos!

Os gritos, os chamamentos e as risadas chegavam até a casamata do comando. As atrizes, agora despertas, levantam-se com dificuldade e bocejam a ponto de quase deslocar o queixo. O ajudante de campo do comandante da divisão pigarreia repetidamente antes de ousar entrar no seu alojamento:

— Perdoem-nos! Faz tanto tempo que eles não veem mulheres. Há três anos que não recebemos nenhuma trupe de artistas.

A jovem responsável pelo grupo de atrizes responde:

— Em todo lugar é assim. Não se preocupe. O front é muito amplo, e nós não somos em quantidade suficiente!

— Obrigado. Nossa divisão tem muita sorte de poder recebê-las. O chefe da cantina servirá uma refeição para vocês antes da sessão de maquiagem.

— Onde está a nossa chefe?

— Está comendo com os oficiais do comando. Os homens da sua trupe também.

A adjunta se volta para as outras:

— Ouviram? Só nós tivemos o direito de descansar para nos recuperarmos. Todos os outros já estão preparando o palco. De pé! Vamos comer alguma coisa.

Assim que ela acaba de falar, entram no alojamento alguns soldados, carregando panelas e bandejas. Parecem tão contentes como se tivessem descoberto uma mina de ouro. Têm o privilégio de ver as princesas antes dos demais, em sua intimidade, sem a maquiagem.

— Preparamos especialmente para vocês uma salada de bananeira e uma sobremesa de doce de feijão verde. Tivemos de mandar uma pessoa até a aldeia de Vân Kiêu na semana passada para comprar os feijões. Bom apetite, belas fadas!

— Muito obrigada. Graças a essa sobremesa, certamente estaremos mais soltas.

Sentam-se à mesa, cercadas pelos três soldados cozinheiros que as observam com olhares adocicados, sorrindo-lhes enquanto servem. Em pé num dos cantos, o ajudante de campo do general finge ler alguma coisa em sua caderneta de anotações, para poder continuar ali por mais algum tempo. Terminada a refeição, os soldados tiram a mesa e saem do alojamento, não sem antes lhes prometer um belo caldo de frango para depois da apresentação, à noite. Provavelmente feito com frangos que eles conseguiram trocar na aldeia de Vân Kiêu por arroz ou outros víveres. O ajudante de campo olha para o seu relógio:

— São cinco e vinte. De quanto tempo vocês precisam para se maquiar e se vestir?

— Vinte e cinco minutos. Não mais do que isso.

— Ótimo. Vou informá-los.

Ele se retira. Poucos instantes depois, ouvem-se gritos e aplausos.

— Eles são bem quentes nessa divisão! — diz a adjunta.

— Vêm do norte.

— É verdade.

Uma atriz acrescenta:

— Estão impacientes para ver a nossa apresentação, mas também para rever mulheres de sua região. Parece que a trupe que veio aqui da última vez era aquela do coro popular da quinta região.

— Qual é a quinta região?

— Sua burra! Está no Exército há seis anos e ainda não conhece as regiões militares?

— Não conheço nada. Vou aonde me mandam ir. De qualquer forma, qualquer que seja o lugar, só há florestas e florestas. Depois de Vân Kiêu vem a aldeia de Lao Nung, e em seguida a de Lao Thong. A única coisa que eu faço é seguir os passos do nosso agente.

— Comigo é parecido. Não sei por onde ando. Limito-me a seguir os passos e ficar olhando o traseiro de quem estiver na minha frente.

— Ver o traseiro até que é bom. Lembram-se da vez em que tivemos de escalar o monte do Macaco que mija? As ladeiras eram tão íngremes que a cabeça da gente tocava nos pés de quem estivesse na frente. Lá eu não via nenhum traseiro.

— É isso mesmo! Um horror! As nuvens tapavam a nossa visão, íamos subindo como se fôssemos cegas. Ainda bem que ninguém caiu no precipício!

As atrizes ainda se vestem. O ajudante de campo bate os pés no chão.

— Ainda faltam sete minutos! — diz a adjunta, antes de se voltar para as colegas. — Vamos meninas, rápido! Eles estão completamente excitados lá fora! Essa divisão está presa aqui faz muito tempo.

— Onde estamos?

— Não sei! Mas a chefe me disse que estaríamos no Laos. Bem longe, para dentro do território.

— É mesmo? Estamos em plena selva. Se a gente se perdesse, ficaria por aqui mesmo.

— Claro que sim. Mas a morte é coisa do destino. Se todos os soldados morrerem, o mesmo acontecerá com a gente. Se não, as trupes de artistas são o sal da sopa e o ouro da guerra. Ninguém deixará que nos percamos.

Maquiadas e devidamente trajadas, as jovens artistas saem do alojamento em fila indiana. Os soldados formam um corredor de honra ruidoso que as acompanha até o palco. À sua passagem, aplaudem e gritam até não poder mais:

— Lindas fadas, digam alguma coisa para podermos ouvir o som da nossa região, do norte.

A chefe adjunta dá um sorriso cheio de malícia:

— Dizer o quê?

Os soldados gritam como loucos:

— Qualquer coisa. Gritem qualquer coisa! Para a gente poder ouvir as suas vozes de fadas!

— Ei, meninas! Nós aqui somos de Hai Hung. Digam apenas Hai Hung, só para deixar a gente feliz!

— Calem a boca, vocês aí de Hai Hung! E Hanói? E Ha Tây? E Ha Bac? E Vinh Phu? Serão atirados para os cães? Vocês não passam de uns egoístas!

— E nós de Hai Phong então? A cidade dos flamboyants não pode ser esquecida! Que as bombas dos Estados Unidos estourem nas cabeças de vocês todos!

— Parem de brigar, seus imbecis! Meninas, xinguem eles, bem forte, que isso os acalmará um pouco.

Os homens tocam nos braços, nas roupas e nos cabelos das jovens. Em torno delas formou-se uma multidão compacta de soldados, que riem e gritam. Os oficiais observam a cena a distância, com sorrisos nos lábios, cheios de desejo. Oficiais são obrigados a se segurar e a reprimir seus impulsos. Habitualmente, as moças se dividem em grupos de duas ou três para conversar com os soldados antes da apresentação. Desta vez esse procedimento parece ter sido dificultado, pois a divisão acaba de ser reforçada e há mais de mil militares se aglomerando, em tumulto, à volta delas.

— É gente demais — esgrima a adjunta. — Proponho que vocês se agrupem de acordo com a província de origem de cada uma e cantem para os seus conterrâneos. Os músicos farão a mesma coisa.

Logo se formam os grupos.

— Quem for de Hai Hung que me siga! Vamos nos juntar à esquerda do palco, sob o alto-falante.

— Hanói? Os soldados da capital, atrás do palco. Em ordem e disciplinados!

— Ha Tây, a região da seda! Ao lado de Hanói, à direita, atrás do palco.

Soldados dessa ou daquela província se interpelam, em uma balbúrdia de feira. A adjunta reparte os músicos como pode. Acordeonistas, violonistas, bandolinistas e flautistas se dividem entre os diversos grupos. A mata, onde normalmente se ouvem apenas os sons das árvores ao sabor do vento, da chuva sobre as folhagens, das conversas entre soldados ou da explosão de bombas, anima-se subitamente.

O chefe da companhia, An, observa aquela multidão em festa, quando alguém lhe dá um tapinha nas costas.

— Não achou ninguém de Lang Son, camarada?

— Comandante, estou totalmente isolado nesta divisão.

— Parece-me que no segundo batalhão há alguns soldados originários das tribos Tay.

— São Tay de Cao Bang, pertinho da fronteira. Nunca pus os pés ali, e eles também nunca desceram até Lang Son, na minha região de Dong Mo.

— Ah, então é isso. São da mesma etnia, mas não da mesma região. Seus costumes, então, são diferentes. Eu, que sou da etnia Kinh, sou incapaz de diferenciar um Tay de Lang Son de um Tay de Cao Bang. Acho-os muito parecidos.

— Não somos tão diferentes, comandante. Mas, em nossa divisão, as associações de compatriotas são organizadas por província.

— É um princípio sábio. Não devemos estimular a segregação entre as diferentes etnias do nosso país. Somos todos cidadãos do Vietnã.

— Sim, comandante.

O chefe de batalhão, Nha, oferece um cigarro a An. Ambos fumam em silêncio. Ao lado do palco, o ajudante de campo do general de divisão se agita com seu megafone numa das mãos e um caderno na outra. Entre duas canções, ele grita:

— Alô, alô! Camaradas, um pouco de sua atenção! O programa será atrasado em uma hora e meia. A apresentação terá início às oito e meia, devido a um imprevisto: aguardamos a chegada do 209º batalhão, enviado como reforço do norte. Estão do outro lado da montanha de Gâu Truc. Não fazem parte de nossa divisão e atuam de maneira independente. Dividiremos com eles fraternalmente o espetáculo desta noite. Enquanto aguardamos, o grupo artístico continuará cantando em pequenos grupos a pedido das associações de compatriotas. Ele contará com o apoio dos nossos soldados artistas.

Os soldados pulam de alegria, exclamando:

— Bravo! Bravo!

— Vocês poderiam adiar para a meia-noite! Assim aproveitaríamos muito mais!

— Esta é a melhor noite dos últimos três anos. Quem quer cantar? Preparem-se. Temos músicos para fazer o acompanhamento!

O chefe de batalhão, Nha, pergunta a An:

— Você canta, camarada?

— Nesse terreno eu sou uma nulidade, comandante.

— Eu também. Aproveitemos para descansar um pouco antes da apresentação. Temos no mínimo duas horas.

Nesse instante, aproxima-se deles o general chefe de divisão, advertindo-os abertamente:

— Vocês irão conseguir, tenho certeza. Aproveitem a ocasião. Não temos tantas iguais a essa.

— General, eu não sei cantar. Além disso, aos cinquenta anos, meus ossos já começam a ficar enferrujados.

— E eu? Por acaso sou mais jovem que você?

Com efeito, o general tem cinco anos a mais que o comandante, mas, pescador na vida civil, parece em melhor forma. Apesar das durezas da guerra e do tempo, mantém um aspecto firme. De estatura média, com ombros largos, parece ter um corpo quadrado. Quando marcha junto com o comandante, os soldados brincam chamando a dupla de Dom Quixote e Sancho Pança. O general não se sente ofendido com a brincadeira. Costuma retrucar:

— Para os antigos, o que conta primeiro, na hierarquia das qualidades físicas, é o temperamento; depois, os órgãos e, por último, a voz. A aparência só vem em quarto lugar. Você me supera no quarto critério, mas eu ganho no terceiro. Por isso é que sou general e você, comandante.

Do ponto de vista da voz, o general é, indubitavelmente, invencível. Não só em sua divisão mas em todo o front em que estão alocadas as quatro divisões de infantaria. Se tivesse sido cantor, certamente teria quebrado vários vidros ao cantar. Sua voz é, por si só, uma ordem, o tipo de voz que vem de várias gerações de pessoas acostumadas a gritar ao vento e contra as ondas. Só de ouvi-lo falar, é possível saber que ele ainda tem muito fôlego para gastar. É por isso que o comandante responde, sem pestanejar:

— Sim, general, o senhor é velho e resistente, enquanto eu sou fraco como um filhote de caranguejo.

O general ergue os braços para o céu.

— Tudo bem! Eu me rendo!

O comandante, malicioso, prossegue:

— O senhor é muito forte, general, fique aí cantando com esses jovens soldados! Tenha piedade das nossas pobres carcaças frágeis e cansadas.

O comandante segura o braço de An para conduzi-lo à sua casamata a fim de fazer a sesta. An, porém, prefere se banhar no rio.

O rio é largo e mais bonito do que o dos campos em que nasceu. A água é límpida como cristal, sem o verde das algas ou a coloração enferrujada dos rios poluídos. Os rochedos, lisos e limpos, constituem encostos perfeitos e a roupa pode ser posta ali para secar nas tardes ensolaradas. As margens são cheias de seixos brancos. Descendo-se cerca de cem metros, chega-se à cascata do Elefante Bramindo. A água cai de uma altura de mais de dez metros, fazendo borbulhar a piscina natural, e sua força é tamanha que uma pessoa imprudente que se banhasse sob a queda d'água se arriscaria a ser ferida a qualquer momento pela queda de algum objeto trazido pela corrente. Às vezes, para se divertir, soldados jogam galhos na água, transformando-os em flechas submarinas capazes de furar um animal que atravesse o rio. Toda vez que An vai até a margem do rio, arde em seu peito a saudade de sua região natal. Ele se despe e entra na água para dar algumas braçadas, mas a água e as pequeninas bolhas que sobem do fundo lhe dão calafrio. Ele sai e se veste. Isso ocorre sob a inspiração de alguma sombra fantasmagórica ou como fruto de algum pressentimento? Nem sempre conseguimos identificar as causas dos nossos próprios movimentos, mas, dessa vez, ele sabe que o seu ato foi ditado por uma força invisível.

Foi você, meu amor? Ou terá sido Xuân? Tenho certeza de que uma de vocês me disse para sair da água.

Somente o murmúrio das folhas ao vento e os cantos distantes lhe respondem. Como sempre, o som da cascata o remete a um outro som, o som de uma cascata menor, mais suave, com apenas três metros de altura, incapaz de ferir quem quer que seja. Ela estava ali apenas para embelezar a floresta. Era chamada de cascata dos Rouxinóis, pois os rouxinóis se escondiam na floresta em redor, com seus cantos misturando-se à música eterna da floresta na montanha. Dali, atravessava-se um trecho de floresta, depois um pequeno vale e se chegava a Xiu, sua aldeia natal. Ali onde seu coração permaneceu, enquanto seus passos o levavam para longe, sem que soubesse quando poderia voltar.

Mas voltar para encontrar quem? As duas pessoas mais próximas de mim já morreram. Em minha aldeia, meu tio e minha tinha já faleceram, e minha irmã My a deixou para casar em outra província. Só existe, ainda, um velhinho... que logo nos deixará.

No dia de sua partida, seu sogro contava sessenta e nove anos. Passaram-se doze anos. Se ainda estiver vivo, não é certo que tenha condições de levar um feixe de lenha da cozinha até a lareira.

Se ele morrer, não terei mais ninguém.

Ainda assim, aquela aldeia continua a ser a sua aldeia natal, território ao qual ele pertencerá até o fim da vida. Achamos que podemos esquecer, mas ele volta à memória sempre, de supetão. Um galho quebrado, um rochedo com uma fenda à beira da água, o canto de rouxinóis em uma clareira. Detalhes que evocam lembranças doloridas. Às vezes, ao despertar no meio da noite na escuridão da casamata, An enxerga, ao lado do penhasco dourado de sol, a túnica azul índigo de seu amor, como uma aparição. Ela avança em direção a ele, suas casas distam apenas uma encosta de montanha entre si, e um não consegue deixar de olhar para o outro. Às vezes ela aparecia sozinha, às vezes com a pequena Xuân, sua caçula de nove anos. Eram irmãs, mas pareciam mãe e filha, pois a mais velha devia ter criado a menor desde o nascimento, tendo a mãe falecido logo após o parto. A mais velha, nascida no inverno, chamava-se Dông, e a mais nova, nascida na primavera, recebera o nome de Xuân. Na memória de An, sempre apareciam sob o sol dourado da montanha, avançando em direção a ele com o encanto suntuoso herdado da mãe. Revê seus longos cílios negros fechando-se por causa do riso e o brilho de seus olhos de pomba. Revê seus lábios cobertos por aquele vermelho maravilhoso da flor de bananeira selvagem. As pulseiras de prata ornavam alegremente em seus punhos brancos. Naquela minúscula aldeia de Xiu, o céu presenteara aquelas duas moças com uma beleza celestial, mas o destino acabou por lhes impor uma infelicidade tão cruel quanto fora divino o seu brilho.

O que vocês fizeram de ruim? Vocês, que nunca caçaram nem mesmo um passarinho... Por que o céu lhe impôs um destino tão terrível?

Sua alma vibra de ódio. O chefe de companhia An não acredita no céu. Evoca-o apenas por costume, como todos fazem diante de uma infelicidade, mas carrega em sua memória, claramente, os traços dos verdadeiros assassinos.

Pode ser que sejam fortes demais contra mim, sozinho, e que talvez eu deva morrer carregando o ódio comigo. Mas eu os pegarei em minha próxima vida. Se isso não for suficiente, pedirei aos céus uma terceira vida. Perseguirei até o fundo do inferno os que assassinaram vocês, meu amor e nossa pequena Xuân.

Homens passam ruidosamente por trás das árvores. Na faixa estreita da floresta, ressoa o barulho das unidades em movimento, vindas de todos os lados. An presume, então, que o 209º batalhão, vindo do outro lado da montanha Gâu Truc, esteja chegando. A apresentação não deve demorar muito a começar. Levanta-se para voltar ao acampamento. Já faz tempo que o sol se pôs. A floresta escura envolve a clareira numa cintilação mágica. No toldo imenso construído com grandes lonas, sob o qual se instalaram o palco e a plateia, as luzes já foram acesas. O potente gerador da divisão, instalado próximo ao palco, produz um ruído contínuo de motor que se mistura ao som das vozes e da flauta. Os soldados recém-chegados, ainda molhados de suor, aguardam ordens a um canto, seus rostos alegres, como de garotos à espera de um presente. Os artistas estão reunidos ao lado do palco. Os homens deixaram seus conterrâneos e se agruparam, agora, conforme seu grau militar. Soam os assobios e gritos.

O chefe de batalhão Nha, depois de uma sesta muito produtiva, retoma o comando de seus homens. Arrancado subitamente de suas rememorações, An está atordoado diante de tamanha agitação. Sente-se distante da festa. Encostando-se em uma árvore, volta os olhos para o palco, enquanto os soldados do 209º ocupam os lugares para eles reservados.

— Chi Van Thanh! Chi Van Thanh!

O chamado o faz sobressaltar-se. Inconscientemente, vira-se e percebe um jovem que corre em direção a ele:

— Grande irmão Chi Van Thanh!

— ...!

— Thanh! Não me reconhece?

Um rosto sorri na escuridão. An encosta na árvore, tremendo como sob o efeito de uma descarga elétrica:

— Está enganado, camarada. Meu nome é Hoang An.

— Grande irmão Chi Van Thanh! Sou Ma Ly. Ma Ly! Esqueceu-se de mim?

— Eu sou Hoang An.

O homem ilumina o próprio rosto com uma lanterna. Rosto arredondado, um tanto feminino, coberto de suor. As sobrancelhas curtas e os olhos em forma de folha de sempre-noiva se esticam com o sorriso largo. Nariz miúdo, dentes pequenos, com o canino esquerdo coberto de prata. An sente um calafrio. Já não pode negar a evidência. É um de seus velhos companheiros de armas, da etnia Meo, adjunto da primeira brigada da quinta seção, da qual ele fora chefe. An segura as mãos de Ma Ly e se aproxima dele.

— Agora eu me chamo Hoang An. Não me chame mais pelo meu nome antigo.

Fala devagar, para que seja bem compreendido. O homem aquiesce febrilmente. An prossegue:

— Vá assistir ao espetáculo. Depois conversamos.

— Está bem. Mas não se esqueça. Faz tanto tempo...

An move a cabeça.

— Quanto tempo vai ficar aqui?

O homem ergue os ombros.

— Ninguém sabe de nada. Segundo o chefe de minha companhia, pode ser que tenhamos de ficar por mais algum tempo para treinamento, aguardando para integrar uma divisão na frente leste.

— Então teremos outras oportunidades para nos ver. É frequente irmos ao outro lado da montanha.

— Ótimo. Precisamos nos encontrar. Bem, estou indo.

O homem corre para se juntar a seus companheiros. Em poucos segundos, forma-se uma massa única e escura de soldados, agitada no meio da floresta. An se lembra de algo e corre atrás de Ma Ly.

— Ma Ly! Ma Ly! Espere!

Abre o caminho entre os soldados do 209º.

— Ma Ly!

— Estou aqui.

A resposta vem da frente. Ma Ly parou e agora o aguarda. Ambos são montanheses, e a floresta faz parte do seu mundo. Não é difícil, para eles, mover-se na escuridão. Quando An o encontra, Ma Ly está com outro homem. Esconde-se atrás de uma árvore e escuta o Meo dizer:

— Encontrei uma pessoa da minha antiga companhia. Vá na frente. Irei em seguida.

— Está bem.

— Empreste-me a sua lanterna. Minhas pilhas acabaram.

— Economize um pouco. O caminho ainda será longo.

— Não se preocupe.

O outro parte. An permanece mais alguns segundos na escuridão antes de avançar em direção a Ma Ly:

— Vamos ver o espetáculo juntos. Tenho uma coisa a lhe pedir.

— Está bem.

Juntam-se aos homens do 209º, avançando em direção ao palco. Como convidados, os soldados do 209º têm direito à metade esquerda inteira, suscitando comentários enciumados entre as tropas locais. Do lado esquerdo têm uma visão melhor do palco, e escuta-se menos o barulho do gerador elétrico. An e Ma Ly se sentam.

— Só posso ficar até nove e meia. Depois tenho de fazer a troca de guarda.

— Precisa fazer isso pessoalmente?

— Sou chefe da minha companhia e não posso ficar aqui me deliciando enquanto meus jovens soldados fazem a ronda.

— Você é um oficial modelo! Eu soube disso desde o dia em que nos conhecemos.

— Não sou só eu. Todos os oficiais desta divisão fazem isso.

O soldado Meo silencia por alguns instantes, até perguntar:

— É muito movimentado aqui? Disseram-me que é o campo de retaguarda do Exército. Como as zonas de segurança de antigamente.

An responde, sorrindo:

— Sim, é o nosso campo de retaguarda. Mas o inimigo manda frequentemente para cá os seus batedores. É por isso que esperamos três anos para fazer uma festa como essa e não podemos interromper as rondas.

— Eles se atrevem a vir até aqui?

— Está brincando? Não estamos mais no campo de manobras de Ha Tây doze anos atrás. Agora é a guerra. Acha que eles são todos uns gordos empanturrados ou espantalhos de madeira?

Ma Ly silencia.

— Precisou esse tempo todo para se tornar chefe de companhia?

— Você esquece que fui perseguido e tive de mudar de nome. E você?

— Eu também sou chefe de companhia. Meus superiores dizem que, se a situação permitir, logo subirei de grau. Os Meo são conhecidos por sua fidelidade à Revolução e sua coragem incomum.

— Parabéns.

— Ah! As meninas estão entrando! — exclama Ma Ly, apontando para o palco.

Abrem-se as cortinas vermelhas. Uma jovem apresentadora se aproxima lascivamente do microfone. Vestida com uma túnica de lapelas azuis e saia de seda amarela clara, evoca uma beleza esquecida, uma época que não volta mais. Chovem os aplausos. Aumenta o som da música, acelerada. Faz muito tempo que a divisão inteira aguarda por esse momento! O chefe de companhia An, porém, não ouve nada;

vê apenas o rosto molhado de suor de seu velho companheiro. Este fita a jovem no palco, com olhos ardentes, a boca aberta em um abandono inconsciente.

Como reagirá? Guardará silêncio em nome da amizade, já que lhe ensinei todos os atalhos da vida na planície, já que o ajudei a avançar na carreira militar e lhe dei o dinheiro necessário para que pudesse voltar à sua aldeia a fim de enterrar o pai? Como saber se os homens mudaram ou não?

Doze anos se passaram, e o homem não mudou muito. A pele lisa preserva a juventude, mas seus olhinhos profundos são insondáveis. Hoang An observa Ma Ly. O Meo parece estar carente de mulher; sua respiração é rápida e ele lambe os lábios seguidamente. Quando tomados pelo desejo, homens e mulheres não conseguem conter esses gestos inconscientes. Recorda como Ma Ly era obcecado por mulheres em sua antiga unidade; apesar da origem montanhesa, empregara todo tipo de estratagema para conseguir mulheres da planície e satisfazer as suas necessidades urgentes. Agora, mostra-se de queixo caído diante daquelas fadas que apresentavam a dança dos balões:

— O que está achando? Não é melhor do que a dança dos chapéus das tribos Thai? — pergunta An.

— Muito melhor, muito melhor — responde Ma Ly, sem tirar os olhos do espetáculo.

— O que acha da dança da flauta de Pan dos Meo?

— Não gosto.

Percebendo a surpresa do companheiro, Ma Ly acrescenta:

— Os Meo não sabem dançar. Os melhores dançarinos são os das tribos dos planaltos. Os Edê, os Bana ou outros.

Em seguida, exclama, decepcionado:

— Droga! Já acabou!

— Não sabia que você gostava tanto de dança assim! — ri Hoang An.

— Acha que os Meo são tão atrasados assim para gostar de arte?

— Nada disso! Cada um tem seu gosto. Nada a ver com a origem étnica. Na minha aldeia, só tem gente da tribo Tay.* Alguns gostam tanto de flauta que podem passar a noite tocando enquanto os outros dormem feito bêbados.

---

* As etnias Tay e Thai são diferentes, mas fazem parte do mesmo grupo linguístico chamado Tay-Thai. (Nota da edição francesa)

— Gosto muito de arte — responde Ma Ly um tanto hesitante. — Mas somente quando praticada por mulheres. Não gosto de ver homens dançando e cantando.

A cortina abre novamente. An silencia. Não quer incomodar o companheiro, cativado pelo palco. Olha o relógio. São nove e quinze.

— É hora da troca de sentinelas. Vou sair.

— Está bem. Nos falamos mais tarde.

— Espere por mim depois do espetáculo.

— Sem problema.

Hoang An sai. Já afastado da multidão, enfia-se floresta adentro e escolhe uma árvore para se encostar e de onde pode observar na escuridão. Uma massa escura se estende à sua frente. Ma Ly desaparece dentro dela. É pequeno, como a maior parte dos homens Meo. Dizem as más-línguas que quando um casal Meo se abraça, mais parece um gafanhoto enlaçando uma abóbora pequenina.

A cortina cai e depois sobe novamente. O espetáculo segue em frente. Faltam vinte minutos para as dez. Já se passaram vinte e cinco minutos sem problema algum. An começa a respirar.

Talvez ele não o faça, em nome de nossa velha e bela amizade.

Mas seu otimismo dura apenas o tempo de uma silhueta pequena se levantar. Levemente inclinada, ela avança em meio às fileiras de soldados para se dirigir ao estrado em que estão acomodados os oficiais superiores da divisão e os do comando do 209º batalhão.

O alívio de An logo se esvai.

Ah! Veja só! Eu sabia!

Sente um gosto de amargura e de tristeza, mas o coração retoma o ritmo normal. A dúvida e a espera desapareceram. Um frio glacial invade sua mente, seu cérebro se esvazia e tudo fica claro.

Aquilo que tinha de acontecer está acontecendo. Chega de hesitação. É preciso agir. Eu não queria isso, mas estou pronto.

Acaricia o cano dentado da metralhadora como um montanhês acaricia o seu búfalo antes de descer para o arrozal. É um gesto familiar a ele desde os treze anos de idade, quando começou a acompanhar o tio em suas caçadas. Ao contato com o metal frio, aflora na pele uma emoção intensa, que se expande para todo o corpo antes de atingir o cérebro e estimular-lhe a coragem, a segurança e uma determinação implacável. O frio da arma aquece sua alma. É como tocar em uma lâmpada encantada. É a calma reencontrada pelo viajante exausto quando finalmente consegue se sentar diante de uma boa lareira, debaixo de algum teto. Para An, a arma é um corcel, ou um fiel cão de caça. Sua arma agora faz parte do seu próprio corpo e de sua vontade, graças à vida que levou: o aço adquiriu uma alma.

Na escuridão, o chefe de companhia esboça um ricto.

Eu não queria. Não queria essa caça. Mas, como agora a caça sou eu, tenho de me tornar o caçador.

Vê Ma Ly sentando-se em meio aos oficiais superiores. Ele cochicha alguma coisa no ouvido do general, provavelmente para lhe dizer que tem uma informação secreta a lhe comunicar, relacionada à segurança de Estado. Com efeito, poucos instantes depois, os dois se levantam e atravessam o estrado para se dirigir à parte de trás do palco. An se põe a especular sobre o que ocorre.

Os dois têm a mesma altura, mas o general é bem mais encorpado que o Meo.

Aonde irão eles? Se ficarem atrás do palco, será ruim para An, por causa da presença dos técnicos de som e de luz que estão próximos do gerador. Mas um fato dessa importância não pode ser revelado em meio àquele tumulto mecânico, ao som e à vista de tantos curiosos. Entrariam na floresta? Nesse caso, ficariam no meio das rondas, o que seria incômodo, tanto para eles quanto para o próprio An. Por causa de sua voz tonitruante, o general certamente levará o Meo para a beira do rio. Ali, essa voz poderá se perder em meio ao som da cascata e ninguém ouvirá nada. E haveria também uma boa oportunidade para ele: o local é ideal para o seu projeto. Na outra margem fica o que os soldados e batedores inimigos chamam de a "montanha morta": altos penhascos, onde não nasce nenhum chumaço de vegetação e que nem mesmo uma camurça conseguiria escalar.

An avança entre as árvores. Como havia imaginado, o general optou por levar o solado Meo até o rio. Aos poucos, os sons do espetáculo são substituídos pelo barulho da cachoeira. A lanterna do general é disfarçada com um tecido. A do Meo apresenta maior luminosidade, traçando zigue-zagues no capim da trilha pela qual andam. An os segue como uma pantera atrás de sua presa. Ele não se deu conta de que o vento mudou de direção e que faz a folhagem se mexer muito, sufocando o som dos passos. Em dez minutos, estão na beira do rio, no mesmo lugar onde ele se sentara naquela mesma tarde. Ocorre-lhe um pensamento fulgurante.

Talvez eu não tenha me banhado justamente por ser este o lugar onde tudo iria acontecer.

Não tem tempo de pensar muito. A conversa se inicia. E ele ouve com nitidez palavra por palavra.

— General, os Meo são sempre leais com a Revolução. Por isso, tenho o dever de lhe reportar algo extremamente grave.

Ma Ly está tremendo. Talvez sinta medo. Talvez se divida entre o medo e a consciência limpa de um homem que se quer sempre leal ao Partido e ao governo. Ou então, entre o medo de An, um homem temível que conseguiu escapar ao cerco de um Exército inteiro, e a sede de poder. Ou terá sentido o perigo oculto, como um caçador que capta o cheiro da morte por trás dos arbustos na montanha, na boca dos tigres à espreita? Seja como for, exibe uma respiração acelerada e uma voz incerta.

Cachorro! Traidor! Covarde!, amaldiçoa-o An, com desprezo.

Eleva-se, então, a voz poderosa do general de divisão:

— Todos nós devemos fidelidade à Revolução. Camarada, você tem razão de destacar isso. Pode falar.

— General...

Apesar da incitação do oficial, Ma Ly se vê levado a engolir saliva várias vezes até conseguir falar.

— General, existe em sua divisão um chefe de companhia chamado Hoang An, um Tay de Cao Bang, servindo sob as suas ordens?

— Perfeitamente! — respondeu o general, sem diminuir o tom. — O chefe de companhia Hoang An é um oficial corajoso, inteligente e com um grande futuro pela frente. Pode-se dizer que é o braço direito do chefe de batalhão Dinh Quang Nha. Mas ele é de Dong Mo e não de Cao Bang. Conheço o seu currículo de cor, como o de todos os oficiais localizados sob meu comando.

— General, a verdadeira aldeia natal de Hoang An é Xiu, distrito de Thât Khê, província de Cao Bang. Ele foi chefe da quinquagésima seção da primeira companhia do 109º batalhão, servindo em Ha Dông em 1957. Na época, eu era adjunto do chefe da primeira brigada naquela seção. Seu verdadeiro nome é Chi Van Thanh, filiado ao Partido em outubro de 1951, desde a sua incorporação e três anos antes da libertação da capital.

— O que está me dizendo, camarada? Ela já tinha sido filiado ao Partido?

O general levanta a voz, como que tomado pela dúvida. Ao se engajar em sua divisão atual, An havia utilizado documentos de um ajudante que não era membro do Partido. Sob a sua nova identidade, só entraria no Partido dois anos mais tarde, sob recomendação do próprio general, em consequência de seus numerosos feitos militares. Ma Ly ironiza:

— Quando eu fui recrutado, Chi Van Thanh já tinha seis anos de Partido. Ele tinha sido filiado bem antes, na frente de Viêt Bac.

— Continue.

— Foi Chi Van Thanh quem me fez entrar no Partido e que me recomendou para a função de adjunto ao chefe de brigada.

— E então?

— Depois, ele desertou subitamente, após uma licença dominical em Hanói. O comando não sabia o motivo e mandou que ele fosse procurado, mas em vão. Uma semana mais tarde, o Estado-maior nos enviou uma mensagem informando que Chi Van Thanh era um espião infiltrado em nossas fileiras. Desmascarado juntamente com outro espião que era policial, ambos tinham fugido. Os dois eram Tay de Cao Bang, do distrito de Thât Khê. Os guardas da fronteira os perseguiram até a fronteira com o Laos e encontraram dois cadáveres devorados por tigres e duas armas.

— Bem, se ele foi devorado por um tigre, como pode estar de volta sob a pele de outra pessoa? E como poderiam ter deixado suas armas? Acredita que um fugitivo abandona sua arma para se enfiar no meio do mato de mãos vazias, sabendo que terá de enfrentar tanto os inimigos quanto os animais?

Com sua voz tonitruante, o general parece estar fazendo um discurso para a tropa antes de uma campanha militar. An percebe que ele não está acreditando no Meo e que procura lhe sugerir outras hipóteses. Ma Ly hesita, balbucia, mas finalmente afirma, em tom decidido:

— Entendo a sua desconfiança. Mas eu não posso estar enganado, pois o próprio Chi Van Thanh me reconheceu. Ele mesmo me pediu para não chamá-lo pelo outro nome. Disse-me que havia sido perseguido e que tivera de mudar de identidade e...

Uma ovação explode de repente, e seu som chega até o rio. Os assobios, os gritos dos soldados e os aplausos invadem a floresta.

— Bravo! Bravo!

— Bis! Bis! Mais uma dança!

— Bravo! Mais um!

— Bis! Bis!

An acha que deve ser a dança Cham Rông, a dança da primavera, a dança do amor, dos reencontros e da esperança. Imagina os rostos deslumbrados dos homens sob a luz forte. No mesmo instante, um pensamento se forma em sua mente:

General, nada tenho contra o senhor, nem amor nem ódio. O senhor é, para mim, um grande irmão generoso, mas eu não tenho escolha. Perdoe-me.

Mira nas costas de Ma Ly. Em um ponto dez centímetros abaixo do ombro esquerdo. A metralhadora que está em suas mãos lembra a lançadeira do tear que sua tia usava quando era garoto. Faz lembrar um espelho nas mãos da mulher amada. An atira. Detonação. O coração do Meo deve ter explodido. Deslocando a arma em meio milímetro à esquerda, dá dois tiros, pois a segunda vítima é bem mais forte. É preciso enfiar duas balas naquele coração bem maior do que o normal. O resultado deve ser inquestionável. Tudo se passa em um átimo. Os dois corpos caem quase ao mesmo tempo, no mesmo sentido.

An apoia a arma naquela árvore tão familiar sob a qual costuma se sentar todas as tardes. Sobre ela, coloca a lanterna, envolta em um pedaço de pano de paraquedas. Seus olhos enxergam com clareza em meio à escuridão. A água reflete os lampejos dos vaga-lumes que estão na outra margem do rio. A frágil luminosidade azulada do fósforo vinda dos arbustos lhe basta para iluminá-lo. Deposita seus objetos e avança até onde estão os corpos. Encontra-os ainda quentes. Tira-lhes cuidadosamente as calças, cuidando para não deixar nelas nenhuma marca de sangue. Recolhe as armas e as lanternas. Um maço de cigarros, o isqueiro e um cortador de unhas. Uma embalagem com palitos de dente e uma caixa com bálsamo de eucalipto. Uma caderneta e uma caneta. Tudo sobre a grama. Tira-lhes os sapatos e as meias. Considerando suficientes esses preparativos, ergue o corpo do Meo e o leva até o alto da cachoeira do Elefante. Retoma o fôlego e joga-o dali, observando a corrente a transportar o corpo em meio ao barulho das águas. Refaz o caminho e pega o corpo do general, mais pesado. Sente dificuldade para carregá-lo no ombro, como um enorme saco de arroz. Dessa vez, é obrigado a andar curvado, passo a passo, como um carregador de munições, mas consegue, aos poucos, chegar até o alto da cachoeira. Põe o corpo na beirada e tira de seu bolso uma corda de paraquedas que amarra cuidadosamente ao seu próprio tornozelo e a uma árvore próxima dali. Depois de respirar profundamente, An ergue o cadáver para atirá-lo na cachoeira. O corpo, pesado, despenca produzindo um som seco. An é puxado pelo peso do morto; seu ombro e seu braço se chocam com uma rocha. Não fosse aquela corda de segurança que ele mesmo armara, um terceiro cadáver se acrescentaria aos demais na água. Permanece deitado de barriga para baixo esperando que a dor diminua, levanta-se e se desamarra para então voltar rapidamente para a pequena praia de seixos do rio. Ali, banha-se na água fria por alguns instantes. Depois que o cheiro de sangue já se dissipou em suas próprias roupas, An sai dali e pega sua arma e sua lanterna, voltando, velozmente, para o acampamento. De repente, ouve um ruído e detecta uma sombra que se dissimula entre as árvores. Não se trata de um fantasma, mas de um ser vivo.

Alguém estará me espionando? É uma pessoa sozinha. Não é uma sentinela.

Põe-se a perseguir a sombra.

Será mesmo um homem? Esse barulho poderia também ser de uma raposa. O vulto partiu em disparada, num piscar de olhos, dentro da massa escura da mata. An continua a persegui-lo até a borda da floresta. Precisa, no entanto, parar por ali, fosse o desconhecido um homem, um animal ou um fantasma; caso contrário, ensopado de água dos pés à cabeça como estava, seria preso como assassino.

Depois eu cuido de você, pensou.

An volta para sua casamata. Por sorte, o acampamento está deserto. Os soldados devem ter feito uma ronda rápida antes de ir assistir ao espetáculo na clareira. Nos alojamentos subterrâneos do primeiro batalhão, An pendura suas roupas nos cabides de secagem. Estes são reservados aos oficiais, pois ali as roupas ficam molhadas constantemente. Chove muito, quase toda noite. As chuvas na floresta se infiltram nas roupas e nos corpos. Além da chuva, há o orvalho, que persiste até o meio-dia do dia seguinte: são necessárias várias horas sob o sol para se secar. E, logo depois do pôr do sol, uma nova camada de umidade cai sobre a mata. Por esse motivo, tornou-se necessário construir um forno de secagem para as roupas, que funciona dia e noite, de modo ininterrupto. A lenha queima permanentemente, emitindo seu calor e sua fumaça, assim como o perfume de suas essências. An permanece ali por alguns instantes, contemplando o fogo, sua mente mergulhada na tristeza. Sente sono, mas este não é o melhor momento para dormir. Por isso, veste a roupa e volta para a clareira. Encontra a sua unidade e se senta silenciosamente atrás de um soldado.

Depois de alguns instantes, põe a mão no ombro do soldado e pergunta:

— Está gostando?

O jovem, sobressaltado, vira-se para An:

— Onde o senhor estava, tenente?

— O comandante Nha me sugeriu fazer uma sesta e acabei dormindo demais.

— Perdeu metade da noite.

— Tudo bem. Pelo menos me recuperei. Além disso, sou dez anos mais velho que você. Meu desejo pelas mulheres é menos premente, concorda?

— Não tenho como responder a isso, tenente — replica o soldado, sorridente.

— Tudo bem, assista ao espetáculo!

An corta a conversa e leva a mão direita ao seu próprio ombro esquerdo. O corpo está dolorido, depois de tanta tensão e do esforço acumulado. Suas pálpebras estão pesadas.

Não posso relaxar. Não agora. Disse a todos que tinha dormido bem. Não teria motivo algum para estar com sono de novo.

Boceja, no entanto, sem conseguir se segurar. Acende um cigarro. Assim que a fumaça sobe pelo ar, cinco cabeças se voltam para ele com olhares de desejo. Uma verdadeira floresta de braços se estica em sua direção:

— Eu, tenente, fui eu quem levantou a mão primeiro.

— Mentiroso! O primeiro fui eu. Você está na frente. Como poderia ter sentido a fumaça antes de mim?

— Eu sou o terceiro na fila de espera. Não se esqueça de mim, tenente!

— E eu? Não tenho direito?

An diz:

— Pensei que vocês estivessem hipnotizados pelas artistas no palco. Saquei o meu maço de cigarros, mas o faro de vocês é terrível.

Os soldados respondem, falando todos ao mesmo tempo:

— Gostamos das artistas e de cigarros também. Não conseguimos ficar sem nenhuma das duas coisas.

— Dê-me uma tragada só e depois só darei atenção ao espetáculo. Eu juro!

O cigarro passa de mão em mão e a cada tragada se acende nele a ponta incandescente. Depois ele desaparece, quando ainda restam algumas mãos estendidas. Essas poucas baforadas permitem a An manter-se desperto. Ele olha para o palco, mas suas orelhas ainda ouvem o ruído surdo do corpo do general caindo na água.

Era um homem vigoroso. Certamente um pai cheio de autoridade e um marido incansável na cama. As pessoas do mar se alimentam de peixes e não precisam de gelatina de urso ou de tigre para preservar a virilidade. Seu coração estava acostumado a bombear muito sangue.

An toca subitamente no próprio pescoço, perguntando a si mesmo se realmente conseguiu apagar todos os rastros. Ao subir para o alto da cachoeira, o sangue dos cadáveres escorria pelos seus ombros e pelo pescoço. O corpo do general devia conter o triplo de sangue do corpo do Meo. An rememora a sensação viscosa e quente do sangue escorrendo pelo seu pescoço, depois pelo peito, pelo umbigo e pelo púbis. Aquilo ainda continuou pelas coxas, como um molho transbordando de uma panela cheia de carne e ossos. Sensação inesquecível. Assemelhava-se à da seiva morna da árvore, cheirando a peixe cru. An estava exausto. Uma onda de ódio toma conta dele:

Você não podia ter ficado de boca fechada, seu Meo imbecil? Não fiz mal algum a você! Você nem sequer sabia por que eu tive de fugir. Nem sequer conhecia a dor daquele que é obrigado a deixar o seu país. Que vento maldito empurrou você a tomar uma atitude tão estúpida? Que pano sujo encobria os seus olhos para que você me visse de um ângulo tão deformado?

No palco, apresenta-se uma peça teatral tradicional cantada, a história de uma jovem que enlouquece depois de ser abandonada pelo amante. A atriz veste uma saia vermelha flor de arroz e traz nos cabelos uma flor de apócino branco. Seu gestual desordenado, buscando simular a loucura, não combina com o belo rosto. A voz de soprano, melancólica e sedutora, tampouco evoca a de uma louca, mas sim o canto de uma ave fêmea buscando atrair seu macho.

Os casais de pássaros se atraem na primavera, convivem no verão, acasalam-se no outono e chocam seus ovos no inverno. São felizes os pássaros. Só nós é que somos tristes. Não podemos mais nos procurar, acariciarmo-nos com palavras e cantos. Não podemos mais fazer amor e ter filhos como esses pássaros.

Pensamentos desfilam em sua mente como lâminas aquecidas. Ardem dentro dele. Sente muita falta da mulher amada. Foi o seu primeiro amor, e será também o último. A única mulher de sua vida habitou o seu corpo por dezesseis anos. E viverá em sua alma por toda a eternidade.

Dông! Onde está você agora? Minha amada! Mande-me algum sinal pelo vento, pelo canto dos pássaros ou pelo grito dos animais! Onde você está? E a nossa pequena Xuân, onde está?

Apaixonaram-se aos quinze anos de idade. Claro, conheciam-se desde a mais tenra infância. As duas famílias eram vizinhas, vivendo separadas apenas pela encosta de uma colina. As duas mães engravidaram e deram à luz sob a mesma lua, a menina no início do mês, o menino ao final. As duas famílias se reuniram depois para comemorar o aniversário de um mês dos dois bebês. Um boi fora abatido na casa da menina para compor o bufê servido aos aldeões, que compareceram de noite à casa do menino para dar continuidade ao banquete, abundante em aves e carne de porco. A festa durou a noite inteira, com pessoas dormindo no próprio local. Mais tarde, a grande encosta se tornou o seu campo de jogo, com a pequena seguindo o menino como uma sombra para pegar joaninhas, besouros, grilos, ou então para colher frutas selvagens. Aos cinco anos de idade, partiam para aventuras, explorando os riachos em volta da colina, descobrindo as instalações de irrigação com suas rodas leves de bambu, que levavam água para os arrozais plantados em terraços, enfiando-se mata adentro ao som do canto dos rouxinóis. Em um inverno, o distrito inteiro foi atingido por uma epidemia de faringite mortal. Apesar de sua localização privilegiada, em termos de proteção, no vale, a aldeia de Xiu não foi poupada de contaminação. An perdeu os pais ali. Foram as únicas vítimas adultas de uma doença que atingia principalmente crianças. Estranhamente, An passou ileso. Todos os mortos foram incinerados e enterrados em um local distante para se conter a epidemia.

Depois dessa tragédia, a família Nông se reestruturou. Os tios de An, recém-casados, cederam sua casa aos vizinhos e se mudaram para o barracão dos pais de An a fim de cuidar dele. Passados quatro anos, quando An completou nove anos, tiveram uma filha, que chamaram de My. My e Xuân, a irmã menor de Dông, nasceram quase ao mesmo tempo e, a exemplo de seus irmãos mais velhos, tornaram-se amigas desde a infância. Quando An completou dezessete anos, casou-se com Dông, e eles se mudaram para morar com o pai da jovem esposa, viúvo, do outro lado da colina. A vida era bela como um colar de contas. Ele ainda era obrigado a descer até Thât Khê para continuar seus estudos, mas os pombinhos recém-casados se encontravam ao menos uma vez por mês. Nessa época, a escola distrital não recebia muitos alunos e por isso estendia os seus cursos. An teve de ficar indo e voltando durante quase dez anos. Ao final dos estudos, ele foi o primeiro dos Tay a receber um diploma, Nông Van Thanh, o orgulho da aldeia de Xiu, o sonho ideal de toda a etnia Tay.

Depois de ter vivido tanto tempo sob a sua proteção, An não levantou nenhuma objeção quando seu tio lhe disse:

— Você amadureceu, mas ainda é jovem e forte. Aguardamos alguns anos, mas já é hora de se engajar na Resistência. Somos pobres, não possuímos grande coisa, mas temos o nosso orgulho e não podemos fazer menos do que as aldeias mais abastadas.

— Sim, meu tio.

— Sua tia irá preparar a sua bagagem: roupas, medicamentos e dinheiro. Precisa de mais alguma coisa?

— Preciso de alguns dias para me despedir de meus amigos da aldeia e de meus professores do distrito.

— Temos cinco dias até a data da sua integração.

Depois de alguma hesitação, An disse:

— Ainda não fiz nada para ajudá-los. Até hoje, apenas consumi o dinheiro e o arroz da família. E hoje os deixo sem ter podido saldar a minha dívida...

— Criar uma criança é construir um homem. Esse era o meu objetivo. Hoje, você se engaja na Resistência, pois a nossa família não pode se esquivar do seu dever à pátria. Vá tranquilo. Nós cuidaremos de sua esposa Dông. Sou muito amigo do pai dela, senhor Cao.

An silenciou. O que poderia ele dizer ao tio, que era, ao mesmo tempo, seu pai? Além disso, ele próprio tinha vontade de conhecer o mundo. Os rumores e boatos que a ele chegavam sobre acontecimentos distantes funcionavam como um convite. A vibração da guerra chegava até as florestas mais profundas. Muitos de seus ex-colegas de escola já tinham partido. A própria pequena Xuân deixara a aldeia para se juntar às demais crianças da guerrilha. Podia ser selecionada pelo governo revolucionário para ser enviada a cursos de formação na União Soviética ou na China. Em tais circunstâncias, como poderia ele ficar ali parado, sem fazer nada?

Gostava muito do lugar. O doce vale de sua aldeia era cercado de florestas e montanhas. Quantos riachos corriam entre as frestas das rochas, tão familiares a ele? A cascata do Rouxinol encantara a sua infância, até a idade em que nasce o amor. E as marcas dos cascos dos búfalos na trilha enlameada, nos dias de chuva, seus guisos tilintando alegremente no crepúsculo selvagem! Isso tudo lhe era tão próximo que até o sufocava. Precisava deixar aquele vale para conhecer o mundo. Precisava partir, apesar de seu amor.

— Quando você voltará?

— Parto para a guerra. Volto quando ela acabar.

Respondeu como fazem todos os homens em tempo de guerra. Uma resposta tão antiga quanto o próprio mundo, sugerida pelo seu inconsciente.

— Já sinto sua falta — disse ela, caindo no choro.

— Também já sinto falta de você. Mas, para cumprir o meu dever com minha nação, tenho de deixá-la. Se você me ama, espere por mim. Eu voltarei.

Novamente, as mesmas palavras ditas por todos os soldados às suas jovens esposas antes de partir. Palavras de consolo para ambos. Seus olhos e seu nariz, porém, ardiam. Ela deitou a cabeça em seu ombro e as lágrimas umedeceram sua camisa azul índigo. Eram lágrimas quentes. Quentes como...

An sente um calafrio diante desse pensamento. Fecha os olhos. Uma brisa gelada sopra do palco em sua direção. O canto da jovem louca de saia vermelha e cabelos ornados com uma flor de apócino branco ocupa o ar:

Oh, faisão
Por que te misturas aos pavões?
Por que mentes, oh faisão?

A vida é traidora. Como o faisão que se mistura entre os pavões. Antes, suas lágrimas tinham aquecido o meu ombro. Hoje, nesta noite, é o sangue humano que o faz. O sangue de um traidor, misturado com o de um inocente. Um faisão entre pavões. Mas é o caminho apontado pelo destino, não posso fazer outra coisa. Seguirei por esse caminho até reencontrar você, você e a pequena Xuân, nossa menina...

— Bravo!

— Bravo! Bravo!

À sua volta, todos se levantam. O espetáculo chegou ao fim. Todas as artistas sobem ao palco para os agradecimentos. Os oficiais do comando também estão ali, oferecendo-lhes flores, ou seja, buquês de junco, de flores de bananeira e de peônias selvagens. Todos estão felizes.

O acordeonista se coloca diante do microfone para acompanhar um último canto, entoado pelos artistas e pelo público. No palco, as mãos agitam as flores à guisa de despedida. Embaixo, os soldados aplaudem no ritmo do tambor:

Cruzaremos a alta cadeia do Truong Son
A rocha está gasta, mas nossas pernas continuam vivas
Não nos dobraremos diante de nenhum cansaço para seguir adiante
Nossas tropas avançam ao vento como a maré montante...

Os aplausos ecoam por toda a montanha. Após alguns instantes de um barulho ensurdecedor, o adjunto do general de divisão assume o microfone para agradecer aos artistas e desejar às tropas um bom treinamento. Parece um tanto atrapalhado, pois o general é que deveria ter assumido a palavra naquele momento. Mas o general desaparecera.

As unidades do 209º se reagrupam antes de se retirar. Os soldados da divisão retornam a seus canteiros. An vê o comandante Nha, que parece estar à sua procura. Ele lhe faz um sinal com a mão:

— Comandante, nossa companhia está aqui!

De longe, Nha responde:

— Camarada, recolha os seus homens e depois venha falar comigo.

An se vira, então, para os seus chefes de seção:

— Vocês já podem ir. Não há mais nada para ver aqui. Acredito que o comando os autorizará até mesmo a manhã livre.

— Seria bom, tenente, pois já são duas e trinta e cinco da madrugada.

As unidades do 209º se retiram desordenadas, como na chegada. Um trovão já se ouve por trás das montanhas.

— Vá, mais depressa! Seu desajeitado!

— É fácil dizer! Essa trilha é muito estreita, como um buraco de rato.

— Então deixe que eu vou na frente!

— Parem de brigar como dois vagabundos! De qualquer forma, não temos como escapar da chuva. É melhor prepararem suas capas.

— Vamos pedir aos céus que ela não caia logo. Que a gente consiga chegar às nossas barracas antes disso.

— Ainda dá para escaparmos. Quando o trovão está do lado leste, é uma tragédia. Mas ele veio do oeste.

— Idiota! Quando ele explode no oeste, ocorre algum atraso, mas em compensação vem com uma violência cem vezes maior.

— Vamos ver...

O vento noturno sacode o topo das árvores. Os galhos estalam como se fossem cair. An aguarda a retirada de todos os seus homens antes de se encontrar com o comandante de batalhão. Ele está ao lado do adjunto do general de divisão e de oficiais de outros batalhões. Quando chega, abre-se o círculo formado por todos eles. Ele raciocina que todos ali acham que ele tem alguma informação.

— Comandante, o senhor me convocou?

— Venha aqui. Aproxime-se — diz Nha, em tom de urgência. — Não sou apenas eu que o convocou, mas todo o comando. Estamos muito preocupados com a ausência do general. No meio da apresentação, ele se levantou e saiu com um oficial do 209º batalhão. Ninguém viu nenhum dos dois voltarem. O 209º nos informou que, antes de ir assistir ao espetáculo, esse chefe de companhia Meo esteve com você na borda da floresta e que você se sentou perto dele nas cadeiras reservadas para o 209º. Está correto?

— Sim, comandante. Estive com ele até as nove horas. Depois, senti uma dor de estômago e fui pegar um remédio. Em seguida, juntei-me aos meus homens.

— Vocês foram da mesma companhia?

— Sim, eu pertencia à mesma seção que Ma Ly na guerrilha de Viêt Bac. Na época ele era apenas um mensageiro, pois não tinha idade suficiente. Depois da libertação da capital, eu me engajei, como muitos outros, nos comandos especiais e fui enviado para operações fora de nossas fronteiras. Fazia quinze anos que não nos víamos.

— Quando estavam em Viêt Bac, você o conheceu bem?

— Não, a diferença de idade entre nós era muito grande. Ele era mais ligado às pessoas das tribos San Diu e San Chi de Lang Giang e Ha Bac. Mas os soldados das etnias montanhesas se reuniam de tempos em tempos para fazer uma festinha. Nessas ocasiões, Ma Ly se vangloriava de ser mestiço e não um Meo puro-sangue. Pelo que dizia, a avó era Kinh e vendia peixe seco até que roubaram todo o seu patrimônio. Depois disso, foi viver na montanha e ali se uniu a seu avô, um traficante de ópio bastante conhecido. Horas atrás Ma Ly me disse que estava à procura de alguém de sua família em nossa divisão.

— O general? — perguntam, em coro, os oficiais.

An pergunta:

— Os senhores estão dizendo que o general saiu com Ma Ly?

— Positivo. Saíram juntos depois da apresentação do comediante — respondeu o adjunto do general.

— Eu ainda não tinha voltado.

Os oficiais se entreolham como alunos em uma sala de aula diante de uma operação matemática no quadro-negro. Depois de alguns instantes, An se volta para o comandante Nha:

— Devem ter se dirigido ao outro lado da montanha Gâu Truc antes do final do espetáculo. Se o general for realmente da família de Ma Ly, deve ser seu tio do lado materno. Nas famílias Kinh, o ramo paterno conta mais, mas, nos Meo, é o lado materno. Se se reencontraram após tantos anos, é provável que tivessem muita coisa para conversar.

— Talvez — responde Nha.

O ronco de um trovão chega do oeste. Relâmpagos traçam listras no céu escuro. O general adjunto decide:

— Bem, teremos de esperar até amanhã para esclarecer esse assunto. Estranho! O general poderia ter dito algo para mim antes de partir.

Tira um relógio do bolso.

— São três horas. Voltemos para nossas casamatas. Reunião do Estado-maior às nove e meia. A tropa pode ficar de licença de manhã.

Dirige-se a An:

— Obrigado, camarada. Boa noite!

O comandante Nha e An caminham juntos em direção ao seu abrigo. Em meio à escuridão, Nha suspira, subitamente:

— Estou com uma sensação esquisita, que para mim estraga toda a noite que tivemos.

Novo trovão. Um golpe de vento gelado varre a clareira e atinge os seus rostos.

— Vamos correr! O vento virou!

Os dois avançam na escuridão, seguindo os fachos de luz oscilantes de suas lanternas. Passados dez minutos, chegam à casamata, ao mesmo tempo em que relâmpagos riscam o céu, como nervos de um homem ferido. Mais uma vez explode o trovão sobre suas cabeças e a chuva desaba como rajadas de metralhadora. O vento assobia numa chicotada contínua. As árvores se retorcem, estalam, dobram-se. Os dois permanecem na entrada, observando a cena.

— Incrível! É uma daquelas tempestades típicas do leste! — diz o comandante.

— É mesmo.

— Agora podemos dormir. Pelo menos esta noite.

— Sim, comandante. Já basta por hoje.

Em seu abrigo, An escuta a queda da chuva como se fosse uma cachoeira.

Amanhã já não haverá rastros à beira do rio. Nem cem microscópios serão capazes de detectar qualquer marca do assassino. General, não me queira mal. O senhor foi uma peça importante nessa engrenagem. Quanto mais poderosos somos, maiores são os riscos que corremos. A glória é compensada pelo tamanho da queda. Sempre foi assim. Durma serenamente no além, na companhia daqueles que eu amo.

Dá um suspiro e adormece.

2

Um sono pesado, sem sonhos ou pesadelos.

Nenhuma sombra do passado, nenhum clarão do futuro.

Um sono de chumbo, negro como uma noite de inverno enevoada, pesado feito um carrinho carregado de buchas. Sono que desliza como um barco na imensidão de águas tranquilas, sem ondas, rumo a uma eternidade difusa.

No dia seguinte, o chefe de companhia An acordou às dez horas. Ao constatar sua ausência na reunião, o comandante Nha enviou um soldado para acordá-lo. An então se levantou e saiu imediatamente.

Na casamata do Estado-maior, todos já estão presentes, alguns de pé, outros sentados. O comandante o recebe:

— Dormiu bem, hein! Eu não voltei para lá depois do café da manhã, achando que você acordaria a tempo.

— Desculpe-me, comandante. O senhor sabe o quanto preciso de sono. Acordei, mas ainda estava escuro e então voltei a dormir. Esse segundo sono é sempre traiçoeiro! Então? Há notícias sobre o general e o soldado?

— Não. Mas...

— Mas o quê?

— Uns soldados encontraram as calças deles, com as armas e objetos pessoais, na beira do rio. Estamos diante de um dilema: fazer um relatório e esperar pelas determinações superiores ou investigar o caso. O general adjunto e eu mesmo gostaríamos de saber a sua opinião, camarada. Você é o único que conhece um dos protagonistas, o oficial Meo.

— Obrigado pela confiança, mas não sei se poderei ajudar a esclarecer alguma coisa. Ma Ly era da tribo Meo. Ali, vive-se em terra batida, alimentam-se de doce de milho e a principal ocupação é a cultura de ópio. Eu sou de origem Tay. Vivemos em casas de madeira, criamos búfalos e galinha, plantamos arroz e nos alimentamos disso. São costumes muito diferentes. Além disso, fazia quinze anos que eu não o via.

— Mas vocês foram companheiros de arma. E ambos são montanheses.

— Claro que sim — retruca An, sorrindo. — Mas todos aqui somos montanheses, pois vivemos na serra de Truong Son. Falar de montanheses de maneira geral é conhecer muito pouco sobre os povos que vivem nessas regiões.

O comandante balbucia algumas palavras e tira os óculos para limpar as lentes, em um gesto destinado a encobrir seu embaraço. Nesse instante, o general avista An e avança em sua direção na companhia de um grupo de oficiais. Todos se cumprimentam e fazem um círculo em torno dele, que continua a conversar com Nha:

— O que foi encontrado na beira do rio? Não acredito na hipótese de um banho, pois estava escuro demais e a água estava muito fria. Com toda sinceridade, digo que os Meo não gostam muito de se banhar dentro da água. Estão mais acostumados com o "banho de fogo", principalmente para aqueles que fumaram ópio demais. Sabia, camarada, que nos territórios Meo o ópio é chamado de "arroz branco"?

— É a primeira vez que ouço falar disso. Nasci na beira do rio Vermelho. Desde o meu recrutamento, só lidei com soldados Kinh. Você é o primeiro montanhês que eu conheço.

— O território Meo é localizado no "triângulo de ouro", onde se produz ópio para metade da Ásia inteira. O rei Meo, Hoang Su Phi, dirigia um exército aguerrido, capaz de proteger os comboios de ópio, por ocasião da passagem de fronteiras, contra qualquer Exército nacional ou bandos de ladrões armados. Os Meo forneciam ópio ao rei em troca de arroz, sal, peixe seco e óleo. Geração após geração, acabaram se tornando toxicômanos. Não se sabe bem por que, mas os opiômanos têm muito medo de água. Nunca se banham em rios, nem mesmo em seu território. Têm o hábito de ficar nus e se sentar ao lado de uma grande fogueira para transpirar por todos os poros e depois llimpar a sujeira que sai com as próprias mãos e atirá-la no fogo.

— Céus! É verdade? — exclama um dos oficiais, perplexo.

— Acha que estou inventando coisas? Ou que sou racista?

— Não, não.

O general adjunto intervém:

— Foi apenas uma surpresa. Não o leve a mal, camarada. Eu mesmo também não sabia disso.

An sabe que aguçou a curiosidade dos presentes com o "banho de fogo" dos Meo, mas niguém se atreveu a lhe fazer mais perguntas. O comandante Nha se volta para o general adjunto:

— O camarada An quer examinar os objetos encontrados, pois não acredita na hipótese do banho. Espero que os soldados os tenham deixado ali tal como os encontraram.

— Claro. Determinei que não se tocasse em nada, à espera da investigação. O senhor pode mostrá-los ao camarada An.

— Retornaremos depois desse exame.

An sai atrás de seu superior. O comandante tem lá seus cinquenta anos, mas parece dez anos mais velho que o general. Nessa guerra, os homens do mar e das montanhas são claramente mais resistentes do que os da planície. Sabe-se que as flores que nascem à beira do rio Vermelho e do rio Luôc murcham rapidamente sob as chuvas que vêm da Truong Son.

An observa a beira do rio. A tempestade da noite anterior deixou marcas na praia de areia e de seixos. Os objetos pessoais, que no dia anterior estavam bem arrumados, encontravam-se agora espalhados. As duas calças tinham sido levadas pela enchente e ficaram presas, mais abaixo, em um tronco de árvore. Uma lanterna está semienterrada na areia, a outra ficou colada a um arbusto. Os outros pertences pessoais, como a caixa de palitos de dente, o maço de cigarros, o isqueiro e o cortador de unhas estavam desaparecidos. Apenas as duas armas tinham permanecido no mesmo lugar, junto com um sapato, isso tudo coberto de areia. A chuva na floresta fora providencial, fazendo papel de verdadeira feiticeira, deslocando tudo do lugar.

— A chuva do oeste é realmente terrível!

An exclama:

— Veja essas marcas de lama no sapato.

— É mesmo. A tempestade de ontem foi realmente muito forte — responde o comandante Nha. — No ano passado, o rio encheu e levou um casal de cabritos-monteses. Os soldados da 89ª divisão, estacionada mais abaixo, viram os animais se debatendo na corrente. Atiraram neles e depois puxaram os corpos com cordas. Ao puxá-los, um dos soldados caiu na água e foi tragado num piscar de olhos. Nunca mais o viram.

— Não me recordo desse caso.

— E como poderia conhecê-lo? Isso tudo só foi comunicado ao comando da divisão — murmura o comandante, suspirando. — Que tristeza! Trocar uma vida humana por carne fresca.

An contempla o rio.

Se não tivesse me amarrado, certamente teria sido levado ontem, como esse jovem soldado.

Um grupo de soldados observa os dois oficiais. São espectadores de uma peça de teatro sem roteiro nem cenários, tampouco personagens. Vêm-se apenas algumas peças de uniformes e objetos espalhados. Mas é uma peça instigante, pois se refere à morte sob duas formas: uma invisível e outra visível. Se não se trata de uma morte verdadeira, no mínimo é a honra do comandante que acaba gravemente atingida. Três meses apenas tinham-se passado desde que dois soldados tinham sido condenados ao pelotão de fuzilamento por um tribunal militar por terem violado uma mulher na aldeia de Vân Kiêu. A notícia de sua execução foi divulgada para as quatro divisões engajadas no front, para servir de exemplo. E agora o general da divisão mais aguerrida desaparecia com um homem da tribo Meo, de noite, sem nenhuma explicação, e encontravam-se duas calças de manhãzinha à beira do rio. Não é difícil imaginar que tipo de pensamento fermentava na cabeça dos soldados ali reunidos.

Parecendo adivinhar isso tudo, o chefe de batalhão apressa An:

— Podemos voltar para o comando?

— Sim. Creio que vi tudo o que havia para ver.

Tomam o caminho de volta, acompanhados de murmúrios. Quando saem da floresta, esses murmúrios crescem ainda mais. An está convencido de que os soldados fazem de propósito, para que os escutem.

— Tenho certeza de que os dois marcaram um encontro para trocar umas gentilezas. Escolheram a hora certa. Os homens estavam todos ocupados com as artistas. Eles aproveitaram, então, para sair e aliviar as pressões de seus peitos.

— O que é trocar gentilezas?

— Seu imbecil, hipócrita! Se você não sabe, quem é que vai saber?

— Não sei o que você quer dizer com isso.

— Babaca. Quem foi que me disse outro dia que os soldados do Laos são todos veados?

— Então trocar gentilezas e ser veado é a mesma coisa? Finalmente entendi, graças a você.

— Canalha!

— Vocês se divertem como animais! Pelo menos me agradeçam!

Gargalhadas, risadinhas sardônicas e gritos surgem de todos os lados, como rajadas de metralhadoras. Nha dobra o corpo e acelera o passo, como para fugir das brincadeiras de seus soldados. Deve estar triste, pensa An, seguindo logo atrás. É um homem instruído, embora um tanto ingênuo. Sente-se especialmente afetado por qualquer atentado à moral. An se inclina em sua direção:

— Ninguém nasceu para ser soldado. A guerra é uma calamidade. Não dê muita importância.

— Não gosto de casos sórdidos. Na verdade, não gosto nem de pensar neles. Qual é a sua opinião?

— Me sinto impotente. Não sou mais inteligente do que vocês todos, camarada.

— Como explicar aos outros?

— Mas, se nós mesmos não entendemos, como poderíamos explicar alguma coisa?

— Impossível. Queiramos ou não, temos de dar alguma explicação. No Exército, toda morte tem de ser registrada, pois diz respeito à família do soldado tombado. A morte vergonhosa de um traidor ou a morte gloriosa de um herói, não importa, para que a família possa se beneficiar da gratidão do povo.

— Sim, comandante — responde An, pensando com amargor: a vida não é tão simples. Há outros mortos que não se encaixam nessas categorias tão tipificadas. A morte de inocentes, a morte silenciosa, a morte involuntária, a morte que rasteja como uma serpente venenosa enviada pelo destino e que nenhum ser humano é capaz de prevenir.

Chegam à casamata do Estado-maior. Os oficiais bebem chá ou fumam cigarros, à sua espera. É preciso lhes dar alguma explicação. An toma a palavra, imediatamente.

— General adjunto e oficiais do Estado-maior! O comandante e eu examinamos os objetos deixados na beira do rio. Eu acredito que o general e Ma Ly não se banharam. Primeiramente, porque, apesar de seu vigor físico, o general já contava cinquenta anos, e a água estava muito fria. Além disso, há o fato de que Ma Ly jamais teria entrado na água. Durante toda a nossa permanência conjunta na floresta de Viêt Bac, só o vi banhar-se duas vezes, em plena canícula e por causa da insistência de seus amigos das tribos San Diu e San Chi. Normalmente, Ma Ly jamais entra na água, e, se for preciso atravessar um vau, ele se veste depois rapidamente. Não é por outro motivo que chamamos os Meo de gatos, que têm medo de água. É, portanto, impossível que tivessem resolvido tomar um banho no meio da noite. Quanto a outras hipóteses, ainda não tive o tempo nem o recuo necessário para pensar melhor.

Ele se senta ao lado do comandante. Silêncio. Ouve-se uma tosse. O general adjunto, em voz grave, anuncia:

— Determino que você me ajude a dirimir essa questão. É algo de nossa responsabilidade. Diz respeito à honra de todos nós. Primeiramente, devemos falar com os nossos mil soldados antes que isso se espalhe para as outras divisões do Exército. Além disso, não podemos nos limitar a fazer um relatório ao Estado-maior e aguardar, comportadamente, que venha uma ordem de investigação para instituir um tribunal, conforme os procedimentos habituais. Na verdade, seria inimaginável. Só para transmitir o relatório, já teríamos perdido quinze dias, no mínimo, isso se o nosso mensageiro não for vítima do inimigo, de algum animal ou alguma enchente. Mais: se não recolhermos os objetos imediatamente, a chuva desta noite acabará por liquidar com todos os rastros desse drama. Eles precisam ser recuperados e enviados à família dos desaparecidos. Utilizo o termo "desaparecido" porque, a essa altura, não sabemos ainda o que aconteceu com o general e o oficial. Esperemos que ainda estejam vivos.

— Deixemos de lado a hipótese da morte. Ela não convence ninguém. Imaginemos que eles estejam vivos e nus. Quem poderia tê-los deixado nessa situação?

— Os comandos inimigos prenderam um grupo inteiro de soldados que estavam se divertindo em um riacho. Lembram-se disso? Creio que foi da 887ª divisão.

— Tinha esquecido completamente disso.

— Vocês têm memória curta. Foi no verão passado!

— Estou com quarenta e nove anos. Se a juventude não prima pela sabedoria, a velhice não prima pela força.

— Não digam que sou supersticioso, camaradas! Não acredito que o general ainda esteja vivo. Às seis da manhã de hoje, ao acordar, ouvi gritos de abutres vindos da montanha. Como no dia em que os soldados de Thang caíram em um campo minado. É a primeira vez, em quatro meses, que ouço esses gritos novamente.

— Tem razão. Isso me congelou o sangue. Estava amanhecendo. Se gritaram, é porque devem ter encontrado um cadáver. Vinha da montanha do Bico do Pássaro. É lá que o rio desemboca no Nâm Khuôt.

O general adjunto se volta para o seu ajudante de campo:

— Quanto tempo leva para chegar até lá, camarada?

— Vinte minutos de helicóptero. A pé, são pelo menos cinco dias. Do nosso acampamento até o rio Nâm Khuôt, não existe trilha, nem pela floresta nem pela charneca. Não dá nem mesmo para avançar pelo rio, pois duzentos metros abaixo caímos nos penhascos da serra das Orelhas de Gatos, que são tão íngremes quanto os da montanha Morta. O único caminho é o dos moradores da aldeia de Vân Kiêu. Indo por ali, são necessários cinco dias, com um mensageiro em ótima forma e que conheça a região. Mas os gritos de abutres que vocês ouviram não vêm do Nâm Khuôt, mas sim da falha da montanha que fica atrás da floresta em que estamos estacionados. Porque daqui até Nâm Khuôt são três quilômetros em linha reta. Nenhum grito de abutre tem esse alcance. Em compensação, acho que eles chamam uns aos outros quando encontram uma presa. É o seu grito de agrupamento.

— Essa análise do nosso camarada é absolutamente lógica — exclama o chefe do 2º batalhão, que se dirige ao general adjunto. — Podemos pedir um helicóptero?

— Nossa frente nunca teve esse privilégio. Devo lembrá-los de que, por ocasião da batalha da colina do Pavão, havia centenas de feridos nossos espalhados pelo chão e não conseguimos nenhum helicóptero para transportá-los.

— O Estado-maior nos considera, então, bem-protegidos.

— Não bem protegidos, mas ocorre que estamos bem dentro do território laosiano e isso é considerado menos perigoso que outros lugares. Esqueceu do que disse o general de Exército Dông outro dia? — retruca o general adjunto.

O chefe do 2º batalhão silencia imediatamente.

Depois de um momento de silêncio tenso, Nha sugere:

— Devíamos mandar alguns homens para o rio Nâm Khuôt. Temos de fazer aquilo que é possível, para não nos arrependermos depois.

O general adjunto fuzila-o com o olhar:

— Está delirando, camarada?

Embaraçado, Nha não teve tempo de perceber que o chefe do 2º batalhão lhe deu um tapinha nas costas:

— Camarada, você está sonhando? Até hoje à noite já não restará nem um naco de pele. Não viu como ficaram os soldados de Thang depois da queda no campo minado? Eram dezoito rapazes, e os abutres limparam tudo em apenas dois dias.

An observa que Nha sente um calafrio e depois se recompõe, as mãos nos bolsos e a cabeça baixa. Normalmente, somente os chefes de batalhão participam das reuniões do comando. Dessa vez, dada a gravidade da situação, o general convocou também os chefes de companhia. É a primeira vez, portanto, que An pode observar seu superior hierárquico imediato. Nha é um homem bom, mas não é tão bem-dotado como seus colegas de outros batalhões. No entanto, os feitos de sua unidade, o 1º batalhão, são os mais consistentes. Provavelmente os mais ingênuos sejam favorecidos pelos céus. Ou então seus homens fazem de tudo por ele, justamente por se tratar de um homem bom. Está mais para um estudante do que para um oficial militar.

Depois de alguns instantes, o general adjunto diz:

— Vamos ouvir um por um. Trata-se de um acontecimento que surpreendeu a todos. Minhas dezenas de anos de experiência não são suficientes para me ajudar a solucionar a questão. Quero conhecer a opinião de todos, e assumiremos coletivamente a nossa decisão.

Novo silêncio.

Os homens trocam olhares interrogativos, pedem ajuda uns aos outros, buscam alguma compaixão. Sabem que estão em um impasse. O general adjunto pega seu pacote de fumo e enrola um cigarro. Mãos se estendem em direção a ele. O pacote de fumo circula, com cada um pegando seu punhado e uma pequena folha. Quando retorna ao dono, sobra um restinho, suficiente para enrolar um cigarro — o que ele faz, pois já acabara de fumar o primeiro.

Todos fumam em silêncio. O bunker é tomado por fumaça. O ajudante de campo do general se levanta para abrir a janela do aposento ao lado, a fim de criar uma corrente de ar. O problema que enfrentam é tão espesso quanto a fumaça no abrigo, e já não podem encontrar a saída. Depois de terminar seu cigarro, o chefe do 3º batalhão, que permanecera calado desde o início, levanta o braço.

— Tive uma ideia.

O sapo vai falar, pensa An. Todos os olhos se voltam para o homem.

— Pode falar — responde o general adjunto.

— Acho que...

Ele para, bebe um gole. Todos ficam à espera, pois ele é conhecido pela lentidão, pela placidez e por ser taciturno. Seu ajudante de campo costuma contar sobre a missão em que atuou em sua companhia na mata. Não disse uma única palavra durante quatro dias de caminhada, a não ser para instruções muito breves: "Paremos para comer", ou "Vamos em frente". No demais, seu rosto permanecia fechado, o que dissuadia até mesmo os mais conversadores de lhe dirigirem a palavra. Uma missão com ele era vista como uma punição.

Bebe o chá em goles pequeninos, sem pressa. Em seguida, pigarreia e começa a falar:

— Acho que estamos deixando de lado um ponto importante: o oficial Meo apareceu e pediu ao general que o seguisse. Dentre todos nós, apenas o camarada Hoang An conhecia o homem, mas isso já faz quinze anos. Ninguém sabe o que ele fez nem quem conheceu no decorrer desses quinze anos. As informações de que dispomos sobre o 209º são ínfimas. Esse batalhão foi constituído pela junção de dois batalhões que sofreram muitas perdas e pela reunião de mais alguns soldados. Esse chefe de companhia Meo faz parte dos elementos novos vindos do norte, para reforço. Formulo a hipótese...

Seus olhos se fecham pela metade, como se ele quisesse extrair algo da imaginação. Todos na sala seguram a respiração. An observa seus olhos semicerrados, procurando saber o que há por trás deles. Mas o chefe de batalhão os abre em seguida, voltando-se para o general adjunto.

— Suponhamos que esse homem tenha conhecido o rei Meo Hoang Su Phi, temível inimigo da Revolução antes da libertação da nossa capital. Imaginemos que seja seu parente ou que tenha contraído uma dívida com ele. Com isso, poderia alimentar um ódio implacável da Revolução. Dentro dessa hipótese, parece-me plausível que ele tenha se servido das relações familiares do lado materno para empreender a sua vingança. Vocês talvez tenham esquecido, camaradas, que nosso Exército sofreu perdas enormes nas batalhas contra as tropas do rei Meo nos planaltos de Dông Van, na fronteira norte. Nosso camarada Hoan An conhece a combatividade daqueles homens. Como montanheses, são muito resistentes e ágeis, enquanto os nossos, que vêm da planície, têm dificuldades com o frio e se sentem paralisados diante de obstáculos como os montes Orelhas de Gato, ásperos e íngremes. Ainda por cima, os montanheses são bem-alimentados e aprendem a atirar desde os dez anos de idade. Esse Exército é conhecido pelos vários atiradores de elite que possui. Hoang Su Phi, muito afortunado, municiou seus homens com armas modernas que nós não possuímos.

Com todos esses trunfos, eles ocuparam as posições estratégicas, e nos metralharam de cima. Nossos homens foram quase totalmente massacrados. A vitória de Dông Van nos custou caro demais. Recordo-lhes o episódio para estabelecer o contexto. Imaginemos que Ma Ly seja um descendente da família Hoang Su Phi que tenha mudado de identidade para se infiltrar em nossas fileiras. O encontro com o general constituía, para ele, a chance de executar a sua vingança. Ele poderia matar e ao mesmo tempo desonrar um oficial superior de grande envergadura. Nós convivemos muitos anos com o general. Nenhum de nós pode supor que ele seria capaz de um ato desonroso como esse. Creio que esse Meo evocou laços familiares para conseguir isolar o general e liquidar com ele. Tirou-lhe as roupas, assim como as suas próprias, para sugerir um caso que envolvia os bons costumes. Acredito que o general esteja realmente morto, mas acho que Ma Ly ainda está vivo e que fugiu. Não se esqueçam de que nós somos, na maioria, Kinh, e que a floresta, a montanha, a escuridão constituem espaços estranhos e amedrontadores para nós. O Meo, em contrapartida, encontra-se aí como peixe dentro da água. Principalmente se preparou tudo e escondeu as armas e as roupas em algum lugar.

Ouvem-se várias exclamações:

— Com certeza!

— É muito simples. Por que não pensamos nisso antes?

— Obrigado, camarada, por ter-nos esclarecido! Quando o sapo toma a palavra...

Todos agora falam. Suspiros de alívio. Os rostos se iluminam, animam-se. Encontrou-se a solução. As palavras do chefe do 3º batalhão representam a luz no fim do túnel. Todos o cumprimentam. O general adjunto se inclina sobre a mesa para lhe aplicar um tapinha amistoso no ombro.

— Excelente!

An olha à sua volta.

Maldito Meo. No fim das contas, é você o impostor que mudou de identidade. A setença está decretada: você é o assassino. Mas, no fundo, é isso mesmo.

Em seus ouvidos ressoa, irônico, o refrão:

Oh, faisão
Por que te misturas aos pavões?
Por que mentes, oh faisão?

3

Encerrada a reunião, An retorna ao abrigo e afunda-se no leito. Na hora do almoço, não acorda. Seu adjunto o desperta:

— Está doente?

— Não, mas tenho muito sono. Acho que logo virá uma crise de malária.

— Levante-se! O rapaz da cantina me disse que você não tomou o café da manhã.

— Estou sem fome.

— Trouxe uns comprimidos para a malária. Mas tem de tomá-los depois de comer.

Bem, preciso comer. Realmente não é uma boa hora para ficar doente.

Levanta-se.

— Vamos lá! E você, já comeu?

— Esperei por você. Hoje o cozinheiro colheu algumas campainhas-d'água para fazer uma sopa.

— E os homens? — pergunta An, abotoando a camisa à saída do abrigo, com seu adjunto atrás.

— Já terminaram e voltaram para os seus alojamentos a fim de jogar cartas ou fazer a sesta. A equipe da guarda recolheu todos os objetos que estavam à beira do rio.

— O comando deu a explicação?

— Não, não houve tempo. Mas os soldados ouviram rumores. A informação desceu da divisão para os batalhões e depois para as seções, como uma flecha.

— Você crê no destino?

— Totalmente. Ninguém se atreve a dizer, mas todos creem. No front, ninguém escapa das balas. São as balas que escolhem os seus alvos. Se não é por causa do destino, por que alguns são atingidos e outros não?

— O destino, sim e não. Se pudéssemos escolher, ninguém iria passear no front, ali onde passeiam as balas.

— Nesse caso, é preciso adotar o ponto de vista dos astrólogos, que falam, então, do destino da nação. O destino da nação depende do dirigente e não de peões como nós. Antes era o rei. Agora é o presidente.

— Para você, o nosso presidente deve ter um destino bem miserável para ter de se esconder no meio da selva mais profunda?

— Não, não é isso o que eu quero dizer. Não faça gozação comigo! — exclama o chefe adjunto de companhia, pálido, olhando à volta com inquietude. An o acalma:

— Não tenha medo. Fui eu quem disse isso. Enfim, apenas repeti o que diziam os velhos astrólogos Viet que viveram por muito tempo no Laos.

O adjunto suspira aliviado:

— Sabe, ouvi alguém dizer exatamente a mesma coisa. Não um astrólogo, mas um historiador.

— Os historiadores têm muita minhoca no cérebro, como os astrólogos. Bem, chegamos à cantina. Isso fica entre nós.

— De acordo — responde o adjunto, murmurando.

É uma hora da tarde quando acabam de almoçar. As cinco peças do edifício estavam desertas. Do lado de fora, o sol brilha. Uma brisa leve agita a folhagem, que cintila por causa do orvalho. Na borda da floresta, flores selvagens se abrem em cores vivas. O chefe adjunto de companhia não consegue deixar de dar um suspiro ao ver as flores vermelhas e violetas:

— Sinto falta da minha terra.

Calado, An aguarda. O adjunto continua:

— Essas flores me lembram os campos de mostarda ao longo do rio. Na primavera, eles ficam dourados e as abelhas e borboletas surgem aos milhares. Quando eu era garoto, ia com minha mãe colher flores. Mais tarde, adolescente, quando ia com meus amigos às festas da aldeia, em janeiro, havia flores de mostarda ao longo de todo o dique.

— Os Kinh dizem:

"Janeiro é mês de festa,

Fevereiro é o do jogo e março o da bebida."

— Esse seu refrão já está ultrapassado. Quando eu ainda vivia na aldeia, a cooperativa convocava os camponeses de volta ao trabalho já em 5 de janeiro. E as pessoas mesmo assim ainda encontravam algum jeito de fazer as festas. É o costume.

— Na minha região era parecido. Fazíamos bolos de arroz e balas de arroz queimado com mel durante todo o mês de janeiro. Se não fossem as festas, não teríamos o que fazer, pois a garoa é contínua, o arroz cresce e os campos de mandioca já estão limpos.

— As festas duram também assim na montanha?

— Menos. Mas há bastante tempo para se divertir. Depois das festividades da primavera, no nosso caso, as pessoas vão fazer a festa nas tribos Thai e depois tem a festa da flauta nos Meo. Em geral, somente os homens partem a cavalo para participar das festas nas outras localidades. As mulheres ficam em casa.

Os dois se calam.

— Quando acabará a guerra? — pergunta o adjunto.

— Quando?

A pergunta fica sem resposta.

— Lembra-se de Toan, dos olhos amendoados? — pergunta o adjunto.

— Claro! Era o animador da primeira seção. Talvez os seus ossos já tenham virado pó. Um ano e meio! E a terra, lá, está sempre alagada, seja por causa da chuva, do orvalho ou da neblina. É tudo escorregadio, da aldeia até o fundo do vale. Nenhuma ossada resiste a esse clima.

An já não ouve o que diz o adjunto. Com o canto do olho, ele o vê cerrar os lábios, algumas lágrimas entre os cílios. Os ombros se erguem — como numa crise de malária. Felizmente, não há mais ninguém próximo deles. A equipe do turno fez a faxina e voltou para fazer a sesta no acampamento. Alguns pássaros do bosque mais próximo exibem seus bicos curiosos. An coloca a mão nas costas de seu companheiro.

— Vá, chore. Faz bem!

Consigo mesmo, pensa:

Você tem sorte de poder chorar ao meu lado. Eu sou obrigado a chorar sozinho. Até o fim da vida.

O jovem adjunto enxuga os olhos inchados e, para escondê-los, tira do bolso os óculos de sol baratos que conseguiu guardar durante todos nos anos de guerra. Observam alguns soldados nus do outro lado da clareira. An se mostra surpreso:

— O que estão fazendo?

— Estão desviando a água de um riacho para tomar banho.

— Por que não vão até o rio? A água lá agora é quente.

— Você esqueceu que o general se afogou ali? Havia muita gente lá, na beira do rio, esta manhã.

— Mas a água do rio lava tudo. Com todas as regiões por onde passa o rio, como saber se outros não se afogaram, seja rio acima ou rio abaixo?

— Sim, mas o general morreu aqui, e os soldados são supersticiosos. Você é da montanha, certamente não conhece os medos dos Kinh, que são gente da planície. Eles têm pavor da Vampira aquática. Diz a lenda que ela é a alma atormentada dos afogados. Ela tenta sempre afogar os vivos, pois, com isso, se livra do inferno e pode renascer na pele de outra figura.

Dentro de An, eleva-se uma voz:

O primeiro a se afogar, então, serei eu. Pois não sou perseguido apenas por uma, mas por duas Vampiras aquáticas. Mas já não tenho medo. Faz tempo que o medo se afastou de mim...

Levanta-se com rapidez:

— Estou com vontade de tomar um banho. Você não quer ir comigo?

O adjunto o fita com estupor:

— Não, não, já tomei banho ontem.

— Não tenha medo! Você pode ficar na beira. Se não dermos o exemplo, como faremos para acabar com essas superstições entre os nossos homens? Há mais de mil homens para esse pequenino riacho. Vão acabar brigando para tomar banho, enquanto o rio, imenso, está livre.

— Está bem. Vou com você.

Os dois partem, com o adjunto caminhando como um robô atrás de An. Avançam rumo ao rio. Alguns soldados os acompanham, por curiosidade. Chegando à margem, An se dirige a todos:

— Quem topa desafiar a Vampira aquática?

— Tenente, nós temos sangue de galinha!

— Então me aguardem!

Ele se despe e entra na água. Nada até o meio do rio, esforçando-se como um atleta. Continuando a nadar, olha para a cascata do Elefante.

Ninguém é mais infeliz do que eu. É infinito o meu desespero. Mas não abandonarei nada antes que minha vingança se realize.

Os soldados aplaudem ao ver An sorrindo. Na verdade, não é a eles que esse sorriso se dirige, mas ao seu destino.

4

Ano da Serpente. An estava lotado em Tuyên Quang. Um de seus primos distantes, membro da equipe civil encarregada do abastecimento militar, passara para lhe anunciar: "A pequena Xuân foi escolhida para servir ao rei. Você está a par disso? A Revolução queria uma mulher da etnia majoritária Kinh para o presidente, mas ele se apaixonou pela nossa pequena. Agora, a sua cunhada virou rainha. Mudou o nome de família, e agora se chama Chi Thi Xuân. Imediatamente, as doze famílias da aldeia também mudaram de nome."

Fora recrutado havia dois anos. Dois anos sem receber nenhuma notícia da família. Aquele encontro o enchia de alegria.

No mesmo dia, foi falar com o chefe do batalhão:

— Comandante, de agora em diante não me chamo mais Nông Van Thanh, mas Chi Van Thanh.

— Por quê? — perguntou, surpreso, o comandante.

— Meu tio, que é prefeito da aldeia, decidiu assim. Nossa aldeia tem doze famílias, e todas devem obedecer às ordens do chefe. Acabo de ser informado disso por um parente meu.

— Esse parente pertence à equipe civil de abastecimento?

— Sim, comandante.

— Quando se muda de nome, tem de haver algum motivo forte, não é assim só por fazer.

— Claro que existe uma razão. Mas somente meu tio e os sábios da aldeia a conhecem. Nós, os filhos e os netos, não temos o direito de saber — responde ele, com um sorriso.

O chefe de companhia acata a resposta e, rindo, afirma:

— Está bem. Respeitaremos a decisão das autoridades locais.

Em seguida, ordenou a seu ajudante de campo que trocasse o nome de família nos registros administrativos. E assim se fez. Na guerrilha, todos combatiam voluntariamente, ninguém estava ali para satisfazer esse ou aquele interesse pessoal, razão pela qual todos os pedidos eram atendidos, sem complicações. Além disso, os montanheses eram homens em que a Revolução e a Resistência podiam se apoiar. Os oficiais conheciam bem a regra: os oficiais e soldados vindos das minorias étnicas deviam ser bem-tratados.

Nossa pequena Xuân virou rainha.

Essa alegria habitou o seu coração até o fim da guerra de resistência anticolonial. Sentia-se feliz em se chamar Chi Van Thanh. Ademais, esse novo nome lhe parecia dar sorte, apesar do segredo sobre sua origem. Graças a seus feitos, foi promovido rapidamente, mas sua grande sorte foi passar ileso pelos ataques inimigos. Não teve oportunidade de rever a pequena Xuân, mas soube que ela morava no alojamento dos membros do governo, na área de Viêt Bac. Tinha muito orgulho dela. O que ela era para ele? Como uma irmãzinha caçula ou uma netinha? Já não sabia mais; em todo caso, suas relações não tinham nada de uma relação entre cunhado e cunhada. Dông e ele estavam ligados um ao outro havia tanto tempo que, quando a menina nasceu, acolheram-na como se fosse sua própria filha. Seu pai, senhor Cao, fora um homem muito sedutor. Depois de viajar por muitos anos, voltara à aldeia para se casar com uma bela jovem vinte e dois anos mais nova do que ele. Quando ela morreu, ele tinha cinquenta. Nessa idade, nenhum homem dá mais mamadeira a um bebê. Por isso, naquela casa imensa — onde a marcenaria ocupava toda a peça central, o altar de sua esposa a peça da entrada e a cozinha a peça de trás —, as duas crianças de nove anos aprenderam o ofício de pais ao cuidar da pequena órfã. Naquela época, An ficou alojado em um dos três pequenos quartos de madeira improvisados atrás da cozinha. O do meio era reservado para a pequenina Xuân e o último era o quarto de Dông. O senhor Cao dormia na cozinha. Uma vela queimava todas as noites na frente do quarto do bebê. Quando a pequena acordava e chorava, eram ele e Dông que se levantavam, em revezamento, para trocar a fralda e dar a mamadeira. Se não se levantassem, o senhor Cao agitava um sino para acordá-los. Estranho esse sino, que soava no meio da noite. Nunca mais o esqueceu. Aquele som simples, mas forte, marcou sua infância. Às vezes, o próprio sino fazia a pequena, que o olhava com seus olhinhos bem abertos, parar de chorar. Ele recordava também o prato de argila que sustentava a vela, com seu pavio de juta espesso como um graveto. Sua chama se refletia na bola de papel prateada pendurada sobre o berço, que cintilava... E os pés da pequena Xuân se agitavam, vermelhos... Lembrava-se até mesmo, com total exatidão, como preparar uma sopa metade com arroz, metade com feijão branco para depois coá-la e colocar na mamadeira. Como na aldeia de Xiu não havia vacas, ele sabia tirar leite das búfalas, solidificá-lo e aquecê-lo para garantir sua conservação. Lembra-se perfeitamente da bacia em que davam banho na pequena Xuân, ele de um lado e Dông do outro. Era uma alegria, mas também parecia uma brincadeira divertida, pois ambos ainda eram, eles mesmos, crianças. Essa brincadeira criou entre eles um elo muito particular. Entre seu casamento com Dông, aos dezessete anos, e sua partida para o Exército, aos vinte e sete, o fato de eles não terem um filho não pareceu estranho. Logicamente, continuariam seus estudos depois do casamento. Logicamente, os jovens recém-casados adiavam o momento de ter o primeiro filho. Mas, de qualquer maneira, não estava muito dentro das normas. A pequenina Xuân viveu, assim, entre os dois, com ternura e alegria. Isso os satisfazia de tal forma que não pensavam em recorrer à medicina, como lhes aconselhavam os vizinhos.

A guerra de resistência chegou ao fim um ano depois de ele ter mudado de nome. Não voltou à aldeia, pois sua mulher foi ao seu encontro no mesmo dia em que o Exército se preparava para entrar na capital. Dông o abraçou, rindo e chorando efusivamente: no dia seguinte ela se mudaria para Hanói, trazendo consigo a pequena Xuân. E ele? O destino lhe sorria mais uma vez. Sua unidade foi para Ha Dông, cidade a apenas dez quilômetros de Hanói, ou uma hora em bicicleta. As portas do paraíso pareciam se abrir para eles.

No dia de sua primeira visita às duas mulheres, porém, An ficou decepcionado. Andava pelo longo corredor escuro e se perguntava por que haviam alojado a pequena em um lugar tão simples. Havia três quartos grandes e confortáveis no térreo, com uma cozinha e uma área de serviço. Seu dormitório era comum, como o de qualquer pessoa razoavelmente abastada. Mas a sua pequena Xuân, afinal, era a rainha! Qual rainha vivia em uma moradia do povo? Seria esse tratamento devido à sua origem Tay? Uma rainha de origem montanhesa não teria os mesmos direitos que uma rainha normal?

Seu coração estava ferido, mas ele não disse nada. As duas mulheres o receberam com imensa alegria. A guerra chegara ao fim, a vida ficava mais calma. Depois de tantos anos de separação, todos se reencontravam. Ninguém podia esperar algo melhor. Eles estavam ali, sentados em torno de um mesmo prato. Claro, não estavam em uma casa ampla no meio das florestas e das montanhas, mas, mesmo assim, era um local acolhedor, urbano.

Depois da refeição, An perguntou a Xuân:

— O presidente concorda com que você more aqui?

— Claro que sim. O presidente diz que devemos viver com simplicidade, como pessoas normais.

— Você está satisfeita?

— Sim, estou satisfeita. Eu amo o presidente.

— E ele ama você?

— Claro que sim!

Ela repetiu, mais alto:

— O presidente me ama muito!

Seu rosto ficou corado:

— É um marido muito bom.

Naquela noite, abraçado a Dông, ele perguntou novamente:

— Me diga uma coisa: a nossa pequena Xuân está mesmo feliz?

— Sim. Não se preocupe. Apesar da idade, o presidente ainda é muito vigoroso na cama.

— Como você sabe?

— Somos montanheses. Não temos nada a esconder uns dos outros. Perguntei isso a ela abertamente. Ela respondeu que é mais feliz com o presidente do que era com o primeiro marido.

— É mesmo? Então fico tranquilo.

Isso durou alguns meses.

No entanto, ele se sentia contrariado ao ver que as esposas de origem Kinh dos generais e dos ministros moravam em residências particulares com jardins e guardas no portão. Dispunham de carros oficiais, os Volga, para ir ao mercado. Elas, que eram feias, velhas e que não chegavam nem perto de sua pequena Xuân.

O nascimento de sua sobrinha, porém, abafou esses sentimentos de injustiça. Todo domingo, An ia até a cidade de bicicleta, o coração feliz como um apaixonado ou como um menino a caminho de uma festa. Mais uma vez ele fazia o papel de pai, e Dông, o de mãe. Não estavam mais na aldeia de Xiu. Não havia necessidade de preparar nenhuma sopa de feijão ou tirar leite de búfala. Sentiam falta do ar fresco, mas a vida era mais fácil. An e Dông ficavam felizes quando a pequenina se expressava, fosse com risadinhas ou chorando. Nesse período, a mãe descansava em seu leito, a contemplá-los com amor e afeição.

An jamais cruzava com o presidente, pois tinha de deixar o apartamento no domingo às seis e meia da tarde, logo após o jantar, para voltar a Ha Dông antes de escurecer. As luzes na caserna se apagavam às nove horas. Sabia que o serviço do presidente enviava um carro para pegar Xuân, mas, às vezes, o próprio presidente aparecia de súbito no apartamento, no meio da noite.

O presidente dera um nome muito virtuoso à pequena filha: Nghia, lealdade.

Ao saber disso, An ficou irritado:

— Há milhares de nomes lindos. Por que escolher justamente esse? Só na minha seção existem três Nghia.

— Não fique chateado, meu grande irmão — acalmava-o Xuân, sorrindo. — É a filha do presidente.

Dông acrescentava:

— Isso mesmo, minha irmã tem razão. Ele é o pai. Tem o direito de dar esse nome.

An silenciou, mas logo tratou de dar um apelido à menina:

— Ela nasceu no ano da Cabra. Vou chamá-la de Mui. É mais fácil. Venha falar com o tio, Mui...

— Pa... pa...

Com apenas nove meses de idade, a pequena já pronunciava algumas palavras. Será uma grande oradora, pensava ele, seus lábios são rubros como polpa de balsamina e o sorriso é igualzinho ao do pai.

Quando a menina completou um ano, An instalou entre o guidão e o celim de sua bicicleta uma cadeirinha de vime. Levava-a para passear por toda a cidade. Em várias ocasiões, passava na frente do palácio presidencial. Enquanto a menina tagarelava, ele contemplava o edifício, que lhe parecia misterioso, como uma fortaleza fantasma. Em sua mente, falava com aquele homem, atravessando as grades e os soldados da guarda, as paredes espessas e as janelas sempre fechadas. Aquele homem, com quem nunca se encontrara, mas que fazia parte de sua família, estava presente em todas as suas discussões, em todos os seus projetos. Uma existência invisível, entre fantasia e realidade: “Caro presidente, está vendo sua filha sentada nesta pobre cadeirinha? Saiba que, apesar de todo o seu poder, o simples fato de ter casado com a irmã de minha esposa fará com que, à mesa, você seja servido depois de mim. É o costume entre os Tay.”

* * *

A fecundidade chega quando menos se espera. Quando Mui completou onze meses, começou a sofrer de diarreias que nenhum medicamento conseguia curar. Xuân, por sua vez, adormecia em qualquer lugar, mesmo à mesa. Todos estavam esgotados, até que a vizinha enunciou o seu diagnóstico:

— O que acontece é que a mãe está grávida e produz um leite ruim. Nenhum remédio poderá curar a pequena. Não sabiam disso?

Dông ficou pasma.

Ninguém na família enfrentara uma situação como essa. Depois de dois dias de choro contínuo, a pequena Mui foi desmamada e passou para o leite em pó e a mamadeira. De qualquer maneira, sempre dormira com a tia Dông e conhecia seu cheiro melhor do que o de sua própria mãe. Diz-se que o primeiro filho é sempre ingênuo e meio doidivanas. Mui, porém, era de uma inteligência rara. Todo sábado, ao pôr do sol, ia até a varanda esperar o tio. Reconhecia-o no meio da multidão. Fazia sinais para ele assim que o enxergava ao longe, parado no farol vermelho. Sua velha bicicleta preta sem para-lamas era um veículo familiar à pequena, promessa de muitos passeios excitantes. Quando ele descia da bicicleta, ao pé do prédio, enxergava-a na varanda com um sorriso aberto de moça, o rosto irradiante e os olhos brilhantes. Às vezes An pensava ter de repente retornado para a aldeia de Xiu, ao tempo em que ele voltava para casa com Dông depois de pegarem lenha e a pequena Xuân os aguardava no quintal com aquele mesmo sorriso silencioso e aberto. Antigas lembranças se misturavam às mais recentes, alimentando amor e ternura em seu coração.

A vida continuava. Xuân deu à luz o seu segundo filho no ano do Macaco. Era um sábado. An chegava da caserna quando Dông correu em sua direção e pulou em seu pescoço. Parecia feliz e muito orgulhosa, murmurando em sua orelha:

— Um menino! Três quilos e seiscentos. Cinquenta e oito centímetros.

— Está ótimo! Agora temos o arroz especial e o arroz comum — respondeu An.

Surpresa com essa reação, Dông lhe disse:

— Você é realmente engraçado!

— Por quê? O que foi que eu disse de errado? Por que está rindo?

A mulher abre um grande sorriso.

— Não é uma questão de arroz especial e arroz comum. Você sabe que o nascimento de um menino é algo muito importante para o pai!

— Entendo — responde ele, brincalhão. — Sei da importância daquele que dará continuidade à linhagem. Deixo para você a tarefa de criar o menino, personagem altamente importante. Eu cuidarei da pequena Mui.

— Você vai visitar Xuân no hospital?

— Não. Amanhã irei ao mercado e depois prepararei algo de comer para vocês. Depois levarei Mui ao zoológico para mostrar os ursos e os tigres. Você pode ir visitá-la.

Nem mesmo ele conseguia entender sua reação. Recorda agora os olhos da esposa, cheios de perplexidade. Esse olhar, que ele continuou sentindo quando já estava de costas para ela, obcecou-o como uma pergunta silenciosa sem resposta. Foi somente bem mais tarde que ele mesmo entendeu a sua desconfiança instintiva. Sentira a sombra escura dos abutres circulando acima deles desde o momento em que Dông lhe anunciara a novidade que devia fazê-lo pular de alegria. No dia seguinte, levou Mui ao zoológico. Na volta, a pequena queria parar na frente do palácio presidencial para ver... os soldados. Pararam então na calçada em frente. Poucos minutos depois, um guarda o abordou e pediu para ver seus documentos. An apresentou sua carteira de identidade militar. O soldado examinou o documento e lhe disse:

— Estamos em uma área de segurança. Queira levar sua filha para outro lugar.

— Sinto muito. É a menina que queria ver.

— Eu quero ver, eu quero ver os *bô dôi* — balbuciou a menina.

O guarda, achando aquilo divertido, cedeu e se afastou. O coração de An, no entanto, sentiu o golpe. Contemplando a residência cercada pelo bem-cuidado jardim, ele refletia:

Onde está a felicidade quando o pai vive em um castelo e a filha, em uma simples bicicleta, olha para a sua casa cheia de desejos? Para que serve esse amor? Se Xuân não caísse no gosto do presidente, teria arranjado um marido normal e bom, conforme o seu gosto. A felicidade também existe no campo. E nossa casa sobre colunas é três vezes maior do que o seu apartamento aqui. Temos terras, búfalos, porcos e centenas de galinhas que põem ovos aos milhares. Temos a floresta, os riachos, temos colmeias selvagens que nos fornecem o mel e animais para caçar. Claro, sua vida na cidade é prática, moderna, mas o espaço é muito apertado, e a alma humana, egoísta demais. Não terá sido um erro deixar a nossa aldeia?

Outro homem avançava agora em sua direção, tendo saído da guarita. Certamente um oficial. Secamente, ele disse:

— Camarada, você está em uma área de segurança. Saia daqui com sua criança, por favor.

An virou para a sobrinha:

— Não podemos ficar aqui. Titio vai levar você para o mercado Ngoc Ha para comprar uma bola, está bem?

A atitude do policial o enervou. Sabe muito bem que os soldados apenas cumpriam ordens superiores, como ele próprio fazia antes. Mesmo assim, não consegue segurar a irritação.

"Prezado senhor, o senhor é o pai desta menina que está no meu colo" — imagina-se dizer ao presidente, sem conhecê-lo. "Consegue ter uma dimensão desse episódio? Uma criança que não tem o direito de parar na frente da casa do pai, nem mesmo de contemplá-la! Uma criança que é mandada embora pelos guardas do próprio pai! O senhor tem coração, será sensível diante dessa situação absurda, presidente? Hoje sua filha é pequena demais para entender, mas e amanhã? Será que o considerará um bom pai, ou o verá como um canalha que rejeita o sangue de seu sangue, como um guardanapo usado? Nessa residência imensa não existe um único quarto em que sua filha e sua esposa poderiam ser alojadas? Por que motivo obscuro o senhor aceitou que a nossa Xuân fosse exilada em meio ao populacho? Seria a origem montanhesa da rainha o que gera desprezo de sua corte? Essa corte que sempre se vangloriou de tratar bem as minorias étnicas!"

A dúvida e a raiva, há tanto tempo guardadas no coração, ressurgem abruptamente, pulsando em sua cabeça como botões de flores na primavera. Não se deu conta de que havia entrado pela rua Hoang Dieu, onde moravam ministros e altas personalidades do Partido. Provavelmente queria gravar, em sua mente, a imagem dos jardins e dos terraços dos cortesãos. Seguiu pela rua Phan Dinh Phung para rever as outras residências, cujos proprietários conhecia bem, para que sua ira atingisse o auge.

Passou por eles um Volga, e An viu dentro do carro a mulher de um ministro, gorda e feia, que olhava para fora com desdém.

Naquela tarde, o tempo estava bonito, mas ele não conseguia se livrar de suas ideias ruins. Adorava a pequena Mui. Adorava sua cunhada Xuân. Sentia-se impotente diante da injustiça. Foi somente à noite, quando recebeu a esposa que voltava do hospital, que conseguiu deixar a amargura de lado.

Com uma expressão de alegria, Dông lhe disse:

— Xuân estará de volta em três dias. Não preciso mais levar nada para ela comer.

— Como vai a saúde?

— Saúde de quem? De Xuân ou do nenê?

— De Xuân.

— Xuân está muito bem. Mas acho que você está exagerando. Prefere as meninas aos meninos. Nem me pergunta como vai o menino...

Ele cai na gargalhada:

— A sociedade prefere os meninos. Pois eu sou o contrário. Você não gosta disso?

— Sim, eu gosto disso!

Dông sentia-se muito feliz com ele. Viviam juntos desde os cinco anos de idade. Era um amor que vinha da infância. Seu idílio começou mais tarde, como uma continuidade harmoniosa de seus sentimentos infantis. An sempre fora um homem generoso, despretensioso, sem nenhuma obsessão quanto à descendência. Seus anos de estudo lhe proporcionaram uma outra visão da vida, diferente da visão dos homens de sua geração. Para ela, An era uma dádiva, uma bênção dos deuses. Costumava lhe perguntar:

— Não acha que tivemos sorte de sermos vizinhos lá na colina?

E ele respondia:

— Eu é que tive a sorte de nascer ao lado de uma vizinha que já aguardava por mim.

— Está me culpando por ser mais velha que você, é isso?

— Mesmo que você fosse quinze anos mais velha, não importa, pois o destino reservou para você a função de ser minha mulher.

— Você é um falastrão!

Suas conversas sempre acabavam em risadas. An não conhecia nenhum casal tão sólido quanto eles. Quando eram mais jovens, nenhuma dúvida existia em relação à sua felicidade. Com o nascimento do filho de Xuân, porém, surgiu um pressentimento sombrio em sua mente, perturbando-o mesmo nos momentos mais felizes. Rememorava as citações feitas por seu professor de história, o mestre que tudo lhe ensinara em Thât Khê.

"Mulheres belas são flores delicadas que desabrocham com muito brilho, mas murcham rapidamente. Ao mesmo tempo em que lhes dão essa magnificência que atrai tanta gente e provoca tanta inveja e ciúmes, os céus lhes retiram uma parte da vida."

Para sua grande surpresa, porém, o brilho das duas irmãs, Dông e Xuân, apenas crescia. Era como se o tempo não exercesse efeito sobre elas. Com o passar dos anos, tornavam-se mais belas, mais atraentes, mais femininas. Muitas vezes, An flagrava passantes comuns que paravam para vê-las, como se tivessem cruzado com duas deusas. Na capital, sua beleza suntuosa era algo único. Para An, ela não podia ter surgido em outra parte que não em sua região, na montanha, onde o ar é tão puro que a natureza, depois da chuva, parece coberta por um manto de cristal, onde na primavera os bosques de damasqueiros se cobrem de um branco imaculado, onde as cascatas difundem perpetuamente os seus fios de prata e ouro, onde violetas nascem nas frestas das rochas no início do outono, onde vagabundeiam as abelhas que fabricam um mel perfumado, onde os riachos límpidos serpenteiam entre as rochas banhando a pele dos homens e irrigando os arrozais nos terraços. As moças bonitas da aldeia de Xiu crescem sob esse céu, respiram esse ar e são alimentadas com o leite das búfalas e com o mel de flores selvagens. Sua pele é fina como a do pêssego, seus olhos são de cristal, seus olhares são abismos no coração da montanha. Seus lábios, de um vermelho selvagem feito pimenta madura, são promessas enfeitiçantes de prazer. An sempre amou Dông. Em sua aldeia, as pessoas vivem como se fossem da mesma família. Em matéria de sentimentos amorosos, não há ciúmes nem cobiça. Mais tarde ele compreendeu que sua mulher devia ter sido objeto de fantasias e desejos na mente dos homens com os quais cruzara. E entendeu também por que o velho rei se apaixonou pela pequena Xuân. Nenhum homem consegue resistir a uma mulher cuja beleza é comparável a uma lâmina de sabre afiada mas cuja alma, serena e doce, promete uma vida inteira de felicidade simples. Mesmo que Dông jamais tivesse sentido, ele sabia que possuía um tesouro. Para protegê-lo, precisa demonstrar inteligência e coragem. Eis por que o seu orgulho se somava à vigilância. Será que o velho rei pensava o mesmo? Teria ele o mesmo sentimento por Xuân? Ou, em seu orgulho de soberano, ignorava o caráter raro e precioso de seu amor, considerando apenas um simples prazer terreno?

* * *

Jamais compartilhara esses pensamentos sombrios com as irmãs, que amava mais do que tudo no mundo. No decorrer de suas conversas cheias de esperança, ele silenciava.

— Você irá amanhã ao palácio presidencial? — perguntou Dông a Xuân.

— Sim. O serviço presidencial marcou um encontro para mim amanhã. Virão me buscar de carro às nove horas.

— Preparou os seus argumentos?

— Não tenho nada a preparar! Só tenho uma coisa a dizer: agora que temos uma menina e um menino, nossa união deve ser oficializada perante a lei.

— Está certo! Amanhã será um dia difícil — respondeu Dông. — Vou preparar a refeição um pouco mais cedo. Não se esqueça de alimentar o bebê antes de sair.

O dia seguinte era um domingo. An levou a pequena Mui para passear de manhã, depois de ter avisado que voltariam tarde. Em torno do meio-dia, tio e sobrinha comeram uma sopa antes ir para o circo, na sessão das três. Quando dali saíram, o sol já se escondia atrás dos edifícios a oeste da cidade. A pequena caiu no sono e ele, depois de comer rapidamente, voltou para a caserna. Não fez nenhuma pergunta sobre o encontro entre Xuân e o pai das crianças. An recorda o olhar interrogativo de sua mulher quando passava por ele. Xuân, ocupada demais com o menino, nem sequer percebeu o seu silêncio. Provavelmente satisfeita e com a cabeça cheia de projetos, não prestava atenção em mais nada. No caminho de volta para Ha Dông, An se reprovou por esse comportamento de indiferença. Sabia ser irracional, mas uma grande tristeza o envolvera, como em um casulo. Uma tristeza que ele tentava, em vão, expulsar de si. Os dias se passaram pesados. Fosse em sala de aula com seus colegas ou em algum campo de treinamento, ele se sentia flutuando num sonho. Seus pés não pareciam tocar o chão, andava como se estivesse numa nuvem. Por quê? Não sabia dizer. Às vezes sua memória o remetia para a aldeia de Xiu, iluminada por raios de felicidade sem fim. Em outras, sua mente se transportava para o vilarejo de Thât Khê, na escola que ele havia frequentado. Via-se entre os outros alunos, como um ganso no meio de patos. Ou então recordava a casa do professor de história e seu aroma agradável de chá. Sua esposa vendia chás e ele ali comparecia com frequência para ajudá-la a fazer os pacotes, ouvindo o professor contar lendas e episódios da história da China e de sua corte imperial. Nesses momentos, sentia um aperto no coração, sem saber muito bem por quê. Uma angústia imprecisa parecia tecer em torno dele uma gigantesca teia de aranha.

No sábado à noite, após o treinamento, An pegou sua bicicleta e saiu, mas ela, por azar, apresentou um problema depois de poucos metros. Teve de procurar um bicicleteiro ambulante. O homem lhe mostrou a câmara de ar completamente rasgada, sem conserto.

— Desculpe, camarada, mas não tenho nem mesmo como consertá-la. Vai precisar de uma nova.

— Encontre uma solução, por favor. Não estamos recebendo câmaras novas.

— Não estou lhe mentindo. Vi tudo direitinho. Garanto que ninguém consegue fazer isso.

An não tinha alternativa a não ser levar a bicicleta de volta para a caserna para pedir emprestada a da célula de abastecimento. As bicicletas do abastecimento são veículos prioritários, com os pneus sempre em bom estado. O responsável concordou, mas An precisava devolvê-la até o meio-dia do dia seguinte, para as tarefas da noite. Depois de uma árdua negociação, fecharam que entregaria até as três da tarde. Assim, An poderia levar Mui ao espetáculo do jardim das crianças. Satisfeito, partiu para Hanói. Quando ali chegou, as luzes da cidade estavam acesas e a pequena Mui não o aguardava na varanda como de costume. Devia estar muito atrasado, pensou, atravessando o vestíbulo escuro e cumprimentando de passagem os policiais em trajes civis que ele conhecia. No quintal, viu a pequena Mui brincando com duas crianças vizinhas, sob a observação da avó. Mui pulou no pescoço dele, beijou-o no rosto inteiro. Ele pensou em subir com ela ao apartamento, mas a velha senhora lhe disse:

— A mãe dela me disse para deixá-la brincando aqui.

O coração de An saltou: "O que terá acontecido para que ela tenha deixado a menina brincando no pátio?" Subiu até o apartamento. As duas mulheres o aguardavam à mesa. Ele se dirigiu a elas em tom alegre.

— Desculpem o atraso! Vocês estão com fome, não é? Vou lavar o rosto rapidamente e aí comemos. Furou o pneu de minha bicicleta. Tive de pegar uma emprestada do abastecimento.

— As bicicletas do Exército não têm câmara de reserva? — perguntou a esposa.

— As bicicletas, mesmo as do Exército, estão aguardando a distribuição de câmaras novas. Não temos nem mesmo camisetas, cuecas ou víveres. Bem, o que vamos comer esta noite?

— Fiz uma salada de banana e peito de porco para acompanhar uma massa de camarões à moda Kinh — respondeu Dông.

— Da próxima vez você poderia preparar uma sopa Lang Son?

— Dizem que a sopa de Lang Son é melhor que a de Thât Khê, pois colocam nela algumas ervas aromáticas especiais. Além da cebola e do gengobre grelhados, da canela e do anis-estrelado, usam um condimento secreto. Se você quiser, vou comer na cidade e tentar descobrir o que é.

— Está bem! Pode tentar. A sopa de Lang Son é famosa.

Graças a essa conversa sobre culinária, conseguiram deixar as preocupações de lado e concluir a refeição. Na hora do chá, ele entendeu que já não podia continuar fingindo. A teia de aranha gigante ameaçava formar-se novamente entre eles. Como homem mais velho da família, ele tinha a obrigação de colocar o assunto em pauta:

— Bem, podem falar.

Xuân ficou em silêncio. Foi a esposa quem falou:

— No domingo passado, minha irmã conversou com o presidente. Ele está totalmente de acordo, mas disse que era preciso aguardar a posição do birô político. A questão foi colocada em discussão na segunda-feira, na reunião semanal. O pedido do presidente foi recusado. Todos votaram contra.

— Por qual motivo?

— Não querem que o presidente tenha uma família. Querem que ele continue a ser o pai do povo. Foi a resolução adotada pelo birô político.

— E obrigaram o presidente a aceitá-la? Ou ele aceitou por conta própria?

Incapaz de responder a essa pergunta, Dông silenciou. Assim como Xuân. Mas An queria saber mais. E perguntou a Xuân:

— Quando foi que você esteve com o presidente depois dessa reunião?

— Sexta-feira. Ele mandou um carro me pegar às onze horas.

— E qual explicação ele lhe deu?

— Disse que, segundo os princípios do Partido, a minoria tem de acatar a decisão da maioria. No nosso caso, o birô votou contra por unanimidade.

— Ele só disse isso?

— Disse também que sabe que me pede sacrifícios demais, mas que devemos viver pacientemente à sombra até que ele consiga convencer os membros do birô político.

— E como ele disse isso tudo a você?

— Não me lembro. Eu estava chorando.

— Ele estava sorridente ou chorou também?

— Ele chorou. Abraçou-me e disse: eles são rígidos demais e não têm nenhuma compaixão por nós.

— Nós quem?

Xuân ergueu os olhos sem compreender. An se acalmou um pouco:

— Nós significa ele, você e as duas crianças. Os quatro membros da família. Para as pessoas comuns, vocês teriam formado uma família completa.

Mas, em sua mente, era outra a resposta que se insinuava: "Infelizmente, *nós* significa também o grupo que nós três formamos: eu, minha mulher e você. Um grupo inseparável. Laços inquebráveis. Esse triângulo não faz parte das preocupações do presidente. No entanto, toda decisão referente à sua vida é uma facada que o destino aplica sobre nós. Nem glória nem riqueza, mas apenas privações e infelicidade. Minha intuição estava certa."

Diante do olhar desesperado de Xuân, sentia um aperto no coração. Que fazer? Que fazer para proteger da desastrosa tempestade aqueles a quem amava? Ele, único homem daquela pequena família. Por que o destino era tão cruel? Sufocava, sentia dificuldade para respirar. Levantou-se, abriu as duas janelas e se voltou novamente para as mulheres:

— Precisamos ficar calmos para refletir. Não sei quais são as intenções ocultas do birô político. Historicamente, as cortes imperiais sempre reagiram mal quando um soberano se apaixonava por uma concubina. Especialmente quando o rei era idoso e a concubina, jovem e bonita. Os temores dos homens de Estado se baseiam em experiências negativas do passado. Na China, o imperador Duong Minh se apaixonou pela bela Duong Quy Phi e o rei Tru estava louco de amor por Dat Ki. Entre nós, no Vietnã, o senhor Trinh Sâm amava loucamente sua concubina Dang Thi Huê. Mas todos esses casos não têm nada a ver com o nosso. As belas mulheres dos soberanos da China viviam em um luxo exuberante. Duong Quy Phi só punha os pés sobre flores de lótus douradas. Até mesmo a sua carruagem era atapetada e coberta de ouro de cima a baixo. O castelo de Dat Ki era todo forrado de seda, e cada refeição custava centenas de taéis de ouro. Em nosso país, a concubina Dang Thi Huê abusou da paixão de seu senhor, corrompendo-se até o pescoço e aproveitando para colocar parentes dela no palácio. Assim foi que protegeu seu irmão Dang Mâu Lân, homem de uma crueldade abominável. Quando esse animal cruzava com uma mulher pela qual se interessasse, fosse jovem ou mais velha, ordenava a seus soldados que montassem de imediato uma barraca, dentro da qual a violentava à saciedade. Aquelas que resistissem eram degoladas, sem nenhum julgamento formal. Essa crueldade causou a revolta de muitas sumidades e altos funcionários da corte. Mas todas as queixas formais contra Mâu Lân eram desviadas e queimadas pelos esbirros de sua irmã. Até que um dia um general teve a coragem de matar Mâu Lân e depois se entregou para ser preso em Trinh Sâm. Nós estamos em uma situação oposta a esses três casos. Não vivemos no luxo. Sou o único homem da família e não roubei ninguém. Mui e seu irmãozinho estão sendo educados como todos os filhos de operários e de pequenos funcionários. Não nos beneficiamos de nenhum privilégio e nunca sequer tocamos no patrimônio público. Por que então eles se comportam assim em relação a nós?

As mulheres choravam em silêncio. Ninguém podia lhes responder, a não ser os céus, se se sentissem sensibilizados por sua situação. Mas os céus, isso não existe. Todos os deuses e espíritos que eles veneravam não passavam de fumaça sobre um altar enfeitado nos dias do Têt, e a única manifestação de sua existência era o aroma do incenso. Onde encontrar um salvador?

— Você teria coragem de perguntar a ele, abertamente, isso que eu acabo de dizer?

Xuân chorava copiosamente. Movia a cabeça, em desespero. A mulher de An virou-se para ele com um olhar de reprovação. Mas a raiva o engolfava:

— Xuân! Você precisa perguntar isso a ele. Por você e pelos seus filhos, você precisa saber disso.

— Eu já lhe perguntei. Ele respondeu que precisa cumprir com o seu dever como homem modelo. Ele me disse que se eu o amo, devo aceitar isso. Disse também que tudo irá mudar quando as crianças crescerem.

— Quando crescerem?

An não esperava por nenhuma resposta: *Que lástima! Ele já tem sessenta anos. Teremos de esperar mais vinte anos para viver de forma ofi-*

cializada? Que amargura para minha pequena Xuân! Que injustiça para minha sobrinha e meu sobrinho, filhos de um velho rei!

Outra pergunta, em seguida, ardeu-lhe nos lábios:

— Xuân, você o ama de verdade?

Ela o fitou, perdida.

— O que está dizendo?

— Perguntei se você o ama de verdade, a pessoa dele, ou se ama o presidente do nosso país.

— Amo o presidente... Amo...

Um choro incontrolável tomou conta dela. Irada, Dông repreendeu o marido:

— Que bicho te mordeu?

An estava confuso. Com sua raiva, fora longe demais. Sem dúvida desejava um rumo diferente para Xuân. Mas era tarde demais, as malditas correntes do destino já a haviam atado ao rei, aquele velho rei que ela amava perdidamente. No começo, chegou a duvidar disso, mas depois entendeu que ela realmente o amava. Não por causa de seu poder, mas porque era um bom marido, apesar da inconstância.

O Velho deve ser muito sedutor e ter lábia...

Ao mesmo tempo em que pensava isso, sabia que estava enganado. O Velho não tinha lábia, era um homem de bem. Soubera seduzir Xuân com palavras que nenhum jovem seria capaz de enunciar, com gestos de afeto e de ternura que nenhum outro vietnamita saberia emitir, graças à sua experiência acumulada no Ocidente. Esse poder não podia ser comparado ao de um caçador à procura de uma presa: o que ele buscava eram corações. Era algo invisível, imaterial, mas An o sentia como o fogo, como o orvalho da manhã ou a floração das árvores na montanha. Ele próprio conhecera tal poder. Sua memória o leva até as noites acaloradas da aldeia de Xiu, quando ele voltava de Thât Khê. O fogo ardia alegremente na lareira da ampla casa de colunas e os vizinhos estavam todos reunidos. Seu tio preparara uma enorme jarra de aguardente de arroz e alguns petiscos; frutas a não poder mais estavam distribuídas em grandes bandejas de madeira. Sua tia grelhara um cesto inteiro de sementes de girassol e fizera chá para os convidados. Os vizinhos, velhos e jovens, sentavam-se em torno da lareira como se assistissem a uma peça de teatro cujo único ator era An. No meio de todos, o jovem aluno do distrito contava lendas e mitos do povo da planície e de outros povos das montanhas. Aprendera tudo com o seu professor de história. O tio, sentado ao seu lado, olhava-o com admiração e depois abaixava a cabeça para esconder o orgulho. E, no entanto, era o melhor caçador da região e conhecido fabricante de gelatina de tigre, de urso e de camurça. Os mais ricos apreciadores iam até ele para comprar suas gelatinas, fabricadas ali mesmo, naquela casa. Graças a esse dinheiro, ele pôde sustentar o sobrinho durante seus sete anos de estudos. Toda vez que o escutava cintando lendas e epopeias da China, comandando a morte de Quan Van Truong em *Os três reinos* e descrevendo a batalha de Bach Dang, não conseguia deixar de sentir a admiração de um analfabeto por um homem letrado, uma mistura de medo e fervor.

Esse poder sedutor do conhecimento constituía, para An, uma experiência importante, mesmo que tivesse obtido apenas o diploma do secundário e que seu horizonte não tivesse ido muito além dos tetos cobertos com telhas das casas de Thât Khê. Seu saber não era mais do que um grão de areia em comparação com a imensa cultura do presidente, que viajara pelo mundo durante vinte anos e que falava também chinês e francês. Não era difícil explicar, assim, a paixão de Xuân.

Por que se comparar àquele homem? Que pretensão!

Sim, mas, apesar de toda a sua cultura e de todo o seu poder, o senhor entrou nesta família depois de mim. Eu sempre o precederei nas cerimônias diante do altar dos antepassados. Minha mulher e eu cuidamos de seus filhos. É o senhor quem tem dívidas comigo.

Um clima pesado pairou sobre toda aquela noite. Na cama, Dông foi ao seu encontro. Fizeram amor em silêncio. Como das primeiras vezes, à beira da cascata dos Rouxinóis. Quando tinham quinze anos e transbordavam de energia e ardor. No dia seguinte, ele dormiu até o meio-dia. Quando acordou, a esposa já tinha saído para o mercado e Xuân descera com os filhos para conversar com a vizinha ao pé da velha pitombeira. Olhou-as da janela. Seu cérebro estava em meio a uma neblina opaca. Vazio. Nenhum pensamento se formulava claramente. Sentiu-se transformado em uma estátua de madeira que sabia falar, mas nada sentia. Permaneceu nesse estado até o retorno de Dông. Ela se livrou da cesta de compras e observou o marido. Levou-o até o quarto e abraçou-o com ternura. Ele deitou a cabeça no seu peito. O calor da pele e a doçura daquele amor o tiraram do torpor insensível. E começou a chorar. Como uma mulher. Como um pobre-diabo esfomeado. Como uma criança que não sabe para onde ir, perdida numa estação de trem.

5

No sábado seguinte, ele não teve tempo de chorar.

À sua chegada, os três policiais o encaravam sombriamente, como demônios no fundo de uma gruta escura. O olhar mais terrível era o de Nông Tai, o único guarda, ali, da etnia Tay. Havia em seus olhos uma espécie de grito de terror, um grito de alerta sufocado. An saudou-os com um sinal de cabeça e avançou pelo corredor. Os olhares o seguiram, colando-se em suas costas como chumbo derretido. Seu coração, porém, não estava tão acelerado como no fim de semana anterior. Durante a semana, ele tivera tempo de refletir e de prever os desastres que poderiam acontecer com sua família. O que havia aprendido com o professor de história o ajudara a se preparar. Ao entrar, não ficou surpreso em ver as duas mulheres chorando muito, uma amparada na outra. Mas não era mais o mesmo choro. Desta vez, ele vinha carregado, não de tristeza, mas de pânico e raiva, de terror diante da morte que avançava como um tanque de guerra em sua direção, para esmagá-las. O rosto de Xuân, inchado, guardava as marcas dos golpes recentes. Ele se sentou e segurou as mãos dela. Levantou a blusa para verificar os hematomas, os arranhões e as marcas das cordas.

— Quem fez isso?

— Quôc Tuy.

— O ministro do Interior. Não é aquele com quem você cruzou na resistência em Viêt Bac?

Ela aquiesceu. An virou-se para a esposa:

— Onde você estava?

Embaixo, com a vizinha e as crianças. Ele chegou e me afastou. Não pude fazer nada, ele estava com um revólver e me ameaçou.

— O seu grito, de todo modo, só poderia ser ouvido pela vizinha e pelos guardas. Não é por acaso que eles alojaram vocês aqui. Quando foi que ele veio aqui, esse canalha?

— Todos os dias, desde segunda-feira. Sempre às três. E, em todas as vezes, mandou que os guardas impedissem qualquer pessoa de passar pelo corredor. Em todas as vezes, ele amarrou minhã irmã e a espancou.

Dông deu um grito de desespero:

— Que humilhação!

Um ricto formou-se nos lábios de An: ele sorria para o destino. Não tinha mais o direito de chorar. Provavelmente seu coração já tinha sido destruído pelos choros da semana anterior, os últimos de sua vida. Segurou as mãos graciosas de Xuân.

— E o que esse cachorro Kinh disse a você?

— Disse que me observa desde a Resistência, quando me viu atravessar um riacho. Disse que, se eu fosse inteligente, deveria me casar com ele. E jurou que ainda serei dele.

— E aí?

— Respondi que sou casada com o presidente, que temos uma filha e um filho, que ele não me podia obrigar a nada. Ele riu dizendo: o seu Velho está longe demais, não vai ouvir os seus gritos, não poderá responder ao seu chamado. Aqui o rei sou eu. Se eu quiser que alguém morra, esse alguém morrerá. Agora, eu quero você. É a vontade do birô político. Ele decidiu que você será minha esposa. Seja inteligente. Eu sou jovem, o outro é velho. Se o pau dele é de madeira, o meu é de aço. Se ele levou você até o sétimo céu, pois eu vou levá-la ao nono. Se ele pode lhe dar dois filhos, eu lhe darei doze, sem parar. Cale a boca e abra as pernas.

Xuân contou tudo isso e caiu no choro.

An sentiu blocos de aço incandescente se moverem no seu coração. Veio-lhe à memória um espisódio histórico:

"O senhor era covarde, por isso a concubina Dang Thi Huê dormia com o general Ngu para proteger seu irmão, o cruel e perverso Dang Mâu Lân."

Pensou: minha cunhada não quis dormir com o general Ngu e ele então a violou e torturou. Esse velho rei é então dez vezes mais covarde que o senhor Trinh nessa história. A situação é irreversível. Se eu não fugir agora, toda a nossa família será exterminada. E a injustiça sofrida pela minha cunhada será esquecida para sempre. Um destino de predileta se esvai em meio à indiferença. Xuân não fez nada de mal. Nunca feriu ninguém. Sua bondade é sem igual. É preciso que eu esteja vivo, para lavar a sua honra achincalhada. Preciso viver para testemunhar esse crime abominável.

Seu professor de Thât Khê lhe dissera que a profissão de historiador era reservada aos heróis que ousavam dar a vida pela verdade. Todos os poderosos a temem e querem que os historiadores escrevam sob suas ordens. Muitas cabeças de historiadores, assim, foram cortadas, mas a história será sempre escrita com o seu sangue.

Devia me tornar historiador. Não para contar a história de meu país, mas sim a de meus próximos, a história de minha família.

Abraçou as duas mulheres juntas, para deixar marcada pela última vez e para sempre, em seu próprio cérebro, essa imagem de amor. Em seguida, perguntou à esposa:

— Quantos anéis você ainda tem?

— Tenho os cinco.

— Fique com o menor, aquele que lhe dei no nosso casamento. Dê-me os outros. Dê-me também um pouco de dinheiro, para a estrada.

— Temos algum dinheiro guardado desde o ano passado. Vou lhe dar tudo.

— Quanto é?

— Uns quinhentos mil.

— Preciso apenas de metade disso. Guarde o resto para as compras.

Enquanto observava as costas macias de Dông, que saíra para pegar o dinheiro, ele pensou:

Oh, minha amada, você não terá mais oportunidade de me preparar a sopa à moda Lang Son. Nossa vida foi ceifada ao meio, como o talo do arroz na colheita. Que tristeza! O dia em que a nossa Xuân se tornou rainha marcou o início da nossa infelicidade e a da nossa aldeia também. A nossa mudança de nome foi o maior erro de nossa vida.

Dông voltou com um maço de notas numa das mãos. Na outra, uma pequena sacola, de onde tirou quatro anéis amarrados um no outro por um barbante; anéis grosseiros, não trabalhados, que os comerciantes guardam como reserva:

— Coloque-os nos bolsos da ceroula. Costurei um fecho na sacola.

— Entendi.

— Divida o dinheiro entre os vários bolsos da camisa e da calça.

— Está bem.

— Leve também esse frasco de bálsamo para os resfriados e a dor de barriga. Leve ainda uma lanterna, uma machadinha, cigarros e um antídoto contra veneno de cobra. Está com isso tudo?

— Coloquei tudo na minha sacola.

— Deixe-me verificar.

Não esqueci nada. Minha maior perda será a ausência de vocês, de você e de Xuân. Não posso levá-las em minha fuga. Nós nos veremos em outra vida, onde todos os seres vivos se encontram. Nós nos reveremos, mas, antes disso, tenho de cumprir o meu dever.

Pela última vez, abraçou as duas mulheres, aspirou o aroma de seus cabelos pretos brilhantes, colou o seu rosto nos delas e se levantou:

— Não me acompanhem! Deem um beijo nas crianças por mim.

— Thanh! — gritaram as mulheres.

— Não chorem! Façam como se nada estivesse acontecendo. Não temos alternativa.

Saiu e desceu as escadas, sem olhar para trás.

No corredor, dirigiu-se a Nông Tai:

— Tem algum dinheiro? Empreste-me dez mil. Queria comprar uns presentinhos na aldeia, mas não tenho o suficiente.

Nông Tai fitou-o firme:

— Quando você me devolve?

— Na semana que vem. Não, daqui a duas semanas, quando recebo o soldo. Eu lhe pago sem falta.

— Só tenho um pouco para uns biscoitos. Deixo tudo na caserna.

— Já está quase na hora da troca. Não pode sair um pouco mais cedo? Fale com os seus camaradas.

O corredor não era muito longo, de modo que os outros guardas haviam escutado a conversa. An tinha certeza de que cairiam no jogo, pois estavam convencidos de que os montanheses não sabiam mentir. Nông Tai voltou:

— Tudo bem. Estão de acordo. Vamos pegar minha bicicleta e aí voltamos para minha caserna.

Depois de pegar a bicicleta de Nông Tai, puseram-se a pedalar em silêncio. Depois de se assegurar de que ninguém os seguira, An parou. Nông Tai entendeu e parou também. Foram para a sombra de uma árvore:

— Aqueles dois sabem que, cedo ou tarde, acabarão mortos?

— Não nos falamos a respeito, mas todos pensaram nisso. Somos da equipe da tarde. Todos nós vimos o que aconteceu. A outra equipe faz a guarda da meia-noite ao meio-dia e não sabe de nada.

— Por que vocês não tentam fugir?

— Fugir para onde? Na caserna fazem a chamada todas as manhãs e todas as noites. Além disso, não me contariam, pois sou Tay. Eles são Khin, como Quôc Tuy. E a senhora Xuân é Tay.

— Não acharam estranho eu sair com você?

— Não.

— Por quê?

— Acham que nós, montanheses, somos burros e ingênuos e que não ousamos assumir riscos.

— Muito bem. É isso que nos permitirá, talvez, escapar. Eles, da planície, os inteligentes, eles com certeza irão morrer. Não temos mais tempo. Vamos imediatamente para a estação. Com a sua carteira da polícia popular, podemos conseguir pegar o trem.

— Mas... e as minhas coisas, meu dinheiro na caserna?

— Está louco? Mais vale viver pelado do que morrer de uniforme de gala! Vamos embora!

Na estação de Hang Co, deixaram as bicicletas no estacionamento e adquiriram duas passagens para Vinh. Como An imaginara, a carteira de policial de Nông Tai se revelou de grande utilidade. Conseguiram prioridade na compra dos bilhetes para uma "missão especial". Assim que embarcaram, o trem partiu. An guardou a sacola e observou a cidade, que desfilava no lado de fora:

Adeus, cidade inimiga. Quando eu estava na Resistência em Viêt Bac, sonhei com você durante meses. Você representava, para mim, o paraíso. Constato agora que é o inferno. Você será, provavelmente, o lugar onde cairão as pessoas que me são caras. Adeus, monstro horrível.

Contemplou Hanói. Provavelmente, pela última vez.

— Thanh! — murmurou Nông Tai ao pé de seu ouvido. — Thanh, estou achando que...

— O que foi?

— Por que estamos indo para o sul? Se formos pela planície, seremos como raposas no meio dos arrozais molhados ou como peixes fora da água. Por que não voltamos para Thât Khê? Conhecemos os lugares de cor, cada riacho, cada rochedo. Ali a gente poderia se esconder com facilidade, comer raízes e fazer a caça.

— Idiota! É justamente lá que eles nos procurariam em primeiro lugar. Além disso, não podemos ficar apodrecendo no meio do mato a vida inteira. Mais do que isso, indo para o norte cairemos nas mãos dos chineses, que nos entregariam imediatamente aos vietnamitas.

— Mas o centro fica muito longe, e nós o conhecemos muito mal.

— Se queremos escapar da morte, precisamos ir para muito longe. Além disso, de Vinh até a fonteira com o Laos é menos longe do que do nosso distrito natal até a fonteira norte com a China.

— Como sabe disso?

— Eu me informei a respeito antes de partir.

— Mas do outro lado fica o Laos. Conhece os laosianos?

— Um chinês e um laosiano não têm nada a ver um com o outro. É o mesmo que comparar uma corça com uma pantera.

Sua conversa, em voz baixa, perdia-se em meio ao ruído do avanço do trem.

— Durma! — disse An ao companheiro.

— Não tenho sono. Estou com fome.

— Você tem razão, não dá para dormir de barriga vazia. Vá até o vagão-restaurante para comprar pão. A gente come o pão e bebe bastante água para encher a barriga. Precisamos dormir de qualquer maneira para termos forças amanhã.

Nông Tai se dirige ao último vagão e volta com dois pães enormes salgados e temperados e duas garrafas d'água. Os dois comem e bebem em silêncio e depois se acomodam para dormir. Suas cabeças balançam como bolas com o movimento do trem. Dormem profundamente, até que o alto-falante anuncia: "Chegada a Vinh. Favor verificar as bagagens."

An desperta num sobressalto. O trem diminui a velocidade e estaciona. Uma luz pálida ajuda os passageiros a localizarem suas bagagens nos compartimentos acima de suas cabeças. Os dois permanecem imóveis. Sua única bagagem é uma sacola, com todos os seus pertences. São quatro horas da manhã, e a neblina é densa quando desembarcam na plataforma. Carroças estão paradas na frente da estação e seus condutores bebem chá ou alguma bebida alcoólica nos quiosques que se espalham na calçada. Cada corrida de carroça precisa ser bem negociada, pois há poucos veículos para muitos viajantes. Não dava nem mesmo para pensar em pegar um ônibus, a não ser que alguém se dispusesse a ficar no mínimo dez horas em uma fila para comprar a passagem. An chamou o companheiro:

— Vamos, depressa!

Passaram com rapidez pelos cocheiros e se dirigiram a um deles, de aspecto arrogante e um bigode retorcido:

— Bom dia. Precisamos ir até a fronteira. Pode nos levar?

— Quem são vocês?

— Ele é da milícia popular, eu sou oficial do Exército. Aqui estão as nossas cartas de missão.

— Policiais e oficiais têm prioridade nos transportes públicos. A cada três dias, há um ônibus que parte para a fronteira. Vocês só precisariam alugar um quarto e pedir à polícia local para cuidar de seus lugares no ônibus. O próximo sai em dois dias.

— Nossa missão é urgente, não podemos aguardar.

— Mas os senhores não podem alugar a minha carroça. O valor fica caro demais para subir a montanha. Só transportamos as pessoas nas cercanias de Vinh.

— Pagaremos o que for preciso. Os custos desta missão serão todos reembolsados.

O cocheiro os observa desconfiado.

— Para fazer uma viagem, preciso de pelo menos oito pessoas.

— Pagaremos pelos oito lugares — interrompe-o An. — Pagamos inclusive pelas tarifas relativas ao transporte de bagagens de oito passageiros.

— Deixe-me pensar... — murmurou o bigodudo.

— Pagaremos o que for preciso para alimentar bem o cavalo, já que o caminho está em más condições. Se for preciso trocá-lo no meio do percurso, também assumiremos o custo disso. Precisamos cumprir a missão que nos foi confiada de qualquer maneira.

— Está bem!

O cocheiro se levantou num movimento rápido. Tirou algumas moedas do bolso para pagar o chá e avançou em direção à sua carroça, com os dois homens a segui-lo. An contou o dinheiro que tinha e deu ao cocheiro dois terços do valor total combinado.

— Eu lhe darei o restante assim que avistarmos o posto da fronteira.

— Camaradas, vocês são muito generosos. Por isso é que os céus o enviaram para mim. Para dizer a verdade, meu cavalo é o melhor da cidade. Nenhum outro, fora ele, conseguiria subir até a fronteira.

Sabem por quê? Eu o alimento com milho misturado com mel. Os outros só dão capim.

Falava com orgulho enquanto guardava cuidadosamente o maço de notas em um bolso com botão. Embarcaram no veículo e o cocheiro fez estalar o seu chicote. A carroça avançou, então, para o oeste. Depois de alguns instantes, An se pôs a observar a paisagem:

— Vinh não parece ser muito maior que Thât Khê. Mas as casas são diferentes. Há tonéis pintados de vermelho por todos os lados.

— Nunca estiveram aqui, camaradas?

— Não, é a primeira vez — respondeu An.

O cocheiro ergueu o chicote para indicar a cadeia de montanhas que esculpia o horizonte, ao longe:

— O vento do Laos vem do oeste. É um vento forte, que resseca tudo por onde passa. As árvores, os móveis, tudo que é de madeira fica seco e racha, e pode pegar fogo com qualquer centelha. A luta contra os incêndios é constante. Os tonéis vermelhos que vocês veem são cheios de água e foram distribuídos pelas autoridades. Se uma família, por preguiça, não enche o seu tonel com água, é imediatamente denunciada pelos vizinhos e tem de pagar uma multa.

— Mas, se existe um corpo de bombeiros da cidade pago para isso, por que pedir ao povo que faça esse trabalho?

— Aqui existe o triplo de bombeiros do que em outros lugares. Mas eles não dão conta de todos os incêndios causados pelo vento do Laos. Dizemos também que é um vento de fogo, nem é preciso a falha humana para que os incêndios aconteçam.

Um pensamento passa ligeiro pela mente de An:

O vento do Laos! Terrível. E, no entanto, avançamos justamente para essa fornalha. Mas nenhuma catástrofe natural pode ser mais destrutiva do que as produzidas pelo próprio homem. Somente os homens são capazes de cometer crueldades uns contra os outros.

Virou-se para Nông Tai:

— Ouviu bem? Teremos de agir sob esse vento de fogo. Tente dormir para acumular energia.

— Como quer que eu durma com esses solavancos todos?

— Feche os olhos!

O cocheiro concordou:

— Ele tem razão. Feche os olhos. Cada minuto é importante. Em alguns instantes o sol vai aparecer e atingirá os seus olhos. Todos que vêm do norte se queixam do sol de Nghê An.

— É a região do presidente?

— É.

Em seguida, o cocheiro citou um verso: "A terra pobre dá origem aos heróis."

— Bonito — disse An, dissimulando seu desprezo.

Com efeito, é um grande herói. Mas é também o homem mais covarde que conheço. Incapaz de proteger a esposa e os filhos.

À sua volta, diminuía o número de casas. Para trás já não era possível enxergar a cidade, a não ser pela fumaça que subia de algumas chaminés.

An perguntou ao cocheiro:

— Chegaremos antes de anoitecer?

— Depende do cavalo. E dos céus. Nesta estação o clima é imprevisível. Às vezes o vento, a chuva ou um furacão chegam de repente, quando se tinha um céu azul e muito sol poucos minutos antes. A meteorologia nunca conseguiu prever com precisão o tempo no centro. Se tivermos sorte, se o cavalo não aprontar nenhuma das suas, chegaremos ao posto da fronteira quando o sol ainda estiver um pouco acima da linha das montanhas.

— Aí serão mais ou menos quatro da tarde?

— Nunca olho a hora. Nessa minha profissão, fico o dia inteiro na estrada. Só sei que quase sempre chego quando o sol ainda aparece um pouco acima da montanha para o oeste.

— Quanto mais cedo chegarmos, melhor será para nós. Do outro lado da fronteira ainda teremos de andar um bom pedaço.

— Vou tentar! — exclamou o cocheiro.

An observava as colinas nuas que ainda precisavam atravessar antes de chegar ao posto. Formavam um horizonte vazio e desértico. Só cresciam nelas alguns arbustos anões e uma vegetação rasteira. Uma fuga por um terreno como aquele acabaria obrigatoriamente em morte.

Terá o posto da fronteira recebido algum sinal da nossa viagem?

An tentava imaginar o que poderia ter acontecido depois que eles partiram. Sua unidade e a de Nông Tai certamente haviam emitido um alerta referente ao desaparecimento dos dois soldados Tay. O procedimento normal prevê que se esperem vinte e quatro horas, mas, nesse caso, o ministro Quôc Tuy certamente mandaria encurtar o prazo. Certamente ordenaria batidas em todos os trens com destino a Lang Son e a Lao Cai, para pegar os desertores. Que acusação teriam imputado a ele? Roubo? Assassinato ou espionagem? Provavelmente espionagem, pois era esta a acusação que mais atiçava o ódio popular e o desprezo de todos — e que era, portanto, a mais eficaz.

Agora nos transformamos em gente perigosa, espiões a soldo do inimigo, autores de um complô para derrubar o governo.

An se lembrou amargamente de ter feito um juramento, sob a bandeira, pelo qual seria fiel à pátria e exterminaria qualquer inimigo que atentasse contra a ditadura do proletariado. Agora ele e Nông Tai eram esse inimigo. A vida é um grande e terrível engano, e milhões de pessoas se deixam levar como animais acabestrados.

O que será das duas mulheres? Não farão nada, pois elas já são prisioneiras no próprio apartamento e não têm como se opor à sua vigilância. Em compensação, os dois guardas certamente receberão ordens de fechar a boca.

Será que fugirão dali? Não, não ousariam fazê-lo. Depois da fuga de Nông Tai, ficarão sob estreita vigilância. Terão de ficar quietos e continuarão a fazer o papel de espantalhos naquele corredor escuro. O ministro não colocará outros em seu lugar. Por quanto tempo? Uma, duas ou três semanas? Depende da lascívia do ministro. Depois que ele satisfizer todas as suas necessidades luxuriosas, os dois policiais serão mortos junto com as mulheres. Assim como eu, eles também juraram milhares de vezes destruir o inimigo do povo e da pátria.

— Do que está rindo?

— Lembrei de uma história engraçada.

— Conte-a, então.

— Não, não, é muito suja!

Nông Tai fez uma careta, chateado. An passara a exibir aquele ricto toda vez que a dor lhe comprimia o coração. Tornara-se uma espécie de tique nervoso.

O jovem da aldeia de Xiu está morto. E as crianças? O que farão com elas, aqueles malditos cães?

Imaginou os dois olhos negros brilhantes da pequena Mui, sua respiração suave quando cochichava algo ao seu ouvido, a doce carícia de seus cabelos em sua face, o sentimento inefável que lhe subia no peito toda vez que ela punha a mãozinha sobre a dele — mão de caçador. E uma faca se afundava bem na ferida de seu coração.

Não! Tenho de parar de pensar nessas coisas. Devo considerar que para trás de mim ficou apenas um túmulo mudo e escuro. Mais ninguém, nada da aldeia de Xiu, nada de tio, de tia, de sogro. Tudo desapareceu. Eu serei o último. O último a viver, para denunciar esse carrasco Kinh. Tenho de fazê-lo a qualquer preco!

Sentindo-se exausto, diz a Nông Tai:

— Durma. Estou com uma forte dor nas costas. Dá para se esticar nesses bancos, que são previstos para quatro pessoas. Do outro lado da fronteira não contaremos com nenhum cavalo ou búfalo. Somente com as nossas pernas.

— Está bem — aquiesceu comportadamente o jovem, deitando-se no banco.

O cocheiro virou-se para eles:

— Podem descansar, camaradas. Eu os acordarei.

— Quando o posto estiver à vista, eu lhe pagarei o que falta. Se chegarmos mais cedo, eu lhe darei um adicional, para poder oferecer uma ração de milho ao cavalo.

— Está bem — respondeu o cocheiro, alegremente, entoando uma canção tradicional. Sua voz era grave e se expandia pela paisagem desértica. Devia ter sido um bom cantor na juventude, como os músicos da aldeia de Xiu. A canção mesclava ingenuidade e vulgaridade:

Eh, moça do outro lado do rio,
Vestida de vermelho vivo, de lenço rosa na cabeça
É casada ou espera por alguém?
Se você é casada e o marido está longe,
Atravesse o rio e venha.
Aqui é tranquilo, não há ninguém,
Não tema, a vida é tão curta,
Venha comigo, bela jovem.
A aba do seu vestido faz meu coração arder
Quando a vejo, é como estar sobre brasas acesas.

O som dos cascos do cavalo no chão da estrada ditava o ritmo, tristemente, à canção melancólica do cocheiro, enquanto An, aos poucos, se deixava envolver pelas ondas negras do sono.

6

— Acordem! Já dá para ver o posto.

Os dois se sobressaltaram.

— Esse sol é de cegar! — gritou Nông Tai, cobrindo o rosto rapidamente.

A luminosidade era tão forte que An sentia como se os olhos fossem pinicados por milhares de agulhas. Para se acostumar, piscou inúmeras vezes.

— Eu avisei — observou o cocheiro. — Todo mundo que vem do norte fica aterrorizado com o sol de Nghê An. Ainda bem que hoje não temos vento.

— E quando o vento vem?

— Vocês vão passar para o outro lado da fronteira. Amanhã ficarão sabendo.

— Onde está o posto da fronteira?

— Estão vendo, lá em cima? É lá que eles colocaram a bandeira. Na época era a bandeira francesa. Agora é a bandeira vermelha com a estrela dourada.

An deu o dinheiro ao cocheiro:

— Aqui está o que eu lhe devia. Há um pouco mais, para o milho e o mel do cavalo.

O cocheiro inclinou o corpo e tirou de sob o seu banco dois pacotes revestidos com folha de bananeira:

— Camaradas, vocês são muito generosos. Vou retribuir na mesma moeda. Tenho aqui dois pacotes de açúcar-cândi da melhor qualidade. Poderão chupar no caminho se tiverem sede. Para passar pelo posto sem dificuldades, deem metade aos soldados. Eles sempre buscam alguma coisinha.

— É de costume fazer isso?

— Eles nunca têm nada para fazer e acabam entediados. Raramente alguma carroça pede passagem. Praticamente só passam caminhões militares. Os caminhões civis nunca passam por ali. Se vocês estivessem alocados ali, provavelmente fariam a mesma coisa.

— Obrigado — disse An, erguendo os pacotes para sentir o cheiro agradável do açúcar-cândi. Vamos lhes oferecer realmente a metade, precisamos passar enquanto é dia.

— Sem o açúcar, acho que vocês passariam a noite no posto. A maioria dos guardas vem do norte. Farão todas as perguntas possíveis e imagináveis sobre a sua região.

An silenciou. Nông Tai, que olhava para o posto, virou-se para ele, aturdido:

— Thanh! Eles estão todos alinhados, à nossa espera, no alto da colina!

An ergueu os olhos. Com efeito, a bandeira vermelha estava bem visível. Os soldados fechavam a estrada. Como se quisessem cercá-los. An tocou, inconscientemente, na sua arma. Nông Tai fez o mesmo. Entreolharam-se, e An perguntou ao cocheiro, em voz baixa:

— Por que estão alinhados dessa maneira?

— Eles vivem entediados! — repetiu, antes de erguer o chicote.

O cavalo parecia hesitar.

— Hue! Hu! Não me venha com manha! Já estamos quase chegando. Depois vou lhe dar três porções de ração com mel. Mais uma forcinha, vamos.

Instava o cavalo, que parecia compreender e redobrava os esforços. A carroça recomeçou a andar.

— Como eu lhe disse, qualquer um se comportaria como eles nessas condições. Observam o nosso veículo. Daqui a pouco observarão vocês diretamente, camaradas, e conversarão com vocês também. Espero que os deixem passar rapidamente.

A mão de An se afastou de sua arma. Procurava imaginar como passar rapidamente pelo posto.

Ainda bem que somos Tay. Não temos muito a dizer aos soldados Kinh. Além disso, não temos a menor vontade de conversar com eles.

— O senhor é muito gentil — disse ao cocheiro. — Poderia ficar conversando com eles um pouco, para que nos deixem passar logo? O caminho pela floresta no escuro é difícil, e se dormirmos aqui, acabaremos fracassando em nossa missão. Posso lhe pagar um pouco mais por isso.

— Não queira me comprar — respondeu o cocheiro. — Só quero aquilo que me é devido, para mim e meu cavalo. Se for ávido demais, os céus me castigam. Irei ajudá-los. Ficarei conversando com eles por meia hora. O sol ainda estará alto.

Passados dez minutos, chegam ao topo da colina. Os soldados cercam imediatamente a carroça, com os rostos radiantes, como se tivessem encontrado um tesouro:

— Olá, camaradas! — adianta-se o cocheiro.

Os soldados respondem em coro:

— Olá! Faz tempo que não aparece um cavalo por aqui!

— Pois é! Para chegar até aqui, o cavalo precisa ser bem-alimentado durante pelo menos um mês. É só para ocasiões especiais. Hoje estou trazendo esses dois camaradas soldados em missão especial.

— Especial ou não, venham até aqui para conversarmos um pouco!

An e Nông Tai descem da carroça e apresentam seus documentos. Um dos guardas os coloca imediatamente no bolso sem nem mesmo dar uma espiada e segura os dois pelos ombros:

— Venham beber alguma coisa e descansar um pouco!

Dirigem-se para o posto. Os dois homens se veem obrigados a segui-los. Ao ver seus olhares inquietos, o cocheiro lhes diz:

— Entrem! Vou dar alguma coisa para o cavalo comer e já volto. Não se esqueçam do açúcar-cândi!

— Está comigo — diz An.

O posto da fronteira ficava bem no topo do desfiladeiro. As construções foram erguidas em torno de um pátio com piso de pedra, como nas casas dos Viet, na planície. O velho mastro da bandeira estava afixado na frente da construção principal, contígua a um pequeno bunker de cimento, certamente datado da época dos franceses. Ao seu lado, uma cabine de controle de madeira. Atrás da construção do lado esquerdo havia um curral no qual uma dezena de cavalos pastava dentro de uma cerca tripla de arame farpado: era o único meio de transporte dos guardas.

Amanhã esses mesmos cavalos estarão nos perseguindo. Conseguiremos escapar do cerco? De qualquer maneira, antes de morrer mandarei metade de vocês para o inferno.

An observava tudo. Entraram na enorme sala principal, onde havia uma mesa grande, coberta com todo tipo de objetos: chaleiras, jornais, rádios, cigarros, facas, chapéus e lanternas... As paredes eram cobertas com pôsteres de cantoras ou dançarinas, vestidas para espetáculos como *A peregrinação da jovem Thi Mâu* e *A loucura de Xuy Van*, ou então em trajes de dança.

— Mais uma rodada de chá! — ordenou o capitão, certamente chefe do posto.

— O fogo já está aceso na cozinha! — respondeu alguém no lado de fora.

Ficariam encurralados ali com eles!, pensou An. Era preciso fazer alguma coisa rapidamente.

— Camarada...

— Primeiro vamos beber. Depois conversamos. Somos todos soldados. Vocês são da infantaria, eu sou da guarda da fronteira, mas todos acordamos ao som da trombeta. Temos tão poucas oportunidades para conversar. De qualquer maneira, de nada adianta, para vocês, partir rápido. Ainda dá para ver o sol, mas ele se põe rapidinho. E à noite a neblina é densa por aqui.

An se sentiu sufocado. Naquele momento, toda essa camaradagem de corporação era perigosa. Felizmente o cocheiro chegou. Ao entrar na sala, cantava, em tom malicioso:

Se você é casada e o marido está longe,
Atravesse o rio e venha.
Aqui é tranquilo, não há ninguém...

O capitão se voltou para ele, brincando:

— Não tem vergonha de seduzir a mulher de outro homem?

— Não estou seduzindo ninguém. É uma canção tradicional.

— Os mais antigos eram infiéis assim?

— Os antigos também tinham língua para fazer brincadeira e olhos para ver as moças. De qualquer maneira, o senhor não teria como puni-los, pois já estão debaixo da terra há séculos. Ninguém poderá torturá-los — respondeu o cocheiro, lançando um olhar para An a fim de acalmá-lo.

An lhe perguntou:

— O cavalo comeu?

— Não, está demorando um pouco. E vocês, já mostraram os documentos?

— Dei as nossas carteiras, mas o soldado do camarada adjunto guardou tudo no bolso.

O cocheiro se pôs novamente a cantar:

Eh, moça do outro lado do rio,
Vestida de vermelho vivo, de lenço rosa na cabeça...

Em seguida, virou-se para o capitão:

— Os dois camaradas aqui presentes estão em missão especial. Não puderam aguardar o ônibus militar. A polícia de Vinh os mandou até mim, caso contrário eu jamais viria até aqui com o meu cavalo. Eles não têm tempo de beber o chá conosco, mas trazem um belo açúcar-cândi, que me deram para experimentar. Tem perfume de flor.

Virando-se para An, ele emendou:

— Camarada, ofereça um pouco do açúcar aos soldados. Ele vai deixar o nosso chá ainda mais gostoso.

An colocou imediatamente o pacote de açúcar em cima da mesa.

— Um presente para vocês, camaradas! — disse ele, sorrindo para o capitão. — Não passo de um tenente e estou sob suas ordens, capitão. Gostaria de ter mais tempo para conversar, mas a nossa missão é muito urgente.

— É mesmo?

O capitão pôs a cabeça para fora da janela para se dirigir ao grupo de soldados que estava por ali.

— Quem ficou com os documentos dos dois camaradas?

— Eu, capitão!

— Já os examinou?

— Sim, são o tenente Chi Van Thanh e o assistente da polícia popular Nông Tai. Ambos da etnia Tay.

— Devolva-lhes os documentos. Infelizmente precisam partir logo.

Com seus documentos de volta, o capitão lhes desejou boa viagem.

— Conversaremos então na volta. Meu irmão caçula é casado com uma Tay. Uma gracinha, com uma pele clara feito algodão, mais bonita que as soviéticas ou as tchecas. Na próxima encarnação, vou pedir para ser genro de uma família Thay.

An e Nông Tai cumprimentaram todos os soldados antes de retomar a estrada, com a canção do cocheiro soando às suas costas.

A aba do seu vestido faz meu coração arder
Quando a vejo, é como estar sobre brasas acesas.

An disse baixinho ao companheiro:

— Estamos em dívida com esse cocheiro. Se sairmos vivos dessa, devemos agradecer-lhe.

— Tem razão.

À beira do caminho, o cavalo, que esvaziara a sua tigela de milho com mel, ainda lambia os beiços enquanto olhava para eles.

— Bom, agora precisamos ter forças! — disse An.

Os dois puseram-se a andar, a passos largos, rumo ao Laos.

Depois de uma hora de caminhada, estavam encharcados de suor. O sol abaixara um pouco, mas continuava suspenso, acima da montanha, como um globo brilhante, a oeste. A paisagem ainda estava banhada de luz, mas a temperatura caíra um pouco. An chegava até mesmo a sentir algum frescor nos ombros quando diminuía a velocidade da marcha. Às suas costas, aquele oceano imenso de colinas forradas com arbustos espinhosos e vegetação rasteira. À frente, a linha escura da floresta aparecia nas curvas do caminho.

— A floresta! Estamos salvos — gritou Nông Tai.

— Rezo a anjos e demônios para que nos salvem. Mas é melhor acelerarmos, pois os cavalos nos alcançarão se estiverem no nosso encalço.

Os dois avançaram adiante, voltados para um sol que se transformara em cronômetro daquela maratona pela vida. Quando finalmente atingiram a borda da floresta, o astro rei começava a pousar sobre o topo da montanha e saboreava os últimos instantes de seu reinado, com seu suntuoso traje dourado. Exausto, An reduziu a velocidade, mas Nông Tai o apressou:

— Não pare. Esta área ainda é muito aberta. Os cavalos entrariam com facilidade. Para estar seguros, precisamos chegar ao centro da floresta.

Avançou então à frente de An, para encorajá-lo. A sombra das árvores os tranquilizava; sentiam-se menos expostos. Subiram por um bosque que os conduziu até uma clareira, um pedaço de terra coberto por uma vegetação cinza prateada. Dez minutos depois, chegaram a uma floresta densa, cheia de cipós, por onde só se conseguia avançar em fila indiana. Nông tai ofegava como um búfalo:

— Ainda não estamos em plena selva, mas os cavalos aqui terão muita dificuldade, com tantos cipós.

— Ufa! — respondeu An, erguendo os olhos. O espaço era atravessado por cipós cerrados, tentaculares, grossos, finos, espessos, compridos, curtos, formando nós corredios que estrangulariam qualquer cavalo que ousasse penetrar ali. Uma tropa de cavaleiros não conseguiria avançar sem um abridor de caminhos munido de um bom machado.

Disse Nông Tai:

— Na nossa terra não existem cipós como esses.

— Sim, mas as árvores são maiores.

— Essas plantas trepadeiras têm cores estranhas. Veja. Aqui, o tufo é alaranjado, e esse, em torno dessa velha árvore, tem folhas violetas como berinjela.

— O solo e o clima são muito diferentes aqui.

An continuava a contemplar os cipós, que balançavam ao vento sob os últimos raios do crepúsculo. Seu fino saco de dormir provocava reflexos como papel de alumínio a qualquer raio de luz. Nông Tai caminhava na frente, em silêncio. De repente, An ouviu um assobio e em seguida um som surdo proveniente de alguma massa pesada. Um cheiro fétido ocupou o ar, fazendo-o lembrar das noites de antigamente, passadas na floresta em torno da aldeia de Xiu.

Um tigre!, pensou, num lampejo.

Avançou até a árvore mais próxima e nela trepou com toda a energia que ainda lhe restava depois daquela caminhada difícil. Numa velocidade inaudita, superou dois galhos e chegou ao terceiro, o último, antes da copa da árvore. Sentou-se sobre o galho mais grosso, os braços e as pernas agarrados ao tronco. E finalmente ousou olhar para baixo.

O tigre segurava o corpo de Nông Tai entre as patas anteriores e erguia a cabeça em sua direção. Seus olhares se cruzaram. Um calafrio atravessou a coluna de An. Os olhos do senhor das selvas estavam bem abertos, enviando na direção dele raios de aço cintilantes. Durante essa insondável troca de olhares, suas pupilas se dilatavam e os bigodes vibravam sem parar.

Ele sabe que tem uma segunda presa. Ficará à espreita até que eu desça. Preciso manter o sangue-frio.

Procurou controlar a tremedeira para poder tirar da sacola uma pequena corda. E amarrou-se ao tronco, para garantir sua sobrevivência. Na juventude de seu tio, alguns caçadores exerciam a profissão de guarda-costas. Protegiam os ricos que tinham muitos inimigos ou acompanhavam negociantes em seus périplos ao longo da fronteira. Uma vez, um caçador acompanhava um traficante de ópio. O caçador andava na frente, mas um tigre acabou atacando aquele que estava atrás. Aterrorizado, o caçador subiu em uma árvore, deixando cair a espingarda. Desarmado, não tinha alternativa a não ser se agarrar à árvore. Infelizmente para ele, o tigre era muito esperto. Depois de devorar a primeira presa, adormeceu justamente ao pé da árvore. Com muita coragem, ele poderia aproveitar o sono do animal para descer e sair correndo. Mas esse caçador, que não era muito corajoso, passou a noite tremendo e tiritando com o frio da montanha. Na manhã seguinte, o tigre acordou, espreguiçou-se e começou a andar em torno da árvore, olhando bem nos olhos de sua presa e rugindo terrivelmente. O infeliz não conseguiu suportar por muito tempo o olhar do tigre e suas manobras de intimidação. Extenuado pela noite em claro, sedento, acabou caindo ao pé da árvore e foi devorado pelo senhor das selvas.

Os caçadores contavam essa história ao pé do fogo enquanto punham sua conserva para ferver ao final de cada estação. An a conhecia de cor. Por isso, cuidou de se amarrar com força no tronco da árvore, checar os nós, sua sacola e seu fuzil. Depois disso, inclinou o corpo para encarar a fera. Mas o tigre se voltara para a primeira presa. Pobre Nông Tai! Deve ter morrido no ataque. Aquele tigre devia ter costume de atacar seres humanos, pois conseguiu dominá-lo imediatamente. Essas feras caçadoras de homens, diz-se que são o diabo: quando encontramos uma, é a porta do inferno que se abre.

Ele é enorme, calculou An. Era um animal jovem, pois a penugem era de um amarelo ainda belo e suas listras, como que desenhadas com pincel. Bastava ver o que restara da cabeça da vítima para atestar sua agilidade e flexibilidade. An ficou hipnotizado pelos olhos da fera. Era medo? Curiosidade? Ou as duas coisas juntas? Desde os treze anos de idade ele acompanhava os caçadores da aldeia. Seu tio abatera uma grande quantidade de ursos negros, javalis, cervídeos e tigres. Mas ele mesmo só conhecia, dos tigres, aqueles dois pontos verdes brilhantes de seus olhos, que refletiam a luz da lanterna dos caçadores. Em compensação, seu cheiro nauseabundo era inconfundível. Quando os homens estavam à espreita, mergulhados em uma neblina opaca e gelada, conseguiam apenas ouvir o rugido da mata. Para sobreviver, tinham de agir em uma fração de segundo. Às vezes a espera perdurava por uma noite inteira, e quase se transformavam em blocos de gelo. Mas assim que os dois pontos brilhantes surgiam do nada, era preciso atirar. Se o animal não fosse abatido ali mesmo, atingido em seus pontos vitais, os caçadores seguiam seus rastros até encontrar os despojos. Essa perseguição durava às vezes três ou quatro dias. Finalmente o tigre era transportado para a aldeia. Ali o destroçavam. Os ossos eram postos para ferver em grandes panelas para as conservas.

Nunca tinha visto um tigre vivo. Muito menos um em plena caça.

É a primeira vez que o vejo, oh, senhor das selvas.

O animal brincava com a cabeça de Nông Tai como se fosse uma bola. Depois, mordeu-lhe o pescoço. An ouviu os ossos estalarem. Mais uma mordida. A cabeça foi separada do corpo. O tigre a atirou para longe. An viu a cabeça ensanguentada de seu companheiro rolar antes de cair em uma moita. Estava aterrorizado. Seu corpo estava gelado, dos pés à cabeça.

Se eu não tivesse me amarrado, meu destino estaria com certeza selado, como o do infeliz caçador.

Esse pensamento o paralisou. No mesmo instante, um calor atravessou seu corpo enregelado de frio e pavor. Percebeu que havia urinado. A calça ficara toda molhada. Com o vento, passou a sentir mais frio ainda.

Embaixo, o tigre já desnudara Nông Tai e dava início ao seu banquete. An não conseguia manter os olhos abertos. Sua curiosidade se mitigara. Mal o medo se fora, a dor começou a tomar conta dele. Seu companheiro de fuga morto, mutilado de forma atroz diante dos seus próprios olhos.

Nông Tai! Escapamos de uma morte certa sem saber que outro destino esperava por nós. Quando você finalmente acreditava ter passado pela porta da salvação, foi a do inferno que se abriu à sua frente. Perdoe-me por não ter sabido protegê-lo. Perdoe-me por não ter cumprido o meu dever como guia. Eu é que tinha de ter ido na frente, não você. Mas você foi chamado pelo destino. Sua morte, agora, pesa sobre os meus ombros, somando-se ao peso das mortes dos meus. Meu ódio teceu mais um nó, para que eu efetive realmente a minha vingança.

Sua amizade não durou mais do que dois dias e uma noite, mas fora suficiente para levá-los ao limite frágil que existe entre a vida e a morte. Durará, assim, eternamente.

Os poucos raios de sol que atravessavam a folhagem tinham perdido o brilho. Lentamente, adquiriam a cor de um limão maduro.

Dali a poucos instantes, cairia a noite. An esfregou as mãos para fazer circular o sangue. Ao tocar as faces e sentir que o calor voltara, pegou o fuzil e o engatilhou. O tigre estava muito próximo, mas ocupado em devorar a carne, movia a cabeça sem parar. Expunha-lhe as costas e o traseiro, mas não os órgãos vitais.

Subitamente, ocorreu a An uma ideia:

Por que acabar com ele? Se por acaso meus perseguidores encontrassem o seu cadáver, saberiam como me seguir em território laosiano. A fronteira entre o Laos e o Vietnã só existe no papel. Sempre foi assim. A experiência da guerra me ensinou isso. Seria mais inteligente deixá-lo partir e montar o cenário de modo que acreditem que eu também fui devorado.

Tomada a decisão, An mirou no traseiro do animal e disparou.

O tigre rugiu de forma retumbante e virou-se para ele. Seus olhos emitiam raios de ódio. Largou a presa e deu um salto na direção de An, exalando um odor fétido. Mas An calculara bem, e o tigre não conseguia alcançá-lo. Seu coração, porém, parecia à beira da explosão. A bala só atingira a camada de gordura do animal, por isso conseguia saltar muito. Seus gestos eram flexíveis, ágeis, precisos. Incapaz de alcançar sua presa, o tigre ficava cada vez mais furioso. Circulou em torno da árvore, recuou um pouco e saltou novamente. O fuzil escapou das mãos de An e caiu. Na queda, acabou por atirar sozinho. O tigre então se voltou para aquele animal estranho e lhe aplicou uma forte mordida. Imediatamente, berrou de dor, talvez por ter quebrado alguns dentes no atrito com o metal. Assustado com o que lhe acontecia, olhou mais uma vez para a presa que estava em cima da árvore e por fim desapareceu na mata. An acompanhou com os olhos o seu percurso em meio aos arbustos graças ao movimento da folhagem.

Depois de esperar por um bom tempo até ter certeza de que o tigre não voltaria, An se desamarrou da árvore e desceu. Com uma incômoda sensação, percebeu que, sob o efeito do pavor absoluto, também o seu esfíncter se descontrolara: a calça estava toda manchada com seus próprios excrementos.

Não tinha muito tempo para refletir. Tirou a camisa, rasgou-a e molhou-a com o sangue de Nông Tai. Procurou um arbusto de acesso impossível para os cães e outros predadores e jogou a cabeça ali. Pôs a sua camisa ensanguentada ao lado do corpo decapitado, já quase devorado por inteiro. Colocou seu fuzil ao lado do fuzil do companheiro. Depois de observar pela última vez aquela cena terrível, saiu correndo em direção a um riacho cujo murmurar ele conseguia ouvir dali. Na hora de entrar na água, teve vontade de vomitar. Pôs para fora o que havia no estômago. Até a bílis. Incapaz de permanecer de pé, ajoelhou-se. Seu intestino parecia estar em pedaços, tamanha a dor que sentia. Dobrou-se como um camarão em água fervente, tentou desabotoar a calça, mas não conseguiu. A dor era muito grande. No mesmo instante, sua barriga e seu ânus se soltaram, ele defecou e se esvaziou como um saco furado. Já não controlava o próprio corpo.

E assim ficou, aguardando o fim da crise. Assim que ela terminou, começou a tiritar. Era um frio que vinha do fundo dos ossos e se misturava com o frio da floresta.

Não posso me banhar. Se for ali agora, acabarei morrendo dentro do riacho.

Tateando no escuro, abriu a sacola e pegou a manta que Dông lhe confeccionara com o tecido de paraquedas recuperados na batalha de Diên Biên Phu. Cobriu-se por inteiro e respirou fundo tentando se aquecer.

A tensão estava no auge. Imaginava os guardas de fronteira avançando a galope, seguindo seus rastros.

Preciso escapar dessa. Tenho de me manter vivo a qualquer custo.

Essa ideia girava em sua mente, de forma obsessiva. Aos poucos, injetava no seu corpo enregelado e abatido a energia do animal encurralado. Passados alguns minutos, o coração de An retomou o ritmo normal. Levantou-se e entrou na água para se banhar e lavar também as roupas imundas, as quais embrulhou numa capa e guardou na sacola. Saiu pela outra margem, vestiu roupas limpas e começou novamente a correr. A mata ficava cada vez mais escura. Custou a pegar a lanterna, pois, ali, seu salvo-conduto era constituído justamente pela escuridão e pela mata cerrada. Precisava economizar cada raio de luz e cada pedaço de pão até encontrar um novo abrigo. Uma súbita tontura obrigou-o a parar e a chupar um pedaço de açúcar-cândi. O sabor adocicado acalmou sua tremedeira e revigorou o estômago vazio e dolorido. Lentamente, seus gestos recuperavam a precisão de antes. E ele avançou, assim, para dentro da noite.

Meia hora mais tarde, porém, ouviu o som de cascos de cavalo e gritos de homens que ressoavam na escuridão.

Por que estão tão perto? Será que andei no sentido contrário? Será que fiz uma volta para chegar onde estou agora? Estranho, pois passei para a outra margem do riacho.

Apagou a lanterna e se escondeu em um arbusto. Como não conseguia se orientar, o mais sábio era ficar escondido no escuro em vez de se mover e fazer barulho ou acender alguma luz. Os guardas da fronteira o encontrariam imediatamente. Os sons dos cascos se aproximavam e ele ouvia os gritos dos soldados.

— Devagar, está se chocando com o meu cavalo!

— Está escuro demais, não consigo evitar.

— Deixe que eles abram o caminho. Não faça o seu cavalo avançar.

— Não fiz nada. Ele é que avançou por conta própria!

Uma voz tentava restituir a calma. Era a voz do capitão:

— Parem de discutir! Na volta faremos uma sopa de galinha para todos!

Os soldados silenciaram. O capitão pressionava os que iam à frente abrindo o caminho a machadadas.

— Mais depressa! Esses montanheses conhecem a mata melhor do que nós. Eles nasceram no meio dela.

— Capitão, fazemos o possível, mas a rede de cipós é muito densa. Esse trecho é especialmente duro.

— Justamente por isso é que precisamos dos machados de vocês! Mais uma forcinha! Já estamos chegando, pois eles não podem correr mais do que os cavalos.

O ruído dos cortes e o relinchar dos cavalos chegavam agora claramente aos ouvidos de An. A ordem devia ter chegado ao pôr do sol, mas os cavalos andavam lentamente por causa da mata. Não fossem os cipoais, já o teriam pego na beira do riacho, com sua manta, em uma posição miserável e humilhante.

De qualquer maneira, já estou recuperado. Se me encontrarem, acabarei com alguns deles antes de morrer.

Esse pensamento o tranquilizou. Um inseto lhe picou na nuca, e ele quase deu um grito de dor. Sua mão conseguiu pegar a formiga, que era grossa como um grão de milho. Ela ainda teve tempo de picá-lo de novo, na ponta do dedo, antes de ser esmagada.

— Tigre! Tigre!

Rajadas de metralhadoras crepitam loucamente, de um modo indescritível. An sorri: *Estão gastando seus cartuchos para assustar o rei da selva.*

As armas silenciam. Ressoa, então, a voz do capitão:

— Vocês o viram? Onde?

— Não, capitão. O que eu vi foi um esqueleto devorado pela metade bem debaixo dos cascos do meu cavalo.

— Onde? — pergunta o capitão.

E grita:

— Vamos arriar! Tragam-me a lanterna com bateria.

Sons de correria, ordens aos cavalos, chicotadas. Silêncio. Os soldados deviam estar explorando a área em torno do cadáver decapitado. Com a voz menos marcial que antes, o capitão pergunta:

— Dois fuzis? O tigre acabou com os dois?

— Isso mesmo, deve ser um monstro enorme.

— Nunca ouvi falar de um tigre capaz de matar dois homens.

— Capitão, mesmo que ele consiga correr com um pedaço de carne na boca, normalmente não consegue pegar dois homens de uma vez. Se avança sobre um, os outros podem atirar ou fugir. Mas parece que o destino daqueles dois homens acabou por aqui mesmo. Deviam estar descansando. Ou então estavam abraçados um ao outro. São montanheses, mas não conhecem esta região.

— Não estou encontrando as cabeças, capitão.

— Tigres não comem a cabeça. Só os lobos e os javalis fazem isso. E os lobos nunca comem no mesmo local, preferem arrastar sua presa para outro lugar. Para mim, eles partiram levando as duas cabeças e o segundo corpo. Deve ser uma matilha numerosa.

— Sim, sem dúvida. Só javalis e lobos deixam o terreno limpo desse jeito. Devem ter se assustado com os tiros que demos antes de entrar na floresta. Só de ver esses ossos dá para saber que deviam estar muito famintos.

Silêncio. Timidamente, um jovem soldado sugeriu:

— E se nós voltássemos, capitão? Aqui está fedendo demais.

— Está com medo? — retrucou o oficial, com uma voz que procurava mostrar firmeza e autoridade. E ordenou: — Recolham os dois fuzis. Cumprimos a nossa missão sem derramar nenhuma gota de sangue. Esses traidores, espiões a soldo do estrangeiro, foram punidos pelos próprios animais em vez de por um tribunal popular.

An ouviu um soldado tossir, provavelmente o encarregado de recolher as duas armas cobertas de sangue. Todos então voltaram a montar em suas selas. Sons de chicotadas, galhos quebrados, e, por fim, o galope dos cavalos.

An esperou até não ouvir mais nada; então saiu de trás do arbusto. Ajoelhado, exclamou:

— Oh, senhor da selva! Você salvou a minha vida.

A partir desse dia, ele passou a viver em uma aldeia perdida nas montanhas, ali onde não vão nem mesmo os laosianos. Durante dois anos, viveu com a certeza de que jamais poderia retornar ao seu país. Sua pátria não era mais o Vietnã, nome que, para ele, era sinônimo de ódio. Naquela localidade havia um mercado, um mercado minúsculo de uma comuna laosiana minúscula, frequentado apenas por pobres comerciantes temerários em busca de almíscar de algália, raposas prateadas ou macacos amarelos, a fim de revendê-los. Ali ele recolhia panfletos de propaganda e, no verso, com um pedaço de lápis, escrevia a história trágica de sua família.

No terceiro ano, sentiu que precisava voltar para aquele país que se tornara território inimigo. Precisava voltar para Hanói, aquele inferno que ele achava que nunca mais iria rever. Pois todo crime merece um troco. No meio daquelas montanhas perdidas, daquelas pessoas de cultura estranha, podia preencher milhares de páginas e ninguém lhe daria a menor atenção, e sua fuga não surtiria efeito algum. Vivia pela vingança, e sua sobrevivência ameaçava mergulhá-lo em uma existência triste e inútil.

Precisava voltar ao local do crime, ali onde as almas dos seus ainda o aguardavam.

Para sobreviver, tivera de fugir. Agora, para se vingar, precisava voltar. Voltar a qualquer custo. Voltar! Voltar! Voltar!

A decisão estava tomada, mas ele teve de esperar por mais cinco anos até obter os recursos para isso. A ocasião se apresentou quando as tropas vietnamitas atravessaram a serra de Truong Son para preparar a grande guerra cujo ato final seria a libertação de Saigon e a ampliação das fronteiras até Siem Reap, no Camboja.

Era o ano do Gato. No outono, a aviação inimiga perseguia por todos os lados os acampamentos de vietnamitas nas montanhas e nas florestas ao longo do Truong Son. Choviam bombas em todos os pontos das florestas suspeitos de abrigar tropas do Vietnã do Norte. Os Estados Unidos eram ricos, com um arsenal inesgotável. Por isso, as forças de Saigon soltavam bombas a não mais poder, como um rico aristocrata gastando dinheiro em um cassino. Por acaso, ele se deparou com uma unidade que fora dizimada por bombardeios e ali se reintegrou ao Exército sob uma nova identidade: ajudante de infantaria Hoang An, da etnia Tay, nascido em Dông Mo, na província de Lang Son.

Passou a fazer parte de uma unidade que reagrupava todos os batalhões, companhias e seções desmembradas, e depois foi incorporado em outra divisão. Sua vida consistia num único objetivo, e ele tinha o céu como testemunha:

Nông Van Thanh está definitivamente morto.

Chi Van Thanh também.

Sobrevivia apenas um homem, com o nome de Hoang An.

Últimos desejos

1

A barra de ferro pendurada na amendoeira balança com força. O homem, alto e robusto, provavelmente recrutado em uma pedreira ou em uma marcenaria, bate sobre ele como em um surdo para anunciar a hora do café da manhã. Esse instrumento rude revela-se bastante útil, pois o som se faz ouvir em todo o hospital. Somente a sirene da ambulância consegue rivalizar com ele.

O carrinho com a comida aparece na ponta do corredor. Os visitantes que vieram dar apoio aos seus próximos saem dos quartos, com seus pratos ou marmitas. Vu os observa em silêncio. Formam uma pequena sociedade, em que o combate entre a vida e a morte, entre o medo e a esperança, torna-se confuso com o passar do tempo, e onde viver tornou-se apenas um hábito.

Não são apenas os anônimos, as pessoas simples, que devem aceitar esse tipo de vida. Os mais inteligentes, aqueles que são tidos como modelos de clarividência, de retidão e de autorrespeito, vivem momentos tão comuns quanto os daquelas mulheres amontoadas agora em torno do carrinho.

Claro, não trazem os olhos fixos na concha que mistura a sopa de carne, não têm necessidade de ficar contando se a garçonete lhes deu oito raviólis em vez de sete. Logicamente, não se sentem infelizes porque lhes falta uma coberta de algodão ou porque não têm nenhum trocado para dar aos filhos que partem para servir no Exército. No fim das contas, porém, vivem também mecanicamente, como uma máquina programada ou, melhor, como uma marionete de teatro.

Na manhã em que lhe anunciaram que Xuân tinha sido assassinada, ele fora ao encontro daqueles que eram tidos como "modelos de consciência". Foi pouco antes da hora de abertura oficial dos escritórios, razão pela qual pedira ao motorista que o levasse diretamente à casa deles. Inicialmente, dirigiu-se ao primeiro-ministro Dô, que já estava acordado, vestido e sentado atrás de sua mesa. À sua frente, uma xícara de café e um volume da *História completa do grande Viet*, livro que Vu sempre notara por ali. Seu dono estava envolvido na leitura, com o nariz quase colado nas páginas. À entrada de Vu, ele se levantou, não para cumprimentá-lo com um aperto de mãos e sim para fechar a porta do escritório. Quando se voltou para ele, viu-o aos prantos.

— Grande irmão... — começou Vu.

O primeiro-ministro fez um sinal para que se calasse. Fechou os olhos, e lágrimas começaram a escorrer em abundância pelas suas faces. Vu não conseguiu se segurar e pôs-se a chorar com ele, copiosamente. Os dois homens, assim, choravam, o primeiro-ministro apoiado na porta e Vu de pé, no meio da peça. Um diante do outro, sem trocar palavras, sem fazer nenhum gesto. Choravam tão silenciosamente quanto dois homens tomando chá. Sufocando seus soluços, com medo de serem ouvidos pelos guardas no corredor. Nesse instante, Vu compreendeu o que eram a dor e a humilhação. Choravam por uma beldade de destino trágico, mas choravam também por eles mesmos. Um homem impotente é algo mais lamentável do que uma mulher frágil, pois ele, diferentemente dela, nasceu para representar a potência e a autoridade. Um homem que não pode agir, que só consegue afogar sua revolta em lágrimas, não difere em nada de um menino de cinco anos de idade. Diante dessa constatação, Vu ergueu a cabeça e secou as lágrimas. O primeiro-ministro continuou chorando, o rosto coberto pelas mãos de dedos longos e finos, dedos de mandarim, como se diz. Eles tremiam como varas verdes ao vento.

Utilizaram sua origem letrada para subjugá-lo e transformá-lo em uma marionete culta do poder?

Durante todo o tempo que o primeiro-ministro levou para controlar sua emoção, essa ideia girou na mente de Vu. Dô já estava chorando antes de sua chegada. As páginas da *História completa do grande Viet* estavam úmidas.

Ele não chora apenas por Xuân. Chora também por seu próprio destino.

Vu avançou em sua direção e pôs uma mão no seu ombro, em um gesto de despedida.

Não posso esperar nenhuma ajuda da parte dessa marionete culta, além dessas lágrimas. Este palácio é um nada. Não posso desistir. Enquanto houver água no barco, é preciso jogá-la fora.

No carro, disse ao motorista:

— Vamos para a casa do camarada vice-primeiro-secretário. Ele ainda deve estar lá.

— Os escritórios só abrem oficialmente daqui a uma hora e meia.

O motorista fez um desvio pela rua Hoang Diêu, conhecida por ser a dos oficiais da corte. As fileiras de árvores nas calçadas estavam imóveis por causa do frio. Vu pediu ao motorista que o deixasse na esquina e fosse procurar algum quiosque para tomar o café da manhã. Dali foi caminhando até a casa de Thuân, o vice-primeiro-secretário do Partido. A mansão, imponente, fora antes residência de um alto funcionário francês. Por motivos de segurança, sofreu uma reforma, determinada pela intendência central do Partido, que ergueu um muro na entrada principal, acrescentou uma entrada secundária e uma guarita para a sentinela, conferindo-lhe o aspecto de um monastério ou de uma fortaleza. Vu se aproximou da barreira, pintada de branco e vermelho, como nas estações ferroviárias. Um cadeado enorme, do tamanho de uma mão, estava pendurado no portal principal. A sentinela o reconheceu e abriu-lhe a porta da entrada secundária. Vu sentia o olhar do soldado preso às suas costas. Sua intuição lhe dizia que, dali em diante, aonde quer que ele fosse, seria controlado e seguido.

Não imaginava que as coisas fossem chegar a esse ponto. Mas se o jogo é esse, aceito e vou jogar também. Vamos ver o que vocês podem contra mim.

Vu era um homem educado e gentil, mas, quando desafiado, podia se tornar obstinado e temerário. Avançou para a casa. Uma voz o chamou do jardim, à esquerda:

— Vu! Estou aqui!

— ...

— Estou aqui. Não vê essas lindas rosas? Venha! A floração só dura algumas semanas e essa espécie de rosa é particularmente rara e difícil de cuidar.

Ainda de pijama azul com listas brancas, Thuân estava no meio de um jardim resplandescente, repleto de rosas amarelas, quase douradas. Eram maravilhosas, suas pétalas eram como seda e a cor oscilava entre o limão maduro e o amarelo-ovo, uma coloração leve e irreal. Pareciam centenas de borboletas prontas para voar na bruma.

Vu não estava nem um pouco receptivo a essa beleza:

— É muito bonito o seu jardim. Suas rosas são notáveis — disse ele, avançando, com um sorriso nos lábios. — Nunca vi tão belas. O paraíso é assim, e são raros aqueles que podem usufruí-lo.

A voz saía em tom provocador. Thuân avançou na direção dele e lhe estendeu a mão, murmurando:

— Não me provoque, por favor. Vamos para o fundo do jardim, para podermos falar mais reservadamente.

Caminharam entre as fileiras de rosas rumo aos fundos, onde estavam plantados sabugueiros de cor púrpura. Esses arbustos faziam a borda de um gramado que acompanhava o muro externo e avançava perpendicularmente na direção da área contígua formando um L. Subiram pelo gramado. O vento soprava através das amoreiras.

— A cana iraniana não cresce bem aqui — disse Thuân, olhando à sua volta antes de se voltar para Vu. — Quem lhe deu a informação?

— Um telefonema anônimo, de alguém que tentava disfarçar a voz. E você?

— A mesma coisa, por volta das cinco e meia.

— A mesma hora.

— Quem você acha que era?

— Por que me pergunta isso? Você é do birô político, vice-primeiro-secretário do Partido. Você é, como dizem os mais velhos, um dos quatro pilares do poder. Eu não passo de um homem comum, bem abaixo de você. Eu é que deveria perguntar.

Thuân soltou um longo suspiro, baixando a cabeça. Parecia procurar alguma resposta entre os talos da grama sob seus pés. Ergueu, por fim, a cabeça:

— Sei que falhei. Eu afirmei na reunião extraordinária do birô que garantiria a segurança da senhora Xuân e de seus filhos. Mas não soube prever os novos acontecimentos.

— Não soube prever ou deixou acontecer?

— Sou um homem honesto — disse Thuân, erguendo a cabeça. — Não pense que poderia cometer atos tão horríveis. Ao menos em nome de meus falecidos pais. Eram pessoas honestas. Eu não minto, principalmente para alguém como você.

A voz tremia, e o nariz estava vermelho. Vu sentiu que ele dizia a verdade, e sua ira diminuiu um pouco.

Thuân prosseguiu:

— Meu erro foi não ter antecipado isso tudo. Não conheço todos os meandros tenebrosos da alma humana. Minha cabeça ainda funciona como se estivéssemos na Resistência: depois de tomada a decisão pelo birô político, cada um executa sua tarefa. Essa tragédia me deixou assombrado. As regras mudaram, mas eu continuo funcionando como antes. Que fazer?

Vu o interrompeu:

— Um crime foi cometido, e você suspira! É isso? Muito fácil! Thuân, ponha-se no lugar dos outros, pelo menos uma vez na vida. Neste momento você está conversando comigo, mas depois voltará para dentro dessa casa suntuosa, onde se encontrará com sua esposa, seus filhos e netos... toda essa tribo numerosa. Dentre eles, nenhum teve de enfrentar a solidão, não há nenhuma criança órfã ou exilada.

Desviando a vista do olhar inquisidor de Vu, Thuân fitava a amoreira do fundo do jardim e balbuciava:

— Sei que não fui leal com o Velho.

— Como será que ele vai reagir? Como continuará vivendo ao saber que os assassinos de sua família são os mesmos que sempre se vangloriaram de ser seus camaradas próximos? Ou será que vocês, os doze homens mais poderosos deste país, consideram-no uma estátua incapaz de se mover? Foi você, no entanto, no birô político, quem reagiu mais energicamente contra a oficialização do casamento dele com Xuân! A sua opinião foi decisiva, pois você tinha a força de persuasão e de pressão necessária. Dô contou-me tudo.

— Sei que você está com muita raiva, não só de mim, mas de todos que votaram contra o pedido. Mas saiba que tomamos a decisão atendendo aos interesses do país e para preservar, intacto, o prestígio do Velho.

— Refleti longamente sobre isso que você chama de prestígio dos dirigentes, dos ídolos do povo. Entendo que são ideias descabidas e ineptas. Existem no mundo milhões de homens idosos apaixonados por mulheres bem mais novas do que eles. Não só entre os poderosos, mas entre o povo simples também. Se não estou enganado, o seu avô, aos setenta e dois anos, tinha uma amante de vinte... É verdade ou não é?

— É verdade, embora meu avô fosse apenas um chefe de cantão. Lembro-me de vê-lo fazendo a sesta com a cabeça deitada sobre as coxas daquela moça, que o abanava. Lembro-me também de que minha avó fazia as refeições junto com eles no edifício central da casa, enquanto nós comíamos no anexo. Aquela jovem cantava maravilhosamente bem, e ele usava os serviços dela sempre que havia convidados. Isso tudo é verdade, caro Vu. Mas, para o nosso irmão mais velho, não é possível. Ele não pode viver de forma egoísta. Ele é a nossa bússola, a tocha que ilumina o caminho de nosso povo.

— Ah, bom! Se ele é a tocha que ilumina, então tem de ser castrado como os eunucos!? Ou esconder sua família como um ladrão? Vocês é que inventaram essa estupidez. A começar por ter-lhe enviado Minh Thu e sua trança, no acampamento. O que você acharia se a direção do partido lhe pedisse para casar com Minh Thu em lugar da sua atual esposa?

Thuân silenciou. Mantinha os olhos voltados para o gramado. O verde era tanto que a grama se tornava apetitosa.

Vu prosseguiu:

— Já não consigo entender o significado do termo "camarada" ou "irmão de luta" que vocês trazem sempre na ponta da língua. Desde sempre os homens baseiam seus relacionamentos na compreensão mútua. Até os mais miseráveis sabem disso. "Todos nós somos feitos de carne e de sangue, e toda carne sangra se atingida por uma faca." Segundo os budistas, "todos os sangues são vermelhos e todas as lágrimas, salgadas", e os cristãos afirmam: "Não faça ao outro aquilo que não quer que façam a você." Sejam orientais ou ocidentais, os homens aprenderam a viver juntos com base nesses princípios. E vocês? Vocês, que são a elite do nosso povo, que são inteligentes, corajosos, vocês que são os pilares de um partido político invencível? Voltando ao irmão mais velho, gostaria de lembrar o caso de amor do nosso herói Nguyên Công Tru com sua terceira esposa. Esse grande mandarim e alto funcionário talentoso e sedutor dizia à jovem: "Meio século atrás..."

Thuân moveu a cabeça e completou a citação:

— "Meio século atrás, eu era um jovem de vinte anos." Essa frase, cheia de malícia e inteligência, seduziu a jovem apaixonada. Apesar desse amor romântico, Nguyên Công Tru continua a ser uma figura heroica da nossa história. Sei disso, Vu, sei disso. Mas...

— Mas o quê?

— Mas o Velho aceitou esse sacrifício.

— De acordo com o princípio da votação, ele não teria como fazer com que doze votos fossem a seu favor. Talvez Dô tenha sido o único a ter ficado ao lado dele. Mas, diante da pressão, mudou de opinião. O Velho estava em minoria. Do ponto de vista dos sentimentos, todo mundo sabe, muito bem, que ele esperava que vocês tivessem compaixão, vocês, os camaradas de todos os tempos, que são também seus irmãos. Desde o início da Resistência, sempre foi assim. Ele não percebeu que os tempos tinham mudado. Que os dias do passado não voltam mais. Que aquela vida de antes desapareceu assim que as primeiras tropas deixaram a mata para entrar na capital. Que os camaradas e irmãos de antes tinham se tornado comerciantes vendendo a mesma mercadoria e que não hesitavam em lançar ao mar pessoas inocentes a fim de deixar o barco mais leve para transportar o seu butim em segurança. Para vocês, o Velho não é mais o irmão mais velho tão amado, mas um objeto oferecido ao sacrifício no altar da Revolução. A mesma Revolução que deve, antes de mais nada, encher os bolsos de vocês. Não é verdade?

Thuân mantinha-se calado. Sem nenhum movimento, continuava de olhos fixos nas pontas de seus chinelos de couro. Vu observava o seu olhar. A imagem daquelas pantufas luxuosas foi como um frasco de óleo lançado sobre o fogo de sua ira:

— Você é o mais culto dos doze membros do birô político. Fala chinês e francês. Conhece de cor os clássicos e os modernos. Sabe muito bem que, se o Velho tivesse se casado com Xuân, jamais viraria um polígamo como o ministro mandarim Nguyên Công Tru. Então responda: Por que ele não pode fazer aquilo que Nguyên Công Tru podia fazer? Já se perguntou isso alguma vez?

— Não, nunca pensei nisso... — admitiu Thuân, falando lentamente. — Não, nunca pensei nisso.

— Nunca pensou! Francamente, o que vocês têm na cabeça? Vocês, que se proclamam, por todos os lados, os irmãos mais novos do Velho?

Thuân se cala.

Um rio inteiro de lavas vulcânicas corre por dentro do coração de Vu, ameaçando consumi-lo vivo. Ganha corpo, em sua mente, o desejo de matar, um desejo desvairado, irrepreensível, dominador.

Preciso sair deste lugar. Preciso desaparecer daqui. Não suporto mais esse sujeito, com seu pijama listrado e seus chinelos de couro. Esse irresponsável, que fica aspirando os perfumes de seu jardim.

Reprimindo, ainda que parcialmente, o ódio, ele diz:

— Preciso ir. Estou lhe avisando: se você não segurá-los imediatamente, os malditos assassinos irão continuar o seu trabalho e logo acabarão com os dois filhos do Velho. Se ainda resta, em você, um pouco de consciência, temo que não conseguiria viver depois disso.

— Vu...

Thuân não parecia chocado. Continuava a olhar para o chão, como se buscasse encontrar ali alguma segurança.

— Sei que você está com muita raiva de mim. Graças aos céus, ainda não me odeia. Todo mundo sabe que você é o homem mais íntimo do Velho no que se refere à sua vida sentimental. Na Resistência, chegou até mesmo a falar com a jovem Thanh Tu, das Juventudes Comunistas, para tentar apresentá-la a ele. Depois, interveio procurando fazer com que Minh Thu parasse com suas visitas. Foi quem, também, levou Xuân até ele. É o único em quem ele tinha confiança absoluta. É o único amigo para quem o Velho pode se abrir sem medo. Eu jamais esquecerei as suas conversas. Só de vê-los rindo juntos já se percebia como era forte a cumplicidade que os unia. Na época, ficávamos aliviados por saber que o Velho tinha encontrado um irmão menor com quem se entendia bem. Nós estávamos preocupados demais com as questões das nossas próprias famílias, e só você ficava, voluntariamente, disponível para ele. Sabíamos também que, devido a essa ligação especial, você não pode se beneficiar de nada, pois ele é tão honesto e com uma probidade tão legendária que não admitia nenhum privilégio para seus amigos mais próximos. Esse sacrifício, de sua parte, merece o respeito de todos nós. No que me diz respeito, peço a sua compreensão, se for possível. Sinceramente, eu não podia imaginar que as coisas aconteceriam dessa forma, tão dramaticamente. Queria que o Velho mantivesse o seu relacionamento amoroso de forma discreta para poder preservar a imagem de pai da nação, de um chefe de família inteiramente dedicado ao seu povo. Estava convencido da justeza de minhas ideias. Fui eu quem propôs ao Velho que alojasse Xuân em um apartamento em Hanói como uma pessoa comum. Essa demonstração de simplicidade deveria reforçar o seu prestígio.

— Ah, foi você! Foi você quem decidiu isso tudo? — exclamou Vu, pasmo. — Quantas vezes eu não me dirigi até agressivamente ao serviço central de intendência do Partido... E é provavelmente por isso que nunca ousaram me dizer nada. Quem dava as ordens era você, e eles apenas as executavam!

Parou por um instante, para encaixar diferentes peças da memória, e perguntou:

— Se você acha que com essa política pode fortalecer o prestígio da função, por que não a aplica no seu próprio caso? Por que não vai morar em uma casinha modesta de subúrbio com uma cerca viva? Por que fica morando neste palácio suntuoso?

— Você esquece que eu conduzo os negócios deste país.

— O Velho, então, é apenas uma marionete?

— O Velho está bem acima de todos nós. É o guia supremo do povo.

— Ah! E, para você, a mulher que vai para a cama com o grande guia tem de morar em apartamento horrível, enquanto a sua mulher vive em um palácio? É pelo fato de o Velho ser o guia supremo do nosso povo que vocês assassinaram a sua jovem esposa, morta como uma cadela, enquanto nossas mulheres, eu repito, nossas mulheres, inclusive a minha, se refestelam em belos Volgas para ir até o mercado ou a lojas reservadas, para comprar seus produtos de beleza? Com base em quais princípios morais vocês fazem isso?

Era tão grande a sua ira, que o sufocava. Thuân permanecia calado. Balbuciava alguma coisa, sem levantar a cabeça. Um vento frio fez se moverem os ramos da cerca viva. Depois de um prolongado silêncio, Thuân pigarreou e disse:

— Me perdoe. Lamento muito que nossa conversa tenha chegado a um impasse.

— Ela está em um impasse porque você se recusa a assumir suas responsabilidades. Você se porta como um menino que mira em um ninho de passarinho e sai correndo quando a pedra, por causa de sua falta de destreza, atinge uma pessoa. Não é perfeita essa comparação?

— Ainda não recebi nenhuma resposta do camarada Sau. Tentei falar hoje cedo com ele, mas não consegui. Seu secretário me disse que ele tinha ido correr no estádio. Considero que esse assassinato é um abuso de poder explícito do ministro do Interior. Pode ser que o camarada Sau tenha dado instruções genéricas e que Quôc Tuy as tenha interpretado do seu modo, como o malfeitor que ele é. Devido ao seu passado criminoso, expus minhas reservas quando ele foi nomeado. Mas o camarada Sau descartou minhas inquietações dizendo que eu deveria confiar na capacidade redentora da Revolução.

— Está dizendo que você não tem nenhuma responsabilidade neste caso?

— Lamento, sinceramente, que as coisas tenham se desencaminhado assim. Vou me esforçar para fazer alguma coisa. Você precisa entender a nossa situação.

Apontou para a fileira de sabugueiros que envolvia o gramado como um rendilhado em volta do pescoço de uma mulher.

— Veja!

Vu não enxergou nada além de folhas púrpuras. Folhas reluzentes, bem-cuidadas, que revestiam o jardim com uma borda opulenta. Essa beleza o deixou com mais raiva:

— Tudo que vejo é esse belo jardim. Mas o que toda essa magnificência constitui é um enorme espinho enfiado nos meus olhos.

Thuân não se sentiu ofendido com isso. Com o rosto triste e desencontrado, segurou Vu pela manga e lhe mostrou uma grande teia de aranha entre dois ramos de sabugueiros. No meio da teia, debatia-se uma mosca:

— Está vendo essa mosca? Ela não lembra nada para você? O primeiro-ministro Dô e eu poderíamos ter, muito facilmente, esse mesmo destino. Antes eu jamais havia pensado nessa possibilidade. A morte de Xuân me abriu os olhos. A situação mudou totalmente. As regras do jogo foram modificadas. Olhe à nossa volta: guardas, garçons, cozinheiros, jardineiros, até mesmo as faxineiras e os varredores — tudo gente deles. Em apenas dois anos! Até dois anos atrás, dividíamos um pedaço de peixe seco no meio do mato, concordávamos em tudo. Hoje, palácios e mansões. Tudo mudou.

Vu sentiu um calafrio. A covardia humana, mesmo dos mais poderosos, dos mais inteligentes, da elite da nação, é simplesmente algo miserável. Fitando-o com firmeza diretamente nos olhos, ele sorri e diz ao vice-primeiro-secretário:

— A coisa mais importante e mais decisiva nessa mudança é que na mata todos tinham se engajado por uma causa, dispostos a sacrificar a vida. Hoje, vivendo confortavelmente em palácios, cercados por exércitos de empregados e guarda-costas, vocês perderam a grandeza de alma dos homens honestos. A riqueza e a glória transformaram o homem em animal doméstico.

O vice-primeiro-secretário corou, seu nariz volumoso se pôs a palpitar, e ele então desviou o olhar de seu interlocutor. Vu prosseguiu:

— Aconteça o que acontecer no futuro, eu tenho o dever de proteger os filhos do Velho. Quanto a você, que fique com a sua consciência. Adeus.

E afastou-se.

— Eu vou acompanhar você — exclamou Thuân, alcançando-o em seguida.

Refizeram, então, o caminho entre as roseiras. No momento em que Vu ia deixá-lo, o vice-primeiro-secretário disse:

— Vou levar o assunto ao birô político. Farei o possível. Pedirei perdão ao Velho.

— Faça como quiser.

Vui apertou-lhe a mão friamente e se dirigiu ao grande portão de ferro, que agora estava aberto. Um Volga reluzente avançava lentamente no estacionamento, pronto para partir. Dali a quinze minutos os escritórios abririam. De esguelha, Vu viu Thuân entrando na casa apressado. Mal teria tempo para se trocar.

2

— Aqui está sua sopa! — diz uma mulher jovem, dando-lhe um sobressalto. — Aqui está sua sopa! Faça a gentileza de voltar para o seu quarto para tomá-la.

— Obrigado, senhorita.

A enfermeira sorri, antes de ir embora graciosamente, fazendo balançar às costas uma longa trança. Vu observa a tigela em aço inoxidável: sopa de carne, certamente preparada numa grande panela antes de ser distribuída em tigelas para os milhares de pacientes do hospital. Um calafrio lhe atravessa o corpo. Tem horror àquela cozinha coletiva. Más lembranças ou a morte do vizinho de cama? Não sabe muito bem, mas não tem a menor vontade de tomar a sopa.

Vu observa as mulheres que se agitam em torno das camas de seus parentes. Nota especialmente uma mulher mais idosa, alta, magra porém forte. Sob o olhar admirativo dos auxiliares e das enfermeiras, ela ergue o marido como um bebê e o leva até o lavabo, para se lavar. Dizem, no entanto, que ele a abandonara no campo durante dez anos para ir viver primeiro com uma camarada na Resistência e, depois da libertação da capital, com uma viúva de Hanói gorda feito uma gansa empanturrada. Agora, mais próximo do céu do que da Terra, só e abandonado, teve de apelar para a velha esposa para ter alguém que dele cuidasse. A camponesa não está acostumada com o regime draconiano do hospital. Vu a flagra frequentemente completando as refeições normais com doces e mandioca cozida. Ela está na fila para pegar a parte de raviólis que cabe ao marido. Vu a aborda:

— Olá, grande irmã. Hoje não estou com muita fome. Pode me ajudar a acabar com isso?

— Oh, como o senhor é gentil! Obrigada. Estou esperando aqui pelos raviólis e depois pegarei com prazer a sua sopa — responde ela, alegremente.

Vu se despede e se dirige ao final do corredor. Resolve dar uma volta no jardim antes de ir à cantina tomar café e comer alguns bolinhos. Pelo menos seria apetitoso. De cabeça baixa, não viu que era seguido por um homem:

— Vu! Vu! Espere...

Ele se volta, surpreso:

— Grande irmão Bac!

Vestindo chapéu de palha e o traje marrom de camponês, seu irmão mais velho carrega várias sacolas:

— Desculpe, eu não tinha te visto...

Os dois irmãos se detêm na escada e se entreolham.

— Ninguém me disse nada! Só ontem eu soube, pela filha de Thao, que passou em casa.

— Pois é — disse Vu, sorrindo. — Vân não lhe daria notícias minhas, já que é ela a responsável pelo meu acidente vascular. No escritório, pedi que niguém lhe contasse, com medo de deixá-lo preocupado.

— Fez muito mal. Somos irmãos. Por que esconder de mim a situação?

— Você já tem problemas demais — disse Vu, observando as sacolas que balançavam no braço do irmão. — O que você traz aí?

— Laranjas e bananas do nosso jardim. O mel é das nossas colmeias. Só os camarões é que eu comprei e mandei fritar.

— Você ainda me vê como um garotinho, não é?

— Veja só! Garoto ou gente grande, você continua sendo meu irmão caçula.

Os dois se entreolham. Ambos de cabelos grisalhos. O caçula tem mais cabelos brancos. Segue-se um silêncio incômodo e o mais velho, então, diz, um tanto embaraçado:

— Você tem problemas demais. Seus cabelos ficaram brancos antes dos meus. A vida de camponês é difícil, mas tem também as suas vantagens. Só comemos pratos simples e legumes, e dormimos assim que o sol se põe, sem precisar pensar muito.

— Não sou tonto. Como é isso de não pensar? — disse Vu, caindo na gargalhada. — Bem, passe-me as sacolas. Vou guardá-las e depois a gente desce para beber alguma coisa. Aqui o cheiro não é nada bom. Espere por mim.

Depois de guardar os presentes do irmão, ambos se dirigiram à cantina. Instalaram-se em uma mesa e beberam chá em silêncio. A certa altura:

— Dois anos e meio! — exclamou Vu.

— Dois anos e sete meses e meio — corrigiu o irmão.

Voltam a ficar em silêncio, que é quebrado por Vu:

— Meu irmão Bac, sinto tanta falta da mãe!

— Eu também — diz Bac. — É estranho, quanto mais envelhecemos, mais crianças nos tornamos. Sinto falta da mãe como se tivesse cinco anos de idade.

— Hoje cedo, quando recebi a sopa do hospital, lembrei-me da sopa de peixe que ela fazia para nós. Só de pensar, já me deu vontade de comer.

— Tem razão. Mamãe era uma cozinheira famosa na região. Sempre que alguém queria preparar um banquete, pedia ajuda a ela. Lembra-se da noite em que foi mudada a sepultura da vovó? Mamãe fez uma famosa sopa de peixe com cabeça de serpente para os vinte membros da família.

— Ainda hoje eu sinto o aroma do gengibre fresco amassado, do endro, da chalota com pimenta-do-reino e pimenta marinada no *nuoc-mam*. Lembro-me daquele tanque enorme no fundo do quintal, que servia de viveiro para os peixes com cabeça de serpente. Eles se debateram a noite toda.

Vu interrompe as lembranças, à beira das lágrimas. Crianças, eles se divertiam brincando com os peixes dentro do tanque. Às vezes um deles saltava para fora e caía no chão do quintal. Uma vez, durante uma disputa infantil do distrito, ele fora designado para fazer o papel de general. Para agradecer aos vizinhos que o haviam indicado, pediu à mãe que fizesse uma sopa. Evidentemente, ela se recusou a fazê-lo, pois não queria mimar demais o menino. No dia seguinte, aproveitando sua ausência, Vu esvaziou um pacote inteiro de pimenta em pó no tanque, matando todos os peixes. Ao voltar, a mãe se deparou com aquilo e, fazendo do limão uma limonada, preparou, com os vinte peixes enormes, uma bela sopa para recompensar todo o exército ali formado. Assim, os quarenta meninos convidados tiveram direito a um banquete extraordinário oferecido pelo "general Vu". O irmão mais velho teve de representá-lo perante o exército, pois, com seu desmando, Vu achou melhor sair correndo para a casa da avó. Depois que a molecada se saciou, Bac levou doze vergastadas no traseiro, por causa da destruição do viveiro. Vu, por sua vez, ficou sob a asa protetora da avó. Claro, perdera a sopa, mas a avó compensou o fato com um caldo e vários doces. Passou três noites na casa dela. No quarto dia, a mãe foi buscá-lo, chamando-o do portão:

— Vu! Você está perdoado. Volte para casa.

* * *

Em meio a essa recordação, Vu foi tomado por uma intensa emoção:

Ele sempre recebeu os castigos no meu lugar. Seus ombros suportaram todo o peso, desde a nossa infância.

Seu olhar se dirige, inconscientemente, para as mãos do irmão: mãos de camponês, com dedos rudes, escurecidos pelo sol, com unhas sujas de seiva. O oposto das suas próprias mãos: claras, diminuídas pelo trabalho de escritório. Fazia doze anos que Bac deixara sua família na aldeia do distrito, confiando ao genro sua conceituada empresa de marcenaria. Voltou para o campo, à casa da velha avó, oficialmente para cuidar dela, mas, na verdade, para criar Nghia, a filha de Xuân. No dia da morte da mãe, sem saber como lidar com a situação, Vu lhe pedira esse favor. Vân, sua esposa, aceitara cuidar do menino, mas isso já era o bastante para ela. Era sabido publicamente que ela não suportava outra presença feminina. Podia, é claro, fazer gentilezas para uma mulher ignorante a fim de manipulá-la, mas pedir-lhe mais do que isso era inimaginável. Só tinha amizade com homens. Amava Vu, mas cultivava, em paralelo, todo um exército de admiradores, sob diversas apelações: camaradas, colegas, compatriotas, irmãos de adoção... Maduros ou ainda jovens, todos eles circulavam em torno da bela de Hanói como planetas em torno do sol, sempre prontos a servi-la. Totalmente subjugados por sua beleza, desejavam-na em segredo e sonhavam com isso a todo instante. A bela Tô Vân vivia, assim, como uma rainha, aureolada por seu prestígio junto aos homens. Nessas circunstâncias, não podia alimentar generosidade o bastante para cuidar de uma órfã. Na época, mesmo sem ter ainda descoberto como era realmente sua esposa, ele já tinha o pressentimento de que não faria sentido trazer a pequena Nghia para sua casa. Não tinha outro recurso a não ser se voltar para o próprio irmão. Por intermédio de um motorista, enviou-lhe, então, uma mensagem simples: "Preciso de você, meu irmão!"

O motorista trouxe Bac na mesma noite. Depois do jantar, saíram para fumar um cigarro no jardim e Bac perguntou:

— Acha que eles deixarão a pequena em paz no campo? Não se esqueça de que, quanto mais você se afasta da capital, mais escuro fica. Os assassinos podem agir com mais facilidade.

— Penso o contrário. Quanto mais longe, mais protegida estará. É uma menina, não pode perpetuar a linhagem, e, assim, acabará saindo da linha de mira deles. Estará menos visível e, portanto, menos ameaçada.

— Está bem. Se você já preparou as coisas dela, posso levá-la esta noite.

— Não precisa ser tão depressa. O motorista precisa dormir um pouco. Vocês podem partir amanhã de manhã. No entanto...

Vu hesitou. Hesitou, porque o irmão teria de deixar sua família e seu trabalho na cidade para voltar ao campo, um local sem eletricidade e sem atividade social. A queda seria brutal. Dono de uma marcenaria conhecida, passaria a trabalhar na lavoura, a cuidar do jardim, a ir e voltar de carroça ao mercado para vender suas jacas, suas goiabas, seus abacaxis, suas toranjas e seus ramos de cinamomo. Chefe de uma família abastada, acostumado a ser servido, passaria a viver em uma casa imensa e escura, iluminada apenas com lampião a óleo, preparar sua própria comida em uma cozinha enegrecida pela fumaça de arroz com casca e feno. Sentiria falta da mulher e dos filhos. De seu trabalho também, pois se tratava de um mestre com quem os clientes podiam adquirir móveis incrustados com madrepérola que, por sua magnificência, se tornavam os principais objetos de seu patrimônio familiar.

Vu estava extremamente sem graça:

— Estou pedindo demais a você. Não deveria lhe impor tudo isso.

— Não se preocupe. Conheço o meu dever e sei qual é o meu destino. Quando você ainda estava na Resistência em Viêt Bac, mamãe adoeceu e assim ficou por seis meses, até morrer. Ao partir, ela me disse: "Seu irmão será muito infeliz no futuro. Não o abandone, não o deixe só. Mesmo que as pessoas digam que deve ser 'cada um por si', vocês, não, vocês devem ser como dedos de uma mesma mão."

Nesse instante, Bac apagou o cigarro e foi dormir. Na madrugada do dia seguinte, partiu levando a pequena.

Doze anos se passaram, como num sonho.

O irmão mais velho virou um autêntico camponês, embora não plantasse arroz. Todos mês sua esposa lhe levava uma quantia de arroz que ela obtinha na cidade, aproveitando a ocasião para vê-lo e para acertar pequenas questões domésticas com as quais um homem não sabia lidar. Ele cultivava abacaxi, criava galinhas e patos e cuidava de doze colmeias. Trabalho era o que não faltava, do amanhecer ao anoitecer. Quando levou Nghia, ela ainda não completara dois anos. Agora é uma mocinha, cuidava da casa, ajudava o pai adotivo a empurrar a carroça para vender frutas e galinhas nos dias de feira. Os vizinhos o chamavam de "o carpinteiro", pois ele levara consigo suas ferramentas e, nos dias de folga, praticava para não perder a mão. A velha avó falecera havia sete anos, aos oitenta e dois, mas Bac continuou no campo com a pequena.

Vu rompeu o longo silêncio:

— Como ela está?

— Está bem. Quanto mais cresce, mais gentil e educada ela se mostra. Muito delicada. Quase tímida.

— Filha de peixe, peixinho é. A mãe também era muito gentil e delicada.

— Pois é, mas ela já está na puberdade.

— É mesmo. Não tinha pensado nisso! — exclama Vu.

Faz um cálculo rápido. Com efeito! Tempos atrás, os meninos e as meninas se casavam aos treze anos. Agora essa é a idade da passagem da adolescência para a juventude.

— Meu Deus! O tempo voa como uma flecha!

— Pois é. E nós dois também envelhecemos.

— Você teve de abandonar a sua esposa durante doze anos para cuidar da pequena. É um sacrifício enorme.

— Não fale assim! O seu dever é meu também. Não abro mão disso. A única coisa é que a pequena cresceu. Se a deixarmos na aldeia, ela se tornará uma boa jardineira e um dia, se cair no gosto de um rapaz da aldeia, virará uma camponesa. Acho que seria realmente uma pena para ela. Mesmo estando ali, sob a nossa proteção, não devemos esquecer que se trata de uma princesa.

— Tem razão. É tudo culpa minha. Estou com a cabeça tão embaralhada que nem pensei nisso — disse Vu, segurando a mão do irmão. — Veja só! Suas mãos são escuras e as minhas continuam claras. Você carregou todo o peso nas suas costas.

— Está brincando! Todo mundo que trabalha em escritório tem mãos claras assim.

— Não vou lhe dizer obrigado, pois isso não faria sentido. De acordo com os costumes antigos, para demonstrar minha gratidão eu deveria, isso sim, me ajoelhar diante de você.

— Tio Vu! Pare de falar assim. Isso nunca! Somos dedos de uma mesma mão. O que pesa nas suas costas pesa nas minhas também.

Vu não consegue segurar as lágrimas. Vira-se para o jardim, a fim de evitar olhares indiscretos. Bac esvazia xícara atrás de xícara. Uma abelha passeia zunindo pelas amoreiras. Quando eles eram crianças, as abelhas exploravam daquela mesma forma as amoreiras do jardim. As folhas tinham o mesmo verde sutil e os frutos selvagens, a mesma coloração violeta escuro. A natureza não mudou. Mas os meninos de calças curtas agora são homens à espera da velhice.

Bac ergueu a cabeça:

— Como você pensa em acertar a situação com Vân?

— Não tomei nenhuma iniciativa em relação ao divórcio, mas vou me instalar no meu escritório. Quando Trung sair de férias, eu o levarei comigo. Outro dia, quando meu secretário veio me fazer uma visita, pedi que arrumasse o local para que eu possa ir assim que sair do hospital. Vân ficará na casa com Vinh e certamente seu irmão irá para lá também.

— Duvido que ela vá aceitar isso tudo.

— Não consigo ver outra solução.

— Nessas circunstâncias, você não poderia, então, cuidar de Nghia. Vou levá-la para a cidade, e ela ficará com a minha família. É melhor para ela viver em cidade do que ser uma camponesa.

— Não sei como lhe agradecer. Mas irei atrás de uma outra ajuda para aliviá-lo um pouco, eu prometo. A pequena merece.

Bac se levanta:

— Preciso ir, se não, perco o trem. Não gosto de deixá-la sozinha à noite. Talvez eu venda a casa e as plantações. Caso contrário, contratarei um jardineiro para poder levá-la à cidade. Quanto antes, melhor.

Silêncio. Ele suspira.

— Sabe de uma coisa? Os garotos ficam circulando em volta da casa em bandos. Ela tem só treze anos, mas é muito bonita. Não posso deixá-la sozinha. Cuide-se. Está magro demais! — conclui ele, tocando-lhe as costas. — Dá para sentir os ossos!

Veste o chapéu e parte.

Vu observa o irmão desaparecer no meio da multidão que entra e sai do hospital. Não gosta das despedidas em público. No entanto, quando visitava o irmão, nunca conseguiam se separar rapidamente. O mais velho sempre acompanhava o caçula, e ambos passavam pelos vizinhos para cumprimentá-los ou pelos quiosques para beber uma última xícara de chá, contemplar um lago dentro de um parque, até que, no último momento, Bac exclamava:

— Esqueci de lhe dar o pacote de chá. É chá de lótus da senhora Liêu, da aldeia de Châm Liên. Na estação, ela compra todas as flores de lótus. Seu chá é muito conhecido. Até mesmo gente de Hanói aparece para comprá-lo.

Ou então:

— Coloquei os peixes em um saco d'água e esqueci na cozinha. Espere um pouco. Eles são excelentes. Ponha-os em uma panela e peça a Vân que lhe faça uma sopa ou então que os cozinhe com gengibre. Acompanhado de uma boa aguardente, é sensacional.

Ou, ainda:

— Esqueci no armário os camarões que fritei para você. Espere um pouco, vou pegá-los. Vai comê-los em Hanói com cerveja.

Toda vez ele esquecia alguma coisa, e a despedida nunca chegava ao fim. Em contrapartida, quando Bac ia a Hanói, voltava rapidamente para a estação, e sempre sozinho. O caçula o observava partindo, em silêncio. Eram muito diferentes.

Vu bebe um gole de chá.

Meu irmão, você é um homem honesto: veneração pelo pai, autoridade para o primogênito, pensa ele, antes de se corrigir rapidamente, sorrindo: ele ocupa o lugar do pai, sim, mas, no que se refere à autoridade, não é bem assim.

Com efeito, todas as grandes decisões familiares eram tomadas por ele, Vu. E o mais velho se encarregava das tarefas mais pesadas. Em sua infância, a mãe dissera ao marido, sem que isso fosse uma crítica nem um elogio, mas apenas como uma observação curiosa e surpreendente: "Nossos filhos são estranhos, têm um comportamento engraçado: o menor dá ordens ao maior!"

Essa lembrança produz um sorriso ameno em seu rosto. Ele ergue a xícara e vê Trân Phu e Lê Phuong atravessando o pátio. Uma ideia brota imediatamente em sua cabeça:

Esses dois homens! Por que não? Tenho certeza de que posso pedir ajuda a um deles. Minha intuição nunca falha.

Vai até a porta da cantina para chamar Trân Phu. Os dois param:

— Oh! Nosso grande homem!

— Olá! Você tem algum encontro aqui ou está fugindo de más companhias? — pergunta Lê Phuong, com um sorriso largo.

— Fugindo de más companhias? Como assim?

— Fugindo dos vizinhos de leito, obviamente! Ficar o tempo todo com eles não deve ajudar muito a melhorar a saúde e elevar o moral... Ou estou enganado?

Vu admite que ele tem razão e vira-se para Trân Phu:

— Lembra-se do paciente em frente ao meu leito? Aquele oficial que disse ter conhecido você quando estavam no 507º batalhão...

Trân Phu lhe dirige um olhar de dúvida:

— É mesmo? Realmente não me lembro bem... Já faz tempo.

— Aquele oficial que não quis ir se cuidar no hospital 108. Aquele que me pediu para lhe dizer que vocês fizeram a escolha certa na vida!

— Ah! Sim, de fato. O sujeito que tossia muito e tinha os lábios pálidos como as ameixas de Lang Son?

— Exatamente! Morreu esta manhã.

— Ah! — exclama Trân Phu, com indiferença, antes de se voltar para Lê Phuong. — Era comandante do Exército e teve uma vida bem agitada, cheia de vícios e tramoias, e é óbvio que devia ter alguns matadores atrás dele. Vou lhe contar. Aí tem assunto para um bom romance policial.

Pergunta a Vu:

— Ninguém apareceu para vê-lo na hora da morte, e ele foi logo levado para a funerária, certo?

— Como sabe disso?

— Sou um homem curioso. Tinha esquecido, mas, como você tinha me falado dele, procurei saber um pouco mais sobre os meus contemporâneos. Também faço a minha investigaçãozinha.

— Morreu às cinco da manhã. Desde a sua chegada, ninguém veio visitá-lo. Sua prateleira estava sempre vazia, sem flores nem presentes. O médico me disse que ele chegou três meses atrás.

— É o fim de uma vida. Mas mudemos de assunto. Esse tipo de gente não merece que percamos tempo, ainda mais em um belo dia como este!

— Tem razão. Ainda mais que eu mesmo estou com um problema e preciso da ajuda de vocês.

Os dois caíram na gargalhada, atraindo a atenção das pessoas ao seu redor. Curioso, Lê Phuong perguntou:

— Uma figura de um nível tão elevado pedindo ajuda a dois aventureiros devassos como nós! Está de gozação, não?

— Nunca gozei de ninguém em minha vida! — respondeu Vu, com um tom grave, tão seriamente que os dois pararam de brincar. — Vocês devem saber que eu assumi o encargo de criar os filhos de um... irmão mais velho.

— Sim, nós sabemos. Continue...

— O menino vive com minha família. Já a menina teve de ir para muito longe para viver com meu irmão mais velho, não no norte, mas bem para dentro da província de Thai Nguyên, em pleno campo. Uma vida de camponesa. Ela agora está com treze anos e eu gostaria de trazê-la para Hanói, mas não sei como fazê-lo.

Lê Phuong tira os fundos de garrafa que servem de óculos e baixa a voz:

— É a filha mais velha desse... irmão mais velho?

Apesar de seu ofício de escritor, ele demorou um pouco para encontrar a palavra certa para designar o personagem sem chamar a atenção de ouvidos indiscretos. Muito literário, ele emenda:

— O grande homem gerou frutos em sua última floração!

Vu aquiesce:

— Exatamente! A diferença entre eles é de vinte meses.

— Entendo. O tempo de reacenderem de novo as vontades desaparecidas, os desejos proibidos ou reprimidos durante a longa Resistência. A libertação da capital representou também a libertação dos corpos aprisionados. Mas toda libertação vem acompanhada, também, de privações. A libertação de nosso povo deu origem a imensos calabouços.

— Imensos calabouços? O que você quer dizer?

— Desculpe-me, grande irmão, se minhas palavras o ferem. Mas não consigo me expressar de outra forma. Desde a libertação da capital, nosso povo se alimenta à base de bônus de racionamento e de arroz mofado distribuído pelo Estado. Para usufruir isso, é preciso um comprovante de residência. É uma forma de controle mais drástica do que o método das "três famílias" do ministro Thuong Uong na China antiga. Uma sociedade em que todos são rigidamente vigiados: a comida, as idas e vindas, como carneiros em um cercado. Como o senhor chamaria isso, se não de um imenso calabouço?

— Sim, entendo — respondeu Vu, sentindo uma dor a lhe comprimir o estômago.

Lê Phuong continuou:

— Não esperava que as coisas fossem acontecer desse modo. Quando me engajei na luta revolucionária, todos pensavam no futuro do povo, um futuro radiante. O patriota Phan Chu Trinh sonhava com isso. Nguyên Thai Hoc sonhou com isso, e sua fé acabou por levá-lo ao cadafalso. Em 1946, quantos jovens, armados apenas com facas e espingardas, se lançaram, bravamente, contra os colonialistas franceses? Infelizmente, porém, os que conseguiram escapar dos tiros, uma vez conquistada a vitória, foram presos sob diversos tipos de acusação: ligação com o Kuomitang; família de latifundiário; pequeno-burguês. Nenhum ideal, por mais brilhante que seja, pode justificar uma saída tão traidora, tão humilhante. Desculpe-me, grande irmão, se o choquei. Mas, ao menos uma vez, digamos a verdade.

Ele se detém e se volta para as garçonetes:

— Três cervejas! Com um prato de amendoins e um de bolinho de carne!

Trân Phu começa a rir.

— O quê? Esta tarde vai chover canivetes! Esse idiota nunca pagou nada a ninguém, nem mesmo um café!

— Se eu não fosse idiota, não seria mais eu mesmo — disse Lê Phuong, voltando-se para o amigo. — Mas o tonto que se deixa rolar todo dia na farinha pelas meninas é você! Cuidado: se você deixa que as meninas esvaziem o seu bolso esquerdo, espero que no direito você tenha guardado a parte da sua mulher...

— É claro! Eu não nego a verdade. Vivo correndo atrás das moças, mas com cuidado. Mesmo não sendo muito grande, o meu cérebro ainda funciona.

Os dois homens explodem de tanto rir. Sua alegria desestabiliza Vu. Como se não vivessem no mesmo mundo que ele. Nesse instante, a garçonete traz uma bandeja com copos e petiscos. O escritor olha para o amigo:

— Hoje o campeão dos idiotas pagará a cerveja de todos para comemorar a vitória do sedutor Trân Phu. Informo ao nosso grande irmão que meu amigo acaba de conquistar uma jovenzinha ao mesmo tempo graciosa e inteligente. Segundo a terapêutica ancestral, ela será o remédio mais eficaz contra o seu tumor na próstata.

— Bem, não cantemos vitória antes da hora. Para citar os nossos antepassados: antes de falar, é preciso agir.

Trân Phu se volta para Vu:

— Grande irmão, beba sua cerveja e voltemos à história principal. Se não estou enganado, você procura um refúgio para a pequena que completa treze anos...

— Isso mesmo.

— Ela vive no campo desde a infância?

— Sim, desde os dois anos de idade. Agora já está quase com catorze. Se eu não a trouxer de volta para Hanói, ela acabará virando uma camponesa, levando uma vida de camponesa.

Trân Phu balança a cabeça:

— Entendo. A vida de uma mulher é curta. Principalmente a das camponesas.

Vu prossegue:

— Sei que é uma tarefa difícil. Não me atrevo a pedir isso nem mesmo aos meus amigos mais próximos. Para falar a verdade, não sei de onde tirei a ideia de pedir isso a vocês. Foi uma intuição...

Trân Phu, sorrindo, responde:

— A intuição é, muitas vezes, um guia inteligente. Pensar em nós foi uma boa ideia, pois estamos sentados no chão, e só quem tem o fundilho sujo de terra ousa se aventurar em casos como esse.

Vu não entende o que Trân Phu quer dizer. Percebendo seu ar perplexo, o escritor põe na mesa o seu copo para explicar o que o amigo acaba de dizer:

— Há dois tipos de gente com o fundilho sujo de terra. No sentido literal, são os camponeses ou os proletários totalmente despossuídos. Estes não poderiam ajudá-lo, mesmo que quisessem. Não têm recursos, seja no plano intelectual, seja no financeiro. A ignorância os leva a temer o poder. A falta de dinheiro os torna incapazes de ajudar alguém, posto que mal conseguem sustentar os próximos. No sentido figurado, os "bundas-sujas" são pessoas que optaram por viver à parte do poder político. Escolheram essa via por terem testemunhado as vilanias dos poderosos. Separaram algumas reservas para sobreviver ou para ajudar quem estiver necessitado. Dessa forma, conservam a sua liberdade.

— Agora eu entendo. Porém...

— Porém, essa atitude é inaceitável no seu meio, não é verdade? Mas nós entendemos que, para você, é difícil imaginar isso. No seu meio, a hierarquia depende do poder e é predominante. Quanto mais poder temos, mais poder queremos ter, e dele ficamos dependentes. Nós estamos fora desse círculo. Apesar de seu cargo de diretor de editora, meu amigo nada mais é que um pão amanhecido. Nada a ver com funções venais. Esse naco de pão, duro como madeira, só revela a sua função na pobreza: quanto mais velhos vamos ficando, mais cuidado temos de ter com os nossos dentes. Não estou certo, camarada diretor?

— Absolutamente!

Os dois caem de novo na risada. Estão, agora, à beira de uma apoplexia.

Parecem tão felizes. O tempo todo brincando. É uma desenvoltura suspeita. Quando será que ficam sérios?

Ele hesita. Não confia neles para expor-lhes suas angústias com franqueza. Depois de tomar alguns goles de cerveja, afirma:

— Vocês seriam capazes de aguentar as ameaças ou as ações do aparelho do poder?

Trân Phu põe na mesa seu copo de cerveja:

— Minha boca se diverte, mas o meu cérebro já calculou todos os lances dessa partida de xadrez. Sei que você está ansioso. Por outro lado, você só conhece a linguagem oficial, ou seja, a cara de pau dos políticos. Não surpreende que as nossas palavras o deixem assustado. Para tranquilizá-lo, vou lhe contar meu plano.

É a primeira vez que Vu vê Trân Phu com ar sério. Provavelmente este quer aplacar a angústia de Vu, mais do que ficar fazendo pose.

— Tenho uma irmã que é casada com um médico. Aquela que me trouxe doces e que me deu comida aqui. Eles não têm filhos e gostariam de adotar uma criança. Todo mundo os desaconselha, a começar por mim. Adotar uma criança é uma aventura arriscada, pois todos os meninos abandonados ou vendidos têm uma história pessoal dolorida, que não favorece um bom desenvolvimento psíquico. Ao mesmo tempo, todo mundo sabe que se trata de uma demonstração de grande generosidade. Se se pensa em acolher a primeira criança que surgir, certamente não haverá nenhuma hesitação em cuidar da filha de um grande homem. Portanto, fique tranquilo. Tenho quase certeza de que minha irmã aceitará. Nós lhe diremos que adotamos uma menina de treze anos que você confiou a mim. Diremos a verdade. Você me conheceu na Resistência em Viêt Bac e gosta de mim. Nossa explicação se limitaria a isso. Uma garotinha que não tem nenhum passado criminoso, que não enganou nem matou ninguém. Ninguém quererá saber mais do que isso.

— Sou imensamente grato a você — responde Vu, emocionado.

Não consegue, porém, acreditar na firmeza dessa possibilidade, surgida de modo tão abrupto. Parece-lhe boa demais para ser verdadeira. Bebe alguns goles de cerveja e depois pigarreia:

— E se eles descobrirem a verdade?

— Não farão isso. E, se o fizessem, eu lhes diria que são reacionários e estão difamando o nosso grande dirigente. Faz séculos que o Partido e o governo proclamam, por todos os lados, que o nosso dirigente é o pai da nação, que lutou a vida inteira pela independência e pelo futuro do nosso povo, sem jamais ter podido gozar de alguma felicidade pessoal. O que eu diria seria apenas uma reafirmação da propaganda do Partido. Apenas repetiria aquilo que me fizeram engolir ao longo de anos e anos. Jogaria em cima deles aquilo que eles mesmos vomitaram sobre mim.

— Muito bem dito! — exclama o escritor. — Nada mais eficaz do que pegar uma pedra na frente da casa do malfeitor para jogá-la no seu jardim. É o que a gente chama de dar o pau para levar paulada... Uma tática excelente. Um estratagema conhecido desde a Antiguidade. Hoje em dia chamamos isso de lei do bumerangue. Vamos lá, amigos! Mais um copo!

Vu não consegue se livrar de sua inquietação. Hesita longamente e depois afirma:

— Tenho medo de forçar as coisas para você. Não ficarei tranquilo. Se você me permitir, pedirei ao meu secretário que todo mês leve um pouco de dinheiro e alimentos para sua família.

— Felizmente ainda não temos necessidade dos seus talões de racionamento. Para falar a verdade, esses talões não são suficientes para alimentar corretamente nem mesmo um gato, pelo menos da maneira como se alimentavam os gatos em Hanói antigamente! — responde Trân Phu.

Como Vu não se mostra realmente convencido, ele olha ao redor e, constatando que eles são os últimos clientes, inclina-se em sua direção e diz, em voz baixa:

— Não somos muito ricos. Mas, como ex-moradores da capital, fizemos algumas economias. Não temos confiança de que aqueles que até ontem mendigavam nas esquinas contando cada tostão e que hoje estão sentados nas poltronas do Ministério das Finanças, legitimados pela Revolução, têm capacidade de dirigir o país. Não, não somos burros. O nosso dinheiro somos nós que guardamos. Não o confiamos ao banco do Estado nem o declaramos a esses ex-vagabundos. Nós o conservamos fazendo trocas ou o enterramos ao pé de uma amendoeira. Simples assim. E então? Está mais tranquilo?

— Sim, muito — responde Vu, com o rosto corado, feito um tomate. É a primeira vez em sua vida que ele ouve palavras como aquelas. Infelizmente, trata-se da realidade. E quantas outras ainda não foram reveladas?

Soa o cabo de metal. O homem parrudo e de aspecto aparvalhado bate com toda a força. Os três se levantam rapidamente.

— Hora do almoço — diz Vu. — Preciso voltar para o meu leito. Obrigado por tudo o que vocês me falaram.

— Nada de cerimônias entre nós, grande irmão! Está tudo na mão. Vou levar meu amigo de volta. Bom apetite. Prepare as coisas da pequena. O que tiver está bom. Minha irmã complementará o que faltar, se for preciso. A partir da semana que vem já poderemos recebê-la.

Trân Phu e Lê Phuong se vão, e Vu, então, volta para o seu quarto. O cimento sobre o qual ele caminha parece feito de nuvens.

É bom demais para ser verdade!

Ainda assim, não se sente seguro. No alto da escadaria, depara com a enfermeira, que lhe dirige um belo sorriso.

— Já coloquei tudo na sua mesa. Coma enquanto ainda está quente.

— Obrigado, vou agora mesmo.

A enfermeira está a ponto de partir, quando se lembra de algo:

— Chegou uma correspondência para o senhor. Guardei a carta em sua gaveta, com medo de que desaparecesse ou atiçasse a curiosidade dos outros.

— Oh! Obrigado. Você é muito prudente para uma moça tão jovem!

— Não, não pense que sou prudente — diz ela, dando uma risada. — Minha mãe sempre me disse que fui mordida por um corvo quando era criança e que se podem ver todas as minhas vísceras. Na aldeia, minhas cartas foram muitas vezes abertas à minha revelia, então...

— Então você sabe que as pessoas são bisbilhoteiras, não é? Só quando cortamos o dedo é que percebemos o quanto a faca é afiada. É isso, não é?

— Exatamente! — responde ela, com um sorriso radiante. Despedem-se e Vu volta para o quarto, tentando adivinhar de quem seria aquela carta.

Quem será? Sau, talvez? Ele costuma me mandar recados rabiscados em pedaços de papel rasgados de seu bloco, e não em um envelope, para que os motoristas e mensageiros possam lê-los livremente e que se torne pública a sua cumplicidade. Mas só faz isso quando tem necessidade de me ver com urgência. Não agora, que estou hospitalizado. E para mostrar que está de olho em mim, já mandou trazer alguns presentes no hospital. Não é ele, portanto. Quem será, então? É a primeira carta que recebo desde que estou aqui.

Vân? Um pedido de perdão ou uma última tentativa de negociação? Retomarmos juntos uma situação tão deteriorada e um amor em plena decomposição? Continuar com aquelas refeições silenciosas, com um olhando para a cozinha e o outro para o quintal? Uma aliança baseada na alimentação e na preguiça de preparar comida sozinho? No desejo de preservar o belo casarão que é a residência oficial de um alto funcionário simplesmente por que Tô Vân sente necessidade desse conforto ostensivo? Ou na necessidade de sustentar o imbecil de seu irmão e o preguiçoso do filho, que não conseguiriam sobreviver sem o meu posto?

O ruído de louças e de colheres indica que o almoço está em pleno andamento. Os pacientes estão sentados em suas camas e seus parentes colocaram jornais sobre os lençóis para não sujá-los. A bandeja de Vu está sobre a mesinha, mas, como ele acabou de beber e comer bolinhos, não sente fome. Tira a carta da gaveta. Escrita à mão, em folha de papel escolar.

É o pequeno. Então ele já sabe escrever uma carta. Certamente é a primeira de sua vida.

A carta na mão, ele revê, emocionado, o menino mal conseguindo andar e falar, tentando pegar uma colher de adulto para comer. Essas imagens ainda estão frescas em sua mente, como se fossem do dia anterior. E pensar que ele, agora, já escreve para o pai adotivo!

Remetente: Trân Trung.

Destinatário: Trân Vu.

Aprecia mais uma vez o envelope, lacrado com arroz, antes de abri-lo.

Pai,

Escrevo porque não posso visitá-lo. Da nossa escola na aldeia refúgio até o distrito são uns quarenta quilômetros e não tem ônibus. Só car-

roças. Cada carroça só pode transportar oito pessoas, então um lugar custa cinco mil dongues, e, com tudo que juntei nos últimos dois anos, tenho só três mil e quinhentos. Poderia ir a pé, mas não daria tempo de voltar e eu acabaria sendo punido. Sofro muito por não poder estar ao seu lado, com você doente. Me desculpe. Rezo para que você fique bom rapidamente e que possa voltar ao trabalho. Aqui, os estudos vão bem. Às vezes Vinh sente dor de barriga e tem de faltar. Sempre copio as aulas para meu irmão mais velho. Na semana passada, mamãe Vân veio nos visitar. Estava muito fria. Não sei o que aconteceu em Hanói, mas ela me olhou fixamente e disse: nossa família foi destruída por causa de você.

Pai, seria muito triste, para mim, saber que sou a causa dos problemas de nossa família. Sei apenas que sou seu filho de sangue e isso me basta para ser feliz. Minha irmã Nghia também. Ela me escreveu e me pediu para pedir a você uma fotografia de nossa mãe, que eu poderia esconder da mãe Vân. Quando sair do hospital, você tentará fazer isso, não é? Farei como me disse minha irmã mais velha. Não quero deixar mãe Vân triste, nem ocupar o lugar de Vinh. Você poderia me deixar ir morar no campo, com o seu irmão mais velho. Depois desse verão, poderei mudar de escola. Tudo o que eu quero é que nossa família seja feliz, que mãe Vân e Vinh estejam satisfeitos. Ainda mais que sei que minha irmã Nghia ficaria muito contente, pois a vida na montanha seria menos monótona. Você também ficaria mais aliviado, e todos se sentiriam bem.

Queria lhe dizer que mãe Vân esteve aqui com um homem grande e forte que usava óculos escuros. Nunca o tinha visto em nossa casa. Ele se comportava de um jeito estranho. Me puxou pela orelha dizendo "quero saber se sua orelha é dura ou mole" e quase me suspendeu no ar. Senti muita dor, chorei, mas não me atrevi a gritar, pois fiquei com medo de levar bronca da mãe. Tenho muito medo desse homem, não sei por que ele é tão ruim comigo. Querido pai, mande-me para o campo e venha nos visitar de tempos em tempos, por favor. Tudo ficará melhor assim.

Continuo me esforçando na escola, para não decepcionar você. Desejo-lhe um pronto restabelecimento para que possamos nos rever rapidamente.

Um beijo do filho: Trân Trung.

Vu se sente abalado.

Meu filho! Pobre filho. Uma criança tão amável, mas que não pode desempenhar o seu papel de filho. Uma criança tão generosa, obrigada a sobreviver no meio de pessoas rudes e malévolas.

Pobre de mim, um pai incapaz de proteger seu filho adotivo.

Eu não soube criar um filho tão adorável. O amor com minha esposa gerou um descendente inepto e vadio. Meu sangue se perdeu em vão dentro de um corpo sombrio e uma alma tenebrosa. Que fracasso!

Minha esposa! A bela Tô Vân!

Como pode ser tão odiosa? Uma mulher que eu amei ao longo de trinta anos. Um caminho tão longo, marcado por momentos tão belos. No entanto, se o amor desapareceu, deveria ter sobrado um pouco de lealdade e de moralidade... O limite invisível que o ser humano traça para si mesmo e que não deve ultrapassar. Mas essa mulher demonstrou que não conhece limites. Estranho que só agora eu tenha descoberto isso! A vida é realmente uma peça de teatro permanente, cujo verdadeiro final só se revela quando a cortina cai. Um golpe de mágica que transforma rãs em princesas e abóboras em carruagens douradas. Não por acaso existem na literatura histórias de fantasmas nas quais se acorda depois de uma noite de amor e se descobre que ela foi passada na verdade ao lado de um cadáver em decomposição!

Minha esposa! Tô Vân! A partir de quando foi que ela deu essa virada? Esse homem de óculos escuros é um capanga de Sau. Ameaçaram o menino, e isso significa que querem alguma coisa de mim em relação ao pai verdadeiro dele. Seu comportamento será determinado pela sobrevivência do Velho. Nada, no entanto, me surpreende, a não ser a colaboração de minha esposa, que é algo assombroso! Ela mesma levou o inimigo até o refúgio para executar toda essa ignomínia! Por que ela?

Imensas ondas negras se erguem diante dele. Metamorfoseiam-se em tentáculos gigantes, mais altos do que os mais altos edifícios, atacando-o como espuma em efervescência. Seu ronco se transforma em um bramido de monstros pré-históricos. A água então desaparece e hordas de dinossauros avançam por uma estepe infindável, perseguidas pelas línguas de fogo que enchem de brasas o horizonte. O incêndio se espalha, queimando florestas, carbonizando todos os seres vivos. Ele mesmo arde. Seus olhos refulgem como duas brasas acesas.

Serei um animal antediluviano?

Escuta o vento soprar contra o forno que o envolve. Seu rosto arde. Tem vontade de gritar "Fogo! Água! Água! Chamem os bombeiros!".

Já não consegue abrir a boca. Sente-se como se tivesse sido pisado por um dinossauro. Já se enxerga esmagado, reduzido a uma massa inerte por aquela pata gigantesca.

Ouve-se um chamado, ao longe...

— O doutor! Chamem o médico...

— Tragam o oxigênio, rápido!

Uma pensamento furtivo lhe ocorre:

Estão trazendo oxigênio para aquele oficial de lábios pálidos que não consegue mais respirar. Mas, se ele está morto, por que desperdiçar oxigênio?

Subitamente, escuta o som de um peixe se debatendo na água. Percebe então que o som vem do tanque da mãe, no fundo do jardim. Os peixes, ali, se debatem dia e noite, sem parar. Sobre o tanque, uma calha corre ao longo do telhado para levar água da chuva até ali. Sobre o telhado, o céu, um céu imensamente azul, de um límpido e magnífico azul...

3

O Hospital Militar de Campanha nº 306 está localizado na borda da floresta, não muito distante de um riacho, condição necessária para o funcionamento adequado de um hospital. O conjunto de seus alojamentos foi erguido em um planalto, sob uma folhagem tão densa que, mesmo nas horas mais iluminadas do verão, os raios de sol têm dificuldade para penetrar. Nessa sombra permanente brotam orquídeas de montanha, plantas parasitas de uma incrível vivacidade. Atrás do hospital, há uma caverna, para onde são transferidos os cerca de trinta feridos graves ali internados em caso de bombardeio pela aviação inimiga. A cozinha, o refeitório e a farmácia ficam ao lado da entrada da caverna. Nesta pode-se coletar a água pura que brota das rochas para usar na cozinha e na lavagem dos instrumentos cirúrgicos. Para a faxina e as louças, usa-se a água do riacho. Por outro lado, quem toma banho diretamente no riacho se arrisca a perder os cabelos, de tão pútrida que é a sua água; e, para uma mulher, ficar careca é pior do que perder um braço ou uma perna em um bombardeio. A higiene corporal constitui, assim, um problema. As mulheres são obrigadas a esperar o pôr do sol para então pegar um pouco da água das rochas e lavar o cabelo. Para o corpo, é preciso esperar a chegada da chuva. Ou então, há sempre a possibilidade de fazer como os povos do deserto, deixando decantar a água do riacho. Depois de uma jornada de trabalho massacrante, carregar baldes de água no escuro e escalar rochas não é uma tarefa das mais prazerosas. Se as pessoas das montanhas estão acostumadas a subir carregando até cinco ou seis baldes com água, para as moças da planície a tarefa é como um trabalho forçado.

Na primavera de 1969, o hospital estava lotado de feridos. Os homens eram colocados dois a dois em cada cama, um com os pés para cima e o outro para baixo, camas essas não muito mais largas do que uma maca, postas sobre um estrado de madeira com cerca de dez centímetros de altura. O número de feridos à espera de cirurgia era três vezes superior ao normal. Cirurgiões e enfermeiras se revezavam sem intervalo. As instalações para cirurgia operavam dia e noite. Gritos, gemidos, discussões e cantos de soldados feridos deixavam o hospital em um estado de ebulição permanente, algo jamais visto até então. As doze moças do hospital não tinham nem tempo de se abastecer com água. Prendiam os cabelos em coque e entravam no riacho, valentemente:

"Que se dane, pelo menos nos lavamos, haja o que houver!"

Essa tensão perdurou por um mês. Os feridos mais leves foram depois transferidos para uma enfermaria mais para dentro da floresta. As moças receberam, então, uma recompensa inesperada: entre os feridos que ali permaneceram havia um príncipe encantado, uma presa apetitosa para todas aquelas jovens abatidas. Esse príncipe era o comandante Hoang An. Ele representava o homem ideal. Afora a beleza, era dotado de uma coragem rara no gênero masculino. Durante sua operação, realizada sem anestesia, não deu um único gemido. Hospital de campanha instalado no meio do nada, o nº 306 não possuía uma quantidade suficiente de anestésicos, nem mesmo para as amputações, que eram consideradas banais. An fora atingido pelo estilhaço de uma bomba que cortara o braço esquerdo. Sua transferência foi tão demorada que, ao chegar ao bloco das cirurgias, tiveram de amputá-lo até o ombro, pois a gangrena já começara a fazer o seu estrago. Extraordinariamente, ele recuperou as forças como por encanto. Os outros feridos o contemplavam com admiração e inveja. Ainda com o curativo, ele saía para caminhar e até preparou algumas armadilhas para pegar ratos, ouriços ou raposas para melhorar um pouco a comida da cantina. Quando sua ferida cicatrizou, apresentou-se voluntariamente para ajudar as mulheres a transportar água. Mesmo com um único braço, fazia mais do que um homem normal. Conseguia carregar dez pequenas latas d'água nas costas e outras quatro no braço. Caçador, escalava como uma camurça. As doze mulheres do campo olhavam para ele com olhares lânguidos. Com exceção de cinco, que haviam jurado voltar para seus homens, as outras espionavam umas as outras para saber quem iria conquistar o príncipe de coração de ouro. Mas Hoang An distribuía suas atenções de forma igualitária, de modo que não despertasse nenhuma guerra entre elas. Foi por essa razão, entre outras, que o diretor do hospital, em vez de transferi-lo, manteve-o no campo mesmo depois de restabelecido. O comandante se tornou, assim, funcionário do hospital, mesmo sem ter sido oficialmente incorporado. Parecia satisfeito. Todos sabiam que ele seria dispensado e que, ao partir dali, receberia uma pensão militar. Ele dizia, porém, que, antes de poder se beneficiar desse estatuto, era preciso ajudar ao máximo, dentro do possível, aqueles que ainda estavam expostos ao perigo e à dor. Fazia de tudo, assim, para melhorar a vida em comum e ajudar os outros.

Na manhã fria e coberta de névoa, ouve-se uma buzina. E alguém grita:

— Os remédios chegaram!

Todos saem, surpresos.

— Tinham dito que seria só daqui a dois dias...

— Será que é por que eles não foram bombardeados?

O cirurgião chefe e as enfermeiras correm para receber os medicamentos e os instrumentos. Hoan An está no grupo. É a ambulância enviada pela região militar e, como os norte-americanos não perpetraram nenhum bombardeio durante o fim de semana, o caminho ficou facilitado. Estão todos felizes, pois, com os remédios, chegam também doces e cigarros. Após depositar a carga à beira da estrada, o motorista liga o motor e parte, parando alguns metros mais adiante:

— Pôxa, já ia esquecendo!

Ele remexe no banco ao lado e passa pela janela uma velha mochila suja.

— Há algum ferido chamado Hoang An?

— Sou eu!

Hoang An põe no chão a caixa de papelão cheia de remédios que estava carregando.

— A intendência lhe mandou essa bagagem de um soldado caído no campo de honra. É da sua família?

— Se não fosse, por que teriam me enviado a mochila? — responde Hoang An, pensando: "De quem será? O maldito Ma Ly? Não, não é possível! O nome dele é Ma, é da etnia Meo e sua aldeia pertence à província de Hoang Lien Son. Ninguém pode se enganar assim."

O soldado explica:

— Não sou bisbilhoteiro, mas o endereço está ilegível e nessa região militar há pelos menos seis Hoang An! A intendência não tem certeza, o senhor vem de Lang Son e esse homem é da etnia Tay, mas de Thai Nguyên!

An sorri:

— Todas as províncias pertencem ao nosso país! Os Kinh viajam para fazer comércio. Nós, os Tay, somos menos dotados, mas também nos mexemos atrás de trabalho.

— Bem, pegue isso! Registrarei que entreguei o objeto ao seu destinatário. Mas...

Ele hesita um pouco e continua:

— Em princípio, o senhor deveria assinar um recibo. Mas façamos isso na próxima vez, pois terei de realizar mais uma viagem a este hospital.

— Está bem. Eu o aguardo.

Hoang An pega a mochila e aperta a mão do motorista.

— Obrigado e boa viagem!

— Até logo!

O veículo se afasta.

Hoang An observa a mochila suja e malcheirosa como uma trouxa de mendigo. Deve ter permanecido esquecida em algum canto por um ou dois anos, pois as baratas abriram buracos e as marcas de mofo ocuparam as manchas de sangue seco. No tecido, de um verde esmaecido, está colado um pedaço de papel em que se lê: pertencente ao tenente Hoang Huy Tu, 115º batalhão, 18º região militar, 3ª companhia, 1ª seção, morto no campo de batalha de Thuân Hoa. Entregar ao capitão Hoang An, do 1º batalhão, sob as ordens do comandante Dinh Quang Nha.

An fica paralisado, estupefato. Hoang Huy Tu, esse nome o remetia a uma época feliz. Tu é o marido de sua irmã My. A família de Tu morava bem ao lado da comuna de Lao Cai, onde vivia uma grande quantidade de montanheses de diversas etnias. O pai de Tu era um ferreiro renomado. Anteriormente, os melhores ferreiros fabricavam armas para os oficiais e para os governantes da região da fronteira. Na época do pai de Tu, porém, já não se usavam mais espadas, e ele se dedicava, então, às ferramentas agrícolas, martelos e machados. Seus machados eram conhecidos como armas extremamente confiáveis para os montanheses, e seus punhais, facas e facões eram as ferramentas mais apreciadas pelos açougueiros. O casamento de Tu com My foi arranjado por uma mulher, que servira de intermediária. Aos cinquenta anos, ela ainda era bela. Vendia lenha em Lao Cai e era vizinha da família de Tu. Tinha uma irmã mais velha que se casara com um homem da aldeia de Xiu. Num dia em que estava ali de visita, conheceu a bela e doce My, que tinha, então, dezessete anos. Depois de voltar a Lao Cai, pegou Hoang Huy Tu e levou-o a Thât Khê, para que conhecesse a moça. Um mês depois desse encontro, Tu foi, junto com seus pais, fazer o pedido de casamento, levando presentes para seu tio e sua tia. O casamento, um sucesso, foi a oportunidade para An conhecer Lao Cai... Depois disso, nunca mais voltou para lá.

Passaram-se os anos. Ele não sabe quando foi que a família de Tu se mudou, para se instalar na província de Thai Nguyên.

Apesar da impaciência, An pendura a mochila no ombro, pega a caixa de medicamentos e segue atrás dos funcionários do hospital. Levam cerca de três horas para transportar toda a carga. An aguarda que todos se reúnam na cozinha para dividir os doces e em seguida desce com a mochila de Tu em direção ao riacho. O local está deserto. Abre a mochila cuidadosamente e tira dali um uniforme de outono, um tubo de pasta de dente ressecada, uma escova, um pente e uma carta embrulhada em várias camadas de náilon transparente, cortado, ao que lhe parecia, de alguma capa de chuva velha. Vira a mochila do avesso. Caem no chão excrementos de barata e uma caneta esferográfica. Sente, também, um desagradável cheiro de mofo.

Eis tudo o que restou de um jovem cheio de energia. Tudo o que restou de um marido, de um pai. O patrimônio do tenente Hoang Huy Tu, que terei de mandar para minha irmã My e seus filhos...

Permanece prostrado por um longo momento diante daqueles objetos insignificantes, antes de pegar a carta. O envelope de náilon está lacrado. Não tem nenhuma faca com ele. Encontra uma pedra com uma aresta cortante e nela esfrega o envelope, como um homem pré-histórico produzindo fogo. Finalmente consegue enfiar um dedo em um rasgo e arranca o náilon. A carta de Tu fora escrita em papel de caderno escolar. An a apoia sobre os joelhos:

Meu grande irmão,

Desde o dia em que você levou My para Lao Cai, muito tempo se passou e muitas coisas aconteceram. Apesar da distância que nos separa, My me fala sempre de você. Temos dois filhos, dois meninos. Desde que você entrou para o Exército, nós nos mudamos para Thai Nguyên, pois meu pai conhecia ali um comerciante que podia nos ajudar a retomar a metalurgia. Meu pai já estava com idade avançada, então assumimos o negócio e, com sorte, pudemos contratar dez funcionários. Não me queixo, mesmo que dois de nós três, os irmãos, tenham se alistado no Exército. Não tenho nenhuma notícia de meu irmão menor, mas amanhã eu me engajarei na batalha de Thuân Hoa. Poucos soldados conseguirão sair vivos dela, ao que parece. Dizem que a terra, aqui, é seca e pouca e que, por isso, os cadáveres terão de ser empilhados em diversas camadas. Nesta tarde, todos os membros de minha unidade estão escrevendo suas cartas, e eu escrevo a você. Todos compartilham o pressentimento de que se trata da última carta.

Meu grande irmão amado,

Lembra-se da noite em que você esteve com Ma Ly? Eu também estava lá. Aquela raposa que você perseguiu até a borda da floresta era eu. Tinha acabado de chegar ao local quando avistei você com Ma Ly, por isso me escondi. Foi por mero acaso que eu fui transferido para a sua unidade cinco anos depois que você partiu. Foi também por acaso que fui alocado na mesma seção de Ma Ly e ali ganhei a confiança dele. Talvez porque fôssemos os únicos montanheses da nossa companhia. Ma Ly desconhecia os nossos laços familiares e, por isso, contou tudo para mim... do ponto de vista dele. Naquela noite, quando o vi sair com o general, fui atrás deles. Sabia o que o Meo ia fazer. Tinha estado na casa dele. É menor do que o curral de porcos da nossa casa. As pessoas, ali, comem sopa de milho sentadas no chão, junto com os porcos, que ficam mendicando toda hora e defecando no mesmo lugar. Você nem pode imaginar a cena. Eu vi isso tudo com os meus próprios olhos. Ma Ly estava, portanto, disposto a fazer qualquer coisa para sair desse buraco... Foi por isso que os segui.

Meu grande irmão, há outra coisa que você sabe, mas sem conhecer os detalhes. Xuân e Dông foram mortas em 1957, ano do Galo. Foram atacadas com um bastão de madeira. O corpo de Xuân foi abandonado na beira de uma estrada de um subúrbio de Hanói para simular um acidente de trânsito e o de Dông foi jogado sob a pilastra da ponte de madeira sobre o rio Lan, na estrada de Thât Khê. Só fiquei sabendo disso três anos depois, graças a um conhecido. Os pais de minha esposa e o senhor Cao foram assassinados no inverno de 1958, ano do Cão, um ano depois da morte das duas mulheres. Fui avisado pela mulher que me havia apresentado a My. Quando voltei a Xiu, três semanas depois dessa desgraça, só encontrei as cinzas das duas casas. As pessoas da aldeia me contaram que ouviram sons de helicópteros nas proximidades da cascata dos Rouxinóis. Ninguém fez nada, pois fazia muito frio e era bem no meio da noite. Achavam que devia haver algum motivo para aquele deslocamento dos guardas de fronteira. Meia hora depois, as duas casas ardiam em chamas. Os aldeões correram, mas o incêndio era tão poderoso e o cheiro de combustível tão forte que nada puderam fazer. Não viram nenhuma silhueta humana no meio do fogo e testemunharam, impotentes, a devastação produzida pelo incêndio, que durou até a manhã seguinte. Por volta do meio-dia, o ca-

dáver do senhor Cao, totalmente calcinado, foi encontrado em meio às cinzas. Em compensação, nenhum rastro dos meus pais. As autoridades do distrito declararam, depois, que um comando de terroristas inimigos havia incendiado casas da população durante a noite. Eu sabia que aquilo fora obra dos mesmos que tinham assassinado Dông e Xuân. É o que diz minha intuição de Tay.

Meu grande irmão,

Amanhã partirei cedo. Acho que, desta vez, não retornarei. Eu lhe imploro que sobreviva para punir esses crimes e vingar os nossos mortos. Proteja My e as crianças. Se fizer isso, terá a minha gratidão eterna, mesmo da sepultura.

Seu irmão, Hoang Huy Tu.

A assinatura é firme, sem tremores. Uma letra de ferreiro acostumado a trabalhar desde a infância. An solta a carta. Não há nenhum vento, mas ela treme. Submerso em emoção, ele se arrepia. Aos poucos, insinuam-se em sua mente, como ratos, alguns pensamentos:

Mataram nossas mulheres com um bastão porque era uma maneira econômica e simples de matar. Como o senhor Cao era um aventureiro que deixou a aldeia para explorar o mundo, mataram-no a punhaladas, para dar a sensação de um acerto de contas entre marginais. Sequestraram meu tio e minha tia para jogá-los de um helicóptero em algum lugar da mata a fim de fazer os corpos desaparecerem e passar a ideia de um ataque de algum comando inimigo, pois meu tio era prefeito da aldeia. São assassinos profissionais. Previram e planejaram tudo. Todos os meus próximos foram exterminados. Fiquei apenas eu. Sou o único sobrevivente. Estou sozinho...

O fogo se reanima em sua alma, à imagem dos incêndios que ele revê mentalmente. Os ratos se agitam, correm em todas as direções, rasgam sua carne, provocam comichões insuportáveis, uma sensação estranha, difícil de explicar. Seus olhos se fecham lentamente, inexoravelmente, em meio à fumaça opaca que sai de sua cabeça, como se seu crânio se abrisse, expulsando uma lava silenciosa. Outra dor, intensa, se retorce em suas entranhas, faz refluxos ardentes subirem até os pulmões, transformando o peito numa panela de pressão à beira da explosão. De repente, ele grita, funde corpo e alma em um berro aterrorizante que ele mesmo não sabe de onde vem. Pois não é ele o autor desse grito. É o grito de um monstro infernal e maléfico que usou a garganta dele para cuspir todo o seu furor.

Para os lados do hospital, todos saem de seus alojamentos. Ninguém jamais ouvira um grito tão apavorante — e isso ali onde os gritos e os gemidos dos pacientes operados sem anestesia constituíam moeda corrente. Naquele grito, porém, a dor física e o desespero de uma alma engendravam ondas de uma potência terrível. A potência selvagem do ódio. A própria floresta estremecia. As pessoas, aterrorizadas, pararam de respirar. Esse grito só podia provir do deus dos rios, do demônio das montanhas, ou de um louco. Um louco gigantesco e enraivecido, no auge da demência...

Não há ninguém ali, apenas o comandante Hoang An. Está sozinho, prostrado, no alto da ribanceira que dá para o riacho. Só. Depois de se entreolharem, o médico chefe e os funcionários do hospital se dirigem a ele. Ao sentir que se aproximam, ele se vira. Está lívido, mas esboça, ainda assim, o mesmo sorriso, tão conhecido de todos:

— É a mochila de meu irmão. Ele caiu em Thuân Hoa. Não pude enterrá-lo, não pude chorar sua morte. Gritei agora todo o meu ódio. Vomitei os americanos e seus fantoches.

— Camarada An — murmura o médico chefe, pondo uma mão delicada sobre um de seus ombros —, venha descansar um pouco. É a guerra, infelizmente. Se estamos aqui, juntos, é por causa da guerra. Todos nós odiamos os americanos e seus fantoches.

4

O presidente acorda no meio da noite. Seus olhos estão ressecados, bastante abertos. O coração bate forte. Do lado de fora, dois guardas jogam cartas, e suas palavras, embora sussuradas, ressoam no silêncio noturno. Os ponteiros fosforescentes de seu relógio indicam uma e vinte e cinco. Ele afasta o cobertor e escuta, distraidamente.

— Oito de paus!

— Dez de paus!

— Valete de copas!

— Rei!

— Rainha de ouros! Vai se afundar, meu caro!

— Afundar coisa nenhuma! Aqui vai: um rei de ouros vermelhinho. O que você faz agora?

— Pode se render, meu caro! Ás de copas! Onde está o seu curinga? Vamos lá! Pode se ajoelhar!

— Bom, dessa vez você ganhou. Com um curinga eu esmagava você. Você me deve cinco jogos. Esta noite você vai deixar até a roupa do corpo aqui...

Como são felizes. Verdadeiros meninos. Ganham doces e sujam o rosto de fuligem quando perdem. Seu jogo não mata ninguém, nada de sangue, nada de lágrimas, nada de ódio...

Surge alguém, uma silhueta imprecisa por trás da cortina de neblina, fazendo-o lembrar do filho do lenhador da aldeia da montanha. O presidente suspira.

Meu filho. Se os traidores o deixarem com vida, certamente levará uma vida comum. Estará no nível mais baixo da sociedade. Um dia provavelmente jogará cartas, ganhará guloseimas ou lhe sujarão o rosto, como esses jovens soldados. Será suficiente, esse tipo de vida, para você? Quem sabe esses jogos inocentes lhe proporcionem a verdadeira felicidade...

Pensa em acender a luz para ler alguma coisa e assim espantar as ideias ruins, mas desiste de fazê-lo, com medo de interromper o jogo de cartas dos soldados. Eles se perguntariam por que o presidente está com insônia, se devem chamar o médico ou preparar um chá ou outra coisa qualquer. Volta para a cama e se enfia sob os cobertas. A luz de uma pequena luminária, a um canto, o faz lembrar de um vaga-lume. Criança, ele e os amigos se divertiam caçando vaga-lumes e colocando--os dentro de cascas de ovos. De noite, as cascas se iluminavam, com tonalidades estranhas. Aqueles foram os verões mais maravilhosos de sua vida.

Será que meu filho brinca com os vaga-lumes? Ele vive no campo, com seus colegas de escola, mas será que ainda existem pomares, moitas ou cemitérios verdejantes, como na época de minha infância em Nghê An?

Como sou idiota, diz a si mesmo. Seu filho nem sabe de onde vem, e, de toda maneira, hoje nenhuma criança brinca com vaga-lumes. O país está em guerra. Não são mais os lampejos pálidos de sua infância, mas exércitos que cobrem o sol noturno com tiros de canhão. Lampejos que trazem morte e terror.

A guerra!

A História já é assombrada por guerras contínuas. E esses homens sedentos de glória ainda acrescentam mais uma. Uma guerra inédita, tanto no plano da mobilização quanto no das perdas humanas. Que guerra imbecil, que castigo atroz infligido ao nosso povo. Nosso povo, que é obrigado a ceder seu corpo para servir de amortecedor entre as duas locomotivas da história, que registra seu nome no quadro dos sacrificados, e cuja terra, ancestral, é transformada em uma imensa massa de carne humana, numa guerra civil mil vezes mais devastadora do que o conflito entre os senhores Trinh e Nguyên.

O que posso fazer, agora que o jogo já começou e que me tornei uma marionete nas mãos desses assassinos? Terão os meus irmãos inimigos se tornado tão imbecis a ponto de se engajar sem piscar os olhos nessa aventura? Terão dado as costas deliberadamente à sua própria consciência para colocar o poder pessoal acima do destino do povo? Que desgraça, fama, poder... conceitos intragáveis, irrespiráveis, capazes de acabar com um indivíduo, bem como um povo inteiro.

Mas por que devo me dedicar e sofrer tanto por esse povo?

Esse povo que está disposto a dar minha vida em sacrifício aos deuses. Esse povo ignorante que ostenta permanentemente um sorriso ingênuo para me aclamar como seu imperador. Que me venera como os exércitos veneram um general invencível. Que não tem a generosidade elementar de me permitir um mínimo de felicidade. Por que preciso desse povo egoísta e indiferente, mesmo que seja o meu próprio povo?

Não! Os sábios sabem, desde sempre, que a multidão não é mais que um vento passageiro, uma onda, um furacão, um dilúvio ou um incêndio. A multidão é anônima e não tem responsabilidade diante de seus próprios atos. Não tenho por que criticá-la. Goste ou não goste, é o meu povo!

Minha razão de viver é a sua existência. Minha maior dor provém da sua dor: um povo maldito.

Nasci aqui, nessa terra cheia de lama e carregada de infelicidade. A corda mais fina dessa cítara que é a alma do povo vibra dentro de mim. Sua milenar humilhação está impregnada em cada fibra de minha carne, em meu sangue — é a minha razão de ser. Fui condenado, aqui, ao sofrimento eterno. Aqui devo saldar as dívidas acumuladas pela pátria há mais de mil gerações!

Todos os caminhos o levam ao seu próprio inferno. Já não há escapatória. O presidente dá um grito, sufocado por medo de ser ouvido pelos guardas. Repleto de sangue, o coração bate pesadamente. Ele sente, em seu ritmo penoso, cada uma de suas opressivas contrações.

Se ao menos eu tivesse, em vez de um coração, uma bomba capaz de controlar o corpo sem causar dores. Se eu tivesse um outro coração, um outro cérebro, viveria diferente? Mais serenamente?

Apalpa o peito; toca nas costelas flutuantes.

Por que estou sempre angustiado e mergulhado em lamentos infinitos? Por que sou permanentemente torturado pelas minhas recordações?

Para viver, é preciso esquecer. Como o doente angustiado tem necessidade de um sonífero. Sempre forcei minha mente ao optar pelo esquecimento. Por que agora, no outono de minha vida, minhas próprias lições se tornam inúteis? Essa guerra aberrante é a punição imposta ao meu povo e a lembrança é o julgamento supremo que me transforma em réu. Não residiria nisso o elo trágico entre meu destino e o de meu país? Ou essa fusão continuará para sempre um mistério?

Chega aos seus ouvidos uma risada discreta. Ele abre os olhos.

Um homem de pele bronzeada está apoiado na parede. Um homem elegante com um terno branco-marfim, a cor predileta do presidente. Lembra-se da alegria sentida quando, graças às suas economias, estreou o seu primeiro terno, em Paris, cidade tão cara, onde os alfaiates ganham cinco vezes mais do que em qualquer outro lugar. O homem usa o belo terno da sua juventude. O mesmo colarinho, a mesma gravata azul-marinho de bolinhas brancas, com nó à antiga. O homem, porém, não é jovem. Está perto dos cinquenta. Seu sósia. Seu segundo eu, aquele homem em quem ele poderia ter se tornado.

Está encostado na parede, numa pose graciosa. Mãos nos bolsos, fita-o firmemente.

— Você não chora?

— Desculpe — hesita o presidente. — Não gostei da sua pergunta.

— Chorar produz alívio. Sou mais indulgente para com os fracos.

— Não sou tão fraco quanto você acha.

— Veremos.

— Diga isso aos jovens. Já passei dos setenta.

O presidente silencia. Não gosta de perder o controle em uma conversa. O homem talvez tenha razão, e é melhor se calar por um instante.

— Na sua idade, é louvável continuar buscando respostas a questões metafísicas — diz o homem sorrindo.

— Podemos ficar obcecados por algumas questões até o último minuto da vida.

— Há milhares de perguntas cujas respostas a humanidade jamais conhecerá. A vida é um gigantesco jogo de azar. Põe em questão as relações entre o homem e a natureza selvagem, as relações sociais e também os laços pessoais. Veja a sua vida passada. Nela, poderá enxergar buracos, costuras frágeis, fissuras e destruições... coisas que acontecem quando se perde o controle sobre os princípios fundamentais da vida.

— Gostaria de conhecer algumas provas de suas afirmações.

— Não é preciso ir longe! Basta olhar para trás, com um olhar objetivo. As provas pululam às suas costas, como marcos numa estrada.

— Sempre procurei ser objetivo. É um dever de qualquer dirigente político.

— Mas poucos o são. Quedas de regimes, desmoronamentos de monarquias —, tudo isso se deve à falta de objetividade. Quando aplicada aos outros, a objetividade é como dar um passeio saudável em um belo jardim. Aplicada a si mesmo, é como escalar o Himalaia. Estou aqui para lhe revelar as fissuras mais significativas de sua alma. Espero ajudá-lo, dessa forma, a recobrar a liberdade. Talvez eu consiga tirá-lo desse inferno.

O presidente silencia. Precisa realmente de sua ajuda; espera por ela, mesmo sentindo-se humilhado. Depois de um prolongado silêncio, ele reúne suas forças:

— Pode falar.

O homem sorri. Um sorriso sedutor e simples. Entre Montand e Gabin.* A cabeça ligeiramente inclinada, atravessa-o com seus olhos marrons.

— Comecemos, se estiver de acordo, pelo seu sofrimento crônico. A morte da mulher amada.

— Milhares de sofrimentos diferentes pesam sobre meus ombros.

— Entendo. Mas o sofrimento de um povo só pode ser mitigado pelo Todo-poderoso. Nem eu nem você somos todo-poderosos. Posso apenas ajudá-lo em meio ao naufrágio de sua vida, essa tragédia clássica que leva ao palco um homem e uma mulher, um velho rei e uma jovem concubina. O que acha disso?

O presidente silencia. O homem ergue os ombros com jeito arrogante e segue adiante:

— O que você fez no dia do assassinato de Xuân?

Não sabe o que responder. Naquele dia, mandara chamar o general Long, mas, quando ele chegou, conversaram apenas sobre questões de relações internacionais. Ele esperava que Long abordasse o tema, mas a conversa se prolongou até o meio-dia sem que o general mencionasse nada. Ele não ousava tomar a iniciativa de tocar no assunto. Naquela época, porém, somente o general Long tinha ainda a capacidade de controlar as loucuras de Quôc Tuy. A totalidade do Estado-maior militar e do Ministério da Defesa estava sob sua autoridade. Infelizmente, até mesmo ele queria transformar o presidente em santo, em um pai do povo desprovido de vida familiar. Dessa figura do "pai sagrado" tirava proveito todo o aparelho do poder, razão pela qual ninguém se opunha a ela.

— Você não fez nada e ficou quieto como um peixe, não é verdade?

O homem nem sequer espera por uma resposta, como se soubesse que o presidente não saberia mesmo encontrá-la. Seus dois belos olhos se franziam, em um olhar ao mesmo tempo desdenhoso e compassivo.

---

* Ives Montand (1921-1991) e Jean Gabin (1904-1976), estrelas do cinema francês. (N. do T.)

— Ou, melhor ainda, você esperava que Long, seu querido amiguinho, agisse. Não tomou a iniciativa, pois tinha verdadeiro pavor de ter de responder perante o tribunal da História, sob a acusação de prejudicar a pátria por causa de problemas pessoais. A única ação possível, naquele momento, teria sido mandar o Exército prender Quôc Tuy e, paralelamente, demitir Sau, o traidor-mor. Mas, nesse caso, muito sangue correria, e isso poderia manchar o seu nome no grande livro da História.

"Foi você mesmo quem inventou este famoso slogan romântico:

União, grande união,
Vitória, grande vitória.

"Um slogan notável e de grande repercussão. Mas que só vale por um período determinado e em local muito específico. Era a palavra de ordem dos guerrilheiros na floresta. Uma vez constituído o aparelho de poder, essa linha de conduta se tornou um belo pássaro embalsamado, incapaz de voar. Seu slogan havia sido o combustível do motor da Resistência, mas se tornou inútil no exercício do poder, ainda mais de um poder ditatorial. Ofuscado pelo brilho de suas próprias palavras, você esqueceu que tudo tem um começo e um fim. O poder é o poder. Ele não se molda pela arte nem pela moral. Sua principal característica é ser desafiador. O assassinato de sua jovem esposa era apenas um teste. Como você não reagiu, seus inimigos partiram para cima."

— Não podia pedir para o general Long agir. Muito sangue de gente inocente correria. Nosso país tinha passado por nove anos de resistência anticolonial e nosso povo ainda não tinha recobrado suas forças.

— Não importa o que se fizesse ou não, o sangue correria de qualquer maneira. As armas continuam a matar neste planeta. Se você se sacrificou, naquele momento, para poupar alguns litros de sangue, hoje são rios inteiros que correm. A atual guerra é a mais devastadora da história de nosso povo. Seus mortos serão mil vezes mais numerosos do que os da guerra da invasão, desde a época das dinastias Minh Nguyên até aquele outono do ano do Galo, em 1945. Tenho razão ou não?

— Fiz de tudo para não detoná-la.

— Mas a força não segue obrigatoriamente as ideias, e você caiu do cavalo em plena batalha. Proponho a hipótese de que, se tivesse articulado uma resposta ao assassinato de sua esposa, em vez de estar exilado aqui, nesta prisão, mandado por seus irmãozinhos, você é que os teria posto na prisão. Quem sabe essa guerra terrível não teria sido evitada? Quem sabe quantas vidas humanas teriam sido poupadas?

O presidente suspira. O homem continua:

— Mas deixemos os "se" de lado. É algo infantil. Voltemos à tragédia de sua família. Não uso mais o condicional. Afirmo que o general Long não reagiu porque sabia que poderia tirar proveito pessoal do seu estatuto de "pai sagrado". À sombra de um santo, muitos aproveitadores recolhem os dízimos depositados pelos devotos, e quem mais se aproveitava disso era o próprio general. Seu nome e o dele estão intimamente ligados à batalha de Diên Biên Phu. É por isso que o general sempre quis manter você nesse papel de ícone. O papel de santo é cruel, pois só existe caminho para subir, e nenhum para descer. Quem se transforma em santo é obrigado a morrer preso ao seu altar, morrer no frio e sob a chuva, morrer em uma solidão absoluta, como uma estátua no pedestal, sem esperança de ser um dia enterrado como uma pessoa normal. Uma morte extenuante, pois não se pode nem mesmo deitar. Um esgotamento eterno, como um castigo aplicado pelo Criador. Estou certo?

O homem dá uma risada cheia de ironia. O presidente sente um frio glacial lhe atravessar o corpo, ao mesmo tempo em que seu rosto arde. Suas costas, seus ombros o mantêm preso ao colchão. Não ousa abrir os olhos para encarar seu interlocutor. Continua a ouvi-lo, enquanto este arranca, uma a uma, as pedras de seu ventre:

— Você ficou paralisado, sem ter a menor ideia do caminho a seguir. Queria dar uma resposta, mas não ousava emitir nenhuma ordem aos seus colaboradores. Esqueceu-se das regras em vigor desde sempre entre os senhores: tocar nos meus próximos é como me cortar as mãos, tocar em minha família é mexer com a menina dos meus olhos.

"Poderia ter mostrado isso a Long e seus partidários. Poderia ter-lhe dito que se ele não reagisse àquele primeiro abuso de poder da parte de Sau, seria ele mesmo a árvore venerável seguinte a ser abatida. Quem rouba um ovo rouba um boi, e depois mata a mãe. O poder segue inexoravelmente o seu caminho sem jamais olhar para trás nem sentir arrependimento. Se você tivesse analisado claramente a situação, seu irmãozinho teria agido imediatamente, sem hesitação. Os homens sempre reagem quando se sentem ameaçados. O egoísmo é, de todos os reflexos, o mais arraigado no inconsciente da espécie humana.

"Mas, em vez de agir com lucidez, você ficou esperando pela compaixão de seus colaboradores. Seu silêncio não fez de você um imbecil, mas revelou a sua eterna hesitação entre o branco e o preto, e essa postura o paralisou completamente.

"Há duas explicações. Ou você, bem no fundo da alma, considerou que sua esposa era jovem e bela demais para sua condição de rei idoso, que estava se chocando com a tradição popular e, apesar de sua paixão por ela, não ousou defender oficialmente esse amor — e, nesse caso, você é um masoquista —, ou você se comprazia com o papel de 'pai sagrado do povo', papel este que inflava seu orgulho, e aceitou, então, se ver frustrado na vida pessoal e sacrificar a esposa, a mulher que você mais amou — e, nesse caso, você é..."

As palavras continuam a envolvê-lo, mas seus ouvidos, agora, já se fecharam. Tudo o que ele ouve é o som de uma tempestade sobre um telhado de zinco, provavelmente da prisão de Hong-Kong. As tempestades, ali, eram de uma violência inaudita. As placas de zinco se agitavam fortemente sob a chuva e o vento. Em cima, o céu. Um céu às vezes azul, às vezes acinzentado pela tempestade, às vezes límpido, às vezes escurecido pela neblina e pela fumaça. Só os prisioneiros conhecem a versatilidade do céu. Durante quantos dias ele ficara a contemplar o céu de Hong Kong pensando em sua pátria? Sua amada apareceu para ele de repente sobre o telhado, dirigindo-lhe um lindo sorriso, cheio de ternura. Como antes fizera a jovem empoleirada na sua árvore na floresta de Viêt Bac. Semelhantes a dois colares de pérolas, seus dentes brilhavam e seus lábios ainda estavam sujos do suco do figo.

Quer chamar por ela, mas a boca está pastosa e a língua permanece colada ao palato.

Será que estou morto, para que eles tenham me fechado a boca desse jeito?

A conversa entre os jogadores de cartas está animada. Ele reabre os olhos. A luminária continua ali, como um vaga-lume no meio da noite.

Não. Estou sobre o monte Lan Vu. Na frente do edifício há um templo em que vivem uma venerável de dentes bem-cuidados e sua discípula. Visitei-as recentemente e elas me receberam com chá de jambo com gengibre e doces de arroz.

Olha à sua volta. Tudo parece tranquilo. O homem elegante de terno branco-marfim desapareceu. Onde ela estava, uma moldura com vidro expõe a fotografia em preto e branco que ele tanto adora: a flor de cerejeira. A fotografia que Xuân lhe deu de presente por ocasião do nascimento de sua filha. Não há um único dia em que ele não contemple a foto. É tudo o que resta dela, tudo o que lhe resta na vida, agora tão vazia, tão solitária. A flor de cerejeira, anunciando a primavera. Lembrança de um amor assassinado.

Sente na boca o gosto de sal.

São suas lágrimas? Ou o mar de antigamente?

Minha juventude! A canção de ontem...

Volta-lhe à mente uma outra canção, que o faz mergulhar no abismo das lamentações:

Estamos tão distantes, meu amor, mas meu coração não quer se separar de você...

O refrão ressoa dentro dele, insinua-se por todos os poros, para transformá-lo em areia. As ondas então o atingem, misturando sua carne e seus ossos ao vapor opaco das nuvens de tempestade. Ele sabe que já não é mais ele mesmo, pois se vê a flutuar sobre as vagas como a espuma marinha dos lamentos enlaçando as algas improváveis do ódio e do desespero...

Alguém bate à porta. Ela se abre. A luz de fora invade o quarto. Ele ouve a voz do médico:

— Presidente, vim auscultá-lo.

O médico já está ao lado da cama.

— Os guardas ouviram o senhor gritar. Avisaram-me imediatamente. Permaneça deitado.

O homem coloca o estetoscópio sobre o seu peito para examinar a respiração. O metal frio do instrumento lhe causa um calafrio. Mas os dedos do médico estão aquecidos e são delicados, cheios de solicitude, e o sopro cálido da respiração aquece a sua testa.

O calor é a qualidade suprema da vida. É a forma e o contorno da chama da paixão. Minha paixão serviu de bucha para deflagrar o incêndio revolucionário. A revolução, porém, não soube trazer felicidade para mim, como homem. Outra chama, ainda que menor, ardeu em meu coração com a chegada de minha amada. No fim das contas, ela mesma acabou destruída pelo incêndio a que dei início. Que estrago! Minha vida se queimou como um fogo selvagem, um fogo cego, um fogo de loucura to-

tal. Meu valor é menor do que o de qualquer outro ser humano — o deste médico, por exemplo. Ele ao menos sabe reaquecer o corpo de seus pacientes e comover o coração de uma mulher entoando canções de amor.

— Não é nada grave. Mas o senhor está tenso demais, e isso afeta o sono. Quer tomar um calmante?

— Não, obrigado. A insônia é a doença dos velhos. As crianças falam enquanto dormem, e isso também acontece com os mais velhos, pois eles começam a perder a memória. Acha que estou perdendo a memória? — pergunta ele, rindo. — Espero não perdê-la, pelo menos até me colocarem no caixão. Depois disso, esse problema já não fará mal a ninguém. Volte a dormir. Não se preocupe comigo. Essas manifestações de doenças de velho são coisas normais.

— Se o senhor dormir mal, ficará cansado.

— Amanhã de manhã eu durmo. Você também pode folgar, já que o fiz acordar esta noite. Que horas são?

— Três e vinte e cinco.

— Bem, tenho tempo para adormecer novamente.

— Durma bem!

O médico fecha a porta. Apaga-se a luz do corredor. Ele ouve o médico pedir aos guardas que joguem cartas na outra ponta do corredor, para deixar o presidente dormir. Ouve-se um "Às suas ordens!", seguido do barulho provocado pelo deslocamento da mesa sobre a qual estavam jogando. Os passos do médico ressoam levemente na noite. Certamente é um homem muito sensual no amor. Ele recorda, agora, a sua perplexidade na primeira vez em que o ouviu cantar. Terá sido pela beleza da voz, ou por que ela tocara o seu coração como uma lâmina cruel?

Meu amor, quando nos veremos de novo?

Retorna ao próprio julgamento. Está cara a cara com seu amor. Entre os dois, uma rede cristalina tecida com lágrimas. Ele fala, mas ela não responde. Por que fica silenciosa? Por que não o critica nem o injuria? Por que não diz nada? Ao menos algumas palavras, que poderiam aliviá-lo... Seu silêncio é o caldeirão do inferno, onde sua alma deverá arder por toda a eternidade.

Seu silêncio é a minha prisão. Diante de sua inocência, diante da confiança ingênua que ela depositou em mim, diante de seu amor sincero e apaixonado, eu não passei de um miserável, e culpado.

Mas não existe apenas ele. Os que a levaram ao massacre também deveriam pagar. Um ano apenas após o assassinato, Ba Danh e Sau mandaram construir uma prisão especial na ilha de Tuân Châu para ali prender, até o fim da vida, o general Long. Depois disso, temendo a reação da opinião pública internacional, eles se retrataram e transferiram o general para o instituto de planejamento familiar, onde devia expor às mulheres as vantagens do contraceptivo uterino. Essa comédia suja não constitui, no fim das contas, uma vingança do destino? Para pagar pela sorte cruel imposta ao coração puro de Xuân, à sua beleza excepcional e à sua maravilhosa bondade, aqueles que fecharam os olhos diante de seu sofrimento agora sofriam a humilhação e o desprezo de seus próprios camaradas perversos. Em todo caso, uma vez tendo passado por seu portão, o crime continuará inexoravelmente o seu caminho e penetrará cedo ou tarde no coração do templo, sem que nenhuma arma seja capaz de contê-lo.

Um dia, Vu lhe telefonara e fora breve.

— Meu irmão, está tudo acabado.

Paralisado pelo estupor, ele quis saber mais, mas Vu desligara. Depois Lê o informou que Vu tinha sido hospitalizado subitamente sem que se soubesse muito bem de que doença estava sofrendo. Depois desse telefonema, ele entendeu que todos os temores que eles compartilhavam tinham se cristalizado naquele grito derradeiro do pássaro despencando abismo abaixo.

Desgraçadamente, está tudo acabado!

O que ainda restava de dúvida, de autojustificação e de esperança foi destruído. A verdade apareceu, nua e crua. Da maravilhosa e graciosa fada, resta apenas uma rã ignóbil. Mais de dez anos desperdiçados na oscilação entre a luz da razão e as trevas do orgulho, entre a força da consciência e o egoísmo do inconsciente. Naquela manhã, diante da voz roufenha de Vu, ele soube que o epílogo tinha começado.

Não tenho mais nenhum motivo para permitir que esse regime cruel e abjeto se perpetue, esse regime que eu mesmo criei, mas que me traiu, depois de já ter traído o seu povo. Não posso continuar a viver tendo-o como companhia. É um monstro gestado no coração da nossa pátria e que, depois de sair da casca do ovo, se voltou para morder e sugar o sangue de sua própria mãe, que o gerou em meio à dor. Que desgraça para o meu povo, que desgraça para mim!

Diante dos olhos do presidente, a noite escurece mais e mais e adquire a coloração da tinta da China, a tinta usada antigamente, sobre papel vermelho, pelos calígrafos. De suas lembranças, ressurge, com nitidez surpreendente, uma velha imagem: na primavera, os homens letrados se sentavam juntos para fabricar a tinta com a qual registrariam frases que expressavam seus sonhos e suas esperanças. Caligrafavam desejos, mas também suas previsões. Essas frases cintilavam em tiras de papel vermelho enquanto, do lado de fora, a garoa, leve como uma penugem, caía sobre os jardins das cerejeiras em flor. Ao longe, bandos de cegonhas brancas sobrevoavam graciosamente os arrozais de um verde cintilante. Como eram belas aquelas frases que ondulavam e faziam pensar em dragões, fênix, nuvens. Um preto profundo, extremo. Um vermelho escarlate, extremo. A vida é a junção desses dois polos. Por que ele não poderia adotar esse princípio?

Esse pensamento repentino o surpreende.

Por que eu não poderia utilizar a minha morte da mesma maneira que aqueles velhos letrados usavam a tinta preta para glorificar o vermelho que simboliza o futuro radiante do povo? Por que não antecipá-la? É o último e o melhor passo que posso dar nesse jogo. É a melhor maneira de sufocar esses monstros e de obter uma reparação do povo. Seria, por fim, o caminho mais curto para reencontrar o meu amor...

Sente-se imediatamente aliviado, como alguém que encontrou a saída de um túnel depois de buscar por ela interminavelmente nas trevas.

Excelente! Esta morte será libertação e perdão. Como não pensei nisso antes? Maldito seja o meu cérebro caquético!

Afastando as cobertas, ele ergue o corpo.

Desde sempre ele soube de seu destino. Morreria no dia da Cabra, no mês do Porco, no ano do Porco. Mesmo assim, acende a luz e tira de uma gaveta o seu mapa astral, guardado consigo há sessenta anos. As folhas estão quase rasgadas nas dobras e amareladas pela ação do tempo. Abre-o cuidadosamente e recalcula a data de reunião dos astros negros para saber em qual dia a morte virá procurá-lo. Não há erro. Sua memória estava viva.

Por que viver mais dois anos nesta prisão e neste desespero? Para continuar fazendo papel de marionete? Para mandar inocentes para uma guerra abominável e imbecil? Para que a História possa me acusar, no futuro, de ter sido um velho rei covarde e desonesto? Essa partida será a minha maneira de pedir perdão. Ela me trará a serenidade necessária para enfrentar o julgamento de minha alma.

O presidente fecha o caderno e o guarda na gaveta da escrivaninha. Tira dali, em seguida, o esboço de testamento iniciado no ano anterior. Quer concluí-lo nesta noite, pois decidiu morrer no dia 2 de setembro. Segundo a magia dos antigos, a morte do fundador de um país, de uma religião ou de uma escola de arte marcial no mesmo dia do aniversário da fundação de sua obra é um presságio do fim inexorável dessa mesma obra.

No dia seguinte, o soldado gorducho entra em serviço às sete e meia da manhã, como de costume. O presidente está à sua espera.

— Vamos fazer uma caminhada na montanha antes de tomar o chá.

— Mas, presidente...

— Quero fazer um pouco de exercício para não ficar enferrujado. E, de qualquer forma, ainda não estou com fome.

— Com todo o respeito, presidente, preciso pedir autorização ao médico. Caso contrário, eu não me atreveria a...

— Fique tranquilo. Eu assumo a responsabilidade. Ele ainda está dormindo, o coitado.

Sem esperar, o presidente sai. Surpreso, o soldado não tem outra coisa a fazer se não ir correndo atrás dele. Alcança-o e o detém pela manga.

— Presidente! Deixe-me pegar sua mão. Com o orvalho, o caminho fica muito escorregadio.

— Oh! — diz o presidente virando-se, com um sorriso malicioso. — O velho lenhador caiu em um dia ensolarado, logo depois da hora do Cavalo, não foi? Já não havia orvalho naquela hora!

— Sim, é verdade, mas...

— Não seja tão ansioso. Você só precisa caminhar atrás de mim. Essa trilha na montanha é estreita e é incômodo avançar em dois.

O soldado se resigna. Vê-se obrigado a seguir as pegadas do presidente, que avança de forma acelerada. Está ofegante, como um boi, pois nunca andou tão rapidamente e seu corpo constitui uma massa nada negligenciável a ser deslocada. Com o vento, o tecido do casaco acolchoado do presidente bate em suas coxas. O cachecol de lã esvoaça para trás do pescoço, como a cauda de uma pipa. Ele avança sem parar rumo ao topo do monte Lan Vu. Nunca chegara até ali. Ao fazê-lo, sobe em um rochedo, ajeita-se e dirige os olhos para o horizonte. Nuvens flutuam em torno do topo da montanha. Embaixo, é possível enxergar as aldeias. Mais ao longe, desdobram-se os campos cultivados e os arrozais, que se estendem até o horizonte.

Sua pátria!

País de seda ou território enlameado? Pouco importa como a chamem ou como a vejam: é a sua terra. Ele pertence à sua terra. Para todo o sempre. Tudo o que ele obteve, tudo o que ele perdeu, tudo o que ele fez, tudo que ele ainda tem a fazer, como uma dívida. Tudo, tudo provém dessa terra e acaba nela. Sua pátria infeliz. Um povo escravo. Uma história cuja única música é o ruído das armas. Uma realidade na qual nenhuma risada ecoa, mas apenas gritos de guerra. Gritos que soam como as exortações dos rebocadores nas margens de um rio milenar.

Chegou a hora de minha derradeira batalha. É a última cerimônia que dedico a meu país!

Vira-se para o soldado gorducho.

— Gostaria de ficar um pouco aqui. Nunca tinha posto os pés neste topo sagrado. Que pena!

— Sim, presidente! Nós também não, nunca subimos. Dizem que os reis antigos vinham aqui homenagear os deuses de três em três anos.

— Quem lhe disse isso?

— Os moradores da Aldeia dos Lenhadores.

— O topo do Lan Vu é o local onde se concentra o que que há de sagrado na natureza. Os antigos o registram assim nos livros. Você deveria lê-los.

— Sim, presidente.

— Agora, espere-me mais embaixo, na fenda em que crescem os pinheiros. Depois o chamarei.

— Mas presidente...

— Vá, pode ir! Não se preocupe.

A voz é autoritária e distante. O guarda obedece a ordem, sem se atrever a contestá-la. O local indicado é um espaço estreito entre duas escarpas rochosas onde crescem alguns pinheiros. Depois de alguns segundos de hesitação, o soldado se senta ao pé de uma árvore e ergue os olhos na direção da silhueta do presidente.

Sozinho, ele dá as costas para o oceano e olha para o oeste. Parado como uma estátua, fecha lentamente os olhos e se concentra para que a voz de seu coração se faça ouvir, para que as tonalidades mais secretas de sua alma cheguem até os deuses e os espíritos:

Oh, deuses da pátria, oh, almas elevadas dos heróis e dos fundadores deste território. Seus corpos são apenas pó, mas se suas almas ainda existem e reinam sobre esta pátria, eu peço sua ajuda.

Oh, venerável Buda, eu não segui os seus ensinamentos, mas tive a oportunidade de conversar com seus fiéis discípulos aqui mesmo e compreendo a força de sua conquista de almas neste mundo. Se você reina neste mundo, una suas forças às dos deuses da pátria para me ajudar a realizar meu último desejo.

Eu fundei o Estado comunista do Vietnã no outono do ano do Galo, no dia 2 de setembro segundo o calendário cristão. Quero deixar esta vida no mesmo dia do mesmo mês, no outono do ano do Galo. Minha morte será, assim, o presságio e o anúncio do fim desse regime político absurdo, cruel e traidor.

Minha morte será minha última homenagem ao meu povo.

Minha morte será a última vitória a compensar os fracassos e os erros de minha vida.

Minha morte será o meu melhor pedido de perdão perante o tribunal supremo da Criação e da consciência.

Eu lhes peço veementemente que me ajudem a realizar este voto!

Como milhares de coros reunidos, uma sonoridade distante e imprecisa chega até ele vinda do oceano. Como se os sussurros e as conversas milenares voltassem à vida. Ele distingue as silhuetas diáfanas como água cristalina, frágeis como a espuma marinha, em antigas vestimentas. Todos os reis estão ali, desde a dinastia dos Ly até o ancestral dos Trân, fundador da escola de meditação Truc Lâm. Ele vê os heróis Dinh Bô Linh e Quang Trung, os reis da dinastia Lê e o general Trân Nguyên Han. O general Nguyên Xao aparece sem braços, e Nguyên Trai, sem a cabeça. É o encontro dos maiores patriotas, dentre os quais muitos haviam sido amigos e se tornaram inimigos com o passar do tempo.

Atrás deles, para o oeste, no horizonte dourado, surge um homem enorme. Rosto tranquilo, lábios admiráveis, semelhantes a pétalas de rosas, emoldurando um sorriso sereno. Ele sabe que é o Buda.

Seu pedido foi atendido.

Permanece imóvel por um longo momento, saboreando uma felicidade nunca antes experimentada. Uma felicidade totalmente diferente da alegria da vitória ou do gosto de um charuto. Uma felicidade inexplicável, que não se pode transmitir.

— Presidente!

Ele abre os olhos. O soldado gorducho está aos seus pés.

— O que houve? Não tenho nada!

— Eu o vi aqui imóvel como uma estátua. Depois vi o seu rosto ficar todo vermelho. Fiquei preocupado.

— Não precisa ter medo de nada. Por que coramos? É quando sentimos vergonha ou quando estamos felizes, não é? Agora, me diga: estou envergonhado, ou estou feliz?

— Eh...

— Não é nenhum problema de hipertensão. Meu coração está batendo normalmente. Vamos, vamos descer!

O presidente desce do rochedo e retoma o caminho que leva ao templo Lan Vu. O soldado se apressa atrás dele.

— Presidente! Eu não o ouço mais! O caminho é especialmente escorregadio

— Como?

Ele sorri e deixa o soldado se agarrar à sua roupa. Eles descem como duas crianças brincando. O soldado propõe:

— Vou preparar um chá. Depois disso, o senhor poderá fazer sua sessão de tai chi enquanto espera o café da manhã.

— Não. Eu não pratico mais o tai chi.

Surpreso, o soldado permanece de boca aberta antes de perguntar, numa voz que mal esconde a curiosidade:

— Mas... o senhor não dava até aulas sobre isso?

— É a disciplina que devemos observar para preservar nossos corpos. Mas cada fase da vida necessita de um treino adaptado. Em função da idade, devemos variar a alimentação e os exercícios físicos — respode ele, sorrindo internamente.

De hoje em diante, eu me prepararei para partir serenamente neste outono. Sempre soube cuidar de meu corpo como um operário de sua máquina. Devo agora saber cortar o fio de minha vida como um guardião do templo que apaga uma vela à chegada da aurora.

A trilha contorna agora uma fenda profunda. O som da água que corre se mescla aos cantos dos pássaros. A aurora na montanha é sempre mágica e virgem. Tudo fica banhado pela bruma, tudo é fresco como uma gota de água límpida, e o som dos pássaros forma uma bela teia sonora. O presidente caminha com rapidez, como um jovem que descobre o mundo. No desvio de caminho que vem da floresta, o templo Lan Vu aparece como em uma pintura.

— Chegamos — exclama.

— Sim, a descida é sempre mais rápida.

Adentram o espaço do templo através do arco triplo.

Subitamente, um branco imenso atinge os olhos do presidente. Ele para e percebe que são os reflexos do amanhecer nas flores dos damasqueiros.

— As flores se abriram todas no jardim! Como não vi quando estávamos subindo?

— Quando partimos o jardim ainda estava todo coberto pela neblina. E o senhor estava andando rápido demais e não as percebeu. É a última onda de floração. Disse-me a monja que depois só ficarão alguns galhos.

— Ah, então é isso!

Ele ergue o braço para tocar nas flores.

As pétalas, frescas e aveludadas, tocam sua pele como uma carícia e uma consolação. As gotas de orvalho depositadas nas pontas das folhas brilham como diamantes com os raios da aurora. Ele fecha os olhos para degustar internamente a graça das flores e ouvir o murmurar da brisa da manhã. Quando reabre os olhos, enxerga o rosto de Xuân, do outro lado do jardim, bem à sua frente. Está linda, com sua túnica azul índigo, e olha para ele com seus olhos brilhantes e serenos. Seu rosto transpira bondade. Ele sabe que ela se libertou da humilhação. Tem vinte anos, a idade do eterno amor. Ela o aguarda do outro lado do rio que os separa. Ela o aguarda...

Ele, então, lhe diz:

Hoje posso me dirigir a você, minha doce e simples mulher, minha esposa tão amada e tão pura, meu rouxinol da montanha. Eu me preparo para chegar até você.

Canto fúnebre

O presidente partiu no dia da festa nacional, 2 de setembro, do ano do Galo. Apesar de sua absoluta ignorância em relação à cultura antiga, não escapou a seus pérfidos camaradas que ele procurara essa coincidência com a finalidade de pressagiar a inelutável destruição do regime. Falsificaram, então, os fatos, e registraram o falecimento como tendo ocorrido no dia 3 de setembro.

Assim que sua morte foi anunciada, começou a chover, um verdadeiro dilúvio se produziu, durante toda uma semana. A água esbranquiçava a terra e o céu. Uma enchente se produziu no rio Vermelho. Ninguém se lembrava de ter visto uma enchente como aquela em pleno outono, pois, normalmente, quando a flor de lótus murcha e adquire uma coloração de amarelo-limão, o fluxo dos rios diminui e os lagos se acalmam, expondo o verde das algas aos olhares dos passantes. Em vez disso, o rio Vermelho se arroxeava de tanta ira e rugia como um dragão enfurecido. Em Hanói, a água, que não escoava, tomava as calçadas, invadia casas, formava redemoinhos violentos nos cruzamentos de ruas. Na capital, nas cidades de planície ou nas montanhas, as pessoas se amontoavam sob os alto-falantes presos nos postes de luz para acompanhar a cerimônia fúnebre. Por toda parte, o povo chorava como se uma gigantesca catástrofe acabasse de se abater sobre o país.

A cerimônia foi celebrada na praça Ba Dinh, sob uma chuva torrencial. Os soldados, em formações bastante comprimidas, com seus uniformes de gala, estavam ensopados dos pés à cabeça. Por toda parte, a população se agrupava em multidões, invadindo a praça e as ruas de Hanói, com roupas pretas ou marrons e a faixa preta do luto debaixo das capas de chuva. Os altos dignitários estavam presentes à tribuna, protegidos por guarda-chuvas segurados por seus guarda-costas. Os discursos foram patéticos, tanto quanto podem ser patéticas as coisas da vida. Palavras pomposas foram pronunciadas para glorificar a obra do grande dirigente nacional, fundador do Estado revolucionário, que fora um guia para tantos de seus irmãos e formara gerações inteiras de discípulos fiéis e devotados.

Não se sabe por onde andava a alma trêmula do presidente durante a cerimônia. Previdente, teria se abrigado sobre a folhagem da velha árvore em frente ao portão do Ministério do Interior. Ali, embora atingida pelas rajadas de chuva, teria observado todas as cenas daquela formidável comédia. O povo estava aos prantos. As pessoas simples, obviamente, mas também, e de forma mais ruidosa e impetuosamente, como se seus próprios pais tivessem falecido, aqueles que haviam armado complôs contra ele. Choravam compulsivamente, os rostos banhados de lágrimas, a voz roufenha e o nariz escorrendo. Seus discursos, cortados às vezes por sons de estática, eram amplificados por microfones e retransmitidos pelas rádios públicas.

Acontecia exatamente o que o presidente previra. Eles choravam de verdade.

Em contrapartida, sua explicação para isso não se confirmava ali. Se eles choravam, não era por medo de logo terem de se confrontar com ele perante o tribunal da História. Não era de vergonha, nem de pensar na ideia de encontrar sua alma do outro lado do rio do Esquecimento. Nada disso! Nenhuma dessas motivações românticas estava presente.

Choravam porque não tinham conseguido impedir a si próprios de matá-lo por meio de suas intrigas, de tramar sua morte nos meandros do poder. Era essa a causa principal, a única causa de suas lágrimas na tribuna de honra: durante a cerimônia fúnebre, eles descobriram quem realmente eram. Entender a si mesmo é a tarefa mais árdua na vida de um homem. Quantos, até o seu leito de morte, não viveram sob a própria sombra ou em meio à névoa de suas próprias ilusões! Só chegamos a nos conhecer de verdade depois de viver conflitos com o mundo exterior. Só se pode ver o próprio rosto no espelho do olhar dos outros. A morte do presidente foi esse acontecimento detonador. Durante muitos anos, depois de ter conquistado todos os poderes do Estado, controlado toda uma rede de capangas que ia dos cargos mais vistosos do aparelho até o soldado de fronteira ou informante de aldeia, os irmãos inimigos do presidente acreditavam-se duros e firmes como ferro. Viam-se como potentados em plena ação, ao passo que ele não passava de um velho monarca aposentado, estagnado, confinado a um fundo de quintal e manipulado. Achavam-se os verdadeiros heróis contemporâneos, ao passo que ele não passava de uma placa dourada na qual estavam gravados os nomes de homens corajosos enterrados na lama. Acreditavam que o arco do triunfo que estavam construindo sobreviveria para sempre naquele país, ao passo que as obras dele nunca tinham sido mais do que um prelúdio para a sinfonia ou a antecâmara do salão do trono. No dia do funeral, tais ilusões se dissolviam como fumaça ao vento. Eles compreendiam, finalmente, que o poder dele era capaz, sim, de suscitar ciúme e inveja, mas que, em nenhum caso, poderia ser conquistado.

O poder do presidente é uma bússola fabricada pelos deuses ou pelos demônios. Um campo magnético que envolve um herói sagrado, conferindo-lhe um carisma fora do normal. Essa força mágica e invencível se baseia na confiança absoluta do povo, cuja alma se cristaliza nas suas emoções. Ela carrega em seu seio todas as contradições, a glória e a decadência.

No decorrer dessa manifestação do destino, eles compreenderam, então, que não eram nada perto daquele velho homem. Apesar de todos os esforços e de todas as intrigas para se fazer valer, estrelas mais brilhantes do que milhares de candelabros tinham acabado de aparecer no céu do país.

A imensa emoção, naquele dia de cerimônia fúnebre, espalhou-se com a velocidade de um furacão, de uma enchente, de um incêndio. Deram-se conta, então, de que o presidente ainda vivia, mesmo que seu coração tivesse parado de bater, que eles tinham de continuar se protegendo à sua sombra, que aquele tão sonhado arco do triunfo não podia ser erguido sem o nome dele. Sofriam em seus egos, maldiziam a sua própria incapacidade e o tão injusto Criador, mas também sabiam que nem por isso deixavam de ser lobos e hienas disputando alguns restos deixados pelo leão.

Ele lhes era indispensável, mesmo morto.

O velho leão estava morto. Mas sua presença era indispensável para a preservação de seus privilégios e de sua glória. Precisavam, assim, de um cadáver empalhado. E rapidamente começou-se a construir um mausoléu, na praça Ba Dinh.

Continuavam, assim, a traí-lo, pois o presidente, em seu testamento, pedia para ser cremado, determinando que suas cinzas deveriam ser lançadas sobre as terras de sua pátria e seu nome, gravado em uma pedra colocada em uma modesta colina da província de Vinh Phu. Como acontece com um crime, a traição, uma vez concretizada, não se detém nunca mais.

No entanto, desde aquele dia 2 de setembro do ano do Galo, uma espada surgiu sobre o céu de Hanói. Uma espada gigantesca, transparente como cristal. Pode-se observá-la nos dias de outono, quando as nuvens se ausentam, sobretudo quando o céu está de um azul intenso, aquele azul lavado pelo temporal, quando aparece um arco-íris. Está apontada para a bandeira no alto da fortaleza de Hanói. Aguarda o momento a ser determinado pelo destino para cair e pulverizar a bandeira vermelha com a estrela dourada, pondo um fim a esse regime traidor e cruel e exterminar os demônios que sugam o sangue do povo.

Então, o voto do presidente será atendido. Ele será finalmente compreendido e terá obtido o apoio das almas eternas dos heróis e dos homens corajosos que fundaram e protegeram a nação, as dos soberanos falecidos que reinam nos sete céus e nas terras, montanhas, rios e lagos do país, assim como os espíritos dos budas viajando nos céus do oeste.

Resta esperar por esse momento derradeiro em que o povo vietnamita descobrirá a verdade e compreenderá o último desejo de seu presidente.

Paris, 19 de janeiro de 2007

Este livro foi impresso
pela Geo Gráfica para a
Editora Objetiva em
abril de 2011.